HISTOIRE DE LA LITTÉRATURE FRANÇAISE

Xavier Darcos

Agrégé de l'Université

Docteur ès Lettres

Doyen de l'Inspection générale

HACHETTE
Éducation

Du même auteur, à la même librairie :

- *Collection Perspectives et Confrontations* (5 volumes).
- *Français Bac* (2nde, 1re, T^{ales}).
- *Candide* (Classiques Hachette).
- *Phèdre* (Classiques Hachette).
- *Zadig* (Classiques Hachette).
- *Candide* (Repères hachette).
- *Phèdre* (Repères Hachette).

Photo. de couverture : *La Bibliothèque, 1949,* Marie-Hélène VIEIRA DA SILVA 1949, photo. Musée National d'Art Moderne, © A.D.A.G.P., Paris, 1992.

I.B.S.N. 2.01.016588.8

Dans la même collection

Français

- Guide des idées littéraires
- Dictionnaire des œuvres et des thèmes de la littérature française
- Histoire de la littérature française
- Les mots du français
- Dictionnaire des œuvres et thèmes des littératures grecque et latine
- Dictionnaire des auteurs européens

Histoire

- Guide chronologique de l'histoire du monde
- La civilisation islamique
- La civilisation occidentale
- Guide mythologique de la Grèce et de Rome
- Guide des droits de l'homme
- Histoire de l'Europe
- Histoire de la France

Philosophie

- Dictionnaire des auteurs et thèmes de la philosophie
- Dictionnaire philosophique des citations

Économie

- Encyclopédie de l'économie et de la gestion
- Dictionnaire thématique de citations économiques et sociales

SOMMAIRE[1]

L'auteur tient à remercier Jacques Bersani, Inspecteur général des Lettres, pour sa précieuse relecture.

1. Un sommaire analytique figure au début de chaque partie.

AVANT-PROPOS

■ Présenter en un seul volume un panorama complet de la littérature française, de l'an 1000 à nos jours, fait figure de pari audacieux. Il n'a pu être tenu qu'au prix d'approches rigoureuses, allant à l'essentiel de la vie et de l'œuvre des auteurs. Mais il ne fallait pas négliger les contextes historiques et sociaux : le recours à des tableaux synthétiques les rend immédiatement lisibles. De même, des exposés introductifs, pour chaque période, précisent les conditions culturelles et économiques qui ont permis ou justifié l'essor de tel genre ou de telle école. Enfin, des schémas biographiques offrent, d'un coup d'œil, l'itinéraire des écrivains les plus marquants[1].

■ Cet esprit de méthode donne à ce livre compact son unité apparente. Mais, dans la rédaction de l'information, les divers moments et courants méritent d'être abordés d'une manière propre. Tantôt on insiste sur la formation et l'évolution des genres (au Moyen Âge, ou dans la période dite *« baroque »*, par exemple), tantôt on se consacre à une école significative (les écoles poétiques du XVIe ou du XIXe siècle), tantôt le chapitre s'organise autour d'un auteur-phare. La brièveté n'est pas le systématisme. Et la concision n'interdit pas la nuance.

■ Cet ouvrage, sorte d'encyclopédie miniature, se prête à plusieurs emplois. L'élève ou l'étudiant (et l'amateur pressé) y viendront saisir un savoir rapide sur un domaine précis (un livre, un courant, un auteur, une date). Les index (des notions, des titres et des noms) et les tableaux biographiques rendront cette recherche facile. D'autres lecteurs, plus patients, verront dans ce guide un compagnon (un « *vademecum* », comme l'on dit si justement) : ils le feuilletteront comme un ouvrage de culture générale, au fil des pages, ou, mieux, comme un roman.

■ Mais quelle que soit l'utilité d'un tel manuel, son ambition, paradoxalement, est de donner envie qu'on le quitte pour replonger par soi-même dans la littérature elle-même. Car la saveur des textes et le plaisir de lire ne s'atteignent pas par procuration.

Xavier DARCOS

1. Ces auteurs, qui font l'objet d'un tableau biographique en fin de volume, sont signalés par une puce ronde : •.

À la mémoire de Joëlle.

LE MOYEN ÂGE

Dates	Événements politiques	Climat social
778	Roncevaux.	Invasions normandes, arabes, hongroises, mais unification de l'empire d'Occident.
800	Charlemagne empereur.	
814	Mort de Charlemagne.	
843	Traité de Verdun : partage de l'empire.	La féodalité et la vassalité prennent forme.
910	Fondation de Cluny.	Débuts des grands ordres religieux : fort pouvoir de l'Église ; grands défrichements et cultures en extension.
950	Pontificat romano-germanique.	
987	Avènement d'Hugues Capet.	
1005-1006	Terrible famine.	Révoltes paysannes et « jacqueries » fréquentes.
1054	Séparation de l'Église d'Orient et de celle d'Occident.	Début de l'idéologie « croisée » et chasse aux hérésies.

Littérature française	Litt. étrang.	Beaux-Arts	Dates
Premier texte en ancien français : *Serments de Strasbourg* prononcés au traité de Verdun.		Premières enluminures.	840 env.
Apparition de textes religieux où est perceptible une recherche littéraire (vies de saints, *Séquence de sainte Eulalie*, poèmes sur la Passion, etc.).		Première horloge à poids moteur.	880
Quelques traces d'influences profanes dans des textes liturgiques (style rhétorique ou formulaire ; termes populaires).		Premières églises à double transept et coupole à la croisée.	1020
Surgissement massif de la littérature en langue vulgaire et de l'épopée (chanson de geste). Les thèmes féodaux nourrissent la création et l'imaginaire (*Chanson de Roland*, etc.).	Omar Khayyam : *poésies* (Perse).		1050

Dates	Événements politiques	Climat social
1060	Conquête de la Sicile par les Normands.	
1073	Grégoire VII pape.	Réforme grégorienne ; intense regain religieux : esprit de réforme et de conquête.
1078	Prise de Jérusalem par les Turcs.	
1084	Saint Bruno fonde la Grande Chartreuse.	
1095	Urbain II prêche la croisade.	Massacre de Juifs et début des croisades.
1099	Prise de Jérusalem par les croisés.	Expansion militaire (Espagne, Normands en Sicile, Palestine).
1115	Saint Bernard fonde Clairvaux.	
1137	Louis VII, roi de France, épouse Aliénor d'Aquitaine.	Accélération des échanges.
1145	Saint Bernard prêche la croisade.	Organisation du droit canon.
1152	Aliénor divorce et épouse Henri II Plantagenêt, roi d'Angleterre en 1154.	Création de l'Université de Paris.

Littérature française	Litt. étrang.	Beaux-Arts	Dates
L'épopée est chantée, transmise oralement, avec des formules stéréotypées (pour permettre la mémorisation et l'improvisation sur un canevas).			1060
		Construction de Saint-Marc à Venise.	
		Tapisserie de Bayeux.	1077
La féodalité laisse la place à la courtoisie en littérature : les troubadours chantent l'amour, d'abord dans les cours princières et nobiliaires du pays d'oc (Poitiers, Toulouse, Périgord et Limousin, Provence...)	*Psautier* de Canterbury Traduction en latin de textes arabes.		1100
Débuts du lyrisme d'oïl : chansons de toile ; poèmes sur les croisades, pastourelles, etc.			1150

Dates	Événements politiques	Climat social
1165	Canonisation de Charlemagne.	
1170	Assassinat de Thomas Beckett.	Intense activité dogmatique de l'Église.
1180	Philippe Auguste, roi de France.	Essor démographique, développements techniques : attelages, moulins.
1187	Prise de Jérusalem par Saladin.	
1191	Prise de Saint-Jean-d'Acre.	
1199	Mort de Richard Cœur de Lion.	Guerres franco-anglaises.
1200	Paix entre Philippe Auguste et Jean sans Terre.	Apogée de l'expansion de l'Occident chrétien.
1204	Prise de Constantinople par les croisés.	
1208	Croisade contre les Albigeois cathares.	Développement des ordres mendiants (Saint François d'Assise).

Littérature française	Litt. étrang.	Beaux-Arts	Dates
Premiers textes parodiques : soties, fatrasies...	Averroès : *Commentaires d'Aristote.*	Notre-Dame de Paris.	1163
Début du roman (en vers) : légende de *Tristan*.			1170
Roman satirique : premières laisses du *Roman de Renart*.			
Œuvres de Chrétien de Troyes.			
Premiers textes de théâtre rédigés et conservés, semi-liturgiques (*Jeu d'Adam*...).			
Apogée du roman courtois (cycles de Tristan ; conte du Graal).		La boussole en Occident.	1180
Premiers romans en prose.		Portails	
	Nibelungen (Allemagne)		
Débuts d'une vraie littérature dramatique.			
Naissance du genre historique (Villehardouin).		gothiques à Chartres.	1200
Prédominance de la littérature à tendance morale et didactique, sur fonds religieux.			
Crise de la littérature épique et émergence de la satire.		Perrotin, maître de Chapelle à Notre-Dame de Paris.	
	Fr. d'Assise : *Œuvres spirituelles.*		

Dates	Événements politiques	Climat social
1212	Croisade des enfants.	
1226	Louis IX, futur Saint Louis.	Interdiction des jeux et fêtes dans les églises ; communion et confession annuelles obligatoires ; persécutions anti-juives.
1248	Saint Louis croisé en Égypte.	
1250	Affranchissements massifs de serfs. Saint Thomas d'Aquin est à Paris.	Débats sur la pauvreté dans l'Église.
1257	Robert Sorbon fonde la Sorbonne.	Saint Louis interdit sa cour aux jongleurs.
1270	Mort de Saint Louis à Tunis.	Avec une certaine prospérité : grands échanges littéraires et diffusion plus large.
1271	Rattachement de la France d'oc.	
1271-1285	Voyages de Marco Polo en Extrême-Orient.	
1282	Vêpres siciliennes : les Français chassés de Sicile.	Grèves des drapiers en Flandre et dans le Midi.

Littérature française	Litt. étrang.	Beaux-Arts	Dates
	W. von Eschenbach : *Parsifal*		
Roman de la Rose : littérature poétique et encyclopédique de Jean de Meung (à la suite de Guillaume de Lorris). Œuvres théâtrales, poésie lyrique et poésie satirique de Rutebeuf.		Miniatures du psautier de Saint-Louis.	1230
« *Jeux* » d'Adam de la Halle : le théâtre se libère et les genres se définissent.	Manuscrit munichois des *Carmina burana*.		1260
	Livres de Marco Polo.		

Dates	Événements politiques	Climat social
1285	Philippe le Bel, roi de France.	Révolte des artisans à Toulouse ; première réunion des États généraux.
1304	Expulsion des Juifs de France.	
1309	Papauté en Avignon.	Procès des Templiers et affirmation du pouvoir royal centralisé.
1314	Louis X le Hutin, roi de France.	
1328	Philippe VI de Valois, roi de France.	Grandes famines. Fin de l'idéal d'une chrétienté unifiée : guerres entre pays chrétiens ; affaiblissement du pouvoir royal et pontifical ; prise de Calais et grande peste Noire.
1337	Début de la guerre de Cent Ans.	
1350	Jean le Bon, roi de France.	
1357	Bataille de Poitiers ; Jean le Bon prisonnier.	Forte jacquerie dans tout le pays.
1360	Paix de Brétigny : le roi libéré, livre le sud-ouest aux Anglais.	
1365	Charles V, roi de France.	Période encore troublée mais reconquêtes (Aquitaine, Poitou...)
1366	Du Guesclin en Espagne.	

Littérature française	Litt. étrang.	Beaux-Arts	Dates
Quelques textes polémiques (sur la papauté, notamment). Début des chroniques (Joinville), au moment où s'éteignent les grands genres (chansons de geste, roman arthurien, fabliaux, etc.).	Dante : *Vita nuova.*	Vierge dorée d'Amiens.	1290 1300
		Palais des Papes en Avignon.	
Période de crise et de bouleversements : littérature « engagée » et polémique ; littérature historique (Froissart) ; littérature refuge (Christine de Pisan, Guillaume de Machaut).	Boccace : *Décaméron.* Œuvres de Pétrarque à Rome.		1350 1370
Début d'un « humanisme » : retour aux Anciens (Ovide) ; traductions (d'Aristote) ; Charles V protège les érudits.	Chaucer : *Contes de Canterbury.*		

Dates	Événements politiques	Climat social
1380	Mort de Du Guesclin et de Charles V.	Retour de la papauté à Rome et début du Grand Schisme.
1385	Charles VI épouse Isabeau de Bavière.	Début d'une période de paix.
1392	Folie de Charles VI.	Grande extension artistique, littéraire et culturelle.
1415	Azincourt : captivité de Charles d'Orléans.	
1429	Jeanne d'Arc délivre Orléans.	
1431	Jeanne d'Arc est brûlée.	Premières troupes théâtrales permanentes.
1436	Charles VII entre à Paris.	
1437	Invention de l'imprimerie. Retour de Charles d'Orléans.	
1461	Mort de Charles VII.	Vers l'unité du royaume.

Littérature française	Litt. étrang.	Beaux-Arts	Dates
Grande vogue du théâtre : nombreux « miracles », où se mêlent Bible, légendes, folklore, morale... Les princes s'entourent d'écrivains : littérature de louange, de conseil.		*Très Riches Heures du duc de Berry*. Donatello Fra Angelico Van Eyck.	1400
Mémorialistes (Commynes...). Âge d'or du théâtre médiéval et épanouissement du théâtre comique.			1450
Développement du lyrisme : poésie personnelle et/ou virtuosité formelle (Charles d'Orléans ; Villon ; grands rhétoriqueurs).		Van der Weyden.	1460
	L. de Vinci : *Carnets*. Savonarole : *Sermons*.		

DATES DES GRANDS AUTEURS

1100 — 1150 — 1200 — 1250 — 1300 — 1350 — 1400 — 1450

1086 G. d'Aquitaine 1127
1100 Wace 1175
1135 Chrétien de Troyes 1190
? Jaufré Rudel 1160
? Marie de France ?
1140 Bertran de Born 1215

1100 ÂGE DES TROUBADOURS 1220

1150 Jean Bodel 1220
1150 Villehardouin 1213
1165 Gace Brulé ?

1150 ÂGE DES TROUVÈRES 1300

1210 G. de Lorris 1250
1224 Joinville 1317
1240 Adam de la Halle 1290
1240 Jean de Meung 1305
? Rutebeuf 1290
1300 Guillaume de Machaut 1377
1337 Froissart 1400
1346 Eustache Deschamps 1406
1363 Christine de Pisan 1431
1392 Jehan Régnier ?
1394 Charles d'Orléans 1465
1431 Villon 1466 ?

Dates	REPÈRES POLITIQUES ET LITTÉRAIRES
842	*Les Serments de Strasbourg*
880 env.	*Séquence de sainte Eulalie.*
900 env.	*Vie de saint Léger.*
940 env.	*Sermon sur Jonas.*
987	Hugues Capet devient roi.
1040 env.	Vie de saint Alexis.
1065 env.	*La Chanson de Roland.*
1080 env.	*La Chanson de Guillaume.*
1095	Début des Croisades.
1140	Jaufré Rudel, *Poèmes.*
1150 env.	Wace, *Roman de Rou. Le Roman de Thèbes.*
1160 env.	Chrétien de Troyes, premières œuvres. *Jeu d'Adam (?).*
1170-1175	*Thomas, Tristan.* Chrétien de Troyes, *Cligès.*
1175 env.	*Le Roman de Renart* (premières laisses). Marie de France, *Lais.* Bertran de Born, *Œuvres.*
1180 env.	Chrétien de Troyes, *Lancelot ou le Chevalier à la charrette ; Yvain ou le Chevalier au lion ; Le Conquête du Graal.*
1180	Philippe Auguste commence l'unification de la France.
1192	Béroul, *Tristan.*
1195 env.	Jean Bodel, *Jeu de saint Nicolas.*
1200 env.	*Aucassin et Nicolette.*
1207-1213	Villehardouin, *Chroniques.*
1225 env.	*Tristan*, en prose.
1226	Début du règne de Saint-Louis : la France est à l'apogée de sa puissance.
1234	Guillaume de Lorris, *Le Roman de la Rose.*
1262	Adam de la Halle, *Jeu de la Feuillée.*
1275	Jean de Meung, *Le Roman de la Rose.*
1282	Adam de la Halle, *Jeu de Robin et Marion.*
1304-1309	Joinville, *Histoire de Saint Louis.*
1337-1453	Guerre de Cent Ans entre la France et l'Angleterre.
1340	Guillaume de Machaut, *Remède de Fortune.*
1373	Froissart, *Chroniques* (début).
1456	Villon, *Lais.*
1461	Villon, *Le Testament.*
1461-1492	Louis XI achève l'unification du royaume.

Condition de l'écrivain

Une longue période troublée

■ Le Moyen Âge couvre une longue période de dix siècles, depuis la chute de l'Empire romain d'Occident (en 476), jusqu'à la prise de Constantinople par les Turcs (en 1453). Mais ce n'est qu'au début du XIe siècle que des textes en langue française apparaissent et commencent à remplacer les œuvres en latin.

■ Avant cette naissance de la littérature française, l'Europe est un territoire déchiré. Dès le Ve siècle, les invasions successives des barbares venus de l'Est ont ruiné l'unité de la civilisation gallo-romaine. Malgré le règne unificateur de Charlemagne (768-814), le monde chrétien connaît un déclin sévère et durable. L'ordre politique disparaît, remplacé par l'anarchie d'une multitude de petits états féodaux, constamment en guerre. Les épidémies, les guerres et les famines achèvent d'épuiser les populations. Lorsque le roi Hugues Capet accède au pouvoir, en 987, succédant au dernier Carolingien, le pays est exsangue.

■ Les signes d'une renaissance, à partir du XIe siècle, sont dus à l'expansion démographique. Moins d'invasions, moins d'épidémies, développement de l'agriculture, essor des villes : de nouvelles conditions favorisent la productivité, l'échange, le commerce. Le défrichement des campagnes (notamment grâce aux communautés religieuses) permet l'extension des cultures. Ainsi raffermie, la chrétienté reprend les armes : la reconquête de l'Espagne sur les Arabes donne le signal de l'esprit de croisade.

■ Les croisades sont des expéditions militaires destinées à délivrer la Terre Sainte des musulmans, les « Infidèles ». La première croisade (1096-1099) associe plusieurs grands seigneurs (dont Godefroy de Bouillon, duc de Basse-Lorraine) ; d'autres suivront jusqu'à la perte définitive de Jérusalem, en 1291. La croisade joue un rôle essentiel dans la mentalité (et donc dans la littérature) de l'époque : elle mêle le religieux et l'aventure lointaine, la piété et la gloire, le pèlerinage et l'appât du butin.

La féodalité : structure et idéologie

■ La féodalité se définit essentiellement par l'hommage et le fief. L'hommage est un rituel au cours duquel un « vassal » jure fidélité à un « suzerain ». Ce contrat implique que le vassal participe aux assemblées réunies par le seigneur (c'est le « conseil ») et qu'il l'aide dans les actes d'administration, de justice et de guerre. En échange, le suzerain protège son vassal et lui accorde une terre, un « fief ». Le suzerain est lui-même vassal d'un plus puissant seigneur. Le roi de France est au sommet de cette hiérarchie.

■ Cette structure sociale reflète une idéologie dont la littérature va se faire l'écho. Les idées féodales nourrissent les créations de l'imaginaire. La chanson de geste exalte un idéal de foi, aux deux sens du mot : la croyance religieuse, la fidélité jurée. Sa transmission orale, pendant les XIe et XIIe siècles, permettait aux foules de connaître l'histoire exemplaire, celle des héros anciens et de leurs hauts faits (*gesta*).

Du latin à l'ancien français : les premiers textes

■ La culture du Moyen Âge est essentiellement religieuse. Transmise par des hommes lettrés, tous liés à l'état ecclésiastique, les « clercs », cette culture est d'abord le véhicule de la foi. Outre les croisades, elle prend ses sujets dans la vie des saints, dans les histoires de miracles, dans les commentaires bibliques. Ce monopole du savoir par l'Église explique la forte survivance de la langue latine. Ce n'est qu'à partir du IXe siècle que des langues nouvelles commencent à émerger et, avec elles, une culture profane. Mais les premières œuvres littéraires du Moyen Âge composées en langue vulgaire ne sont pas fixées dans un texte écrit. Destinées à être chantées, psalmodiées ou récitées, elles se propagent oralement sous forme de contes ou de chansons. Les premiers textes écrits en langue romane (que nous appelons aujourd'hui « ancien français ») sont des documents juridiques ou des vies de saints : tels les *Serments de Strasbourg* (qui définissent le partage de l'Empire entre les fils de Charlemagne, en 842) ou la *Séquence de sainte Eulalie* (865), le *Sermon sur Jonas* (940), la *Vie de saint Alexis* (vers 1040).

Les grands genres littéraires

■ En devenant écrits, les genres littéraires évoluent rapidement, car ils sont dès lors réservés à une petite élite qui sait lire, à l'aristocratie. De plus, la transmission manuscrite favorise des remaniements, chaque copiste modifiant l'original à sa guise et procédant à des regroupements. Enfin, la notion de propriété littéraire n'existe pas au Moyen Âge ; dès qu'une œuvre a quelque succès, elle peut être imitée, plagiée ou inspirer toutes sortes d'adaptations. Par exemple, on connaît plusieurs traditions de *Tristan et Iseut*, bien que le hasard ait fait parvenir jusqu'à nous quelques fragments de l'original, écrit par Béroul. Souvent la source nous échappe : l'œuvre est anonyme

■ L'écrivain dépend donc des puissants : la littérature ne peut s'insurger contre eux. Les esprits du Moyen Âge reflètent les idéaux de la communauté des seigneurs et des notables. On discerne trois grandes tendances :

- la chanson de geste (les exploits guerriers du chevalier soumis à un code d'honneur) ;
- la littérature courtoise (le chevalier qui essaie, par sa perfection morale, de mériter l'amour de sa dame) ;
- la littérature satirique (qui montre le ridicule de ceux qui s'écartent de l'exigence morale et religieuse de la chevalerie).

Leur diffusion

■ L'écrit vient très souvent des moines, des « clercs ». Ce sont des hommes d'Église, cultivés, formés dans les universités. Dispensé d'impôt, le clerc porte une robe longue et une tonsure (pour se distinguer des laïcs), mais il peut se marier (s'il n'est pas prêtre). Ses revenus dépendent de qui l'emploie (seigneurs, évêques, abbayes), si bien que son œuvre propre (s'il se met à créer par lui-même) n'a plus de vrai lien avec une inspiration populaire. Sa culture est plutôt professorale et érudite.

■ Le principal médiateur, dans la diffusion des œuvres littéraires, est le jongleur. D'abord amuseur public, il se produit dans les châteaux ou sur les places publiques et au cours des foires. Sachant par cœur des chansons de geste, des fabliaux ou des poèmes lyriques, il les interprète librement, les adaptant à sa fantaisie ou en fonction des goûts du public du moment. Sa mémoire l'oblige aussi, parfois, à inventer.

■ Comme le jongleur, le copiste remanie des canevas, soit qu'il reprenne un original, soit qu'il utilise un fonds folklorique. Sa personnalité peut ainsi intervenir, surtout à partir du XIIIe siècle, lorsque la littérature s'oriente vers des « cycles ». Le copiste rassemble alors à sa guise des épisodes épars et les organise selon une cohérence qui lui est propre.

■ Ainsi, l'œuvre littéraire n'est pas le résultat d'une création unique et individuelle. Ce n'est qu'au XIVe siècle que des œuvres originales, signées et fixes, vont voir le jour. Elles seront liées à l'essor de la prose (textes historiques, par exemple).

Évolutions et tensions

■ Dès le XIIIe siècle, les clercs, trop nombreux, ne peuvent s'assurer un emploi stable. Ignorés ou rejetés par la hiérarchie de l'Église, trouvant rarement un protecteur laïc, ils vont vendre, de ville en ville, leur inutile savoir. Marginaux, errants, condamnés souvent à une vie de bohème misérable, on les nomme « goliards » ou « vagants ». Ils s'en prennent au clergé, au fonctionnement de l'Université, à sa hiérarchie, à l'autorité du pape. Dès lors va naître une littérature plus personnelle, anticonformiste et parfois révoltée, de Rutebeuf à Villon.

■ Autres errants : les cadets des familles aristocratiques. Le droit d'aînesse empêchant les cadets de recueillir en héritage le patrimoine familial, il ne leur reste qu'à se mettre au service de divers suzerains, en courant l'aventure, dans l'attente de trouver une héritière fortunée à épouser. Durant les années de ce célibat prolongé, les jeunes aristocrates constituent le public privilégié des jongleurs. De même, ils peuvent devenir des auteurs lyriques.

■ Enfin, la littérature va évoluer au fur et à mesure que l'aristocratie cèdera des droits à de nouvelles classes sociales. À partir du XIIe siècle, les échanges commerciaux favorisent l'émergence d'une bourgeoisie de négociants (surtout dans le Nord, avec l'industrie textile). D'où la naissance de puissantes confréries, tandis que les communes se font administrer par des notables bourgeois. Les grands thèmes de la littérature féodale ne parlent plus à cet auditoire nouveau. Le théâtre (notamment comique) va se développer.

La chanson de geste (XIIe siècle)

Un genre aux origines incertaines

■ Comme son nom l'indique, la chanson de geste est un poème destiné à être chanté, et qui relate des hauts faits (latin « *gesta* »). Pour le public du XIIe siècle, les événements appartiennent largement au passé, puisqu'ils relatent des exploits guerriers de l'époque de Charlemagne (VIIIe siècle). La chanson de geste a donc une double fonction : entretenir un idéal chevaleresque (en s'appuyant sur un passé héroïque), et permettre à chaque copiste ou chanteur de compléter ou modifier le poème à sa guise, sur une trame assez lâche.

■ Les origines de la chanson de geste sont incertaines. On a d'abord cru qu'il s'agissait d'un « collage » de chansons transmises oralement, sorte d'œuvre collective entretenue par la mémoire populaire. Le médiéviste J. Bédier récuse cette idée en montrant que la chanson de geste apparaît tardivement (au XIe siècle), au moment des croisades ; le clergé en serait donc l'auteur, voulant entretenir l'esprit de reconquête (la « Reconquista ») et offrir des modèles de piété et de courage à la foule. Diverses thèses continuent à être soutenues. Mais toutes hésitent entre les deux principales sources possibles : une transmission populaire ininterrompue et sans cesse remaniée ; une composition individuelle, assurant à l'œuvre son unité et son achèvement.

■ Le genre, en tout cas, connaît un développement considérable en trois siècles (XI-XIVe siècles) : 80 chansons de geste, dont les dimensions varient de 1 000 à 20 000 vers.

La technique littéraire de l'épopée

■ L'épopée est chantée ou psalmodiée en public. Les termes « Oyez », « Écoutez », font allusion aux auditeurs et déterminent un style oral. D'autre part le texte contient des formules et un système de strophes, avec de nombreuses répétitions, qui devaient aider la mémoire du conteur, du « jongleur » ou du copiste. La strophe (nommée « laisse épique ») est une structure qui réunit un nombre indéfini de vers de même longueur, construits sur une même assonance ou sur une même rime. Dans la *Chanson de Roland*, chaque laisse se termine par une notation mystérieuse, « AOI », indiquant sans doute une modulation musicale.

■ Le style épique doit être distingué du style narratif moderne (celui d'un roman, par exemple). L'épopée, en effet, utilise sans cesse la répétition, les retours en arrière ou les enchaînements bifurqués, obéissant au principe de la variation sur un thème. Dans les moments privilégiés (la mort de Roland, par exemple), le récit ne progresse plus ; les laisses, similaires, semblent tourner en rond. Le chant peut ainsi s'épanouir et favoriser le lyrisme.

■ Enfin, pour entretenir leur mémoire et pour que le lecteur s'y retrouve, les jongleurs ont recours à des formules toutes faites (de conclusion, d'enchaînement). Ces chevilles peuvent même devenir des motifs stéréotypés. Par exemple, l'art descriptif obéit souvent à des automatismes. Attaque à cheval, combat au corps à corps, prière du blessé qui se meurt : tous ces types de scènes sont superposables, et relatés avec les mêmes formules. Autour de ces formes stéréotypées, l'art de la chanson réside dans l'art de combiner les mêmes thèmes et les mêmes motifs. La part d'improvisation du récitant consiste à exploiter de manière originale ces schémas.

Les thèmes et l'idéologie épiques

■ La chanson de geste est le véhicule des thèmes de la féodalité. En montrant Charlemagne lutter contre les Sarrasins, c'est l'idéologie de la croisade qu'on exalte. La place du roi, ses rapports avec ses vassaux, les rivalités féodales, toute la thématique de la chanson de geste glorifie la hiérarchie et la loyauté. De même, les récits de combats permettent de souligner la bravoure du héros et l'idéal chevaleresque. Tout en donnant à rêver (d'Orient, d'aventures, etc.), l'épopée édifie donc une référence morale : autour d'un roi juste et fort, des héros dépassent l'individualisme et l'intérêt personnel pour servir une communauté dans la période où le pouvoir royal essaie, en France, de supprimer le morcellement féodal et d'imposer une autorité monarchique centralisée, notamment avec Louis VII et Philippe Auguste.

La Chanson de Roland

■ La *Chanson de Roland* est la plus achevée et, pourtant, la plus ancienne des chansons de geste françaises. Le manuscrit date de 1070, comportant 4 002 vers de dix syllabes (décasyllabes) divisés en 291 laisses. La langue utilisée est un dialecte anglo-normand.

■ Le sujet principal est l'expédition des Français contre les Infidèles, c'est-à-dire les musulmans, installés en Espagne depuis le VIIe siècle. Sous l'impulsion de Charlemagne, les Français franchissent les Pyrénées et assiègent Saragosse. Mais Charlemagne doit rentrer précipitamment en France. Son neveu, Roland, qui transportait le butin dans l'arrière-garde, est attaqué par des brigands et y trouve la mort. Ces faits historiques sont modifiés par la chanson de geste. Roland est censé tomber dans un piège tendu par le traître Ganelon. Et ce ne sont plus des brigands basques (donc chrétiens) mais des Sarrasins qui attaquent l'arrière-garde des chevaliers francs. Enfin, Charlemagne est présenté comme revenant sur les lieux pour venger son neveu.

■ Cette idéalisation des faits est conforme à la volonté d'exalter les valeurs de la guerre sainte contre les Infidèles au moment des grandes croisades.

■ Voici le plan général de cette épopée :

• v. 1-813	Le roi Marsile, roi de Saragosse, offre la paix à Charlemagne qui a conquis presque toute l'Espagne. Roland fait désigner Ganelon, son beau-père, pour la dangereuse mission de l'ambassade. Pour se venger, Ganelon trahit et fait donner à Roland le commandement de l'arrière-garde.
• v. 814-1016	Retour en France de Charlemagne et de son armée. Les Sarrasins se préparent à attaquer l'arrière-garde.
• v. 1017-1187	Roland s'oppose à Olivier et refuse de sonner du cor pour rappeler Charlemagne.
• v. 1188-1448	Première bataille où les compagnons de Roland l'emportent.
• v. 1449-1690	Deuxième bataille où ils sont décimés.
• v. 1691-1850	Contre l'avis d'Olivier, Roland se décide à sonner du cor.
• v. 1851-2258	Les derniers Français sont écrasés. Mort d'Olivier et de l'archevêque Turpin.
• v. 2259-2396	Mort de Roland et fuite des Sarrasins.
• v. 2397-2569	Retour de Charlemagne qui rejoint et détruit les troupes de Marsile.
• v. 2570-3674	L'émir Baligant, autrefois appelé au secours par Marsile, arrive en Espagne. Il est défait et tué par Charlemagne, qui rend les derniers honneurs à Roland et à ses compagnons.
• v. 3675-3733	Obsèques des héros et retour de Charles à Aix-la-Chapelle.
• v. 3734-3974	Procès et mise à mort de Ganelon et de ses parents.
• v. 3975-4002	Épilogue.

■ La *Chanson de Roland* allait servir définitivement de modèle. Son immense succès a conditionné non seulement la plupart des autres chansons de geste mais aussi notre vision de l'époque de Charlemagne : le chef pieux, autoritaire et bon ; le chevalier courageux, désintéressé, profondément humain.

Le foisonnement des chansons de geste

■ Tout autour de la *Chanson de Roland* et dans son sillage, les chansons de geste se multiplient. Les unes commencent à faire une place aux histoires d'amour (absentes dans le *Roland*) et à donner un rôle à des femmes (*La Chanson des Saines*, *Parise la Duchesse*). Dès le XIIIe siècle, sous l'influence des légendes anglo-saxonnes du cycle d'Arthur, le merveilleux entre dans l'épopée française (*Huon de Bordeaux*, *La Bataille Loquifer*). Un grand nombre de textes a pour thème des vassaux révoltés : on parle d'une « geste des barons » dont la rébellion et la démesure entraînent une série de crimes qu'il faudra expier par le repentir et la pénitence. Ce qui permet tout à la fois de ménager des effets violemment dramatiques et de mettre en relief la leçon morale et religieuse (*Raoul de Cambrai*, *Girard du Roussillon*, *Renaut de Montauban*). Le modèle du monstre converti peut même se transmuer en histoire de martyre et de découverte de la sainteté (*La Chanson de Guillaume*). Enfin, les événements nouveaux vont alimenter des chansons de geste « modernes » (vers la fin du XIIIe siècle), surtout inspirées des croisades (*La Prise d'Antioche*, *La Chanson de Jérusalem*). Mais l'influence de l'histoire de Roland et de Charlemagne reste prépondérante et on la retrouve souvent, dans divers remaniements (*Girard de Vienne*, fin du XIIe siècle).

La littérature courtoise

Un nouveau goût

■ Dès le début du XIIe siècle, l'autorité de la dynastie capétienne s'effrite, ce qui favorise l'essor de quelques grands seigneurs provinciaux. Dans le même temps, les conflits et les rivalités entre féodaux se relâchent un peu. Dans cette période de trêve relative, la guerre est surtout celle des croisés, partis pour de longues expéditions en Orient. Les croisades ont deux effets : les femmes prennent un rôle plus grand dans la vie sociale, ce qui favorise des mœurs plus raffinées ; et, d'autre part, quand les hommes reviennent de Palestine, ils ont encore l'esprit ébloui par le luxe somptueux découvert au Moyen-Orient. Les cours princières et seigneuriales se mettent à rechercher un meilleur art de vivre, tout en cultivant les beaux-arts.

De la cour à la courtoisie

■ La cour (« cort » en ancien français) représente un modèle de civilisation, régi par des conventions sociales, des principes moraux. La littérature de la cour, nommée courtoisie, va illustrer les codes de l'élite aristocratique, c'est-à-dire des « chevaliers ». Le chevalier idéal obéit à certaines valeurs : élégance, force physique, générosité, culte de l'amour, don de soi à la Dame, etc. Tous ces thèmes se développent d'abord dans les provinces du Midi. Les auteurs, à la fois poètes et musiciens, composaient en langue d'oc des poèmes destinés à être chantés. Ces créateurs, ces « trouveurs » (trouvères et troubadours), pouvaient confier leurs chansons à des « jongleurs », artistes itinérants, qui étaient à la fois comédiens, conteurs, mimes, chanteurs. Ainsi, autour des troubadours et des jongleurs, s'organisaient de vrais foyers intellectuels et culturels, comme celui de Guillaume IX (1071-1127), duc d'Aquitaine et comte de Poitiers.

Le roman courtois

■ Le rôle des princes est déterminant, mais ce n'est pas seulement la langue de l'élite du Midi qui sert à la création. Dès le Xᵉ siècle s'est constituée, en Occident, une « *lingua romana* » : langue parlée, dérivée du latin tardif, contaminée d'emprunts à divers dialectes. Elle va, au XIIᵉ siècle, se fixer dans l'écrit. Cette langue, le « romanz », permet à ceux qui ignorent le latin d'avoir accès au patrimoine littéraire. Ainsi s'épanouit un genre nouveau, le roman, long écrit en langue populaire. On distingue trois courants, qui alimentent le roman courtois :

- les sources de l'Antiquité (la guerre de Troie, l'*Énéide* de Virgile, les *Métamorphoses* d'Ovide, par exemple) ;
- les influences byzantines et orientales, sensibles en Occident après le retour des croisés ;
- le cycle des légendes celtiques du roi Arthur (les chevaliers de la Table Ronde, la quête du Graal, Perceval, etc.).

■ Enfin, l'entrée en France de thèmes et textes venus de « Bretagne » (c'est-à-dire, à cette époque, d'Irlande, du Pays de Galles, de Cornouailles, etc.) est favorisée par la politique. Pensons, par exemple, à Aliénor d'Aquitaine (1122-1204), reine de France par son mariage avec Louis VII, puis reine d'Angleterre quand elle épousa Henri Plantagenêt. C'est à elle que sont dédiés nos premiers romans (le *Roman de Thèbes*, *Énéas*, les deux *Tristan* de Béroul et de Thomas), les « lais » de Marie de France. C'est à la fille d'Aliénor, Marie, comtesse de Champagne, que Chrétien de Troyes dédie son *Chevalier à la charrette*.

L'amour courtois

■ S'opposant aux événements violents, précis, de la geste héroïque, le roman évoque plutôt l'intimité des êtres troublés par l'amour. L'univers romanesque joue volontiers sur le merveilleux et sur l'intervention de l'irrationnel, par le biais de sortilèges, d'actes magiques, d'enchanteurs, de fées ou de nains inquiétants. Le chevalier du roman courtois est un amoureux dévoré par une passion absolue. Il voue à sa Dame une adoration quasi mystique. Et, pour la mériter, il ne cesse d'aller au-devant d'exploits, dans un perpétuel effort de dépassement. Le roman relate donc l'aventure d'un homme voué à des épreuves et hanté par la perfection.

Un exemple de l'art courtois : les « lais »

■ Sous le nom de « lais » sont conservés une quarantaine de recueils, de 100 à 1 000 vers, composés à la fin du XIIe siècle et au tout début du XIIIe. À l'origine, le lai est un bref poème lyrique chanté par des jongleurs bretons qui s'accompagnaient de la harpe celtique. Contrairement au fabliau, par exemple, le lai présente un registre d'écriture soutenue, sans rien de vulgaire. Il raconte une histoire d'amour, tout en empruntant à un fonds de légendes et au merveilleux. La chanson se transforme ainsi en un petit conte, où l'imaginaire tient une place importante. Dans le lai d'*Yonec*, un chevalier peut se métamorphoser en faucon. Dans le lai de *Bisclavet*, un seigneur devient loup-garou.

■ La plupart des lais sont anonymes, mais forment néanmoins une unité narrative proche du conte de fées et recourant à des motifs semblables. Mais nous connaissons l'auteur d'une série de lais, composés entre 1160 et 1178 : Marie de France. La vie de **Marie de France** reste obscure : on sait qu'elle fréquenta la cour d'Henri II, roi d'Angleterre, et c'est tout. Elle présente son œuvre comme la tradition en vers de récits entendus par elle en Bretagne. Elle veut « conter par rime » des aventures et des légendes. On retrouve donc l'attirail du merveilleux : passage dans un au-delà ou dans une contrée imaginaire, métamorphoses des animaux et des êtres, prédictions et miracles, etc. Le lai du

Chèvrefeuille reprend un épisode de *Tristan*, mais tous les poèmes de Marie tournent autour de l'aventure d'aimer, mettant l'accent sur le pathétique et l'affectif, voire le mélancolique.

Le grand mythe de la littérature courtoise : Tristan et Iseut

■ Les histoires de passions fatales et d'amours tragiques sont anciennes. Mais c'est la légende de Tristan qui va fixer et immortaliser définitivement l'image occidentale de l'amour fou et malheureux. Introduit en France sous forme de lais, le mythe de Tristan s'est surtout imposé grâce à Bréri, jongleur gallois qui vécut à la cour de Poitiers entre 1130 et 1150. Tout au long du XIIe siècle, le personnage de Tristan sera le sujet d'œuvres littéraires nombreuses et diverses. Cette abondante production nous est parvenue de manière incomplète ou tronquée, parfois sous la forme de fragments isolés.

■ Nous possédons cependant deux versions moins lacunaires. Celle de **Béroul**, écrite vers 1180 (4 000 vers de huit pieds) et celle de **Thomas**, qui vécut dans l'entourage d'Aliénor. D'autres versions — la *Folie Tristan*, dite de Berne, et la *Folie Tristan*, dite d'Oxford — nous aident à reconstituer avec précision l'architecture globale du récit. Au début du XIIIe siècle, vers 1230, un *Tristan* en prose rassemblera en un seul roman les multiples épisodes de la légende dispersés çà et là.

■ Voici le résumé de la légende ainsi reconstituée, grâce surtout aux travaux de Joseph Bédier qui, au début du XXe siècle, a réuni en un seul texte l'ensemble des épisodes :

Tristan, neveu du roi de Cornouailles Marc, libère son pays du Morholt, un guerrier irlandais qui enlevait chaque année un tribut de jeunes gens et de jeunes filles. En tuant le Morholt, Tristan se blesse grièvement. C'est la blonde Iseut qui recueille le blessé et le guérit. Dans le même temps, Marc doit se marier : il a juré qu'il n'épouserait que la femme dont un cheveu blond a été déposé, sur sa fenêtre, par un oiseau. Cette femme, c'est Iseut. Tristan le sait et consent à aller la chercher en Irlande pour la ramener au roi Marc. En Irlande, Tristan détruit un monstre, le serpent crêté. Sur le bateau qui les reconduit en Cornouailles, Tristan et Iseut boivent par erreur un philtre d'amour que la mère d'Iseut avait confié à la servante Brangien. Ils brûlent désormais d'une passion réciproque impossible à éteindre. Épiés par les barons de la cour du roi Marc, les amants sont convaincus d'adultère. Condamné, Tristan doit fuir en Armorique. Mais, quoique proscrit, il revient plusieurs fois en Cornouailles sous divers déguisements. Marié à la sœur de son compagnon Kaherlin, Iseut-aux-blanches-mains, Tristan ne consomme pas le mariage. Voici qu'il est blessé à mort au combat. Prévenue, Iseut accourt, trop tard, et se laisse mourir sur le lit funèbre de son amant.

■ La légende de *Tristan et Iseut* a durablement imprégné la culture occidentale, pour qui l'amour absolu est toujours malheureux (pensons à *Roméo et Juliette*). Dans l'*Amour en Occident*, Denis de Rougemont voit dans ce mythe d'amour et de mort un texte fondateur de nos valeurs esthétiques et éthiques.

Le romancier de l'époque courtoise : Chrétien de Troyes

■ L'œuvre de Chrétien de Troyes s'échelonne entre 1160 et 1190. L'essentiel en est constitué par des romans en vers, tels *Le Chevalier au Lion*, *Le Chevalier à la Charrette* et, surtout, *Le Conte du Graal*, qui ont eu une influence considérable sur l'ensemble du Moyen Âge. On sait peu de choses, au demeurant, de la vie de Chrétien de Troyes (1135 ?-1190 ?), sinon qu'il fut un clerc lettré, peut-être chanoine de la cathédrale de Troyes, et qu'il vécut dans l'entourage de la plus haute aristocratie, notamment la cour de Champagne et celle de Flandre. Ses œuvres ont pour dédicataires la comtesse Marie de Champagne, fille d'Aliénor, ou Philippe d'Alsace, comte de Flandre. On peut considérer que Chrétien de Troyes est le premier écrivain quasi professionnel que nous puissions identifier dans notre histoire littéraire.

■ Très imprégné de l'idéologie courtoise, Chrétien s'inspire surtout du cycle des légendes du roi Arthur. L'amour y est, comme toujours, absolu et passionné, mais il ne sombre pas forcément dans le tragique, comme dans *Tristan*. Chrétien semble renoncer au couple maudit, tel celui de *Érec et Énide*, uni par le mariage et désireux de sauvegarder son intimité, en dépit de diverses épreuves. De même, dans *Cligès*, l'héroïne Fénice sauvegarde son honneur et la liberté de son cœur. L'amour idéal et unique, cher à la courtoisie, est vainqueur sans semer le malheur.

■ Mais c'est avec ses deux romans de chevalerie (*Lion* et *Charrette*)[1] que Chrétien de Troyes révèle le sens et l'évolution de la morale courtoise. Les deux chevaliers Yvain, puis Lancelot, incarnent des hommes convertis à la générosité et à la pitié, voués au service des faibles, des oubliés et des opprimés. Dans le même temps, ils sont habités par un amour unique et parfait (la *fine amor*) pour une Dame à qui ils vouent un vrai culte empreint de ferveur mystique et d'abnégation.

1. Titres complets : *Yvain ou le Chevalier au lion* et *Lancelot ou le Chevalier à la charrette*.

■ Ce modèle chevaleresque s'exprime finalement dans le chef-d'œuvre inachevé de Chrétien de Troyes, *Le Conte du Graal* (vers 1182). Perceval, vassal du roi Arthur, amoureux de la belle châtelaine Blanchefleur, finira par dépasser son allégeance à son suzerain et à sa Dame pour se consacrer exclusivement à Dieu et à la quête du « Graal », coupe contenant le sang du Christ, symbole de la perfection mystique. Cette légende mystérieuse va inspirer un grand nombre d'imitateurs et de continuateurs pendant tout le XIIIe siècle. Et l'énigme de Perceval ne cessera de solliciter l'imagination occidentale : *Parsifal* de Wagner et, plus près de nous, les œuvres de T.S. Eliot (*The Waste Land*) ou de Julien Gracq (*Le Roi-Pêcheur*), ainsi que diverses transpositions cinématographiques, perpétuent la vigueur de l'imaginaire celtique au sein du patrimoine européen.

La parodie et la fête

Le *Roman de Renart*

■ Le *Roman de Renart* est la collation de poèmes indépendants et d'origines variées, appelés « branches ». Écrits en français entre 1174 et 1250, composés d'octosyllabes, anonymes, ces contes sont l'œuvre de clercs cultivés. Bien sûr, on retrouve dans le *Roman de Renart* une longue tradition folklorique, transmise oralement, mais les recherches érudites du XXe siècle ont montré que certaines branches ont été écrites par des créateurs personnalisés et parfois identifiables, comme Pierre de Saint-Cloud.

■ On distingue trois sources qui ont pu stimuler l'imagination des conteurs :

• les fables de l'Antiquité, surtout celles du Grec Ésope (VIe siècle av. J.-C.) que Marie de France avait adaptées en français ;

• des poèmes médiévaux, comme l'*Ysengrinus*, écrit en latin par un moine de Gand nommé Nivard, vers 1150 : on y trouve déjà des épisodes précis de la lutte entre le renard et Isengrin, le loup ;

• des traces du folklore oriental, en particulier un conte indien, le *Pantchatatra*, diffusé en Occident par le biais des Arabes, des Juifs et des croisés.

■ Les 100 000 vers du *Roman de Renart* forment un ensemble composite, régulièrement complété et réenrichi par les quelque vingt auteurs qui y ont participé. En multipliant les anecdotes, les clercs se livrent à une parodie de leur propre culture : parodie des chansons de geste, de l'amour courtois, satire de la société féodale, de la justice, de la religion. On observe cependant que la gaieté des premières branches laisse souvent la place à un ton plus moralisateur et plus amer dans les branches du milieu du XIIe siècle. Il ne faut d'ailleurs pas exagérer la portée satirique du *Roman de Renart*, ni même y voir une quelconque forme de « littérature populaire » : écrite par une élite, destinée au public aristocratique, cette œuvre ne saurait refléter une revendication du peuple ou son esprit vengeur. Les « vilains », les paysans, le petit peuple restent totalement étrangers à la littérature écrite.

■ L'immense succès du *Roman de Renart*, depuis le Moyen Âge jusqu'à nos jours, montre en tout cas que la parodie n'est pas seulement celle d'une époque. Le monde animal permet de transposer des types d'homme (comme dans la fable) dont la vérité est universelle. Le rusé et malhonnête goupil ; l'autoritaire loup Isengrin, facilement abusé ; le prétentieux coq Chantecler ; le fourbe chat Tibert ; le lourdaud ours Brun, etc., sont devenus des archétypes de notre culture.

Un bestiaire démystificateur

■ On sait que le monde animal occupe une place importante dans l'imaginaire du Moyen Âge. L'architecture emprunte souvent ses motifs ornementaux à un bestiaire sculpté qui révèle une faune familière (corbeaux, blaireaux, aigles, cerfs, etc.) ou qui dessine parfois les silhouettes d'animaux exotiques (éléphants, lions, chameaux, guépards), voire imaginaires (licornes, griffons). La représentation du monde des hommes par le biais des animaux permet à la fois une parodie simple ou plaisante, et une réduction des mobiles humains à des fonctions « animales » : nourriture, sexualité ou volonté de puissance. La paillardise du *Roman de Renart* n'est pas une obscénité gratuite ou une gauloiserie complaisante. Elle participe du sens profond de l'œuvre, où tous les beaux idéaux sont mis en doute.

■ À cet égard, il est notable que Renart, à mesure que des branches nouvelles viennent enrichir le texte, est de plus en plus frondeur, maléfique, avec une sorte de perversion délibérée et d'esprit de provocation. Sans repentir, il ne respecte ni la foi jurée (notion essentielle dans le cadre de la vassalité féodale) ni les autorités. Les autres personnages ne sont pas vraiment moraux non plus. Ainsi, le code de l'honneur est tourné en dérision. La grandeur chevaleresque n'arrive plus à masquer les vrais mobiles des êtres, leur sottise, leur égoïsme, leur fourberie. De même, le raffinement de l'amour, cher à la littérature courtoise, cède la place à un désir spontané et sans vergogne, impatient d'être assouvi. L'édifice hiérarchisé de la société et son apparente respectabilité sont, finalement, mis en pièce ou ébranlés.

Les fabliaux

■ Le *Roman de Renart* montre la ruse triomphant de la force. Outre la valeur critique de ce motif, il est d'abord source de comique : le puissant, ridiculisé, fait toujours rire à ses dépens. Dans cette tradition d'inversion des valeurs féodales, le rire médiéval se manifeste aussi par les fabliaux. Le mot se rattache au genre littéraire de la fable, au sens où nous l'entendons aujourd'hui. Il s'agit d'un récit imaginé (qui ne puise dans aucun événement vérifiable, contrairement aux « histoires »), composé d'octosyllabes (comme le roman courtois ou *Renart*), assez bref : il se borne à une anecdote ou à une situation ramassées dans le temps et dans l'espace.

■ Le fabliau est destiné à être lu en public, donc il doit faire rire immédiatement, sans autre intention morale. Certes, il est parfois accompagné d'un préambule ou d'un court épilogue moralisateur, mais cet ajout sert de prétexte à faire accepter la gaillardise du récit et à éviter quelque censure. Malgré sa forme de conte bref, il peut être rapproché du théâtre de foire, par ses thèmes comme par sa gaieté paillarde. La période la plus féconde en fabliaux va de la fin du XIIe siècle au milieu du XIVe. À l'exception de Rutebeuf et de Jean Bodel d'Arras, la plupart des auteurs sont restés anonymes.

■ Le nouvel apport des fabliaux vient des personnages représentés : bourgeois, paysans, vilains, bas clergé. Les conteurs font surgir du milieu trouble des tavernes les mauvais garçons, les marginaux. Ces laissés-pour-compte prennent ainsi une revanche : le scénario comique obéit à un schéma très sommaire où l'on abuse un personnage puissant mais antipathique. Le plus souvent, le « sketch » se réduit à une histoire d'adultère, avec le trio classique du mari (plutôt riche mais benêt ou odieux), de la femme (sensuelle, insatiable, infidèle) et de l'amant (un déclassé ou un jeune homme habile et drôle). La morale chevaleresque et courtoise semble ainsi définitivement subvertie.

■ À la fin du XIVe siècle, cette veine gaillarde survivra dans des recueils plus achevés : en Italie, dans le *Décaméron* de Boccace (1313-1375) et en Angleterre, dans les *Contes de Canterbury* de Chaucer (1340-1400).

Le théâtre comique et la fête populaire

■ Il faudra attendre l'extrême fin du XIIIe siècle pour qu'apparaissent vraiment des œuvres théâtrales rédigées. De même, la farce ne prendra son essor qu'au

XVe siècle. Mais, sans chercher à soulever l'insoluble problème des origines du théâtre, on peut observer que le monde médiéval fait une place importante à la vie collective et à la communication orale. Les rites de la féodalité ou de l'Église s'apparentent à des mises en scène. Mais c'est surtout dans la fête, et notamment dans le Carnaval, que des groupes et des individus se déguisent, s'essaient aux jeux de rôle et plaisantent. La fête est souvent l'occasion d'une inversion : les riches et les puissants sont moqués, les gueux peuvent devenir les meneurs de jeu. Le théâtre profane est donc en gestation dans ces moments de brassage que sont les fêtes, les foires, les grands marchés. Et le public potentiel (acteur/spectateur) pouvait facilement prendre plaisir à la satire propre au comique. Ce qui, dans le *Roman de Renart* ou dans les fabliaux, n'était perçu que d'une élite, trouve dans la fête l'occasion d'une diffusion plus immédiate et plus large. On peut parler cette fois de culture populaire.

La littérature historique au Moyen Âge

Les « annales » latines du haut Moyen Âge

■ Avant le XIIe siècle, les œuvres historiques sont rares et toutes écrites en latin. Seuls des clercs lettrés pouvaient s'y consacrer. Ces ouvrages, comme l'*Historia Francorum* (Histoire des Francs) rédigée au VIe siècle par Grégoire de Tours, sont des chroniques universelles qui retracent l'histoire du monde dans le contexte du christianisme. D'autres se contentent de raconter la vie exemplaire de tel ou tel saint. Et d'ailleurs, ces vies de saints s'apparentent plus au romanesque qu'à l'histoire objective.

■ Les premiers textes historiques rédigés en français sont donc des traductions d'ouvrages antérieurs écrits en latin. Ainsi, vers 1155, le poète Wace, originaire de Jersey, adapte l'*Historia Regum Britanniae* (rédigée en 1130 par Geoffroy de Monmouth) sous le titre de *Roman de Brut* : cette vaste fresque reconstitue le passé légendaire des Bretons ; puis il entreprend le *Roman de Rou*, inspiré d'une *Histoire des Normands* plus ancienne. Comme Benoît de Saint-Maure, auteur d'une *Chronique des ducs de Normandie*, Wace écrit en vers. Ce n'est qu'au XIIe siècle que la littérature historique en prose française va prendre son essor.

Les mémoires de croisades : Villehardouin, Joinville

■ Geoffroy de Villehardouin (vers 1150-1213), vassal du comte Thibaud de Champagne, décida de prendre part à la quatrième croisade, à l'appel du prédicateur Foulques, curé de Neuilly-sur-Marne. Organisée par le pape Innocent III, la quatrième croisade avait pour mission de reprendre les Lieux Saints aux musulmans, par un itinéraire maritime partant de Venise. C'est Villehardouin qui dut négocier avec le doge de Venise Henri Dandolo l'affrètement de la flotte de guerre qui appareilla le 8 octobre 1202. Mais des intérêts commerciaux et des querelles détournèrent peu à peu la croisade de son but, qui se transforma en machine de guerre des Vénitiens contre l'Empire des Grecs, aboutissant à la prise de Constantinople, le 17 juillet 1203. Les croisés furent donc conduits à massacrer d'autres chrétiens (les Grecs orthodoxes) au lieu de libérer la Palestine comme ils l'avaient promis. Villehardouin rédigea *La conquête de Constantinople*, entre 1207 et 1213, pour répondre aux accusations portées contre les chefs de cette expédition dévoyée. Son témoignage est visiblement hanté par le manquement à la parole donnée et par la volonté de se réhabiliter.

■ Jean de Joinville (vers 1224-1317), sénéchal de Champagne, prit part à la septième croisade (1248-1254), conduite par Louis IX, futur saint Louis. Après la mort du roi, emporté par la peste devant Tunis en 1270, Joinville rédigea, pendant plus de trente ans, un *Livre des saintes paroles et bons faits de notre saint roi Louis*. L'intention morale du livre est évidente, d'autant qu'il fut commandé par Jeanne de Navarre, reine de France, épouse de Philippe IV le Bel, pour l'éducation de son fils, le futur Louis X. La véracité des faits cède donc le pas à l'apologie et à l'idéalisation. Louis IX y devient un mythe, une incarnation de toutes les valeurs éthiques et religieuses de la chevalerie. Joinville nous paraît donc moins un chroniqueur qu'un mémorialiste ou un hagiographe.

Autour de la guerre de Cent Ans : Froissart

■ Jean Froissart (vers 1337-vers 1410), né à Valenciennes, s'installa en 1361 à la cour d'Angleterre, protégé par Philippine de Hainaut, épouse du roi Édouard III. À la mort de sa protectrice (en 1368), le clerc Froissart passe au service de Robert de Namur. C'est là qu'il commence son premier livre des *Chroniques*, consacré au deuxième quart du XIVe siècle. Viendront ensuite le second livre, racontant la guerre des Flandres, et le troisième, relatant le règne de Charles II d'Angleterre et les événements d'Espagne. La vision historique de Froissart est réactionnaire : fortement marqué par les traditions chevaleresques, très attaché aux valeurs féodales, Froissart comprend mal la révolte du peuple contre l'occupant anglais ou l'accroissement de l'autorité royale au détriment des privilèges seigneuriaux.

Alors que les chevaliers français sont battus (à Crécy en 1346, ou à Poitiers en 1356, par exemple), Froissart continue de vivre dans la nostalgie de leur grandeur passée et de leur idéologie, devenue inadaptée.

Un historien sans illusions : Commynes

■ Philippe de Commynes (1447-1511) est un aristocrate bourguignon, chambellan de Charles le Téméraire, duc de Bourgogne, qu'il quittera ensuite pour entrer dans l'entourage du roi Louis XI, auprès de qui il jouera un rôle de conseiller écouté et protégé. À la mort de Louis XI, en août 1483, son successeur Charles VIII étant mineur, c'est Anne de Beaujeu, sœur du jeune roi, qui assure la régence. Commynes participe, aux côtés de Louis d'Orléans, à une conspiration contre la famille royale. Condamné à la prison (1487-1489), puis relégué dans ses terres loin de la cour, Commynes commence la rédaction de ses *Mémoires*. Partiellement réhabilité quand Charles VIII atteint la majorité, il assure à nouveau des tâches d'ambassadeur et de négociateur, notamment durant les guerres d'Italie (1494-1495).

■ Familier des princes, ambitieux et intrigant, Commynes a beaucoup trahi. Ses *Mémoires* mêlent une volonté de se justifier soi-même et la permanence d'une mauvaise conscience. Il a beau récrire l'histoire sous un éclairage qui atténue ses forfaitures, on sent bien que son bilan est amer. Commynes souligne combien la morale et la politique sont inconciliables. L'idéal chevaleresque de la féodalité est désormais bien mort. Ainsi, ce n'est pas à ses prédécesseurs que Commynes doit être comparé, mais à son contemporain florentin, Machiavel.

Le théâtre comique médiéval

Les origines et l'extension

■ Ce n'est que tardivement (vers le milieu du XVe siècle) que le théâtre médiéval constituera un genre organisé et reconnu comme tel, avec l'idée de la représentation, des personnages, des rôles écrits, du lieu théâtral, etc. On a l'impression que les premières tentatives sont des émanations de la fête ou de la foire, et les traces écrites sont rares. Autant le théâtre religieux trouve ses sources et ses raisons d'être dans la liturgie, dont il se sépare peu à peu, autant le théâtre profane semble le produit d'une culture sociale, où prédomine l'échange et où l'imaginaire est constamment en éveil. Le débat reste ouvert pour savoir si le théâtre profane est issu ou non du théâtre religieux.

■ Vers 1450, la littérature théâtrale à proprement parler commence. C'est l'époque où la génération née de la guerre de Cent Ans veut se détourner d'un passé de violence et commence à connaître un regain d'expansion économique. Cette vitalité permet la naissance d'œuvres originales : 250 pièces – notamment des farces et des soties dont le goût se démodera très vite. Cette explosion créatrice a bien des sources possibles : la comédie latine du XIIe siècle, les mystères, la tradition des jongleurs, les fabliaux. C'est la fusion de ces influences, favorisée par de bonnes conditions socio-économiques, qui joue sur les thèmes du théâtre nouveau. Comme toujours, la littérature n'est ici que le produit de nouvelles donnes sociales. Il est, par exemple, frappant que le théâtre se développe en même temps que les villes s'agrandissent et que la bourgeoisie prend conscience d'elle-même.

Les prémices d'Adam de la Halle (fin du XIIIe siècle)

■ Adam de la Halle, dit Adam le Bossu, est, avec le trouvère Jean Bodel, le seul grand auteur de théâtre profane avant l'extension théâtrale du XVe siècle. Musicien, vivant à Arras, il semble avoir vécu dans l'entourage de comte d'Artois, Robert II, et l'avoir accompagné à Naples. Là, il passa au service de Charles d'Anjou, avant de mourir vers 1285. Cette vie nous reste donc obscure, mais nous savons que la ville d'Arras connaissait, avant la lettre, les conditions socio-économiques du XVe siècle : centre commercial, grâce à la laine, aux banques, aux échanges avec les Flandres et l'Angleterre, Arras est une ville florissante, dotée d'une vie intellectuelle intense. Bien qu'héritier de la culture médiévale, au moment où disparaît l'esprit des croisades, Adam de la Halle invente un genre nouveau, empruntant à diverses formes littéraires d'autrefois (chansons, pastourelles, monologues et divertissements). Le *Jeu de Robin et Marion*, sans doute écrit pour divertir la cour de Naples, est une vraie pièce, sorte d'opéra-comique : un jeune seigneur tente en vain de séduire une paysanne. Cette intrigue marque la victoire des paysans, et la pièce s'achève dans des divertissements champêtres, joyeux et débridés.

■ Écrit plus tôt, quand Adam vit encore à Arras, le *Jeu de la feuillée* s'adresse sans doute à une confrérie des jongleurs. Composée d'une succession assez hétécoclite de scènes et de tableaux, cette œuvre bizarre est alimentée par des moqueries à l'égard d'Arrageois connus. Les clés nous échappent en grande partie. Mais on y perçoit aussi de la parodie (notamment des romans arthuriens). Il en résulte une impression de déraison et d'absurdité, voire d'improvisation, qui rappelle le « psychodrame » moderne, où les participants jouent des scènes de leur vie quotidienne et viennent ainsi exorciser leurs fantasmes, tout en s'attaquant à ceux qui ont d'habitude quelque pouvoir. Adam lui-même s'implique directement dans l'action : l'auteur apparaît dès le début, annonçant qu'il va quitter sa femme. Viennent ensuite un moine et un médecin qui vendent des remèdes de charlatan ou des reliques ; puis un fou furieux et trois fées. L'allégorie finale (la roue de la Fortune) achève de relier ce *Jeu* à la fête populaire où tout est mis sens dessus dessous.

La farce

■ Le théâtre de la farce nous est connu par plus de 170 pièces, d'une longueur de 200 à 500 vers, avec rarement plus de trois à cinq personnages. Les thèmes ont survécu dans nos comédies grossières : infidélité conjugale, friponneries, fanfaronnades déjouées, etc. Bien qu'elle puisse mettre en scène des personnages et des métiers variés, la farce n'est guère le reflet d'une réalité. Elle dépasse le réalisme pour présenter des types — et même des stéréotypes — bornés et rigides. L'effet comique repose précisément sur le caricatural et la prévisibilité des situations.

■ Il est presque regrettable que la plus connue des farces soit celle de *maistre Pathelin* (dans laquelle un avocat oblige son client à jouer les demeurés bêlants, avant d'en être lui-même la victime). Cette farce contient une intrigue achevée et, quoique écrite très tôt (1464), elle dépasse par son projet les autres farces de l'époque. Généralement la farce est plus animée : on s'y dispute (surtout en famille) ou on organise quelque attrape-nigauds (aux dépens d'un juge, d'un puissant, d'un vantard). De plus, la farce joue beaucoup sur le langage : le « badin » exploite, par exemple, ceux qui comprennent mal tel ou tel langage (les écoliers, le jeune villageois débarquant en ville, les simples). Ces jeux langagiers vont jusqu'à des systèmes d'équivoques, notamment érotiques (comme la farce *des femmes qui font rembourrer leur bas*).

■ Le schéma fondamental reste le trio mari-femme-amant ou la scène de ménage. Ainsi, dans la *Farce du Cuvier*, une femme autoritaire oblige son mari à écrire sur un « rollet » les tâches qu'il doit accomplir ; mais lorsqu'elle tombe dans la cuve, il refuse de l'en sortir, prétextant que cela n'est pas prévu dans son « rollet », jusqu'à ce qu'elle lui reconnaisse la direction du ménage. Il n'empêche que la farce souligne les incohérences et les tabous d'un monde trompeur. Le « badin », comme plus tard Scapin, révèle le mensonge, permet une violente satire de la mauvaise foi. La force de subversion propre au rire donne à la farce, même si son projet n'est à l'origine nullement révolutionnaire, un vrai pouvoir de démystification.

La sotie

■ La sotie (ou « sottie ») est un genre plus long que la farce et plus complexe : les dialogues peuvent y frôler la démesure ; la volonté de moraliser y reste très sensible ; l'action peut y paraître confuse. Sur les soixante soties que nous conservons, la plupart ressemblent à des histoires de fous. Les acteurs/personnages portent un bonnet à oreille qui les fait reconnaître comme « sots », c'est-à-dire comme des « fous » qui ont le droit de tout dire et de tout faire sans risquer d'être inquiétés.

■ La sotie est sans doute née dans le milieu des associations d'étudiants, où l'on parodiait (pour s'entraîner) l'action juridique, les plaidoiries, les débats des tribunaux. On est donc proche des « éloges paradoxaux » (louanges à contre-emploi, comme celle du « torche-cul » chez Rabelais) ou des chahuts estudiantins. Le dialogue, la gaillardise, la folie feinte n'ont qu'un but : bousculer une société figée. La structure se fonde donc sur le déroulement d'un procès parodique, où un verbalisme délirant finit par détruire toute cohérence et toute signification. Faut-il prendre la sotie au sérieux et y voir une consciente subversion ? Plus probablement se préoccupe-t-elle moins de susciter des prises de conscience que de jouer avec le langage, c'est-à-dire d'être poésie.

Un art populaire ?

■ La forme du théâtre profane montre en tout cas la valeur festive de la production comique médiévale. Certes, il existait un théâtre urbain, organisé dans un lieu spécifique, s'adressant aux bourgeois cultivés ou même à la noblesse (comme celui d'Adam de la Halle). Mais il y a adéquation entre les festivités populaires (carnaval, surtout) et les thèmes de la farce ou de la sotie : permissivité, masque, inversion, revues et défilés, etc. On admet aujourd'hui qu'une pièce sur trois du théâtre profane médiéval était destinée à être présentée en plein air, devant le public élargi de la fête.

Le théâtre religieux médiéval

Du drame liturgique aux mystères

■ Les plus anciennes manifestations du théâtre religieux médiéval ne doivent rien à l'Antiquité gréco-latine. C'est dans le contexte de la cérémonie religieuse elle-même qu'il faut chercher les origines d'un spectacle chrétien. Les acteurs incarnaient des personnages bibliques, mimant simplement le texte : visite des bergers dans la crèche, adoration des rois mages, scènes de la Passion, miracles ou apparitions, etc. C'est ainsi que se constitue un « drame liturgique », dont la fonction pédagogique est évidente. Les moines et les officiants donnaient par ce biais un rudiment de culture religieuse au croyant, tout en l'associant à ce mélange de célébration et de spectacle.

■ Le drame liturgique apparaît dès le tout début du xe siècle dans les abbayes bénédictines d'Angleterre et du nord de la France. L'usage de ces offices « joués » se répand ensuite rapidement dans toute l'Europe. D'abord dit en latin, langue savante, il n'aura recours à la langue vulgaire que pendant le XIIe siècle. Très vite, le « drame » va prendre plus d'extension, avec des personnages plus nombreux et des textes plus longs. On peut alors parler vraiment de « théâtre » : autour d'un thème central (Noël, Pâques, l'Ascension, etc.), se multiplient les scènes et les situations. Ainsi dramatisé, l'argument biblique anime, évoque, imite : il devient vraiment « jeu ». Toutefois il reste circonscrit par les lieux (le chœur, l'église) et par les contraintes liturgiques (processions, costumes religieux, rites et prières, office de la messe). La communauté chrétienne est invitée à méditer, à prier. La participation du public reste limitée et ne vise pas à une quelconque transe collective.

■ À partir du XIIe siècle, la théâtralisation et la communion affective qu'elle suppose vont s'accentuer rapidement. Le climat spirituel de l'Europe (pensons à saint Bernard) paraît plus sensible à l'humanité de Jésus. De même se développe le culte de Marie, dont la souffrance pathétique permet un jeu lyrique et émotif. Le *Jeu de la Passion* prend le pas sur l'*Officium nativitatis* (Noël) ou sur l'*Officium stellae* (l'Épiphanie, les rois mages), lesquels impliquaient une sorte de fixité. Enfin, on dramatise des histoires nouvelles qui ne peuvent plus figurer directement dans un office religieux, comme la légende de Saint Nicolas. Dès lors, le drame sort de l'église et se joue sur les porches et sur les parvis. Les conditions de représentation changent : il faut un décor, une mise en scène. Dès la fin du XIIe siècle, des clercs s'organisent en troupes et modifient le spectacle, notamment en y mêlant des épisodes drôles ou grotesques. Élément essentiel dans l'évolution du genre, le Diable est mis en scène, puis l'Enfer, ce qui permet de jouer sur les hantises du spectateur. Mélange de folklore (les diablotins, la grande marmite infernale) et d'exorcisme (peur de la mort, de la damnation), le Diable installe le jeu théâtral dans un système composite où alternent le rire et l'angoisse. La fonction moderne du théâtre semble donc déjà réalisée dans les œuvres des années 1160-1200, telles le *Jeu d'Adam* ou la *Sainte Résurrection.*

■ Des indications scéniques sont conservées dans ces manuscrits. Diamétralement opposés, l'Enfer et le Paradis organisent l'aire de jeu. Les personnages se tiennent chacun dans leur « lieu », nommé « mansion » (car il imite une « maison »). Les acteurs viennent au centre pour parler. Cette aire de jeu, comme dans un cirque moderne, est circulaire et le public se tient tout autour. Joueurs et spectateurs sont donc pris dans un système d'échanges et, peut-être, de participation. Il est en tout cas douteux qu'il y ait eu, à cette époque, des acteurs de métier. La « troupe » était généralement issue d'une confrérie, sorte d'association professionnelle. Ainsi le *Jeu de Saint-Nicolas* de Jean Bodel (1199) fut donné par la confrérie des jongleurs et bourgeois d'Arras. Plus tard, Rutebeuf semble, par exemple, avoir écrit pour une confrérie d'orfèvres (vers 1270).

Une dimension nouvelle : les mystères (XVe siècle)

■ Après la coupure historique de la guerre de Cent Ans (1337-1453), durant laquelle le théâtre ne laisse que peu de traces écrites, une sorte de renaissance théâtrale se produit, dans le domaine sacré comme dans le domaine profane. C'est l'époque des **mystères**, genre original propre au Moyen Âge. Le mystère est organisé par la communauté tout entière. Dans les villes, tout le monde y prend part, pour l'organiser, pour y jouer, pour y assister. On a recours à des machineries compliquées, à des feux d'artifices. Tous les auteurs importants sont sollicités et fournissent le texte : Eustache Mercadé à Arras, les frères Gréban au Mans, Jean Michel à Angers nous ont laissé, par exemple, des mystères inspirés par la Passion du Christ.

■ À cette importance sociale s'ajoute une dimension littéraire. Texte écrit, immense (jusqu'à 50 000 vers, 20 000 en moyenne), exigeant une dramaturgie scénique, le mystère est un théâtre total. Le sens même du mot reste discuté : s'agit-il vraiment d'un « mystère », au sens d'initiation ésotérique, ou d'un « mistère » (du latin *ministerium*), c'est-à-dire d'une forme agrandie du « service » religieux ? On ne sait. Mais la fonction socio-culturelle du mystère, spectacle-cérémonie, enseignement biblique et profession de foi, est essentielle. Il s'inscrit d'ailleurs comme au cœur d'une vaste fête, à laquelle toute la cité participe, attirant des spectateurs des alentours : 16 000 personnes à Reims en 1490 ! Le mystère sert aussi à unir la communauté : la pièce raconte souvent la fondation de la ville, la vie du saint patron local (saint Clément à Metz, saint Didier à Langres...) et transmet un système de valeurs, de croyances, de conduites morales. Certains mystères vont même jusqu'à célébrer des événements d'actualité : Michault Taillevent célèbre la paix d'Arras (1435) dans *le Pauvre Commun*, par exemple, et *le Concile de Basle* (1434) réfléchit aux problèmes du Grand Schisme.

Nature et finalité du spectacle

■ Le mystère est un spectacle énorme. Des centaines d'acteurs évoluent dans un décor de « mansions » qui symbolisent simultanément les lieux de l'action : Enfer et Paradis, échoppes et tavernes. Le public n'est pas immobile, d'autant que la représentation dure plusieurs jours, entre trois et quinze. Un « conducteur » dirige l'évolution des acteurs, et un récitant (souvent un « fou ») fait le lien entre les scènes ou détend la foule. Enfin, la « monstre » (parade des acteurs) et divers intermèdes font du mystère une fête gigantesque.

■ Fondamentalement, le mystère est un acte religieux. Mais il illustre surtout un besoin, propre à la fin du Moyen Âge, de théâtraliser le monde, d'afficher les valeurs et les croyances qui le structurent, et de conjurer ainsi un sentiment de fin du monde qui hante l'époque. Il ne s'agit plus alors d'un divertissement, ni même d'un enseignement déguisé, mais bien d'une opération de prestige où la société réunie arrête le temps et met en scène les valeurs qui la garantissent. Voilà pourquoi les textes, d'abord exclusivement religieux, mélangent très rapidement les registres et les tons (le tragique et le bouffon), tout en prenant pour toile de fond des périodes historiques qui ne sont plus directement liées à la Bible : la guerre de Troie, l'empire romain ou l'histoire récente. L'ambition du mystère est de tout dire. En lui se condensent l'histoire, les sentiments humains, les émotions. Il donne d'ailleurs la parole à tous, du plus humble des bergers au pape, aux princes ou même à la Justice divine. Il mélange des allégories personnifiées (vices, vertus, le Bien, le Mal), des êtres surnaturels (anges, diables), et des êtres singuliers (le peuple, les personnalités connues). Ce brassage est, encore une fois, une conception du monde (le sacré n'est pas séparé du réel ; l'Histoire est fusion et recommencement perpétuel) qui conjure l'angoisse de la « fin des temps ».

■ Le succès populaire des mystères ne se démentira pas jusqu'au début du XVIe siècle. C'est un édit du parlement de Paris, en 1548, qui finira par les interdire, trouvant que ces spectacles donnaient une image dégradée de la religion. Les guerres de Religion — surtout du côté des Réformés — marquent l'arrêt définitif de la conception religieuse propre au mystère. Les goûts italiens (peinture, « Renaissance » culturelle, etc.) jouent aussi un rôle dans la disparition d'un genre désormais considéré comme grossier.

Deux créateurs de mystères : Gréban et Michel

■ Dans la foisonnante production du théâtre médiéval sacré, la plupart des pièces restent pour nous anonymes. La notion de propriété littéraire n'étant pas établie, les textes se recoupent, et des pans entiers de telle œuvre sont repris tels quels dans telle autre. L'hypertrophie des mystères le permet (50 000 vers dans le *Mystère du Vieil Testament* !). On peut cependant retenir deux créateurs importants.

■ Arnoul **Gréban** (vers 1420-vers 1470), chanoine de Saint-Julien du Mans, organiste et maître de chapelle de Notre-Dame de Paris, a composé vers 1450, avec l'aide de son frère Simon, un *Mystère de la Passion* monumental : 34 425 vers, répartis en quatre journées. La première évoque le Paradis et la Nativité ; la seconde, la vie de Jésus ; la troisième, le Calvaire et la Passion proprement dite ; enfin, la quatrième journée montre le retour du Christ. Œuvre immense, mêlant tous les registres, de la rhétorique savante au burlesque grossier, cette Passion a servi de modèle durable.

■ Jean **Michel** (1435-1501), médecin et régent de l'université d'Angers, a repris des milliers de vers à Gréban pour son *Mystère de la Passion*, dit « *Passion d'Angers* ». Cette œuvre de 30 000 vers fut représentée à Angers en août 1486, puis plusieurs fois à Paris, et on en connaît dix-sept éditions entre 1488 et 1500. Jean Michel resserre cependant le sujet et s'intéresse surtout à l'expérience humaine du Christ. Le mystère de l'Incarnation permet de montrer la souffrance pathétique de Jésus. Les autres protagonistes sont aussi fortement humanisés : on les voit hésiter et douter (les apôtres, Pilate, Marie-Madeleine). Bref, Jean

Michel écrit un théâtre où le symbolisme s'efface derrière la vérité humaine. À cet égard, il annonce les tragédies protestantes de la fin du XVIe siècle, dont les personnages (tel Abraham devant sacrifier son fils) sont souvent déchirés.

La poésie lyrique médiévale

Les troubadours et l'attente amoureuse (XIIe siècle)

■ Tout comme l'épopée, la poésie lyrique médiévale illustre les valeurs de la féodalité. Mais elle insiste surtout sur l'exaltation et sur le culte voué à la femme aimée. Les sources de cette poésie se situent en Occitanie, dans le Midi, du Poitou à la Provence, où évoluent les troubadours. Ces provinces méridionales, sous la tutelle de seigneurs riches, libéraux, cultivés, connaissaient alors une prospérité qui favorisait le développement des beaux-arts et de mœurs apaisées. Et la proximité de la Méditerranée suscitait des échanges, donc des découvertes, en direction du Moyen-Orient et de la civilisation arabe, installée jusqu'en Espagne.

■ Le troubadour vit dans l'entourage d'un mécène : c'est un poète de cour, mais il peut être lui-même un jeune aristocrate. Les chevaliers, entre deux exploits guerriers, n'hésitent pas à courtiser quelque jeune fille de bonne famille, voire l'épouse d'un grand seigneur. Dans ce cas, il s'agit d'une poésie galante qui ressemble surtout à un jeu. Ce jeu est d'autant plus évident que la poésie des troubadours affecte de renverser les valeurs habituelles de la société féodale : l'homme (si souvent dominateur et misogyne) se met au service de la Dame, accepte de subir ses caprices et se conduit en vassal. Ce « service d'amour » vise à la récompense (le *guerredon*) : un baiser — ou plus — et un amour partagé (*joy*).

■ Face à cette exaltation, la Dame se doit de rester inaccessible. Les textes poétiques le montrent : la Dame n'y est jamais clairement désignée, et sa représentation physique s'efface derrière des abstractions et des vœux mystiques. La poésie chante surtout les obstacles à l'amour, l'impossible union, la passion inassouvie. Le désir y est sublimé et formulé avec le lexique de la religion.

■ La plupart des poèmes lyriques des troubadours sont donc des chansons d'amour (*canso*). Les strophes (*coblas*) aboutissent à un envoi (*tornada*) adressé à la personne aimée dont l'identité reste voilée (le *senhal*).

La première génération

■ L'art des troubadours commence vers 1100 et représente une véritable novation. Les critiques soulignent tous l'aspect insolite de cette irruption poétique, si belle et raffinée, qui impose très vite une nouvelle langue littéraire, *printemps précoce de l'Occident moderne* (Davenson). Les troubadours précipitent le déclin du latin en rimant en occitan, langue musicale et charnue.

■ Le plus ancien troubadour dont nous ayons gardé trace est **Guillaume d'Aquitaine** (1071-1127), grand-père d'Aliénor). Ce duc belliqueux, dont le fief s'étendait de la Loire aux Pyrénées, eut une vie violente, aventureuse et si débauchée qu'il fut excommunié. Mais, au retour des croisades, il compose pour sa favorite, la vicomtesse de Châtellerault, des chansons ferventes et tendres. Il célèbre l'attente d'un amour partagé, tout en cultivant le « service courtois », la soumission absolue à la Dame. Guillaume d'Aquitaine fixe ainsi les grands lieux communs de la poétique des troubadours : la distance où se maintient la créature de rêve (*amor de lonh*), le désir de mourir d'amour, la joie juvénile d'aimer (*jovenz*), etc.

■ Autre aristocrate, Jaufré **Rudel** (première moitié du XIIe siècle) est un seigneur de Blaye, vassal des comtes d'Angoulême. Sa biographie, publiée au XIIIe siècle, semble légendaire. Il est vraisemblable qu'il participa à la croisade de 1148 : il connut ainsi le comté de Tripoli, fondé par la maison de Toulouse, et il y chanta la fille (Melisanda) et/ou l'épouse (Odierna) du comte Raimon II. En dépit de ces conjectures, les six chansons conservées de Jaufré Rudel restent assez mystérieuses, toutes axées sur le thème de la « Dame lointaine », dont l'absence est obsédante et entretient une perpétuelle insatisfaction émotive et sensuelle. Cette poésie de l'amour impossible est toutefois associée à des évocations de la nature (le printemps, les chants d'oiseaux...). Cet ensemble contrasté, malgré ses allures de langueur romantique, est surtout le fruit d'un art savant, où la simplicité affectée vise un effet mélodique et suggestif.

■ La sophistication des couplets est parfois poussée assez loin, comme avec la « sextine » (six strophes de six vers jouant sur six mots-rimes), immortalisée par Arnaut **Daniel**, un virtuose.

Les grands héritiers d'Occitanie

■ Les grands modèles offerts par Guillaume d'Aquitaine et Jaufré Rudel vont inspirer la génération suivante. Entre 1150 et 1200, c'est l'âge des troubadours : Marcabru, Rigaut de Barbezieux, Guilhem de Cabestanh, la comtesse de Die, Fouque de Marseille et Peire Vidal. À défaut de modifier les thèmes, les chansons combinent des formes plus savantes. On a parfois l'impression que l'émotion amoureuse disparaît sous les subtilités laborieuses de raisonnements alambiqués. L'extinction de la tradition occitane sera presque aussi rapide que son éclosion : après 1220, tout disparaît. Il est vrai que la croisade contre les Albigeois (1208-1229) a décapité l'aristocratie occitane et brisé les structures féodales des provinces du Midi.

■ Parmi les grands troubadours de la fin du XIIe siècle, citons **Bernard de Ventadour** (Ventadorn, en occitan). On connaît mal la vie de ce poète, très admiré de son vivant et créateur d'une œuvre fort riche. Fut-il un seigneur, descendant d'Ebles de Ventadour, ami de Guillaume d'Aquitaine ? Ou bien, comme le rapportent ses premiers biographes, fut-il le fils d'un serviteur des plus humbles ? Cette seconde tradition cherche surtout à montrer un génie, parti de rien et devenant l'intime d'Aliénor d'Aquitaine, par la seule puissance de son talent. En tout cas, Bernard de Ventadour est un musicien incomparable. Sans rien modifier à la thématique de l'amour courtois, il invente des images et écrit une langue originale, pleine de trouvailles et d'émotion.

■ Autre mélodiste excellent, **Bertran de Born** (mort en 1210) : ce seigneur de Hautefort (Dordogne), gentilhomme belliqueux et voyageur, utilise les divers genres poétiques des troubadours. Sa littérature aristocratique cultive ainsi le *sirventès*, poème de circonstance assez animé, ou le *partimen*, dialogue fictif entre les amoureux, et le *planh*, chant d'affliction. Le style de Bertran de Born est composite : il fait alterner des complaintes nostalgiques et des accents plus violents, proches du chant de guerre.

■ De toute manière, il nous faut nous défier de nos habitudes de modernes (héritées du romantisme) pour juger de la poétique des troubadours. Ils ne cherchent pas l'effusion sincère des sentiments, mais tentent, chacun son tour, de réactiver des thèmes connus, des « topoï » (lieux communs). Le plaisir du texte consiste précisément à créer la surprise chez l'auditeur qui, dans un contexte qu'il connaît bien, rencontre soudain une expression neuve ou une strophe originale. Cette poésie de la forme explique pourquoi nous pouvons répertorier 885 formules strophiques différentes, dans les 2 500 pièces que les troubadours nous ont léguées. C'est à cette richesse formelle que la poétique troubadouresque va devoir son expansion vers le Nord (trouvères) et dans toute l'Europe (Portugal, Sicile, Allemagne). Aussi fera-t-elle l'admiration de Dante (1265-1321) : il voit l'occitan comme *la plus parfaite et la plus douce des langues.*

Naissance lyrique de la langue d'oïl (fin du XIIe et XIIIe siècle)

■ L'art des troubadours se rattachait à la courtoisie, donc à l'aristocratie. Les nouvelles formes poétiques qui se développent, dès la fin du XIIe siècle, dans le nord de la France, relèvent de registres plus populaires. On a même établi des différences entre les deux traditions, l'une aristocratique, l'autre populaire[1] :

Registre aristocratisant	Registre popularisant
1. Grand chant courtois.	1. Genres qui échappent plus ou moins au grand chant courtois.
2. Troubadouresque.	2 Jongleresque.
3. Extrafolklorique.	3. Souvent parafolklorique.
4. Essentiellement lyrique.	4. Souvent lyrico-narratif ou lyrico-chorégraphique.
5. Occitanisant.	5. Plus strictement français.
6. Genres signés.	6. Genres le plus souvent anonymes.
7. Genres identifiés comme tels.	7. Genres mal identifiés par les traditions poétiques.
8. Formellement, genres qui gravitent autour de la *canso.*	8. Genres formellement indépendants de la *canso.*
9. Le sujet lyrique est presque toujours un homme.	9. Le sujet lyrique est fréquemment une femme (type : chanson de femme).
10. Tradition textuelle des XIIe et XIIIe siècles.	10. Tradition textuelle qui n'émerge qu'au XIIIe siècle.
11. Registre à « historicité » limitée.	11. Historicité plus large (se continue dans la littérature oralo-traditionnelle).

1. P. Bec, *La Lyrique française au Moyen Âge*, Picard, 1977.

Les genres populaires

■ **La pastourelle.** Cette forme lyrique se répand surtout en Picardie. Chant d'amour, le poème fait alterner couplets et refrains et suit un schéma codifié, toujours le même : rencontre du poète avec une bergère, tentative de séduction, résistance de la belle. On considère généralement que la pastourelle contient des traces d'ironie qui tournent discrètement en dérision la morale de la *fine amor*. Le succès considérable de ce genre réside peut-être dans ce détournement des valeurs courtoises, mais la pastourelle est surtout une chansonnette allègre et parfois coquine, avec un contenu érotique diffus. Son attrait tient aussi à ce jeu de séduction.

■ **Les chansons de femmes.** Écrites parfois par des hommes, ces chansons sont destinées à être interprétées par des femmes. La chanson *d'aube*, par exemple, est un monologue évoquant le moment où la femme quitte son amant, au point du jour. De même la chanson *de toile* met en scène la femme qui, tout en filant ou en tissant sa toile, raconte l'histoire d'un amour malheureux. Ce genre est l'inverse de la chanson courtoise : il a recours au narratif ; c'est une jeune fille simple et non une dame hautaine qui est en jeu ; l'amour y est très humain, ne demandant qu'à s'accomplir.

La survivance des genres aristocratiques

■ La poésie lyrique d'oïl reprend les caractéristiques de la *canso* occitane. Elle est l'œuvre, parfois, de grands seigneurs, comme le châtelain de Coucy, Conon de Béthune, ou même de princes ou de rois, comme Richard Cœur de Lion (1157-1199) ou Thibaut de Champagne (1201-1253). Les trouvères sont donc bien les descendants directs des troubadours, à tous égards.

■ Quelques modifications sont cependant perceptibles. L'expression du sentiment se fait plus simple, plus directe, sans hermétisme ni contorsions. Elle garde beaucoup de pudeur mais se formule dans une langue moins exaltée. D'autre part, le lyrisme d'oïl introduit les thèmes religieux dans la chanson d'amour. Ainsi dans la chanson *de croisade*, le chevalier exprime son déchirement entre son devoir (se faire croisé) et son amour. Ce genre s'est beaucoup développé lors de la troisième croisade (1189-1192) conduite par l'empereur Frédéric Barberousse, par le roi Philippe Auguste et par Richard Cœur de Lion, roi d'Angleterre. C'est un genre à mi-chemin entre le sermon et la plainte lyrique.

Le plus grand texte d'oïl : le *Roman de la Rose*

■ Commencé par Guillaume de Lorris (vers 1235) et poursuivi par Jean de Meung, le *Roman de la Rose* est un vaste poème de 22 000 vers, écrit en langue d'oïl, le plus lu de toute la littérature médiévale, avec de très nombreuses variantes et rééditions.

■ Le succès de ce texte tient sans doute à la synthèse qu'il offre de tous les grands thèmes poétiques médiévaux. C'est une sorte d'art d'aimer : l'auteur décrit un rêve qui lui fait découvrir un verger où dansent Courtoisie, Liesse, Amour, Beauté, Largesse, Allégresse et Franchise. Blessé par les cinq flèches d'Amour, le poète-amant va désormais partir à la conquête de la Rose (symbole de la femme idéale) et traverser mille épreuves et obstacles.

■ Monde allégorique et confidence lyrique, le *Roman de la Rose* pousse à l'extrême la dialectique courtoise de l'interdit et du désir. La seconde partie, due à Jean de Meung, modifie sensiblement le climat de l'œuvre, en défendant les lois de la nature : l'amour ne doit pas être bridé, mais soumis aux pulsions naturelles du désir et de la liberté. L'idéal courtois du début est ainsi détourné au profit d'une morale du plaisir. De plus, Jean de Meung profite du rêve pour évoquer l'âge d'or, les temps immémoriaux où les hommes vivaient libres, égaux, heureux. Cette évocation est une manière détournée de condamner le présent, avec ses censures et sa mauvaise foi, comme le feront Rabelais, Montaigne ou Voltaire ; derrière le sourire et derrière une innocente apologie de la nature, on perçoit une ironie insurgée contre l'austère siècle de Saint Louis.

■ On le voit, le *Roman de la Rose* contient deux livres et deux messages bien différents : l'un tourné vers l'idéalisme courtois, l'autre annonciateur des utopistes.

Un grand poète en révolte : Rutebeuf

■ C'est avec Rutebeuf (seconde moitié du XIIIe siècle) que prend fin, de manière définitive, la tradition courtoise des troubadours et des trouvères. La poésie va pouvoir se séparer des perpétuels thèmes amoureux et de l'idéal courtois, pour se faire l'écho du monde réel et de ses drames. Certes, Rutebeuf reprend des formes déjà consacrées, comme la chanson de croisade ou le fabliau. Il doit aussi travailler sur commande et rédiger des vies de saints. Enfin, c'est un auteur dramatique, à qui l'on doit notamment le *Miracle de Théophile*, courte pièce de 663 vers, consacrée à un personnage qui cherche à lutter contre la mauvaise fortune par un pacte avec le Diable. Mais, pour l'essentiel, Rutebeuf est en rupture avec le passé : le poète exprime son exclusion sociale, sa solitude et son malheur. Sans doute ne faut-il pas considérer cette œuvre comme une pure autobiographie. Mais son pessimisme et son lyrisme trouble annoncent tous les thèmes modernes du poète maudit, de Villon à Verlaine.

■ La vie de Rutebeuf nous reste inconnue. D'origine champenoise, il s'installe à Paris pour y exercer, vraisemblablement, son métier de jongleur. Ainsi survit-il, grâce à l'aumône de ses protecteurs, comme le roi Saint Louis ou son frère Alphonse, comte de Poitiers. Son œuvre témoigne pourtant d'une solide culture de clerc. Condamnés à une vie itinérante, les jongleurs sont en butte au monde réel, senti comme hostile ou ingrat. Quelques-uns finissaient par trouver une famille aristocratique auprès de laquelle ils demeuraient attachés comme *ménestrels*. Mais, pour la plupart, ils dépendaient des hasards de leur vagabondage et des caprices de quelque seigneur. Marginal, sorte de pique-assiette, le jongleur se sent déclassé et mal aimé.

■ La diversité de l'œuvre (théâtre, prêches et textes religieux, poésies de confession ou de satire) reflète cette instabilité fondamentale. Rutebeuf souligne souvent le caractère aléatoire de son existence. Emporté par la « folie » — c'est-à-dire par le hasard ou l'humeur —, Rutebeuf résume sa condition d'un mot : la « pauvreté » (*La Pauvreté Rutebeuf*, *Le guignon d'hiver*, les *Complaintes*). Il ne s'agit pas seulement d'un état de dépendance économique, mais d'une sorte de névrose mélancolique : la vie n'est qu'une « série noire », influencée à jamais par une mauvaise étoile.

■ Obsédants, ce mal de vivre et ce fatalisme contrastent fortement avec l'idéalisme chevaleresque ou courtois. Rutebeuf donne l'impression d'assister à l'écroulement des valeurs positives de la société féodale. Il remâche son « amertume » face à un monde dominé par l'argent et par le Mal. Parfois cette amertume tourne à la révolte et se transforme en violente dérision satirique. Le poète règle alors leur compte aux moines hypocrites et ambitieux (*Ordres de Paris*, *Dit d'hypocrisie*), ou aux rois et prélats, enivrés de vanité et de pouvoir. Mais ces agressions retombent vite, comme d'inutiles pulsions. Rutebeuf a clairement le sentiment que le monde est déjà « bétourné », c'est-à-dire inversé et retourné : les imposteurs et les usurpateurs règnent partout. Nostalgie des valeurs du passé — celles des croisades — ou reflet d'une simple déchéance personnelle ? On ne sait. Il reste que Rutebeuf apparaît comme l'écho des tensions de son siècle, plongé dans l'incertitude et ne sachant où diriger son espoir.

Les rhétoriqueurs (XIVe et XVe siècles)

■ Les grands thèmes poétiques de la courtoisie, déjà détournés par Rutebeuf, paraissent usés à l'aube du XIVe siècle. Mais les poètes semblent avoir du mal à découvrir de nouveaux sujets. Faute de pouvoir ou de vouloir renouveler le contenu de leurs créations, ils vont chercher de nouvelles formes. Rutebeuf avait donné l'exemple, par ses trouvailles verbales, ses effets de rimes et ses jeux phonétiques. La génération suivante va amplifier cette tendance et s'orienter vers une technique très élaborée, savante même. Recourant à des genres à forme fixe (rondeau, virelai, ballade, etc.), les poètes s'appuient sur la rhétorique (l'art du langage expressif). On les nomme rhétoriqueurs.

■ Le chef de file de ces artistes est Guillaume de **Machaut**, poète et musicien (vers 1300-1377). Familier de Jean de Luxembourg, roi de Bohême, il fut son aumônier avant de devenir chanoine de Reims. Musicien, il fut aussi le théoricien des poèmes à forme fixe. Son ouvrage, *Le voir Dit* (« le dit du vrai »), est un véritable art poétique, concernant notamment le « dit », poème mêlant récits et intermèdes lyriques. Les théories de Guillaume de Machaut seront complétées par Eustache Deschamps (1346-1406) dans son *Art de Dictier* (1393). Né en Champagne, Eustache **Deschamps** vécut dans l'entourage des ducs d'Orléans, tout en étant bailli de Senlis. Ambassadeur, négociateur, ce fonctionnaire royal fut aussi un poète fécond (environ 80 000 vers).

■ Avec le début du XVe siècle, la tendance des rhétoriqueurs à une impersonnalité excessive semble s'estomper. On en revient à un lyrisme plus intime, plus personnel, comme, par exemple, chez la poétesse **Christine de Pisan** (1364-1431). Fille d'un astrologue italien qui vivait dans l'entourage du roi de France Charles V, elle vécut son enfance dans le milieu de la cour avant d'épouser un notaire royal, Etienne de Castel. Veuve très jeune, en 1389, Christine de Pisan se consacre alors à la littérature et semble même avoir vécu de sa plume, rédigeant des œuvres de commande pour le public aristocratique. Malgré cette œuvre d'artisan professionnel (qui la rattache bien à la tradition des rhétoriqueurs), elle exploite les ritournelles des poèmes à forme fixe pour faire entendre son émotion, sa solitude, son caractère. Mais Christine de Pisan est aussi notre premier auteur féministe. Elle participe aux débats autour de la fin du *Roman de la Rose* qui défendait l'assouvissement du désir sans pudeur, et y réplique par divers textes, le *Dit de la Rose*, l'*Épître au dieu d'Amour*, la *Cité des Dames*, textes qui témoignent d'une forte personnalité.

■ Autre poète qui utilise la forme fixe pour épancher ses états d'âme : **Charles d'Orléans** (1394-1465). Fils de Louis d'Orléans, assassiné en 1407, ce prince participa à la bataille d'Azincourt (1415). Il y est fait prisonnier des Anglais. Pendant les vingt-cinq années de sa captivité, Charles d'Orléans se replia sur la poésie. Les thèmes de l'exil, de la solitude et du mal d'amour transforment les rondeaux et chansons en complaintes, brèves et comme murmurées. Divertissement et consolation, la poésie de Charles d'Orléans est liée aux conditions de son écriture, donc dominée par la nostalgie. Aussi cesse-t-elle dès que le prince retrouve la France et les intrigues politiques, notamment lorsqu'il cherche à faire reconnaître ses droits sur le comté de Milan — qui lui échappera finalement. Retiré à Blois après 1540, Charles d'Orléans s'entourera d'artistes, parmi lesquels, un temps, François Villon.

François Villon*

■ Bien qu'il soit le plus célèbre de nos poètes du Moyen Âge, François Villon (1431-après 1463) reste en grande partie une énigme pour ses biographes. On doit surtout se contenter de sa réputation, pas totalement vérifiable, qui le présente comme un marginal débauché, un délinquant récidiviste. Cette image de poète maudit n'est pas pure légende, mais elle cache bien des aspects de Villon, notamment sa culture, la variété des milieux qu'il a fréquentés. D'autre part, on ne peut utilement parler de Villon sans le replacer dans son époque, celle de la fin de la guerre de Cent Ans : Paris a connu la famine, les épidémies, la brutalité militaire. La violence et le désordre sont généralisés. Villon est un de ces étudiants trublions, souvent incontrôlables, d'une époque déréglée.

■ Né en 1431, François de Montcorbier est orphelin. Adopté par le chanoine Guillaume de Villon, théologien éminent et chapelain d'une paroisse du Quartier Latin, le *pauvre écolier François* obtient sa licence en 1452, après de bonnes études. Mais son tuteur ne semble pas pouvoir contenir le turbulent étudiant. Le nom de Villon apparaît plusieurs fois dans les fiches de la justice et dans les registres de la prison. Accusé du meurtre d'un prêtre (1455), du vol de cinq cents écus d'or (1456), poursuivi par l'évêque d'Orléans (1461), Villon finit par être condamné à mort en 1462. Terrorisé par le gibet, il passe une année en prison. Une procédure d'appel introduite devant le parlement de Paris cassera la sentence de mort (5 janvier 1463). Interdit de séjour pour dix ans, le banni disparaît et l'on perd totalement sa trace.

■ À la suite de Rutebeuf, Villon est un homme profondément imprégné de la culture médiévale et, dans le même temps, insurgé contre elle. D'un côté, il assume l'héritage culturel de son père adoptif : connaissance de la Bible, adhésion aux idées des prédicateurs pessimistes de son temps, hantise du Jugement Dernier, etc. ; de l'autre, il récuse la tradition aristocratique des rhétoriqueurs, joue les ignorants et les mauvais garçons, parle des tavernes et des milieux mal famés. Cette dualité rend l'œuvre difficile, à la fois savante et s'affichant comme négligée et populaire. Elle est marquée par un principe de refus et de détachement : le *Lais* (c'est-à-dire le *legs*) et le *Testament* se présentent d'emblée comme des voix d'outre-tombe, comme un adieu (on disait un « *congé* ») d'un poète hors du monde car hors la loi.

■ Poète révolté, Villon l'est d'abord par ses thèmes. Se démarquant de la tradition courtoise, il s'en prend ainsi au mythe de l'amour idéal, en le remplaçant par la paillardise, parfois obscène, ou par le sarcasme (*Double ballade, Ballade des folles amours*). Ensuite, Villon chante exclusivement les miséreux, les gens de mauvaise vie, les délinquants, tous promis à la déchéance et au châtiment (*Ballade des pendus*). Enfin, la contestation du beau langage aboutit à une langue poétique détournée : recours à divers argots, jeux de mots, déformation de noms propres, amalgames inattendus. Ces pirouettes linguistiques ont une valeur subversive : les êtres et le monde tournent au burlesque, les choses sérieuses prennent des noms bouffons, les hommes (comme chez Bosch) deviennent des animaux ridicules ou des monstres, etc. On sent ici le besoin de revanche qui habite un homme comme Villon dans ces jeux où l'humanité est confondue avec le bestiaire. Mais le principe d'incertitude est encore plus fort que le refus : Villon émiette le langage, car la vérité est changeante et insaisissable. De là son goût des « *Contre-Vérités* » et des ballades fondées sur des contradictions, telle la *Ballade du concours de Blois* organisé vers 1460 par Charles d'Orléans : *Je meurs de soif auprès d'une fontaine [...]. Rien ne m'est sûr que la chose incertaine.*

Les « grands rhétoriqueurs »

■ On désigne sous ce nom, depuis le XIXe siècle, un groupe de poètes (une quarantaine) dont les œuvres sont parues entre 1460 et le début du XVIe siècle. Il ne s'agit pas d'une école, mais un ensemble d'écrivains dont les principes d'écriture sont comparables. Tout en reprenant les grands thèmes de la tradition médiévale, et tout en s'affirmant les successeurs d'Eustache Deschamps ou de

Christine de Pisan (*cf.* p. 52), les grands rhétoriqueurs innovent par l'ampleur de leurs poèmes et par la surcharge : discours de l'excès aux effets appuyés (souvent pathétiques), avec des comparaisons et métaphores prolongées, nourri de citations. Cette poésie, d'une étonnante virtuosité technique, émane d'auteurs qui vivent dans un milieu de cour, attachés à quelque prince. Secrétaires, diplomates, juges, prêtres, chroniqueurs, les grands rhétoriqueurs sont payés pour briller, parfois pour louer. D'où le caractère ornemental et puissant de leurs textes.

■ Dans l'aire de la cour de Bourgogne, on trouve Jean Molinet et Jean Lemaire des Belges ; dans l'entourage des grands seigneurs de France ou du roi, Jean Meschinot, Guillaume Cretin et Jean Marot (le père de Clément). Parmi les noms qui sont le plus souvent cités, retenons aussi ceux de Jean Robertet, Octovian de Saint-Gelais et André de La Vigne.

■ Utilisé d'abord comme péjoratif, le terme de « grand rhétoriqueur » a été entièrement réhabilité depuis une vingtaine d'années, notamment grâce aux travaux de P. Zumthor. On souligne surtout, outre la beauté d'une langue énergique et chatoyante, l'esprit novateur de ces poètes qui furent les premiers à détacher la poétique de l'expression supposée d'une expérience vécue. Ils ont ouvert la voie à une poésie qui se fait avec des mots et non avec des sentiments.

LE XVIe SIÈCLE

Dates	Événements politiques	Climat social
1492	Découverte de l'Amérique.	Les perspectives changent sur le plan intellectuel et économique.
1494	Début des guerres d'Italie.	
1515-1547	Règne de François Ier.	
1515	Victoire de Marignan.	Influence de l'italianisme.
1517	Affaires des Indulgences.	Vie brillante de la cour. Châteaux de la Loire.
1516-1519	Léonard de Vinci à la cour de France.	Sentiment « national » assez fort ; unité du royaume ; gouvernement centralisé : « un roi, une loi ».
1520	Rupture de Luther avec Rome. Découverte du Mexique.	
1525	Défaite de Pavie. François Ier prisonnier.	Protection des intellectuels et des artistes.
1527	« Sac de Rome ».	Développement de l'imprimerie.
1530	Fondation du Collège de France.	Traductions des Anciens.
1534	Affaire des Placards.	Exaltation humaniste et installation du français comme langue officielle et unique.
1539	Traité de Villers-Cotterêts.	
1541-1564	Calvin à Genève.	
1543	Système de Copernic.	Critique contre les systèmes de pensée « officiels » et contre la corruption de l'Église, mais le concile de Trente est surtout « contre-réformiste » ; factions nobiliaires : les Guises, les Montmorency ; la papauté est intraitable.
1545-1563	Concile de Trente.	
1547-1559	Règne d'Henri II.	
1548	Le parlement interdit les mystères.	

Littérature française	Litt. étrang.	Beaux-Arts	Dates
Textes fondateurs de l'esprit nouveau très vite vulgarisés en France (Érasme, More, Machiavel) ; mais aussi : traductions de la Bible ; littérature de cour inspirée par l'Italie.	Érasme : *Éloge de la folie.*	J. Bosch	1500
			1508
		Mort de Botticelli.	1510
		Vinci : *La Joconde.*	1516
	Thomas More : *L'Utopie.*		
		Châteaux de la Loire. Chapelle Sixtine. Raphaël au Vatican.	1515-1530
Un certain appétit pour les lettres : Rabelais, Marot ; esprit de novation et désir de connaissance.	Castiglione : *Le Courtisan.*	Holbein à la cour d'Angleterre.	1528
		Michel-Ange à Florence.	1530
Intense diffusion de textes religieux.	Calvin : *Institution de la religion chrétienne.*		1536
Grande vitalité de la poésie : à Lyon d'abord, en Touraine, à Paris ; la Pléiade ; Scève, Louise Labé, etc.	Copernic : *Des révolutions des orbes célestes.*		1541

Dates	Événements politiques	Climat social
1555	Paix d'Augsbourg.	Stabilisation et paix générale avec la fin des conflits franco-espagnols.
1556	Abdication de Charles-Quint.	
1559	Fin des guerres d'Italie par la paix de Cambrésis.	
1559-1560	Règne de François II.	Tentatives pour étouffer les conflits religieux ; Catherine de Médicis, Michel de L'Hospital font appel à l'entente.
1560-1574	Règne de Charles IX.	
1562	Débuts des guerres de Religion en France.	Échec de l'édit de tolérance. Le conflit se généralise ; guerre civile.
1571	Bataille de Lépante.	Pillages, massacres, violence extrême.
1572	Massacre de la Saint-Barthélemy.	
1574-1589	Règne d'Henri III.	La « Sainte Ligue » (ultra catholique) autour de Henri de Guise.
1581	Indépendance des « Provinces Unies ».	

Littérature française	Litt. étrang.	Beaux-Arts	Dates
Développement du théâtre tragique (Jodelle, Garnier, de Bèze) et d'un sentiment plus sombre (dernières œuvres de Ronsard, d'Aubigné et ses *Tragiques*, etc.) ; les écrivains sont « engagés » dans les débats politiques et religieux.	Ignace de Loyola : *Exercices spirituels.*	Sculptures de Goujon. Tableaux de Clouet. École de Fontaine-bleau. Achèvement de Chambord. Grands portraits de Titien. Musique de Josquin des Près.	1550
Début d'un « baroque » où prédomine le thème de la mort (d'Aubigné et Sponde).			
Dénonciation des crimes politiques (La Boétie, par exemple).	Camoëns (Portugal) : *Lusiades.*	Archimboldo.	1570
		Naissance de Caravage.	1573
Apogée du baroque « noir » (Sponde, Garnier).		Mort de Titien.	1576
	Torquato Tasso : *Jérusalem délivrée.*	Achèvement de l'Escurial.	1584

Dates	Événements politiques	Climat social
1588	L'invincible Armada.	Henri III fait assassiner Henri de Guise, Paris se soulève.
1589	Henri III assassiné. Avènement d'Henri IV.	La Ligue refuse de reconnaître Henri IV, qui abjure.
1594	Entrée d'Henri IV à Paris.	Dislocation de la Ligue.
1598	Édit de Nantes.	
1600	Henri IV épouse Marie de Médicis.	Le royaume est ruiné et divisé, mais un calme réparateur commence à s'instaurer.
1610	Henri IV est assassiné.	

Littérature française	Litt. étrang.	Beaux-Arts	Dates
		Le Greco : *Enterrement du comte d'Orgaz*	1586
Méditation désabusée et « sécession » : Montaigne fait le bilan des savoirs et des échecs du siècle.	Premières grandes œuvres de Shakespeare.		1590-1600
		Fin de la coupole de Saint-Pierre de Rome. Mort de Tintoret, de Palestrina.	1590-1594

DATES DES GRANDS AUTEURS

1470 1480 1490 1500 1510 1520 1530 1540 1550 1560 1570 1580 1590 1600 1610 1620 1630

1469	Érasme	1536
1478	Thomas More	1535
1492	Marguerite de Navarre	1549
1494 ?	Rabelais	1553
1496	Marot	1544
1501	Scève	1560
1502	Montluc	1577
1509	Calvin	1564
1519	Théodore de Bèze	1605
1520	P. du Guillet	1545
1522	Du Bellay	1560
1524	Louise Labé	1566
1524	Ronsard	1585
1532	Baïf	1589
1533	Montaigne	1592
1544	Desportes	1590
1545	Garnier	1590
1552	Agrippa d'Aubigné	1630
1557	Sponde	1588
1564	Shakespeare	1616

Dates	REPÈRES POLITIQUES ET LITTÉRAIRES
1498-1512	Guerres d'Italie : les Français découvrent la Renaissance.
1511	Érasme, *Éloge de la folie.*
1515	François Ier vainqueur à Marignan.
1517	Début du mouvement luthérien.
1518-1542	Marot, poète officiel de François Ier.
1530	Fondation du Collège des Lecteurs royaux.
1532	Rabelais, *Pantagruel.*
1534	Premières persécutions anti-protestantes. Rabelais, *Gargantua.*
1535	Marot, Concours de « blasons ».
1538	Marot, *Œuvres complètes.*
1539	La langue française devient obligatoire dans l'administration du royaume.
1541	Calvin, *Institution chrétienne.*
1544	Scève, *Délie.*
1545	Pernette du Guillet, *Rimes.*
1546	Rabelais, *Tiers Livre.* Marguerite de Navarre, rédaction de l'*Heptaméron.*
1547	Henri II, ami des lettres, succède à son père François Ier.
1549	Du Bellay, *Défense et Illustration...* ; *L'Olive.*
1550-1560	Ronsard, Premières *œuvres* poétiques.
1552	Jodelle, *Cléopâtre* (première tragédie française).
1554	Louise Labé, *Sonnets.* *Odes anacréontiques.*
1558	Du Bellay, *Regrets* et *Antiquités de Rome.*
1559	Amyot, traduction des *Vies parallèles* de Plutarque.
1560-1574	Ronsard, poète officiel.
1562	Début des guerres de Religion.
1565-1570	Jodelle, *Amours.*
1572	Massacre de la Saint-Barthélemy.
1573	Desportes, *Les Amours d'Hippolyte.* Agrippa d'Aubigné, *Le Printemps.*
1576	Belleau, *Amours et Nouveaux Échanges de pierres précieuses.*
1577	Agrippa d'Aubigné, *Les Tragiques.*
1578	La Boétie, *Le Contr'Un ou De la servitude volontaire.*
1580	Montaigne, *Essais* (I-II, première édition).
1582	Garnier, *Bradamante.*
1583	Garnier, *Les Juives.*
1585	Lasphrise, *Amours de Noémie.*
1588	Montaigne, *Essais* (I-II-III).
1594	Le protestant Henri de Navarre, converti, succède difficilement à Henri III, assassiné en 1589. *Satire Ménippée.*
1597	Sponde, *Sonnets sur la mort.*

Condition de l'écrivain

Naissance du sentiment national

■ Alors que le Moyen Âge se caractérisait par la division de l'État en domaines où régnaient de grands seigneurs féodaux, le début du XVIe siècle voit la naissance de grands États. Autour du pouvoir politique royal, centralisé, la France s'unifie, forme un vaste territoire d'un seul tenant, organise son administration. Par exemple, l'édit de Villers-Cotterêts impose, en 1539, l'usage exclusif de la langue française, à la place des dialectes, et tend à créer un seul code de lois pour tout le pays.

■ Les querelles féodales cessant, les guerres sont désormais nationales, tournées vers l'étranger, notamment contre les Habsbourg ou contre l'Espagne. Les Français ont désormais le sentiment d'appartenir à une nation et ils s'attachent à leur roi, garant de l'unité nationale. Cette conscience de l'identité nationale joue un rôle important dans les conflits religieux : les États supportent plus mal l'ingérence de l'Église dans leurs affaires intérieures. Les pays protestants se sont d'abord réalisés dans le rejet de la papauté. L'écrivain va se trouver engager dans cette mouvance : il entre dans l'orbite du pouvoir royal, fréquente la cour et contribue à fixer le patrimoine langagier (pensons à la *Défense et Illustration de la Langue française*), tout en prenant position dans les débats religieux (Marot, Rabelais, Agrippa d'Aubigné, notamment).

■ Bien que 80 % de la population reste rurale, l'organisation du royaume favorise le développement d'échanges commerciaux, donc des villes et des ports. Avec les grandes découvertes, l'expansion de l'import-export est rapide. Le règne de François Ier, malgré des guerres ruineuses, est donc prospère, comme le prouvent les « grands travaux » royaux, tels les châteaux de la Loire. La population urbaine s'accroît : Paris dépasse les 350 000 habitants ; des cités comme Lyon, Montpellier, Toulouse, Marseille avoisinent les 100 000 habitants. Ainsi se développe un pouvoir économique : banquiers, commerçants, riches artisans, armateurs exercent leur influence. L'écrivain trouve donc où se fixer : à Paris, en Touraine, à Lyon, là où le développement économique permet la floraison des arts et de la culture. Le foyer lyonnais est un bon exemple.

Mutation culturelle

■ L'extension des villes modifie le niveau d'instruction et les centres d'intérêt culturels. Le Moyen Âge ne connaissait qu'un enseignement religieux, dispensé par l'Église et fondé sur la théologie (textes sacrés et commentaires) ou sur la scolastique (répétition de creuses théories). Rabelais s'en moque à juste titre. Les citadins de la Renaissance ont le désir de s'informer de manière plus concrète : géographie, techniques, commerce. Ils souhaitent que leurs enfants acquièrent une instruction utile. Partout se développent des collèges, à commencer par le Collège des lecteurs royaux (le futur Collège de France). L'écrivain va ainsi trouver des lieux où rencontrer d'autres auteurs et former des « écoles », comme au collège de Coqueret, par exemple, sur la montagne Sainte-Geneviève, d'où sont sortis les futurs champions de la Pléiade.

■ Mais le grand bouleversement culturel de l'époque tient à la diffusion du livre. L'imprimerie, inventée par Gutenberg en 1448, s'implante en France dès 1470, à Paris et surtout à Lyon. Les éditions en petit format (le *in octavo*) se répandent largement. Les hommes riches (princes, commerçants) disposent de bibliothèques, et l'on voit apparaître des catalogues de vulgarisation. Un homme comme Guillaume **Budé** (1468-1540), secrétaire et bibliothécaire de François Ier, organise un véritable réseau de soutien aux traducteurs et aux éditeurs. Il rend obligatoire le dépôt à la collection royale de tout ouvrage imprimé, fait collecter des manuscrits étrangers, accorde des pensions à des érudits. Le statut de l'écrivain se modifie donc : son œuvre est mieux protégée, plus largement distribuée.

Le statut de l'écrivain

■ Grâce à sa meilleure diffusion, l'œuvre littéraire acquiert une importance nouvelle. Les idées se diffusent mieux (pensons au rôle du livre dans l'extension de la Réforme) et l'auteur se met à jouer un rôle social important. À la cour de France, qui remplace les petites cours féodales, le roi attire autour de lui des artistes, qui embellissent son cadre de vie et, surtout, célèbrent sa gloire. Ainsi apparaît le poète-courtisan. Par exemple, François Ier, à sa cour de Fontainebleau, attire Léonard de Vinci ou le peintre Primatice ; lui-même ne dédaigne pas de rimer. Il demande à l'Italien Baldassare Castiglione (1478-1529) la rédaction d'un manuel de savoir-vivre aristocratique : *Le Courtisan* (1528). Surnommé « le père des Lettres », François Ier (dont la sœur Marguerite est elle-même écrivain) permet à l'homme de lettres de bien vivre. Assuré d'un revenu, sous forme d'un bénéfice religieux (Ronsard, Rabelais), d'une pension (Marot) ou d'une charge dans la maison royale (Budé), l'écrivain est soumis au mécénat. Il jouit d'un rang privilégié parmi les courtisans et contribue à influencer le goût royal, donc national. On voit d'ailleurs, au cours du siècle, que l'écrivain saura profiter de cette faveur et qu'il n'hésitera pas à s'engager personnellement dans certains débats d'idées : contre l'intolérance (Marot, Montaigne), contre la corruption des clerc (Rabelais), contre les protestants (Ronsard), contre les catholiques (d'Aubigné). De même l'écrivain joue un rôle dans la diffusion des connaissances nouvelles : les sciences (Rabelais), le Nouveau Monde (Montaigne), les théories religieuses (Calvin), les philosophies mystiques (Marguerite de Navarre, l'école lyonnaise autour de Scève), etc.

Les genres littéraires du siècle

■ L'humanisme est essentiellement une théorie de la littérature (retour aux sources antiques, italianisme, goût des idées). Les écrivains doivent donc inventer, en français, des genres nouveaux qui permettent l'expression de cet humanisme. Rabelais met en route ce qui deviendra le roman moderne ; Marot et les poètes lyonnais inaugurent des formes poétiques (le sonnet surtout) que la Pléiade va perfectionner ; le théâtre commence vraiment à prendre forme ; Montaigne crée un genre unique, « l'essai », etc.

■ Étant donné le statut de l'écrivain-courtisan, c'est surtout une poésie aristocratique qui se développe au milieu du siècle. Mais, écrite dans une langue simple et imitant les humeurs amoureuses de tout un chacun, elle a pu devenir rapidement populaire — c'est-à-dire dépasser le cadre étroit de la cour. Dans la seconde partie du siècle, cette tendance raffinée cède le pas à une inspiration plus tourmentée : la guerre civile contraint les auteurs à s'impliquer et à témoigner. Le tragique prend son essor, mais aussi le scepticisme et la condamnation des horreurs ambiantes (Montaigne).

■ Il reste que le modèle culturel dominant est l'Antiquité. La création passe souvent par l'imitation ou, comme on la nommera plus tard, « l'innutrition », et la religion constitue le cadre de référence fondamental. À part la poésie amoureuse (et encore partiellement), toute pensée s'élabore en se situant par rapport à la religion. Marot est d'abord connu comme traducteur des Psaumes ; Rabelais ou Montaigne débattent sans cesse d'idées philosophiques et religieuses ; du Bellay critique la décadence de la cour papale et revendique une vraie foi ; Ronsard et d'Aubigné sont engagés dans la querelle de la Réforme. Le seul docteur de l'Église de langue française, saint **François de Sales** (1567-1622), tâchera de concilier esprit de Renaissance et christianisme, notamment dans son *Introduction à la vie dévote*.

Sources et formes de l'humanisme

Un certain retour à la prospérité

■ Quand cesse la guerre de Cent Ans (qui a ravagé le territoire et brisé le féodalisme), le royaume de France retrouve une période favorable à une forme de prospérité. Entre 1460 et 1550, le royaume s'unifie et, les grands fléaux reculant, l'essor démographique reprend. Les villes s'agrandissent, le commerce et la banque s'organisent, les cours royales retrouvent l'art de vivre. Le développement économique est favorisé par la découverte de nouveaux mondes (Amérique, Inde, Afrique). La prise de Constantinople par les Turcs (1453) a contraint les Grecs à se replier vers l'Italie : ils y apportent une tradition culturelle tournée vers l'Antiquité. L'Occident redécouvre les auteurs anciens et, partout, les universités se multiplient.

■ Les expéditions des rois Louis XII et François Ier en Italie, pour faire valoir leurs droits sur Naples et Milan, ont obligé la noblesse française à passer les Alpes. Elle y découvre la beauté des arts italiens et va importer des œuvres ou attirer des musiciens, des peintres, des sculpteurs, des décorateurs. Les vêtements, les bijoux, les architectures se mettent au goût italien. Notre vocabulaire s'enrichit de plus de deux cents mots italiens, et la culture mondaine — à la cour, surtout — se fait plus civile. L'influence de cet italianisme est considérable sur les poètes.

Qu'est-ce que l'humanisme ?

■ La Renaissance ne veut pas faire table rase du passé. Au contraire, elle cherche à revenir aux sources antiques en pratiquant la lecture directe et personnelle des grands textes de la civilisation antique. Les humanistes de la Renaissance vont mettre au service des étudiants et des amateurs les ouvrages grecs et latins, en langue originale avec traduction. Mieux encore, ils vont rédiger des traités de vulgarisation : tels les travaux de Marsile Ficin, traducteur de Platon.

■ Mais, dans ce même mouvement de retour aux textes, les humanistes s'intéressent aux premiers écrits chrétiens. Au lieu de s'en tenir aux commentateurs, ils veulent un contact direct avec le texte de la Bible et des Évangiles. Renonçant au fatras des interprétations théologiques ou scolastiques, ils cherchent à retrouver le pur message évangélique. Ce désir d'une religion plus personnelle va provoquer un mouvement de rénovation. La Sorbonne (tribunal écclésiastique) s'en inquiète. Mais l'évangélisme (refus des dogmes, retour au texte) se développe dans les milieux cultivés. Il séduit des esprits éclairés comme Marguerite de Navarre, sœur de François Ier. Les diverses traductions de la Bible, notamment celles de Luther (1521) et de Lefèvre d'Étaples (1523) vont contribuer à l'essor de la religion réformée et à la critique de la corruption de l'Église. Le concile de Trente (vers 1445) réagira très violemment contre cet esprit nouveau, créant la rupture définitive entre protestants et catholiques.
■ Enfin, d'une manière générale, l'humanisme a retrouvé confiance dans l'Homme. Convaincus de participer à une époque exaltante, les humanistes croient l'homme capable de dominer le monde et de le comprendre. La dignité humaine consiste à exercer la raison, démarche à la fois collective (la civilisation) et individuelle (la culture) ; l'intelligence est *née pour quêter la vérité* comme dira Montaigne (*Essais*, III, 8). L'appétit de savoirs est général et l'idée de progrès commence à poindre. Des notions clés comme « droit naturel », « civilisation », « liberté individuelle » apparaissent dans les textes. L'étude de l'histoire ou de l'archéologie est revalorisée. La curiosité scientifique s'exerce surtout dans les domaines de la médecine et de l'astrologie.

De nouvelles donnes

■ Cette effervescence culturelle, accentuée par la diffusion rapide des idées nouvelles grâce à l'imprimerie, aboutit forcément à des remises en cause. Le monde change de perspectives géographiques, cosmologiques et culturelles : on découvre d'autres mondes ; Copernic interdit de croire que la Terre (donc l'homme) soit le centre de l'univers ; l'unité religieuse disparaît. Dans ce contexte, puisque tout vacille, l'écrivain va porter une plus grande attention à son « moi ». Chacun s'interroge et cherche à trouver sa voie, en se raidissant (Calvin, La Boétie, d'Aubigné), en recherchant le plaisir (Marot et l'épicurisme ronsardien), en doutant méthodiquement (Montaigne). La littérature du moi commence vraiment.
■ L'univers change de centre :
• Pour Ptolémée (vers 150 après J.-C.), la terre est le centre fixe du monde. Les

planètes décrivent des mouvements circulaires autour de points centraux qui se déplacent eux-mêmes selon une orbite circulaire (théorie des épicycles).

• Copernic (1473-1543) calcule que le soleil est immobile, que la terre tourne autour de lui en une année, tout en tournant sur elle-même en vingt-quatre heures.

• Cette découverte essentielle sera confirmée par Galilée (1564-1642) et complétée par les calculs de Kepler (1571-1630) et Newton (1643-1727) sur la gravitation.

■ La terre change de dimension :

• Voici les grands découvreurs de la Renaissance :

– Christophe Colomb (1450-1506), italien, atteint Cuba, Haïti et les côtes du Brésil.

– Vasco de Gama (1469-1524), portugais, contourne le sud de l'Afrique (cap de Bonne-Espérance), puis le sud-est, avant de traverser vers les Indes.

– Amerigo Vespucci (1454-1512), italien, refait le voyage de Colomb, atteint le quart nord-est de l'Amérique du Sud, et donne son nom au continent.

– Fernand de Magellan (1480-1521), portugais, longe la côte est de l'Amérique du Sud, contourne ce continent par le sud (détroit de Magellan) et atteint les Philippines.

– Hernando Cortez (1485-1547) fait la conquête du Mexique, et Francisco Pizarro (1475-1541) celle du Pérou, tandis que le Français Jacques Cartier installe une colonie au Canada.

■ L'Europe change en partie de religion :

• Martin Luther (1483-1546), le 31 octobre 1517, affiche ses « 95 thèses » sur la porte d'une église de Wittenberg. Son idéal est de faire revenir l'Église aux principes du christianisme primitif, en la débarrassant des superstitions, traditions et intercessions multiples de l'appareil ecclésiastique. Il est excommunié en 1520. La Confession d'Augsbourg (1530) définit la foi luthérienne qui, après divers conflits, s'impose en Allemagne et dans l'Europe du Nord (traité d'Augsbourg, 1555).

• Tandis que le luthérianisme a gagné l'Europe, c'est Calvin (1509-1564) qui propage la Réforme en France, sous François Ier. Contraint à l'exil, il s'installe finalement à Genève (1536). Il définit sa doctrine : seul Dieu est souverain (refus de reconnaître le pape et son église) ; le culte est exprimé en langue vulgaire ; les élus et les réprouvés sont prédestinés ; la confession, le célibat des prêtres, les indulgences, les pèlerinages, le culte des saints, etc., sont supprimés.

• Michel de L'Hospital essaie de faire triompher des principes de tolérance entre catholiques et réformés. Mais le massacre de Wassy, ordonné par le duc de Guise en 1562, déchaîne les guerres de Religion.

• En Angleterre, Henri VIII se sépare de Rome (1531). L'anglicanisme va peu à peu s'installer, Edouard VI (1547-1553) et Elisabeth Ire (1558-1603) lui donnant une forme et un statut définitifs.

Vers l'homme nouveau ?

■ L'humanisme est moins une doctrine qu'une manière de vivre. L'état d'esprit de l'humaniste a même tendance à rejeter les doctrines trop systématiques ou brutales. Il s'agit surtout de donner à l'homme plus de sagesse. Voilà pourquoi les préoccupations pédagogiques sont si importantes au XVIe siècle : le savoir doit guider l'homme de l'état de nature à l'état de culture, pour qu'il s'épanouisse. On retrouve les mêmes principes d'éducation chez Érasme (*Éloge de la folie*, 1529), chez Rabelais (*Pantagruel*, 1532) et chez Montaigne (*Essais*, I, 26) : renoncer à tout ce qui s'apprend bêtement par cœur ; faire progresser l'enfant à son rythme ; dialoguer avec lui ; former un être loyal, sportif ; favoriser son esprit critique ; l'initier aux réalités du monde, en ne négligeant ni la musique ni la danse, au même titre que les sciences exactes ou morales.

■ Sur le plan des idées, l'humanisme s'intéresse surtout aux débats religieux, le principal enjeu intellectuel du siècle. Mais l'esprit d'examen conduit aussi à des propositions politiques. Les humanistes sont des réformistes et des pacifistes. Habitués à voyager ou à confronter leurs idées avec celles des étrangers, ils se sentent au-dessus des querelles nationalistes étroites : ce sont des cosmopolites. Ils cherchent donc un idéal politique modéré, pour éviter les affrontements et les ruptures. Ce rêve d'une société idéale apparaît, par exemple, dans l'*Éloge de la folie* (1529) d'Érasme — qui fut un des conseillers de Charles Quint ; dans l'*Utopie* (1534) de Thomas More, chancelier anglais du roi Henri VIII ; dans *Gargantua* (1535) de Rabelais, et chez Montaigne. On trouve même des traités politiques très hardis, vers la fin du siècle, tel le livre de La Boétie, l'ami de Montaigne, *Le Contr'un ou De la servitude volontaire* (1578).

Un champion de l'esprit nouveau : Marot•

L'évolution du goût

■ Les grands poètes de la fin du XVe siècle (les Grands Rhétoriqueurs) s'en tenaient encore à une poésie compliquée et souvent érudite. La tendance générale, dans les débuts du XVIe siècle, est de revenir au naturel, en insistant sur une communication plus directe avec le lecteur ; d'où le développement des genres « épîtres » ou « épigrammes ». Certes la virtuosité (jeux de mots, rimes complexes, symétries) ne disparaît pas complètement, mais elle se prend moins au sérieux.

■ Dans cette période 1510-1540, seul Clément Marot (1496-1544) va vraiment arriver à s'imposer, en réussissant à faire la synthèse des traditions (son père, Jean Marot, est un Grand Rhétoriqueur) et en devenant l'initiateur d'un ton vraiment neuf. Homme d'esprit et de cour dès la petite enfance, ouvert, cordial, insolent, Marot a le tempérament d'un inventeur. Il innove avec brio, tout en s'appliquant aux formes traditionnelles (ode, ballade, rondeau). On lui attribue aussi la création, en France, du sonnet.

■ À la cour de François Ier, où le jeune roi et sa sœur Marguerite ne dédaignent pas de rimer des vers faciles, les poèmes qui s'échangent ne brillent guère par leur originalité, mais ils prétendent exprimer des sentiments naturels. La poésie cesse donc d'être une recherche compliquée pour devenir une distraction mondaine et sentimentale, un passe-temps et un jeu de l'esprit. Marot comprend très vite ce qu'on attend de lui, et sa poésie va répondre à ce goût nouveau. La phrase sera plus simple, directe et rapide. Le compliment galant se formulera clairement et non dans des détours allégoriques ou mythologiques. On préférera la forme brève et brillante aux longs poèmes interminables et obscurs. Le pédantisme laisse la place à l'esprit, en prenant s'il le faut des exemples chez les Italiens, tel Pétrarque.

L'œuvre de Marot

■ On retiendra quatre grands aspects de l'œuvre de Marot :

• **Une poésie personnelle et lyrique,** où le poète exprime ses sentiments. Marot a le sens de la confidence, du détail vrai et touchant. Cette sensibilité « naïve » se manifeste par exemple dans des « églogues », où il conte son enfance, et dans des épigrammes amoureuses.

• **Une poésie satirique.** Marot, le frondeur, a eu maille à partir avec toutes les institutions de son temps. Suspecté pour ses idées favorables à la Réforme, poursuivi pour divers « péchés mortels » (traductions de textes sacrés ; non respect du jeûne de carême), Marot a dû souvent s'exiler. Son ami et éditeur, Étienne Dolet, sera brûlé pour hérésie en 1546. Dans son long poème *L'Enfer* (1526), Marot se livre à une violente critique de la justice de son temps.

• **Une poésie de courtisan.** Vivant des faveurs du prince, Marot ne cesse de quémander et de chercher à plaire, tantôt pour se tirer d'un mauvais pas qui le menace de prison, tantôt pour refaire une fortune dilapidée. Marot a su profiter de la protection de François Ier, de sa sœur Marguerite ou de Renée de France, fille de Louis XI (favorable aux protestants). Dans ses pièces, l'humour se donne libre cours et s'avère efficace, comme dans l'épître *Au Roi, pour avoir été dérobé* (1532), où Marot se plaint d'avoir été dévalisé par son valet ; elle fit suffisamment sourire François Ier pour qu'il accordât cent écus d'or au poète sans ressources.
• **Une œuvre de traducteur.** En bon humaniste, Marot, malgré des condamnations ou avertissements répétés, a voulu traduire les *Psaumes*. Le tribunal ecclésiastique de la Sorbonne trouvait impie de mettre les textes sacrés à la disposition du public et y voyait un esprit « protestant ». L'exil en Italie (1534) et en Suisse, auprès de Calvin (1542), est surtout dû à ces travaux de traduction — qui servent dès l'époque de livres de prière pour l'église réformée.

■ Marot impose **des strophes et des poèmes à forme fixe :**
• Les strophes :
— le **sizain**, généralement en octosyllabes, suit la rime AABCCB ;
— le **huitain**, divisé en deux **quatrains**, suit la rime ABABBCBC ;
— le **dizain**, en décasyllabes ou octosyllabes, suit la rime ABABBCCDCD.
• Les poèmes à forme fixe :
— la **ballade** : trois huitains et quatre quatrains, le plus souvent ;
— le **rondeau** : trois strophes (AABBA AAB AABBA) ; à chaque fin de strophe, on répète les premiers mots du début du poème ;
— le **sonnet**, d'origine italienne, que Marot introduit en France et qui aura un immense succès : deux quatrains, deux tercets (ABBA ABBA CCD EED ou EDE) :

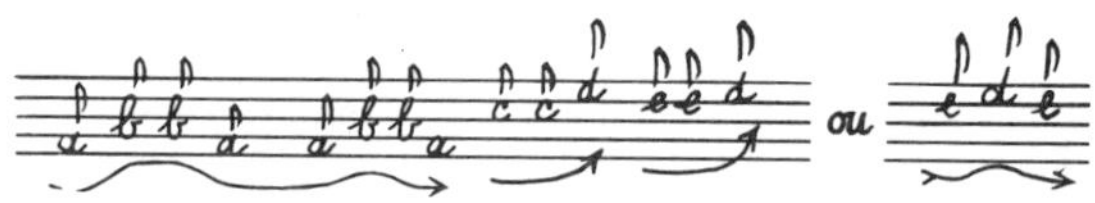

• Le quatrain s'écourte en tercet : le poème semble se délester et s'élever. La réussite du sonnet s'explique peut-être par cet équilibre à la fois apaisant, rigoureux et dynamique, fluide.
• Comment nommer les rimes ?
— AA : plates ou suivies ;
— ABBA : embrassées ;
— ABAB : croisées ou alternées.

Un exemple de l'inventivité de Marot : le blason

■ Marot est l'initiateur d'un jeu littéraire : le blason. À l'origine, « blasonner » consiste à détailler les armoiries d'un écu (d'une famille ou d'une ville, par exemple). Marot s'amuse à l'appliquer à un élément anatomique (l'œil, le « tétin », le sourcil, le nombril, etc.). La description devient alors énumération ; on ressasse les aspects et les contours de l'objet. Fascination, fétichisme, litanie du désir, le blason illustre un besoin fondamental de la Renaissance, celui de dévoiler et de satisfaire un appétit incessant de curiosité.

■ Éxilé à Ferrare, en Italie, auprès de Renée de France, Marot écrit le *Blason du beau tétin* (1535). L'idée lui vient alors de lancer un concours auprès de tous les poètes, et de collecter les envois de ses amis ou rivaux. Ce sera Maurice Scève qui remportera la palme de ce concours improvisé, avec le *Blason du sourcil*. Inutile de dire, cependant, que ce genre a pu dégénérer et que le blason a chanté aussi les louanges de parties moins pudiques du corps féminin. On trouve également des **contre-blasons**, qui se moquent des laideurs du corps. Marot eut beau s'en plaindre : *Arrière ! mots qui sonnent salement. / Parlons aussi des membres seulement / Que l'on peut voir sans honte découverts, / Et des honteux ne souillons point nos vers....*

L'exubérance humaniste : Rabelais•

L'incarnation de l'ardeur encyclopédique de la Renaissance

■ Alors que son père le destinait à être musicien, Rabelais (1494?-1553) commença sa vie comme moine. Dans les divers ordres religieux auxquels il appartint (franciscain, puis bénédictin), il eut le temps de s'initier aux écrivains de l'Antiquité et acquit ainsi une immense culture. Quand il abandonne l'habit monacal, en 1530, il se tourne vers la médecine, tout en entamant une œuvre littéraire originale et puissante.

■ Les écrits de Rabelais illustrent l'effervescence humaniste que suppose un idéal de connaissance universelle, touchant tous les temps (histoire, philosophie antique, écrivains grecs, latins, hébreux, Bible) et tous les domaines (médecine, astrologie, géographie, botanique). Comme médecin, Rabelais a observé le corps humain en pratiquant la dissection. Comme homme d'Église, il a analysé les systèmes métaphysiques et religieux. Comme voyageur et homme « engagé », il a réfléchi à des conceptions nouvelles concernant la vie en collectivité (l'abbaye de Thélème) ou l'éducation.

■ Rabelais est un esprit contestataire et inventif. Ses livres se moquent de la guerre, des puissants, de la hiérarchie de l'Église, de l'éducation pratiquée au Moyen Âge... Ses héros, Gargantua ou Pantagruel, cherchent le bonheur des hommes, discutent de la meilleure organisation économique possible, modifient les lois. Sa religion, enfin, est inspirée par l'évangélisme qui prône le retour au texte et au message du Christ, l'abandon des dogmes et des superstitions inutiles, la distance face à la papauté, le refus de l'hypocrisie, etc. L'œuvre de Rabelais est, à ce titre, une œuvre « à message ».

■ Pour vulgariser ses idées, Rabelais choisit le grossissement. Ses héros sont des géants et ils traversent des situations énormes ou absurdes, toujours exagérées. Il en résulte une force comique qui ridiculise les comportements humains et donne à réfléchir. Mais cette méthode reflète aussi, tout simplement, une imagination débridée et une fantaisie illimitée. Rabelais ne recule devant aucune folie ni aucune grossièreté pour faire rire son lecteur. Il laisse exulter la joie de vivre, celle du corps, des appétits humains les plus crus.

■ Enfin, au moment où la langue française « moderne » se met en place et se généralise, Rabelais participe au mouvement en jouant avec les mots et en maniant une langue drue. Il se plaît à mélanger les registres de langue (médical, juridique, érudit, populaire, scolastique, religieux) et à les pasticher. Son écriture s'apparente à une sorte d'exploration des pouvoirs du langage et de la richesse du vocabulaire français.

Une œuvre touffue

■ Encouragé par le goût de ses contemporains pour les contes paillards et pour les chroniques (collages d'anecdotes joyeuses), Rabelais fait paraître à Lyon, en août 1532, son *Pantagruel, roi des Dipsodes*. Il le signe avec une anagramme de son nom, Alcofribas Nasier. En voici le contenu :

• I-IV. L'enfance de Pantagruel. Son père Gargantua est partagé entre la douleur de perdre sa femme, morte en couches, et la joie d'avoir un fils – à l'appétit gigantesque.

• V-VII. Pantagruel fait ses études en province. Il va d'une université à l'autre, toutes également prétentieuses et pédantes.

• VIII-IX. Pantagruel vient à Paris. Rabelais se moque de la bibliothèque Saint-Victor, dont le catalogue est rempli de livres inutiles. À l'inverse, Gargantua écrit à son fils ce qu'est le vrai savoir. Apparaît aussi Panurge (= « bon à tout »).

• X-XIII. Pantagruel en justice. Il doit donner son avis dans un procès, où tout s'enlise dans des débats formalistes et absurdes. Rabelais ridiculise la justice de son temps.

• XIV-XXII. Les histoires de Panurge. Toujours soucieux de se procurer de l'argent, Panurge connaît mille aventures.

• XXIII-fin. Pantagruel, chef de guerre. Parti pour défendre son pays Utopie, Pantagruel triomphe de ses ennemis et affronte en duel le géant Loup Garou. Panurge, qui avait eu la tête coupée, est guéri par Épistémon. Pantagruel abrite son armée sous sa langue. Le dernier chapitre (XXXIV) promet une continuation et dénonce à l'avance les théologiens qui vont condamner le livre.

■ Comme il le prévoyait, Rabelais fut aussitôt censuré par la Sorbonne. Il choisit de se défendre par l'attaque. Publié avec la protection de la cour, *Gargantua* (Lyon, 1534) est une mise en cause encore plus nette de ceux qui refusent l'esprit nouveau. Le prologue de *Gargantua* sert de mode d'emploi : Rabelais invite le lecteur à saisir, derrière les apparences et le rire, le sens profond et caché de son texte. Certes, *Mieux est de ris que de larmes écrire, / Pour ce que rire est le propre de l'homme,* mais le livre est comme une boîte *peinte au-dessus de figures joyeuses et frivoles* dans laquelle on réserve les *fines drogues* et *autres choses précieuses.* Lire, c'est ronger l'os, pour en tirer *la substantifique moelle. Gargantua* est donc un conte amusant, mais aussi une revue de théories humanistes.

• I-XIII. L'enfance de Gargantua. Sa naissance au milieu d'un festin, sa vie de bébé.

• XIV-XXIV. L'éducation de Gargantua. Rabelais fait d'abord la critique des méthodes du Moyen Âge (bourrage de crâne, morale abstraite, paresse physique, vingt messes par jour, etc.). Puis Gargantua est placé sous la responsabilité du maître Ponocratès qui, fidèle à l'idéal de la Renaissance, lui donne une éducation complète, concrète, épanouissante.

• XXV-LI. La guerre picrocholine. Le père de Gargantua, Grandgousier, est attaqué par le seigneur Picrochole, à la suite d'une querelle entre vignerons et « fouaciers » (fabricants de galettes). Les combats font rage ; s'y distingue le moine Jean des Entommeures, qui défend les vignes de son monastère. Après la victoire, Grandgousier pardonne aux uns et récompense les autres : Frère Jean reçoit de quoi faire construire une abbaye.

• LII-LVII. L'abbaye de Thélème. Le couvent de Frère Jean est une sorte de cour où une élite vit dans la culture et les bonnes mœurs, avec pour seule règle : *Fais ce que voudras.*

■ Du fait des allusions très directes qu'il contient, *Gargantua* est également censuré. À la suite de l'affaire des placards (des affiches pour les idées réformées placardées sur la porte de la chambre du roi), François Ier commence à persécuter les protestants. Rabelais, par prudence sans doute, n'écrit plus pendant onze ans. Protégé par le cardinal Jean du Bellay, il achève ses études de médecine et se fait oublier. Sa situation sociale restaurée, Rabelais reprend ses écrits.

■ Le *Tiers Livre* (1546) est assez différent des premières œuvres de Rabelais. Il se divise en trois grandes parties :

• I. Pantagruel a conquis la Dipsodie et reproche à Panurge de dilapider ses revenus : ils discutent sur l'art de faire des dettes, sur l'échange économique entre les hommes.

• II. Panurge se demande s'il doit se marier et consulte tout le monde : une Sybille (femme-devin de l'Antiquité), un muet, un poète, un oculiste, un donneur d'horoscopes, Frère Jean, des théologiens, médecins, philosophes... en vain ; Panurge n'arrive pas à se décider !

• III. Finalement, Panurge et Pantagruel s'embarquent pour un long voyage, afin de recevoir *l'oracle de la dive bouteille*, suivant le conseil du fou Triboulet.

■ Réfugié à Metz (hors du royaume), Rabelais voit les tensions religieuses augmenter encore et le *Tiers Livre* paraît l'année même où l'éditeur Étienne Dolet est brûlé pour hérésie. Un dernier ouvrage, confus et loufoque, va dénoncer les fanatiques de tous bords et chanter la vie naturelle qui *enfanta Beauté et Harmonie* : le *Quart Livre* (1552), prolongé par un *Cinquième Livre* (posthume, dont l'authenticité est discutée). Ces deux livres racontent la suite des aventures de Panurge et de ses amis. Ils s'apparentent à des récits de voyage imaginaires. Au gré de la navigation, on aborde l'île des Chicanous (satire des gens de loi), des Macréons, des Tapinois, où le roi Carême-Prenant se bat contre les Andouilles alliées de Mardi-Gras, etc. Mais l'on finit par deux îles ennemies : celle des « Papefigues » (les protestants) et celle des « Papimanes » (les catholiques). On les quitte sans regret toutes deux pour arriver enfin au royaume de maître Gaster (l'estomac), symbole de la vraie vie et du plaisir. Le *Cinquième Livre* donne une impression de chaos burlesque : Rome devient une *Isle sonnante* où chantent et s'engraissent les oiseaux inutiles ; la philosophie est ridiculisée sous la forme du royaume de la *Quinte Essence*, où l'on controverse vainement. On arrive enfin à l'oracle de la Dive bouteille, qui ne dit qu'un mot, *Trinch* (« Bois ! ») : enivre-toi de vin, mais plus encore de sciences et de découvertes.

Le comique de Rabelais : du grotesque au profond

■ Il convient de replacer Rabelais dans son époque pour juger de son comique qui peut paraître souvent grossier ou répétitif, et qui lui valut d'être éclipsé pendant les XVIIe et XVIIIe siècles, peu sensibles à une telle gaudriole. La tradition gauloise trouve dans la verve rabelaisienne une incroyable vigueur, ne reculant devant aucune allusion scatologique (l'éloge du « torche-cul », par exemple) ou sexuelle. Car le comique est inséparable de la joie de vivre, donc des jouissances du corps, de la vie animale et physique.

■ Redécouvert au XIXe siècle par des imaginatifs comme Hugo, le rire rabelaisien est aujourd'hui interprété comme une conception globale du monde. À la suite de Mikhaïl Bakhtine (*L'œuvre de Rabelais et la culture populaire au Moyen Âge et sous la Renaissance*, 1976), le comique de Rabelais est vu comme un prolongement de l'esprit de carnaval, de fête primitive, où toutes les valeurs s'inversent, se mêlent ou se renversent — d'où le thème des rois détrônés, par exemple. Dans ce brassage et cette gesticulation, c'est le corps grotesque qui provoque d'abord le rire. Ainsi Rabelais peut-il confondre dans une même vision la naissance et la mort (*cf.* la naissance de Gargantua), ou insister sur la vie sexuelle et sur les combats. Le corps est image du monde, du cosmos, en perpétuel mouvement, en métamorphose. Le rire insiste sur le « bas corporel » pour rabaisser les illusions spirituelles et pour réhabiliter un appétit euphorique de l'existence et de ses instincts.

Un style torrentiel : dénonciation ou exaltation du langage ?

■ L'écriture de Rabelais repose d'abord sur une imagination verbale sans égale. L'imagination jaillit d'un foisonnement de jeux langagiers. L'écrivain emprunte à tous les dialectes et à tous les types de discours spécialisés (juridique, religieux, médical, paysan, etc.). Il développe, parfois sur plusieurs pages, des synonymes, des proverbes, des expressions figurées, des formules inventées (le jeu de Gargantua, le menu offert par les dames de Lanterne). Il puise dans des langues étrangères et pastiche tous les styles (cicéronien, apostolique, médiéval, etc.). Il passe brusquement d'un niveau de langue à l'autre (du savant à l'obscène), ne cesse de forger des mots, de multiplier les calembours et les coq-à-l'âne. Le lecteur, emporté dans un mouvement torrentiel, ne sait plus trop si cette abondance est une manière de révéler la gratuité du langage (bavard, instable, informe, jouant sur les signifiants) ou, au contraire, de traquer partout la vérité (complexité du monde, jeu sur le signifié) et d'être créateur. En tout cas, il ne faut pas lire Rabelais, mais le dire, le proclamer oralement.

Les idées de Rabelais : mystification et/ou « engagement » ?

■ Rabelais a beau nous indiquer qu'il faut dépasser les apparences burlesques de son livre pour y chercher le sens caché, l'impression première du lecteur est celle d'une plaisanterie *héneaurme* (comme aurait dit Flaubert), d'une mystification. Rabelais garde un aspect farceur, et émaille son texte de « sottises », ces blagues d'étudiants et de « sots » chères au Moyen Âge.

■ Mais une œuvre s'adresse à ceux qui lisent, autrement dit à une élite cultivée. Quand Rabelais se livre à la parodie, il ne peut être compris que de ceux qui connaissent le modèle tourné en dérision (université, justice, littérature). Dès lors, l'œuvre rabelaisienne a un statut ambigu, entre mystification fantaisiste et engagement sérieux. On peut relever trois domaines dans lesquels les idées de Rabelais sont discernables :

- confiance en la nature, inépuisable trésor de connaissances, de voyages, de rencontres ;
- désir de réformer l'homme : théories pédagogiques, réflexion politique, pacifisme — dans la lignée de Machiavel ou d'Érasme —, imagination utopique etc. ;
- évangélisme et refus de tous les excès dans le domaine religieux, qui semblent même aboutir à une sorte de dégoût ou, du moins, de doute affirmé.

■ On observera pourtant que c'est Panurge qui, au fil des livres, prend le dessus sur le prince éclairé Pantagruel. Panurge, rusé et immoral, formé par un apprentissage direct de la vie, est plus habile et mieux doué pour le bonheur que le grand seigneur humaniste. De même, Frère Jean quitte Pantagruel pour s'isoler dans son abbaye de Thélème ; et il n'en sortira que pour suivre, lui aussi, Panurge. Autrement dit, le rêve d'un gouvernement de paix et de raison (incarné par Pantagruel) semble échouer. Rabelais n'avait qu'à regarder autour de lui pour voir les tensions monter partout : son œuvre est donc à la fois une réflexion sur l'idéal humaniste et une dérision de cette illusion. Le public « populaire » de Rabelais (celui qui lisait ses *Almanachs* et qu'il croisait aux foires de Lyon) devait surtout retenir ce deuxième aspect.

■ Cette dualité de l'œuvre explique sans doute pourquoi elle fut condamnée par tous les bords (catholiques et calvinistes) au XVIe siècle. Mais elle conditionne surtout la survie de Rabelais, sans cesse relu, réinterprété, commenté. C'est parce qu'elle est inextricable et totalement originale (aucune autre ne lui est comparable) que cette œuvre libre offre à chaque lecteur un sens non donné mais à construire : on ne saurait proposer une meilleure définition du chef-d'œuvre.

Marguerite de Navarre•

Le conte : un genre qui prend forme

■ Comme son nom l'indique, le conte appartient à la tradition du récit oral. Il implique une situation de communication particulière : le conteur reste présent dans l'acte de narration, il ménage ses effets pour plaire et intriguer son auditoire. Du fait de ses origines populaires, le conte emprunte beaucoup à la vie quotidienne. Mais il peut aussi se faire l'écho de récits fabuleux ou imaginaires, reflets des croyances ou des hantises communes. Pendant tout le Moyen Âge, en attendant que la littérature écrite prenne ses formes modernes, le conte connaît une grande vitalité. Il transmet les légendes (histoires de sorcières ou de loups-garous, par exemple) et se nourrit de merveilleux. Mais il cherche surtout à faire rire, se moquant volontiers des maris trompés, des moines paillards, des épouses acariâtres. Il est facilement grivois. Rabelais, qui se présente lui-même comme le « prince des conteurs », s'inscrit dans cette tradition et son œuvre ressemble à un collage de contes élaborés.

■ C'est ainsi que le conte devient, au début du XVIe siècle, un genre littéraire à part. Ce ne sont plus des conteurs de foire ni des gens du peuple qui le composent, mais des humanistes, des lettrés, comprenant que ce genre littéraire peut à la fois amuser et instruire. Ils s'efforcent de pratiquer une écriture simple, de supprimer la rhétorique, de faire allusion à l'actualité. À la fois psychologique et moralisateur, le conte décrit les hommes et en tire une morale — un peu comme le fera la fable au XVIIe siècle.

L'exemple de Marguerite de Navarre

■ Sœur de François Ier, Marguerite d'Angoulême (ou de Valois, 1492-1549) semble avoir été déçue par ses deux mariages : elle épousa d'abord, en 1509,

Charles d'Alençon, inculte et épais, puis, en 1527, Henri d'Albret, le volage roi de Navarre. Seule sa fille, Jeanne d'Albret, future mère d'Henri IV, lui apporta quelques joies familiales et une complicité. L'échec sentimental de cette femme, très cultivée et profonde, est compensé par l'ardeur du seul amour de sa vie, celui qu'elle vouait à son frère. Cet attachement étroit et passionné explique le rôle qu'elle a pu jouer auprès du roi comme protectrice des poètes, des humanistes, des novateurs. Sensible, pondérée, rayonnante d'intelligence et de bonté, elle accueillit, dans sa cour de Nérac en particulier, les plus fins esprits de son temps.

■ Comme la plupart des intellectuels de la Renaissance, Marguerite de Navarre est passionnée par les débats religieux. Son tempérament mystique et idéaliste l'a poussée à comprendre les principes réformateurs. Séduite par l'évangélisme, elle est favorable à la conciliation. Cette position devient intenable, pour elle qui est la sœur du roi, après 1540. Retirée dans son royaume de Navarre, elle se consacre à son recueil de contes, l'*Heptaméron*. Ce recueil imite, en sept jours (du grec « hepta »), les dix journées du *Décaméron* de l'Italien Boccace (1313-1375).

L'*Heptaméron* ou la revue des amours

■ Dix personnes de qualité, réfugiées dans une abbaye à cause de pluies torrentielles qui les empêchent de faire route, se racontent des histoires et en discutent ensuite. Chacun de ces « devisants » donne son récit pour authentique : *nous avons juré de dire la vérité*. Mais les faits racontés sont toujours hors du commun : suicides, viols, incestes, passions raffinées ou violentes, etc. L'*Heptaméron* fait ainsi la revue des amours, en prenant des exemples extrêmes. Mêlant des récits tantôt brutaux, tantôt délicats, le recueil montre les métamorphoses du sentiment : courtois ou sauvage, candide ou calculateur, platonique ou grivois. Ainsi, Marguerite de Navarre refuse le point de vue unique, et fait dialoguer des contradictions, images de la vie réelle, où l'on s'aime pour le meilleur et pour le pire.

■ L'effet de contraste est accentué par la discussion qui suit chaque récit. Une fois l'histoire contée, les devisants débattent et interprètent. Ces commentaires sont un excellent témoignage sur les mentalités de l'époque dans les milieux éclairés de la cour.

Bonaventure Des Périers

■ Marguerite de Navarre exerça un discret et efficace protectorat sur les lettres françaises. Elle correspondait avec les meilleurs esprits de son temps, et a aidé ceux qui étaient persécutés. Aucune reine n'a reçu, plus qu'elle, hommages et dédicaces. Dans son entourage immédiat, outre son cher valet de chambre Marot, on trouve divers conteurs, dont Bonaventure Des Périers (1510-1543).

■ Né en Bourgogne, il mène une vie vagabonde et difficile, semble-t-il, avant de s'intégrer, vers 1535, à une équipe de jeunes humanistes chargés de donner la première traduction française de la Bible, pour le compte d'un éditeur réformé, Pierre de Vingle. On le retrouve ensuite dans le cercle lyonnais, avant qu'il ne rencontre Marguerite de Navarre. Il partage dès lors, en 1536, la charge honorifique de « valet de chambre » avec Marot. Auprès de la reine, qui est en train de rédiger son *Heptaméron*, il compose ses *Nouvelles récréations et joyeux devis* (publication posthume, en 1558). En 1537, il publie les quatre dialogues de son *Cymbalum mundi* (« le tambourin du monde ») ; ce texte bizarre (qui vaudra à son imprimeur une condamnation à mort) ridiculise les discours et les disputes des hommes. Tous les professionnels de la parole se sentirent visés, les hommes d'Église en particulier.

■ Bonaventure Des Périers, dans ses *Nouvelles récréations et joyeux devis*, renoue avec la tradition orale. Ses anecdotes, prises sur le vif, sont brèves et drôles, selon le schéma simple de « l'arroseur arrosé ». La Fontaine lui empruntera l'histoire de Perrette et le pot au lait. Mais c'est Nodier qui le fera vraiment redécouvrir (comme Rabelais en plein romantisme). Le recueil eut en tout cas un grand succès pendant tout le XVIe siècle, et fut plusieurs fois réédité. À la suite d'Érasme, Bonaventure Des Périers interroge les manies humaines et les duperies sociales, sans trop se prendre au sérieux. Comme Rabelais, il jongle avec les mots et les dialectes, et son écriture est le reflet de la liberté humaniste, pleine d'ironie et de gaieté.

Un conteur-ethnologue : Noël du Fail

■ Né en Bretagne, dans une famille de petite noblesse rurale, Noël du Fail (1520-1591) fait de bonnes études à Paris, avant de mener une existence turbulente, où se succèdent rixes, larcins et beuveries. Engagé dans l'armée, il séjourne en Italie (1543) et fait divers voyages avant de se fixer enfin dans sa région natale. Sa belle carrière de juriste et de parlementaire lui laisse le temps de publier ses *Propos rustiques* (1548), dont il donnera plusieurs versions jusqu'à sa mort. Souvent inquiété pour ses opinions religieuses favorables à la Réforme, Noël du Fail est pourtant un nostalgique, un réactionnaire. Ses contes empruntent au style rabelaisien, mais évoquent le charme d'un petit village breton (qu'il nomme Flameaux), vivant en autarcie, préservé de toute évolution (jugée décadente). Dans le climat troublé de la seconde moitié du XVIe siècle, Noël du Fail évoque les valeurs d'autrefois, dans une sorte d'utopie rétrograde. Il raconte la vie d'une communauté harmonieuse, avec ses labeurs réguliers, ses mœurs simples et pures, ses fêtes, ses veillées et ses fables. Milieu protégé (comme Thélème), Flameaux exprime surtout le refus du présent, dénonce un progrès qui s'accompagne d'intolérance et de guerre civile. L'esprit de « retraite », cher à Montaigne, n'est pas loin... On peut lui opposer la vitalité brouillonne de Pierre de Bourdeilles, seigneur de **Brantôme** (1537-1614), mémorialiste coquin des *Dames galantes.*

Le foyer littéraire lyonnais

Lyon, carrefour économique et culturel

■ Dès le début du XVIe siècle, la ville de Lyon est un important lieu d'échanges. Intermédiaire obligé entre l'Italie et Paris, elle sert de plaque tournante pour le commerce, et organise quatre grandes foires internationales chaque année. Les banquiers italiens, puis flamands, s'y sont installés, très soucieux de leur indépendance.

■ Cette intense activité économique permet aussi la circulation des idées, d'autant que Lyon se trouve à la croisée des chemins : l'esprit réformé souffle de Genève, les traditions de troubadours du pays d'oc (tout le sud) sont tout proches, les idées esthétiques ou philosophiques de l'Italie remontent la vallée du Rhône. Mais, surtout, Lyon est une capitale de l'imprimerie, grâce à la « Compagnie des libraires lyonnais ». Les éditeurs, munis de privilèges royaux, font progresser la diffusion du livre en imposant le petit format *in octavo* (c'est-à-dire le huitième d'une grande feuille) et en utilisant des caractères plus lisibles que le gothique. Citons au moins deux grands imprimeurs lyonnais : Étienne Dolet (qui édita Rabelais et Marot) et Jean de Tournes (Marguerite de Navarre, Maurice Scève, Louise Labé, Pernette du Guillet).

■ Ce milieu a permis un épanouissement exceptionnel aux lettrés. Les cercles lyonnais s'intéressent à la pensée religieuse, à l'astrologie, aux nombres. Les commerçants, parce qu'ils sont pragmatistes, sont favorables aux idées de libre circulation, à la paix, à la tolérance. Les textes d'idées se multiplient, souvent condamnés (Étienne Dolet sera brûlé comme hérétique en 1546). Mais, dans les demeures des riches familles lyonnaises, s'organisent des « salons » et des cercles, où la poésie et la musique servent à la fois de divertissement mondain et d'approfondissement des idéaux humanistes. Les plus grands esprits du temps s'y retrouvent, parfois avec la cour, qui y fait de fréquents séjours (surtout dans la période des guerres d'Italie). Lyon est un foyer culturel fécond, ouvert et foisonnant, sans rival dans tout le royaume.

Une personnalité secrète et influente : Maurice Scève•

■ Dès son vivant, Maurice Scève (1501 ?-1564 ?) passait déjà pour obscur, tant sa poésie paraissait concise et difficile. Cette réputation fut entretenue par lui, en particulier grâce au mystère dont il entoura sa vie privée. Cet homme secret et contemplatif est issu d'une famille de notables cultivés, lyonnais de vieille souche. Il semble avoir été assez riche pour se consacrer exclusivement aux études et à la création, entouré d'un petit groupe de fidèles sur lesquels il exerça un puissant ascendant.

■ Nourri de culture gréco-latine, fasciné par les idées néo-platoniciennes, il affirme, en 1553, avoir retrouvé le tombeau de la Laure de Pétrarque, dans une chapelle d'Avignon. Cette « trouvaille » (fort suspecte) lui semble un signe de sa vocation, et il entre en poésie comme d'autres entrent en religion.

■ L'œuvre principale de Maurice de Scève est *Délie, objet de plus haute vertu* (1544). Ce recueil complexe est composé de 449 dizains, en vers décasyllabes, qui suivent tous les rimes ABABBCCDCD. L'ordre d'apparition des unités, leur nombre et les obscurités de certains vers ont fourni matière aux interprétations les plus inattendues. Il est vrai que Scève était versé dans l'hermétisme et que l'idéalisme de Pétrarque ou des platonisants le fascinait. En tout cas, *Délie* n'est pas une histoire continue et cohérente, mais la quête désordonnée et tourmentée d'un anxieux vers une perfection et un au-delà dont la femme aimée est l'image.

■ On s'accorde à considérer que Délie n'est autre que Pernette du Guillet, dont Scève s'éprit vers 1536. Mais Délie est surtout l'anagramme de « L'Idée ». Scève cherche l'accession à l'amour idéal, lequel exige des souffrances. Délie prend souvent la forme de Diane-Hécate, déesse « triple » de la chasse (qui fait errer et qui se refuse) et de la nuit (mystérieuse, froide, cruelle). La poésie de Scève exprime donc une douleur nécessaire à une jouissance supérieure. Plus près de nous, des poètes comme Mallarmé ou Valéry admireront surtout la forme très contraignante du « carré » scévien (10 vers / 10 syllabes), sorte d'exercice poétique demandant une certaine virtuosité.

L'inspiratrice de Scève : Pernette du Guillet

■ Née dans une famille noble de Lyon, Pernette du Guillet (1520 ?-1545) a été unanimement louée, de son vivant, pour sa beauté comme pour son savoir. Érudite, elle connaît bien les langues anciennes, parle espagnol, écrit en italien, joue du luth. Tant de vertus expliquent sans doute le coup de foudre de Scève pour Pernette.

■ Elle a à peine seize ans quand Scève (qui en a trente-cinq) la rencontre et s'en éprend. Mais la jeune fille est promise à une autre union. Ses relations avec son poète-admirateur ont dû rester platoniques, si l'on en juge par *Délie*. La tendresse amoureuse qui les lie se transforme en correspondance poétique. Pernette du Guillet répond avec ses propres vers. Elle les compose au jour le jour, sans prétention, d'une manière juvénile, allègre et modeste. Quand elle meurt subitement, à vingt-cinq ans, son mari décide de recueillir ces poèmes épars et les publie sous le titre de *Rimes* (1545). En face des vers tendus et passionnés de Scève, elle fait entendre une voix simple et chantante.

Le phénomène Louise Labé•

■ Louise Labé (1524-1566) est la plus grande poétesse de la Renaissance. Mais c'est d'abord une étrange personnalité, qui fit jaser de son vivant. Comment une bourgeoise, fille et femme d'artisan cordier (d'où son surnom de « belle cordière »), a-t-elle pu si vite s'imposer comme un écrivain excellent et novateur dans les milieux aristocrates et raffinés de Lyon ? De même, comment se fait-il qu'on la voie en train de participer à des tournois, en compagnie de son frère, écuyer et maître d'armes comme elle ? Louise Labé, par sa beauté et sa force de caractère, ne pouvait laisser indifférent.

■ Ses œuvres présentent un double aspect : d'une part, un « féminisme », qui invite les femmes à participer à l'essor humaniste de la Renaissance, à *regarder un peu au-dessus de leurs quenouilles et de leurs fuseaux*, à refuser d'être « femme-objet » ; d'autre part, une forte sensualité, revendiquant par ses poèmes l'ardeur des amours charnelles. Tant de franchise attira sur la poétesse des jugements sévères, notamment du sombre Calvin. On lui reprochait son impudeur et on lui fit même une réputation de courtisane.

■ Pourtant, il n'y a guère de scandale dans cette œuvre qui exprime, sans provocation ni outrance, la maladie d'amour, où l'être, cœur et corps, est partagé entre le plaisir et le manque. Car le poète ne fait qu'avouer la toute-puissance de l'amour ; on ne saurait l'en blâmer.

La vitalité poétique du milieu du siècle

Un moment d'apogée

■ Quand meurt François Ier, en 1547, après trente-deux ans de règne, la France atteint à une forme d'apogée : le pays est pacifié, unifié ; les grandes villes (Paris ou Lyon) sont des foyers de culture importants ; les beaux-arts et l'humanisme triomphent. C'est dans ce contexte très favorable que la génération des années 1530 va participer à un essor littéraire, inventif et brillant, qui sera décisif pour toute l'histoire de notre littérature, notamment dans le domaine de la création poétique.

■ L'exemple vient de haut : la cour protège les artistes. Les constructions royales (châteaux de la Loire, puis Louvre et Tuileries) attirent des architectes, des sculpteurs et des peintres. Les rois ont conscience que les poètes ennoblissent le prestige royal et ils protègent les hommes de lettres. Sous les règnes d'Henri II (1548-1559), François II (1559-1560) et Charles IX (1560-1574), le culte des modèles antiques (via l'Italie) influence durablement le goût et les formes de création. La génération de la Pléiade rejette les formes poétiques du Moyen Âge et réclame l'imitation de l'Antiquité. Les grands humanistes français (comme les traducteurs Jacques Amyot ou Henri Étienne) modifient l'enseignement et la pensée : Ronsard et Du Bellay (qui ont vingt ans vers 1545) doivent beaucoup à leurs leçons.

■ Une intense production prend alors son essor : poésie, théâtre, littérature d'idées et textes engagés. De nouvelles conditions économiques y contribuent. La bourgeoisie, grâce à l'activité commerciale favorable, s'enrichit vite et devient commanditaire ou utilisatrice des œuvres culturelles. Le public s'élargit, ce qui offre un meilleur statut social à l'écrivain. Un homme comme Ronsard, à la fin de sa vie, est lu et connu dans tous les milieux et dans la France entière. C'est peut-être notre premier grand écrivain « populaire », même si, pour une immense partie, la population n'accède pas à la lecture.

Un manifeste : la *Défense et Illustration de la langue française*

■ Ce manifeste, préparé par un groupe de jeunes lettrés réunis autour de Ronsard, porte la signature de Du Bellay. Prenant pour prétexte une réponse à Thomas Sébillet (qui, dans son *Art poétique*, défendait l'art de Marot), Du Bellay et ses amis réagissent très vivement et proposent une nouvelle théorie littéraire. À dire vrai, la *Défense et Illustration* (1549) fait suite à divers traités, parus entre 1530 et 1540, qui visent tous aux mêmes buts : épanouir et enrichir la langue ; créer de nouvelles formes. Du Bellay compile des idées souvent admises par tous, y compris par ceux qu'il attaque (comme Marot ou Rabelais). Plagiaire, souvent injuste, Du Bellay a cependant su créer l'événement et imposer un manifeste qui reflète toutes les aspirations de son époque. Le débat de fond (créer une littérature qui soit vraiment « française » et originale) va conditionner toute l'évolution de la poésie jusqu'à nos jours. Il s'agit de dire le pouvoir des mots : chaque langue possède un pouvoir particulier et intraduisible. C'est en elle que se trouvent toute beauté et toute vérité transmissibles. Si la langue imite, se répète, s'affadit, si personne ne l'élabore, ne la réveille ni ne l'enrichit, ce n'est pas seulement la communication entre les hommes qui s'affaiblit, mais le génie d'un peuple. Tout l'art poétique va viser à déceler et cultiver la force et la beauté du français, tout en le réanimant et en le diversifiant : il faut exploiter toutes les possibilités qui rendront à notre langue « lumière », « énergie », « âme » et « ardeur ».

■ Voici, schématiquement, le plan de la *Défense et Illustration* :

• Livre I : la langue française

– Le français n'est ni « barbare », ni inférieur aux langues anciennes ou à l'italien, mais notre peuple s'est trop soucié du « bien-faire » au lieu du « bien-dire » ; il faut cesser de négliger la langue (I-III).

– Les traductions, certes, sont utiles : elles prouvent l'habileté du français ; mais elles ne peuvent à elles seules faire exister notre langue ; d'autre part, il est inepte de traduire les poètes étrangers ; c'est les trahir. Il faut donc imiter et non traduire (IV-VIII).

— En tout domaine, un homme d'aujourd'hui peut égaler, voire surpasser, un homme de l'Antiquité (IX-X).
— Le français est mal étudié, car on passe trop de temps à enseigner les langues anciennes, comme si elles étaient notre langue maternelle (XI).
• Livre II : la nouvelle poésie
— La poésie française est à inventer, car les exemples actuels ne sont pas satisfaisants ; c'est surtout Marot qui est visé (I-II).
— Un poète a besoin d'un don, sans doute, mais plus encore de travail et de culture (III).
— Exemples de techniques qu'il lui faudra pratiquer : s'essayer à tous les genres anciens (élégies, odes, satires, etc.) ou étrangers (le sonnet italien), mais privilégier les sujets empruntés à notre histoire nationale (IV-V).
— Il faut enrichir la langue de mots nouveaux (VI).
— Les grandes ressources de la beauté poétique : la rime (VII), les tours, les figures, les rythmes, la direction, etc. (VIII-X).
— Ainsi le poète atteindra la gloire nationale : il aura défendu le génie de son pays au même titre que les guerriers ou les politiques. Il faut mépriser les rimailleurs et amuseurs frivoles. Le poète a une mission patriotique (XI-XII).
■ On le voit, ce traité reprend des idées humanistes du début du siècle (utiliser la langue française, s'inspirer de l'Antiquité), tout en invitant à des innovations comme enrichir la langue de mots nouveaux ou imposer de nouveaux genres poétiques (ode, hymne, sonnet — qui existait déjà !). C'est surtout dans le domaine du lexique que la *Défense et Illustration* jouera un rôle définitif et important.

Le poème d'amour et son langage codé

■ La très riche production poétique des années 1550 présente une unité thématique. En dépit de différences dues au génie propre de chacun, on retrouve trois traditions constantes : la courtoisie, le pétrarquisme et le néo-platonisme.
■ La courtoisie vient de la *fin'amor* du Moyen Âge. L'homme (le poète) courtise la Dame qui se veut inaccessible. Il en est le vassal et doit, à force de patience et d'écriture, attendre sa « merci ». Le poème illustre alors, par ses figures compliquées et ses métaphores cette quête du désir vers une femme idéale.
■ Le pétrarquisme. Dans son *Canzoniere* (un recueil de sonnets), l'érudit italien Pétrarque (1307-1374) raconte son « coup de foudre » pour une dame mystérieuse, Laure, rencontrée le 6 avril 1327 à Avignon. Sa poésie exprime une

intimité (presque une confession) douloureuse, entretenue volontairement. Car la beauté féminine est un reflet terrestre de toute beauté idéale. La contemplation de la Dame attise chez le poète son désespoir de ne pas posséder l'harmonie, la sérénité. L'amour est donc une souffrance, un manque, mais il donne la volupté d'être sans cesse en état de désir. Le pétrarquisme a durablement nourri la poésie italienne, puis française, tant pour la forme (le sonnet) que pour les thèmes qui jouent surtout sur l'antithèse (union des contraires ; l'amour angoisse/exaltation ; la beauté fascinante/déprimante) et sur l'exagération (hyperboles, images violentes, langue affectée).

■ Le néo-platonisme. Sous l'influence de l'Italien Marsile Ficin s'est développée, à la fin du XVe siècle, une relecture de Platon. Nous ne percevons, selon ces théories, que des apparences et des reflets ici-bas. Les vérités pures, que Platon nomme Idées, sont dans un monde éternel, sorte de paradis. Notre âme en vient, et attend d'y retourner lorsqu'elle sera libérée de la prison du corps. Cet idéalisme, confondu avec la pensée chrétienne, s'accorde avec une conception de la poésie : le poète est hanté par une aspiration à l'envol ; son œuvre exprime un élan vers un absolu ; l'amour doit être « platonique » (purement spirituel, refusant la sexualité). En réalité, cet idéal demande surtout qu'on domine les passions et les instincts, et prolonge ainsi l'appel au perfectionnement cher à l'humanisme.

Un groupe de créateurs : la Pléiade

■ La *Défense et Illustration* eut un grand retentissement, car elle servit de manuel littéraire à un groupe de jeunes poètes impatients et doués. Ils placèrent leur ambition dans la volonté d'« illustrer » la « langue française ». La Pléiade, autour de Ronsard, n'est pas vraiment une école, mais un regroupement d'amis (qui s'était d'abord intitulé « la Brigade »). Le nom de Pléiade est emprunté à une constellation à sept étoiles. Les sept poètes sont : Ronsard, du Bellay, Pontus de Tyard, Baïf, Peletier, Belleau, Jodelle.

C'est au collège de Coqueret, à Paris, que les premières rencontres eurent lieu. Autour de l'helléniste Jean Dorat (1508-1588), les disciples s'initient aux trésors de la littérature grecque et latine et vivent dans une sorte de compagnonnage, avec un fort esprit de corps. Mais le mouvement n'aura jamais de règles rigides. Ce sont un esprit novateur et l'amour de la poésie qui unissent ces jeunes gens, travailleurs et enthousiastes.

Du Bellay•

L'imitation : théorie et pratique

■ Joachim Du Bellay (1522-1560) est issu d'une famille puissante. Ses oncles sont illustres, notamment René (évêque du Mans) et Jean (cardinal et diplomate). Très tôt orphelin, le jeune Joachim est livré à lui-même, dans son Anjou natal. Il se consacre donc à la lecture avant de commencer des études de droit (pour suivre son oncle dans la carrière diplomatique). Il rencontre Ronsard et suit, avec lui, les leçons de Dorat au collège de Coqueret. C'est là que les jeunes gens décident de rédiger le manifeste de la Pléiade, la *Défense et Illustration de la Langue française*, signé de Du Bellay et dédié à l'oncle-cardinal.

■ La *Défense et Illustration* invitait à imiter les modèles anciens, à s'en nourrir (d'où le nom d'« innutrition » que l'on donnera plus tard à ce type d'imitation). Du Bellay va passer de la théorie à la pratique, avec l'*Olive*. Ce recueil de 50 (édition de 1549) puis de 115 (édition de 1550) sonnets chante l'amour du poète pour une dame, Olive. On ne sait trop qui est cette Olive : une demoiselle Viole ou une jeune femme de la famille de Du Bellay ? Il est possible aussi que ce nom permette de jouer sur l'image de l'olivier, comme Pétrarque l'avait fait avec le laurier.

■ Car l'*Olive* est un recueil très influencé par Pétrarque et contribua à sa diffusion en France. Écrit dans une langue très stylisée et savante, le poème amoureux peut sembler un peu artificiel, surchargé d'allusions mythologiques et de figures de rhétoriques. Mais cette écriture s'accorde au sujet : l'amour est vécu comme une ascension vers un idéal de pureté. L'*Olive* provoqua une telle vogue pétrarquiste que les poètes de la Pléiade finirent par s'en moquer. Au maniérisme et à la préciosité, ils opposeront bientôt une inspiration plus personnelle et plus fraîche.

La leçon romaine

■ Du Bellay revient d'autant plus facilement à la poésie personnelle que le sort semble l'accabler. Sa santé est mauvaise et il devient sourd. Un séjour à Rome va lui permettre de trouver le cadre et le sujet nécessaires pour que s'exprime cette expérience amère.

■ Le cardinal Jean Du Bellay, évêque de Paris, le protecteur de Rabelais, est envoyé par Henri II à Rome ; il s'agit de négocier avec le pape Jules III le règlement du conflit entre la France et Charles Quint. Le prélat se fait accompagner par son cousin-poète, pour qu'il serve d'intendant. *Je suis né pour la muse, on me fait ménager* (*Regrets*, 39). Malgré ces tâches domestiques qui l'accaparent et l'ennuient, Du Bellay va beaucoup écrire à Rome (1553-1556) :

- *Les Antiquités de Rome* évoquent la Rome de jadis et les ravages du temps ;
- *Les Regrets* ressassent les misères et décrépitudes de la ville papale où le poète solitaire souffre et s'indigne ;
- *Les Jeux rustiques*, œuvre de divertissement, font contraste : ils commémorent sur un ton badin les délassements — campagnards ou non — des Romains « en vacances » ;
- *Les Poemata*, entièrement en latin (la *Défense et Illustration* est déjà oubliée !), complètent ces chants de l'exil.

■ Tous ces recueils romains ne seront publiés qu'en 1558, quelques mois après le retour à Paris. Il est probable qu'ils ont été rédigés conjointement et il est difficile de les dissocier. Dans le décor d'une Rome décadente, le poète prétend s'abandonner à une sincérité directe et spontanée. Ce cri du cœur a souvent été rapproché du lyrisme des romantiques. Du Bellay déclare en effet écrire au fil de l'aventure et au gré du sentiment.

■ Les recueils romains attestent sans aucun doute une réaction personnelle et vécue. On imagine sans peine l'émotion du poète humaniste devant le spectacle de la grande cité antique, maîtresse du monde à présent ruinée, où s'élaborèrent une culture et une histoire dont il est totalement imprégné. Au XVIe siècle, Rome est encore le principal carrefour politique du monde : c'est là que se nouent et se règlent les intrigues diplomatiques des grandes puissances européennes. Lieu privilégié pour saisir la marche du temps, passé et présent, Rome ne pouvait qu'influencer la sensibilité et l'intelligence.

■ Mais ces quatre recueils n'ont rien d'une improvisation. Ils révèlent un classement très conscient et mûri, un art très calculé. On constate, en particulier, que Du Bellay délaisse le sonnet amoureux pour créer un genre nouveau : le sonnet philosophique, élégiaque ou satirique. Même le retour au latin, avec les *Poemata*, est l'affirmation d'une volonté maîtrisée : il s'agit de confondre l'expérience personnelle avec une réflexion universelle, nourrie des grands Anciens. En préclassique, Du Bellay retrouve dans les thèmes et les formes antiques une façon de chanter ses propres émois :

- Les *Antiquités* insistent surtout le mystère des ruines : la grandeur passée, la chute et ses vicissitudes. Le poète, fasciné, se livre à des invocations, comme pour tirer de ces monuments déchus un improbable écho.

• Les *Regrets* mélangent des tonalités plus diverses. Du Bellay y annonce un *goût de fiel, de miel, mélangé avec du sel.* Triple inspiration : amertume de l'exilé ; douceur du souvenir nostalgique ; piquant du satirique face aux mœurs romaines décadentes. Les 191 sonnets des *Regrets* s'organisent selon un plan assez rigoureux :
– **Introduction** (1 à 4). Voici un journal intime rédigé avec une savante simplicité.
– **Les élégies** (5 à 48). Il ne sait plus chanter, mais il ne peut s'empêcher de pleurer sur lui-même et sur tous ceux qui sont exilés loin de France où la fortune sourit à Ronsard ; variations sur les thèmes du départ et du voyage sans retour.
– **Les satires** (49 à 127). Il faut se ressaisir, se détacher de soi, apprendre à sourire des réalités du monde : la vie du courtisan (57-77), la décadence morale de Rome (78-86), les prostituées (87-100), la cour du pape (101-119), les plaisirs (120-127).
– **Conclusion** (128-138). L'heure du retour est venue ; le poète semble ressusciter en arrivant à échapper à la fascination maléfique qu'exerçait Rome sur lui.

Un poète de la déception ?

■ Revenu à Paris en septembre 1557, Du Bellay connaît une fin de vie difficile. Son œuvre, très marquée par la nostalgie et les déceptions, est pourtant l'une des plus mélodieuses de notre littérature. Car la poésie de Du Bellay cherche à bercer la peine, à métamorphoser le malheur en ritournelle. On dirait que certains de ses sonnets n'ont été écrits que pour être appris par cœur.
■ Pour la postérité, Du Bellay restera surtout le poète de l'exil.

Ronsard•

Le prince des poètes

■ Né dans une noble famille de Vendôme, près d'Orléans, Pierre de Ronsard (1524-1585) comptait faire une carrière de diplomate. Placé tout jeune comme page auprès des enfants du roi, il fréquente très tôt l'élite du royaume et les lettrés.

C'est une maladie (qui le laissera sourd) qui le pousse à s'intéresser aux études et à l'écriture. Sa forte personnalité lui permet de s'imposer au sein du groupe de la Pléiade. Après quelques tentatives de poésie très savante, imitée des Grecs, il se tourne vers des recueils d'*amours*, où il chante avec simplicité ses sentiments pour Cassandre ou pour Marie, jeunes femmes mal identifiées.

■ On a peine à imaginer aujourd'hui l'ascendant que Ronsard a exercé sur son époque. Ses publications lui confèrent une autorité et un prestige qui iront croissant. Sous le règne de Charles IX (1560-1574), il acquiert gloire et fortune. C'est que Ronsard a su faire la synthèse des goûts humanistes qui, au milieu du siècle, pouvaient pleinement s'épanouir. Il a beau proclamer son indépendance et l'ambition sans compromission de son talent, il est, à tous égards, un poète « engagé », soit qu'il se mette au service d'une cause, soit qu'il chante, à travers des amourettes, les profondes hantises de l'homme du XVIe siècle (fuite du temps, aspiration à la paix, désir de se réfugier dans une nature accueillante, admiration pour les goûts antiques, etc.). Face à une histoire qui s'accélère et qui vacille, Ronsard invite à goûter le plaisir et l'art d'aimer.

Une conception élevée de la poésie

■ Les thèmes de Ronsard sont inspirés par l'épicurisme. Sa poésie évoque la jeunesse qui fuit trop vite ; la nature qui n'est qu'harmonie ; l'amour qui contient tous les autres sentiments. Mais ces thèmes soulignent la victoire du temps et de la mort. La poésie se présente alors comme moyen de compenser la fragilité des choses de la vie : elle immortalise ce et ceux qu'elle chante. Telle jeune fille inconnue passera ainsi à la postérité ; tel roi se verra conférer la gloire. Ronsard retrouve le vieux mythe antique du poète-mage. La poésie remplit un sacerdoce et transmet des révélations. Elle donne la lumière et exprime, à l'usage de toute la nation, les grands idéaux, les croyances, les espérances. Ronsard voit donc le poète, auprès des princes, comme chroniqueur et comme guide.

Un technicien de l'émotion

■ Qui dit Ronsard dit poète de l'amour. Cette réputation ne rend que partiellement justice à l'originalité et à l'intérêt de l'auteur. Ronsard s'est fait l'écho des événements de la vie nationale, et a beaucoup écrit sur des thèmes politiques et philosophiques. Certes, il rédige une œuvre fortement personnalisée, toute à la première personne, où il met à nu ses sautes d'humeur, son caractère taciturne, sa morgue. Enthousiasmes et déceptions, certitudes et doutes : Ronsard donne partout l'impression de faire de la poésie un aveu. Le Romantisme, qui l'a redécouvert après une éclipse de plus de deux cents ans, y voit un précurseur du poète sincère, pressé d'écrire par la force de ses sentiments. En réalité, cette conception est naïve. Ronsard a passé sa vie à changer l'anecdote intime en œuvre d'art élaborée. Ainsi, il a veillé lui-même aux six éditions successives de ses œuvres complètes, de 1560 à 1584, ne cessant de corriger, de réorganiser son plan, d'effacer les obscurités inutiles ou les formules trop désinvoltes. Ses fameux recueils de vers amoureux sont eux-mêmes refondus plusieurs fois, Ronsard n'hésitant pas à échanger des pièces dédiées à l'origine à des femmes différentes, voire à modifier la dédicace. Il n'est pas douteux que Ronsard ait connu le trouble d'amours sincères, mais son œuvre atteste surtout la volonté très consciente d'un artiste qui vise moins la confidence que la perfection. L'émotion est moins la source que l'effet du poème. Au fond, c'est ici le classicisme qui s'annonce.

Le chantre des amours

■ De son vivant, Ronsard fut salué comme une sorte de poète officiel, et il a beaucoup travaillé sur commande : hymnes, discours, essais épiques, traductions des Anciens, textes polémiques contre les Réformés, etc. Mais, parallèlement, il rompt avec cette austère production pour se consacrer aux *amours*. Ronsard ne place pas sa vie sentimentale sous le signe d'un amour unique et exclusif (contrairement à Pétrarque, Scève ou du Bellay dans l'*Olive*). Il choisit de développer le thème littéraire de l'amour sous toutes ses faces, à travers plusieurs figures de femmes : Cassandre, Marie, Hélène. La critique les a identifiées, mais Ronsard a lui-même opéré des changements de noms et de classements au cours des éditions successives. Les poèmes de Ronsard ne sauraient être réduits à une série d'illusoires références au vécu. Il ne s'agit pas de reproduire une émotion, mais de la provoquer chez le lecteur.

■ Les identifications possibles :

– Cassandre. Fille du banquier Salviati, mariée à un seigneur du Vendômois, elle eut pour nièce Diane Salviati, aimée d'Agrippa d'Aubigné, et pour lointain descendant, Alfred de Musset.

– Marie. Sans doute Marie Dupin, une jeune fille de milieu modeste rencontrée à

Bourgueil, en Anjou, ou bien Marie de Clèves, la jeune maîtresse du roi Henri III, morte très jeune.
– Hélène. Demoiselle d'honneur de Catherine de Médicis, Hélène de Surgères est restée inconsolable à la mort de son fiancé.
■ Les poèmes les plus connus de Ronsard semblent naïfs et simples. Mais, dans l'ensemble, ses recueils ne manquent pas de prouesses et de complications pétrarquisantes. Car il ne faut jamais perdre de vue que Ronsard écrit pour le milieu de la cour, férue de culture italienne et très raffinée.

Derniers feux

■ Bien qu'il ait affecté de mépriser les poètes-courtisans, Ronsard n'a cessé de rimer sur commande. Il dut s'engager, par exemple, dans un grand poème épique à la gloire de la monarchie et de la nation françaises, la *Franciade* (1572). Cette vaste et indigeste épopée nationaliste n'aura guère de succès et restera inachevée. À côté de ce ratage, les *Discours* attestent encore la fougue ronsardienne : le poète s'y « engage » de façon très violente contre les « hérétiques ». Les protestants prennent alors Ronsard pour cible ; il lui faut se défendre, montrer la pureté de sa vie.
■ Toutes ces tensions ne réussissent guère à Ronsard. Il s'aigrit, devient taciturne, et vit presque toujours dans un des trois prieurés de Touraine, dont les princes l'ont gratifié. À la mort de Charles IX (1574), il a le sentiment que la dynastie dégénère. On lui préfère Du Bartas ou Desportes. Les protestants ne lui pardonnent pas ses vers fanatiques. Il a beau tempêter et critiquer ses rivaux (*crevés d'enflures et rampants*), son heure est passée. Les derniers poèmes reflètent donc ce crépuscule : il se justifie et il se plaint. Avec son réalisme habituel, il décrit sa décrépitude. Mais sa nostalgie de la *volupté et des Grâces* donne à ces funèbres poésies une ultime sensualité. Une sorte d'amour païen de la vie brille ici de ses derniers feux.

La crise des valeurs et la naissance du baroque en poésie

Un nouveau climat

■ Dans le sillage de Ronsard gravitent des disciples et des imitateurs. Certains sont ses proches (Belleau, Baïf, Pontus de Tyard) ; d'autres sont des rivaux à la cour (tel Desportes) ; d'autres enfin l'admirent, mais ne sont pas dans son camp politique (tels les protestants Agrippa d'Aubigné et Guillaume du Bartas). Du vivant de Ronsard, tous admettaient sa supériorité. Mais à sa mort (1585), chacun se prétend son héritier. Montaigne a raison d'ironiser : *Depuis que Ronsard et Du Bellay ont donné crédit à notre poésie française, je ne vois si petit apprenti qui n'enfle des mots, qui ne range les cadences à peu près comme eux.*

■ Or, entre la Pléiade naissante (vers 1550) et les années où tout le monde « ronsardise » (vers 1570-1585), le climat a changé. La conjuration d'Amboise (1560) et la répression qui la suit donnent le signal des guerres civiles. Elles vont déchirer les consciences et ensanglanter le pays pendant longtemps ; la violence et les horreurs se généralisent. L'humanisme voit ses certitudes s'effondrer. Les thèmes tragiques réapparaissent : le macabre, la souffrance, la victoire de la mort, la fragilité et l'inconstance de l'homme.

La naissance de la sensibilité baroque

■ Sans être une école, le baroque est une tendance qui affecte les arts de la fin du XVIe au début du XVIIe siècle. Cette sensibilité se caractérise par des thèmes et par un style d'écriture.

■ Les thèmes sont tous liés à l'idée de métamorphose. L'univers est instable et se transforme, comme l'homme, qui a ses « saisons » et qui va à la mort. Dès lors, le monde n'est qu'illusion et apparence, vaste théâtre où l'homme joue un rôle, en se masquant ou en trichant. Face à cette inconstance généralisée, la mort est la seule certitude. Elle invite les uns à se tourner vers Dieu, non sans quelque angoisse (Sponde) ; d'autres y trouvent au contraire un prétexte à jouir des plaisirs éphémères de la vie.

■ Le style baroque imite cette instabilité et se plaît dans le désordre, la courbe ou la torsion, en mélangeant les genres. La composition des *Essais* répond à ce type de composition « à sauts et à gambades ». De même, l'écriture recourt à des figures violentes (comme l'antithèse ou les constructions brisées) et à des images concrètes et impressionnantes (qui vont jusqu'à l'horrible, comme chez Agrippa d'Aubigné).

Les dévergondés et les anxieux

■ Le sentiment de l'éphémère peut s'accentuer en pathétisme, mais il peut aussi inviter à une jouissance brute et immédiate. Ainsi, Marc de **Papillon de Lasphrise**

(1555-1599). Ce guerrier voyageur a beau être engagé dans le parti catholique, il réalise une œuvre abondante (100 sonnets, des élégies, des chansons), vouée tout entière à l'érotisme le plus charnel. Ses *Amours* évoquent des étreintes répétées et grivoises. Sans tomber dans un tel exhibitionnisme, nombreux sont les recueils de l'époque qui chantent la sexualité, tels les « Baisers » de Rémy **Belleau** (1528-1577) dans ses *Bergeries* et ses *Amours* ; ou telle la *Priapée* d'Étienne **Jodelle** (1532-1573). La poésie gaillarde est une tradition « gauloise », mais le XVIe siècle semble fasciné par une sorte de mystique du corps, l'orgasme se confondant avec la « petite mort », c'est-à-dire avec une expérience de l'au-delà. Les mythes d'Icare et de Phaéton (qui « s'envoient en l'air » pour se projeter dans le soleil) participent à cette thématique de la résurrection (provisoire) par la jouissance de l'amour.

■ Ainsi les thèmes stellaires (l'amour est ascension et passage dans un infini) peuvent être reliés à l'émoi sexuel, même lorsque le poème semble abstrait et compassé. Les *Erreurs amoureuses* (éditions de 1573) du prélat-astronome-musicien **Pontus de Tyard,** et les *Amours d'Hippolyte* (1573) de Philippe **Desportes** (1546-1606) le soulignent sans cesse. Face au réel décevant, le poète aspire à s'évaporer dans le plaisir ou dans l'espace. L'anxiété baroque semble bien la source commune de recueils apparemment si opposés.

Macabres tourments

■ Avec les guerres de Religion, reviennent les thèmes de la damnation. Chaque parti promet les tourments de l'Enfer. La méditation sur les fins dernières (l'eschatologie) et l'imagination de ce qu'est l'au-delà se confondent dans des poèmes souvent visionnaires. Nourrie également par la réalité vécue (les abominations de la discorde civile), cette poésie « engagée » illustre bien les tensions de la fin du siècle, excessives et angoissées.

■ Théodore Agrippa **d'Aubigné•** (1552-1630) est dans le camp protestant. Après la Saint-Barthélemy (1572), il devient homme de guerre et rédige ses *Tragiques* qui sont à la fois un témoignage sur l'horrible chaos de l'époque et une série de tableaux visionnaires, notamment sur le Jugement Dernier. Épris de Diane Salviati (nièce de la Cassandre chantée par Ronsard), il lui dédie le recueil du *Printemps*; pour exprimer son désarroi passionnel, d'Aubigné a recours à une imagerie hallucinante : une nature sauvage, où rodent la mort violente et les signes macabres ou morbides (arbres desséchés, squelettes, le feu et le sang). Les poèmes « engagés » et amoureux se confondent ainsi dans un « style tragique », chantant l'homme martyr (de sa foi, de sa passion), livré à un univers-carnage. Ce fond funèbre et torturé crée une poésie d'apocalypse. Mais le pessimisme de d'Aubigné peut se convertir en fantaisie haineuse, lorsqu'il s'agit de décrire ses ennemis catholiques : le ton tourne alors au pamphlet et à la caricature. La cour des Valois devient un théâtre baroque, peuplé de dépravés et de grotesques, monde inversé et pervers. Œuvre fougueuse et imaginative, la poésie de d'Aubigné devra attendre Hugo (celui de *Châtiments*, par exemple) pour trouver une descendance à sa mesure.

■ Jean de **Sponde*** (1557-1595), passé du protestantisme au catholicisme, s'est rendu suspect aux deux partis. Isolé, instable, souvent persécuté, il semble aller de crise en crise et n'écrire que pour résorber ses contradictions : *Je sens dedans mon âme une guerre civile.* Les *Sonnets sur la mort*, publiés dans *Essai de quelques poèmes chrétiens* (1588) dénoncent la duperie des choses de ce monde et méditent sur l'attente de Dieu. Leur écriture, pleine d'images inattendues, de paradoxes et d'effets musicaux, est un modèle de l'écriture baroque.

Le retour du tragique

Des redécouvertes

■ Au moment où la nouvelle poésie s'impose (vers 1550), le théâtre rompt avec les traditions héritées du Moyen Âge. Ces deux éclosions ont une même source : en redécouvrant les Anciens, les humanistes ont repris contact avec les auteurs de tragédie. Érasme, dès 1505, traduit le Grec Euripide. Le maître à penser de la Pléiade, Dorat, est un passionné des dramaturges grecs. De même, les pièces du Latin Sénèque sont très admirées, car elles mêlent la psychologie, la poésie et l'intention morale. Enfin, la comédie subit l'influence des tréteaux italiens, notamment de la *commedia dell'arte*.

■ Dans le contexte des débats religieux, le théâtre du Moyen Âge paraît rapidement démodé. Les protestants contestent, par principe, les mystères et miracles où la religion est illustrée par des récits merveilleux et caricaturaux. Les catholiques et les lettrés s'insurgent contre un théâtre grossier, parfois trivial. Un arrêt du Parlement, en 1548, finit par interdire la représentation des mystères. Il reste à trouver par quoi les remplacer.

■ Dans la seconde partie du siècle, quand vont se déchaîner les guerres civiles, le restauration de la tragédie — qui figurait au programme de la Pléiade — prend surtout valeur de symbole et de reflet. Le tragique est ambiant, pour ainsi dire. Jodelle présente sa *Cléopâtre captive*, jouée à la cour devant un public aristocratique, en 1553. Le plaisir que cette élite trouvait à un tel spectacle n'était pas seulement littéraire (la réactivation de modèles antiques) ; il se doublait d'une leçon politique, morale ou religieuse. Les successeurs de Jodelle, Garnier, Théodore de Bèze ou Montchrestien, sont tous, à leur manière, des moralistes.

De bons principes mais guère de public

■ Le traducteur de l'*Art poétique* d'Horace, Donat, a beaucoup contribué à définir le genre : une structure en cinq actes, des vers variés, des scènes qui font alterner les récits et les plages lyriques, une action subordonnée à la formulation d'une leçon morale, des sujets empruntés à la Bible ou à l'Antiquité. De même l'Italien Scaliger, édité à Lyon en 1572, est-il le premier à formuler clairement la règle des unités. Enfin, des auteurs (comme les protestants Grévin ou de La Taille) demandent que la scène soit « bienséante », qu'on n'y représente rien de sanglant ou d'invraisemblable. À la manière des Anciens, la tragédie suppose un chœur, qui intervient en fin d'acte et qui dialogue avec les personnages. La pièce doit susciter la terreur et la pitié.

■ Conçue et écrite par des lettrés, la tragédie a eu bien des difficultés à rencontrer, en dehors des collèges ou de la cour, un public véritable. Le pouvoir se méfiait du théâtre. Ce n'est qu'en 1599 que les Comédiens du roi trouveront où s'installer définitivement (à l'hôtel de Bourgogne). Les troupes ambulantes de professionnels ne se formeront que dans les premières années du XVIIe siècle. En attendant, les pièces sont lues ou jouées dans des cercles étroits, avec des comédiens occasionnels. À la différence des Anglais, les auteurs français ne parviennent pas à inscrire leur théâtre dans la vie de la société contemporaine. Il s'ensuit que leurs pièces ne comportent guère d'indications scéniques, et qu'elles sont représentées sans vrais décors ni costumes.

■ Relues aujourd'hui, les tragédies de cette époque nous donnent l'impression d'un genre qui se cherche. D'où des défauts évidents : longueur, lenteur, prédominance des monologues sur l'action, lourdeur des débats moraux. Mais ces pièces préparent la tragédie classique et renouent avec les grands héros de l'Antiquité, mythiques (Antigone) ou réels (Cléopâtre). Elles nous éclairent sur la sensibilité collective de l'époque, comme le fait Shakespeare, au même moment, sur l'Angleterre élisabéthaine.

Un exemple : Robert Garnier

■ L'œuvre de Robert Garnier (1545-1590) a été écrite entre 1567 et 1583. Ces huit tragédies constituent l'ensemble le plus cohérent de ce type de production. Comme chez ses contemporains Jodelle ou Grévin, l'univers dramatique de Garnier montre des choses funèbres et lamentables, en accord avec la réalité de son temps : luttes fratricides, épaisse horreur du monde, attente d'un Dieu qui ramènera la paix, etc.

■ Né près du Mans, Robert Garnier fait ses études de droit à Toulouse. Il publie très tôt des poèmes de circonstances, comme à l'occasion de l'entrée de Charles IX à Toulouse (1565). Déjà s'y manifeste son espoir d'un retour à l'ordre et à la paix. En 1567, doté d'un prix de poésie aux jeux floraux, il s'installe à Paris comme avocat au parlement. Mais il n'y reste que deux ans, pour revenir au Mans comme conseiller au présidial. Marié à la poétesse Françoise Hubert (1573), il se consacre surtout à son œuvre. Proche du roi (il fait partie de son Grand Conseil à partir de 1586), il voit les excès des Ligueurs et meurt, désespéré, peu après l'assassinat d'Henri III, en 1590, dans la période la plus noire de l'histoire politique du siècle.

■ Ses œuvres sont les suivantes : *Porcie* (1569), où il évoque la guerre civile romaine avant l'avènement d'Auguste ; *Hippolyte* (1573), dont Racine s'inspirera pour sa *Phèdre* ; *Cornélie* (1574) et *Marc-Antoine* (1578), sur fond de malheurs politiques ; *La Troade* (1579) et *Antigone* (1580). Après une tragi-comédie, *Bradamante* (1582), il s'inspire de la Bible (du livre de Jérémie) pour son dernier chef-d'œuvre, *Les Juives* (1583).

■ La tonalité du théâtre de Garnier est fort cruelle. Dans les *Juives*, toute l'action repose sur la volonté de Nabuchodonosor, roi d'Assyrie, de mettre à mort Sédécias, roi de Jérusalem, et ses enfants, retenus prisonniers. Malgré les suppliques de son entourage, Nabuchodonosor ne se laisse pas fléchir et Sédénias voit égorger devant lui ses enfants, avant d'être lui-même aveuglé. Le héros, impuissant et pathétique, soumis à l'accumulation des malheurs qui s'abattent sur lui, ne peut que se lamenter et invoquer Dieu. Après la catastrophe, une dernière prophétie promet d'ailleurs un réconfort divin : le Créateur a laissé s'accomplir un châtiment, mais il veillera sur son peuple et l'invite à l'espérance. Ce mélange de cruauté et d'optimisme est à mettre en rapport avec la réalité du temps ; au bout du désordre et de la fureur (que Dieu tolère pour punir et éclairer les hommes), viendra une nouvelle alliance, un ordre nouveau. Telle est la foi du catholique Garnier, la même, au fond, que celle d'Agrippa d'Aubigné, le protestant.

Le théâtre des Réformés et Théodore de Bèze

■ Les auteurs réformés ont eu très vite conscience de la nécessité de constituer une littérature qui soit propre au protestantisme. À côté des traités doctrinaires, comme ceux de Calvin, se développe une poésie « engagée », comme celle d'Agrippa d'Aubigné. De même, les auteurs dramatiques voient dans la tragédie un moyen de populariser la parole biblique et les options de la communauté protestante Ainsi peut-on parler d'un « théâtre réformé », dont les traits spécifiques sont, entre autres, le caractère religieux et austère, la langue sobre, ou les thèmes choisis (le sacrifice, la prière, l'obéissance, la grâce divine, etc.).

■ Théodore de Bèze est le plus remarquable de ces écrivains. Né en 1519 à Vézelay, dans une famille de vieille noblesse convertie au protestantisme, il fait des études de droit à Orléans. Installé à Paris, il commence par écrire des vers futiles de poésie amoureuse, qui lui valent une certaine notoriété. Mais, en 1548, il s'exile et s'installe à Genève où Calvin l'accueille. Professeur de grec à Lausanne (1549), il se consacre dès lors à une carrière littéraire au service de la Réforme. Sa tragédie *Abraham sacrifiant* (1553) est une œuvre accomplie, dont la préface définit la vocation apologétique d'une littérature réformée. Théodore de Bèze traduit des *Psaumes*, participe à des débats théologiques, rédige des pamphlets (dont une *Comédie du pape malade*). En 1563, après s'être engagé dans la guerre civile au sein de l'armée de Condé, il revient à Genève pour prendre la succession de Calvin à la tête de l'Église réformée. Il se partage alors entre l'enseignement, la prédication et les activités diplomatiques. Son prestige est immense et il meurt en 1605, respecté même de ses ennemis.

Montaigne*

L'ère du soupçon

■ Michel Eyquem de Montaigne (1533-1592) n'a pas loin de quarante ans quand il décide de se retirer dans son château pour *mettre en rôle* (= transcrire et noter) ses pensées. Retranché dans sa bibliothèque, il recherche dans le savoir une réponse au malaise que suscite en lui l'évolution du monde. Les guerres de Religion ont créé partout un climat d'insécurité et de violence. L'espérance et la ferveur de la Renaissance sont retombées. Les *Essais* naissent dans ce moment de mutation. Certes, ils ont gardé la confiance humaniste (goût du corps et des plaisirs, passion de connaître), mais ils font aussi le bilan des promesses déçues.

■ Montaigne assume ces contradictions. Il n'a pas l'intention de rédiger un système philosophique cohérent. Il ne se prend pas pour modèle idéal. Il veut montrer l'homme, mobile et multiple. Son analyse se fonde sur l'expérimentation (l'essai) : elle recense, au jour le jour, idées, sentiments, humeurs, hantises, inclinations. Autrement dit, les *Essais*, par le sujet comme par la forme, expriment un monde inconstant. Ce motif central, éminemment baroque, montre un homme modeste, à la recherche de son identité, et qui raconte la curieuse agitation universelle.

Qu'est-ce qu'un « essai » ?

■ Face au monde brouillon et dangereux, Montaigne choisit la sécession. La vie sociale est *piperie*, *batelage*, *mime*, *fard*, *masque*. Il faut donc se tenir à l'écart. Les *Essais* commencent par dénoncer les déguisements et les feintes. Mais comment ne pas devenir soi-même un hypocrite et un moraliste trompeur ? En refusant de donner un enseignement à la postérité et à autrui ; en se contentant, à titre privé, de tenir le registre des *postures du moi*. Car le moi, lui aussi, est mobile, incontrôlable. La seule vérité à atteindre est cette fragmentation même.

■ Le choix de Montaigne est donc littéraire : l'écriture va se confondre avec la personne et elle va se réaliser dans un dialogue perpétuel avec les livres et les événements. Montaigne refuse de se corriger ou de se relire. À la rigueur, il ajoute. Mais l'œuvre est condamnée, dans son principe, à l'inachèvement et au rebondissement perpétuel, seules marques authentiques de la vérité d'une vie. Le style de Montaigne imite ces sinuosités. L'*Essai* passe du coq à l'âne, au gré des incidents, dévié par telle émotion, telle lecture, tel décor, tel hasard. *C'est une épineuse entreprise de suivre allure si vagabonde que celle de notre esprit* (II, 6).

Le plan général des *Essais*

■ Les *Essais* sont divisés en trois parties et cent-sept chapitres. Les titres ne recouvrent que vaguement le contenu du chapitre. Seule l'observation des trois

« couches » (les trois éditions corrigées par Montaigne) permet de saisir l'évolution de l'auteur.

■ Les trois « couches » (1580, 1590, 1592) montrent l'importance que Montaigne attachait à la « récriture » — non pour modifier le texte, mais pour mieux rendre la complexité de son être.

• **Livre I.** La philosophie morale y est prédominante. Après avoir déclaré qu'il est lui-même le sujet de son livre, Montaigne parle de la nécessaire discipline qu'il veut imposer à sa nature indolente ou oisive, avant de se concentrer sur la mort (chapitres 18 à 20), d'exalter le mépris du trépas, de réfléchir au temps et à la vieillesse. Cet appel au détachement prépare les chapitres « politiques », où est justifié un certain conservatisme (23). Viennent ensuite les propositions pédagogiques (25-26). Au cœur de ce livre I, Montaigne place son essai *De l'amitié*, auquel il attache la plus grande importance. Ensuite, la pensée s'élargit : Montaigne s'interroge sur ce qu'est la prétendue « barbarie » des sauvages et sur l'état de civilisation qui est le nôtre. La fin du livre est plus décousue et revient à des thèmes plus intimes, tels ce jugement sur le style des *Essais* (40) et ces propos vagabonds sur les noms (46) ou les prières (56).

• **Livre II.** Les chapitres sont plus longs. Outre une reprise de divers thèmes déjà abordés, tel le suicide (3), deux essais prédominent : *Des livres* (10) et, surtout, l'immense *Apologie de Raymond Sebond* (12). Après cet énorme développement, Montaigne, comme au premier livre, en revient à soi : il se dépeint (17) et montre comment son livre et lui-même sont devenus *consubstantiels* (18). Toute la fin est une revue d'observations, souvent prises sur le vif, qui donnent à penser : *Des postes* (22), *De ne contrefaire le malade* (25), *Des pouces* (26), *D'un enfant monstrueux* (30), *De trois bonnes femmes* (35), *De la ressemblance des enfants aux pères* (27)...

• **Livre III.** Ces pages, écrites après 1580, permettent à Montaigne de faire le bilan et de formuler plus carrément son sujet. Il explique le but et l'originalité des *Essais* (2), définit ce dont il aime le *commerce* — hommes, femmes ou livres — (3), parle des chagrins (4), du mariage ou de l'amour (5). L'essai *Des coches* (6) revient sur le thème du luxe et sur le comportement des conquérants du Nouveau Monde. Après une défense et illustration de la conversion (8), vient le long et riche chapitre *De la vanité*. L'art de vivre achève le livre III : ne pas se laisser aliéner, prendre exemple chez les gens simples et humbles, se méfier des théories, et cultiver une expérience tranquille de la nature, de la vie et de leurs plaisirs.

Les idées de Montaigne : *que sais-je ?*

■ La pensée de Montaigne est fondée sur le relativisme absolu. Il se défie de tous ceux qui prétendent imposer des lois immuables. Les progrès scientifiques, les grandes découvertes, les conflits religieux lui ont montré que les vérités changent. Aux certitudes, Montaigne oppose une sorte d'indifférence tranquille. Certes, il respecte la loi, il s'en tient à la religion de ses pères. Mais c'est parce qu'il n'existe pas, à ses yeux, de politique idéale. Pourquoi ne pas se contenter de celle qui est déjà établie, plutôt que de provoquer des révolutions meurtrières ? Montaigne est conservateur parce que sceptique.

■ Dès lors, les supériorités ne sont guère légitimes. La différence et la diversité des mœurs et des coutumes interdisent de reconnaître une suprématie de tel mode de vie sur tel autre : *Chacun appelle barbarie ce qui n'est pas son usage.*

Quelques grands thèmes

■ Malgré leur apparent désordre, les *Essais* sont riches en leitmotive.

■ Le principal est l'art de parler de soi. Montaigne nous donne de nombreuses informations sur sa vie, ses goûts, sa nature.

• Son physique : il n'est pas grand (II, 7) et sa santé lui donne des soucis (I, 20 ; II, 6 ; II, 37 ; II, 4 ; III, 13) ; peu sportif mais bon cavalier (I, 48 ; III, 6 et 9). Son caractère est indolent (II, 17), ennemi des passions (I, 2 ; III, 2 ; III, 4 ; III, 10) et de « l'engagement » (II, 17 ; III, 1/3) ou des contraintes (III, 9 et 13). Ses goûts sont le plaisir (III, 5 et 13), la discussion (III, 8), le voyage (I, 17 ; III, 6 et 9), la table (I, 26 ; III, 2 et 13), la tranquillité (III, 3 et 9) ; il fuit les soucis domestiques (I, 39 ; II, 17 ; III, 9) ; il aime les livres (I, 9 ; II, 10 et 17 ; III, 9), l'intelligence et l'esprit (III, 3 et 8).

• Quelques aspects de sa vie : son enfance, son éducation, son père (I, 26 et 35 ; II, 8 ; III, 9) ; l'amitié unique (I, 28 ; III, 3) ; l'amour et le mariage (I, 30 ; II, 8 ; III, 5) ; la guerre et la peste (III, 2, 9 et 12) ; la mairie (III, 10) ; sa vieillesse (I, 57 ; III, 2) ; ses oublis et sa perte de mémoire (I, 9 ; II, 10 et 17 ; III, 2 et 9).

■ Mais toute la réflexion de Montaigne est éclairée par le désir de bien vivre, dans l'attente de la mort, qui est son grand sujet. Les variations sur ce thème sont presque obsédantes dans les *Essais* :

• Son expérience de la mort : La Boétie (II, 28) ; la guerre et la peste (III, 12) ; son accident (II, 6) ; la mort des humbles (I, 14 ; III, 12) et autres exemples (II, 11, 17, 21, 35 ; III, 4) ; le « génocide » du Nouveau Monde (III, 6).

• Comment mourir ? le suicide (II, 3) ; s'y préparer (I, 20 ; II, 6) ; même si c'est peut-être illusoire (II, 13 ; III, 12) ; la meilleure façon de mourir (I, 19 ; II, 13 ; III, 4, 9 et 13).

• Ne pas la craindre : I, 7, 14 et 20 ; II, 3.

■ Car Montaigne voit bien que l'homme, étudié dans cette perspective, est ramené à ce qu'il est, un être fragile, présomptueux, instable. Les *Essais* offrent donc diverses images de la vie humaine, qu'elle soit privée ou collective.

- L'homme humilié : II, 12 ; III, 2.
- Trois réactions possibles : se raidir comme les stoïciens (I, 20) ; douter de tout comme les pyrrhoniens ou sceptiques (II, 12) ; en revenir aux simples plaisirs de la vie, comme les épicuriens (III, 13).
- Apprendre à vivre : l'éducation (I, 25 et 26) ; celle des femmes (III, 3 et 5) ; l'art de suivre la nature (III, 2 et 13) ; séparer vie publique (III, 10) et vie privée (III, 3 et 8).
- Les sociétés sont inconstantes (II, 12 ; III, 2), connaissent mille formes différentes (II, 37 ; III, 13) ; d'où la « fragilité de la coutume » (I, 23).
- Les doctrines sociales ont tort de vouloir tout changer (I, 23 et 28 ; III, 9) ; exemple des conséquences néfastes de la Réforme (I, 27 et 56 ; II, 12) ; horreur du fanatisme (II, 12 ; III, 6, 9 et 13) ; dénonciation de la torture (II, 5, 11 et 27) et des hypocrisies sociales (III, 8 et 10).
- Les « primitifs » peuvent-ils être un modèle ? (I, 31 ; III, 6) ; il faut apprendre à redevenir « naturel » (III, 13).

Faire bien l'homme et dûment : le voyage de la vie

■ Malgré son scepticisme, Montaigne n'est pas un désespéré. Il n'attend pas non plus de solution miracle ou de salut. Il accepte *l'humaine condition*, s'attachant à l'homme concret, ordinaire, profane. C'est de cette banalité seule que peut jaillir la sagesse. Car il faut seulement *faire bien l'homme.*

■ La conséquence de cet intérêt pour l'homme « naturel » est une attitude dynamique : s'essayer à tout, s'ouvrir à tous. Ainsi Montaigne est un voyageur. Mais il ne nous dit rien du paysage. Il ne fait pas ce que nous appellerions du tourisme. Ce qui compte, c'est l'échange humain. D'ailleurs, la vie entière est un voyage, une perpétuelle formation. On doit donc y disposer l'enfant intelligemment. Au lieu de lui « bourrer le crâne » de connaissances inutiles, il faut le préparer à « fréquenter le monde », former un être loyal, sportif, à l'esprit critique et ouvert. Cette éducation illustre une philosophie de la vie, libre et indépendante, où chacun est appelé à faire seul son chemin.

LE XVIIe SIÈCLE

Dates	Événements politiques	Climat social
1598	Édit de Nantes.	
1598-1610	Règne d'Henri IV.	Accalmie intérieure, un peu d'ordre, de prospérité, d'art de vivre.
1610	Avènement de Louis XIII ; régence de Marie de Médicis.	Regain des fanatismes.
1617-1643	Règne de Louis XIII.	La noblesse féodale s'agite contre le pouvoir royal.
1618-1648	Guerre de Trente ans.	
1624-1642	Ministère de Richelieu.	Répression et reprise en main en tous domaines.
1635	Création de l'Académie française.	
1643	Avènement de Louis XIV ; régence d'Anne d'Autriche.	Guerre civile : la noblesse pour sa grandeur et ses privilèges ; la bourgeoisie pour ses parlements et droits locaux. Le parti du roi s'impose finalement.
1643-1661	Ministère de Mazarin.	
1648-1652	La Fronde.	

Littérature française	Litt. étrang.	Beaux-Arts	Dates
Hésitation entre une forme de modération régulée (Malherbe) ou d'idéalisation (*l'Astrée*), et une tendance à l'outrance : baroque violent (Régnier, Maynard, Racan) ; héroïsme ostentatoire (romans-fleuves) ; histoires tragiques (Rosset).	Shakespeare : *Hamlet.*		1601
		Le Bernin à Rome.	1605
	Cervantès : *Don Quichotte.*		1605-1610
		Monteverdi : *Orfeo*	1607
		Rubens en France.	1615-1620
	Marino. Gongora. Milton.		1620
Contestation : libertinage, genres burlesques, romans comiques et parodiques...	Calderon : *La Vie est un songe.*	*Dessins* de Callot. Rembrandt. Van Dyck.	1631
Montée vers le classicisme : l'honneur, le devoir (Corneille) ; le désir de stabilité logique (Descartes) ; pessimisme et approfondissement (Pascal) ; recherche des « types » humains (Molière).	Gracián : *L'Homme de cour.*	La Tour. Le Nain.	1647
Récits autobiographiques, illustrant le conflit de l'individu avec l'ordre social.		Ribera. Murillo. Zurbarán.	1651
	Hobbes : *Leviathan.*	Vélasquez : *Ménines.*	1656
		Gellée dit Le Lorrain.	

Dates	Événements politiques	Climat social
1659	Paix des Pyrénées ; fin de la guerre franco-espagnole.	Souci d'unification et d'agrandissement du royaume.
1660	Mariage de Louis XIV et de Marie-Thérèse.	
1661 1662-1682	Début du règne de Louis XIV. Colbert ministre.	Début d'une monarchie absolue. Protections et pensions assurent vite la mainmise sur la culture.
1664	Disgrâce de Fouquet.	
1667 1668	Guerre de dévolution. Paix d'Aix-la-Chapelle.	Aspiration à l'ordre, à la rigueur, à l'idéal, mais pessimisme face aux comportements humains.
1678	Fin de la guerre de Hollande ; apogée de la puissance française.	Suprématie du pouvoir royal, mais les guerres et les dépenses ont épuisé le pays.
1682	La Cour à Versailles. Ministère Louvois.	
1685	Révocation de l'édit de Nantes.	Cérémonial et courtisanerie à Versailles : luxe et masques. Le roi est devenu pieux et rallume la guerre contre le protestantisme.
1686	Guerre de la ligue d'Augsbourg.	
1701-1713	Guerre de succession d'Espagne.	Fin de règne : le pays est agrandi et unifié, mais sclérosé, centralisé, sourdement travaillé par des idées nouvelles (notamment anglaises) qui vont se manifester au grand jour sous peu.
1713	Paix d'Utrecht ; suprématie anglaise en mer et outre-mer.	
1715	Mort de Louis XIV.	

Littérature française	Litt. étrang.	Beaux-Arts	Dates
Le classicisme : littérature d'idées, sous des formes mondaines (La Rochefoucauld, Retz, La Fontaine) ; un roi, une foi (Bossuet) ; les règles au théâtre (Racine) ; le comique met l'homme à nu (Molière, La Bruyère) ; le roman s'épure (Mme de Lafayette) et se fait plus sombre (Saint-Réal, Guilleragues).			1656
	Spinoza : *Éthique*.		1661
	Milton : *Le Paradis perdu*.	Poussin. Vermeer de Delft.	1667
L'art classique à son plus haut niveau (Boileau, La Fontaine, Molière, Racine), mais début d'une satire idéologique : les utopistes (Veiras, Foigny, Fénelon) ou les « Modernes » (Bayle, Saint-Évremond, Fontenelle).		Lebrun. Hardouin-Mansart. Purcell. Lulli. Marc-Antoine Charpentier.	1677
Un certain désenchantement (La Bruyère, *Satires* de Boileau) et la pression des idées nouvelles (Querelle des Anciens et des Modernes ; *Dictionnaire* de Bayle).	Newton : *Principes mathé-matiques*.	Rigaud. Largillière.	1687
	Locke : *Lettre sur la tolérance*.		1689
	Leibniz : *Nouveaux essais sur l'entendement humain*.	Bach.	1704
	Leibniz : *La Monadologie*.	Scarlatti, Vivaldi.	1714

DATES DES GRANDS AUTEURS

Malherbe	1555	1628
Urfé	1567	1625
Régnier	1573	1613
Viau	1590	1626
Saint-Amant	1594	1661
Voiture	1598	1648
Corneille	1606	1684
Scudéry	1607	1701
Scarron	1610	1660
Cardinal de Retz	1613	1679
La Rochefoucauld	1613	1680
Cyrano de Bergerac	1619	1655
Furetière	1619	1688
La Fontaine	1621	1695
Molière	1622	1673
Pascal	1623	1662
Mme de Sévigné	1626	1696
Bossuet	1627	1704
Perrault	1628	1703
Mme de Lafayette	1634	1693
Boileau	1636	1711
Racine	1639	1699
La Bruyère	1645	1696
Bayle	1647	1706
Fénelon	1651	1715
Fontenelle	1657	> 1757

Dates	REPÈRES POLITIQUES ET LITTÉRAIRES
1598	Édit de Nantes. Paix religieuse.
1605	Malherbe, premières grandes *Odes.*
1600-1609	Régnier, *Satires.*
1607-1620	Urfé, *L'Astrée.*
1610	Assassinat d'Henri IV.
1614	Rosset, *Histoires tragiques de notre temps.*
1617	Début du règne de Louis XIII. Influence de Richelieu.
1621	Viau, *Œuvres.*
1623	Sorel, *La Vraie Histoire comique de Francion.* Viau, *Fragments d'une histoire comique.* Hardy commence la publication de son Théâtre en 6 vol.
1630-1645	Les salons précieux ; l'hôtel de Rambouillet.
1635	La France se lance dans la guerre de Trente Ans.
1636	Corneille, *Le Cid.*
1637	Descartes, *Discours de la Méthode.*
1640	Corneille, *Horace.*
1642	Corneille, *Cinna.* Corneille, *Polyeucte.* L'Hermite, *Le Page disgrâcié.*
1643	Mort de Louis XIII. Régence d'Anne d'Autriche. Influence de Mazarin.
1647	Vaugelas, *Remarques sur la langue française.*
1645-1650	Cyrano de Bergerac, *L'Autre Monde ou les États et Empires de la Lune et du Soleil.*
1648	La Fronde.
1651	Scarron, *Le Roman comique.*
1653	Saint-Amant, *Moïse sauvé.*
1656-1657	Pascal, *Les Provinciales.*
1659	Molière, *Les Précieuses ridicules.*

Dates	REPÈRES POLITIQUES ET LITTÉRAIRES
1660-1662	Pascal, rédaction des *Pensées*.
1661	Règne de Louis XIV.
1662	Molière, *L'École des femmes*.
1664	Molière, *Le Tartuffe*.
1665	La Rochefoucauld, *Maximes*.
1666	Boileau, *Satires*. Furetière, *Le Roman bourgeois*. Molière, *Le Misanthrope*. Racine, *Andromaque*.
1668	La Fontaine, *Fables* (I-VI).
1669	Guilleragues, *Lettres portugaises*.
1670	Bossuet, *Oraison funèbre d'Henriette d'Angleterre* Racine, *Bérénice*.
1671	Mme de Sévigné : début de sa correspondance.
1672	Molière, *Les Femmes savantes*. Saint-Réal, *Dom Carlos*.
1674	Boileau, *Art poétique*.
1677	Racine, *Phèdre*.
1678	La Fontaine, *Fables* (VII-XI).
1675-1680	Veiras, *Histoire des Sévarambes*. Foigny, *La Terre Australe connue*.
1678	Mme de Lafayette, *La Princesse de Clèves*.
1682	Bayle, *Pensées sur la Comète*.
1680-1685	Saint-Évremond, lettres et écrits.
1685	Révocation de l'édit de Nantes.
1686	Fontenelle, *Entretiens sur la pluralité des mondes*.
1688	La Bruyère, *Caractères*.
1691	Racine, *Athalie*.
1687-1700	Perrault ; « Querelle » des Anciens et des Modernes.
1697	Bayle, *Dictionnaire*.
1696-1699	Fénelon, *Aventures de Télémaque*.
1697-1703	Perrault, *Fables*.
1715	Mort de Louis XIV.

Condition de l'écrivain

Une certaine agitation intellectuelle

■ Du dernier tiers du XVIe siècle au milieu du XVIIe siècle, l'instabilité règne en tous domaines. Politiquement, les Grands sont en conflit ouvert avec la monarchie qui veut unifier et centraliser ; les parlements parisiens et provinciaux essaient de s'imposer en limitant ou contrôlant le pouvoir royal ; les protestants, depuis l'édit de Nantes (1598), se sont regroupés et détiennent des troupes et des villes, telle La Rochelle, dont Richelieu brisera la sécession en 1628. Enfin, l'époque est guerrière : outre les Frondes, la France est mêlée à divers conflits, à la guerre de Trente Ans surtout (à partir de 1635). L'âge que l'on nomme *baroque* reflète dans les arts ce monde agité et morcelé.

■ L'élan optimiste de la Renaissance est retombé. C'est le moment du bilan. Les vastes mutations culturelles mises en branle par le XVIe siècle commencent à être assimilées, en particulier grâce à la synthèse rédigée par Montaigne, que tous les écrivains du XVIIe siècle ont lu. Cette révolution intellectuelle repose sur divers thèmes : les grandes découvertes de civilisations inconnues ont obligé à reconsidérer les théories traditionnelles de l'origine de l'humanité et ont accentué la relativité des croyances religieuses ; le cosmos n'est plus le même : Copernic (1473-1543) a ruiné le géocentrisme, tandis que Giordano Bruno, brûlé vif en 1600, a imaginé une théorie des univers multiples et que Kepler (1571-1630) définit les lois de l'attraction et les orbites elliptiques des planètes. L'homme est immergé dans un infini spatial qui le dépasse en nature et en mesure. Les auteurs vont réagir, en ironisant sur toutes les certitudes, tel Cyrano de Bergerac, ou en s'interrogeant sur le mystère incompréhensible de notre condition, comme le fait Pascal.

■ L'unité est donc mise en cause, celle d'un pouvoir central comme celle d'un univers dont l'homme serait le centre et la clé. Cette fragmentation et ces complexités encouragent la liberté de création. Le début du siècle est caractérisé par l'irrégularité, la fantaisie, l'imagination. Tout l'effort du pouvoir (Richelieu, Mazarin, Louis XIV) sera d'endiguer ce désordre et cette profusion, en s'imposant comme le protecteur ou le mécène obligatoire. Au milieu du règne du Roi-Soleil, vers 1680, ce sera chose faite.

Qui est écrivain ?

■ Au XVIIe siècle, plus des trois quarts de la population ne sont pas encore alphabétisés. Trois catégories sociales se partagent la pratique de la lecture et de l'écriture : les hommes d'Église, les nobles, la bourgeoisie.

■ Dès le milieu du XVIe siècle, les milieux culturels se laïcisent. Le rôle littéraire des hommes d'Église diminue, sauf dans le cadre de débats spécialisés, comme celui sur la grâce auquel participera Pascal. Les écrivains religieux sont plutôt des « engagés », des acteurs politiques, comme le cardinal de Retz ou Bossuet. Fénelon lui-même est amené à écrire, par ses fonctions de missionnaire auprès des protestants ou de précepteur du Grand Dauphin.

■ Les nobles, de leur côté, manifestent moins de mépris pour la littérature. Les raisons qui les conduisent à devenir écrivains sont complexes. Ils espèrent retrouver par là un peu de la gloire que les armes leur donnaient autrefois. Réduits, surtout après 1660, au rôle de courtisan, ils compensent leur soumission par un dédain teinté de pessimisme (La Rochefoucauld et, plus tard, Saint-Simon). Mais la cour est aussi un lieu où l'on affecte de s'intéresser à l'esprit. Les salons mondains se développent et voient naître la préciosité. On s'y exerce aux portraits, à la lettre, aux jeux dits *de société*. C'est de là que viennent la marquise de Sévigné et Mme de Lafayette.

■ Mais c'est surtout la bourgeoisie qui va fournir la plupart des grands écrivains du siècle : Corneille, Pascal, Molière, Racine, Boileau et tant d'autres viennent de ce milieu. Les bourgeois ont en main le système bancaire, l'industrie, le commerce. Ce sont eux qui achètent les charges royales, telles que celles des fermiers généraux qui collectent l'impôt. Les magistrats, les avocats, les hommes de loi forment la bourgeoisie de robe et cherchent à se faire anoblir (noblesse dite *de robe*). De ces milieux sont issus Fouquet, Le Tellier, Louvois, Colbert. Molière ou La Bruyère ont beau dénoncer ces parvenus, ces « bourgeois gentils-hommes », ils n'en impriment pas moins leur goût à la littérature par le sens du concret, l'amour du « juste milieu », une langue de raisonneurs, un penchant moraliste.

Vers l'écrivain professionnel

■ La notion de propriété littéraire n'est pas encore reconnue. L'écrivain ne touche aucun pourcentage sur les ventes. Seule une rémunération forfaitaire de l'éditeur lui est allouée. Dès lors, il faut chercher ailleurs, du côté du mécénat, des pensions royales, des dédicaces rémunérées. Corneille reçoit 200 pistoles du financier M. de Montauron pour lui avoir dédié *Cinna*. L'écrivain y gagne en aisance matérielle, mais y perd en liberté d'expression. Un auteur « appartient » à son protecteur : Saint-Amant au duc de Retz, Voiture à Gaston d'Orléans, La Bruyère au prince de Condé, La Fontaine (et Molière à ses débuts) à Fouquet.

■ Mais c'est Louis XIV, par le système des pensions, qui se crée une véritable clientèle littéraire. En 1662, le roi charge Colbert de dresser la liste des meilleurs auteurs et de se les attacher. À l'été de 1663, le premier état des gratifications annuelles se présente ainsi :

Mézeray	4 000 livres[1]
Chapelain	3 000 livres
Corneille	2 000 livres
Ménage	2 000 livres
Bensérade	1 500 livres
Huet	1 500 livres
Perrault	1 500 livres
Perrot d'Ablancourt	1 500 livres
Conrart	1 500 livres
Gombauld	1 200 livres
Cotin	1 200 livres
Molière	1 000 livres
Th. Corneille	1 000 livres
abbé de Pure	1 000 livres
Quinault	800 livres
Racine	600 livres

Molière ou Racine devront beaucoup, par exemple, à cette largesse royale. Mais il faut plaire ! Racine (comme Boileau) devient même laudateur officiel par sa fonction d'historiographe du roi.

■ Cette liste donne une idée de la notoriété respective des hommes de lettres de 1663, mais aussi de leur soumission au roi. Mézeray est en effet historiographe du roi, Chapelain sert de ministre des Lettres, etc. Ainsi, pendant plus de trente ans, les auteurs vont être pensionnés. Les allocations annuelles varient, mais les bons serviteurs sont bien payés. Racine, par exemple, passe à 800 livres en 1665, 1 200 en 1667, 1 500 en 1669, 2 000 en 1678. En 1671, l'ensemble des

1. À titre indicatif, un « compagnon » (artisan spécialisé) reçoit de 12 à 20 livres par mois.

subventions royales s'élève à 100 500 livres. Ce n'est qu'après 1690 que le total va sensiblement diminuer : les constructions royales — Versailles en particulier — ont vidé les caisses.

■ Malgré des exceptions, les tirages restent limités (mille exemplaires en moyenne), et les lecteurs potentiels sont surtout concentrés dans les milieux aisés et dans les grandes villes. Le livre est encore un objet de luxe.

■ Le développement des salons, l'apparition de la presse, l'intervention du pouvoir sur les Lettres sont autant de facteurs qui ont, chacun à leur manière, modifié la situation sociale de l'écrivain en l'obligeant à ne plus vivre en « docte » reclus en son cabinet. Soucieux d'une audience plus large, désireux de « plaire et toucher », l'écrivain se mêle à la bonne société et tâche de tirer de sa plume des revenus décents.

La réception des œuvres

■ Outre la pression implicite due au statut de l'écrivain protégé, la réception des œuvres doit éviter la censure. L'Église veille sur ce qui est irréligieux. Et, surtout, aucun livre ne peut être publié sans un « privilège du roi ». Les contrevenants et les insolents sont poursuivis et condamnés, parfois à mort si le crime d'athéisme ou de lèse-majesté est reconnu. Théophile de Viau en fit l'expérience.

■ Selon Richelieu, la force est l'unique assise de l'État ; le pouvoir royal ne doit donc tolérer aucune opposition ou division de l'autorité. Les instruments de la puissance (armées, finances, réputation) sont entre ses mains. Cette option absolutiste conduit Richelieu à s'intéresser à la production littéraire. Par une ordonnance de 1629, il charge le Chancelier et le Garde des Sceaux de faire examiner tous les ouvrages destinés à l'impression avant de leur accorder le « privilège du roi », c'est-à-dire l'autorisation de paraître. Dans le même temps, il encourage Vaugelas, l'un des premiers académiciens, à rédiger le Dictionnaire de l'Académie. Le langage y est étudié de façon normative, canalisé ; le « bon usage », autrement dit le goût et le discours de l'élite qui vit dans l'entourage du roi, est fixé comme modèle. Enfin, Richelieu a très tôt compris le pouvoir des périodiques. C'est lui qui accorde à Théophraste **Renaudot** (1586-1653) le privilège de publier la *Gazette*. Ce journal hebdomadaire se faisait l'écho des événements d'une manière entièrement conforme aux vues du pouvoir.

■ Il est impossible de comprendre les mouvements littéraires des années 1630-1660 sans tenir compte des débats religieux. Le premier grand procès fait en France à un écrivain, celui de Théophile de Viau, révèle que les incroyants ont intérêt à rester discrets ; la liberté religieuse n'existe pas. Le conflit entre le monde moderne et le catholicisme est profondément ressenti par les vrais croyants. Les jésuites cherchent des conciliations, mais elles passeront, aux yeux de leurs ennemis, pour du laxisme ou des compromissions inadmissibles (*cf. Les Provinciales*). La bourgeoisie, de son côté, est attachée à la tradition morale et dogmatique du catholicisme. La Réforme lui semble le plus souvent une nouveauté dangereuse et importée, et le zèle excessif de certains prêtres ou moines lui répugne. Molière sera un excellent porte-parole de ces vues simples et modérées.

■ Mais l'intransigeance d'une foi sans concession réapparaît avec le jansénisme et Port-Royal. Autant que les cercles précieux, mais dans une direction différente, Port-Royal est un foyer littéraire majeur. On s'y intéresse à la grammaire, à la logique, au sérieux de la pensée et à la netteté du style. Cette sorte de doctrine, qui tend à éliminer pittoresque et désordre, manque peut-être de charme, mais sa rigueur va conditionner le classicisme autant que les finesses de la préciosité.

La tendance baroque

Le baroque : une période et une esthétique

■ La première moitié du XVIIe siècle est instable et troublée. Dans cette période qui va de l'assassinat d'Henri IV (1610) à la reprise en main du pouvoir par Richelieu (vers 1640), la France traverse une série de conflits internes, alors que l'on sort à peine des guerres de Religion. Les familles féodales se querellent et affichent leurs prétentions dissidentes face au pouvoir royal. Jusqu'à la majorité de Louis XIII, Marie de Médicis, régente, maintient tant bien que mal, à force d'intrigues, l'autorité centrale. En 1617, le jeune roi fait assassiner Concini, le favori de sa mère. Enfin, il doit affronter la sécession de La Rochelle (1627) que les protestants ont constituée en État indépendant. Richelieu s'emploiera à restaurer l'ordre, les hiérarchies, un État fort et actif. Mais la tendance anarchique, frondeuse et imaginative, ne s'éteint pas. Le Cardinal est confronté aux conspirations nobiliaires : le duc de Montmorency est mis à mort en 1632, Cinq-Mars et de Thou sont exécutés en 1642. La guerre de Trente Ans, avec l'Autriche, tourne à l'échec et conduit aux traités de Westphalie, en 1648. Après 1643, la régente

Anne d'Autriche s'appuie sur Mazarin. Une fois passée l'euphorie des premiers mois d'une Régence libérale, tous les opposants se coalisent : la vieille noblesse, qui espère sauvegarder ses prérogatives ; la bourgeoisie, qui veut défendre ses droits ; les parlements locaux ; le petit peuple, affamé. On dresse des barricades à Paris (26 août 1648). La Fronde va aboutir à une véritable guerre civile, jusqu'en 1652, tandis que les conflits extérieurs, avec l'Espagne, dans les Flandres, s'amplifient.
■ Cette toile de fond aide à comprendre le baroque. Cette appellation a été choisie au XXe siècle pour cataloguer les productions artistiques de cette époque. Dans le baroque prédominent la fantaisie, l'excès, le mouvement.

L'opposition baroque / classique

■ Le principal théoricien du baroque, Jean Rousset[1], le définit par des thèmes : *le changement, l'inconstance, le trompe-l'œil et la parure, le spectacle funèbre, la vie fugitive et le monde en instabilité [...] la métamorphose et l'ostentation, le mouvement et le décor.*
■ En réalité, il est pratique d'opposer « baroque » à « classique », car ce couple antinomique, simpliste mais utile, a permis de regrouper sous un concept assez flou tout ce qui est méconnu ou inclassable, étrange et contourné. L'invention en est récente. À l'origine, « barroco » désigne une perle de forme irrégulière, une pierre précieuse mal taillée ou impure. Cette acception permet des dérivations qui, toutes, sont plutôt péjoratives : « irrégulier, bizarre, inégal » (*Dictionnaire de l'Académie française* de 1740). Vers la fin du XIXe siècle, on commence à appeler baroques une peinture et une architecture qui échappent aux codifications ou qui mêlent les genres, tel l'art du Bernin, de Borromini, de Pierre de Cortone.
■ Mais c'est Heinrich Wölfflin, en 1915, dans ses *Principes fondamentaux de l'histoire de l'art*, qui impose la catégorie esthétique du baroque sans nuance dépréciative. Il proposait une série dialectique, couplant des forces contraires. Sa très complexe analyse peut être résumée dans un tableau (*cf.* p. 131).
■ Notons enfin le rôle de l'Église dans le développement du style baroque. Pour contrecarrer les valeurs du protestantisme, la Contre-Réforme catholique crée des lieux capables d'impressionner les sens et l'affectivité, d'où le goût du monumental, de l'exhibition, de la richesse décorative. Ce style trouve des correspondances dans le domaine littéraire, notamment dans l'éloquence sacrée (Bossuet).

1. *Forme et Signification. Essai sur les structures littéraires de Corneille à Claudel*, Paris, Corti, 1962.

Classique	Baroque
Linéaire Dessin, contours, limites, fixité.	*Pictural* Glissement, mouvement, masses, couleurs, dynamisme.
Plan Géométrie, ligne droite, verticalité, horizontalité, perspective.	*Profondeurs* Débordements, évasions, flux, espace tourbillonnant, méandres, spirale.
Fermeture Construction autour d'un centre, primat du sujet, unité, subordination.	*Ouverture* Fragment ou décomposition, appel à l'imagination du lecteur ou du spectateur, jeu des possibles.
Unité Loi commune, liens, harmonie, hiérarchie, forts contrastes.	*Multiplicité* Convergences d'éléments épars, mélange, interpénétration, nuances.
Clarté Discipline, règle, transparence, lumière.	*Obscurité* Illusion, symbole, approximation, inconscient, mystère.

Les formes littéraires du baroque

■ La sensibilité baroque a le goût des antithèses et des images, pour traduire l'impression d'instabilité et de contradiction. Dans les arts, notamment la peinture (Rubens, La Tour), cette sensibilité se manifeste par le jeu des perspectives tournantes et des mouvements, l'abus des contrastes, la composition foisonnante ou simplifiée jusqu'à l'irrationnel.

■ Les formes littéraires qui se développent sont liées à ce goût. C'est d'abord le **théâtre** (et notamment la tragédie), car il met sous le regard le corps souffrant et les situations extrêmes de la conscience : amants, héros déchirés, martyrs, luttes à mort (Alexandre Hardy, Corneille, Tristan L'Hermite, Jean Rotrou). Ce sont les **histoires tragiques**, sortes de chroniques de l'horreur, relatant des affaires criminelles : meurtres, suicides, viols, amour dénaturé, sorcellerie (François de Rosset, Jean-Pierre Camus, par exemple). Ce sont enfin des **poèmes** visionnaires, qui privilégient les thèmes fantastiques : les déchirements de la nature humaine et l'attente de Dieu (d'Aubigné, Jean-Baptiste Chassignet, Jean de La Ceppède) ou les forces de l'illusion, du masque, de l'inconstance, de l'éphémère, de la magie (Pierre de Marbeuf, Étienne Durand, Nicolas Vauquelin des Yvetaux, Jean de Lingendes, Pierre Motin, Marc-Antoine de Saint-Amant, Théophile de Viau).

■ Mais les contradictions se manifestent aussi dans le développement de deux esthétiques littéraires opposées. D'un côté un courant idéaliste, qui domine dans l'abondante production romanesque : des guerriers héroïques (La Calprenède, Gomberville, Mlle de Scudéry) ou des bergers raffinés (*L'Astrée* d'Honoré d'Urfé) se perdent en intrigues sentimentales où les codes de l'honneur et des valeurs sont minutieusement explorés. De l'autre, à l'inverse, le burlesque réagit par la satire et par une dénaturation grotesque contre cette épuration : parodies, reprises ridicules de textes anciens, moqueries populaires, trivialité, récits bouffons (Mathurin Régnier, Charles Sorel, Paul Scarron). Cette tendance à la raillerie est entretenue également par l'esprit libertin, mélange de libre-pensée et de libertinage (Savinien de Cyrano de Bergerac).

■ Malgré ces flottements, la littérature reste écrite et lue par un milieu d'élite. Dans les salons parisiens, on s'exerce au portrait ou à la lettre (Guez de Balzac) et on s'efforce de codifier la langue, jusqu'à l'excès (la préciosité commence). Cette préoccupation encourage l'étude de la langue et la définition d'un « bon goût » ; tâches que Richelieu assigne à l'Académie française (qu'il crée en 1635) et auxquelles s'exercent aussi des analystes et des théoriciens (Vaugelas, les jansénistes). Ce désir d'ordre et de réflexion raisonnée contribuera à la définition et à la défense des règles, chères aux « Doctes », et s'affirmera surtout dans la pensée philosophique (Descartes). Le classicisme va se fonder sur cet idéal de clarté et de normalisation. C'est aussi dans cette optique qu'apparaissent des textes qui dégagent un art de vivre en société, l'idéal de « l'honnête homme » (Nicolas Faretet).

Le théâtre baroque

■ C'est à la fin du XVIe siècle que la tragédie a remplacé, sur la scène des théâtres, les mystères du Moyen Âge. Dans les quarante premières années du XVIIe siècle, on voit s'élaborer lentement une dramaturgie nouvelle qui finira par triompher avec Corneille. Le premier auteur qui ait laissé sa marque est Alexandre **Hardy** (1572-1632). Il emprunte ses sujets à la mythologie ou à l'histoire ancienne, et cherche à imposer une morale édifiante. L'action est ralentie par de longs monologues alourdis de réflexions morales ou philosophiques. Alexandre Hardy contribue dans un premier temps à la définition et au triomphe de la **tragi-comédie**.

■ La tragi-comédie est une tragédie dont le dénouement est heureux. Mais ce genre dramatique est surtout caractérisé par la complexité et la démesure. Le lecteur moderne a une impression de confusion totale devant la multiplication des intrigues parallèles ; il est difficile de discerner qui est le personnage principal, et le décor ne cesse de nous transposer d'un lieu à un autre. Le déroulement temporel s'étale sur plusieurs semaines, voire des années. Enfin, des actes de cruauté et de violence se déploient sur la scène avec un réalisme parfois morbide. Cette outrance est à l'opposé des règles que définira le théâtre classique. Le succès de la tragédie classique s'expliquera d'ailleurs par le rejet des invraisemblances et de l'irrégularité de la tragi-comédie.

■ Alexandre Hardy a toutefois contribué à redonner goût à des héros antiques, tels son *Coriolan* (1625) ou sa *Didon se sacrifiant* (annonçant Racine), et a su flatter un public habitué aux intrigues romanesques, par exemple avec *La Force du sang* (1626) : la jeune Léocadie, violée par Alphonse, traverse mille intrigues pour retrouver son honneur, faire reconnaître son enfant, et épouser son séducteur.

■ Mais c'est aussi l'influence des lecteurs de romans (au premier rang desquels *L'Astrée*) qui favorise un autre genre dramatique : la **pastorale**. Des auteurs comme **Racan** (*Bergeries*), **Mairet** (*Sylvie*) ou **Gombauld** (*Amaranthe*) transposent sur scène un décor chimérique, peuplé de satyres et de nymphes, où des bergères se dérobent à la poursuite amoureuse. La pastorale peut s'agrémenter de ballets ou de chants. Malgré ses mièvreries, la pastorale favorise une action plus concentrée dans un lieu unique. L'un de ses grands succès est *Pyrame et Thisbé*, de Théophile de Viau (1621), où les deux héros vivent une passion difficile dans le cadre exotique de Babylone.

■ Enfin, l'influence des thèmes italiens va favoriser le retour à une tradition antique et aux préceptes d'Aristote. Les milieux aristocratiques louent des œuvres comme l'*Aminta* du Tasse (1582) ou le *Pastor fido* de Guarini (1587). Or, ces pièces se soumettaient scrupuleusement aux préceptes antiques. Ainsi s'amorce la défense des règles au théâtre, qui se poursuivra jusqu'au succès définitif de la tragédie « régulière », celle de Racine.

Les histoires tragiques

■ En cette période, le goût des intrigues compliquées et pathétiques ne s'exprime pas seulement sur la scène. Face à *L'Astrée*, qui valorise des sentiments délicats et des rapports humains élégants, une littérature violente et crue se développe, qui intéresse un assez large public. Il est vrai que l'idéal d'harmonie propre à *L'Astrée* n'est guère réaliste. Dans le début de ce siècle, tout le monde a en mémoire les récentes guerres civiles et les troubles qui suivirent la mort d'Henri IV.

■ Les hommes, en actes, ne sont pas tendres. Sous l'influence de la presse naissante (Théophraste Renaudot crée sa *Gazette* dès 1627), le public s'intéresse aux faits divers violents ou scandaleux : le merveilleux et l'héroïque cèdent la place à une peinture noire de la réalité cachée.

■ Les histoires tragiques se présentent sous forme de nouvelles inspirées par les annales judiciaires ou criminelles du moment. Outre la panoplie des crimes et des perversions, ces textes noirs se complaisent dans l'horreur et font la part belle aux histoires de sorcellerie ou d'envoûtement. Car, dans le contexte d'une société croyante, de tels récits prétendent apporter la preuve de l'action du Diable. Jean-Pierre **Camus**, par exemple, évêque de son état, écrit *Les Spectacles de l'horreur* (1630) pour endoctriner ses fidèles et leur donner la hantise du vice. Son catalogue d'exemples odieux est d'une violence morbide et inquiétante, tel ce mari jaloux qui assassine l'amant de sa femme et, sans qu'elle le sache, le lui fait manger une fois haché et mis en pâté.

■ Ce que montrent ces histoires tragiques, c'est un monde exposé aux forces instinctives et sauvages de la folie humaine. François de **Rosset**, avec les *Histoires tragiques de notre temps* (1614), semble réveiller les obsessions médiévales et transformer en récit réaliste les histoires de monstres et de diables d'autrefois. La complaisance dans des récits atroces est d'autant plus gênante que Rosset les donne pour vrais, et insiste sur leur exactitude : il prétend au reportage de faits divers, comme le ferait, aujourd'hui, un journaliste de presse à sensations. Chez lui, un assassinat tourne toujours à un interminable dépeçage, telle cette amante trompée qui découpe en petits morceaux celui qu'elle aimait après lui avoir arraché les dents, les yeux, les ongles...

■ Ces histoires macabres ont beau avoir une intention moralisatrice, le projet édifiant est vite perdu de vue par le lecteur qui a plutôt l'impression d'atteindre la part inavouable de la nature humaine, où règne un instinct de mort et de meurtre. Rosset, qui sera le premier traducteur de Cervantès, atteint des tirages énormes : son livre connut trente-cinq rééditions jusqu'à la fin du siècle, sans compter les nombreuses éditions en langue étrangère. Ce *best-seller* en dit long sur le goût baroque pour la cruauté et pour tout ce qui excite la sensibilité (incongru, bizarre, éclat, frisson). Les imitateurs de Rosset sont d'ailleurs légion entre 1625 et 1640 : Saint-Lazare, Boitel, Parival, Gonon, Belleforest, etc.

La floraison poétique

■ La période 1600-1650 ressemble à une seconde Renaissance dans le domaine de la poésie, par la variété et la multiplicité des œuvres. Certes, il s'agit, dans la plupart des cas, d'auteurs mineurs, malgré quelques fortes personnalités. Seul Malherbe s'imposera vraiment, mais il doit son succès à son refus du désordre et des volutes baroques. Il sera le seul poète « pré-classique » à avoir les faveurs du classicisme, et notamment de Boileau : Malherbe est plus un annonciateur de l'esprit qui prévaudra après 1650, qu'un bon représentant de la période baroque.

■ **Le lyrisme religieux**. À la manière d'Agrippa d'Aubigné, qui publie ses *Tragiques* en 1616, la poésie, comme toute la culture du temps, reste très influencée par la religion. Les déchirements de la fin du XVIe siècle ont accentué dans les esprits le sentiment de l'homme divisé et incapable de vérité. Si la Renaissance avait rompu avec les hantises médiévales (le Diable, la fin du monde, le jugement dernier, etc.), l'âge baroque, revient, lui, à la méditation sur la mort. Les vers funèbres abondent : visions, « tombeaux », consolations, regrets. Il s'agit surtout de rendre visible la réalité physique de la mort. D'où des thèmes et des images macabres, des corps putréfiés, des squelettes, des ossements, des agonies. Le poète veut rappeler l'éphémère de la vie humaine et renvoyer le croyant à la seule permanence : Dieu. Mais cette inspiration se complaît dans une imagerie pathétique, horrible, angoissante. Cet imaginaire rejoint profondément l'idéal baroque, qui privilégie une esthétique de l'émotion et du tragique. Dans ce domaine citons, entre autres, Pierre **Motin** (1566-1614) qui écrit des « memento mori » (*souviens-toi qu'il faut mourir*) ; Jean-Baptiste **Chassignet** (1578-1635) qui cache son pessimisme dans *Le Mépris de la Vie et Consolation contre la Mort* ; Pierre **Mathieu** (1563-1621), qui développe le thème « Nous naissons pour mourir » dans ses *Tablettes de la vie et de la mort* ; Jean de **La Ceppède** (1548-1623) qui médite sur la passion du Christ dans ses *Théorèmes spirituels*.

■ **Les surprises de l'amour**. L'amour, éternel sujet de tout poète, reçoit une teinte particulière dans cette période. Conformément à l'esthétique baroque, on insiste surtout sur les ravages et sur les variations du sentiment. Le thème de l'amour facile, placide et durable cède la place à celui de l'amour fou et exalté. Bien entendu, on retrouve ici les artifices traditionnels : la femme est idéalisée, adorée, et chacun de ses « appas » est chanté tour à tour (ses yeux, ses cheveux, ses mains...). Mais, à force d'insister sur la distance infranchissable qui sépare le poète de sa belle, la poésie se fait religion, là encore. Elle se présente comme une quête métaphysique, douloureuse et complexe. Pour l'exprimer, le poète a donc recours à une écriture tourmentée, riche d'images et de comparaisons. Le baroque trouve dans la poésie un mode d'expression privilégié, où l'on s'abandonne à la virtuosité et à l'ingéniosité, avant de finir par une « pointe », c'est-à-dire un trait d'esprit recherché et surprenant. Ces auteurs, amateurs de brio, ont nom Pierre de **Marbeuf** (1596-1650), Claude de **Malleville** (1597-1647), Charles de **Vion Dalibray** (1600-1653), Jean-François **Sarasin** (1614-1654). Mais il ne faut pas trop se laisser duper par le sérieux apparent de ces variations sur l'amour absolu. La plupart des écrivains insistent aussi sur le changement et l'instabilité des sentiments, car rien n'est plus cher aux baroques que la versatilité et la fugacité des choses.

■ C'est ici qu'il faut faire une place à part à Théophile de **Viau** (1590-1626), exemple parfait de l'esprit insoumis et changeant du baroque. Cadet de Gascogne, huguenot, il vient à Paris après avoir suivi une troupe de comédiens ambulants, et se lance dans le monde. Il s'entoure d'une compagnie de joyeux drilles, vivant de poésie et de plaisir. Suspect dès 1619, il retrouve la faveur de Louis XIII en se convertissant au catholicisme, par prudence. Mais en 1623, accusé de poésie licencieuse, de « sodomie » (= d'homosexualité) et de blasphème, il est condamné à être brûlé vif. Un nouveau procès, en 1625, commuera la sentence en bannissement à perpétuité. L'œuvre de Théophile de Viau eut un grand succès auprès de sa génération, car elle incarne bien les vues sceptiques et spontanées de l'homme baroque qui refuse les bornes et certitudes établies au profit de l'imagination vagabonde et curieuse de tout.

■ Au reste, toute la poésie de cette époque hésite entre les formes officielles (odes aux Grands de ce monde, poèmes de circonstance, vers d'apparat, « jeux floraux », « académies », etc.) et un désir d'intimité. Bien des recueils s'intitulent « Solitudes », évoquent larmes et soupirs, chantent les beautés de la nature sauvage (la mer, la forêt). Outre Théophile de Viau, Tristan **L'Hermite** (1601-1655) et Antoine Girard de **Saint-Amant** (1623-1661) sont experts dans cet art d'évoquer les beautés naturelles. Ils insistent surtout, ici encore, sur les sensations de l'homme face au mystère de la nature. Les thèmes principaux sont ceux de la métamorphose (donc des saisons), de l'incompréhensible merveille de l'univers (astres, arc-en-ciel, vents et marées), de ses fulgurances (l'éclair, les lucioles) ou de sa magie (les nocturnes, les ruines, les lieux funèbres ou hantés). Même des proches de Malherbe, comme François **Maynard** (1582-1646) ou Honorat de **Racan** (1589-1670), ont su toucher le public lecteur de *L'Astrée* en versifiant des « pastorales » et autres odes où se manifeste un lyrisme qui prend la nature à témoin, d'une manière qui nous fait aujourd'hui penser aux écrivains romantiques.

Malherbe• : retour à l'ordre ?

■ Dès les premières années du XVIIe siècle, les poètes, jusqu'alors dispersés dans les provinces, retrouvent la vie de cour. Devenus courtisans, ils acquièrent une sécurité matérielle, mais doivent se placer sous l'étroite dépendance des Grands. Malherbe (1555-1628) est un bon exemple du notable provincial, fils d'un magistrat de Caen, qui arrive à se frayer un chemin jusqu'à l'entourage royal et y rédige des vers de circonstances.

■ Au service d'Henri IV, puis de Louis XIII, il chante les événements politiques : *Prière pour le roi Henri allant en Limousin*, *Ode à Louis XIII allant châtier les Rochelois*. Mais cet art officiel oblige Malherbe à se démarquer de l'esprit du temps. À l'exubérance, volontiers brouillonne, de l'esthétique baroque, Malherbe oppose un art ordonné, modulant une langue nette et policée, en une série de strophes parfaites. De plus, les sujets se prêtent, ici, à un art plus compassé : il s'agit de louer la politique de l'ordre, de la religion, du pouvoir centralisé. On ne peut versifier à propos de l'horreur des troubles dans une langue informe. Bon gré mal gré, Malherbe défend un art de la composition rigoureuse, et finit par se faire reconnaître comme une sorte de « maître » des lettres. Les classiques (Boileau : *Enfin Malherbe vint...*) le verront comme un prophète.

■ Malherbe, cependant, n'a laissé aucun recueil théorique ni défini aucun art nouveau. Il a seulement commenté abondamment les œuvres de Desportes parues en 1609. Ces remarques manuscrites, critiquant des raffinements alambiqués ou des pédantismes, ne font pas une doctrine, mais elles traduisent les tendances d'une recherche poétique nouvelle, que Maynard et Racan imiteront aussitôt.

■ En défendant un art de simplicité et d'efficacité, Malherbe, s'adapte à son public. L'entourage d'Henri IV n'est pas très cultivé. La nouvelle aristocratie est souvent fruste et nerveuse. Pour plaire à cet auditoire, il faut donc une poésie dont la forme se simplifie et dont les thèmes sont immédiatement perceptibles. L'idéal de clarté et de rigueur, cher à Malherbe, aboutit en tout cas à une langue sobre qui prépare directement le classicisme. Malherbe récuse les mots vieillis ou les néologismes, tout comme les dialectes provinciaux. Sa versification se soumet à une discipline contraignante, avec peu de combinaisons strophiques. Il condamne les jeux de mots, les effets appuyés (hiatus, allitérations, enjambements), pour sauvegarder un principe d'harmonie raisonnable. Plus tard, en 1674, quand Boileau rendra hommage à Malherbe, on verra en lui le grand précurseur de la poésie moderne.

L'influence de la préciosité

Qu'est-ce que la préciosité ?

■ Il n'y a pas, à proprement parler, de théorie littéraire de la préciosité. Il s'agit plutôt d'une tendance dont on trouve des traces dans toute l'Europe au début du XVIIe siècle et qui pousse au paroxysme certains penchants baroques : virtuosité verbale, goût de la pointe (image ou jeu d'esprit qui achève brillamment un texte), etc. L'écrivain cherche ainsi à donner du prix à l'écriture par des trouvailles ou des surprises. L'influence de l'étranger s'exerce de tous côtés : d'Italie, avec le « marinisme » (du nom du poète Marino, qui séjourna à Paris entre 1615 et 1623) ; d'Angleterre, avec l'« euphuisme » (du nom d'un héros de John Lily, romancier anglais mort en 1606) ; d'Espagne, avec le « cultisme » de Luis de Gongora (1561-1627), poète cordouan.

■ La préciosité est inséparable de l'aristocratie. Ceux qui s'en réclament considèrent que le brio de la conversation, la distinction et l'esprit, l'élégance du langage sont autant de moyens de signaler la distinction d'une personne. Le précieux cherche donc à faire valoir ses qualités par un raffinement outrancier et étincelant, fondé sur la rareté de son expression. Le mot choisi, la langue épurée de toute trivialité, la phrase complexe et riche en détours : tout l'effort mondain se tourne en culte de la forme. Cette ambition, volontiers snob et parisianiste, a finalement permis une création et une manière esthétique qui intéressent la littérature.

■ Dans les milieux précieux, on méprise les mœurs grossières ou bourgeoises et tout ce qui n'échappe pas au « commun ». Ce comportement élitiste fait que les lieux de prédilection où se retrouvent les précieux sont les salons, les petits cercles fermés – on disait des *ronds* –, les chambres d'apparat – les *ruelles* –, etc. La convivialité mondaine s'y déploie dans son entier, avec ses civilités affectées, sa forte conscience de classe, ses jeux de société et ses divertissements littéraires, mais aussi avec ses coteries, ses querelles et ses rivalités dérisoires.

Les « dandies » et les femmes en leurs salons

■ Des raisons historiques aident à comprendre ce phénomène social. Sous Richelieu et au début de la Régence (de 1624 à 1650 environ), puis pendant l'accalmie qui suit la Fronde (après 1653), la noblesse et les privilégiés ont dû ranger les armes. Il faut trouver ailleurs que dans l'agitation politique de quoi satisfaire un besoin de distinction. Comme le fera le « dandy » au XIXe siècle, le précieux fuit la banalité, l'usure et l'ennui, en brillant dans les salons et en affirmant sa suprématie par des mots. Mais le précieux, c'est d'abord la précieuse. En effet, les femmes trouvent dans la préciosité un moyen de recouvrer une considération. Ce sont des salons « féministes » qui accueillent les réunions précieuses.

■ Pendant quarante ans, entre 1620 et 1660, le salon précieux le plus en vue s'est tenu à l'hôtel de Rambouillet. Catherine de Vivonne (1588-1665), surnommée *l'incomparable Arthénice* (anagramme de son prénom), marquise de Rambouillet, y reçoit les plus brillantes intelligences de son temps, dans de vastes pièces en enfilade somptueusement décorées. L'intérêt d'un tel lieu de culture est de faire s'y rencontrer diverses générations d'écrivains : les jeunes auteurs s'y font des relations et y affûtent leur talent, tandis que les anciens y exercent leur ascendant et y entretiennent leur réputation. La confrontation de ces beaux esprits prend la forme innocente de joutes ou de divertissements littéraires. Les habitués adoptent des surnoms romanesques, en assidus lecteurs de *L'Astrée*, et se livrent à des controverses intellectuelles. Faut-il défendre *Le Cid* ? La conjonction *car* doit-elle être condamnée, comme le souhaitait l'Académie ? Ces subtils débats peuvent nous paraître vains et surannés. Ils n'en ont pas moins permis au goût littéraire de se former en s'éprouvant : ces jeux et querelles font travailler l'écriture, devenue sujet d'expérience ou outil de conversations dialectiques élaborées. Comme le feront au début du XXe siècle les groupes surréalistes, les précieux jouent sur les pouvoirs et les chances des « exercices de style ».

Le sérieux du jeu

■ Ainsi, derrière les jeux de société, les bals masqués, les galanteries et autres batifolages, l'activité précieuse est autant création que récréation. Trois pratiques prédominent : la poésie galante (on écrit par exemple des « blasons », courtes pièces qui chantent un aspect de la femme aimée) ; les « bouts rimés » (sous forme de brèves énigmes ou de variations sur le même modèle : 25 sonnets sur la mort d'un perroquet !) ; enfin le portrait. Cet exercice psychologique contraint à trouver le trait qui touche juste, la formule pénétrante ou lumineuse : La Rochefoucauld, Mme de Sévigné et Mme de Lafayette se sont entraînés à ces ébauches qui vont ouvrir la voie au genre du portrait, essentiel dans la seconde moitié du XVIIe siècle.

■ Il ne faut pas trop se laisser duper par la frivolité ou les excentricités apparentes des passe-temps des précieux. Molière a contribué à faire de l'épithète *précieuse* le synonyme de *ridicule*. Mais cette connotation péjorative est une caricature, venue d'un homme qui, faute du recul du temps, n'a vu ici que corruption du bon sens, stupide bizarrerie du langage et des manières, refus de l'amour. Molière ne fut pas le seul à se moquer. La polémique alimentait vaudevilles, chansons, comédies et pamphlets en tous genres. Mêlant la satire et l'information, deux textes offrent d'utiles données : *La Précieuse ou le Mystère des ruelles* de l'abbé de Pure (1656), et *Les véritables Précieuses* de Baudeau de Somaize (1660). Mais personne n'a vraiment saisi, au-delà du snobisme et des chicaneries, à quel point la préciosité est tendue vers un idéal de dépassement, de noblesse, saluant la supériorité de l'esprit partout où elle se manifeste, accueillante aux nouveautés. La « chambre bleue » de Mme de Rambouillet, saint des saints de la préciosité, est ouverte aux roturiers (Voiture, Ménage, Chapelain, Pellisson, Conrart), aux originaux les plus décriés (des libertins, comme Vauquelin des Yveteaux ; ou l'abbé de Croisilles, condamné à mort pour s'être marié), aux politiques (Richelieu), etc.

■ En réalité, la préciosité reflète une évolution des mœurs. Elle implique la suprématie des règles de vie propres à une société citadine — parisienne — et policée ; elle résume un progrès des bonnes manières, de l'art de vivre ; elle témoigne du développement de l'instruction, du goût des arts et des belles-lettres ; elle impose une galanterie et un respect de la femme ; elle revendique pour la condition féminine de nouveaux droits. La préciosité prépare la morale de « l'honnête homme » et, au travers de son féminisme, aspire à une forme de dignité et de pureté.

■ Le plus connu des précieux est Vincent **Voiture** (1598-1648), homme d'esprit attitré du salon de Rambouillet, professionnel du badinage. Ses lettres et ses poèmes mondains montrent plus d'humour que de profondeur. Mais son succès est un signe des goûts du temps. Fils d'un marchand de vin, Voiture s'introduit rapidement dans les allées du pouvoir, notamment auprès de « Monsieur » (Gaston d'Orléans). Richement pensionné par ses protecteurs, il sait naviguer dans les intrigues parisiennes, tout en étant la vedette du salon de Rambouillet. À côté du brio, il faut surtout retenir sa production épistolaire. Les lettres de Voiture, souvent galantes, inventent un style, imité de la conversation, qui inspirera aussi bien un La Fontaine que Mme de Sévigné.

Le *best seller* précieux : *L'Astrée*

■ Roman-fleuve de cinq mille pages, divisé en cinq parties dont les parutions s'échelonnent de 1607 à 1627 (la dernière à titre posthume), *L'Astrée* fut le plus grand succès de librairie de la première moitié du XVIIe siècle. On peut dire qu'il illustra et modela tout à la fois la sensibilité de l'époque. À partir d'une trame simple et empruntée à la tradition courtoise — le conflit opposant les conventions et le désir de deux jeunes gens qui s'aiment —, Honoré d'Urfé (1567-1625) tisse une fresque infinie où une multitude d'intrigues secondaires et de récits « à tiroirs » se combinent.

■ Honoré d'Urfé est un bon exemple d'une génération qui mérite le nom de baroque. Né à Marseille, dans une famille de gentilshommes ouverte aux influences de la Renaissance italienne, il passe sa jeunesse dans le Forez (Massif Central) où il situera les aventures d'Astrée. Engagé du côté de la Ligue (clan des catholiques ultras), il combat contre Henri IV jusqu'à la chute de son parti, en 1595. Fait prisonnier, il doit à l'amour de sa belle-sœur sa libération, moyennant rançon. Grâce à l'annulation de son premier mariage, Diane de Chateaumorand peut épouser Honoré (1600). Dès lors, réconcilié avec le roi, l'homme d'épée se consacre à des voyages et à l'écriture, avant de mourir à la tête d'un régiment dans la guerre contre les Espagnols. Cette vie, à la fois héroïque et sentimentale, de luttes et de passion éclaire le sujet et les péripéties du roman. Les contemporains de d'Urfé pensaient à son aventure amoureuse avec Diane en lisant les histoires d'Astrée et de Céladon. Il est vrai aussi que le cadre pacifié, oisif et agreste du Forez pouvait passer pour une transposition de la vie sous Henri IV, particulièrement celle des gentilhommières où l'on trompait l'ennui par un art de vivre mondain et galant.

■ *L'Astrée* a pour cadre géographique la plaine du Forez, entre Rhône et Auvergne, transposée à l'époque des druides, au Ve siècle après J.-C. Ce décor n'a rien de réaliste ; il permet l'idéalisation d'une retraite, d'un lieu utopique, peuplé de bergers et de nymphes, où se sont réfugiés d'anciens nobles qui ont renoncé aux vaines ambitions et aux artifices. Tel est le premier message du « roman pastoral » et autres « bergeries » dont *L'Astrée* est le monument : quitter les apparences et toute trivialité pour la recherche d'un idéal de pureté et d'absolu dont la quête amoureuse, obstinée et exigeante, est le symbole.

■ La seule valeur durable, dans *L'Astrée*, est l'amour des deux héros principaux. Mais, curieusement, l'intègre bergère le refuse, et l'amoureux rejeté est contraint à une multitude de ruses, d'artifices, de changements pour tâcher de rester fidèle. On a l'impression que la constance en amour est une doctrine ridicule et une mystification qui conduit à des comportements absurdes. C'est que, dans l'optique baroque, la vérité se perçoit dans l'inconstance ; d'où les déguisements, l'intermittence et la mobilité ; d'où aussi le rebondissement indéfini du récit qui ne peut jamais conclure, jamais se fixer : *Rien n'est constant que l'inconstance, durable même en son changement* (I, 1).

■ *L'Astrée* exerça une réelle influence sur la manière de vivre de la société aristocratique. Les bergers deviennent des modèles spirituels dont on imite les codes langagiers, l'art d'aimer, l'élégance et le raffinement. Le roman pastoral sert de livret à divers opéras, ballets ou musiques, tandis que les décorateurs transforment les salons, les plafonds, les tapisseries en « bergeries ». *L'Astrée* fait rêver d'innocence, de communion avec la nature : elle valorise la tendresse et la douce amitié.

Du style précieux au style héroïque

■ Fondamentalement, comme le montre bien *L'Astrée*, la préciosité exprime un idéalisme, une tendance à créer un monde (et une langue) où le cœur et l'esprit échappent au réel. Le lecteur rêve de sentiments ou d'actions qui n'aient rien de banal ou de médiocre, où l'on tourne le dos à ce qui est « du dernier bourgeois », comme on disait alors.

■ C'est dans ce contexte que se développe une littérature « héroïque », notamment dans des romans-fleuves où s'accumulent exploits guerriers et amoureux, voyages aux quatre coins du monde, enlèvements rocambolesques et rebondissements en tous genres. Les romans héroïques s'abandonnent à l'imagination la plus vagabonde. La génération de 1630 — celle qui admirera bientôt Corneille — se laisse prendre à ces récits de hauts faits. Les romans d'aventures, fertiles en pérégrinations les plus colorées, réveillent l'appétit d'« éclater » (selon la formule de l'époque). Tant pis si, dans le détail, la fiction héroïque foisonne d'absurdités géographiques et d'anachronismes. Le public, d'ailleurs, ne percevait pas totalement ces invraisemblances. Les lecteurs plus cultivés (La Fontaine, Mme de Sévigné) y voyaient les lois d'un genre débridé qui donne à divaguer. Le roman héroïque montre la vie comme une course folle, soumise aux hasards, aux changements et aux caprices.

■ Marin Le Roy de **Gomberville** (1600-1674), auteur prolixe, est surtout connu pour son *Polexandre*, dont il donna plusieurs versions remaniées entre 1619 et 1638. Ce roman de 22 volumes et de 4 409 pages fut constamment réédité jusqu'à la fin du siècle. L'audience de telles œuvres montre la naissance d'une littérature qu'on pourrait qualifier de « populaire », dans le sens où elle est lue par tous ceux qui savent lire. Un auteur comme Gautier de Costes de **La Calprenède** (1610-1663) fut l'un des premiers professionnels de l'écriture à vivre de ses droits d'auteur, grâce à une production énorme : *Cassandre* (1642) comporte 10 volumes et 5 483 pages ; *Cléopâtre*, 12 volumes et

4 153 pages ; *Faramond*, 12 volumes et plus de 5 000 pages ; sans compter une dizaine de tragédies.

■ La fortune littéraire de ces auteurs s'explique par leur complaisance pour les Grands, pour des hommes comme Condé et son entourage, qui aimaient à se reconnaître dans ces romans où alternent la vaillance militaire et le repos du guerrier. Fiers (comme cet Artaban que La Calprenède a immortalisé) et généreux, ces héros sont trop typiques pour être vrais. Mais ils nous renseignent sur l'image exaltante que la société voulait donner d'elle-même. La connivence entre préciosité et héroïsme est particulièrement évidente dans *La Clélie* de Madeleine de **Scudéry** (1607-1701). Ce roman en 10 volumes présente des « clés » (des portraits cachés d'hommes célèbres) et illustre conjointement des exploits et les codes galants des précieux.

Quand le roman devient bourgeois

Le roman, lieu de contradictions esthétiques

■ Le courant héroïque et pastoral permettait à l'aristocratie d'exposer ses valeurs, empruntées à la tradition chevaleresque. Les princes déguisés en bergers ou les héros antiques servaient de substituts aux personnages de l'épopée d'autrefois. La production romanesque d'avant 1660 est foisonnante : un lecteur moderne s'y perd. Le terme *roman* est lui-même ambigu, car il recouvre toutes sortes d'œuvres longues et hétéroclites. Confusion révélatrice : le roman est le miroir de l'époque baroque. Les puristes et les savants (on disait les *doctes*) ont eu beau mépriser le roman comme genre informe, son succès prouve qu'une société s'y est reconnue.

■ Face à la tendance nobiliaire, où l'aristocratie, qui sent son déclin, se rêve galante et édifiante, un contre-courant se manifeste. Une littérature de satire ou d'agression vient se démarquer ostensiblement de l'idéalisme et de la rhétorique aristocratiques. La caricature des genres nobles n'est pas que pure parodie. Elle donne le signal d'une création nouvelle, tournée vers le réalisme ou vers l'individualisme, annonciatrice du roman moderne.

La réaction burlesque

■ La réaction contre les invraisemblances et les chimères du romanesque ou de la préciosité va inspirer une attitude littéraire qu'on nomme, par commodité, *burlesque*. Cette opposition consiste surtout à en revenir à la réalité crue et populaire, et à faire raillerie de tout. C'est là que la future comédie (celle de Molière surtout) va trouver ses racines.

■ Il ne faut cependant pas voir le burlesque comme une simple « anti-préciosité », car les deux tendances se développent conjointement, et certains auteurs ont exploité les deux registres, comme Saint-Amant, Tristan L'Hermite ou Voiture. Dans les deux cas, il s'agit de refuser l'usage et les formes figées. Le burlesque incite à la verve et à la fantaisie ; il libère la plume, la dégage des stéréotypes et des codes d'un « bon goût » convenu.

■ Notons que c'est avec la crise de la régence d'Anne d'Autriche et de la Fronde que cette écriture insolente et drôle se diffuse. En se moquant de tous les pouvoirs ou en réécrivant des parodies qui ridiculisent les plus vénérables modèles de la littérature éternelle (Virgile ou Homère, notamment), le burlesque impose un non-conformisme ; le divertissement devient polémique. La politique n'est pas seule visée. Tandis que **Scarron** écrit des « mazarinades », un libertin comme d'Assoucy ose publier une *Passion de Notre Seigneur en vers burlesques*.

■ Dès 1623, Charles **Sorel** (1600-1674) impose le genre « histoire comique ». Il s'agit d'une sorte de roman décousu, centré sur le quotidien, et qui passe en revue tous les ridicules de son temps. *La vraie histoire comique de Francion* ne manque ni d'audace ni de paillardise. Sorel, ami de Théophile de Viau, frôle même parfois l'obscénité et se moque gaillardement des écoles, de la religion, des moralisateurs, de l'esprit « bourgeois ». Le récit est vivace, joyeux et corrosif, comme pour prendre le contre-pied du goût officiel et mettre au grand jour la réalité des mœurs. Les histoires comiques prétendent d'ailleurs au réalisme : *Je ne raconte que des histoires qui se peuvent faire de notre temps.*

Un maître du burlesque : Scarron*

■ On connaît surtout Paul Scarron (1610-1660) pour son *Roman comique*, bien qu'il ait écrit une œuvre considérable mais aujourd'hui oubliée. Né dans une famille de petite bourgeoisie, il fait une carrière dans l'Église en devenant chanoine près de l'évêque du Mans. Ces fonctions ne l'empêchent pas d'être proche des libertins. À partir de 1638, une maladie incurable fait de lui un impotent paralysé. Il se marie pourtant avec une belle orpheline, Françoise d'Aubigné, petite-fille du poète Agrippa, future Mme de Maintenon. On peut voir dans la gaieté et l'insolence de Scarron une revanche contre l'infirmité. Son *Virgile travesti* (où Énée devient le *beau moustachu* et Didon *la grosse Dodon*) a beaucoup amusé ses contemporains. Mais ce burlesque n'est pas un simple jeu. Comme chez Rabelais, il permet des audaces contre tout ce qui est officiel.

■ Roman « des comédiens » et roman-spectacle désopilant, *Le Roman comique* a pour trame les aventures d'une troupe minable d'amuseurs ambulants. Paul Scarron, qui connaît bien la région du Mans (il y est, en principe, chanoine), cherche à donner de la réalité une vision pittoresque et franche. Son récit se situe donc dans cette province où il fait défiler toute la société bourgeoise d'une petite ville et de ses environs. Le nomadisme des comédiens permet de traverser tous les milieux (seigneurs, gentilshommes, riches citadins, magistrats, aubergistes, paysans, bohémiens, etc.). La vie provinciale, sur le mode satirique, s'éveille et se révèle avec l'arrivée de la troupe. L'acteur n'a pas trop bonne réputation dans ces bourgades ; il suscite méfiance, préjugés ou vague inquiétude. Les jeunes gens, quant à eux, espèrent bien tromper la torpeur balourde de la province en suivant les comédiens et, surtout, en courtisant les comédiennes qui passent pour peu farouches. Le théâtre, lieu de récréation, d'illusion et de dévoilement, lève le rideau et suscite de multiples anecdotes.

■ L'auteur affecte d'ailleurs d'être indifférent à l'artifice et prend son lecteur à témoin : *il y a bien d'autres choses à dire sur ce sujet, mais il faut les ménager, et les placer en divers endroits de mon livre pour diversifier* (I, 18) ; ou : *j'ai fait le chapitre précédent un peu court, peut-être que celui-ci sera plus long ; je n'en suis pourtant pas bien assuré ; nous allons voir* (I, 18). Cette complicité soustrait le lecteur au mensonge romanesque ; il est sans cesse mis en présence d'un tableau annoncé comme une relation exagérée mais vraie de la réalité.

De l'individualisme à l'autobiographie

■ L'autobiographie à proprement parler, si l'on excepte le cas particulier de Montaigne, ne verra vraiment le jour qu'au XVIIIe siècle, avec Rousseau. Mais, dans la mouvance des burlesques, on voit se dessiner une tendance autobiographique, genre qui répond aussi à une forme de contestation. L'autobiographie récuse la belle fiction trop idéale, et se fonde sur un réel donné comme vécu. Tout ce qui est réputé vulgaire (vie physique, privée, quotidienne) s'y trouve nécessairement abordé. Le « moi » qui se raconte envisage souvent la société comme un milieu hostile ; il écrit parce qu'il a rompu avec les autres. Parler de soi, c'est faire sécession, diverger et se justifier. L'auteur autobiographe se définit en s'opposant, et rend les autres responsables des blessures de son existence.

Entre les sarcasmes des comiques ou des burlesques, près des contestations libertines, l'autobiographie donne à l'individualisme critique l'occasion de se faire entendre.

■ Écrits sous forme de « mémoires », ces récits à la première personne restent très proches du roman. On peut citer trois exemples : les *Fragments d'une histoire comique* (1623) de Théophile de **Viau**, écrits en prison, le *Page disgracié* (1643) de Tristan **L'Hermite**, histoire d'un enfant sensible et tendre devenu meurtrier par maladresse et condamné à l'errance, et, enfin, les *Aventures* (vers 1645, publiées en 1677) de Charles **d'Assoucy**, récit d'un artiste itinérant, démuni et contraint au nomadisme dans une société intolérante et cruelle. Dans chaque cas, l'auteur-narrateur souligne l'incompatibilité de vie entre un esprit libre et un monde naturellement hostile.

Du burlesque au libertinage

■ Le mot « libertin », quand il apparaît au début du siècle pour désigner les libres penseurs (c'est-à-dire les incroyants), se veut insultant. Il blâme les gaillardises et les mœurs débauchées de certains aristocrates. Mais là n'est pas l'essentiel. Bientôt, sous le terme de *libertinage*, on va désigner tout un courant de pensée qui met en cause les idées reçues dans le domaine de la foi et de la morale.

■ Le XVIe siècle, avec les grandes découvertes, le développement de l'astronomie, l'essor des religions réformées, le progrès des sciences exactes, s'est achevé par une sorte de crise de conscience : le scepticisme et le rationalisme s'affirment partout. Le courant libertin ne s'enferme dans aucun système précis, mais s'installe dans une défiance à l'égard des croyances, notamment religieuses, du corps social. Bien que les contours de la philosophie libertine ne soient pas très nets, on peut dégager quatre caractéristiques principales et deux grands courants.

• Les caractéristiques :

– **Le culte de l'individu**. Le libertin est un épicurien ; conscient de la fragilité de la vie, du tragique de notre condition, il réagit en proposant un art de vivre qui méprise les ambitions et les excès, qui prône l'amitié et la paix des sens.

– **Le rationalisme critique**. Les libertins refusent d'admettre l'irrationnel sans le discuter ; ils ne croient pas au miracle, à la chronologie biblique, à la nécessité d'être croyant pour être vertueux ; ils s'intéressent aux autres religions (*Saint Confucius, priez pour nous*, s'exclame La Mothe Le Vayer) ; ils méprisent les crédulités ignares et tout fanatisme.

– **Le matérialisme**. Influencés par Démocrite et Épicure, les intellectuels libertins voient l'univers comme un gigantesque animal vivant, éternel et fécond, où l'homme n'est qu'un être comme les autres ; l'immortalité de l'âme est une chimère et l'esprit trouve son origine dans les sens.
– **Le déisme**. Le vrai matérialiste finit par confondre Dieu avec la nature elle-même ; cette étape ultime conduit à l'athéisme, mais il semble que la plupart des libertins s'en soient tenus au déisme, à une vague croyance en un être suprême, le créateur.
• Les deux grands courants :
– **Les disciples de « Padoue »**. Autour de Théophile de Viau se regroupent des admirateurs de Giordano Bruno, brûlé comme hérétique en 1600 à Rome, après avoir enseigné à Paris la loi de la gravitation universelle ; Gabriel Naudé se rend à Padoue pour y écouter les leçons de Cesare Cremonini ou Pietro Pomponazzi, des matérialistes ; un de leurs disciples, Giulio Vanini, est à son tour condamné au bûcher, à Toulouse (1619) ; le procès de Théophile, en 1624, interrompt – du moins officiellement – ce cercle.
– **La Tétrade**, à partir de 1628, réunit quatre amis, penseurs actifs et rapidement rayonnants : Diodati, La Mothe Le Vayer, Gassendi et Naudé. Moins dévoyés et moins extrémistes que leurs prédécesseurs, ce sont des savants, esprits curieux de tout, libres et supérieurs, versés en théologie, histoire, sciences exactes, etc. Avec leurs compagnons, les frères Dupuy, des bibliothécaires, ils font figure de premiers Encyclopédistes.

■ Les grands noms de la pensée libertine sont Pierre **Gassendi** (1592-1657), prêtre philosophe et discret qui doutait qu'on pût prouver l'existence de Dieu ; François de **La Mothe Le Vayer** (1588-1672), pour qui les opinions et croyances résultent de l'éducation et du préjugé ; Gabriel **Naudé** (1600-1653), probablement athée, qui s'en prit surtout au miracle, image de la supercherie et des superstitions.

■ Mais le plus connu des libertins est Savinien de Cyrano de Bergerac (1619-1655). Sa vie réelle n'a pas grand rapport avec la réputation que lui inventera Edmond Rostand en 1897 ! Après quelques blessures gagnées dans la compagnie des Gascons mousquetaires, il fréquente les penseurs et écrit son curieux voyage de « science-fiction » : *L'Autre Monde ou les États et Empires de la Lune et du Soleil*, paru après sa mort, en 1657.

Un original : Cyrano de Bergerac*

■ Savinien de Cyrano de Bergerac (1619-1655) passa pour un extravagant à cause de ses écrits où il laisse libre cours à une imagination pleine de vitalité et de hardiesse. Il aime la fantaisie, l'invraisemblable, les coq-à-l'âne, les images délirantes ; tout l'art de la divagation baroque exulte sous sa plume, mais à un moment où le baroque a cessé d'être goûté dans les lettres françaises. Ce décalage et cette fantasmagorie en font un original, mais libèrent aussi en lui toutes les virtualités de la libre pensée libertine. Il adhère aux thèses les plus visionnaires, il s'enthousiasme pour tout ce qui est hétérodoxe. Disciple de Copernic et de Galilée, il s'insurge contre le géocentrisme et l'anthropocentrisme chrétiens ; il se proclame athée et se moque ouvertement de la révélation religieuse ; il dénonce toutes les valeurs morales comme autant d'absurdités qui tyrannisent le désir, le plaisir et l'individualisme ; il voit la nature comme une vaste fermentation (Diderot se souviendra de son matérialisme et de son vitalisme ; il s'intéresse, avant Pascal, à l'espace, à l'infiniment grand et à l'infiniment petit ; il bouscule son lecteur en refusant tout compromis et en l'obligeant à une sorte de voyage intellectuel et initiatique qui va au bout de toutes les hypothèses. Sous le masque de la fiction et de l'utopie, dans l'euphorie du conte, ce poète est à tous égards, par l'écriture comme par la doctrine, un précurseur, *le cheval de Troie de la littérature*, pour reprendre le mot de Nodier (1838).

Survivance du burlesque et « déconstruction » : Furetière*

■ Comme Cyrano, Antoine Furetière (1619-1688) appartient à la génération des burlesques. Il a commencé son œuvre par une *Énéide travestie*. En ce sens, il est proche de Scarron. Mais, alors que Scarron essayait de sauver le genre romanesque en lui insufflant une gouaille, Furetière pousse beaucoup plus loin la désinvolture et semble s'amuser à déconsidérer toute narration et toute fiction. Pas de descriptions, pas de plan cohérent, pas d'étude psychologique des personnages. Le réel est rendu par des fragments décousus et des actions étriquées ou inachevées. Le ton ressasse une humeur grincheuse et un pessimisme vengeur. On a pu parler de *nihilisme* chez Furetière : la vérité est platitude ou incohérence. Le roman semble donc inconfortable au lecteur. L'histoire est mesquine, creuse, sans fil logique. Les rares pauses sont consacrées à des portraits au vitriol de la société bourgeoise.

■ Le titre même de *roman bourgeois* est incongru : les deux mots sont incompatibles pour un esprit du XVIIe siècle. La parodie est donc inscrite sur la couverture du livre. Il s'agit de ridiculiser le lyrisme faux et l'héroïsme trompeur du roman « noble ». Anti-roman, *Le Roman bourgeois* (1666) fut un échec à sa parution. Le projet fut mal compris et désorienta les lecteurs. Il contient pourtant en germe le principe d'inachèvement et d'éclatement propre au roman moderne, de Diderot au Nouveau Roman. Mais Furetière est surtout un lexicographe. Académicien en 1662, il participe aux travaux du *Dictionnaire*, mais publie son propre dictionnaire en 1684. Accusé de plagiat et de contrefaçon, il est chassé de l'Académie et affronte un scandale dont il ne se relèvera pas.

Le théâtre et l'univers cornéliens

La lente mise en place des codifications

■ Entre 1640 et 1660 environ, coexistent les deux courants principaux : le baroque et l'esthétique qu'on nommera bientôt « classique ». C'est d'ailleurs par commodité que l'on distingue ces deux formes d'expression, car elles ont pu d'abord alterner chez un même auteur, notamment dans le théâtre (Corneille, Molière).

■ Mais, dans tous les domaines (culturel, politique, religieux), la tendance est à la recherche d'un équilibre. Par exemple, les nobles et les bourgeois aisés, nourris de culture latine, élaborent un idéal de sociabilité et de modération, du « juste milieu » et de « l'honnête homme ». La pensée religieuse, après les soubresauts violents du XVIe siècle, se fait plus sceptique. L'athéisme étant encore puni de mort, les incroyants se montrent discrets ou font de la pratique religieuse une simple garantie de l'ordre moral. On voit apparaître une autre approche de ces problèmes, avec la pensée libertine qui réfléchit, sans provocation inutile, à l'origine du monde, au problème de l'âme, etc. Le temps de l'approfondissement méthodique — celui de Descartes — est venu.

■ C'est ainsi que s'amorce un mouvement de codification du langage et des formes littéraires. On commence à analyser la langue et à définir les pratiques d'écriture. La création par Richelieu de l'Académie française (1635) participe à cet effort de normalisation. Des théoriciens comme **Vaugelas**, des grammairiens (notamment les jansénistes), des critiques, comme **d'Aubignac** ou **Ménage**, essaient de proposer des règles et un goût plus sobre. Le classicisme est issu de cet idéal.

■ En 1637, *Le Discours de la méthode* de René **Descartes** (1596-1650) a tracé les grandes lignes d'une attitude intellectuelle et morale qui puisse concilier un doute systématique — sans lequel règnent le préjugé et les débordements —, et la nécessaire adaptation à un ordre social. Clairvoyance mais refus de l'anarchie, l'idéal classique se dessine. La méthode cartésienne considère la pensée et la raison comme les seuls moyens d'appréhender la réalité, ce qui implique intuition, déduction, analyse, reconstruction, vérification. C'est bien ainsi que les écrivains d'après 1660 considéreront leur métier.

■ Enfin, deux courants religieux vont également influencer la formation du classicisme. D'un côté, la pensée des **jésuites**, qui insiste sur la liberté de l'homme dans la recherche du salut éternel. De l'autre, le **jansénisme**, qui croit au contraire que l'homme ne peut rien sans la grâce de Dieu : vision pessimiste de l'homme livré au péché dans un monde corrompu. Le théâtre tragique (Racine) sera influencé par la vision de l'homme soumis à la fatalité, à un « Dieu caché » qui se joue de lui.

L'évolution exemplaire de Corneille* face au(x) public(s)

■ Grâce à sa longue vie et à son abondante production, Pierre **Corneille** (1606-1694) traverse à la fois la période baroque et les débuts du classicisme. Il incarne bien l'évolution de la littérature, et même des genres, passant de la tragi-comédie à la tragédie, pour laisser finalement la place à Racine, après 1665. Le théâtre de Corneille a donc exercé un fort ascendant sur tout le XVIIe siècle, grâce à une dramaturgie sans cesse renouvelée. Car Corneille, exclusivement voué à son œuvre et à son métier d'écrivain, a su capter les attentes d'un public et les valeurs sociales de son époque. Il a précisément choisi le théâtre pour mettre face à face l'œuvre et le public.

■ La première réussite de Corneille est d'avoir pu se concilier plusieurs types de spectateurs. D'un côté, son théâtre sait plaire aux « mondains », c'est-à-dire au public des bourgeois, des « honnêtes hommes », avides d'un « art du loisir » : c'est sous l'influence de cette demande culturelle que se développent les théâtres et les troupes. Le public mondain est lecteur de romans. Son goût est marqué par *L'Astrée*. Corneille lui concède des décors (*Clitandre*, *L'Illusion comique*) qui rappellent les pastorales, tout comme il joue sur des intrigues amoureuses en chaînes. Enfin, les mondains aiment les « nouvelles espagnoles » (comme on disait alors) : Corneille s'en inspire (*Le Cid*, *Le Menteur*), sans jamais perdre de vue l'actualité : cadres empruntés aux lieux à la mode (*La Galerie du Palais*, *La Place Royale*) ; thèmes symboliques de la réalité politique (les allusions à la Fronde et à l'unité nationale sont évidentes dans *Le Cid*, par exemple).

■ Les succès de Corneille s'appuient sur l'accueil de ce public à la culture moderne. Mais la carrière d'un grand auteur – telle que la conçoit Corneille, très imbu de la dignité de son métier de créateur – suppose l'approbation des « doctes ». Bon gré mal gré, Corneille a intégré dans son théâtre leurs exigences : présence de la culture antique et respect des règles. La fameuse querelle du *Cid* réflète les tensions entre les horizons d'attente des « deux » publics : entre le spectaculaire enthousiasmant et les manquements aux règles. Et c'est avec la tragédie historique que Corneille réalise finalement une synthèse qui puisse toucher tout le monde. Avec *Horace*, en 1640, il fonde un modèle original qui lui vaut la consécration officielle sans que les mondains soient rebutés. On notera, par exemple, que Corneille choisit ses sujets historiques dans les épisodes limités que l'honnête homme a pu étudier au collège. De même l'enseignement des jésuites (quasi monopole de l'époque) est-il respecté : refus du machiavélisme, apologie de la clémence, recherche de la conciliation. Ainsi, le théâtre cornélien donne son expression à la culture profonde de son temps.
■ La synthèse proposée par Corneille est en soi une originalité. Elle est conforme au désir d'innovation propre à l'œuvre cornélienne. Malgré des succès répétés, Corneille ne s'est pas contenté d'accompagner la mode ou de reprendre les mêmes recettes. Ainsi, ses comédies, subtiles et nuancées, sont sans complaisance pour le public habitué à un comique plus caricatural et grossier.

Corneille, réinventeur de la comédie

■ Quand Corneille débute (vers 1630), la littérature comique n'a pas encore ses lettres de noblesse. Genre décrié par les doctes (Aristote n'en a rien dit), mal défini, il poursuit la tradition médiévale (assez turbulente et bouffonne) ou les spectacles rudimentaires de la « commedia dell'arte ». Dans *Mélite* (1629), il met en scène des jeunes gens distingués, assez proches de ceux qu'on pouvait rencontrer dans la bonne société. D'où une impression de réalisme aimable, tournant autour de sujets mondains (querelles de famille, jolies veuves que l'on courtise, jeunes amoureux éblouis, mariages arrangés). L'intrigue, en demi-teintes, repose sur un comique de connivence. On est plus proche du marivaudage que de la farce d'autrefois.
■ En voulant amuser les gens de qualité, Corneille sait bien qu'il doit emprunter à leur culture. Il a donc recours à une sorte de réalisme social, comme dans *La Place royale* (1634), où l'on voit « l'extravagant » Alidor vanter la versatilité amoureuse : mélange de souvenirs de *L'Astrée* et d'intrigues mondaines, cette

pièce récupère les thèmes idylliques de la pastorale et les replace dans un cadre actuel et parisien. Mais Corneille ne veut pas seulement distraire. Il a déjà entamé sa peinture de l'homme incertain et tiraillé par des problèmes de morale. L'amour révèle deux réalités menaçantes : la passion est aliénante, nuisible à la gloire d'être maître de soi ; les pesanteurs sociales finissent toujours par l'emporter sur le fragile élan amoureux. Dans *La Suivante*, par exemple, on voit une demoiselle de compagnie, belle et bien née mais pauvre, qui se croit courtisée pour elle-même, découvrir que ses galants ne voyaient en elle qu'un moyen d'approcher sa maîtresse, et rester seule.

■ La première période de Corneille correspond à l'époque baroque. L'auteur cède à l'expressionnisme ambiant aussi bien dans sa première tragédie, *Médée* (1635), sanglante et mouvementée, que dans sa comédie *L'Illusion comique* (1636). Pièce étrange, où l'on passe sans cesse de la réalité au rêve le plus fantasmagorique (par le biais d'un magicien), *L'Illusion comique* joue sur les faux-semblants et les déguisements. Un père à la recherche de son fils demande à un magicien de lui faire apparaître ce qu'il est devenu. Ce « théâtre dans le théâtre » se redouble quand le père prend pour vrai le rôle de prince que joue son fils devenu comédien. Les frontières entre réel et illusoire sont alors brouillées, tout comme l'identité des êtres, ambivalents et changeants. Il reste que Corneille tient déjà son vrai sujet : le désir qui égare, les conflits entre la puissance des passions et la volonté d'être libre. Dans un autre contexte, ce sera le cœur du « conflit cornélien ».

Un plaisir théâtral fondé sur l'admiration

■ Corneille s'est essayé aux divers genres du théâtre : comédie, tragi-comédie (*Clitandre*), grandes tragédies historiques, retour au comédies gaies (*Le Menteur*), tragédies noires (entre 1650 et 1665), « comédies héroïques » (comme *Tite et Bérénice*). De même, il peut passer du baroquisme le plus foisonnant (*Médée*, *La Toison d'or*) au statisme respectueux des règles (*Cinna*). Il fait aussi alterner les thèmes chrétiens (voire mystiques, comme dans *Polyeucte*) et les mythes païens (*Médée*, *Œdipe*) ou l'histoire antique (*Sertorius*, *Othon*).

■ L'unité d'une œuvre aussi composite, exploitant tous les registres et toutes les structures dramaturgiques, repose sur un projet esthétique, c'est-à-dire sur une volonté d'agir sur le spectateur. Corneille s'est beaucoup expliqué sur ses propres intentions, notamment dans ses *Discours* et *Examens* (1660), où il réfute les critiques du théoricien des règles, l'abbé d'Aubignac. Pour Corneille, la « poésie dramatique » n'a qu'une visée : *le plaisir du spectateur.* Le théâtre met à nu les vices et les vertus en plongeant les héros dans un univers de conflits et de distorsions. Le spectateur va s'identifier au héros qui, à force de lucidité et de résistance au chaos, affronte et surmonte d'insolubles contradictions. La meilleure expression de la dramaturgie cornélienne est la tragédie historique à fin heureuse : l'épreuve est dépassée par un acte de générosité et de grandeur admirable (*Le Cid*, *Cinna*, *Horace*). Mais Corneille, pour ne pas se répéter, varie les techniques dramatiques. Tantôt il insiste sur la dynamique du conflit lui-même, avec force rebondissements, tantôt il accentue la peinture du personnage qui s'analyse (les stances du *Cid*, les tirades et les débats). La recherche de l'effet « admirable » conduit même Corneille, dans la deuxième partie de sa production, à exagérer les contrastes, entre un héros très digne et des souverains hystériques : le Phocas d'*Héraclius* n'a rien à voir avec l'Auguste de *Cinna*. Les héroïnes servent souvent à cette dramatisation pathétique.

■ Malgré ces variations, le héros, pour être admirable, doit rester tendu vers des idéaux. Surmontant le simple amour né du coup de foudre ou du désir, il est en quête d'une énergie qui puisse donner une impulsion à sa vie. Cette tension est une forme de l'orgueil, de l'appétit de « gloire ». Elle peut se réaliser dans la foi, dans l'honneur, dans le patriotisme, dans l'ambition. Elle est évidemment contrecarrée par l'amour, d'où de fréquents heurts entre ce qu'on doit et ce qu'on aime. Le conflit cornélien repose sur cet antagonisme apparent, prétexte à médiatiser, auprès de tout spectateur, la sympathie et l'identification immédiates. Mais, bien entendu, les enjeux sont plus complexes.

Le héros généreux selon Corneille

■ Pour réaliser un théâtre fondé sur l'esthétique de l'admiration, Corneille impose une caractérisation du héros. Guidé par une morale de la « générosité », le héros place toute son énergie dans un désir de dépassement (politique, moral, religieux). Sa générosité se définit par des vertus chevaleresques (courage, honneur, force) et par une abnégation devant le devoir. Cet élan glorieux place le héros dans des situations d'une extrême intensité qui l'obligent à des choix. D'où une division intérieure, un dilemme, vécus dans une forte souffrance qu'il faudra surmonter. Par là, le héros reste toujours admirable : son malheur, sa vertu sublime, sa solitude édifiante suscitent l'émerveillement, puisqu'il ne trouve qu'en lui-même la force qui lui permet d'affronter et de surmonter un insoluble conflit.

■ Dans le conflit cornélien (entre honneur et amour, entre gloire et tendresse, entre devoir et désir), le héros reste conscient de ce qu'il doit. Contrairement aux personnages de Racine, habités par des impulsions aveugles et contradictoires, le héros cornélien, malgré sa meurtrissure, n'hésite pas. Rodrigue s'engage résolument dans son rôle de vengeur ; Horace préfère son patriotisme à sa famille ; Polyeucte sacrifie son amour pour sa femme à sa foi. La lutte est donc moins intérieure qu'objective : il faut vaincre des obstacles extérieurs. Dès lors, le héros cornélien est surtout un homme de courage, de volonté, de résolution inébranlable. Et c'est parce qu'il est maître de lui-même qu'il est capable de dominer les autres. Voilà pourquoi l'amour, chez Corneille, est ressenti comme une dépendance dangereuse. Cette force irrationnelle trouble la volonté. Pour retrouver sa liberté, pour être autonome et supérieur, le héros a besoin de sacrifier l'amour, aliénation et humiliante tyrannie.

La tragédie cornélienne : de l'ordre à la désillusion

■ On s'accorde à reconnaître dans *Le Cid* (1637), *Horace* (1640), *Cinna* (1642) et *Polyeucte* (1643) les pièces maîtresses du théâtre cornélien. Elles illustrent la rapide évolution de Corneille vers une tragédie « régulière ». Avec *Le Cid*, le sujet reste assez romanesque et les unités ne sont guère respectées : l'unité d'action est démentie par des intrigues parallèles (comme l'amour impossible de l'Infante pour Rodrigue) ; l'unité de temps s'étale sur deux journées durant lesquelles sont concentrés des événements immenses (le combat contre les Maures) ; l'unité de lieu disparaît. Ces écarts firent l'objet d'une polémique entre « doctes » de l'Académie et cercles précieux. Mais le public s'en moquait bien : le succès fut prodigieux.

■ La querelle autour du *Cid* poussa cependant Corneille à s'astreindre mieux aux règles. *Horace*, inspiré par l'historien latin Tite-Live (59 av. J.-C.-17 ap. J.-C.), raconte le conflit entre Rome et Albe. L'action se resserre en un jour et l'unique décor est l'entrée de la maison des Horaces. Corneille peut ainsi se concentrer sur l'étude psychologique de ses héros, déchirés (comment tuer le frère de celle qu'on aime ?) et voués au sacrifice. De même, dans *Cinna*, peut-il scruter l'âme de l'empereur romain Auguste, partagé entre la répression et la clémence face à un complot qui le menace. Cette concentration oblige à un crescendo dramatique qui, malgré le dénouement heureux, annonce la terrible logique des tragédies raciniennes. Enfin, *Polyeucte* accentue encore la force émotive de ce type de théâtre en évoquant un héros arménien converti au christianisme et prêt à subir le martyre pour sa foi, exemple qui provoquera d'autres conversions.

■ Mais c'est dans la dernière partie de sa vie, au moment où le public commence à se détourner de lui, que Corneille modifie le plus sensiblement sa vision. La tragédie à fin heureuse ou édifiante laisse la place à des pièces plus pessimistes, dont le thème principal est la lutte pour le pouvoir absolu. Dans *Sertorius*, le héros, opposant isolé au tyran Sylla, meurt trahi et déçu, brisé par la montée d'un autre ambitieux appelé à mourir vaincu, Pompée. De même, dans *Othon* et dans *Attila*, aucune admiration n'est-elle possible : les vainqueurs sont des décadents ou des brutes.

■ Le pessimisme cornélien avait commencé dès *La Mort de Pompée* (1644) : la toile de fond y est la guerre civile où sombre la république romaine. La loi du plus fort prévaut et la clémence n'a plus cours. Des despotes médiocres s'imposent. Le pathétique prend la place du sublime. La beauté de l'échec, émouvante, amère et nostalgique, remplace l'indomptable grandeur des héros généreux. Cet infléchissement s'explique sans doute par l'évolution du public et de la réalité politique. Le pouvoir personnel de Louis XIV impose une vision plus abrupte : l'aristocratie, du moins, ne pouvait plus guère s'incarner dans le héros cornélien. Corneille l'a parfaitement perçu. Sa pièce ultime, *Suréna*, évoque un général glorieux dont les victoires portent ombrage au roi et à son fils. Suréna meurt assassiné sur l'ordre du prince, car le despote ne peut supporter de rival. Pièce sombre, *Suréna* montre une crise sans issue, point final de l'idéologie héroïque cornélienne, où le héros est battu et éliminé sans conciliation possible. La vision racinienne n'aura plus qu'à poursuivre cette thématique-là.

Morale et religion de la période classique

Les tendances moralisatrices de l'art

■ Au début des années 1660, l'esprit classique se définit très rapidement, non comme principe d'écriture mais comme attitude morale. On voit apparaître une tendance moralisatrice critique. Il ne s'agit plus seulement de moquer les comportements, mais d'analyser de manière assez sombre la nature humaine elle-même. Ce n'est que plus tard, vers 1675, que cette vision analytique se transformera en système littéraire. Deux repères peuvent résumer ce processus : 1665, Boileau écrit ses *Satires*; 1675, il publie son *Art poétique*.

■ Pascal, dans le contexte janséniste, est un exemple exceptionnel de ce climat pessimiste et psychologue. Mais les écrits mineurs, qui font un tableau très noir de la vie, sont nombreux, comme, par exemple, les *Maximes* de Madame de Sablé. C'est de ce moralisme que vont naître, jusqu'à la fin du siècle, presque tous les genres littéraires : la fable, le conte, la nouvelle, l'éloquence religieuse, les « caractères ». Même le théâtre s'en réclame : Racine est influencé par le jansénisme ; Molière a pour ambition de *corriger les mœurs par le rire*, selon la devise latine que Jean de Santeul (1630-1697) imagina pour la comédie (*castigat ridendo mores*).

■ Ce phénomène a plusieurs sources. La première est d'ordre fondamentalement religieuse et s'exprime de façon exacerbée dans le jansénisme. La seconde est dans la prééminence de la vie mondaine : les aristocrates qui, autrefois, participaient à la Fronde ou s'agitaient dans leurs provinces vont être domestiqués à la Cour. L'honneur et la grandeur batailleuse de l'univers cornélien cèdent la place à des querelles ou à des rivalités de salon. Les pratiques littéraires tournent au portrait, au bon mot (d'où la maxime), à la lettre. Les illusions glorieuses sont remplacées par le désenchantement.

■ François de Marcillac, duc de **La Rochefoucauld** (1613-1680) illustre cette manière. Ses *Maximes* (1665) sont des fragments. Ici, plus de romanesque, ni de fictions. La maxime fixe et épingle, saisit en une formule. Elle met donc en cause le langage courant qui berce et illusionne : *Il y a des gens qui n'auraient jamais été amoureux s'ils n'avaient jamais entendu parler de l'amour* (136). La Rochefoucauld exerce surtout son art contre « l'amour-propre », qui est à la fois l'égoïsme et un absurde besoin de paraître et de gagner.

■ Autre grand seigneur amer, le cardinal de **Retz** (1613-1679). Alors qu'il était promis à l'archevêché de Paris, Retz, comme La Rochefoucauld, se mêle de la Fronde et doit s'exiler jusqu'en 1661. Il vivra, par la suite, dans son abbaye de Commercy, où il rédigera ses *Mémoires*. Ce livre, au ton souvent jubilatoire, est surtout l'occasion pour Retz de brosser des portraits au vitriol de tous ceux qui le rencontrèrent.

■ Parmi les personnes de la haute société qui se mêlent d'écrire, il faut encore citer les écrivains épistoliers. L'art de la lettre répond à une pratique mondaine, mais son ambition — surtout à une époque où toute communication est écrite — dépasse la simple chronique. L'auteur cherche à rendre par écrit l'allure et l'esprit d'une conversation, parfois pittoresque et enjouée. C'est au fond un exercice de style. Guez de **Balzac** et **Voiture**, au début du siècle, en ont fait un art brillant, parfois précieux. Dans les années 1670, Marie de Rabutin-Chantal, marquise de **Sévigné** (1626-1696), donne à la lettre, sans l'avoir vraiment voulu, une forme de perfection. Publiées après sa mort, rédigées surtout à titre familial, les *Lettres* de

Mme de Sévigné à sa fille Mme de Grignan sont à la fois un échange privé authentique, un journal des grands événements de l'époque, une discrète autobiographie où prédomine l'amour maternel le plus tendre.

La littérature religieuse

■ Dès l'époque de Louis XIII, la restauration du catholicisme, notamment grâce aux actions de la Contre-Réforme, est engagée. L'influence de ce phénomène est très visible, en littérature, avec le renouveau de l'éloquence religieuse, de Pascal à Bossuet et à Fénelon. Mais cette littérature chrétienne reflète les divergences de la foi, et peut devenir polémique (les *Provinciales* de Pascal). De grands débats théologiques sont ainsi vulgarisés, telle la querelle de la liberté et de la grâce, qui opposait jésuites et jansénistes. Les poèmes dévots, les ouvrages de piété, l'éloquence de la chaire, les « exercices spirituels » se multiplient.

■ Le siècle offre des exemples admirables d'abnégation et de sainteté. Certains veulent revenir à l'austérité chrétienne primitive et fondent des ordres charitables : saint **Vincent de Paul** (les Sœurs de la Charité) ou saint **François de Sales** (ordre de la Visitation). L'aumône, le soin dû aux malades et aux mourants sont prêchés par l'exemple. Un homme comme Fénelon sera très marqué par ce type d'apostolat.

■ Mais la dévotion cache aussi des rivalités. Sous couvert de défendre la vraie foi, l'hypocrisie et la délation s'installent. Ainsi, la compagnie du Saint-Sacrement, très influente, se fait gardienne de la vertu chrétienne et organise la répression contre les esprits trop libres. Molière fut victime de cette sorte d'inquisition. On comprend pourquoi le thème du faux dévôt (*Le Tartuffe*; ou Onuphre, chez La Bruyère) a tant de vigueur et pourquoi Molière nomme l'hypocrisie *le vice à la mode.* Cette tendance répressive ne fera que s'accentuer à la fin du siècle, quand Louis XIV, devenu très pieux sous l'influence de Mme de Maintenon, en viendra à révoquer l'édit de Nantes (1685).

Un grand prédicateur : Bossuet

■ Issu d'une famille de magistrats bourguignons, élève des jésuites de Dijon, Jacques-Bénigne Bossuet (1627-1704) est voué dès l'enfance à la carrière ecclésiastique. Prêtre en 1652, il s'installe à Metz, où son zèle est immédiatement remarqué. Ses dons pour la prédication l'amènent à Paris dès 1659, où il vit dans l'entourage de saint Vincent de Paul. Le succès de ses sermons (pour le Carême, pour l'Avent) le hisse jusqu'à la Cour. Il prêche au Louvre, devant le roi, en 1662. Son renom est définitivement consacré, et c'est lui qui est chargé des oraisons funèbres de la famille royale : Anne d'Autriche (1667), Henriette de France (1669), Henriette d'Angleterre (1670). Pendant dix ans, il assure la charge de précepteur du Dauphin, fils de Louis XIV (1670-1680). Évêque de Meaux en 1681, il se partage entre son diocèse et la Cour. Deux tâches lui sont assignées : défendre l'indépendance relative de l'Église de France face à la papauté (« gallicanisme »), et combattre les hérésies, notamment le « quiétisme » de Fénelon et, plus encore, le protestantisme.

■ Les sermons de Bossuet nous sont parvenus sous forme de plans ou de brouillons. Mais certains passages ont été développés et mis au net, et il est toujours possible de suivre l'argumentation. La prédication ne doit pas mettre en avant celui qui parle, mais éclairer l'auditoire. Sous l'influence de saint Vincent de Paul, Bossuet essaie de respecter sa « petite méthode » : style dépouillé, refus de l'éloquence ornée ou emphatique. Mais Bossuet est un « tempérament » qui, face à un public mondain et cultivé, cherche aussi à séduire par la puissance majestueuse de son style. Pour tenir en éveil l'auditoire, Bossuet s'appuie sur le rythme et la redite expressive. Aux yeux de ses contemporains, Bossuet avait atteint la perfection du « style sublime », mêlant la grandeur la plus élevée à la plus belle simplicité.

La vision pessimiste de La Rochefoucauld*

■ La Rochefoucauld (1613-1680) n'est pas un écrivain religieux. Mais sa vision de l'humanité nous renseigne (comme celle de Pascal, dont il a souvent été rapproché) sur une forme aiguë du pessimisme chrétien, quand il voit la nature humaine comme une « misère ». Le grand sujet de La Rochefoucauld, c'est l'**amour-propre**, un égoïsme forcené, soumis à toutes les influences, habité par le vice et la volonté de puissance. Les vertus (amour, justice, honneur) sont les masques adoptés par l'amour-propre. L'homme sans Dieu n'a plus de repères moraux. Ce désarroi l'oblige à recourir aux fausses valeurs.

■ Les *Maximes* de La Rochefoucauld expriment cette imposture. Elles jouent sur des antinomies lexicales, jettent le désordre dans les certitudes qu'elles mettent sens dessus dessous. Parallélismes, contrastes, antithèses et autres paradoxes se succèdent :

Plus on aime une maîtresse, plus on est prêt de la haïr.
On ne loue d'ordinaire que pour être loué.
Le nom de vertu sert à l'intérêt aussi utilement que les vices.
La magnanimité méprise tout pour avoir tout.
L'extrême ennui sert à nous désennuyer.

■ La maxime peut rappeler les jongleries des précieux, que La Rochefoucauld a fréquentés dans sa jeunesse. Mais elle montre surtout une « esthétique du fragment », signe que tout discours est trafic et duperie. La maxime récuse la narration, le romanesque, l'illusion. Elle met en pièces les idéologies bavardes et l'éloquence morale.

Le jansénisme et Port-Royal

■ Le courant janséniste a eu une très grande influence sur la littérature de toute la seconde moitié du XVIIe siècle, et il a conditionné une vision de l'homme, celle que l'on retrouve, en particulier, dans les tragédies de Racine. Mais qu'est-ce que le jansénisme ?

■ Aux débuts des années 1640 paraît en France le livre posthume d'un théologien hollandais, Cornelius Jansen, dit Jansénius (1585-1638), évêque d'Ypres. Cet ouvrage, l'*Augustinus*, affirmait restaurer les doctrines authentiques de saint Augustin (354-430) sur la grâce et la prédestination.

• Cette complexe et très ancienne question de théologie peut se résumer grossièrement ainsi :

— l'homme, déchu depuis le péché originel, peut espérer le salut depuis que Jésus-Christ a racheté (mystère de la Rédemption) le genre humain par sa mort ;

— mais ce salut n'est possible que par l'action surnaturelle de la grâce, pur don de Dieu.

• Dès lors, deux optiques divisent les croyants :

— Dieu choisit les élus auxquels il accorde sa grâce, si bien que l'homme est prédestiné à être sauvé ou non (c'est ce que croyait Calvin, par exemple) ;

— tous les hommes, par la prière et par les vertus d'une vie chrétienne, peuvent attirer sur eux la grâce de Dieu ; c'est l'enseignement, entre autres, du jésuite espagnol Molina (*Accord du libre-arbitre et de la Grâce*, 1588).

■ Les jansénistes ne croient pas que la grâce soit donnée à tous les hommes ; elle dépend de la pure miséricorde de Dieu. Les jésuites sont « molinistes » ; plus optimistes, ils promettent le salut à quiconque le mérite librement.

■ Sous l'influence de l'abbé de Saint-Cyran (1581-1643), le monastère de Port-Royal des Champs (près de Chevreuse, dans les Yvelines) se réforme et s'oriente vers une austérité nourrie de la rigueur janséniste. La réputation de sainteté exemplaire des religieuses, des mères Angélique et Agnès surtout, attire des âmes d'élite. Le couvent devient un centre spirituel. Des intellectuels chrétiens s'y retirent. On les appelle les « solitaires » ou les « messieurs de Port-Royal ». Tout près de l'abbaye, ils se consacrent à une vie de piété et de travail : philosophie, grammaire et philologie, pédagogie. Ils créent même une institution, les Petites Écoles. Racine y sera élève. Antoine Arnauld, dit le **Grand Arnauld** (1612-1694), Isaac Lemaistre de Saci (auteur d'une admirable traduction du Nouveau Testament et d'un très célèbre *Entretien sur Épictète et Montaigne* avec Pascal), Pierre Nicole, Claude Lancelot écrivent, entre 1645 et 1660, les premiers ouvrages modernes d'étymologie, tel le *Jardin des racines grecques*. Ils inventent les éditions bilingues de textes anciens, font découvrir les lois du langage, image de la pensée, au lieu de collecter des règles et des usages absurdes à apprendre par cœur (*Grammaire générale et raisonnée*; *Logique*).

Pascal• : un janséniste « engagé »

■ Issu d'une famille intellectuelle, fils d'Étienne Pascal, excellent mathématicien, Blaise Pascal (1623-1662) manifeste très tôt des dons exceptionnels. Malgré sa courte vie, il va s'intéresser à la science, à la philosophie et à la religion en laissant partout la trace de son génie. Élevé par son père, Pascal est d'emblée plongé dans des cercles savants. En 1640, il réinvente les lois d'Euclide (*Essai sur les coniques*), et il met au point, en 1642, la machine à calculer.

■ Les Pascal étaient chrétiens. Dès 1646, ils sont attirés par le jansénisme. La sœur de Blaise, Jacqueline, entre au couvent de Port-Royal en 1653. Pascal lui-même, un moment tenté par la vie mondaine, se convertit définitivement après une nuit de crise mystique (la « nuit du Mémorial », 1654). Dès lors, il s'engage dans la défense des jansénistes. Au moment même où il se rapproche d'eux, la querelle avec les jésuites s'envenime. Un prêtre zélé vient de refuser l'absolution au duc de Liancourt sous prétexte qu'il était « hérétique », c'est-à-dire janséniste. Antoine Arnauld réagit, mais est aussitôt condamné par la Sorbonne. À Port-Royal, on sent bien que le mémoire rédigé par Arnauld pour se défendre est pesant, abstrait. Pascal est sollicité ; il se lance dans la polémique en publiant, entre janvier 1656 et mars 1657, les dix-huit lettres dites *Provinciales*, sous le pseudonyme de Louis de Montalte. L'anonymat et la violence de ces pages assurèrent leur succès immédiat. Mais, à plus long terme, les *Provinciales* restent un modèle insurpassable de style : clarté, argumentation, ironie, éloquence persuasive, art de la controverse et du persiflage, etc.

■ *Les Provinciales* portent surtout sur le problème de la « casuistique », c'est-à-dire de l'étude des cas de conscience, ceux que le pêcheur doit discuter avec son confesseur ou son « directeur » spirituel. Les jésuites, d'après Pascal, abusent de la casuistique pour disculper leurs fidèles. Ils distribuent l'absolution des fautes graves, dès lors qu'elles sont provoquées par une bonne intention. Facile procédé pour être indulgent aux pires crimes, notamment le duel ou le crime d'État. Ainsi, dit Pascal, *un fils peut se réjouir de la mort de son père, pourvu que ce soit pour le bien qui lui en revient et non pas par une haine personnelle !*

Un chef-d'œuvre inachevé : les *Pensées*

■ À la mort de Pascal, sa famille collecta une multitude de notes et fragments ébauchés. La plupart de ces papiers était destinée à constituer une vaste apologie de la religion chrétienne, ambitieux projet consécutif, sans doute, au miracle de la sainte Épine (*cf.* tableau biographique). Le neveu de Pascal, Étienne Périer, qui assurera la première édition des *Pensées*, explique : *Comme l'on savait le dessein qu'avait M. Pascal de travailler sur la religion, l'on eut très grand soin, après sa mort, de recueillir tous les écrits qu'il avait faits sur cette matière. On les trouva tous ensemble enfilés en diverses liasses mais sans aucun ordre et sans aucune suite [...]. La première chose que l'on fit fut de les recopier tels qu'ils étaient et dans la même confusion qu'on les avait trouvés* (préface de 1670). Contrairement à cette impression, les mille feuillets, presque illisibles, rédigés par Pascal, obéissent à un classement. Les plus récentes éditions (Brunschvicg 1897, Lafuma 1951, Mesnard 1964, Le Guern 1977) ont essayé de suivre l'itinéraire suggéré par Pascal lui-même, en vingt-sept étapes. Mais les diverses copies ne concordent pas totalement et un certain nombre de manuscrits n'étaient pas classés. Malgré ces incertitudes, la progression générale de l'apologie se laisse clairement percevoir (*cf.* plan, p. 162) :

- Une anthropologie : étude de l'homme, de sa condition naturelle et sociale.
- L'insuffisance de l'homme sans Dieu ; la recherche du souverain bien.
- La solution offerte par la religion chrétienne ; son excellence et sa vérité.

■ Le schéma de la page 162 ne rend que confusément l'intérêt véritable des *Pensées*, sorte de revue vertigineuse des problèmes insolubles posés à l'intelligence humaine. Pascal insiste surtout sur l'incapacité propre à l'homme de comprendre son existence : mystère des origines, de l'infini temporel et spatial, de Dieu. Plongée dans l'ignorance et dans la « misère », il ne reste à la créature humaine qu'à se tourner vers Dieu et à espérer. Car, dans la réalité du monde, la

Classement pascalien des vingt-sept liasses		
Description de l'homme	1. Ordre	Préambule et remarques sur le plan retenu.
	2. Vanité	Les « puissances trompeuses » : imagination, coutume, amour-propre.
	3. Misère	Relativité des valeurs, fragilité du bonheur.
	4. Ennui	Solitude et angoisse humaines.
	5. Raison des effets	On ne discerne pas les causes de 2, 3 et 4.
	6. Grandeur	La conscience de notre misère est la seule grandeur.
	7. Contrariétés	L'homme est un être pétri de contradictions.
Des fausses solutions à la recherche de Dieu	8. Divertissement	Première fausse solution : s'agiter pour oublier.
	9. Philosophes	Deuxième fausse solution : la philosophie, partielle, divisée, vaine.
	10. Le souverain bien	Tous le cherchent, mais il est infini donc inaccessible à l'homme, être fini et impuissant.
	11. A.P.R.[1]	Transition : conférence faite à Port-Royal ; les contradictions humaines sont expliquées par la religion (péché et rédemption).
	12. Commencement	De la marche vers la foi : le doute ; le pari.
	13. Soumission et usage de la raison	Raisonner, réfléchir, percevoir ce qui nous dépasse.
	14. Excellence	De la route vers Dieu grâce à Jésus-Christ.
	15. Transition	De la connaissance de l'homme à celle de Dieu.
Preuves de la religion chrétienne	16. Fausseté des autres religions	Seul le christianisme assume les « contrariétés » de l'homme.
	17. Rendre la religion aimable	Universalité du message chrétien.
	18. Fondements	Dieu est caché mais parle par la Bible.
	19. La loi figurative	Savoir interpréter les Écritures saintes : la vérité y est cachée.
	20. Rabbinage	L'Ancien Testament annonce le christianisme.
	21. Perpétuité	La vérité chrétienne remonte aux origines.
	22. Preuves de Moïse	Son histoire et son témoignage sont authentiques.
	23. Preuves de Jésus-Christ	La révélation, la divinité de Jésus.
	24. Prophéties	L'Église annoncée par les prophètes :
	25. Figures particulières	l'Ancien Testament n'est compréhensible que s'il annonce Jésus.
	26. Morale chrétienne	Refus de la superstition ; appel à la conversion.
	27. Conclusion	Sainteté et promesses de cette conversion « par le cœur ».

1. À Port-Royal.

vérité nous échappe. Nous sommes trompés par nos sens (l'imagination, les apparences, l'habitude, etc.) et subissons la force de lois que rien ne justifie. De là notre besoin d'oublier, de nous détourner de la conscience par le divertissement (en latin *divertere* signifie « détourner »). Faute de saisir notre malheur d'exister, nous *mendions le tumulte* pour ne plus y penser.

De la satire sociale à la doctrine littéraire : Boileau

■ Né dans une famille de la bourgeoisie parlementaire, juriste lui-même, Nicolas Boileau-Despréaux (1636-1711) fait son apprentissage dans les exercices d'argumentation propres à son métier d'avocat. En 1657, grâce à un confortable héritage, il peut se consacrer à la littérature et se lancer dans les salons à la mode. Il s'inscrit d'abord dans la tradition moralisatrice et mondaine avec ses *Satires*. Ce genre s'attaque aux ridicules du monde, avec verve et esprit. Car Boileau, contrairement à sa réputation d'homme d'ordre, est un impulsif, prêt à toutes les polémiques. Ses *Satires* prennent parfois l'allure de véritable pamphlet ou de règlements de compte (contre le luxe du surintendant Fouquet, par exemple, ou contre Chapelain, mauvais auteur mais dispensateur des pensions royales).

■ Malgré sa vindicte, Boileau reste fondamentalement un moraliste, soucieux de montrer aux hommes les chemins de la vérité. Acquis aux idées jansénistes, il s'élève contre les jésuites, comme Pascal. C'est ainsi qu'il se tourne finalement vers une littérature doctrinaire. Richement pensionné par Louis XIV, il partage avec Racine la fonction d'historiographe royal à partir de 1677. Il est vrai que rien ne pouvait plaire davantage au roi que les efforts de Boileau pour normaliser l'écriture et en fixer des règles strictes. Les *Épitres*, le *Lutrin* et, surtout, l'*Art poétique* (1674) représentent pour nous à la fois l'idéal moral des classiques (la *parfaite raison*, l'universel, le respect de l'ordre, la foi, etc.) et leurs théories littéraires.

■ Les grands principes de Boileau reposent sur des valeurs « raisonnables » : imitation des modèles anciens, élaboration rigoureuse du texte par le travail et la technique, refus de toute extravagance (notamment précieuse et burlesque), etc. En réalité, Boileau défend des critères de beauté (le naturel, la vraisemblance, le bon goût) sans se rendre vraiment compte qu'il utilise des critères exclusivement intellectuels. Depuis la publication du *Discours de la Méthode* (1637) de Descartes, la recherche de la clarté, de la netteté et de l'évidence logique est au cœur de la philosophie. Boileau récupère ces réflexions pour en nourrir une esthétique. Ainsi annonce-t-il, en tant qu'idéologue, la critique littéraire moderne, bien plus soucieuse, toutefois, d'objectivité.

Le triomphe de la comédie : Molière•

L'essor de la comédie et la carrière de Molière

■ Dès le début du siècle, avec les comédies de Corneille, de Rotrou, de Mairet, de Scarron, la comédie réapparaît en France. Tout l'effort des dramaturges vise à transformer l'ancienne farce en un genre plus noble. La farce ne mettait que trois ou quatre protagonistes en scène et reposait surtout sur des situations stéréotypées, avec un comique de gestes (coups, bousculades) et de langage (jeux de mots obscènes, etc.). Dans les années 1650, les « doctes », les précieux et les gens d'Église semblent s'accorder pour récuser la farce. C'est Molière (1622-1673) qui récupère la drôlerie farcesque, tout en l'incluant dans une comédie plus soutenue, avec des personnages et des sujets moins caricaturaux. La veine farcesque de Molière ne se démentira pas, lui-même étant un comédien-clown irrésistible.

■ Jean-Baptiste Poquelin est le fils d'un tapissier aisé de la rue Saint-Honoré. Rien ne le prédisposait à devenir homme de théâtre. Après des études à Paris, il étudie le droit à Orléans et s'intéresse aux idées libertines, rencontrant Gassendi et Cyrano de Bergerac. En 1643, il franchit le pas et crée, avec les comédiens Béjart, l'*Illustre Théâtre*. L'affaire périclite vite et, fuyant ses créanciers, Molière part pour la province avec une troupe itinérante. C'est là, sur des tréteaux de fortune, qu'il expérimente les recettes de la farce, écrivant ses premières pièces, courtes et d'un gros comique, comme *La Jalousie du Barbouillé*. En 1658, il décide de venir tenter sa chance à Paris et finit par jouer devant la Cour. Mais lui qui rêvait d'être un grand acteur tragique réussit seulement à faire rire avec ses farces. Il lui faut accepter cette vocation comique. En 1661, il s'installe au théâtre du Palais-Royal et devient à la fois directeur de troupe, auteur, et principal interprète.

■ Peu à peu, Molière va se séparer de la farce. Il aborde ses grandes comédies. Les sujets en paraissent parfois assez graves, féroces pour les hypocrites. Les ennemis abondent. Le « sérieux » des comédies de Molière vient sans doute des conditions difficiles dans lesquelles elles voient le jour. Malgré le soutien du roi, Molière est attaqué. Sa femme, Armande Béjart, qui a vingt ans de moins que lui, le trompe. La maladie l'assaille. Les dernières pièces font alterner farces et sujets difficiles (comme dans *Le Misanthrope*). Il meurt sur scène en jouant *Le Malade imaginaire* (17 février 1673).

Des mascarades à la « grande comédie »

■ S'inspirant des Italiens et de la *commedia dell'arte*, Molière commence par des comédies en un ou trois actes. *Les Précieuses ridicules* (1659), par exemple, obéissent, en un acte, à un schéma très sommaire : la satire bouffonne des cercles précieux, fort caricaturés, grâce à une intrigue simple. Tout vise à mettre les rieurs de son côté. De même, *Sganarelle ou le Cocu magnifique* (1660) reprend l'éternel sujet du mari trompé (ou, ici, qui croit l'être), dont la jalousie maladroite provoque des quiproquos grotesques. *L'École des Maris* (1661), en revanche, marque une progression : la pièce est écrite en vers et occupe trois actes ; le sujet se complique : il s'agit de deux frères (Ariste et Sganarelle) qui, malgré leur âge avancé, veulent se faire aimer de deux jeunes sœurs dont ils sont les tuteurs, par des moyens opposés (la contrainte ou la liberté) ; on se doute qui réussira le mieux. Se trouve là en germe le thème de la première « grande comédie » de Molière, en cinq actes, *L'École des femmes* (1662), où l'on voit le vieux « barbon » Arnolphe enfermer une gamine au couvent pour l'épouser dès qu'elle sera en âge, sans qu'elle ait jamais vu un autre homme que lui. Ce sujet scabreux provoqua un scandale, source probable d'un succès considérable. Molière a trouvé sa vraie cible : la tyrannie dérisoire des « vieux », bigots, riches, maniaques, s'exerçant (en vain, finalement) contre la jeunesse, libre et sans masque.

■ Les facéties et les mascarades ont désormais dépassé les sketches ou les gags fondés sur des oppositions simples (vieux/jeunes ; gros/maigre ; jovial/triste) pour accabler les puissances abusives et odieuses. Les trois plus célèbres « grandes comédies » de Molière qui verront le jour par la suite (*Le Tartuffe, Don Juan* et *Le Misanthrope*) iront jusqu'au bout de cette dénonciation et lui vaudront beaucoup d'ennemis.

Festivités et divertissements royaux

■ En traquant les imposteurs, Molière s'élève, mais en vain, contre une société où la sincérité absolue reste une utopie. Alceste, le personnage principal du *Misanthrope* (1666), qui exige sincérité et authenticité, finit dans l'amertume et la solitude totale. Mais ce serait trahir Molière que de faire de lui un moraliste sinistre ou un janséniste. Il a conscience que la vie sociale est un jeu et qu'il faut prendre le parti d'en rire. Homme de théâtre, Molière voit le monde comme une comédie, où il faut rester lucide. Face à la tentation du désarroi, représentée par la trilogie *Le Tartuffe*, *Don Juan*, *Le Misanthrope*, il y a la joie et la fête. Grâce aux commandes royales, avec l'aide du musicien Lulli (1632-1687), Molière se détourne de sa « crise » sceptique et conçoit des « divertissements royaux », notamment des comédies-ballets.

■ La comédie-ballet intègre l'action théâtrale à un spectacle total, proche des comédies musicales modernes, comportant danse, chant, machineries, feux d'artifice, etc. Ce genre complet annonce l'opéra français qui va naître. On peut rattacher à cette veine *Les Fâcheux* (1661) ou *Monsieur de Pourceaugnac* (1669), avec leurs ballets bouffons. Mais ce sont *Le Bourgeois gentilhomme* (1670) et *Le Malade imaginaire* (1673) qui exploitent le mieux ces techniques spectaculaires. Enfin, à l'aide de décors somptueux et de machines, Molière donne aussi des comédies mythologiques, telle *Amphitryon* (1668). L'irréalité joyeuse et euphorique du théâtre trouve ici pleinement son expression.

Les malheurs des maniaques

■ Si on laisse de côté ce propos « festif » de Molière, une unité profonde apparaît, celle de ses personnages clés. Tous sont des originaux, des maniaques, des marginaux. Molière crée des types (l'avare, le tartuffe) mais, en dépit de divergences apparentes, tous ont en commun la démesure et l'égoïsme (symbolisés aussi par Don Juan). Obsédés par leur extravagance (devenir noble pour *Le Bourgeois Gentilhomme*, par exemple), ces personnages perdent toute lucidité (comme Argan, malade imaginaire) et connaissent tous, par là-même, l'échec (solitude, prison, ridicule, et même la mort, pour Don Juan).

■ Molière s'inscrit bien dans la tradition moraliste de son époque, qui condamne l'« amour-propre » (La Rochefoucauld) et les dénaturés (La Bruyère). Il voulait « châtier les mœurs par le rire », selon sa devise latine *castigat ridendo mores*, et il fait l'apologie du « juste milieu » : *la parfaite raison fuit toute extrémité / et veut que l'on soit sage avec sobriété*. Notons cependant que la comédie d'intrigue reposant forcément sur le conflit entre la norme et l'aberration (pas de comique sans exagération), il reste problématique de lire une idéologie précise dans le rire de Molière.

Sincérité et juste milieu

■ Toutefois, Molière a toujours donné la parole à la voix du bon sens dans ses pièces. Face aux marginaux et aux imposteurs, les modérés se font entendre, par la voix des serviteurs, des parents, des amis, des jeunes gens. C'est leur coalition qui détermine une fin heureuse (le mariage, par exemple). Ainsi, curieusement, le théâtre fait l'apologie de la vérité et de la sincérité. Il ne s'agit plus de corriger le monde (*Et c'est une folie à nulle autre seconde / De vouloir se mêler de corriger le monde*), ni de donner un modèle parfait (*À force de sagesse, on peut être blâmable*), mais de faire confiance à la nature humaine (le désir des jeunes gens, par exemple). Molière pense probablement que tout artifice excessif trahit le fragile équilibre du monde. C'est, à cet égard, un conservateur.

Le théâtre en sa plénitude

■ Malgré cette unité thématique et ce fond moral, le théâtre de Molière n'en offre pas moins une panoplie inépuisable de caractérisations et de situations. Si le sujet de base est constant (l'obstacle à un mariage « naturel » entre deux jeunes qui s'aiment), les caractères varient beaucoup (dévotion, avarice, maladie, etc.). Molière a le génie du pittoresque et il crée, pour chacun de ses personnages, un langage adapté (précieux, dévot, médical, pédant, ridicule, etc.). Il obtient ainsi, malgré la schématisation comique, une impression de complexité et de variété, parfaite imitation de la vérité humaine. On a pu parler de réalisme chez Molière, par ses études de mœurs comme par son goût pour le mélange des genres (si évident dans *Don Juan*). Modèle insurpassable, Molière a donné à la comédie une dimension et une richesse que tous ses successeurs chercheront vainement à égaler.

L'apogée de la tragédie : Racine•

La tragédie à l'état pur

■ La critique moderne a cherché à comprendre l'œuvre de Racine (1639-1699) en y voyant l'écho de sa vie personnelle. Orphelin tout enfant, il est confié aux « Petites Écoles » de Port-Royal où il reçoit une éducation janséniste, imprégnée des Anciens et austère, qui oriente sa vision tragique du monde. Il rompt ensuite avec ce milieu édifiant, pour conquérir, après le succès d'*Andromaque* (1667), la gloire et la protection du roi. Ingrat et ambitieux, Racine ne manque pas d'ennemis. Il doit affronter des cabales (celle de *Phèdre*, surtout). En 1677, il devient historiographe, puis « gentilhomme ordinaire » de Louis XIV. Dans les coulisses du pouvoir, il s'installe dans une vie désormais exemplaire, se réconcilie avec ses anciens maîtres jansénistes, se consacre à sa charge et renoue avec le théâtre pour des œuvres pieuses et éducatives (*Esther* et *Athalie*). Lutte contre le destin, empreinte janséniste, rapports humains conflictuels, volonté de puissance, histoires d'amour complexes : le rapport entre la vie et l'écriture semble étroit chez le « tendre et cruel Racine ».

■ Il faut cependant se méfier de ces rapprochements. Car la tragédie est avant tout une structure et un texte, obéissant à des règles ou, du moins, à une tradition. Non seulement la relation de l'homme au texte est mal connue ou discutée, mais la construction même de la tragédie ne permet guère de confidences personnelles, qui seraient d'ailleurs contraires à l'éthique dramatique du temps. De même, la scène reste étrangère à l'actualité politique, comme l'exige la vocation du genre tragique. Comprendre Racine, c'est comprendre ce qu'est une tragédie et comment il a pu donner à ce genre une forme pure et achevée. Bien loin de réduire le théâtre racinien à une suite de faits divers ou d'indices, il faut au contraire savoir que Racine a récusé l'humanisme optimiste et accommodant de Corneille, qu'il refuse les compromissions du romanesque. Il défie, consciemment, bien des modes et des goûts de son temps, pour renouer avec la véritable tradition tragique. Par exemple, au moment où le public se délecte d'opéras somptueux, avec ballets, machineries compliquées, costumes chamarrés et décors luxueux, Racine impose un lieu théâtral sobre et dénudé.

■ Autrement dit, la tragédie racinienne est faite de refus, que l'on peut schématiser ainsi :

• **1620-1635 : tragi-comédie baroque** (Alexandre Hardy, Théophile de Viau) :
— mélange des genres ;
— peu de règles fixes ;
— sujet non historique ;
— personnages de rangs divers ;
— traces de comique ;
— dénouement plutôt malheureux.

• **1635-1660 : la tragédie héroïque** (Corneille, Rotrou) :
— les règles des unités s'imposent lentement : simplicité du lieu, concentration de l'action dans un temps limité ;
— sujets historiques provoquant l'admiration ;

– personnages héroïques, « grands cœurs » (vertu, orgueil, générosité, défi), partagés entre leurs désirs et leur devoir ;
– dans le dénouement, le héros n'est pas forcément écrasé par le destin.

• **1660-1680 : la tragédie racinienne et les refus de Racine :**
– pas de romanesque et de galanteries : un amour absolu, cruel, funeste ;
– pas d'extraordinaire, de complexité, d'incroyable : vérité humaine, simplicité ;
– pas de compromis avec les règles : les trois unités ;
– pas d'admiration, mais de la terreur et de la compassion ;
– pas de liberté véritable : un destin inexorable, l'écrasement du héros.

Les divers registres de l'émotion théâtrale

■ Contrairement à la comédie, aux contours assez souples, le spectacle du théâtre tragique repose sur un système dramatique précis. Pendant cinq actes en vers, un personnel de princes et de rois fait son malheur et l'exprime en une série de discours réglés. La dramaturgie impose un déroulement préétabli : une exposition, l'action qui se noue et se révèle inextricable, une péripétie qui change la face des choses, une « catastrophe » (l'événement funeste et décisif qui dénoue ou conclut) et un dénouement. *Ce n'est pas à moi de changer les règles du théâtre*, dit Racine dans la préface d'*Andromaque*. À l'intérieur de cette structure, l'auteur utilise les « catégories » esthétiques définies par Aristote (384-322 av. J.-C.) : le dramatique (le personnage se débat, lutte pour modifier l'issue de la pièce, il se croit libre et le spectateur adhère passagèrement à cette fiction) ; le pathétique (le personnage est écrasé par le malheur, le destin, et l'exprime par la plainte mélodieuse du ton élégiaque) ; l'épique (grandeur exaltante ou désolante d'actions héroïques, d'événements liés à l'histoire ou aux mythologies d'un peuple, la guerre de Troie, par exemple) ; enfin, le tragique proprement dit (l'obstacle est le plus fort, le personnage ne peut rien sur l'action qui progresse inexorablement).

■ Telle est la doctrine. La singularité de chaque pièce repose sur la combinaison de ces divers registres, en particulier sur la relation fondamentale qui unit ou oppose dramatique et tragique. L'action du héros, pris dans le drame où il révèle sa psychologie, vient buter contre la fatalité avant de faire faillite. Mais le génie de Racine vient de ce qu'il a su exploiter, dans leur infinie variété, les possibilités pratiques et les vertus créatrices de ces vieux principes. Il ne s'enlise pas dans la théorie et ne respecte les règles que par souci d'éviter une dispersion de l'attention du spectateur qui y est habitué. Il ne s'agit pas de s'enfermer dans des conventions quadrillant une absurde cérémonie. La dramaturgie classique repose simplement sur une technique admise par tous, et, partant de ce dénominateur commun, l'auteur peut essayer diverses variations. À l'unité lisse et sans violence de *Bérénice* succède le harem tumultueux et sanglant de *Bajazet*. À la fidélité d'épouse et à la tendresse maternelle incarnées par Andromaque répond le désir d'adultère et d'« inceste » de Phèdre. À l'univers d'appétits, de calculs, d'instincts, de monstruosité de *Britannicus* s'opposent générosité, sens du sacrifice et du devoir, dans *Iphigénie*.

■ Le véritable intérêt de Racine est dans cette souplesse, qu'il revendique au nom d'un principe supérieur : plaire et toucher. La lecture des préfaces de ses principales pièces montre qu'il répond au coup par coup aux critiques, en mettant au premier plan de ses préoccupations des exigences tour à tour contradictoires.

La machine infernale

■ La tragédie insiste sur le piège où la créature est enfermée. Le héros principal subit l'effet d'une fatalité ou se trouve dans une situation inextricable. Le système est donc simple; puisqu'il n'y a pas d'issue possible (autre que la pire), les passions se débattent, et se heurtent vainement. La conclusion étant connue d'avance, toute l'attention se concentre sur la progression logique de l'action, réduite à quelques péripéties ou « coups de théâtre » qui raniment chez les personnages l'illusion de pouvoir s'en sortir.

■ C'est le personnage le plus dépendant qui donne son nom à la pièce (Andromaque, captive ; Bérénice, vassale ; Bajazet, prisonnier du sérail ; Iphigénie, promise au sacrifice). La tragédie s'incarne dans un être vivant, condamné au malheur. L'action suit toujours le même schéma :

exposition →	nœud →	péripétie →	«catastrophe»→	dénouement
(les éléments de la situation)	(paroxysme de l'action qui provoquera les «catastrophes»)	(retournements et vains efforts)	(événement funeste et imprévu qui dénoue ou conclut)	(échec et mort du héros : la passion s'est défoulée et a provoqué le malheur)

Ah ! ne puis-je savoir si j'aime ou si je hais ?

■ Comme toujours, c'est d'amour qu'il est question. Mais ici il domine, en tyran. Alors que, chez Corneille, le personnage pouvait subir l'influence de la famille, de la patrie, de l'honneur, chez Racine tout se ramène à une seule force : aimer. Mais cet amour est très particulier. Il est égoïste : il vise la possession de l'objet à n'importe quel prix (calomnie, chantage, mise en esclavage, etc.). Il est ravageur : plutôt la mort ou le meurtre de n'importe qui, si c'est utile. Il est même ennemi de lui-même : il semble honteux, conscient de son excès, cherchant à tout noyer dans le désastre général. La nouveauté de Racine réside dans sa façon de concevoir l'amour comme un instinct incapable de retrouver un sens des valeurs, comme une impulsion brute. Cette vision pessimiste influence la pensée des moralistes contemporains de Racine :

- *Il n'y a point de passion où l'amour de soi-même règne si puissamment que dans l'amour* (272).
- *Si l'on juge de l'amour par la plupart de ses effets, il ressemble plus à la haine qu'à l'amitié* (72).
- *La plus juste comparaison que l'on puisse faire de l'amour, c'est celle de la fièvre : nous n'avons non plus de pouvoir sur l'un que sur l'autre, soit pour la violence, soit pour la durée* (638).
- *L'on veut faire tout le bonheur, ou si cela ne se peut ainsi, tout le malheur de ce qu'on aime* (39).

La Rochefoucauld, *Maximes*, 1664.

■ La tragédie exige donc que l'amour soit impossible. En butant contre l'obstacle, la passion bouillonne et tempête. Exacerbée par la jalousie, son principal moteur, elle devient furieuse, tyrannique, injuste, prête aux pires horreurs. Car l'amour n'est pas partagé ou, s'il l'est, c'est en dépit d'une interdiction ou d'une incompatibilité radicale. Certains critiques en concluent que l'amour chez Racine est « œdipien », qu'il s'attache exclusivement à une personne qui ne peut lui appartenir qu'au prix du crime ou de l'inceste. Voilà pourquoi il se manifeste surtout dans l'affrontement du père et du fils.

Le fond moral et religieux

■ Même s'il n'est pas décent, selon les règles classiques, de mêler l'actualité et le théâtre, il est évident que la tragédie racinienne reflète indirectement des débats de morale et de religion propres à l'époque. L'honneur et la grandeur cornéliennes ont cédé la place au pessimisme. Le héros racinien est sombre et abattu. Sur scène, on ne cesse de menacer, diffamer, humilier, jalouser, mettre à mort. Mais, dans le même temps, on essaie de sauver les apparences ; le conflit est verbal, sournois. Il n'est pas difficile de traduire en termes sociologiques une telle vision des rapports humains et d'y voir un reflet de la société mondaine ou de la Cour au XVIIe siècle. De même, sur le plan des idées religieuses, la tragédie racinienne présente des dieux cruels et impitoyables, s'acharnant contre la créature pour d'obscures raisons, sans qu'elle puisse rien pour son salut. La tentation est forte de rattacher ce thème à la pensée janséniste dans laquelle Racine a été élevé et à laquelle il reviendra à la fin de sa vie.

■ On voit que les « trois morales » possibles au XVIIe siècle (exaltation héroïque ; constat chrétien du néant de la créature ; juste milieu de « l'honnêteté » mondaine) se confrontent au carrefour de la tragédie racinienne. Les passions réputées les plus grandes s'y expriment sous un jour à la fois sordide et convenable. Toute une société en pleine mutation morale, passant de la vieille chevalerie à l'incertitude et au pragmatisme, se reflète en Racine.

La poésie racinienne

■ Le génie du dramaturge tragique repose sur une conciliation difficile : comment formuler les passions extrêmes, comment rendre supportable pour le spectateur de telles horreurs ? Le style de Racine procède de l'« euphémisation » (l'art de dire agréablement) ; il change l'abomination en parole touchante, émue, délicate. D'où une écriture nette, lisse, claire, où alternent l'élégie (la mélodie des cœurs blessés) et la poésie pure (harmonie des sons, richesse des images, rythmes, etc.). La langue tragique a recours à des périphrases, des allusions, des métaphores qui servent d'artifice pour voiler les pulsions. Un critique, Léo Spitzer, dans ses *Études de style* (1970), parle d'effet de *sourdine*.

■ Si Racine est soucieux de ménager la parole et sa beauté, c'est qu'elles tiennent toute la tragédie. Il n'est pas imaginable de montrer sur scène des passages à l'acte, consécutifs à la violence des sentiments mis en jeu. Non seulement la bienséance l'interdit, mais le spectacle dégénèrerait en grand guignol. Les choses se passent dans la coulisse, c'est là qu'on assassine ou que le merveilleux intervient. Autrement dit, la tragédie est *un échec qui se parle* (Barthes) et les mots sont tout le moyen du drame. L'action et la crise se réduisent à des paroles échangées.

■ Enfin, la langue racinienne crée la « distance » tragique. Les héros sont distants (rois, princes, héros mythologiques) et le langage contribue à illustrer leur statut social ; il crée un décorum. On utilise le mot noble (*coursiers* pour *chevaux*, *poudre* pour *poussière*) ; on a recours au pluriel poétique (*vos fureurs, mes alarmes, vos courroux*) ; on personnifie les abstraits (*une fierté qui craint d'être importune*) ; on place l'adjectif avant le nom (*amoureuses lois*) et l'on choisit un adjectif d'appréciation morale à côté de sentiments forts (*juste terreur, juste fureur*) ; on allie des mots qui devraient s'opposer (oxymore) pour styliser l'expression affective (*tranquille fureur, funeste plaisir*, etc.). Cette grandeur a son revers, car la convention littéraire n'empêche nullement la cruauté des êtres. Ainsi le spectateur ressent-il un décalage entre l'esthétique du langage et la nature des hommes. L'ironie tragique et le pessimisme y trouvent un aliment : on a beau parler comme un héros ou un roi, on n'en reste pas moins un pauvre homme égaré et misérable.

Humour, esprit critique et art mondain

L'essor des « genres mondains »

■ Depuis la préciosité, la littérature n'est pas dédaignée par les aristocrates : ducs (La Rochefoucauld, Saint-Simon), cardinaux et grands princes de l'Église (Retz, Bossuet, Fénelon), femmes de haute noblesse (la marquise de Sévigné ou la comtesse de Lafayette), etc. Leur œuvre est conditionnée par leur milieu (ils souhaitent plaire aux gens de leur monde) et par leur mode de relation (lettres ; « esprit de salon » : aphorismes, bons mots, portraits, dialogues, maximes). De même, ils affectent d'écrire pour le seul divertissement, d'où le privilège de l'humour ou de l'esprit critique, toujours présents, même dans des genres plus élaborés comme la fable ou le conte. Ils ne recherchent pas l'originalité à tout prix, mais cultivent volontiers une certaine nonchalance, si bien que cette littérature exprime surtout un art de vivre. Aussi parle-t-on de « genres mondains ».

■ Voici que se multiplient les salons : chronologiquement, ceux de Mlle de Scudéry, de la libertine Ninon de Lenclos, de Françoise d'Aubigné (épouse de Scarron et future Mme de Maintenon), de Mme de Lafayette. Ces cercles obligent à s'interroger sur la façon de se comporter en société ; d'où la littérature morale et les portraitistes. La vie mondaine préconise aussi l'effacement du *je* ; une recherche de formes à la fois plaisantes et impersonnelles (en apparence) en découle (maximes, etc.). Enfin, le *je* reprend ses droits lorsqu'on est à distance ; et la lettre devient l'échange mondain par excellence.

La lettre et Mme de Sévigné

■ Le grand plaisir mondain est l'art de communiquer, de converser. La littérature épistolaire prolonge, en l'élaborant, ce type d'échange, d'abord innocemment, pour des raisons privées, avec l'idée d'une publication possible. Après le courrier de gens comme Guez de Balzac, de Retz, de Mme de Sablé (intime de La Rochefoucauld), de la marquise de Villars ou de Mme de Maintenon, viendront des lettres fictives. Voiture ou Cyrano de Bergerac écrivent déjà pour des destinataires imaginaires. C'est un genre véritable qui va naître à la fin du siècle. Il prendra un essor considérable au XVIIIe siècle dans le roman par lettres.

■ La plus touchante des correspondances privées est celle de Marie de Rabutin-Chantal, marquise de Sévigné (1626-1696). Née dans l'aristocratie bourguignonne, elle perd à vingt-six ans son mari, époux infidèle et querelleur, tué dans un duel. Elle se consacre alors à l'éducation de ses enfants, Françoise-Marguerite et Charles. Comme La Fontaine et Corneille, elle est une proche de Fouquet ; elle est en relation avec les grands noms de la littérature et de la politique de son temps. À Paris, elle fréquente les salons précieux, mais elle séjourne aussi en Bretagne, dans son château des Rochers, près de Vitré.

■ Quand sa fille quitte Paris après avoir épousé le comte de Grignan, gouverneur de Provence, Mme de Sévigné entame avec elle une correspondance suivie. Ces lettres tiennent à la fois du reportage (les événements de la Cour, les faits divers) et de la confession. Car, à côté du pittoresque, Mme de Sévigné laisse toujours percevoir sa douleur d'être séparée de sa fille, passionnément aimée ; d'où une analyse très fine de la solitude, du souvenir, de l'attente, de l'inquiétude. Mais cette humeur nostalgique est compensée par son *heureux tempérament* et son *fonds de santé admirable* qui lui font tout aimer tout de la vie (le paysage, la cuisine, les « galanteries », la mode, la chasse). Ainsi partagée entre émotion et goût du bonheur, elle peut jouer sur des contrastes et varier sans cesse son expression (portraits, récits, dialogues, descriptions). De telles richesses font de la lettre un continuel exercice de style, souvent brillant, toujours saisissant.

La fable et La Fontaine*

■ Le Grec Ésope (VIe siècle av. J.-C.) et le fabuliste latin Phèdre (Ier siècle ap. J.-C.) étaient abondamment traduits au XVIIe siècle. La fable se réduisait chez eux à une brève anecdote, rédigée avec une concision abrupte et austère. C'est La

Fontaine qui va ressusciter ce genre, en l'étoffant et en l'animant, pour qu'il prenne l'allure d'une petite comédie. La conclusion (une leçon de morale) donne l'impression que la fable est écrite pour des enfants (les premiers livres des *Fables* sont dédiés au fils et au petit-fils de Louis XIV), mais cette intention édifiante suppose souvent une connivence d'adultes, comme on le voit dans les *Contes*, volontiers licencieux.

■ Né en Champagne, Jean de La Fontaine (1621-1695) achète en 1652 une charge de maître des eaux et forêts, tout en ne rêvant que d'écrire. Protégé par Fouquet, il connaît rapidement le succès avec ses *Contes* (1665) et ses *Fables* (1668). Reçu dans tous les salons littéraires, ami de La Rochefoucauld, de Perrault, de Racine, de Boileau, il entre à l'Académie en 1684. Bien qu'il soit surtout connu par ses fables, La Fontaine est un génie « touche-à-tout ». Aucun genre littéraire ne lui est étranger : poésies, contes, farces, comédies, opéras, lettres, œuvres religieuses, et même un pamphlet contre Lulli. Mais cette variété prodigieuse signale un tempérament un peu désinvolte et inconstant. Vrai mondain, malgré son humeur de dilettante campagnard, La Fontaine aime l'entretien et les divertissements raffinés.

■ Les recueils des *Fables* illustrent la même versatilité. L'enchaînement des textes semble assez labyrinthique, malgré les commentateurs modernes qui proposent des logiques souterraines et arborescentes. Cette architecture déconcertante invite le lecteur à une lecture très libre, au gré de la fantaisie. Le badinage mondain exclut la directivité. Car la fable doit rester gaie et désinvolte. Bien sûr, l'humour est un trompe-l'œil qui permet à l'auteur de séduire pour instruire, mais cette stratégie reste discrète. Car la morale des *Fables* n'a rien d'original. Ici, le style est tout, et le charme d'une fable repose sur un art d'écrire inimitable, vivant, ironique, drôle.

■ Le narrateur est donc discret, laissant la place à une *ample comédie à cent actes divers* (V, 1) où des animaux miment la condition humaine, guidée par la « vanité » et par « l'envie ». Le conseil final est simple : *Apprendre à se connaître est le premier des soins* (XII, 27). Autant dire que La Fontaine participe à la morale de l'honnête homme, cet art de vivre où tout excès est interdit, mais où il faut savoir jouir du plaisir quand il passe.

Le conte et Perrault

■ Issu d'une puissante famille bourgeoise, Charles Perrault (1628-1703) a occupé des fonctions considérables. Proche de Colbert, il était contrôleur général de la surintendance des Bâtiments, et exerça, par cette fonction, une influence sur les commandes architecturales et sur la vie culturelle du royaume. Après la disgrâce de Colbert, Perrault écrit *Le Siècle de Louis le Grand* (1687), apologie du présent, ce qui le place résolument dans le camp des Modernes.

■ Perrault passa les dix dernières années de sa vie à rédiger ses *Contes*. Ce choix est une option de « moderne ». Genre littéraire réputé mineur, nourri de culture populaire, ennemi de l'éloquence, le conte est un retour au plaisir narratif, simple et bref. Mais il s'agit en fait d'adaptations élaborées. Perrault instaure une complicité avec son lecteur – adulte, aristocrate, proche de la Cour – en ironisant sur les crédulités populaires. Le conte est donc, malgré les apparences, un genre mondain, car il suppose une connivence entre lettrés, même s'il s'adresse en principe à des enfants. Ce clin d'œil, propice à des sous-entendus parfois fort libres, est annonciateur des contes chers aux philosophes du XVIIIᵉ siècle : la naïveté n'a rien d'innocent.

Le retour du tragique : la nouvelle et le roman

Chroniques du malheur

■ Dans les dernières années du siècle, après 1670, le genre romanesque connaît une mutation. Les romans-fleuves de l'âge baroque, nourris d'héroïsme, ne correspondent plus à la réalité sociale. La noblesse, domestiquée par Louis XIV, réduite à l'inaction, ne peut plus se réclamer des idéaux énergiques d'autrefois. De même, le goût évolue, sous l'influence de la tragédie racinienne, de la littérature religieuse et des moralistes.

■ Ce changement se révèle d'abord par un repliement. Au lieu de multiplier les pages, les intrigues et les lieux, on se concentre sur la chronique d'un cœur solitaire. Il ne s'agit plus de susciter l'admiration mais la sympathie. En s'écoutant, le roman se réduit à une narration simple et à une action linéaire, comme dans la tragédie. Le sujet reste l'amour, bien sûr, mais on ne le décrit plus comme une des formes de la noblesse généreuse et promise au bonheur. Cette vue extravertie et confiante cède la place à la désillusion. Plus d'effusions, mais une passion pénible, incertaine et destructrice. L'amoureux connaît moins l'euphorie que la dégradation. Les titres parlent d'eux-mêmes : *Les Désordres de l'amour* (1675), *La Maladie de l'amour* (1677), *La Mort de deux amants morts d'amour*

(1678), *Les Moyens de se guérir de l'amour* (1681), *Les Malheurs de l'amour* (1687), *Les Égarements des passions* (1697), etc.

■ Autre modification, la toile de fond historique. L'aristocratie réagit à la crise qu'elle traverse en se tournant vers un passé proche et prestigieux dont elle garde la nostalgie. Cette mode « rétro » fait disparaître les époques lointaines ou mythiques. Le dépaysement favorise encore une poésie, un regret, une rêverie, mais on ne s'y égare pas totalement. Par exemple, la cour d'Henri II, dans *La Princesse de Clèves*, fait penser à celle de Louis XIV.

■ Abrégé, situé, le roman change de nom. Les années 1660 sont l'âge d'or de **la nouvelle historique et galante**. Le terme « nouvelle » implique une narration assez concentrée et une tendance au réalisme, mais ce cadre reste très souple et très libre.

Un monologue passionnel : les *Lettres portugaises*

■ Forme évidente de cette concentration, la vogue du roman par lettres. La confidence écrite exclut d'emblée les lieux, les décors et les anecdotes secondaires. Le personnage-locuteur (ou « scripteur »), comme au théâtre, s'exprime pour s'analyser. Ainsi la lettre semble un contre-roman, et son intérêt est d'autant plus fort qu'elle peut passer pour authentique. Les *Lettres portugaises* ont réussi jusqu'à nos jours à faire croire à une histoire vécue, trahie par des documents originaux. Et bien des lecteurs ne semblent pas admettre que ce soliloque passionné puisse être une œuvre de fiction, malgré l'avis des spécialistes ! On peut du moins supposer que l'auteur, Gabriel-Joseph de La Vergne, comte de Guilleragues (1628-1685), s'est inspiré d'une aventure réelle entre un certain chevalier de Chamilly et une religieuse, Mariana Alcoforado.

■ L'hésitation du lecteur face à ce texte au statut ambigu est entretenue par un curieux mélange d'instinct, d'impulsivité — Mariane est seule face à sa passion qui la travaille —, et de rigueur — la composition semble calculée et l'élaboration poétique très consciente. Chaos du cœur déchiré, métamorphosé par la beauté lyrique de la plainte ; on pense évidemment à Racine, ami de Guilleragues. De fait, les cinq lettres peuvent rappeler le plan d'une tragédie. La première, après la séparation, est pleine de douleur et de révolte, mais conserve l'espoir que l'amant reviendra. La deuxième, six mois plus tard, devient plus amère : le doute et la jalousie rongent l'amante solitaire. La troisième sombre dans le désespoir et le sentiment d'abandon : le désir de mort affleure partout. La quatrième semble reprendre vie : questions, reproches, souvenirs et promesses retrouvent un ton de tendresse et de ferveur. La chute de la cinquième lettre en est d'autant plus nette :

au bout du remords, de la honte et du malheur, Mariane atteint au renoncement, en une pathétique rupture.

Cruauté et bienséances : *La Princesse de Clèves*

■ Parue anonymement en 1678, *La Princesse de Clèves* ne constitue qu'une petite partie de l'œuvre de Mme de Lafayette•[1] (1634-1693), mais sa publication fit aussitôt l'effet d'un événement. Ce succès fut alimenté par des controverses littéraires sur le sujet du roman, sur sa morale et sur sa vraisemblance. Après tant d'ouvrages abondants et médiocres, ce chef-d'œuvre s'imposait à tous, tout en étant discuté. Aujourd'hui encore, la critique littéraire est divisée : a-t-on affaire à une narration toute classique où l'esprit s'affranchit du corps et où l'idée commande, ou bien à une histoire sensuelle, traversée de symboles furtifs et ambigus ? Cette équivoque constitue tout l'intérêt d'un roman qu'un critique (Alain Niderst) nomme *paradoxal*.

■ L'histoire est simple. Dans les années 1550, la cour d'Henri II n'a d'yeux que pour le duc de Nemours qui va partir pour l'Angleterre épouser la reine Elisabeth. Mais, à l'occasion d'une fête, le duc de Nemours rencontre, ébloui, une jeune fille d'une rare beauté, Mlle de Chartres, devenue depuis peu, par son mariage, princesse de Clèves. Fidèle, la princesse devient pourtant amoureuse du duc de Nemours, sentiment qu'elle découvre en ressentant les affres de la jalousie. Elle décide donc de se retirer à la campagne et d'avouer cette passion inassouvie à son époux, qui en meurt. Veuve et libre, la princesse de Clèves ne cessera pas d'aimer le duc de Nemours, mais se refusera pour toujours à lui.

■ L'aveu et la séparation définitive parurent absurdes. Mais le sujet du roman est ailleurs que dans l'anecdote elle-même. Dans une Cour où chacun se guette, les personnages sont réduits à suspecter tout le monde, à percer les desseins d'autrui, à se contenir et à s'isoler pour s'analyser. La subjectivité devient envahissante et le roman est avant tout psychologique. La profusion baroque est endiguée au profit de l'intensité. La réalité se cristallise en quelques scènes d'un instant : un regard qu'on croise, un portrait qu'on dérobe, un amoureux qui guette dans la nuit, un geste ou un faux pas qui trahissent un trouble. L'amour est vécu comme une série de courts moments craints et désirés à la fois. Cette attirance-répulsion exprime une conception tragique de la passion, mais elle donne également au roman sa poésie ; l'écriture imite les rythmes du cœur ou les entrelacs des arguties amoureuses : la langue de Mme de Lafayette s'adapte idéalement à cet univers de ravages en douceur et d'introspection.

1. Son nom est très souvent écrit en deux mots, mais à tort : elle-même l'écrivait toujours en un seul.

Vers le roman noir

■ Si *La Princesse de Clèves* a pour toile de fond une période historique précise, c'est pour donner une impression de relation authentique. L'anonymat des *Lettres portugaises* vise au même effet. Le pessimisme, formulé par une relation de type historique, devient plus accablant puisqu'il reçoit la caution de la vérité événementielle. D'où la multiplication des romans et nouvelles prenant l'histoire pour cadre.

■ L'œuvre noire de l'abbé **Saint-Réal** (1629-1692) montre cette inspiration moraliste où les grands mécanismes de l'histoire aident à mieux faire apparaître les vanités, les ambitions et les conflits d'une nature humaine insatisfaite ou malsaine. *Savoir l'histoire, c'est connaître les hommes qui en fournissent la matière, c'est juger des hommes sainement. Étudier l'histoire, c'est étudier les motifs, les opinions et les passions des hommes, pour en connaître tous les ressorts, les tours et les détours, enfin toutes les illusions qu'elles savent faire aux esprits et les surprises qu'elles font aux cœurs* (*De l'usage de l'histoire*).

■ *Dom Carlos* raconte, en se fondant sur des sources minutieuses, l'amour du fils unique du roi d'Espagne Philippe II et de sa jeune belle-mère, Elisabeth de France. Promis l'un à l'autre, les deux jeunes gens ont commencé à s'aimer jusqu'au moment où le roi, devenu veuf, se remarie avec celle qui était destinée à son fils. Sans cesse guettés dans l'atmosphère étouffante d'une Cour traversée d'intrigues et de conspirations, la reine et l'infant s'aiment et se fuient, espérant la mort du Père. Dom Carlos, impliqué dans l'affaire de la révolte des Pays-Bas contre l'Espagne, sera contraint à se suicider, avant que la reine soit à son tour empoisonnée.

■ Saint-Réal veut se présenter comme un biographe objectif et savant. Son roman cite ses références sous forme de notes, et s'interdit tout épanchement. Sobre, bref, désabusé, le ton est suggestif et tranchant. L'intrigue tragique, mêlée à ce style glacial et détaché, tourne à l'ironie. Ces Grands, ces rois et ces princes semblent mesquins, méchants, affolés, réduits à une normalité désespérante. Cette lucidité désenchantée permettra à Stendhal de désigner Saint-Réal comme le premier romancier moderne pour qui *un roman, c'est un miroir qu'on promène au long d'un chemin.*

L'aube des Lumières

Un débat révélateur : la Querelle des Anciens et des Modernes

■ Entre la révocation de l'édit de Nantes (1685) et la mort de Louis XIV (1715), les tensions sociales et intellectuelles semblent se réveiller. Le roi, qui a beaucoup dépensé, manque d'argent, et le poids de l'impôt devient insupportable au petit peuple qui subit même la famine en 1693 et 1709. La guerre de la Ligue d'Augsbourg (1688-1697) et celle de la succession d'Espagne sont l'occasion de terribles revers militaires. Un homme comme Fénelon n'hésite pas à dénoncer ces ruineux conflits. Dans le même temps, un nouvel esprit, plus critique, apparaît. Le *Dictionnaire* de Bayle va résumer cette évolution : on s'intéresse aux ouvrages de religion, d'histoire, de droit, on se passionne pour la science, les voyages, l'actualité. L'influence du cartésianisme est de plus en plus déterminante. La méthode rationnelle permet une forme de persiflage anti-religieux mais surtout elle défend un goût des idées claires et distinctes. Une nouvelle conception esthétique va s'en dégager. Le Moderne renonce à imiter sans cesse les modèles antiques (latins et grecs, surtout), car il aspire à inventer à son tour avec la langue et les vérités de son temps. Vaste courant, dont les germes remontent à la Renaissance, réactivée par le cartésianisme, précurseur immédiat de l'esprit philosophique du XVIIIe siècle, le « modernisme » pense qu'à de nouvelles connaissances doivent correspondre un nouvel art et une adhésion au progrès.

■ Les deux factions en présence ne peuvent pas se cerner facilement. Les auteurs se sont situés dans le débat autant pour des raisons de personnes que par véritable idéologie. Cependant on trouve du côté des Anciens l'aristocratie et la haute magistrature (Condé, Conti, Lamoignon), ainsi que la bourgeoisie de privilèges que l'évolution de la société française peut mettre en péril. Les Modernes, au contraire, autour de Fontenelle et dans les salons parisiens où se perpétue l'esprit libre et brillant des précieux, soutiennent la politique « éclairée », celle qui s'efforce d'accroître la puissance de l'État par la technique, la science, et dont Voltaire fera l'éloge dans le *Siècle de Louis XIV*. Un « moderne » comme Charles Perrault, proche collaborateur de Colbert, chargé de la propagande culturelle du régime, et qui succède à Chapelain comme dispensateur de protections et pensions, est l'image même du haut fonctionnaire qui veut promouvoir un État moderne et pour qui la monarchie absolue permet tous les progrès. Il serait donc faux de confondre les Modernes avec les opposants au régime ou les irréligieux.

Anciens	Modernes
Boileau Lamoignon Racine La Fontaine Bossuet La Bruyère Fénelon les « doctes » (érudits, hellénistes, etc.)	Perrault Fontenelle Corneille Benserade Saint-Évremond Donneau de Visé Houdart de La Motte les « dilettantes », amateurs d'une littérature de divertissement la presse (*Le Mercure galant*)

■ Trois exemples de débats :

• Pour ou contre une épopée moderne utilisant le merveilleux chrétien ?
Voulant renouveler les grandes épopées antiques (Homère et Virgile), les Modernes défendent des épopées écrites en français et exaltant l'histoire ou la chrétienté : *Clovis* de Desmarets de Saint-Sorlin (1657 et 1673) ; *Charlemagne* de Louis Le Laboureur (1664). Boileau proteste vivement dans son *Art poétique* (1674).

• Pour ou contre des inscriptions en français sur les monuments ?
En 1670, une controverse s'élève à propos d'un arc de triomphe à la gloire du roi. Faut-il y graver l'inscription en latin, selon l'usage, ou en français ? L'université, les jésuites, les « doctes » se prononcent pour le latin. Charles Perrault, homme de confiance de Colbert, convainc l'Académie d'opter pour le français.

• Pour ou contre l'adaptation d'Homère en français ?
Cible favorite des Modernes, Homère sera au centre du débat dans les dernières années du règne de Louis XIV. Houdart de La Motte rédige une adaptation de l'*Iliade* en vers français. Peu féru de grec, il s'était inspiré d'une traduction d'une savante helléniste, Mme Dacier. Furieuse, elle réplique par un ouvrage érudit et injurieux, *Les Causes de la corruption du goût* (1714), bientôt suivi d'un *Homère défendu* (1716). Le débat fut très animé. Mais la « querelle homérique » est déjà dépassée. Le public, qui s'élargit très vite dans cette période, a déjà opté pour le français.

Un prophète malgré lui : La Bruyère*

■ Quand paraît la première édition des *Caractères*, en 1688, Louis XIV est au faîte de son règne. Il a cinquante ans, s'est remarié secrètement avec la dévote Mme de Maintenon. Malgré les injustices criantes du règne, les valeurs conservatrices ont le dessus. Les meilleurs écrivains chantent les prestiges de la monarchie et de l'ordre : *tout prospère dans une monarchie où l'on confond les intérêts de l'État et ceux du Prince*, écrit La Bruyère (X, 26). Mais les intelligences ne sont pas sourdes ni aveugles. On s'indigne des bassesses et des travers de l'époque. Les écrivains défendent l'ordre politique d'un monde dont ils sont mécontents sur le plan de la morale et, ne pouvant attenter au régime, ils font le procès des individus.

■ Ce comportement complexe semble bien celui de La Bruyère. Proche de Bossuet, employé par le Grand Condé, protégé par le roi, il affirme écrire pour conduire l'homme à Dieu et pour défendre le régime qu'il sert. Par exemple, il croit l'inégalité naturelle, indispensable, voulue par Dieu. C'est pour voler au secours des Grands et de la « vraie noblesse » qu'il accable les faux nobles, les parvenus. Il hait les « esprits forts » — comme Fontenelle ou Bayle — qui parlent de progrès. Mais en même temps ce conservateur est un penseur négatif et pessimiste. Il voudrait des rapports humains plus généreux. Il est scandalisé par la misère. Il dénonce les hypocrites et les ridicules. Il fait le procès de la guerre et de la torture. La comédie humaine l'amuse et l'inquiète. Il en répercute surtout la « férocité », les incessantes querelles d'intérêt, les appétits jaloux. Il laisse entendre que les malheurs du monde sont plus que des « bavures » de l'ordre social, que d'autres mœurs sont possibles. Homme du passé et révolutionnaire tout à la fois, La Bruyère incarne parfaitement l'intelligence scrupuleuse et soumise mais envahie par le doute, voire le désarroi. Les *Caractères* dépeignent un monde sûr de lui mais fissuré.

■ Jean de La Bruyère (1645-1696) est l'homme d'un seul livre, sans cesse complété. Il s'est employé à rester effacé, insistant sur son « métier ». Il s'affirme d'emblée sans illusion puisque *tout est dit* et que *l'on vient trop tard depuis plus de sept mille ans qu'il y a des hommes et qui pensent* (I, 1). Il se présente d'ailleurs comme le simple traducteur du Grec Théophraste (372-287 av. J.-C.). Mais on mesure le patient travail de La Bruyère en relevant les additions successives :

Années	1688	1689	1690	1691	1692	1694
Éditions	[I à III]	[IV]	[V]	[VI]	[VII]	[VIII]
Nombre de chapitres	[420]	[764]	923	[997]	[1 073]	[1 120]

■ Les *Caractères* se présentent comme une galerie de portraits ou de « choses vues ». Ils visent à créer un « type » (le riche, le bavard, le maniaque). Mais le projet de La Bruyère est plus ambitieux. Comme Pascal, il suit un plan qui va de l'anthropologie à Dieu, selon une ligne ascendante :

- Étude de l'homme naturel (son goût, ses aspirations, son cœur)
  I. « Des ouvrages de l'esprit »
  II. « Du mérite personnel »
  III. « Des femmes »
  IV. « Du cœur »
- Étude de l'homme en société (les relations, l'argent, les « places », les hiérarchies)
  V. « De la société et de la conversation »
  VI. « De biens de fortune »
  VII. « De la ville »
  VIII. « De la cour »
  IX. « Des grands »
  X. « Du souverain ou de la république »
- Étude de l'homme face à la vérité morale et religieuse (sa misère, ses duperies illusoires, son amour des jeux et du monde)
  XI. « De l'homme »
  XII. « Des jugements »
  XIII. « De la mode »
  XIV. « De quelques usages »
- Comment retrouver Dieu ? (pouvoir de la prédication, lutte contre les libres penseurs)
  XV. « De la chaire »
  XVI. « Des esprits forts »

■ Ainsi l'ennemi désigné est l'égoïsme, cet « amour-propre » que vilipendent les moralistes et les hommes de foi et qui détourne l'homme d'autrui et de Dieu.
■ En dépit de son humour, La Bruyère, bon gré mal gré, a saisi les incohérences de l'ordre social ancien. La structure même des *Caractères*, dispersée, éclatée, émiettée, reflète un monde absurde et morcelé, réduit à des attitudes mécaniques et ridicules. Visiblement, La Bruyère, en « Ancien », ne croyait pas au changement. Mais sa dénonciation le transforme en un prophète malgré lui.

De la critique au commérage

■ Dans ce contexte ironique, une littérature à scandale trouve l'occasion de se manifester, le plus souvent sous forme de romans « à clés », où le lecteur s'amusait à reconnaître des caricatures d'hommes célèbres. Ainsi, *L'Histoire amoureuse des Gaules*, de Roger Rabutin, comte de Bussy, dit **Bussy-Rabutin** (1618-1693). La publication fit scandale, car on y relatait la vie galante de la bonne société. Arrêté, embastillé puis exilé en Bourgogne, Bussy-Rabutin trouva sa consolation dans un immense succès de librairie.

■ Dans le même esprit, les *Historiettes* de Gédéon **Tallemant des Réaux** (1619-1690) sont des histoires de « trou de serrure ». Elles lèvent le voile et révèlent l'homme public dans son intimité, sans reculer devant aucun détail scabreux. Insolent, souvent indécent, le croquis montre l'envers du décor. Ces potins font penser à nos magazines actuels, qui satisfont la curiosité du lecteur sur les célébrités. Ainsi Tallemant est un moderne. Il veut revenir, au-delà des beaux textes d'analyse, à l'homme physique et concret. Il annonce directement Diderot ou Restif de La Bretonne.

Un romancier idéaliste et philosophe : Fénelon•

■ François de Salignac de La Mothe-Fénelon (1651-1715) illustre par sa vie l'époque charnière, entre deux siècles, où les mentalités évoluent, s'affrontent. Malgré sa foi fervente, il se trouvera en conflit avec l'Église — et avec l'intraitable Bossuet — à propos de l'affaire du quiétisme. Remarqué par le roi, chargé en 1689 d'assurer l'éducation du duc de Bourgogne, petit-fils de Louis XIV, il connaîtra la disgrâce à cause de la morale politique qu'il enseigne à son royal élève et qui, publiée en 1699 (*Aventures de Télémaque*), fait figure d'audace subversive contre l'absolutisme. Engagé dans le monde, militant catholique, il se passionne pour des missions de conversion, y réussit, mais ses convictions restent conciliantes, persuasives, se refusant à toute intransigeance et à toute violence. Cette confiance en la nature humaine, sa volonté de créer des rapports aimables entre les êtres, le séparent de son siècle et annoncent les penseurs du XVIIIe siècle qui l'admireront beaucoup. À tous égards, Fénelon est un homme de la transition. Sa foi a permis de dominer ces controverses et ces tensions, elle donne une unité à sa vie, pourtant si représentative d'un temps où les certitudes vacillent en tous domaines.

■ Fénelon est d'abord un pédagogue. Il s'occupe de confirmer les nouveaux convertis dans la foi ; il est le confesseur des filles de Colbert et de Mme de Maintenon ; il reçoit enfin la charge de « précepteur du Petit Dauphin ». Désireux de trouver comment « instruire son disciple en l'amusant », Fénelon rédige un roman pédagogique qui permet de lui inculquer des rudiments mythologiques grecs et latins, géographiques, historiques et littéraires. Les leçons morales y abondent (religion, politique, droit), dans une langue où prédominent les discours et une prose élaborée pour servir de modèle d'éloquence.

■ Le fil du récit des *Aventures de Télémaque* est la recherche d'Ulysse par son fils, guidé par le sage Mentor — qui est en réalité la déesse Minerve elle-même. Au cours de leur périple, les deux héros croisent diverses contrées et divers gouvernements. On retrouve là une méthode pratiquée par tous les utopistes, qui permet de dessiner une cité idéale, modèle d'une autre politique : la fiction scolaire se nourrit alors d'un regard violemment critique sur la situation réelle du pays. Quand *Télémaque* sera livré au public, en 1699, contre la volonté de Fénelon semble-t-il, l'ouvrage fera scandale. On y verra une attaque directe du règne de Louis XIV, des portraits satiriques de gens au pouvoir. Il eut beau s'en défendre, Fénelon, loué par l'opposition, était devenu définitivement suspect.

■ La philosophie de Fénelon s'exprime surtout à travers des thèmes ressassés, images de l'idéal rêvé par l'auteur : pacifisme, vie frugale, obsession d'un âge d'or où les hommes demeurent innocents et purs, délivrés des passions, etc. Fénelon semble caresser le mythe d'un socialisme où les citoyens philosophes seront comme aspirés vers le Bien. Il attend l'avènement du pur amour, comme tous les mystiques, et tente de concilier l'espérance de sa foi et sa vision d'une société juste. Un tel projet peut paraître pure utopie, mais il se fonde sur des principes législatifs réalisables (comme la création d'instances internationales pour arbitrer les conflits et interdire la guerre). Surtout, il concilie les exigences chrétiennes (paix, amour, égalité) et l'organisation du pouvoir.

■ Ainsi, la pensée de Fénelon reste mystique et idéaliste. On le voit bien avec l'affaire du « quiétisme » qui va définitivement ruiner sa carrière. Un espagnol, Molinos, proposa la doctrine du **quiétisme** dans son *Guide spirituel*. Condamnée comme hérétique en 1687, cette doctrine est reprise en France par Mme Guyon, jeune veuve mystique et exaltée. Le quiétisme définit la perfection spirituelle comme un état contemplatif, où l'on s'abandonne complètement. Cet *état d'oraison* (= de prière) donne la *paix totale* (= la quiétude) de l'âme et dispense de tout autre souci religieux. Inutile de réfléchir sur les croyances et les dogmes, de feuilleter les livres de piété, de pratiquer les œuvres de charité, de se mortifier, de se confesser, de penser au Salut ou à l'Enfer, etc.

■ Fénelon est séduit par la pureté d'une telle adoration divine et par la fusion avec Dieu qu'elle promet. Mais Bossuet et Rome ne sauraient admettre une vie religieuse qui puisse dispenser de tout recours à l'Église, à ses pratiques et à ses institutions. Une polémique d'une incroyable violence commence. Elle s'achève par la condamnation du pape contre les positions défendues par Fénelon (1699). L'archevêque se retire à Cambrai. La mort de son ancien élève (1712), qui aurait pu succéder à Louis XIV, lui enlève tout espoir de retour en grâce. Il finit sa vie en pasteur charitable et consciencieux.

La mode des utopistes

■ Les périodes de mutation étant propices aux grands projets, la fin du siècle voit réapparaître cette sorte particulière de roman, inspiré de Thomas More ou de Campanella, qui se fonde sur le récit d'un voyage imaginaire permettant la description d'un pays où les croyances, les mœurs et les institutions semblent conformes aux exigences de la pure Raison. Après Cyrano de Bergerac, comme Fénelon, Denis Veiras et Gabriel de Foigny proposent leur vision d'une société idéale, d'où sont bannies intolérance, ambition, avarice, injustice, etc. Le vieux rêve libertin d'un monde utopique continue. Le XVIIIe siècle y puisera ses exemples.

■ Denis **Veiras** (né en 1635) nous est mal connu. Protestant, proche de John Locke, il court l'Europe. Son *Histoire des Sévarambes* raconte les navigations du capitaine Siden (anagramme de Denis) et sa découverte d'un État idéal dans les Indes orientales. Pour l'essentiel, les Sévarambes servent de prétexte à proposer une législation et des modes de vie contraires à ceux de la France de Louis XIV (démocratie, tolérance, liberté des mœurs, etc.) : la fiction s'efface devant la satire.

■ Gabriel de **Foigny** (1630-1692) est un moine défroqué, réfugié à Genève en 1666. Converti à la religion réformée, il vit d'expédients. Bientôt suspect, il finit par se réfugier en Savoie, embrasse à nouveau la religion catholique et meurt dans l'obscurité. Ce solitaire, errant et instable, présente, avec *La terre australe connue* (1676), le voyage imaginaire d'un capitaine, Jacques Sadeur, dans l'Océan Indien. Il échoue dans une île où les indigènes vivent libres et égaux, prémonition du « bon sauvage » du XVIIIe siècle et du fantasme quasi « tahitien » cher à Diderot.

Des précurseurs rationalistes

■ Au lieu de rêver, certains intellectuels passent à la critique méthodique.

■ Charles de **Saint-Évremond** (1610-1703), après diverses querelles avec le pouvoir, s'installe en Angleterre. Disciple de Spinoza, il vit en sceptique et il entretient une correspondance active avec les meilleurs esprits de son temps, tout en continuant à affecter de mépriser les écrits trop sérieux ou théoriques : *je cherche plus dans les lettres ce qui me plaît que ce qui m'instruit.* Cet antidogmatisme est un héritage de la « docte ignorance » (la méfiance face à toute certitude) des libertins gassendistes. Bon vivant et progressiste convaincu, mais sans ostentation ni provocation, Saint-Évremond s'en prend aimablement mais radicalement à toutes les croyances fanatiques, aux vieilles valeurs nobiliaires et guerrières, à l'absolutisme, aux nationalismes. Toutes les idoles semblent s'effondrer au fil de ses essais, toujours brefs et désinvoltes, sans érudition inutile ni volonté de faire école. De son exil anglais, où il s'est visiblement plu, il suit l'actualité française ; la distance lui permet ses vues détachées et sa vive indépendance. Moderne, cosmopolite, ironique, il est l'image typique de ce nouvel esprit critique et de cet art de vivre jouisseur qui se répandent pour l'instant en cachette, loin de la Cour, mais qui exploseront en 1715.

■ Pierre **Bayle** (1647-1706) passa pour athée, après avoir hésité entre protestantisme et catholicisme. Fils de pasteur, il s'installe dès 1681 en Hollande où il vit de son enseignement. Toute sa pensée est tournée vers la tolérance et le pacifisme. Ses *Pensées sur la comète* (1680) résument ses vues rationalistes. En 1680, une comète avait traversé le ciel de l'Europe et ravivé de vieilles superstitions sur les signes célestes. Bayle analyse à cette occasion les mécanismes qui favorisent la formulation, la validation et la diffusion des idées fausses. Sa haine du préjugé l'entraîne ensuite dans une littérature de pamphlétaire contre les persécutions dont sont victimes les protestants après la révocation de l'édit de Nantes : *Ce que c'est que la France toute catholique sous le règne de Louis le Grand* (1686) et *Commentaire philosophique sur ces paroles de Jésus-Christ : « Contrains-les d'entrer »* (1687). Bayle est aussi l'auteur d'un *Dictionnaire historique et critique* (1696).

■ Neveu de Corneille, Bernard Le Bovier de **Fontenelle** (1657-1757) est d'abord un bel esprit, qui sut échapper aux persécutions et qui finit sa vie comme secrétaire perpétuel de l'Académie des Sciences. Vulgarisateur scientifique plus que libre penseur militant, il fait connaître dans les milieux mondains le système astronomique avec son *Entretien sur la pluralité des mondes* (1686). « Moderne » résolu, il critique les superstitions populaires dans son *Histoire des Oracles* (1687). Sa célébrité lui vaudra l'amitié du régent Philippe d'Orléans, après 1715 ; il sera l'un des hommes politiques les plus influents de la Régence (1715-1723).

Un monde s'achève : le témoignage de Saint-Simon

■ Louis de Rouvroy, duc de Saint-Simon (1675-1755) est un grand du royaume qui passa sa vie dans les intrigues de la Cour versaillaise. Imbu de ses privilèges, attentif aux signes de la crise nobiliaire, c'est un réactionnaire. Il avait compté sur son amitié avec le duc de Bourgogne, petit-fils de Louis XIV, pour jouer un rôle politique. Mais la mort de ce prétendant légitime ruine ses espérances. Après 1715, il renonce pratiquement à ses ambitions politiques et entreprend alors, vers 1740, de rédiger ses *Mémoires.* Malgré leur date de rédaction et leur parution très tardive (1830), ces *Mémoires* sont une image vivante, féroce, d'une Cour cruelle et faisandée. Rétrospectivement, ils illustrent la fin d'une époque. On ne sait à quel genre précis les rattacher, à mi-chemin entre la littérature autobiographique et l'historiographie. Nostalgique de Louis XIII, ce mémorialiste, dans un style brillant et acéré, promène un regard pessimiste sur un ordre social dont il ne voit plus que la décadence et la fragilité. Son œuvre, qui devait être l'un des livres de chevet de Proust, est cependant très drôle, avec ses rosseries et son sens du raccourci ; ainsi, le ton de regret est tempéré par l'humour grinçant et le brio.

LE XVIIIe SIÈCLE

Dates	Événements politiques	Climat social
1702-1714	Guerre de succession d'Espagne.	Fin de règne vécue comme décadence et échec ; critique politique intense ; nombreuses publications de moralistes.
1710	Destruction de Port-Royal.	
1715	Mort de Louis XIV.	
1715-1723	Régence de Philippe d'Orléans.	Politique plus conciliante ; réouverture des conseils ministériels aux « grands » ; mais début d'échecs répétés dans le domaine de la réforme économique.
1720	Échec du système bancaire de Law ; émeutes à Paris.	
1721	Peste à Marseille.	
1723-1774	Louis XV.	Multiplication des clubs d'idées, souvent anglophiles ; critique religieuse assez vive.
1726-1743	Ministère de Fleury.	Succès économiques de Fleury ; admiration pour le modèle politique anglais ; débats sur l'origine de la monarchie ; nombreux ouvrages de type historique.
1733-1735	Guerre de succession de Pologne.	
1740-1786	Frédéric II, roi de Prusse.	

Littérature française	Litt. étrang.	Beaux-Arts	Dates
Dernières œuvres de Fénelon (politiques) et littérature d'idées.	Leibniz : *Théodicée.*	Œuvres de Watteau. Dernières œuvres de Couperin.	1710
Œuvres de fiction et d'agrément : essor du conte (vogue des *Mille et une Nuits*), de la comédie (Lesage, débuts de Marivaux), et des textes qui concilient plaisir et idées (*Lettres persanes* de Montesquieu, par exemple).		Haendel : *Water Music.*	1716
	Defoe : *Robinson Crusoé.*		1719
		Bach : *Concertos brandebourgeois.*	1721
		Vivaldi : *Les Quatre saisons.*	vers 1725
Littérature anglophile (Voltaire, Montesquieu).	Swift : *Voyages de Gulliver.*	Scarlatti : sonates pour clavecin.	1726
Essor du roman de mœurs (abbé Prévost, Marivaux) qui montre l'individualisme en lutte contre une société hypocrite.	Pope : *Essai sur l'homme.*	Opéras de Rameau. Pergolèse : *La Servante maîtresse.*	1733
	Hume : *Traité de la nature.*		1739
Mêmes thèmes dans les contes de Voltaire, dont c'est la grande vogue.	Richardson : *Pamela.*	Peintures de Lancret, Boucher, Nattier.	1740

Dates	Événements politiques	Climat social
1741-1748	Guerre de succession d'Autriche	Essor commercial, notamment maritime ; débats sur le « luxe » ; contestation de la guerre, des persécutions « anti-philosophiques » ; conflits du pouvoir avec les jésuites et avec les jansénistes.
1745	Victoire de Fontenoy.	
1744-1758	Guerre coloniale avec l'Angleterre.	
1748	Traité d'Aix-la-chapelle : fin de la guerre d'Autriche.	
1749	Création de l'impôt sur le revenu.	Dégradation de la monarchie ; bataille philosophique ; crise fiscale ; agitation politique ; augmentation des prix ; jacqueries larvées partout.
1753	Exil du parlement de Paris.	
1754-1764	Mme de Pompadour favorite.	La « guerre » des Encyclopédistes ; « Querelle des Bouffons » ; le débat Voltaire (louant la civilisation) contre Rousseau (condamnant le progrès et l'aliénation sociale) bat son plein.
1756	Début de la guerre de Sept Ans.	
1757	Attentat de Damiens contre le roi.	
1758	Ministère de Choiseul.	La polémique des philosophes contre le pouvoir est continuelle ; dénonciation du « despotisme », de l'« absolutisme », du climat religieux réactionnaire ; le roi essaie en vain d'interdire certaines publications (l'*Encyclopédie*, etc.) ; nombreux « salons ».
1762-1796	Catherine II, tsarine.	
1762	Exécution de Calas.	
1763	Traité de Paris (fin de la guerre de Sept Ans).	
1764	Abolition de l'ordre des jésuites. Émeutes de la faim.	Radicalisation des positions politiques, après le désastre de la guerre de Sept Ans ; on cite en modèle les souverains étrangers (Frédéric, Catherine).

Littérature française	Litt. étrang.	Beaux-Arts	Dates
	Young : *Les Nuits.*	Débuts de Greuze et de Chardin.	1742
Textes plus audacieux : athéisme de Diderot, contestation fondamentale de Rousseau, réflexion de Montesquieu sur les lois.	Richardson : *Clarisse Harlowe.*		1748
	Fielding : *Tom Jones.*	Bach : *Art de La Fugue.*	1749
Lancement de l'*Encyclopédie*, jusqu'à sa condamnation en 1759.	Comédies de Goldoni.	Piranèse : prisons imaginaires.	1750
		Vernet, Chardin, Greuze.	
Textes politiques importants, de tous côtés.			1756
		Réalisation du Panthéon par Soufflot.	1756-1780
Deux tendances se dessinent : engagement plus acharné dans le combat philosophique (Voltaire, Diderot) ; haine du monde réel et désir utopique d'une société régénérée (Rousseau : grand succès de *La Nouvelle Héloïse* en 1761).	Swedenborg : *La Nouvelle Jérusalem.*	Fin de la tendance « rococo » et début d'un certain néo-académisme.	1758
	Sterne : *Tristram Shandy.*		1760
		Gluck : *Orphée et Eurydice.*	1762
	Walpole : *Le Château d'Otrante.*		1764

Dates	Événements politiques	Climat social
1766	Exécution du chevalier de la Barre ; annexion de la Lorraine.	
1768	Acquisition de la Corse.	Les parlements imposent leur volonté de se faire entendre ; intense production de textes économiques (Turgot, Quesnay) et théories « physiocratiques ».
1770	Disgrâce de Choiseul.	
1771	Crise agricole et économique. Réformes de Maupéou.	
1774	Mort de Louis XV. Louis XVI. Ministère Turgot.	Reprise du dialogue et de la confiance dans une monarchie réformatrice et plus libérale. Développement de théories du progrès.
1776	Renvoi de Turgot. Necker ministre.	Retour triomphal de Voltaire à Paris (1778).
1781	Démission de Necker.	
1783	Fin de la guerre d'indépendance des États-Unis : traité de Versailles.	Le renvoi de Necker sonne le glas de l'accalmie. L'opposition philosophique se fait radicale et ouverte.
1788	Convention des États Généraux. État civil accordé aux protestants.	Culte de la pensée de Rousseau et de Montesquieu. Nombreux textes noirs et utopiques : on sent qu'un monde va sombrer.
1789	Les États Généraux réunis à Paris se transforment en Assemblée Constituante.	
1790	Création des 83 départements. Constitution civile du clergé.	On passe de la théorie à la pratique ; mais les philosophes sont rapidement affolés par la révolution concrète.

Littérature française	Litt. étrang.	Beaux-Arts	Dates
Correspondance des philosophes avec les souverains étrangers.	Goldsmith : *Le Vicaire de Wakefield.*	Sculptures de Falconnet et Lemoyne.	1766
	« Sturm und Drang » en Allemagne.	Œuvres de Fragonard.	1770-1775
L'esprit critique se fait plus libre et plus direct, teinté d'ironie (Beaumarchais) ; les philosophes se remettent à espérer.	Goethe : *Werther.*	Grandes symphonies de Haydn et débuts de Mozart.	1774
	Kant : *Critique de la raison pure.*		1781
À côté du préromantisme de Rousseau, un culte de l'individu qui tourne au malsain ou à la provocation (Laclos, Sade, Restif de la Bretonne) ; d'autres rêvent d'un ailleurs heureux improbable (exotisme de Chénier ou de Bernardin de Saint-Pierre).	Schiller : *Les Brigands.*		1782
		David : *Le Serment des Horaces.*	1784
		Grands opéras de Mozart.	
		En Angleterre : Reynolds et Gainsborough.	
Littérature de tribuns et de révolutionnaires.	Poésies de Blake en Angleterre.	Œuvres de Houdon.	Vers 1790

Dates	Événements politiques	Climat social
1791	Fuite et arrestation du roi à Varennes.	
1792	Victoires de Valmy et de Jemmapes. L'Assemblée législative déclare la République.	Grand désarroi idéologique.
1793	Exécution du roi.	Nombreux intellectuels guillotinés ou éliminés (suicide de Condorcet...).
1794	La Terreur.	
1795	Chute de Robespierre. Le Directoire.	
1796	Bonaparte chef de l'armée d'Italie.	Les excès de la Terreur ont jeté un discrédit sur les idéaux progressistes.
1799	Le Consulat.	

Littérature française	Litt. étrang.	Beaux-Arts	Dates
Quelques textes théoriques importants (Condorcet, de Maistre). La réalité semble donner raison à la vision de Sade.		Mozart : *La Flûte enchantée.* Œuvres noires de Goya. Opéras de Cimarosa.	1791
	Radcliffe : *Les Mystères d'Udolphe.*		1794
Début de la réaction (Rivarol, Chamfort, Sénac de Meilhan, Maîstre, Chateaubriand).	Goethe : *Wilhelm Meister.* Kant : *Projet de paix perpétuelle.*		1795
	Hölderlin : *Hypérion.*		1799

DATES DES GRANDS AUTEURS

Auteur	Naissance	Mort
Lesage	1668	1747
Saint-Simon	1675	1755
Marivaux	1688	1763
Montesquieu	1689	1755
Voltaire	1694	1778
Rousseau	1712	1778
Diderot	1713	1784
Cazotte	1719	1799
Beaumarchais	1732	1799
Restif de la Bretonne	1734	1806
Bernardin de Saint-Pierre	1737	1814
Mercier	1740	1814
Sade	1740	1814
Laclos	1741	1803
Chénier	1762	1794

Dates	REPÈRES POLITIQUES ET LITTÉRAIRES
1715	Mort de Louis XIV. Régence du duc d'Orléans.
1715-1735	Lesage, *Gil Blas.*
1721	Montesquieu, *Lettres persanes.*
1723	Règne de Louis XV.
1730	Marivaux, *Le Jeu de l'amour et du hasard ; La Vie de Marianne.*
1731	Prévost, *Manon Lescaut.*
1734	Montesquieu, *Considérations sur les causes de la grandeur des Romains et de leur décadence.* Marivaux, *Le Paysan parvenu.* Voltaire, *Lettres philosophiques.*
1734-1753	Saint-Simon, *Mémoires.*
1736	Crébillon, *Les Égarements du cœur et de l'esprit.*
1745	Mme de Pompadour, favorite.
1746	Vauvenargues, *Œuvres.*
1747	Voltaire, *Zadig.*
1748	Montesquieu, *De l'esprit des lois.*
1749-1788	Buffon, *Histoire naturelle.*
1750 *1751-1772*	Rousseau, *Discours sur les sciences et les arts.* *Encyclopédie.*
1755	Rousseau, *Discours sur l'origine de l'inégalité.*
1758	Rousseau, *Lettre à d'Alembert sur les spectacles.*
1759	Voltaire, *Candide.*
1761	Rousseau, *La Nouvelle Héloïse.*
1762	Rousseau, *Le Contrat social ; Émile.* Diderot, *Le Neveu de Rameau.*
1765-1770	Rousseau, *Confessions.*
1769	Diderot, *Le Rêve de d'Alembert.*
1771	Mercier, *L'An 2440*
1772	Cazotte, *Le Diable amoureux.*
1773	Diderot, *Jacques le Fataliste.*
1774	Règne de Louis XVI.

Dates	REPÈRES POLITIQUES ET LITTÉRAIRES
1775	Beaumarchais, *Le Barbier de Séville.*
1776-1778	Rousseau, *Les Rêveries du promeneur solitaire.*
1777	Marmontel, *Les Incas.*
1781	Restif de La Bretonne, *La Découverte australe.*
1781	Renvoi de Necker.
1782	Choderlos de Laclos, *Les Liaisons dangereuses.*
1784	Beaumarchais, *Le Mariage de Figaro.*
1785	Chénier, *Idylles ; Élégies* (débuts).
1787	Bernardin de Saint-Pierre, *Paul et Virginie.* Beckford, *Vathek.*
1789	Révolution.
1794	Fin de la Terreur.
1794	Chénier, *Iambes.*
1795	Sade, *La Philosophie dans le boudoir.*
1796	Sade, *Justine ou les Malheurs de la vertu.*
1797	Sénac de Meilhan, *L'Émigré.*
1798	Révéroni Saint-Cyr, *Pauliska.*
1799	Consulat.

Condition de l'écrivain

Une littérature issue d'une crise

■ Avec les dernières années du règne de Louis XIV, la France traverse une série de remises en questions, écho d'une crise de conscience européenne. La monarchie absolue est contestée (d'où une intense activité littéraire tournée vers le social et le politique). Le débat religieux a repris de plus belle : conflit entre le roi et le pape (« gallicans » et « ultramontains ») ; interdiction du jansénisme ; persécutions anti-protestantes, consécutives à la révocation de l'édit de Nantes. De nouveaux systèmes philosophiques voient le jour : tournant le dos à la théologie et à la religion, les penseurs défendent surtout l'empirisme (la vérité par l'expérience) et l'esprit critique (scepticisme et rationalisme). La science progresse vite, vulgarisée par des auteurs comme Fontenelle ou même par Voltaire (admirateur de Newton, Leibniz, Halley). Dans le même mouvement, les mœurs évoluent, surtout sous la Régence (après 1715) : on voyage, on cite volontiers l'exemple étranger (l'Angleterre, surtout). Un moralisme austère cède la place à des valeurs nouvelles (le bonheur terrestre, le progrès, la tolérance) et la littérature fait volontiers l'apologie du plaisir ou de la joie de vivre (Voltaire, notamment).

■ Dès lors, l'écrivain du XVIIIe siècle est d'abord un écrivain « engagé ». À côté d'une abondante production romanesque, l'essentiel de la production littéraire est lié à des batailles d'idées. Malgré des persécutions intermittentes, à la suite des *Lettres persanes* de Montesquieu (1721), les auteurs s'engagent dans une sorte de militantisme, contre le pouvoir absolu, contre l'Église, contre les guerres, etc. Tous se réclament d'ailleurs de la « philosophie » et se nomment « philosophes », montrant par là que l'écriture est d'abord la diffusion d'une pensée et non un simple agrément. Exemple caractéristique, tous participent plus ou moins à la « bataille encyclopédique ». Le premier volume de l'*Encyclopédie* paraît en 1751. Aussitôt le conseil du Roi en interdit la publication. Elle continue néanmoins, pour s'achever près de vingt ans plus tard ! Entre-temps, on accuse les « philosophes » de toutes les subversions, notamment lors de l'attentat de Damiens, un demi-fou, contre le roi (janvier 1757). Le pape Clément XIII, en 1759, interdit à son tour la lecture de l'*Encyclopédie*. Les auteurs se brouillent entre eux et Rousseau, qui garde ses distances, rumine contre la décadence des mœurs. Les écrivains-philosophes sont d'ailleurs en rapport avec des milieux moins artistiques qu'intellectuels. À part Diderot, grand amateur d'art, ils fréquentent surtout des savants (d'Holbach, Helvétius, Buffon, Condillac), des économistes (Quesnay, Adam Smith, Condorcet, Necker), des hommes politiques (Choiseul, Turgot, Malesherbes), des voyageurs ou « ethnologues » (Bougainville, Cook). L'*Encyclopédie*, art et arme à la fois, reflète bien ce mélange.

■ Pour le philosophe, il faut être un « honnête homme qui se rend utile ». La création purement littéraire cède le pas devant l'urgence du débat d'idées. La littérature apparaît moins novatrice de prime abord que la musique (c'est le grand siècle musical !) ou la peinture (pensons à Watteau, au tout début du siècle). Le Beau reste classique, académique, et Voltaire ne rêve que de tragédies raciniennes. En revanche, la prose polémique prend les formes les plus diverses : contes, monologue théâtral, dialogues fictifs. Cette souplesse favorise une littérature d'essai, très libre, qui va influencer les genres traditionnels : Diderot brise la fiction romanesque traditionnelle (*Le Neveu de Rameau*, *Jacques le Fataliste*), Beaumarchais invente un ton théâtral nouveau, Voltaire donne au conte une sorte de perfection (*Candide*, *Zadig*, etc.).

Qui écrit ?

■ Contrairement au XVIIe siècle, où bon nombre d'auteurs étaient issus de l'aristocratie, les philosophes sont des bourgeois. Le terme recouvre des catégories sociales diverses : hommes de finance (banquiers, etc.), professionnels du monde judiciaire, commerçants. Mais tous partagent la conviction que c'est leur action économique qui améliore la nation — et non les métaphysiciens ou l'aristocratie. Ce n'est pas un hasard si les principaux auteurs du moment sont issus de milieux d'artisans, de commerçants, de petits industriels. Le père de Voltaire, notaire, doit sa fortune au commerce d'étoffes ; Diderot est fils d'un maître coutelier ; Rousseau et Beaumarchais sont fils d'horloger. L'apologie de l'action, du travail rémunérateur, est un aspect essentiel de l'esprit bourgeois. C'est la conclusion de *Candide*. L'idée que l'avenir appartient aux actifs, que le bonheur des hommes ne vient pas de Dieu ou du roi, mais qu'il résulte du travail des hommes, est en germe.

■ Il reste que peu d'écrivains vivent de leur plume. Les droits d'auteurs n'existent pas encore vraiment (même si l'idée commence à apparaître), et l'on vend son manuscrit « au forfait ». Il faut donc passer souvent par le mécénat (à commencer par celui du roi) ou par le soutien des riches (et surtout des « nouveaux » riches : banquiers, fermiers généraux ou commerçants puissants).

Les réseaux de diffusion

■ Malgré la censure, le XVIIIe siècle voit l'expansion des entreprises d'édition. Tous les ouvrages doivent être soumis « au privilège du roi », c'est-à-dire à l'autorisation de paraître. En 1742 est créé un collège des « censeurs royaux », au nombre de 79. L'impression d'un livre sans leur accord était un crime. Mais, dans la réalité, il est presque impossible aux censeurs d'empêcher la circulation de livres interdits. Souvent imprimés à l'étranger (en Suisse et aux Pays-Bas surtout) et distribués sous le manteau, ils sont d'autant plus recherchés qu'on les a condamnés.

■ Ces tracasseries n'empêchent pas la curiosité littéraire de se développer. Les salons parisiens et les académies de province se multiplient. Le public s'accroît très vite. Dans les villes, le nombre de lecteurs permet la création de bibliothèques publiques (« cabinets de lecture »), l'extension de la presse littéraire (*Le Spectateur français, Le Nouveau Mercure, Le Cabinet du Philosophe*, etc.), la naissance de collections suivies qui sortent un livre par mois, les traductions (de romans anglais, surtout), et même l'édition au format de poche (in-12). On peut même parler de premiers *best-sellers* (œuvres de Voltaire, romans de mœurs, *La Nouvelle Héloïse* de Rousseau, romans exotiques, tel *Paul et Virginie*, etc.).

■ La diffusion est aussi favorisée par le prestige des intellectuels. Voltaire fut l'ami de Choiseul, de Turgot, de Malesherbes (pourtant chargé de la censure). Il a pu être le familier du roi de Prusse Frédéric II, avec qui il entretint une correspondance. La tsarine Catherine II se propose de faire imprimer l'*Encyclopédie*, accueille Diderot et le subventionne en achetant sa bibliothèque. Les meilleurs esprits d'Europe se connaissent et s'écrivent. Ils profitent de leur ascendant pour se lancer dans des campagnes d'opinion (Voltaire avec l'affaire Calas, par exemple). Cette audience réelle est même alimentée par les querelles anti-philosophiques (Voltaire contre les jésuites, ou la « bataille encyclopédique »).

■ Enfin les écrivains sont des voyageurs, et la littérature est cosmopolite, très anglophile. En ce siècle de conquête coloniale et d'œuvres missionnaires, on cite volontiers les modèles étrangers. Les lecteurs potentiels ne sont donc plus seulement français. Ce goût de l'échange avec l'autre se retrouve même à l'intérieur du pays : dans les clubs, dans les cafés (tel le Procope), dans les salons, on accueille les visiteurs étrangers et on débat hardiment. La conversation et l'échange permettent les jeux de l'esprit, l'audace verbale, un certain brio. Diderot en garde l'habitude d'écrire sous forme de dialogues animés, comme autour d'une table, et les contes, si nombreux, doivent beaucoup à l'influence de ce style nouveau de communication.

■ Les plus célèbres salons du XVIIIe siècle, à Paris :

• **Mme de Lambert** reçoit une société spirituelle mais sans libertinage : Fontenelle, Montesquieu, Marivaux.

• **Mme de Tencin**, proche des philosophes et des romanciers : Duclos, Marmontel, l'abbé Prévost. Sa forte personnalité transforme son salon en « bureau d'esprit ».

• **Mme du Deffand**, malgré son pessimisme et son ennui, aide activement les encyclopédistes en leur facilitant des rencontres avec des hommes proches du pouvoir.

• **Mme Geoffrin**, riche bourgeoise, subventionne l'*Encyclopédie*, se lie avec des hommes comme d'Alembert ou Grimm.

• **Mlle de Lespinasse**, ancienne dame de compagnie de Mme du Deffand, attire certains habitués de ce salon et crée son propre cercle, avec notamment d'Alembert, Condillac, Condorcet, Turgot, Marmontel.

L'esprit des « philosophes »

■ L'appellation « philosophe », pour désigner les esprits contestataires, apparaît dans la dernière partie du règne de Louis XIV, après la révocation de l'édit de Nantes, qui persécute les protestants. Bayle et Fontenelle réfutent la « philosophie » officielle et se nomment « philosophes » pour mieux faire sentir que ceux qu'ils critiquent ne le sont pas.

• **En quoi consistait cette fausse philosophie ?**

— elle était englobée dans la philosophie morale et métaphysique ;

— elle était chrétienne, expliquant tout en fonction de la foi et démontrant tout par l'ordre naturel voulu par Dieu ;

— elle s'appuyait sur le principe d'autorité, celle-ci étant entendue comme celle des Anciens ou des Saints, et considérait l'avis d'Aristote ou de saint Thomas comme une « preuve ».

• **En quoi consiste la philosophie des Lumières ?**

— elle part du principe de la liberté intellectuelle et du rationalisme ;

— elle refuse le principe d'autorité ;

— elle dénonce les préjugés, les fanatismes, tout ce qui entrave la réflexion objective ;

— elle se démarque de l'esprit de système qui prétend tout expliquer par un principe unique (*cf. Candide*, p. 218) ;

— elle se distingue de la religion : elle respecte la foi, mais la sépare de la connaissance.

■ L'esprit des « philosophes » repose sur trois grands principes :

• **Le culte de la raison :**

– les Lumières partent du doute, méthode chère à Descartes (1596-1650), et s'appuient sur l'exercice raisonné de l'intelligence, qui distingue le vrai du faux grâce à l'examen ;

– *Rien de ce qui est humain ne m'est étranger* : le philosophe se passionne pour tout (histoire, politique, sciences, littérature, technologie).

• **La méthode expérimentale :**

– le philosophe est d'abord un observateur. Il examine le monde, fait des collections des réalités de la création (fossiles, insectes, plantes), comme Buffon, le grand naturaliste ;

– à partir de l'observation, on pratique l'induction. De l'étude de faits particuliers, on induit des lois générales, comme Newton (1642-1727) qui, d'une pomme qui tombe, aboutit à la loi de la gravitation universelle.

• **La vulgarisation et l'engagement :**

– le philosophe est un militant et croit qu'il a le devoir de communiquer les lumières, pour favoriser le progrès et améliorer la vie sociale. D'où d'abondantes correspondances, d'où l'*Encyclopédie*, d'où les vulgarisations des théories nouvelles (Voltaire fait connaître les théories de Newton, par exemple). D'où aussi des genres nouveaux, comme les contes, que tout le monde lit ;

– le philosophe veut influer sur le pouvoir. Il se fait volontiers conseiller des princes (*les monarques éclairés*) ou se met en avant dans les débats politiques ou judiciaires (Voltaire et l'affaire Calas). On voit même apparaître de véritables traités politiques (Montesquieu, Rousseau) ;

– le philosophe veut le bonheur sur terre (et pas seulement dans l'au-delà !). Il soutient tout ce qui favorise la justice sociale, le partage des richesses, le droit au travail. Il défend le travailleur utile (artisanat, agriculture, bourgeoisie d'affaires, petite industrie, etc.). Il prépare l'accession du « Tiers État » au pouvoir. La Révolution s'en souviendra. Sans le savoir, les philosophes l'ont préparée.

L'esprit nouveau et l'exemple de Montesquieu•

Changements d'optique

■ On sait que la morale classique avait exalté la soumission et la concentration. Pour un homme comme Pascal, tout le malheur des hommes tient à leur incapacité à demeurer en repos face à eux-mêmes. La curiosité, le désir de voyager et l'instabilité paraissaient la marque d'un esprit inquiet et malade. Racine et Boileau ne connurent que Paris ; Bossuet et Fénelon ne firent jamais le voyage de Rome. Ils puisaient dans une culture solide, fondée sur les Anciens et la Bible. Le XVIIIe siècle apporte un changement d'optique. Les intellectuels protestants, en s'exilant, ont noué des liens dans toute l'Europe. Les auteurs étrangers sont lus et pris pour modèle. Une pensée cosmopolite, réformiste, se constitue.

■ L'Espagne catholique perd de son influence. C'est vers l'outre-Manche que l'on se tourne volontiers. Tous les penseurs du XVIIIe siècle y séjourneront. De même les Pays-Bas et l'Allemagne sont présentés comme des lieux où la pensée (notamment religieuse) est plus tolérante. Les grands modèles sont donc hollandais, comme Baruch Spinoza (1632-1677), un défenseur de la libre raison, ou anglais, comme John Locke (1632-1704), autre apôtre de la tolérance et surtout théoricien pour qui toute connaissance vraie a pour source l'expérience, l'empirisme. Isaac **Newton** (1642-1727) suivra la même voie.

■ Le modèle anglais est privilégié, car il offre le triple exemple d'un « libéralisme » économique et politique (avec la monarchie constitutionnelle), d'une culture scientifique novatrice et d'une tolérance religieuse : *S'il n'y avait en Angleterre qu'une religion, le despotisme serait à craindre ; s'il y en avait deux, elles se couperaient la gorge ; mais il y en a trente, et elles vivent en paix, heureuses*, écrit Voltaire dans ses *Lettres anglaises*. Mais le culte de l'étranger va bien au-delà. Avec l'extension des empires maritimes paraissent des relations de voyages. La littérature s'en fait l'écho. Quelques figures se détachent : le « bon sauvage » du Nouveau-Monde, le Mahométan voluptueux, le Turc ou le Persan railleur, le Chinois lettré et religieux. Il est significatif que les deux grands succès commerciaux du début du siècle soient la traduction des *Mille et Une Nuits* par Antoine Galland (1704) et l'édition française de *Robinson Crusoé* de Daniel Defoe (1720). Ces textes donnent à rêver. Mais Robinson exprime aussi une idéologie ; celle du travail individuel qui vient à bout de tout, de l'homme industrieux qui prend en charge son destin. Aussi Rousseau autorisera-t-il cette seule lecture à son disciple idéal et imaginaire, Émile.

Montesquieu : transition et novation

■ Issu de ces grandes familles nobles de province qui refusèrent de s'installer à la Cour de Louis XIV pour mendier, en courtisan, quelques faveurs royales, Charles-Louis de Secondat, baron de La Brède et de Montesquieu (1689-1755) aurait pu être, comme Saint-Simon, un réactionnaire. Mais son attachement au terroir bordelais lui permet de voir Paris comme un monde bizarre et, bien loin de se replier sur lui-même, il observe, sans les subir, les modes de la capitale. Retiré sur ses terres, magistrat sans vocation, il utilise sa vaste culture scientifique et philosophique pour proposer une pensée cohérente sur le sens de l'histoire et sur la législation. Mais auparavant, en bon « philosophe », Montesquieu, entre 1720 et 1730, a fréquenté tous les salons littéraires de Paris et rencontré l'élite de la nation. De même, il a voyagé dans toute l'Europe. Enfin, son mariage avec une riche calviniste a pu influer sur son esprit de tolérance religieuse.

■ Montesquieu est donc difficile à classer. À la fois moraliste et grand seigneur, il continue une tradition classique ; mais c'est aussi un rationaliste, animé de cette curiosité intellectuelle propre aux Encyclopédistes, désireux de construire une autre société. C'est notre premier grand sociologue politique.

L'humour des Persans au service de l'esprit nouveau

■ Publiées anonymement à Amsterdam, les *Lettres persanes* (1721) obtinrent immédiatement un franc succès. Montesquieu suivait là une tradition du début du siècle : des chroniques fictives permettant le témoignage abrupt et « naïf » d'étrangers découvrant l'Europe. Après les Siamois (*Les Amusements sérieux et comiques* de Du Fresny) et les orientaux des *Mille et une nuits*, c'est le Persan Usbeck qui quitte son harem pour visiter la France, en compagnie de son ami Rica. Sa correspondance (missives et réponses) permet de décrire à la fois la vie en Perse, à Ispahan, et les incongruités parisiennes. Sous le regard du faux ingénu, les habitudes politiques et sociales semblent réduites à l'absurde. Montesquieu, sous couvert de plaisanter, s'en prend à toutes les autorités abusives (le roi, le pape, la justice...). La méthode consiste surtout (comme l'avait fait jadis Montaigne avec ses perspicaces cannibales) à confronter des croyances opposées et à les renvoyer dos à dos ; toute certitude exclusive est intolérante et fanatique. La seule vérité sage repose sur le sens du relatif. Tout le reste n'est qu'usage, préjugé et masque.

■ Ainsi, les *Lettres persanes* sont une critique de l'anti-nature. En Orient, ce sont les interdits, la condition féminine, les inégalités. En Occident, ce sont la religion (qui se mêle de politique), la vie mondaine, l'esclavage, le despotisme ou l'escroquerie financière. Dans ce bric-à-brac, on perçoit difficilement un fil conducteur. Mais on constate que Montesquieu prône un idéal de justice et de raison, l'ordre social trouvant sa cohésion dans un roi paternel et, surtout, dans le développement progressif de la prospérité matérielle, des arts, de la population, etc. Montesquieu ne distingue pas nature et progrès.

Les leçons de l'histoire

■ Dans un monde où tout change, il est naturel que les penseurs se soient posé le problème du sens de l'histoire. Les publications historiques seront très nombreuses pendant tout le XVIIIe siècle, et tous les auteurs importants s'y consacreront (Voltaire, Diderot, Rousseau, les Encyclopédistes).
■ Mais l'idée nouvelle est celle du déterminisme historique, c'est-à-dire de la certitude qu'il existe des lois, des mécanismes constants, et que l'histoire n'est pas le fruit du hasard. Les croyants, comme Bossuet, réduisent cette logique à la Providence divine : Dieu sait où va le monde et les incohérences apparentes s'expliquent par l'ignorance humaine. D'autres pensent que l'histoire est faite par quelques grands hommes, dont le rôle est décisif. Montesquieu récuse ces deux points de vue et veut rendre compte de l'évolution historique par l'étude de causes (économiques, sociales, morales, géographiques) objectives.
■ Tel est le sens de ses *Considérations sur les causes de la grandeur des Romains et de leur décadence* (1734). Montesquieu y montre que les institutions romaines, adaptées à la république conquérante que fut Rome à l'origine, se sont révélées incapables d'administrer l'Empire. La disparition de la liberté et des vertus républicaines ont provoqué un déclin inévitable. Donc, *ce n'est pas la fortune qui domine le monde*. Bien entendu, en parlant des Romains, Montesquieu pense à son siècle.

Naissance de la sociologie politique : *De l'esprit des lois*

■ Ouvrage immense, rédigé en plus de dix ans, *De l'esprit des Lois* (1748) comporte trente-et-un chapitres et fait figure de testament politique pour tout le XVIIIe siècle. Montesquieu veut y démontrer que le droit positif (l'ensemble des lois écrites par les hommes) obéit (malgré une apparence de disparité et d'incohérence) à une logique naturelle.

■ *De l'esprit des lois*, tout en se voulant simplement descriptif, montre que Montesquieu est à la recherche d'un régime idéal. Pour lui, il n'y a que trois types de régimes possibles : le républicain (démocratie fondée sur la vertu de tous), le monarchique (monarchie tempérée par les corps intermédiaires, où l'on se distingue par l'honneur), le despotique (règne d'un seul sans partage, fondé sur la crainte). L'idéal est le modèle anglais de la monarchie constitutionnelle qui permet la séparation des pouvoirs (législatif, judiciaire, exécutif). L'État a pour rôle de veiller sur la vie des citoyens, ce qui fait de Montesquieu, aux yeux de certains, un précurseur du socialisme.
■ Mais Montesquieu ne se contente pas de faire un catalogue législatif. *De l'esprit des Lois* insiste sur le rôle du milieu dans l'établissement de règles sociales. Les lois dépendent des climats, des caractères propres à chaque nation. D'où leur disparité. Mais ces variables n'empêchent pas l'existence de grands principes communs à tout droit naturel. La loi morale s'impose universellement : respect des personnes, droit à la propriété, égalité devant les savoirs, les métiers et les charges, etc. C'est dans le même esprit que Montesquieu critiqua violemment l'esclavage et toutes les formes de violences iniques exercées contre la liberté, laquelle est le *droit de faire ce que les lois permettent* – les lois de la morale comme celles de la politique.

La renaissance de la comédie

Les « comédies de mœurs »

■ Jusqu'à la mort de Louis XIV, l'influence des dévots gêne la fréquentation des théâtres. Les gens de la Cour craignent de se montrer dans des salles que le roi et Mme de Maintenon ne visitent plus. En 1697, les acteurs italiens ont reçu l'ordre de quitter Paris. Ce départ crée un vide. Le public populaire se tourne alors vers les théâtres de la Foire, qui assurent la relève pour répondre à une forte demande. Malgré ces contraintes, en attendant la Régence (1715) durant laquelle la comédie va renaître, le goût du public pour le théâtre reste fort : 200 000 entrées en moyenne au Théâtre-Français, chaque année.
■ Mais la comédie elle-même change, comme les idées et les mœurs. Il ne s'agit plus de peindre un type d'humanité générale, comme le fit Molière, mais de refléter l'actualité. Le théâtre fait le portrait de l'homme contemporain et de

la mode. Cette tendance au réalisme présente, à long terme, un inconvénient irrémédiable : les allusions aux faits d'époque finissent par devenir obscures. Ainsi ne subsiste-t-il qu'une faible partie de la production abondante des années 1690-1750.

■ Le sujet qui prime sur tous les autres, au moment de l'entre-deux-siècles, c'est le monde de la finance et de la banque. Les intrigues se tissent autour d'histoires d'héritages, de banqueroutes, de mariages d'intérêt. Quelques auteurs s'imposent, comme Philippe **Destouches** (1680-1754). On lui doit au moins deux vers devenus proverbes : *Chassez le naturel, il revient au galop*, et *La critique est aisée mais l'art est difficile* (dans *Le Glorieux*, 1732). De même, Jean-François **Régnard** (1655-1709) arrive à faire rire de situations tragiques : dans *Le Légataire universel* (1708), il s'agit de profiter de l'agonie d'un vieillard (Géronte) pour lui faire signer un testament.

■ Plus caractéristique encore, Alain-René **Lesage** (1668-1747). Lui-même sans fortune, il accable les parvenus, tout en prenant parti pour les mutations sociales. Les valets ne sont plus de sympathiques complices des maîtres ; ils s'en font les rivaux et suivent leur propre ambition. Le public populaire était très friand de ces pièces insolentes, données au théâtre de la Foire. Le titre de son premier grand succès, *Crispin rival de son maître* (1707), est assez clair par lui-même. Mais Lesage fait surtout parler de lui avec *Turcaret* (1709), qui scandalisa tant les financiers et les affairistes qu'ils en obtinrent l'interdiction. Le personnage principal, Turcaret, permet un portrait-charge d'un « fermier général », mauvais riche, vaniteux, égocentrique, escroc. Le valet, Frontin, annonce directement Beaumarchais. Après avoir dupé son maître, il conclut sur cette leçon : *Voilà le règne de M. Turcaret fini, le mien va commencer.*

Un moderne : Marivaux*

■ Dans cette période où le théâtre se cherche, Pierre Carlet de Chamblain de Marivaux (1688-1763) arrive seul à créer un genre reconnaissable et à imposer un langage dramatique. Pour retrouver un style naturel et une meilleure peinture de la psychologie et des sentiments, Marivaux renonce à la caractérisation et aux types forcés. De même, la versification fait place à une prose subtile et nuancée qui épouse la complexité et l'incohérence du désir amoureux. Résolument engagé, comme son ami Fontenelle, du côté des Modernes, il se détache des Anciens et se tourne vers les comédiens du Théâtre Italien, plus spontanés, libres et fantaisistes. Marivaux a d'ailleurs commencé sa carrière comme journaliste.

Après avoir collaboré au *Nouveau Mercure*, le journal des Modernes, il lance des périodiques inspirés de la presse anglaise. C'est un homme qui vit dans son siècle, animé par l'esprit nouveau.

Le marivaudage et ses thèmes

■ Marivaux est l'inventeur d'un style ; le terme même de marivaudage, pour le désigner, en est la preuve.

■ Marivaux aime jouer avec la langue. Il utilise, en les parodiant, les divers registres (du patois aux raffinements de salon). Il exploite les ressources du dialogue (antithèses, jeux de mots, sens de la réplique, quiproquos) et, surtout, il en fait le seul instrument de l'action. C'est en parlant que les personnages évoluent et se découvrent. Ainsi le langage est à la fois une manière d'être au monde et le moyen de se révéler à soi-même ; car tout l'art de vivre en société est oral et, par ailleurs, c'est en se formulant les choses que l'on devient clair à soi-même.

■ Le marivaudage n'a qu'un seul sujet fondamental, la naissance de l'amour et la prise de conscience du sentiment, souvent malgré soi. Pour que le personnage arrive à accepter l'amour qu'il ressent, il lui faut renoncer à sa honte ou à sa peur. De même, il veut être certain des sentiments d'autrui ; d'où les déguisements et les mensonges. On se masque pour mieux pouvoir épier.

■ Car, en amour, la grande question est celle de la sincérité. Marivaux nous montre le jeu des amoureux qui repose sur la feinte et l'esquive. L'amour n'est pas un abandon ou un don de soi, mais une « surprise », un « mystère », qu'il faut élucider. La pièce s'arrête lorsque les deux « amants » auront pris conscience de l'amour qui les a submergés. La critique contemporaine relève ainsi que, chez Marivaux, l'existence précède l'essence ; c'est par l'expérience, la sensation et les rapports avec autrui que les personnages saisissent finalement qui ils sont.

Marivaux, un expert du « théâtre dans le théâtre »

■ Mal compris au XIXe siècle, Marivaux a connu au XXe siècle une reconnaissance exceptionnelle, au point que certains critiques voient en lui l'inventeur du théâtre moderne. Car tout théâtre suppose une « double énonciation » : les personnages se parlent entre eux pour s'adresser à nous. Marivaux pousse à l'extrême cette situation, en installant du « théâtre dans le théâtre ». Souvent déguisés, menteurs ou intrigants, les héros de Marivaux font, sur scène, de la comédie. Nous voyons des acteurs jouer le rôle d'acteurs. Cette thématique a plusieurs formes :

- la **simple farce**, où l'on se déguise pour jouer un bon tour à quelqu'un, comme dans la scène du Mamamouchi du *Bourgeois gentilhomme*. C'est l'un des ingrédients communs à la comédie et au marivaudage.
- la **mise en place d'une véritable comédie**, par l'échange des rôles. C'est ainsi que le prince se déguise en simple chasseur (*La Double Inconstance*, 1723), en ambassadeur (*Le Prince travesti*, 1724), en officier (*La Fausse Suivante*, 1724). L'inversion des masques — qui provoque presque aussitôt celle des mentalités — s'opère d'ordinaire entre maîtres et valets, comme dans *L'Île des esclaves* (1725) ou *Le Jeu de l'amour et du hasard* (1730). Enfin, dans *Le Triomphe de l'amour* (1732), une princesse se travestit en homme.
- la **répétition**, qui engendre l'illusion. Les personnages répètent sur scène une pièce. On obtient un effet d'emboîtement, une composition « en abyme ». Shakespeare, dans *Le Songe d'une nuit d'été* (1594), Corneille, dans *L'Illusion comique* (1636), et Molière, dans *L'Impromptu de Versailles* (1663), avaient déjà expérimenté cette situation éminemment baroque : l'être et le paraître se confondent, l'imposture ou l'ostentation finissent par réveiller des désirs ou des vérités cachées, le trompe-l'œil et l'inconstance aboutissent à une introspection insolite, révélant une affectivité inavouée.

■ Plus près de nous, Jean Anouilh s'amusera à renchérir sur Marivaux. Dans *La Répétition ou l'Amour puni* (1947), il présente un groupe d'acteurs qui répètent *La Double Inconstance* de Marivaux et qui se prennent au jeu des sentiments qu'ils jouent.

L'homme du siècle : Voltaire*

De l'insolence à la philosophie

■ Voltaire (1694-1778) aurait sans doute été surpris de constater quelles sont les œuvres qui lui ont le mieux survécu. Alors qu'il escomptait la gloire de ses tragédies ou de ses grandes études historiques, ce sont plutôt des écrits réputés « mineurs » (contes, lettres, pamphlets et « dictionnaires ») qui sont encore lus aujourd'hui. De son vivant, Voltaire se considérait comme un poète : ses textes en vers sont abondants. Mais c'est son tempérament qui l'a rendu immortel : esprit brillant et polémique, haine instinctive pour tout ce qui gêne le bonheur sur terre, passion abrupte pour la vérité, goût naturel pour l'irrévérence. C'est l'insolence d'une intelligence supérieure et libre qui l'a conduit à la philosophie, et qui a fait d'un mondain persifleur un penseur moderne.

■ À vingt-quatre ans, en 1718, François-Marie Arouet est un libertin turbulent, à qui des pamphlets contre le Régent ont déjà valu quelques mois à la Bastille. Mais sa tragédie *Œdipe* lui apporte une gloire immédiate et lui ouvre les portes de la cour. Sous le nom de Voltaire (anagramme d'Arouet L[e] J[eune]), il entame sa carrière de courtisan et de vedette des salons littéraires parisiens. Mais le rebelle reste en lui le plus fort. À la suite d'une altercation avec le chevalier de Rohan, grand aristocrate hautain, Voltaire est rossé, embastillé puis exilé en Angleterre. Le passage à l'écriture philosophique date de ces événements. Pendant les trois ans de son séjour anglais, Voltaire côtoie savants et penseurs. Fasciné par le libéralisme anglais, il rédige ses *Lettres philosophiques*, où il fait l'éloge, sous couvert d'une sorte de reportage, de la tolérance, de la science (Newton), de la liberté politique, etc. Bombe contre l'Ancien Régime, ces *Lettres* contestent surtout l'arbitraire royal et les privilèges aristocratiques de la France.

■ Voltaire trace d'emblée le portrait d'une liberté philosophique idéale. Il pense que l'Angleterre est en train de faire naître un monde nouveau. Ses idoles sont les fondateurs de la science moderne et de la connaissance expérimentale : Bacon, Locke, Newton. Le bonheur humain ne pourra se fonder que sur la maîtrise des lois naturelles et sur le savoir. Obscurantisme et préjugés sont désormais les ennemis déclarés de Voltaire. Voilà pourquoi, dans la même foulée, il s'en prend à Pascal, dont il n'est pas sans admirer, par ailleurs, la remarquable intelligence. Mais il fustige, à travers lui, une orthodoxie religieuse intransigeante. Convaincu du néant de l'homme, Pascal plaçait dans l'au-delà tout espoir de salut. Refusant cette métaphysique, Voltaire rédige des *Remarques* qui répliquent, point par point, aux *Pensées*. Elles définissent l'homme par l'action et non par une stérile méditation.

■ C'est donc une forme d'optimisme et de confiance dans la société moderne que Voltaire propose. Le bonheur doit se construire sur terre, ici et maintenant. Il n'est de paradis que d'ici bas. Ce credo ira même jusqu'à l'apologie du luxe et des plaisirs, dans un poème de 1736, *Le Mondain* : *Ce temps profane est tout fait pour mes mœurs. / J'aime le luxe et même la mollesse. / Tous les plaisirs, les arts de toute espèce...*

Comprendre l'histoire des hommes

■ Pour avancer dans sa réflexion sur la réalité, Voltaire est naturellement conduit à se tourner vers l'histoire. Sa méthode rigoureuse est l'une des premières manifestations d'une écriture moderne de l'histoire, dont on n'a guère d'exemples avant lui. Son investigation va en s'élargissant : un roi (*Histoire de Charles XII*, 1731), un siècle et une nation (*Le Siècle de Louis XIV*, 1751), les hommes en général (*Essai sur les Mœurs*, 1756).

■ Voltaire a un grand souci d'objectivité. Il consulte les documents administratifs et les témoignages les plus divers (archives, correspondances), car l'histoire est une démarche de vérité. Mais cet intérêt pour les faits ne doit pas masquer une stratégie philosophique. On retiendra quatre grandes théories qui découlent de la conception voltairienne de l'histoire :

— le rôle du hasard, qui lui semble plus fort que la logique ou le déterminisme ;
— le rôle des « héros » et autres grands hommes en qui la multitude s'identifie ;
— l'évidence que le christianisme n'est qu'une des formes de civilisation et que d'autres, excellentes ou meilleures, se sont développées utilement ;
— le rôle de l'économie, par lequel s'expliquent les grandes mutations et qui permet d'espérer en un progrès continu, malgré des aléas et des désordres.

■ Fondamentalement, Voltaire s'insurge contre l'idée d'un déterminisme universel (cher à Montesquieu) ou contre la Providence des croyants. Seul moteur de l'histoire : la liberté humaine, qui permet les progrès de la raison.

Le conte voltairien

■ Toute sa vie, Voltaire a écrit des contes. Ce genre est en honneur au XVIIIe siècle et Voltaire rejoint le goût du public en écrivant un texte comme *Candide*. Il reconnaît d'ailleurs céder à une mode et refusait, de son vivant, de prendre au sérieux ce type de production. C'est sur ses tragédies qu'il comptait pour passer à la postérité : *L'épique est mon fait, ou je suis bien trompé* (lettre du 17 octobre 1725). Il rédige donc des contes pour amuser ses proches, pour utiliser son talent de causeur satirique. Dans le même esprit on trouve aussi, au XVIIIe siècle, le **dialogue** (on fait dialoguer des personnes de toute époque, vivantes ou mortes) ; la **facétie** (plaisanterie qui détourne un raisonnement de son but) ; ou diverses **histoires**. Bref, le **conte** est un « petit genre » parmi d'autres, mal défini. Voltaire utilise volontiers d'autres définitions : *histoire philosophique* (*Micromégas*), *vision* (*Babouc*), *histoire orientale (Zadig)*, *histoire véritable (L'Ingénu)*, etc. Mais le but recherché est toujours de gagner les faveurs de son cher public, le plus large possible, en l'amusant. Pour vulgariser ses idées, Voltaire a aussi recours au thème du **voyage**. L'auteur promène un personnage dans diverses situations extrêmes qui servent à illustrer les aspects d'une thèse.

On ne se soucie ni de réalisme ni de psychologie ; les individus et les situations sont stéréotypés et traduisent un jeu d'idées critiques.

■ Bien entendu, Voltaire a en tête des modèles, notamment Swift, dont les *Voyages de Gulliver* furent un succès en Europe, et qu'il a rencontré en Angleterre. Sachant qu'il s'adresse à un public peu habitué aux traités philosophiques, Voltaire flatte son goût en parodiant souvent le romanesque. Cette parodie elle-même est une image critique de la vie, présentée comme un mauvais roman, où tout est livré au hasard et où le héros (en qui le lecteur ne peut pas s'incarner) est une marionnette entre les mains d'un destin absurde. Chaque conte a un objet précis : *Candide* se moque de l'optimisme ; *Micromégas* nous fait réfléchir au relativisme (tout en vulgarisant Copernic, Galilée ou Képler) ; *Zadig* est une attaque en règle contre la foi en la Providence. Le conte nous dévoile donc *Le Monde comme il va* (titre d'un conte de 1748), c'est-à-dire fort mal. On notera que la révolte de Voltaire s'est transformée, peu à peu, en amertume et en doute généralisé.

Un conflit révélateur : Voltaire contre Rousseau

■ Son scepticisme grandissant, Voltaire a de plus en plus de mal à supporter les penseurs qui justifient les malheurs du monde au nom d'une volonté divine ou d'un intérêt supérieur. C'est pourquoi il prendra sans cesse le parti de l'individu contre le groupe dominant, notamment dans les affaires judiciaires dont il s'est mêlé. La réalité historique contribue aussi à discréditer l'optimisme et l'ardeur de sa jeunesse. Deux événements, notamment, l'ont traumatisé : le désastre de Lisbonne (1er septembre 1755) au cours duquel la ville fut submergée par un raz de marée consécutif à un tremblement de terre (25 000 morts) ; la guerre de Sept Ans, à partir de 1756, qui va ravager l'Europe. Dieu et les hommes semblent donc d'accord pour *faire d'ici-bas un Enfer.*

■ C'est ainsi que Voltaire va se trouver en conflit avec Rousseau. À la parution, en 1755, du *Discours sur l'origine et les fondements de l'inégalité parmi les hommes*, Voltaire adresse à Rousseau une curieuse lettre de remerciements. Sous le couvert de la courtoisie, il récuse les arguments de Rousseau favorables à l'état de nature et hostiles à la civilisation. La tension entre les deux penseurs ne cessera dès lors de s'accentuer. Tandis que Voltaire s'insurge contre l'idée d'une Providence qui tolérerait un désastre comme celui de Lisbonne, Rousseau réplique que *tout est bien* selon l'ordre voulu par Dieu et que *l'espérance adoucit tout.*

■ Enfin, un autre désaccord entre les deux hommes porte sur les conséquences morales du théâtre sur la société. Voltaire, auteur et amateur de théâtre, ne comprend pas la position de Rousseau exprimée dans sa *Lettre à d'Alembert sur les spectacles.* Cette querelle peut paraître secondaire, mais elle révèle une brouille profonde entre Voltaire qui défend le bonheur sur terre, et Rousseau qui privilégie une morale plus austère. Le conflit est révélateur des débats d'idées, au milieu du XVIIIe siècle, entre ceux qui veulent parier sur l'homme et ceux qui condamnent la décadence morale de la civilisation.

Les grands combats de Voltaire

■ Il n'est pas de domaines de la pensée dont Voltaire ne se soit pas, à un moment ou à un autre, préoccupé. Mais la cible unique et cachée de tous ses combats, qu'il nommait *l'Infâme* (*écrasons l'Infâme*), c'est l'oppression intellectuelle et morale sous toutes ses formes : superstition, fanatisme, justice expéditive, raison d'État, censure, etc. Voltaire a passé sa vie à lutter contre les excès d'une autorité violente et tyrannique. Ses livres historiques soulignent les horreurs de l'absolutisme : massacres, assassinats, bûchers de l'Inquisition, condamnation des idées nouvelles par l'Église, idéologies de conquête (croisades, etc.).

■ Antireligieuse, l'attitude de Voltaire n'est cependant pas athée. Voltaire est « déiste ». Il croit en un Dieu dont la morale de Jésus est l'expression. Mais il s'en tient à une « religion naturelle », sans dogmes, sans églises officielles, sans prêtres fanatisés. Il dénonce la présomption, dangereuse ou criminelle, de ceux qui imposent leur vérité aux autres par la force. Dès lors, la pensée de Voltaire se définit autour d'un principe de tolérance, son mot clé, sujet de son *Traité sur la Tolérance* (1763).

■ À plusieurs reprises, Voltaire a mis ses théories en actes. C'est surtout dans des actions judiciaires, visant à des réhabilitations, qu'il fut le plus efficace.

• La plus célèbre est l'affaire Calas : en 1762, un marchand toulousain est exécuté publiquement, accusé d'avoir assassiné son fils afin de l'empêcher de se convertir du protestantisme au catholicisme. Le condamné, Jean Calas, apparut rapidement à Voltaire comme l'innocent martyr d'une monstrueuse erreur judiciaire. Après une minutieuse enquête, Voltaire organise une campagne d'opinion qui aboutit à la révision du procès et à la réhabilitation de la mémoire de Jean Calas (1765).

• Autre exemple, l'affaire du chevalier de la Barre. Accusé d'impiété et de sacrilège, un jeune chevalier fut condamné, en 1766, à faire amende honorable, à avoir la langue coupée, à être décapité puis brûlé. Le bourreau avait reçu l'ordre de jeter un exemplaire du *Dictionnaire philosophique* de Voltaire dans le bûcher. Voltaire, horrifié, tenta de faire réviser ce jugement, ce qu'accomplit la Convention, longtemps plus tard.

■ Dans tous ses combats, Voltaire a recours au pamphlet, qui met les rieurs de son côté et qui déstabilise l'adversaire. Grand maître de l'ironie, il a pu ainsi ridiculiser ses censeurs (*De l'horrible danger de la lecture*, 1765) ou Rousseau. Mais ses engagements restent courageux et souvent prophétiques : contre la torture, contre la peine de mort, contre la survivance des servages, etc.

Un homme en mouvement : Diderot•

Entre sensibilité et raison

■ Denis Diderot (1713-1784) a souvent souligné lui-même la versatilité de son caractère, l'instabilité de son tempérament. Il prétendait tenir cette nature de son origine. Natif de Langres, en Haute-Marne, où le climat est changeant, il avait, comme les habitants du pays, *une inconstance de girouettes*. Cette vivacité a frappé en tout cas tous ses contemporains. Ondoyant, cyclothymique, Diderot est toujours prêt à se passionner, que ce soit pour une idée, pour un tableau, pour une femme. Sensible et intuitif, il ne correspond pas exactement à l'idée que nous nous faisons parfois du « philosophe », rationnel et froid. Pourtant Diderot a fait plus pour la cause philosophique qu'aucun de ses semblables.

■ Le contenu théorique de son œuvre reflète son esprit de contradiction ; il aime les « paradoxes », il écrit des romans mystificateurs (comme *La Religieuse*), des textes qui se présentent souvent sous forme de dialogues désordonnés. Aucun genre fixe ne semble pouvoir le contenir : il va à l'aventure. Contrairement à un homme comme Rousseau, qui conçoit son œuvre comme un exercice solennel où il se veut cohérent et explicite, Diderot ne cesse de remettre en cause les certitudes du sujet. L'écriture ne prétend pas apporter une représentation planifiée du monde ou de soi-même ; elle est un laboratoire, un jeu expérimental. D'où son style oral et, très souvent, son inachèvement.

■ Diderot est l'incarnation même des oscillations de son siècle. La recherche de la vérité hésite entre rationalisme et sensibilité. Enthousiasmé par le savoir et par les sciences exactes, Diderot veut tout connaître et tout faire connaître. Mais, dans le même élan, il reconnaît la valeur morale et intellectuelle de l'émotion. L'âme sensible perçoit, instinctivement, la beauté, la vertu, le vrai. Loin de voir l'esprit comme un mécanisme autonome qui s'est libéré des influences du cœur, Diderot croit que *la philosophie n'est que l'opinion des passions.* D'où un va-et-vient constant entre la crainte que l'émotivité ne devienne tyrannique, et la certitude que la raison pure et sèche est aveugle. L'homme est double : poète grâce à l'échauffement affectif (*De la poésie dramatique*, 1758) et acteur lucide, grâce au sang-froid du travail créateur (*Paradoxe sur le comédien*, 1778).

Le goût des paradoxes

■ Si Diderot se complaît dans les antagonismes, ce n'est pas seulement par tempérament. Il aime disputer et faire jouer la controverse, car ces exercices dialectiques favorisent une pensée en marche. Or, la pensée, comme la vérité même, est tumulte et mouvement. Pour Diderot, l'univers est une fermentation continuelle ; le monde, une matière en évolution. Avant Lamarck et Darwin, Diderot pressent l'idée que la vie est une série de mutations. La pensée du philosophe, qui veut comprendre le réel, en imite la mouvance et les possibilités multiples.

■ Le style de Diderot épouse les formes de cette pensée. Il repose toujours plus ou moins sur un principe de dialogues animés, où la vérité se cherche en s'essayant. L'interlocuteur principal est souvent un agité ou un original ; dès lors la discussion ne peut plus se planifier. Même dans son roman *Jacques le Fataliste*, la linéarité du récit est contestée par les interventions du narrateur qui dévie ou interrompt sans cesse les aventures de ses personnages.

■ Cette technique est aussi un brouillage prudent. Car les idées de Diderot ne pouvaient guère se formuler trop directement sans risque. Sa *Lettre sur les aveugles à l'usage de ceux qui voient* lui avait valu d'emblée d'être enfermé à Vincennes (1749), et il comprit la leçon. Sa pensée, très hardie, serait désormais moins explicite et resterait non publiée. Mais que contenait cette *Lettre sur les aveugles* ? Diderot y fait parler un mathématicien aveugle, l'Anglais Saunderson, qui, sur son lit de mort, décrit l'homme comme issu, par un effet du hasard, de la matière en évolution, et le monde comme un accident passager de l'éternel mouvement universel. Diderot élimine ainsi la croyance en l'homme-créature de Dieu. Ce qu'on nomme *métaphysique* ou *morale* n'est qu'une invention humaine, dictée par nos sens et nos organes.

■ L'athéisme de Diderot se confirmera dans d'autres essais, et surtout dans *Le Rêve de d'Alembert* (1769), où la théorie matérialiste est développée et justifiée dans son entier.

Morale et sentiments

■ Les adversaires de l'athéisme craignaient qu'il ne provoquât la fin de toute morale. Sans la crainte de Dieu, qui imposera les interdits ? Voltaire, pourtant plus anticlérical en fait que Diderot, souhaitait un valet croyant, pour moins risquer le vol. Diderot doit donc répondre à cet argument classique. Son athéisme est sans hargne, mais découle logiquement d'une enquête sur l'univers, sur le système physique du monde. Il trouve origine dans le réel que donne à voir la science.
■ Diderot part du postulat que l'homme agit naturellement et nécessairement en vue de son bonheur. La morale doit être le résultat de ce désir, pris collectivement. Toutes les entraves, politiques ou religieuses, visent pourtant à éliminer cette tendance : *la loi qui prescrit à l'homme une chose contraire à son bonheur est une fausse loi.* C'est par là que Diderot se montre anti-catholique. Rien ne lui paraît moins naturel que la privation du plaisir (donc de la sexualité) et que l'apologie de la mortification, prônées par la tradition catholique. On saisit nettement le point de vue de Diderot en comparant dans son œuvre deux situations extrêmes. D'un côté, le couvent : une accumulation de règles et d'interdits dans un milieu clos, qui aboutit à des rapports humains féroces et à une sorte de dépravation ; c'est ce que montre, par exemple, *La Religieuse.* De l'autre, les « bons sauvages » qui, ignorant toute hiérarchie, suivent leur instinct et vivent dans un bonheur paisible, sensuel et sans remords, tels les Tahitiens du *Supplément au voyage de Bougainville.*
■ En suivant la logique de ce raisonnement, Diderot en vient à défendre l'émotion comme unique source de la morale. Il s'agit toujours de suivre la nature, la *voix du cœur.* C'est en cela qu'il se fait le défenseur du style dit « larmoyant », notamment au théâtre, où il impose de nouvelles pièces, nommées « drames ». Le sujet en est bourgeois (drames de famille ou malheurs de la vie quotidienne) et réaliste. On tend au spectateur un miroir où il reconnaît des situations qu'il peut rencontrer. Le conflit dramatique, propice à l'attendrissement, naît d'un désordre pathétique passager. Le dénouement ramènera l'harmonie grâce à l'aveu des fautes, au pardon, à la victoire de la sensibilité sur l'intérêt. La peinture de Greuze exprime, au même moment, le même sentimentalisme.

Le nouveau roman selon Diderot : forme et signification

■ Diderot voit dans la liberté (celle du corps avant tout) la condition première et suffisante du bonheur. Mais la philosophie matérialiste, à laquelle il adhère par ailleurs, est incompatible avec l'idée que l'homme puisse s'affranchir de toute aliénation. Notre nature dépend de l'hérédité, et notre histoire est conditionnée par le hasard de notre milieu. Comment concilier le déterminisme physiologique ou social avec la liberté ? Tel est le problème dont Diderot ne cessera plus de débattre à partir de 1760 en rédigeant *La Religieuse*, *Le Neveu de Rameau* et *Jacques le Fataliste*, œuvres qu'il remaniera continuellement.

■ Ces trois œuvres de fiction constituent la véritable création littéraire de Diderot. Cette part romanesque de son œuvre réalise la synthèse de son goût pour l'imprévisible, et de la nécessité d'organiser, de rédiger. D'où un récit qui se fragmente et dont la discontinuité imite le désordre de la vie. Le jeu littéraire n'est plus seulement une forme, il est signification. Il illustre la dialectique du fatalisme et de la liberté, qu'il résout par un art de vivre — et de conter — où prédominent euphorie, aventure, fuite. Jacques (le « fataliste ») est convaincu que tout est écrit d'avance *sur le grand rouleau*, mais il agit comme s'il était libre et finit par l'être plus que son maître qui, tout en affirmant sa foi en la liberté totale, reste lié à des préjugés et à des habitudes. De même, le Neveu (de Rameau) est un clochard génial, parasite sans scrupule, mais, au fond, plus heureux, plus libre et moins hypocrite que les gens de la « bonne société » dont il révèle les tares et les ridicules.

Diderot critique d'art

■ C'est sur la demande de son ami Grimm que Diderot commence à rendre compte des salons de peinture qui se tiennent tous les deux ans à Paris. Sans être un spécialiste, Diderot se prend rapidement au jeu du « musée imaginaire ». Au milieu des divers tableaux, il entre dans un univers poétique où défilent tous les genres : paysages, mythologie, allégories religieuses ou morales, réalisme familier, etc. Rien ne répond mieux au tempérament profond de Diderot que cette démultiplication propice au commentaire et à l'imagination. *Il n'y a aucun de mes ouvrages qui me ressemble davantage.*

■ En 1766, Diderot résume ses idées sur l'art dans un *Essai sur la peinture.* Trois principes s'imposent : la recherche d'un réalisme expressif où transparaissent la vie familière, le milieu, les gestes du quotidien ; l'éveil de l'émotion, grâce au pathétique, au sentimental ; enfin, la nécessité de faire du tableau une allégorie morale : *la peinture a cela de commun avec la poésie que toutes deux doivent être de bonnes mœurs ; il faut qu'elles aient des mœurs. Boucher n'en doute pas ; il est toujours vicieux, et n'attache jamais. Greuze est toujours honnête, et la foule se presse autour de ses tableaux* (IV).

■ Les *Salons* sont œuvre poétique. Diderot s'y livre aux délices de la verve et du fantasme, avec un élan imaginatif et admiratif qui annonce Chateaubriand ou Baudelaire. Jamais l'auteur n'a si vivement ressenti les insuffisances du langage au regard de la sensation : *la langue ne me fournit pas à propos l'expression de la vérité. J'abandonne une thèse, faute de mots qui rendissent bien mes raisons ; j'ai au fond de mon cœur une chose et j'en dis une autre* (*Salon* de 1767).

■ Le parti pris esthétique de Diderot explique son engagement dans la « Querelle des Bouffons ». Cette bataille musicale, entre 1750 et 1770 environ, oppose les tenants de la musique lyrique française (de Lulli à Rameau) aux partisans de l'opéra italien. D'une façon générale, les philosophes, à la suite de Rousseau (*Lettre sur la musique française*, 1753) sont du côté des « bouffons », c'est-à-dire des artistes italiens. Leur musique s'appuie sur l'intensité de l'expression, le caractère dramatique, la couleur. Mais le mouvement philosophique soutient aussi l'opéra bouffe italien pour des raisons idéologiques ; les sujets sont « bourgeois », comme dans la *Servante maîtresse* de Pergolèse (1710-1736), et non plus mythologiques ; l'œuvre n'est plus un ornement, mais une émotion qui parle à tous, énergique, sentimentale, passionnée. Rien ne peut mieux convenir à Diderot qui croit, comme Rousseau, que *la musique peint ce qu'on ne saurait entendre*. On trouve un écho de ce débat esthétique et idéologique dans *Le Neveu de Rameau.*

L'amour de la science

L'essor de la pensée scientifique

■ Les écrivains du XVIIIe siècle se sont tous mêlés de science. Ils ne font pas de distinction entre la démarche scientifique et l'écriture littéraire (pensons aux dialogues de Diderot, aux dictionnaires de Voltaire ou aux discours de Rousseau). D'autre part, ils sont à l'écoute des nouvelles données de la science. On trouve, parmi les amis de Diderot, l'abbé Étienne Bonnot de **Condillac** (1715-1780), théoricien du sensualisme, pour qui il n'existe pas d'idées innées, nos facultés étant toutes le fruit de nos sensations ; le fermier général Claude Adrien **Helvétius** (1715-1771), dont le livre *De l'esprit* (1758) est une « bible » du rationalisme ; le baron Paul-Henri **d'Holbach** (1723-1789), un des artisans de *l'Encyclopédie*, très virulent contre la religion et défenseur des sciences exactes (chimie, géologie), auteur d'un *Système de la nature* (1770) très « matérialiste » ; le mathématicien Pierre-Louis de **Maupertuis** (1698-1759), qui mesura le premier un arc du méridien et formula le transformisme général.

■ Tout ce vivier de savants va se retrouver associé à l'aventure de l'*Encyclopédie.*

Qu'est-ce que l'*Encyclopédie* ?

■ C'est le libraire Le Breton qui eut l'idée de publier en France un dictionnaire complet qui puisse rivaliser avec la *Cyclopaedia or Universal Dictionary of Arts and Sciences*, parue à Londres en 1728. Mais ce projet prend d'emblée l'allure d'une opération politique. L'*Encyclopédie* veut se démarquer des dictionnaires à l'inspiration plus ou moins directement religieuse, pour faire entendre la voix du progrès et servir d'arme dans la lutte pour le triomphe de la raison. En dressant *le tableau général des efforts de l'esprit humain dans tous les genres et dans tous les siècles*, ce gigantesque ouvrage veut donner la parole à ceux qui s'occupent *des sciences et des arts*, aux productifs, aux actifs. C'est la pensée bourgeoise qui va s'exprimer. L'idéologie encyclopédiste est celle des hommes d'action décidés à faire fructifier le travail et l'intelligence, curieux des novations techniques et scientifiques. Amateurs de réformes, et d'ordre plus encore, ils aimeraient concevoir la gestion du royaume comme celle d'une entreprise. Il faut pour cela que la bourgeoisie obtienne l'abolition de certains privilèges, l'égalité des droits, une organisation économique moderne, toutes revendications que formule l'*Encyclopédie.*

■ Rappelons-en l'essentiel, en chiffres, en noms et en dates.

• **l'*Encyclopédie* en chiffres :**

– Nombre d'exemplaires parus, toutes éditions confondues, avant 1789 : 24 000.

– Prix : 25 livres par volume (il y en a 17, plus 11 volumes de planches), l'équivalent de 300 heures de travail d'un ouvrier, soit plus d'un mois de salaire.

– Investissement de Le Breton : 50 000 livres ; bénéfice final : 1 520 000 livres.

– Premier tirage : 4 250 exemplaires, mis en souscription au 1er mai 1751, tous aussitôt vendus. Voltaire s'exclame : *les libraires y ont gagné 500 %, ce qui n'est jamais arrivé depuis deux siècles.* Le prix initial de la souscription avait été fixé à 280 livres, il s'élève peu après à 980, et finira par atteindre 1 400 livres.

– Outre les éditions grand format (dites « in folio ») de Paris (1751-1772), de Genève (1771-1776), de Lucques (1758-1776) et de Livourne (1770-1778), on trouvera des parutions meilleur marché : en demi-format (dites « in quarto ») à Genève et Neuchâtel (1777-1779), et en format « de poche » (dites « in octavo ») à Lausanne et Berne (1772-1782).

— Mille ouvriers y ont travaillé pendant 25 ans.

• **Les principaux collaborateurs de l'*Encyclopédie* :**

— D'Alembert (1717-1783). Fils naturel de Mme de Tencin, auteur à 25 ans d'un *Traité de dynamique* qui fait de lui l'un des premiers mathématiciens d'Europe, académicien à 37 ans, choyé par les princes (Frédéric II, Catherine II) et par tous les intellectuels de son temps (notamment Diderot et Rousseau), il s'occupe des articles de mathématiques et de physique générale, de l'article *collège*, qui critique l'enseignement de son époque, et de l'article *Genève*, sur le théâtre, ce qui entraînera la réponse de Rousseau.

— Barthez (1734-1786) : médecine.

— Boulanger (1722-1759) : critique littéraire, droit, économie politique.

— De Brosses (1709-1777) : critique littéraire.

— Duclos (1704-1772) : critique artistique et histoire.

— Dumarsais (1676-1756) : grammaire. Auteur d'un traité *Des tropes* (1730).

— D'Holbach (1723-1789) : chimie et sciences naturelles.

— Jaucourt (1704-1779). Le plus constant et le plus efficace des collaborateurs de Diderot : *cet homme est depuis six à sept ans au centre de six à sept secrétaires, lisant, dictant, travaillant treize à quatorze heures par jour* (Diderot à Sophie Volland, lettre du 10 novembre 1760). Il rédige sur divers sujets, à la demande, mais se fait surtout remarquer en philosophie politique.

— La Condamine (1701-1794) : géographie, histoire naturelle.

— Mallet (abbé) (1713-1755) : théologie.

— Marmontel (1723-1799) : critique d'art et de littérature.

— Montesquieu (1689-1755) : article *Goût.*

— Abbé Morellet (1727-1818) : théologie, *il est le quatrième théologien auquel nous avons eu recours. Le premier a été excommunié (de Prades), le second expatrié (Yvon) et le troisième est mort (Mallet)*, écrit d'Alembert à Voltaire (30 juillet 1758).

— Abbé de Prades (1720-1782) : théologie.

— Quesnay (1694-1774) : théorie et pratique économiques.

— Rousseau (1712-1778) : musique et article *économie politique.*

— Marquis de Saint-Lambert (1716-1803) : art et questions militaires.

— Turgot (1727-1781) : économie générale.

— Voltaire (1694-1778) : littérature et histoire.

— Watelet (1718-1780) : facture d'art.

— Abbé Yvon (1714-1791) : théologie (*Âme, Athée, Dieu*).

• **Une histoire à rebondissements :**

1728 : Publication de la *Cyclopaedia or an Universal Dictionary of Arts and Sciences*, d'Ephraim Chambers (cinq éditions juqu'en 1742).
1743 : cinquième édition du *Dictionnaire* dit *de Trévoux*, composé par les jésuites.
1745 : le libraire-imprimeur parisien Le Breton obtient un privilège pour la traduction de la *Cyclopaedia* de Chambers.
1746 : les *Pensées philosophiques*, œuvre anonyme de Diderot, sont condamnées par un arrêt du parlement de Paris.
1747 : Le Breton confie la direction de son *Dictionnaire* à Diderot et à d'Alembert.
1749 : Diderot enfermé à Vincennes.
1750 : publication du *Prospectus* de *l'Encyclopédie.*
1751 : premier volume.
1752 : l'abbé de Prades est condamné par la faculté de théologie et par la hiérarchie catholique, à la suite de sa thèse, soutenue l'année précédente, que l'on accuse d'hérésie. Le scandale est violent et la polémique avec les autorités religieuses — et les jésuites — ne cessera plus. Le conseil d'État du roi ordonne la suppression des deux premiers volumes de *l'Encyclopédie*, dès la parution du second. Grâce à la protection du directeur de la Librairie, Malesherbes, la publication continue cependant.
1753-1756 : un volume paraît chaque année. Les jésuites multiplient les attaques.
1757 : attentat de Damiens contre le roi (5 janvier). On prend des mesures contre les livres jugés subversifs. L'avocat Jacob Nicolas Moreau lance un pamphlet tournant en ridicule des Encyclopédistes, l'*Histoire des Cacouacs.* Ce Moreau sera récompensé. Nommé bibliothécaire de la Cour, premier conseiller de « Monsieur » (le futur Louis XVIII), il sera plus tard l'historiographe de Louis XVI.
1758 : Rousseau écrit sa *Lettre à d'Alembert* en réponse à l'article *Genève.* Une commission de juristes et de religieux est chargée de juger dans le détail les pensées encyclopédistes.
1759 : le Parlement prend un arrêt condamnant l'*Encyclopédie*, tandis que le Conseil d'État révoque son privilège. Le pape Clément XIII condamne à son tour l'ensemble de l'œuvre. D'Alembert se retire.
1760 : les philosophes sont attaqués de tous côtés. Diderot a envie de tout arrêter, mais les souscripteurs ne font pas défaut.
1762 : arrêt du Parlement supprimant la compagnie de Jésus (les jésuites).
1764 : mort de la favorite de Louis XV, madame de Pompadour, qui protégeait les Encyclopédistes. Diderot reproche à Le Breton des modifications en sous-main.
1765 : publication des dix derniers volumes (VIII à XVII).
1766 : Le Breton est arrêté pour avoir vendu des exemplaires à Versailles.
1772 : fin de la parution des volumes de planches.

Les idées des Encyclopédistes

■ Fondamentalement, *l'Encyclopédie* est une œuvre militante. Il s'agit de revenir à une connaissance objective et globale, dégagée de tout préjugé, offerte à tous, pour que triomphent la raison, le progrès, donc le bonheur humain. D'où un ton souvent ironique et combatif dans chacun des articles, surtout lorsqu'ils ont à évoquer les principes d'autorité ou les croyances. Certains articles sont même carrément antireligieux.

■ La guerre faite à *l'Encyclopédie* prouve bien que ce dictionnaire fut perçu d'abord comme un cheval de bataille contre la foi. L'arrêt de 1752 lui reproche *d'élever les fondements de l'incrédulité et de l'irréligion.* En tout cas, des articles s'en prennent à la foi (*Raison*), aux miracles (*Imposture, Oracles*), à l'Église (*Pape, Prêtres, Hérétiques*). En revanche, les Encyclopédistes prônent la tolérance (*Tolérance, Persécuter, Bramines, Mahomet*) et le bonheur sur terre (*Homme, Passions, Bonheur*).

■ Les idées politiques paraissent moins virulentes. L'influence de Montesquieu y est prépondérante : éloge de la monarchie tempérée par le parlementarisme, haine de l'oppression tyrannique et de tout absolutisme, dénonciation des privilèges et des inégalités devant la loi, séparation des pouvoirs (*Autorité politique, Égalité naturelle*). Enfin, si *l'Encyclopédie* dénonce la guerre ou la répression, c'est aussi pour des raisons économiques. Seule la paix permet l'expansion du travail et des richesses. La moitié du dictionnaire est composée de planches gravées où apparaissent outils, machines et métiers. On prend ainsi parti pour une civilisation du travail, de l'artisanat, de la petite industrie, de l'agriculture, de la production économique, par opposition au luxe et à l'improductivité des privilégiés ou des mauvais riches (*Peuple, Indigent, Laborieux*).

Un vulgarisateur exemplaire : Buffon

■ Dans la mouvance encyclopédiste, divers savants font œuvre de vulgarisation. Le plus productif d'entre eux est sans doute Georges-Louis Leclerc, comte de Buffon (1707-1788). Ses études sur les fossiles marins, en particulier, et sur l'origine végétale du charbon l'ont conduit à imaginer le transformisme, qu'il nomme « dégénération des espèces ». C'est aussi un défenseur de la belle écriture (*le style est l'homme même*, disait-il) : le compte rendu scientifique doit avoir un aspect plaisant, donc littéraire. Ses descriptions animalières sont, en effet, de véritables exercices de style, très admirés en son temps.

■ Après des études de mathématiques et de physique, il adopte les vues méthodiques de Newton et s'intéresse d'abord à la botanique. Nommé intendant du Jardin du Roi en 1739 — le futur jardin des Plantes —, il se consacre jusqu'à sa mort à réunir des collections et à diriger des laboratoires d'anatomie. Au total, son œuvre est impressionnante. Son *Histoire naturelle* comprend 36 volumes : les quadrupèdes (15 volumes, 1749-1767), les oiseaux (9 volumes, 1770-1783), les minéraux (5 volumes, 1783-1788). Un *Supplément* (7 volumes, 1774-1779) contient notamment son *Discours sur le style*, que Buffon prononça lors de sa réception à l'Académie française, en 1753.

Études de mœurs : la vogue du conte et du roman

L'âge d'or du conte

■ L'intérêt de Voltaire pour les contes, que lui-même ne prenait pourtant guère au sérieux, témoigne d'une vogue générale pour ce genre d'écrits. Tous les écrivains du siècle s'y sont essayés et une foule d'auteurs mineurs, aujourd'hui oubliés, ont eu leur heure de gloire grâce aux contes, comme, par exemple, Jeanne-Marie Leprince de Beaumont (1711-1780). Ses nombreux ouvrages, parmi lesquels *La Belle et la Bête*, lui ont assuré, à partir de 1760, une immense popularité.

■ Entre 1740 et 1770, on relève à peu près cinq cents recueils. Encore faudrait-il y ajouter diverses publications qui ne se réclament pas directement du conte, mais qui, par leur brièveté ou leur technique, peuvent y être rattachées. Il est vrai que la définition du conte n'est pas précisément établie. Si l'on élargit la statistique à l'ensemble des narrations fictives de petite dimension — environ cent pages —, le siècle a produit cinq cent cinquante recueils et huit cents titres séparés, soit environ sept mille cinq cents textes qu'on peut appeler « contes ». La fiction féerique ou merveilleuse, qui prédominait à la fin du XVIIᵉ siècle avec Perrault ou

Mme d'Aulnoy, cède le plus souvent la place au conte philosophique, qui sera lui-même supplanté par la mode fantastique au XIXe siècle.

■ Le développement de cette production est lié à l'extension des publications périodiques. Le conte livre des anecdotes présentées comme véridiques et il en tire la leçon morale qui convient. Il ressemble donc à ces journaux moraux « à l'anglaise » qui se vendent si bien pendant tout le siècle (*cf.* Marivaux et Prévost). D'autre part, l'écrivain assure sa notoriété par les salons et les clubs. Cette vie mondaine, qui repose essentiellement sur l'art de la conversation, favorise les narrations brillantes, rapides, où l'esprit séduit et convainc. Des hommes comme Diderot et Rousseau sont des conteurs-nés.

■ Malgré la variété apparente des sujets et des cadres, le conte vise toujours à un enseignement, à un message final. À ce titre il s'inscrit bien dans l'effort général de vulgarisation propre au siècle des Lumières. Il s'agit de divertir pour éduquer, ce qui est exactement la fonction des contes pour enfants, à l'origine. Pour emporter l'adhésion de son public, l'auteur se confond avec le narrateur : son récit se présente comme un témoignage. Cette volonté d'agir sur la conviction du lecteur fait évoluer le conte vers la représentation de la réalité. Les fées et l'orientalisme, si habituels dans ce genre, s'estompent. C'est dans l'actualité, malgré quelques travestissements de convention, que s'alimentent les thèmes du conteur.

Pourquoi l'essor du roman ?

■ Le roman, délivré de tout carcan théorique, s'épanouit naturellement au cours d'un XVIIIe siècle durant lequel les classes sociales évoluent vite. Le genre romanesque raconte souvent l'aventure d'un individu à la recherche de sa propre réussite, pris dans le jeu des ambitions et des rencontres. Roman d'appprentissage, roman de mœurs, roman d'aventures, roman autobiographique, roman picaresque, de quelque manière qu'on le nomme, le roman propose à son lecteur une sorte d'école de la vie, une image des conditions sociales. Ainsi s'ouvre la voie qui conduira au triomphe du réalisme romanesque, dont l'apogée se situera au milieu du XIXe siècle.

■ La mission réaliste assignée au roman n'empêche nullement la fiction, l'illusion, l'imagination. Mais les auteurs se livrent à une sorte de surenchère pour « faire vrai ». L'intrigue a beau paraître un peu extravagante, elle a toujours pour toile de fond des lieux reconnaissables (Paris, surtout) et actuels. Et l'analyse psychologique est assez poussée pour paraître une étude clinique, notamment quand il s'agit de la passion. Enfin, les romanciers nous font croire qu'ils mettent sous nos yeux un journal authentique, retrouvé par quelque miracle, où le héros a jeté, au jour le jour, sa vie sur le papier. La vogue du roman par lettres accentuera cette tendance.

Les récits à la première personne : Lesage et Marivaux

■ Pour que le lecteur y croie, il faut s'adresser à lui directement. D'où la mode du roman écrit à la première personne. Un auteur comme Alain-René **Lesage** (1668-1747) emprunte ainsi à la forme espagnole du roman picaresque. Le « picaro » est un personnage de condition très modeste qui va se frayer un chemin dans la société et assurer sa promotion sociale. *Gil Blas de Santillane* (1715-1735) raconte l'itinéraire d'un jeune homme, d'abord naïf et abusé, mais qui connaîtra la réussite. Le récit est fait par Gil Blas âgé. Les tableaux sont un peu décousus, les situations trop romanesques, mais la galerie des portraits trace un dessin féroce des mœurs françaises, sous couleur d'un exotisme espagnol qui ne fait guère illusion. L'auteur nous en prévient : *je ne me suis proposé que de représenter la vie des hommes telle qu'elle est.*

■ **Marivaux** prolonge la tendance picaresque avec ses deux romans : *La Vie de Marianne* et *Le Paysan parvenu.* Les épisodes et les tableaux se succèdent sans véritable fil, au gré des rebondissements les plus fortuits. Il est révélateur que Marivaux n'ait pu achever ces deux œuvres : le temps romanesque est juxtaposition indéfinie d'instantanés. Les deux héros, Marianne et Jacob — le « paysan » —, ne maîtrisent pas vraiment leur destin. L'unité du récit est assurée par l'évolution psychologique du personnage-narrateur, qui apprend peu à peu à se faire respecter et reconnaître, en imposant ses droits individuels.

Du roman de mœurs au roman de l'amour fou : Prévost*

■ D'une vie turbulente, l'abbé Antoine-François **Prévost** d'Exiles (1697-1763) a tiré le sujet de romans fertiles en rebondissements. Chez lui, le roman de mœurs s'oriente vers la peinture de l'amour, vu comme délice et comme ravage. L'amour est tragique. Ne trouvant guère le bonheur sur terre, les héros de Prévost sont soumis aux épreuves les plus cruelles : leurs bonnes intentions se retournent contre eux, le hasard leur est défavorable, leur sensibilité les emporte malgré eux.

■ Toute l'œuvre de Prévost tourne donc autour de la question du bonheur, incompatible avec la nature émotive de l'homme. Le roman nous présente ainsi une nouvelle sensibilité incontrôlée, annonçant l'émotion rousseauiste, d'où naîtra le romantisme, et même la sensualité maladive ou incontrôlée de Sade. L'œuvre de Prévost est abondante (112 volumes) et a façonné le goût de son siècle.
■ Malgré son énormité, la production de Prévost est cohérente, les mêmes thèmes y sont partout récurrents. Le récit le plus connu, *Manon Lescaut*, narration-gigogne située au tome VII des *Mémoires et aventures d'un homme de qualité*, est l'un des plus brefs qu'il ait écrits. Un jeune chevalier raconte à « l'homme de qualité » les cinq années de son aventure avec Manon, fille aux mœurs légères, depuis leur rencontre, à l'âge de seize ans, jusqu'à la mort de Manon en Amérique. Les sujets fondamentaux de Prévost s'y retrouvent tous : amour fatal, violence des conflits avec les pouvoirs, impuissance de la volonté, obscurité de la conscience, déchéance et désir d'absolu. Le roman fit scandale et fut condamné au feu après sa parution parisienne.

Les romans du libertinage

■ Sous le couvert d'un projet moralisateur, bien des romans se complaisent à décrire des mœurs dégradées. Cette tendance permet l'essor du roman libertin, volontiers indécent, et qu'on nommerait aujourd'hui érotique, même s'il reste discret.
■ Claude Prosper Jolyot de **Crébillon** (1707-1777), dit Crébillon fils, est un mondain et un joyeux non-conformiste. Ses romans se moquent des timorés et des dévots. Il invoque Dieu sous le nom de « Grand singe », dans *L'Écumoire* (1734), ce qui le conduira en prison. Mais Crébillon n'est pas un provocateur gratuit. C'est un pessimiste, sans foi ni loi. Sa vision de la société est grimaçante : d'un côté des tricheurs, corrompus et sournois, de l'autre des libertins, profiteurs, lucides, cruels. La seule vérité est celle du désir et du plaisir, eux-mêmes dégradants. Reste l'intelligence, art de manœuvrer et dominer. Rien d'étonnant si Choderlos de Laclos fait de Crébillon la lecture favorite de Mme de Merteuil. Car pour lui l'amour est une force violente, masquée par des discours faux. Telle est la leçon des *Égarements du cœur et de l'esprit* (1736) ou de son recueil de nouvelles pseudo-orientales, *Le Sopha* (1740). Mais on parle aussi, à propos de Crébillon, de « rococo » littéraire, car il joue beaucoup sur l'entrelacement de récits où l'imagination, le souvenir et la réalité se confondent, en une agréable légèreté, comme dans *La Nuit et le Moment* (1755).

■ Dans le sillage de Crébillon, le roman libertin connaît un fort développement. Sous prétexte de satire ou de croquis de mœurs, des écrits médiocres obtiennent un succès facile grâce à des grivoiseries. La notion même de libertinage évolue. Elle recouvre moins l'impiété – selon l'acception classique – que la débauche. Diderot participe même à cette mode avec *Les Bijoux indiscrets* (1748). Citons aussi Charles **Duclos** (1704-1772) : ses *Confessions du comte de **** (1741) énumèrent les bonnes fortunes d'un galant, avec suffisamment de détails pour que les lecteurs y trouvent des « clés » sur tel ou tel de leurs contemporains connus.

Roman par lettres et écriture féminine

■ Dès lors que le roman prétend épouser la vérité intime du sentiment et qu'il s'écrit à la première personne, il s'apparente à la lettre, d'où l'éclosion du roman par lettres, qui sera le genre le plus pratiqué entre 1730 et 1790. Cette faveur du roman épistolaire correspond à la mode des mémoires fictifs. Il suffit alors de faire varier le découpage, de dater les épisodes, pour que le roman ressemble à une correspondance.

■ Voici les principaux romans par lettres lus ou écrits au XVIIIe siècle :

- Guilleragues : *Lettres portugaises*, 1669.
- Boursault : *Lettres de respect, d'obligation et d'amour*, 1669.
- Fontenelle : *Lettres galantes du chevalier d'Her...*, 1683.
- Boursault : *Lettres amoureuses d'une dame à un cavalier*, 1698.
- Montesquieu : *Lettres persanes*, 1721.
- Crébillon : *Lettres de la marquise de M. au comte de R.*, 1732.
- Mme de Graffigny : *Lettres d'une Péruvienne*, 1747.
- Mme Riccoboni : *Lettres de Mistress Fanni Butlerd*, 1757.
  Lettres de mylady Juliette Catesby, 1759.
- Rousseau : *La Nouvelle Héloïse*, 1761.
- Mme de Beaumont : *Lettres du marquis de Roselle*, 1764.
- Crébillon : *Lettres de la duchesse de... au duc de...*, 1768.
- Restif de la Bretonne : *Le Paysan perverti*, 1776.
- Choderlos de Laclos : *Les Liaisons dangereuses*, 1782.
- Sénac de Meilhan : *L'Émigré*, 1794.

■ Textes inachevés ou publiés plus tard :

- Marivaux : *La Vie de Marianne*, 1731.
- Diderot : *La Religieuse*, 1760.

■ Mais ce sont surtout les femmes qui s'expriment dans ce genre. D'abord parce que l'idée reçue voulait que la femme se prête idéalement à l'analyse amoureuse (pensons aux *Lettres portugaises*) et à l'aveu, mais aussi parce que ce moyen lui permet de faire entendre sa voix et ses exigences dans une société appelée à évoluer.

■ On trouve des traces de ce féminisme chez Claudine de **Tencin** (1682-1749). Femme de tête, intrigante, proche du pouvoir, elle a pour amants le Régent et son ministre, l'abbé Dubois. Son fils naturel, d'Alembert, est une des plus belles intelligences du siècle. Elle tient salon avec l'élite parisienne, tandis que son frère, le cardinal Pierre de Tencin, est ministre de Louis XV. Ses trois principaux romans (*Mémoires du comte de Comminge*, 1735 ; *Le Siège de Calais*, 1739 ; *Les Malheurs de l'amour*, 1747) montrent tous les souffrances de la jeune femme à qui la société interdit la libre maîtrise de ses sentiments. Une si noire peinture est en soi une revendication.

■ De même, Françoise de **Graffigny** (1695-1758) évolue dans les milieux intellectuels parisiens. Elle participe au féminisme en représentant la femme comme un être sans artifice, naturellement sincère et doué pour le bonheur, victime d'une société d'hommes où règnent la fausseté, l'intérêt et les préjugés. L'influence du rêve rousseauiste d'un monde naturel, incarné par la femme, impossible dans une organisation sociale corrompue par les hommes, se manifeste dans ses *Lettres d'une Péruvienne* (1747). Une jeune Péruvienne, Zilia, emmenée de force en France, décrit à son frère Aza les travers de la société « civilisée ». Ce livre a connu un grand succès : quarante-deux éditions en cinquante ans et des traductions en cinq langues.

■ Dans ses romans épistolaires, comme les *Lettres de Mistress Fanni Butlerd* (1757), Marie-Jeanne de **Riccoboni** (1713-1792) retient, pour sa part, le thème de la duplicité des sentiments masculins. Elle-même maltraitée par ses parents, puis par son mari, un acteur débauché, elle s'en prend à la perfidie et à l'inconstance des hommes. Ses héroïnes, au contraire, vivent leur passion dans l'absolu et l'illusion, malgré les déceptions et les trahisons.

Une œuvre marquante : *La Nouvelle Héloïse*

■ La parution en 1761 de *La Nouvelle Héloïse*, roman par lettres de Jean-Jacques Rousseau, eut un retentissement sans précédent, comme le signalent les *Confessions* (XI). Répondant au goût du public, préparé par Prévost, ce récit pathétique et minutieux d'une passion brûlante et impossible cristallise toutes les aspirations sentimentales de l'époque, au moment où les excès du rationalisme et la liberté cynique des mœurs suscitent un désir de réaction. Bien que le roman ait pour source des souvenirs personnels de Rousseau, le public eut le sentiment d'avoir en main une vraie correspondance entre deux amants séparés.

■ *La Nouvelle Héloïse* est un roman sentimental. Émotions, élans vertueux, rêve de pureté et de retour à la nature, cris de la passion absolue, délices de l'imagination chimérique, tout ce qui cherche à réveiller les sensibilités y trouve sa place. Mais c'est aussi une œuvre poétique, musicale, qui annonce les dernières pages de Rousseau. La lettre cherche à exprimer le retentissement immédiat d'une émotion ou d'un souvenir : elle est écho affectif, sensation, émoi, lyrisme. Le récit en est simple. Saint-Preux, précepteur de Julie d'Étanges, est tombé amoureux de son élève. Mais, roturier, il ne peut espérer que le baron d'Étanges consente à ce mariage. Il part donc, trouve refuge dans les montagnes de Valais, puis dans l'enfer corrompu de Paris. Julie est mariée contre son gré à M. de Wolmar. Longtemps plus tard, Julie et Saint-Preux se retrouvent. Leur passion impossible est toujours aussi forte. Malade, Julie se laisse mourir en avouant à Saint-Preux qu'elle n'a jamais cessé de l'aimer, et en lui promettant qu'ils se retrouveront unis au Ciel.

■ L'optique morale et religieuse de la fin du roman explique le titre que Rousseau a choisi, en souvenir de l'amour du théologien Abélard pour Héloïse, au XIe siècle : il préféra se mutiler pour ne pas céder à sa passion et pour rester homme de Dieu.

L'autre face des choses : *Les Liaisons dangereuses*

■ Autre succès de librairie du siècle, *Les Liaisons dangereuses* (1782) firent scandale. L'auteur, Pierre Choderlos de **Laclos•** (1741-1803) y montrait des mœurs débauchées et une corruption militante. Deux aristocrates, le vicomte de Valmont et la marquise de Merteuil, emploient toutes les ressources de l'intelligence pour séduire et déshonorer une jeune fille pure, Cécile de Volanges, et une femme mûre, dévote et fidèle, Mme de Tourvel.

■ Ici, la forme épistolaire donne tout son intérêt au roman. La lettre permet de décrire la stratégie du libertin, d'analyser les méthodes cyniques auxquelles il a recours pour tromper ses victimes. Le lecteur perçoit, comme s'il était complice, les calculs hypocrites et les bilans victorieux des meneurs de jeu, leurs manœuvres et leur compte rendu des opérations en cours. La lettre est à la fois moyen d'action (car elle fait pression sur le destinataire qui sert de cible), et communication entre les conjurés qui échangent leurs expériences et rivalisent de stratégies.

■ Malgré les apparences, *Les Liaisons dangereuses* doivent beaucoup à *La Nouvelle Héloïse*. Les deux romans montrent les tares d'une société où le sentiment vrai et la sincérité sont impossibles. L'intention moraliste de Laclos est confirmée par la punition des personnages coupables : Valmont, pris finalement au piège de l'amour, est tué en duel, tandis que Mme de Merteuil, ruinée, est atteinte d'une maladie incurable qui la défigure. Il reste que l'on ne croit guère à cette conclusion et que l'on retient surtout la virtuosité des intrigants. Certains critiques, refusant de considérer la fin, voient dans les *Liaisons* l'exaltation des pouvoirs de la volonté individuelle dans une société où tout se dérègle.

Un penseur déçu : Rousseau•

L'homme dénaturé par la société

■ Jean-Jacques Rousseau (1712-1772) était encore un inconnu quand il décide de répondre à un concours proposé par l'Académie de Dijon : *Si le rétablissement des sciences et des arts a contribué à épurer les mœurs.* Son texte, paru en 1750, obtient le premier prix. Ce *Discours sur les sciences et les arts* contient en germe toute la pensée philosophique de Rousseau. Certes, on y retrouve l'écho du caractère propre à l'auteur. Homme timide, austère, élevé loin des salons parisiens, il avait l'impression, en arrivant à Paris, d'entrer dans un monde de dissimulation et de corruption. En critiquant les *peuples policés*, il défend une morale de l'authenticité, où être et paraître ne feraient qu'un. Mais le *Discours* reflète aussi l'une des polémiques philosophiques les plus vives de l'époque. À côté de Voltaire, qui célèbre le luxe et le progrès, Rousseau renouvelle le thème du « bon sauvage » en montrant que la vertu et le bonheur simple sont incompatibles avec la civilisation. Il se méfie d'une société qui dénature l'homme : *Peuples, la nature a voulu vous préserver de la science, comme une mère arrache une arme dangereuse des mains de son enfant.*

■ Cinq ans plus tard, Rousseau participe à nouveau à un autre concours de l'Académie de Dijon : *Quelle est l'origine de l'inégalité parmi les hommes, et si elle est autorisée par la loi naturelle.* C'est pour lui l'occasion d'approfondir sa réflexion, en montrant que la dénaturation de l'homme a commencé avec l'inégalité, mal premier et fondamental. Son *Discours sur l'origine et les fondements de l'inégalité parmi les hommes* (1755) décrit l'état de nature, antérieur à l'instauration de la société civile. Cet état, fait de bonheur et d'équilibre, est évidemment une fiction qui sert de référence pour apprécier au plan moral une dégradation. Innocence, bonté, harmonie ont cessé dès que les hommes ont commencé à exercer leur volonté de puissance, à s'approprier la terre cultivée, à mettre en place un système économique dont les riches seront vite les maîtres.

Vers la société nouvelle

■ Rousseau sait bien que la société ne reviendra pas à l'âge des origines dont il rêve. Il lui faut donc corriger celle qui existe. Retiré à Genève, il se sépare des Encyclopédistes et de Voltaire, et continue à s'insurger contre les mœurs de son temps. Par exemple, il s'oppose violemment à Voltaire sur la question du théâtre. Pour Rousseau, le théâtre se limite à l'amusement des oisifs *sans religion et sans principe* ; il flatte le public au lieu de le corriger ; la tragédie excite les passions dangereuses ; la comédie ridiculise les hommes vertueux, abusés par les habiles et les vicieux. Ces thèses sont rassemblées dans la *Lettre à d'Alembert sur les spectacles* (1758).

■ Mais c'est avec le *Contrat Social* (1762) que Rousseau fait de véritables propositions politiques pour changer la société. Puisque l'homme moderne a été perverti par les progrès de la civilisation, il faut refaire le chemin inverse : *dénaturer* systématiquement l'homme pour construire le citoyen de demain. Fondamentalement, Rousseau veut fixer des « principes du droit politique ». Quels sont ces principes ?

- Aucune autorité d'un homme sur les autres n'est naturelle ; la seule loi acceptable est celle qui résultera d'un consentement unanime, le *pacte social.*
- La *souveraineté* (l'autorité politique) ne peut donc découler que de la *volonté générale*, c'est-à-dire du peuple consulté ; c'est la volonté générale qui dirige *les forces de l'État* dont le seul but est *le bien commun.*
- Le gouvernement (l'exécutif) est un pouvoir subordonné au souverain, le peuple ; si ce gouvernement impose sa propre volonté, le pacte social est rompu et les citoyens doivent refuser d'obéir.
- Ces principes démocratiques supposent que la loi soit la même pour tous ; la loi est la garantie de la liberté individuelle ; elle empêche l'arbitraire et assure la justice.

L'éducation idéale

■ Bien qu'il soit un autodidacte et qu'il n'ait pas su s'intéresser à ses propres enfants, Rousseau a voulu compléter son système philosophique en écrivant un traité de pédagogie. Dans *Émile ou De l'éducation* (1762), il imagine le cursus d'un enfant pris dès la naissance. Il s'agit de l'élever conformément à la nature (bonne par principe), en le protégeant de la civilisation. Rousseau propose ainsi de pratiquer une *éducation négative*, c'est-à-dire de laisser l'enfant suivre sa nature et s'épanouir librement. Il ne faut pas voir l'enfant comme un petit adulte ni en faire un « singe social », mais il faut lui garantir une autonomie. Rousseau est ici très influencé par la théorie sensualiste de Condillac, pour qui la sensation précède et modèle toute forme d'activité intellectuelle. La sensibilité naturelle de l'enfant conduira son évolution affective, intellectuelle et morale. L'*Émile* n'est pas un traité purement théorique. Le plan suit l'échelle de l'âge et Rousseau donne des conseils précis (danger de la lecture, pratiques manuelles, exercices physiques, etc.). Il veut que l'on se fonde sur l'observation, l'expérience, et que l'enseignement soit surtout l'acquisition de méthodes qui donnent de l'autonomie. Enfin, tout le but de l'éducation est de donner le bonheur global au futur adulte : la religion du cœur en est un des moyens. La confiance dans le Créateur et l'amour des créatures assurent la paix intérieure.

■ Au cours de l'*Émile*, Rousseau développe sa pensée sur la foi. Au chapitre IV, il imagine un vicaire savoyard, en haut d'une colline dominant le Pô, et découvrant la splendeur des Alpes. Cet homme d'Église s'adresse à un jeune converti et lui montre que la beauté de la nature crée l'émotion religieuse. La croyance en Dieu est donc inscrite dans le cœur de l'homme ; il lui suffit d'écouter la voix de sa « conscience », « instinct divin », « juge infaillible du bien et du mal ». Cette prédication suppose adhésion à la Providence et confiance en la morale du cœur.

L'œuvre autobiographique

■ Par sa pensée (l'homme en sécession face à la civilisation moderne) comme par son caractère profond (solitaire, ombrageux, introverti), Rousseau est naturellement poussé à l'écriture autobiographique. Même son œuvre romanesque, *La Nouvelle Héloïse*, comme l'explique le livre X des *Confessions*, reflète sa vie amoureuse et ses souvenirs. Or, en 1761, son éditeur hollandais, Rey, lui demande de rédiger l'histoire de sa vie, pour la placer en tête de ses œuvres complètes. L'année suivante, Rousseau écrit à M. de Malesherbes, directeur de la Librairie (responsable de la censure). Rousseau craignait qu'on empêchât la parution de l'*Émile*. Malesherbes le rassure et met cette angoisse sur le compte d'une vie trop mélancolique et isolée. Les *Lettres à M. de Malesherbes* (1762) sont une autojustification : Rousseau y explique sa vie rustique, ses goûts, sa foi.

■ Pourtant, en juin 1762, l'*Émile* est condamné par le parlement de Paris, et l'auteur, menacé d'arrestation, doit s'enfuir en Suisse. Persécuté, incompris, Rousseau veut se justifier. Un méchant libelle anonyme, paru contre lui, *Le Sentiment des citoyens* (1764), achève de le persuader qu'il est victime d'une machination. Attribué à Voltaire, ce texte présente Rousseau comme un faux vertueux, et rappelle, par exemple, qu'il a abandonné ses propres enfants. Obligé de mettre à nu sa vie privée, Rousseau décide de faire sa « confession », de se montrer *tel qu'il est au-dedans*. Empruntant son titre à saint Augustin (354-430), le recueil des *Confessions* ressemble à un discours d'accusé répondant à ceux qui l'ont trahi et, bientôt, à l'humanité entière. Rousseau veut se montrer tel quel, ne cachant rien de ses fautes. Le récit détaillé des méfaits, même insignifiants ou puérils, vise à déculpabiliser leur auteur. Il s'agit de se purifier par l'aveu, d'expier par le remords. La confession tourne ainsi à l'apologie. Rousseau met ses erreurs sur le compte d'une jeunesse d'orphelin ballotté et pauvre. Pour survivre, l'enfant a dû affabuler et tricher. Il n'a été que le jouet d'une fatalité cruelle.

■ Malgré cet égocentrisme, les *Confessions* ont une valeur universelle, car elles montrent un homme *dans toute la vérité de la nature*. Elle nous tendent un miroir et invitent à la sympathie : le lecteur est conduit à retrouver dans sa propre enfance des erreurs analogues. Mais, surtout, Rousseau se conduit en psychologue moderne en soulignant le rôle déterminant de l'enfance dans la formation de la personnalité. Le témoignage devient exemplaire. Certes, on a pu montrer que les *Confessions* contiennent bien des inexactitudes. Rousseau l'admettait lui-même. Peu importe. Il s'agit aussi d'une œuvre poétique où prédominent la mémoire affective, la jouissance de ce que Proust appellera *le temps retrouvé*.

L'écriture refuge

■ Rousseau a beaucoup réfléchi à l'incapacité du langage à exprimer sincèrement nos émotions. Il est l'auteur d'un *Essai sur l'origine des langues* (date inconnue) où il soutenait que la langue primitive était apte à traduire les sensations, avant que les idées et la raison ne l'altèrent et ne la transforment en art de mentir. La parole moderne construit des abstractions, triche et calcule. Cette déperdition de la communication authentique, Rousseau la ressent fortement lors de l'accueil réservé à ses *Confessions*. Alors qu'il avait voulu s'y mettre à nu, ses ennemis n'y virent que falsification. Convaincu qu'il est victime d'un complot universel à la suite de l'interdiction des *Confessions*, Rousseau renonce à se faire entendre de ses contemporains. Il se parle à lui-même, comme dans les trois *Dialogues* intitulés *Rousseau juge de Jean-Jacques*.

■ Le repliement de Rousseau sur lui-même est désormais total. Vivant de ses souvenirs, enfermé dans ses « chimères », il se réfugie dans le silence de la nature et se livre tout entier au plaisir d'écrire pour soi-même. Cette écriture intimiste devient poème en prose avec les dix *Promenades* des *Rêveries du promeneur solitaire* (1776-1778) : elles s'abandonnent aux derniers feux de l'existence que l'écriture réveille ou fixe. Les limites entre la réalité et l'imagination s'estompent. Le style imite ces flottements de la mémoire et de la sensation, va au rythme du vagabondage, du chant des oiseaux, des bruits de la nature, des variations du paysage. Certes, les *Promenades* s'organisent autour de thèmes rousseauistes : l'incommunicabilité (I et VII), la morale et la foi (III), l'amour (VI), le mensonge et la vérité (IV), la charité et la sociabilité (IX). Mais une grande vague lyrique emporte l'ouvrage et nous submerge. Car la rêverie est une absorption, un état de sensation pure, où il n'est plus temps de raisonner et de débattre. L'imagination dérive, source de bonheur et même d'extase.

Retour à la poésie

Le culte de l'émotion

■ Diderot demandait déjà à l'œuvre d'art d'émouvoir avant tout. Rousseau confirme cette tendance, comme le prouve le succès de *La Nouvelle Héloïse*, le plus gros tirage du siècle. Dans toute la seconde partie du XVIIIe siècle, à côté des théories sur le « bon sauvage » et sur le retour à la Nature, se développe une réhabilitation du cœur. L'émotion est ce qui donne du sel à la vie et suscite la création. L'article *Génie* de l'*Encyclopédie* voit par exemple l'inspiration comme un instinct puissant, sentimental, qui emporte l'imagination. Sous l'influence de Condillac et de son sensualisme, les écrivains considèrent que la sensibilité est un moyen de connaissance supérieur. Le « préromantisme » a commencé.

■ Il y a là rupture avec la notion classique de beauté, fondée sur le travail et la raison ou le bon goût, au profit d'une recherche de l'enthousiasme, de l'improvisation et de l'épanchement passionné. On parle alors d'esthétique du *sublime*, dépassement et envol dans l'émotion artistique. De nouvelles valeurs s'affirment, qui refusent la tradition, valorisant la création individuelle et même irréfléchie. Un nouveau goût s'impose, comme on le voit en peinture : composition dramatique et colorée, pathétisme, forts contrastes, décors de ruines ou d'orages, paysages impressionnants (lacs, montagnes, tempêtes en mer, exotismes). Au théâtre, le drame se tourne vers le sentimentalisme, et la littérature exalte le moi (autobiographies, lettres, « rêveries », etc.).

La mélancolie : de la lettre au poème

■ Avant de s'écrire en vers, la mélancolie redevient un thème à la mode. Diderot, dans ses *Lettres à Sophie Volland*, parle des *vapeurs anglaises*, du *spleen*, terme qui s'imposera au XIXe siècle. Mais, en attendant le *vague des passions* et le *mal du siècle*, les correspondances féminines nous montrent un « mal des salons ». Madame **Roland** (née Jeanne-Marie Philippon, 1754-1793), future égérie des Girondins et guillotinée comme telle, écrit un *De la mélancolie* (1771). De même, les lettres de **Julie de Lespinasse** (1732-1776) à son amant Guibert révèlent une exaltation morbide et une attirance pour le désespoir : l'amour y est vécu comme une fatalité et un sombre malheur. La sensibilité rêveuse et noire se manifeste aussi dans les lettres de madame **du Deffand** (1697-1780). Solitaire et désabusée, après une brillante carrière mondaine, quasi aveugle, elle se prend de passion pour le romancier anglais Horace Walpole (1717-1797) et lui adresse des lettres désespérées, marquées par un pessimisme irréductible et une désillusion sans remède.

■ Les poètes vont s'emparer de ces humeurs nouvelles. Alors que la poésie du XVIIIe siècle n'avait été, jusqu'en 1770, que néoclassique et mondaine, cet art mineur se laisse prendre à la tendresse et à la nostalgie. Trois poètes, nés outre-mer, font rêver à des îles lointaines et ressuscitent l'**élégie**, poème amoureux et plaintif. Ce sont Nicolas-G. **Léonard** (1732-1785), né en Guadeloupe, aux accents langoureux ; Antoine de **Bertin** (1752-1790), né à l'île Bourbon (La Réunion), dont les *Amours* ont une tonalité tragique ; et Évariste de **Panny** (1753-1814), né aussi à l'île Bourbon : ses *Poésies érotiques* annoncent directement Lamartine qui s'en est inspiré.

■ À côté de ces poètes hantés par la nostalgie de leurs origines tropicales, une autre poésie de la sensibilité prend son essor, la poésie descriptive. En chantant la nature, le poète célèbre en réalité les effets des paysages sur l'âme. Il se complaît dans les ruines et dans les jardins, propices à une médidation sur le passage du temps. Citons **Saint-Lambert** (1716-1803) et ses *Saisons* ; ou Jacques **Delille** (1738-1813) et ses *Jardins*. Le thème de la vie qui fuit est aussi très fort chez des poètes comme **Malfilâtre** (1732-1767) ou **Gilbert** (1750-1780), auteur d'*Adieux à la vie*.

Chénier*, *le* poète de son siècle

■ André Chénier (1762-1794), né à Constantinople d'une mère qui se prétendait grecque, semblait prédestiné à chanter à son tour la nostalgie d'un monde lointain où, fuyant la décadence de la société, l'homme peut retrouver le bonheur naturel. Très influencé par Rousseau, Chénier veut restaurer la poésie d'autrefois, les « vers antiques ». Il aspire à une expression naïve et spontanée, cherche le parler sincère face à l'usure et aux trahisons du langage. Ses thèmes sont donc empruntés à l'Antiquité (mythologie, cadre méditerranéen, âge d'or, etc.), et ses titres renvoient aux genres des Anciens (*Élégies*, *Bucoliques*, *Odes*, *Iambes*).

■ Un tel désir de régénérer la langue suppose de nouvelles contraintes. Chénier a beau affirmer que *l'art ne fait que des vers, le cœur seul est poète*, son œuvre donne une impression d'artifice et de complication, surtout pour celui qui ignore la mythologie grecque. Mais, sonore et musicale, elle cherche surtout à faire entendre une mélodie : elle ne raconte pas, elle chante. Voilà pourquoi Chénier s'intéresse à des sujets qui se prêtent à une sorte de mélopée, d'incantation, comme, par exemple, les plaintes qui accompagnent un deuil. La poésie évoque la beauté perdue, remémore un idéal brisé (*La Jeune Tarentine*).

■ Avec les événements révolutionnaires, Chénier « s'engage ». Anti-jacobin, il sera guillotiné le 25 juillet 1794, deux jours avant la chute de Robespierre. Dans sa prison, il s'éprend d'Aimée de Coigny, condamnée comme lui. Le thème de la vie brisée et de la mort menaçante n'est alors plus littéraire mais bien réel. Cette fin du poète a créé sa légende. Ses poèmes, inédits de son vivant, paraîtront en 1819, édités par H. de Latouche. Les jeunes romantiques feront de Chénier leur idole, image de l'homme de génie persécuté.

Le théâtre, miroir du social

De la tragédie au drame bourgeois

■ Bien qu'il s'agisse d'œuvres aujourd'hui oubliées, les tragédies ont continué d'intéresser le public du XVIIIe siècle. **Voltaire** devait ses plus grands succès à son théâtre tragique, dont il était plus fier que de ses contes. Continuateur du goût classique, Voltaire emprunte à Racine le thème de l'innocence martyrisée, et à

Corneille son style plus grandiose. Le but reste de solliciter la sensibilité et d'émouvoir le public, quitte à utiliser ce qu'on nommait « le larmoyant » (des situations exacerbées provoquant un attendrissement). Derrière ce pathétique, les idées philosophiques n'en sont pas moins présentes : les personnages se lancent souvent dans des tirades morales ou politiques. Les sujets sont cependant variés : l'histoire ancienne (*La Mort de César*, 1743) ou un vague Orient (*Zaïre*, 1732 ; *Mahomet*, 1743). Quelques semaines avant sa mort, Voltaire reçut un accueil triomphal à Paris pour sa dernière œuvre, la tragédie *Irène* (1778). À côté de Voltaire, quelques rivaux exploitent la même veine avec moins de talent et avec des succès mitigés. Retenons surtout Prosper Crébillon, dit « Crébillon père » (son fils est le romancier libertin) : ses tragédies plagient Racine en forçant sur l'horrible et le « mélo ».

■ En soulignant la tendance à l'horrible ou au sentimental, la tragédie peut parfois sombrer dans un goût discutable. Le public, plus cultivé, a moins bien accepté des situations caricaturales ou ostentatoires. Le style larmoyant a donc gagné du terrain dans d'autres formes théâtrales, notamment la comédie. Les comédies larmoyantes de **Nivelle de La Chaussée** connaissent un vif succès : *Le Préjugé à la mode* (1735), *L'École des Mères* (1736) ou *La Gouvernante* (1747). C'est ainsi qu'on en vient à préconiser le « genre mixte », mêlant le comique et le sérieux. Le drame naît de cette double exigence.

■ C'est **Diderot** qui, dans la préface de sa pièce *Le Fils naturel* (intitulée *Entretiens entre Dorval et moi*), définit un manifeste du genre « dramatique ». Les grands principes sont les suivants :

- les sujets doivent être empruntés à la vie bourgeoise et domestique, aux « humbles péripéties de l'existence moyenne » ;
- au lieu de faire de la psychologie, on étudiera les « conditions », c'est-à-dire des problèmes sociaux et économiques, pris dans l'actualité ;
- on renoncera au vers et à la diction figée, au profit de la « pantomime » (soupirs, cris, agitation reflétant l'émotion, etc.) ;
- les unités classiques sont abandonnées : tout doit, au contraire, susciter l'impression du mouvement, de la vie réelle, des déplacements de l'action pour toucher le spectateur par des tableaux réalistes, vivants, émouvants.

■ Diderot a lui-même donné des exemples de cette nouvelle esthétique théâtrale, avec *Le Fils naturel* (1757) et *Le Père de famille* (1758). Le public pleura abondamment. D'autres succès sont obtenus par Michel-Jean **Sedaine** (1719-1787), avec son drame *Le Philosophe sans le savoir* (1765), et par Louis-Sébastien **Mercier** (1740-1814), avec sa *Brouette du vinaigrier* (1775). Ces pièces mêlent les genres et remplacent les « actes » par des « tableaux », d'une manière qui annonce Musset et le drame romantique.

■ Ainsi, la tragédie s'éteint, victime des succès du drame qui impose sur la scène des personnages appartenant à l'humanité moyenne. Malgré les résistances des Comédiens-Français, attachés à la tradition, le public s'habitue à un théâtre plus vif et plus animé. La comédie d'intrigue, celle de Beaumarchais, va lui offrir ce qu'il attend.

La comédie d'intrigue, née des « parades »

■ Marivaux avait déjà commencé à placer sur scène des thèses et des débats : les mérites des Modernes (*La Fausse Suivante*), le féminisme (*La Colonie*) ou les inégalités sociales (*L'Île des esclaves*). Le public bourgeois, moins lecteur que spectateur, trouvait au théâtre une vulgarisation amusante des idées du jour. D'où une tendance moralisante, comme celle de Destouches. Mais, en se rapprochant de l'actualité, le théâtre devient aussi une arme dans les combats d'idées. Ainsi se multiplient les parodies. Charles **Palissot** (1730-1814), dans *Les Philosophes* (1760), se moque des Encyclopédistes ; Thomas **Gueulette** (1683-1766), avec des pièces assez gauloises, comme *La Chaste Isabelle*, se moque des romans galants. Dans le même temps, l'opéra évolue ; la Querelle des Bouffons impose un théâtre musical proche du vaudeville et souvent sarcastique.
■ Tandis que le Théâtre de la Foire permet l'expansion des comédies légères, grivoises et cocasses, tandis que l'Opéra-Comique s'ouvre au théâtre musical facile et libertin (citons les *Trois Sultanes* de Charles Favart, 1761), un nouveau genre s'impose : la parade. À l'origine, les parades sont de petits sketches joués devant le rideau ou à l'entrée de la salle, pour attirer les passants. La grossièreté et la pantomime n'y manquent pas : il faut susciter un rire spontané et créer le contact. Ce type de spectacle s'inspirait souvent de l'actualité et peut faire penser à nos cafés-théâtres. C'est là que les jeunes acteurs et les futurs auteurs s'entraînent. Les parades ne sont pas longtemps restées sur les seules foires. Les salles parisiennes (les « théâtres de boulevard ») s'en inspirent vite, et un public plus raffiné s'y laisse prendre. Beaumarchais a lui-même commencé sa carrière d'auteur en écrivant des parades (entre 1757 et 1765). Il doit à ces débuts une partie de sa gaillardise et de son rythme.
■ Beaumarchais a bien évidemment su dépasser la farce des parades pour construire une comédie fondée sur l'intrigue, très structurée et même compliquée, ainsi que sur un sens aigu du dialogue incisif, nerveux, insolent. Ses deux principales pièces, *Le Barbier de Séville* (1775) et *Le Mariage de Figaro* (1784), créent un théâtre nouveau, moderne, dont le triomphe, énorme à leur création, ne s'est plus démenti.

La comédie de Beaumarchais•

■ Pierre-Augustin Caron de Beaumarchais (1732-1799) est à l'origine horloger. Inventeur de mécanismes de montre ingénieux, il est protégé de Mme de Pompadour, apprécié par Louis XV. Maître de musique auprès des princesses royales, puis secrétaire du roi, il ne perd pas de vue ses propres affaires. Associé au banquier Pâris-Duverney, il voyage beaucoup et ouvre des marchés commerciaux avec la Louisiane. Malgré les nombreux démêlés qu'il eut avec la justice, il mettra souvent son entregent au service du roi, notamment en organisant un trafic d'armes pour venir en aide aux insurgés (les « Insurgents ») d'Amérique. Une histoire compliquée d'héritage (on l'accusait d'avoir falsifié le testament de Pâris-Duverney en sa faveur) le met aux prises avec la justice. Un conseiller au parlement l'accuse de corruption. Beaumarchais fait appel à l'opinion avec ses *Mémoires contre Goëzman* (1774). Bien que finalement réhabilité, Beaumarchais conservera une rancune tenace contre les juges — comme son théâtre le montrera.

■ *Le Barbier de Séville* (1775) conserve quelques traits de la comédie de parade. À Séville, le comte Almaviva est épris de la belle Rosine. Grâce à son ancien Valet, Figaro, le comte va déjouer la vigilance du médecin Bartholo, tuteur de Rosine. Les quatre actes représentent les quatre assauts pour conquérir Rosine :

I. Almaviva, sous le nom de Lindor, se fait passer pour un étudiant et, malgré le vieux Bazile, maître à chanter, peut parler à Rosine.

II. Figaro se rend indispensable à toute la maison de Bartholo, qui ne sait comment s'en défaire ; Bazile conseille la calomnie pour discréditer Almaviva.

III. Almaviva, déguisé en bachelier Alonzo, se fait passer pour maître de musique et donne une « leçon » à Rosine sous les yeux de Bartholo, en prétendant remplacer Bazile malade ; mais voici ce dernier qui arrive !

IV. Rosine s'enfuit et se marie devant notaire avec Almaviva ; Bartholo arrive trop tard.

■ *Le Mariage de Figaro* (1784) offre une intrigue plus complexe et permet à Beaumarchais de montrer une gaieté plus provocatrice, que certains jugent prérévolutionnaire. En Espagne, le concierge Figaro va épouser Suzanne, femme de chambre de la comtesse Almaviva. Mais le puissant comte Almaviva est épris de Suzanne et cherche à la séduire. Toute la pièce montre les efforts de Figaro, Suzanne et la comtesse pour mettre en échec les projets galants du comte. Le comte en vient même aux représailles et veut obliger Figaro à épouser la vieille Marceline. L'intrigue joue beaucoup sur les déguisements et les quiproquos. Le fameux monologue de Figaro (V, 3), quand il se croit à tort trahi par Suzanne, montre que la gaieté n'empêche ni le pessimisme ni la contestation de l'ordre social.

L'originalité de Beaumarchais

■ Influencé par l'esthétique du drame, nourri de la pensée des Encyclopédistes, Beaumarchais utilise la comédie d'intrigue à la fois pour amuser (sa gaieté est éblouissante et irrésistible), et pour jouer de la satire politique et morale.

• Deux aspects semblent directement inspirés par le **drame** :

— **le réalisme**. Malgré des caricatures (le juge Brid'oison, le vieux barbon jaloux Bartholo, la vieille Marceline), les personnages de Beaumarchais conservent une réalité humaine. Ils sont autonomes, très individualisés, et l'exotisme espagnol ne leur ôte rien de leur véracité. D'ailleurs, la fantaisie comique frôle souvent le drame : comme dans la réalité, les choses pourraient facilement tourner mal ;

— **la préoccupation morale**. Beaumarchais, admirateur de Diderot, refuse de n'être que « divertissant ». *Le théâtre est un géant qui blesse à mort tout ce qu'il frappe*. Figaro devient même un porte-parole du « Tiers État », scandalisé par une aristocratie qui se croit tout permis. Beaumarchais s'en prend ouvertement au clergé, à la justice, à tous les abus.

• Deux aspects viennent de la **tradition comique** :

— **la gaieté franche**, pleine de verve et de rythme. Beaumarchais est un homme d'esprit et ses dialogues sont bondissants, souvent brillants, s'appuyant sur un art nerveux de la réplique. Le rire est recherché partout, même dans les moments d'amertume ou dans les monologues, grâce à des plaisanteries ou des jeux de mots ;

— **la péripétie**, qui fait sans cesse rebondir l'intrigue (coups de théâtre, masques, contretemps, quiproquos, fausses pistes, imprévus). Beaumarchais, surtout dans le *Mariage*, se joue même de notre attention, en multipliant les intrigues et les personnages secondaires. Le spectateur ne sait plus où il en est, et est entièrement emporté par la « folle gaieté » ou par la « folle journée ».

■ L'originalité de Beaumarchais et surtout son sens du rythme expliquent sans doute pourquoi G. Rossini s'en est inspiré pour son *Barbier de Séville* (1816). De son côté, Mozart reprend l'intrigue du *Mariage* dans ses *Noces de Figaro* (1786), en l'épurant apparemment de toute revendication subversive, pour montrer surtout la victoire de l'amour sur tous les obstacles.

Les îles bienheureuses

Retour à l'utopie et à la « nature »

■ La littérature du XVIIIe siècle n'a cessé de s'intéresser à la réalité sociale. Les philosophes, en critiquant les rapports humains de leur époque ou en rêvant de retrouver des modèles naturels (tels que le « bon sauvage »), ont été conduits à imaginer des sociétés radicalement différentes de la leur. L'esprit des révolutionnaires devra beaucoup à ces textes qui prétendent fonder, par la fiction, une nouvelle civilisation. Certaines idées de Robespierre, comme son « culte de l'Être Suprême », par exemple, viennent de l'utopie.

■ Les récits utopiques, cependant, contestent le plus souvent le progrès, au nom d'une « nature » que les Modernes auraient perdue, pour leur malheur. La notion de nature reste assez floue. Elle sert surtout à formuler des refus : refus du surnaturel (mystère, miracle ou métaphysique) ; refus des lois dénaturées (qui empêchent le corps ou l'émotion de se développer librement) ; refus de l'histoire, pour renouer avec un état primitif, avec un « état de nature », âge d'or où l'homme était instinctivement bon et innocent. On voit que l'influence de Rousseau est ici prépondérante. Mais tout le siècle est parcouru par l'évocation de lieux idéaux protégés des méfaits modernes : les Troglodytes de Montesquieu, les Tahitiens de Diderot, les Péruviens de Mme de Graffigny, l'Eldorado de Voltaire (dans *Candide*), les îles des poètes, les « retraites » chères à Rousseau, etc.

■ Voici les principaux textes d'utopie lus au XVIIIe siècle :

• les **îles** :
– *La Nouvelle Atlantique* du chancelier Bacon (1626) ;
– *L'Île de Caléjava* de Claude Gilbert (1700) ;
– *L'Île de Naudély* de Pierre de Lesconvel (1703) ;
– *L'Île des esclaves* (1725) et *L'Île de la Raison* (1727) de Marivaux ;
– *L'Île des femmes militaires* de Rustaing de Saint-Jory (1736) ;
– *Les Îles flottantes* de Morelly (1753) ;
– *Les Îles fortunées* de Moutonnet de Clairfons (1771).

• les **terres australes** :
– *Histoire des Sévarambes* de Denis Veiras (1677) ;
– *Les Aventures de Jacques Sadeur* de Gabriel de Foigny (1678) ;
– *La Découverte australe* de Restif de La Bretonne (1781).

• les **astres** :
– *Voyage dans la lune* (1649) et *Voyage dans les États et Empires du Soleil* (1662) de Cyrano de Bergerac.

■ À côté de ces déplacements dans l'espace, on trouve même des ouvrages de science-fiction, où le héros se déplace dans le temps, comme on le verra au XIXe siècle avec les contes fantastiques. Ainsi, Louis Sébastien **Mercier** (1740-1814), auteur abondant et théoricien du drame, grand admirateur de Rousseau, écrit en 1771 un roman d'anticipation qui eut un certain retentissement : *L'An 2440 ou Rêve s'il en fut jamais.* Mercier (élu député à la Convention en 1793) se vantera d'y avoir prophétisé la chute de la Bastille et la création de la République. *L'An 2440* montre surtout une société communautaire et régie par l'État : ce bonheur aliéné n'est guère séduisant.

Voyages aux antipodes

■ Le terme d'« utopie » est emprunté à Thomas More (1478-1535), qui en fit le titre de sa pensée politique. Littéralement, ce mot signifie le « non-lieu », ce qui ne se trouve nulle part. Pour marquer cette distance vers un monde « autre », les écrivains choisissent logiquement les terres « australes » ou les antipodes. Dès le début du siècle, Marivaux s'était amusé à imaginer des îles au bout du monde, où des voyageurs abandonnés devaient réinventer une autre vie : *L'Île des esclaves* (1725), *L'Île de la Raison* (1727), *La Colonie* (1750).

■ Les voyages au loin peuvent prendre bien des aspects. Soit ils se fondent sur des relations de voyageurs ou sur des apparences géographiques, soit ils sont totalement et délibérément imaginaires.

■ Par exemple, Jean-François **Marmontel** (1723-1799) essaie d'éviter l'extravagance ou l'invention absolue. Il veut faire réfléchir ses contemporains et choisit pour cadre le Pérou, à l'époque de l'expédition des frères Pizarro (vers 1533). L'échappée dans le temps et dans l'espace permet de faire surgir une civilisation mi-historique, mi-merveilleuse, que l'Européen chrétien (le « conquistador ») vient saccager. *Les Incas* (1777) sont donc un plaidoyer pour le droit à la différence. Ami de Voltaire, Marmontel lutte à sa manière contre le fanatisme. D'ailleurs, il n'a rien d'un doux rêveur : historiographe de France, secrétaire perpétuel de l'Académie française, auteur d'une somme politique importante (*Bélisaire*, 1767), c'est un savant qui s'est fait tout seul, venu d'un milieu modeste, engagé du côté des philosophes.

■ L'autre tendance est représentée, pour prendre un exemple, par Nicolas **Restif de La Bretonne**. Avec *La Découverte Australe* (1781), l'utopie ne ménage plus aucune vraisemblance et libère l'imaginaire le plus délirant. Le héros, Victorin, construit une machine qui lui permet de s'envoler vers l'hémisphère austral, où l'on découvre des êtres hybrides, mi-hommes, mi-animaux (hommes-singes, -castors, -chevaux, -éléphants, etc.). Cette fantasmagorie révèle cependant des hypothèses scientifiques du moment, avant Lamarck et Darwin : où est la frontière entre l'animal et l'humain ? comment et pourquoi ont évolué les espèces ?, etc. L'étrange, l'aberrant et l'absurde rejoignent ainsi la révélation et la prémonition.

Le paradis insulaire de Bernardin de Saint-Pierre

■ Né au Havre, très marqué par un voyage d'enfance à la Martinique, Henri Bernardin de Saint-Pierre (1737-1814) n'a cessé de rêver à une république idéale. Divers projets, notamment une Constitution pour une société imaginaire qu'il situait en Amazonie, sans cesse remaniés, attestent de ce travail d'utopiste. Ingénieur des Ponts et Chaussées, il court l'Europe et séjourne à Malte, à l'île de France (l'île Maurice), aux Antilles. Ces lieux exotiques éveillent en lui l'appel du dépaysement et le désir d'un refuge naturel où vivre heureux. La lecture de *La Nouvelle Héloïse* (1761) achève de fixer sa pensée : défiance face aux sciences modernes, nostalgie de la vertu originelle, goût pour le sentiment et l'émotion.

■ L'ambition première de Bernardin de Saint-Pierre était de démontrer que la Nature était sortie des mains du Créateur sous une forme organisée et parfaite. Ses *Études de la Nature* (1784-1788) et ses *Harmonies de la Nature* (1815) dénoncent les thèses scientifiques modernes et montrent les bienfaits de la Providence. Elles en arrivent même à formuler des conjectures ridicules ; Bernardin de Saint-Pierre croit toujours que la terre est au centre de l'Univers, par exemple. Aucun raisonnement objectif n'a prise sur sa conviction intime. Son style s'en ressent, fait d'enthousiasme et de ferveur poétique. Chateaubriand, pour ne citer que lui, s'en inspirera.

■ L'audience considérable de Bernardin de Saint-Pierre dans la dernière partie du XVIIIe siècle et au XIXe siècle repose sur un bref récit, *Paul et Virginie* (1788). La célébrité de ce roman tournera même à l'engouement. La peinture, les arts décoratifs, la mode vestimentaire vont s'en inspirer (Girodet, Moreau le Jeune, Prud'hon). Le nombre des rééditions en font l'un des livres les plus lus de notre littérature. Le sujet est pourtant mince. Dans l'île de France (île Maurice), la petite Virginie, fille d'aristocrates, et le jeune Paul, fils naturel d'une paysanne bretonne, sont élevés ensemble et découvrent l'amitié, puis le désir et l'amour. Virginie doit

partir en France, où elle ne peut supporter les salons mondains. Ayant juré fidélité à Paul, elle revient bientôt, mais un naufrage empêche les retrouvailles des amoureux. Virginie se noie sous les yeux de Paul, qui mourra de désespoir.
■ Quelque jugement que l'on puisse porter sur la morale et le caractère désuet de ce roman, il reste qu'il a valeur de témoignage : avec lui, l'esprit des « Lumières » s'éteint, et le retour aux grands sentiments s'amorce.

Autour de la Révolution

Les philosophes happés par la tourmente

■ La période révolutionnaire n'a pas été propice à une production littéraire de très grande qualité. C'est qu'elle était toute prise dans le présent, dans l'instant. Avec éclat, des penseurs se sont lancés dans l'action. Les écrits spéculatifs ou de pure fiction cèdent donc le pas, le plus souvent, à des textes dictés au jour le jour et destinés à être lus en public ou rapidement diffusés par la presse. Cependant, quelques manifestes dominent la mêlée. Les philosophes, happés par l'agitation révolutionnaire, n'en restent pas moins de brillants intellectuels, très marqués par leur culture classique. Dans le même temps, il est frappant de constater que les genres littéraires conservent une facture peu novatrice, à l'exemple des poésies de Chénier. En résumé, la littérature se répète ou se disperse.
■ Même si les sujets ressemblent à ceux de dissertations philosophiques, certains écrits s'imposent d'emblée par leur ampleur et leur sens rhétorique. Pensons, par exemple, au beau *Rapport sur la langue française* de l'abbé Henri Grégoire (1794) qui propose avec beaucoup de brio, dans un but d'égalité, l'usage exclusif du français.
■ Le plus remarquable des penseurs engagés dans la Révolution est Marie-Jean de Caritat, marquis de **Condorcet** (1743-1794). Mathématicien, économiste, juriste, on lui doit de nombreux traités d'économie politique et quelques textes plus progressistes, comme ses *Idées sur le despotisme* ou son *Essai sur la forme des élections*. Sa maison, après son mariage avec Sophie de Grouchy (1786), devient le berceau des idées novatrices. Député à la Législative, il publie cinq *Mémoires sur l'instruction publique* (1792) — dont Jules Ferry s'inspirera un siècle plus tard — et, surtout, son *Esquisse d'un tableau historique des progrès de l'esprit humain*, publié après sa mort, en 1795. Proscrit à la fin de 1793, il se

suicide (1794) dans sa cellule. Condorcet illustre parfaitement une forme de continuité entre la tradition philosophique des Encyclopédistes et l'esprit révolutionnaire. Mais il révèle aussi tragiquement l'impuissance de l'intelligence tolérante et rationnelle, une fois la violence idéologique enclenchée. Son optimisme et sa confiance dans le progrès peuvent être rapprochés des idées de **Turgot** (*Discours sur les progrès de l'esprit humain*, 1750), de **Chastellux** (*De la félicité publique*, 1772) ou de **Volney** (*Les Ruines*, 1791).

Les tribuns et la presse

■ La libération de la parole publique a favorisé le genre du discours. Les hommes de la Révolution sont tous des tribuns, des orateurs talentueux. Formés par les études de rhétorique propres à l'époque, ils se souviennent aussi de leurs lectures des orateurs grecs et latins. Dans les diverses querelles des années 1789-1795, ils déploient leur talent pour convaincre ou pour abattre leurs ennemis. Et ce n'est souvent qu'en les faisant taire qu'on a pu les éliminer.

■ Ces grands tribuns politiques sont tous des héros de la Révolution :

- Honoré de **Mirabeau** (1749-1791), porte-parole du Tiers État, est un défenseur de la monarchie constitutionnelle, et il entretient une correspondance cachée avec Louis XVI, alors même qu'il est président de la Constituante. Il meurt subitement — à temps.
- Pierre **Vergniaud** (1753-1793) est un avocat cultivé, anti-monarchiste mais vite affolé par les excès et les désordres. Il est guillotiné comme « modéré » en juin 1793.
- Georges **Danton** (1759-1794) est un orateur qui impressionne la foule, un improvisateur brillant et populaire. Jouisseur, démagogue, il sait se concilier l'opinion par son sens de la formule (*de l'audace, encore de l'audace, toujours de l'audace, et la France est sauvée*). Mais quand il s'oppose à la raideur homicide de Robespierre, il perd la partie.
- Maximilien de **Robespierre** (1758-1794), l'« incorruptible », a fait de bonnes études classiques. Influencé par Rousseau, il possède une éloquence rigoureuse et dogmatique. Face aux « Girondins », modérés, il incarne l'intransigeance des « Montagnards », prête à imposer la vertu par la terreur.
- Louis de **Saint-Just** (1767-1794), jeune, passionné et courageux, fait preuve d'un style plus sec, qui cherche la formule définitive (*tout roi est un rebelle et un usurpateur*). Proche de Robespierre, il l'accompagne dans sa chute.

■ La période révolutionnaire a aussi permis l'essor de la presse. La *Déclarationdes droits de l'homme* garantit la liberté de la presse, même si les tensions intérieures et les conflits entre factions la limiteront dès la fin de 1792. Le plus brillant et le plus attachant des écrivains journalistes de l'époque fut sans doute Camille **Desmoulins** (1760-1794). Député de Paris à la Convention, proche de Danton, ministre de la Justice en 1792, il essaya, trop tard, de prêcher la clémence ; la Terreur l'emporta. Le journal que Camille Desmoulins dirigeait, *Le Vieux Cordelier*, avait un grand retentissement sur l'opinion. La presse d'opinion était d'ailleurs très active, grâce à divers gazetiers, échotiers et pamphlétaires, comme **Marat** (*L'Ami du peuple*), **Hébert** (*Le Père Duchêne*), **Brissot** (*Les patriotes français*).

■ Enfin, dans ces périodes de revendication, la voix des féministes se fait entendre. La plus énergique fut la fille du poète Lefranc de Pompignan, **Olympe de Gouges** (1755-1793). Auteur de quelques œuvres théâtrales restées méconnues, elle rédigea une *Déclaration des droits de la femme et de la citoyenne* (1791), qui revendiquait l'égalité des droits pour les femmes. Ce manifeste semblait tourner en dérision la *Déclaration des droits de l'homme*. Un tel pastiche lui valut de périr sur l'échafaud, en novembre 1793.

Marginaux et contre-révolutionnaires

■ Même parmi ceux qui avaient appelé le changement de leur vœu, la brutalité politique provoqua des réactions. La littérature anti-révolutionnaire est donc de double nature : d'un côté, les plaintes et regrets de ceux qui se voyaient broyés par la machine qu'ils avaient contribué à mettre en route ; de l'autre, les cris et la fureur des nostalgiques de l'ancien ordre des choses, les vrais réactionnaires.

■ Du côté des déçus, citons **Madame Roland**, née en 1754. Admiratrice de Rousseau, elle épouse un inspecteur des Manufactures qui devient ministre de l'Intérieur en 1792. Son salon, ouvert aux Girondins, provoquera sa chute. Quand les modérés sont proscrits, elle est arrêtée et guillotinée en novembre 1793. Ses lettres sont rassemblées dans une *Correspondance de prison* où, malgré sa dignité face à la mort, elle n'évite pas le ressentiment et fait une large place à l'analyse du moi.

■ Autre victime, plus innocente encore, Jean-Pierre Claris de **Florian** (1755 1794), petit-neveu de Voltaire. Auteur de *Fables*, de petits romans héroïques et de quelques pièces de théâtre, on le connaît surtout pour ses romances (comme *Plaisir d'amour*). Esprit candide, déboussolé par la précipitation des événements, il s'en tient à une œuvre toute inspirée par les modèles du passé (La Fontaine, le genre pastoral, Cervantès...), alors que la politique ne donne guère dans les « bergeries » ! Cet anti-Sade, si l'on peut dire, meurt à la suite de son arrestation.

■ Face à ces marginaux, on trouve aussi des contre-révolutionnaires. Tel est Nicolas Sébastien Roch, dit **Chamfort** (1740-1794). Proche de la Cour, familier des Condé, académicien en 1781, il ne se prive pas pour autant de se moquer de l'Ancien Régime. Ses *Maximes, Pensées, Caractères et anecdotes*, rassemblés sous le titre ironique *Produits de la civilisation perfectionnée*, témoignent d'un bel esprit, raillant la décomposition de la société et le ridicule des idées systématiques. On le compare souvent à Beaumarchais par la prescience qu'il a de changements aussi inévitables qu'inquiétants. Une fois la Révolution venue, Chamfort, un instant séduit, en dénoncera vite les erreurs, les inepties et la violence *(Sois mon frère ou je te tue)*. Il préférera le suicide (d'ailleurs manqué) à la guillotine.

■ Plus nettement attaché à la royauté, Antoine Rivaroli, dit **Rivarol** (1753-1801) ne pactisera jamais avec la Révolution. Spirituel, caustique, il acquiert la célébrité par son *Discours sur l'universalité de la langue française* (1784). Après 1789, il devient un polémiste redoutable. Dans *Les Actes des Apôtres*, une gazette, il combat avec virulence et drôlerie les idées nouvelles, avant de s'exiler et de continuer à briller dans les milieux de l'émigration. Il est mort à Hambourg. Au demeurant, Rivarol n'avait pas tort de louer alors la supériorité du français comme langue littéraire de l'élite européenne. Pensons à ces brillants cosmopolites, tels que le prince Charles de **Ligne** (1735-1814), belge et autrichien, auteur de *Contes* licencieux et de « *mélanges* » abondants, voyageur et diplomate. De même, le Napolitain Ferdinando **Galiani** (1728-1787), abbé, économiste, diplomate, boute-en-train des salons encyclopédistes, ne correspondait-il et ne rédigeait-il qu'en français.

■ Émigré comme Rivarol, Gabriel **Sénac de Meilhan** (1736-1803) est un ancien haut fonctionnaire de Louis XV, proche de Turgot, qui a fui la France dès 1790. Son roman par lettres, *L'Émigré* (1797), a pour toile de fond les événements de la Révolution, présentée comme une altération maladive des mentalités et des comportements. La société tout entière devient une sorte de tribunal révolutionnaire frénétique, absurde et destructeur. *L'Émigré* nous donne également un tableau de l'émigration : des nobles déchus, amers et désadaptés, sont là pour nous rappeler que la Révolution fut aussi la conséquence de l'inconscience ou de l'indignité des privilégiés.

L'irruption de l'irrationnel

■ Contrecoup des excès de rationalisme, une forme de superstition reprend vigueur à la fin du XVIIIe siècle. On peut y rattacher la tendance utopiste. Mais, plus profondément, au moment où la société va sombrer dans la tourmente révolutionnaire, les esprits cherchent tous les moyens, même les plus extravagants, pour comprendre le sens des choses et pour trouver une consolation. Toutes sortes de superstitions se développent, comme l'**illuminisme**, emprunté au Suédois Emmanuel Swedenborg (1688-1772), ou comme le **martinisme** de Claude Saint-Martin (1743-1803) et Martines de Pasqually (1710-1774). Ces doctrines ésotériques promettent une initiation capable de conduire à la purification et à la fusion avec le divin.

■ Profitant de la mode, des aventuriers exploitent, dans les salons, la crédulité. Tel est le cas du dénommé **comte de Saint-Germain** (mort en 1784) qui racontait ses vies successives ou qui prétendait pouvoir faire de l'or. Son disciple **Cagliostro** (né Giuseppe Balsamo, 1743-1795) est un intrigant international, passant pour guérisseur, qui fait apparaître, dans des soupers fins, les fantômes de morts illustres. Dans ses *Mémoires*, **Casanova** (1725-1798) présente Paris comme la ville *où l'imposture et le charlatanisme peuvent le mieux faire fortune*. Rédités au XIXe siècle sous le titre *Histoire de ma vie*, ces souvenirs de Casanova montrent, au demeurant, un bel esprit instruit de tout, une intelligence étourdissante, un appétit d'aventures : toute une Europe pittoresque et faisandée défile au gré de la chronique. Pendant ce temps, Franz-Anton **Mesmer** (1734-1815) prétend guérir les maladies par « magnétisme », en installant ses patients autour d'un « baquet » d'où était censé émaner un « fluide électrique ».

■ Plus sérieusement, la pensée hermétique se retrouve aussi dans les sociétés secrètes, où l'on mêle la philosophie, les calculs politiques et des rites d'ordre religieux. L'expansion de la franc-maçonnerie est générale en Europe, comme celle des Rose-Croix, un ordre ésotérique.

■ La littérature va donc inaugurer un retour au fantastique, c'est-à-dire à un mélange de réalisme et d'invraisemblance. L'exemple le plus typique est fourni par Jacques **Cazotte** (1719-1792). Son *Diable amoureux* raconte l'histoire d'un jeune homme initié à l'invocation des esprits, et poursuivi ensuite par le Diable sous la forme d'une jeune femme désirable et dévouée. Récit-cauchemar, mais sans cesse relié à des faits d'actualité, *Le Diable amoureux* fut pris très au sérieux par certains occultistes, qui y virent un manuel d'initiation. Cazotte, lui-même mystique, vit dans la Révolution l'œuvre du Diable ; elle le guillotina, ce qui ne dut pas le faire changer d'avis. On peut ranger dans la même catégorie ambiguë l'étrange roman de l'Anglais William **Beckford** (1760-1844), écrit en français, *Vathek* (publié en 1787). Cette histoire orientale raconte une descente aux enfers à travers des traditions coraniques.

La littérature de la cruauté

■ L'irrationnel est une forme de déviance qui se rattache facilement à la fascination exercée par le mal. Le « satanisme », cher au fantastique, combine cette double tendance. La France subit ici l'influence du « roman noir » anglais, dont Sade a reconnu le fort ascendant sur lui. Les grands succès de l'époque sont les romans de Horace **Walpole** (*Le Château d'Otrante*), Ann **Radcliffe** (*Les Mystères d'Udolphe*), et surtout Matthew-Grégory **Lewis** (*Le Moine*). Ces récits ont pour thème des histoires de possession démoniaque, de châteaux hantés et de revenants. L'homme y est le jouet des forces du mal.

■ Outre Sade, qui va pousser cette tendance au paroxysme pathologique, certains auteurs participent en France à cet imaginaire inquiétant et pervers. Ainsi Jacques-Antoine **Révéroni-Saint-Cyr** (1767-1829), dans *Pauliska ou la Perversité moderne* (1798), décrit une société secrète toute-puissante, qui enlève et asservit des victimes pour qu'elles servent de cobayes à des expériences scientifiques (sur l'électricité, le magnétisme, etc.). De même, Nicolas **Restif de La Bretonne** (1734-1806) semble fasciné par le monde corrompu de la grande ville, aux alentours de 1790. Ses *Nuits de Paris* forment une succession de scènes bizarres, sauvages ou malsaines. Lui, qui a écrit des utopies et une masse de traités réformateurs (une cinquantaine de volumes), semble surtout voir le monde en train de sombrer dans une violence incompréhensible, qu'il nomme « cannibale ». La société ne promet que déchéance et damnation, comme le montrent ses romans *Le Paysan perverti* et *La Paysanne pervertie* : tout un programme ! L'angoisse de Restif s'éclaire à la lecture de ses textes autobiographiques, notamment son *Monsieur Nicolas*. Le récit du moi révèle une forte nostalgie de l'enfance et la conscience d'une déchéance diffuse : comme chez Rousseau, l'autobiographie retrace une vie dominée par l'affectif et l'imaginaire. Le texte, interminable, sert d'exorcisme et d'autojustification.

Le cas de Sade•

■ Avec Donatien Alphonse François de **Sade** (1740-1814), la littérature de la cruauté atteint une violence stupéfiante, livrant au lecteur une galerie de personnages infâmes et des scènes-chocs exaltant diverses perversions. La vie de Sade est elle-même un immense dérèglement. Compromis dans divers scandales dus à ses débauches avouées, esprit sacrilège et malade, il passa l'essentiel de sa vie en prison. Son œuvre, peu publiée de son vivant, fut régulièrement censurée et partiellement détruite. Maniaque, pornographe, bon pour l'asile (où il mourra finalement), Sade ne fut jamais compris de ses contemporains. Il faudra attendre l'extrême fin du XIXe siècle pour que les « décadents » le redécouvrent, avant les surréalistes, qui le déifieront par provocation.

■ Si l'on essaie de se détacher des jugements moraux, le « divin marquis », fondateur du « sadisme », n'intéresse la littérature que comme témoignage sur son temps. Ses idées concernent la philosophie ou la psychanalyse. Mais son écriture paraît répétitive et plate. En tout cas, au lieu de suggérer les mœurs décadentes de son époque, il déchire le voile et montre un monde en pleine corruption, livré à la brutalité. Ses héros reflètent une époque où tous les idéaux s'écroulent, et où l'individu croit qu'il peut tout se permettre. Sade achève une subversion qui est celle de son siècle, en la poussant au paroxysme. Et il a lui-même assisté, entre 1790 et 1795, à des scènes où le crime ne se cachait guère, même sous le prétexte du devoir d'État.

■ Les romans de Sade suivent tous le même schéma : de grands seigneurs corrompus, aidés par des religieux vicieux, abusent de jeunes filles innocentes. Le récit se présente comme une suite d'expériences érotiques, souvent contre-nature. Ces épisodes sont entrecoupés de longues dissertations sur la théorie du plaisir, qui doit tout guider. L'œuvre aboutit donc au tournoiement, à l'enfermement. Les fins édifiantes (punition du héros, etc.) ne paraissent guère crédibles. On a plutôt l'impression que le libertin, usé, s'ennuie, bien qu'il soit allé jusqu'au bout de ce qui pouvait être interdit ou excitant. Il ne lui reste plus qu'à retourner contre lui-même sa haine et son instinct de dégradation. L'entreprise de négation « sadique » s'achève logiquement par l'autodestruction du héros, un suicide le plus souvent. La débâcle générale est ainsi consommée.

LE XIXe SIÈCLE

Dates	Événements politiques	Climat social
1799	Coup d'État du 18 Brumaire.	Retour à l'ordre ; sentiment aigu de l'accélération de l'Histoire ; réaction de type individualiste ; nombreux textes à caractère historique et en faveur du sentiment religieux.
1804-1814	L'Empire ; Napoléon Ier.	
1804	Rédaction du code civil.	
1805	Trafalgar, Austerlitz.	
1809	Guerre d'Espagne.	Fascination pour le destin de Napoléon ; orgueil national, mais aussi critique des horreurs de la guerre.
1812	Campagne de Russie.	
1815	Les Cent Jours, Waterloo.	
1814-1830	La Restauration.	Le retour monarchique n'est guère contesté, mais la droite aristocratique et légitimiste ne perçoit pas que les acquis démocratiques sont irréversibles.
1815-1823	Louis XVIII.	
1816	La « Chambre introuvable ».	
1822	Lois sur la presse.	La centralisation napoléonienne est poursuivie ; les structures éducatives continuent de se mettre en place, des techniques nouvelles (photo, électricité, télégraphe, etc.) apparaissent.
1824-1830	Charles X.	
1828	Campagne de libération de la Grèce.	

Littérature française	Litt. étrang.	Beaux-Arts	Dates
Naissance en Europe des tendances romantiques : littérature faisant l'apologie du sentiment (Mme de Staël) et du christianisme (Chateaubriand) ; retour au « moi » (Sénancour) et aux thèmes de l'homme écrasé par le destin (solitude, passions impossibles, désir de fuite et de grandeur, etc.).	Romantiques allemands (Novalis, Schiller) et anglais (Wordsworth, Byron).	Goya. David. Beethoven.	
	Kleist : *Le Prince de Hombourg*.	Ingres.	1810
	Contes de Grimm.	Lieder de Schubert.	1812
Renaissance poétique et vogue élégiaque (Lamartine). L'égotisme (Stendhal), autre forme du culte du moi.	Goethe : *Faust*.	*Barbier de Séville* de Rossini.	1816
Les « grands » romantiques publient l'essentiel de leur œuvre entre 1820 et 1840 (Vigny, Musset, Hugo).	Walter Scott : *Ivanhoé*.	*Radeau de la Méduse* de Géricault.	1819
	Odes de Keats. *Contes* d'Hoffmann.	Delacroix.	1820
Période très fructueuse : cycles romanesques (Balzac, Hugo, Sainte-Beuve, Sue) ; littérature d'idées (utopies et « positivisme » : Fourier, Comte) et œuvres historiques (Auguste Thierry, Michelet).	Goethe : *Wilhelm Meister*.	Sculptures de Barye et de Rude.	1829

Dates	Événements politiques	Climat social
1830	Révolution de Juillet.	La bourgeoisie retrouve ses prérogatives ; nombreux textes sur la promotion sociale due au travail, au mérite, à la propriété privée.
1830-1848	Louis-Philippe.	
1830	Conquête de l'Algérie.	
1834	Organisation des mouvements républicains.	Débats sur la « question sociale » : le progrès industriel entraîne de nouvelles misères (travail aliéné, exploitation, travail des enfants, etc.), mais il permet le développement à long terme (théories du progrès continu et du « sens de l'Histoire », confiance dans la technique, expansion coloniale, organisation du système productif, etc.).
1840-1848	Ministère Guizot.	
1846	Crise économique, agitation en Europe et montée des nationalismes.	
1848	Révolution de Février.	
1848-1852	IIe République.	
1848	Le prince Napoléon, président.	Regain d'espoir et de confiance ; reprise économique après la crise agricole (mauvaises récoltes des années 1840) ; industrielle (surproduction textile, crise des chemins de fer, donc de la métallurgie) ; bancaire ; la résistance au coup d'État ne dure pas.
1851	Coup d'État du 2 décembre.	
1852-1870	Second Empire ; Napoléon III.	
1852	Conquêtes en Afrique noire.	
1854	Guerre de Crimée.	
1858-1860	Expédition en Chine.	

Littérature française	Litt. étrang.	Beaux-Arts	Dates
La bataille d'*Hernani* et le développement du drame romantique (Hugo, Dumas, Musset, Scribe, etc.).	Pouchkine : *Boris Godounov*.	Bellini. Chopin. Schumann.	1831
	Contes d'Andersen.	Berlioz.	1835
Littérature morale et politique (Tocqueville, Lamennais, Joubert) ; naissance de la critique (Sainte-Beuve, Baudelaire).	Dickens : *Oliver Twist*.	Liszt. Peintures de Turner.	1838
	Gogol : *Les Âmes mortes*.	Débuts de Wagner.	1842
	Poe : *Histoires extra-ordinaires*.	Réalisme en peinture (Courbet, Daumier).	1845
Le roman populaire et sentimental (Sand) et l'essor du conte (Mérimée).			
	Les romans des sœurs Brontë.		
Derniers feux du romantisme « frénétique » (Nerval, Hugo en exil et sa pratique du spiritisme) et débuts de réaction (Gautier, Leconte de Lisle, Flaubert).	Melville : *Moby Dick*.	Opéras de Verdi et de Gounod.	1851
Extension du lectorat populaire (Verne, romans de Gautier) et du théâtre de divertissement (Labiche, Augier, Sardou).	Grands romans russes (Tourgueniev, Dostoïevski, Tolstoï).	Peintures de Millet. Garnier et l'opéra de Paris.	entre 1850 et 1880
		Faust de Gounod.	1859

Dates	Événements politiques	Climat social
1861	Guerre de Sécession aux États-Unis.	De l'empire autoritaire à l'empire libéral : ralliement progressif de l'opinion, de la haute administration et du clergé, très influent (congrégations, écoles) ; le pouvoir cède du terrain (loi sur la presse et sur les réunions, retour à un certain parlementarisme).
1865	Abolition de l'esclavage aux États-Unis.	
1869	Ouverture du canal de Suez.	
1870-1871	Guerre franco-allemande.	
1871	Désastre de Sedan. Chute de l'Empire.	Napoléon III est plébiscité le 8 mai, quatre mois avant sa chute.
1870-1940	IIIe République.	
1871	La Commune de Paris. L'Alsace devient allemande, Thiers, président.	Démoralisation générale après Sedan : insurrection de la Commune et guerre civile ; répression ; retour à l'« ordre moral ».
1873-1879	Mac-Mahon président.	

Littérature française	Litt. étrang.	Beaux-Arts	Dates
La tendance réaliste s'affirme (Flaubert, Goncourt, Daudet) à côté d'un regain poétique (Verlaine, poèmes en prose de Baudelaire).	Lewis Carroll : *Alice...*	Peintures de Manet (*Déjeuner sur l'herbe*). Brahms. Wagner. Brückner.	1865
Malgré un contre-courant fantastique (Villiers, Barbey d'Aurevilly) ou irrationaliste (Lautréamont), la littérature du réel expérimental s'impose (Zola et le naturalisme, textes analytiques de Taine ou Brunetière, Maupassant).		Cézanne à Paris.	1870
	Dostoïevsky : *Les Possédés*.	Musique : Bizet, Lalo, Saint-Saëns, Offenbach.	1871
Le symbolisme se tourne en révolte (Rimbaud), en sophistication (Mallarmé) et en « décadence » (Laforgue, Moréas, Mallarmé). La pensée sociale dénonce la misère et l'exploitation (Bloy, Zola).	Tolstoï : *Anna Karérine*.	Peinture : Monet, Pissarro, Sisley. Monet, *Impression, soleil levant*.	1874
	Ibsen : *Maison de poupée*.	Sculptures de Rodin.	1879
Mais on perçoit aussi un retour à l'individualisme créateur, sous forme de doute ironique (Anatole France), de fuite (Loti) ou de réaction (Barrès, Gobineau, Maurras).			1880

Dates	Événements politiques	Climat social
1879-1887	Jules Grévy, président.	Lois constitutionnelles et restauration du régime parlementaire ; réformes politiques favorables aux libertés publiques ; législation scolaire et création des droits syndicaux.
1882	La Triple Alliance.	
1882	Lois scolaires de Jules Ferry.	
1883	Expansion coloniale.	
1885-1889	Le « boulangisme ».	Mouvements ouvriers et législations sociales ; renaissance du socialisme.
1891	Alliance avec la Russie.	
1887-1894	Sadi-Carnot, président.	Renforcement des classes moyennes, mais déclin démographique. Début des tensions avec l'Église et de la lutte contre l'influence des congrégations.
1894	Condamnation de Dreyfus. Jean Casimir-Perier, président.	
1896-1899	Félix Faure, président.	
1899	Affaire Dreyfus.	
1898-1902	Guerre des Boers.	Bloc des gauches. Séparation de l'Église et de l'État.

Littérature française	Litt. étrang.	Beaux-Arts	Dates
	Nietzsche : *Ainsi parlait Zarathoustra.*	Musique : Fauré, César Franck, Massenet.	
La décadence (Huysmans).	Oscar Wilde.	Renoir. Degas.	1882
	Conan Doyle. Rudyard Kipling.	Van Gogh. Toulouse-Lautrec.	1885
Fin de siècle : à côté de la décadence, un fort courant de dérision (Becque, Jarry, Feydeau, Courteline).	Tchékov. D'Annunzio.	Néo-impressionnisme (Signac, Seurat) et « Nabis » (Maurice Denis, Sérusier, Vuillard, Bonnard).	1880
La philosophie de la conscience reprend ses droits (Bergson).			1895
Le *J'accuse* de Zola et une littérature « engagée » (France, Barrès, Maurras).	Œuvres de Freud sur les rêves.	Débuts du douanier Rousseau.	1898
		Gauguin.	1900

DATES DES GRANDS AUTEURS

1770 1780 1790 1800 1810 1820 1830 1840 1850 1860 1870 1880 1890 1900

1768	Chateaubriand	1848
1790	Lamartine	1869
1810	Musset	1857
1797	Vigny	1863
1808	Nerval	1855
1783	Stendhal	1842
1799	Balzac	1850
1802	Hugo	1885
1798	Michelet	1874
1804	George Sand	1876
1821	Baudelaire	1867
1854	Rimbaud	1891
1821	Flaubert	1880
1850	Maupassant	1893
1840	Zola	1902

Dates	REPÈRES POLITIQUES ET LITTÉRAIRES
1799	Consulat.
1800	Mme de Staël, *De la littérature.*
1802	Chateaubriand, *Génie du christianisme.*
1804	Empire de Napoléon Ier.
1804	Sénancour, *Oberman.*
1813	Mme de Staël, *De l'Allemagne.*
1814	Restauration. Louis XVIII.
1816	Constant, *Adolphe.*
1820	Lamartine, *Méditations poétiques.*
1821	Nodier, *Smarra.*
1822	Stendhal, *De l'amour.* Hugo, *Odes.*
1824	Charles X.
1830	Monarchie de Juillet. Louis-Philippe.
1830	Stendhal, *Le Rouge et le Noir.* Hugo, *Hernani.*
1831	Hugo, *Notre-Dame de Paris.* Balzac, premiers grands romans.
1834	Michelet, débuts de l'*Histoire de France.*
1835	Musset, *Les Nuits.*
1837	Mérimée, *Contes.* Hugo, *Les Voix intérieures.*
1839	Stendhal, *La Chartreuse de Parme.*
1840	Tocqueville, *De la démocratie en Amérique.*
1842	Eugène Sue, *Les Mystères de Paris.* Aloysius Bertrand, *Gaspard de la Nuit.*
1844	Dumas, *Les Trois Mousquetaires.*
1846	George Sand, *La Mare au diable.*
1848	IIe République.
1851	Sainte-Beuve, *Les Causeries.*
1852	Second Empire. Napoléon III.
1852	Gautier, *Émaux et Camées.*
1854	Nerval, *Les Chimères.*
1855	Nerval, *Aurélia.*
1856	Hugo, *Les Contemplations.*

Dates	REPÈRES POLITIQUES ET LITTÉRAIRES
1857	Flaubert, *Madame Bovary.* Baudelaire, *Les Fleurs du Mal.*
1862	Hugo, *Les Misérables.*
1863	Fromentin, *Dominique.*
1864	Verne, *Voyage au centre de la terre.* Vigny, *Les Destinées.*
1865	Frères Goncourt, *Germinie Lacerteux.*
1866	Verlaine, *Poèmes saturniens.*
1867	Zola, début des grands romans.
1869	Flaubert, *L'Éducation sentimentale.*
1870	IIIe République.
1871	Insurrection de la Commune de Paris.
1873	Rimbaud, *Une saison en enfer.*
1874	Barbey d'Aurevilly, *Les Diaboliques.*
1880	Verlaine, *Sagesse.*
1882	Lois sur l'enseignement obligatoire (Jules Ferry).
1883	Maupassant, *Une vie.*
1884	Huysmans, *À rebours.*
1885	Laforgue, *Complaintes.*
1886	Rimbaud, *Illuminations.*
1887	Mallarmé, *Poésies.*
1888	Barrès, *Le Culte du moi.*
1894	Début de l'affaire Dreyfus.
1894	Renard, *Poil de carotte.*
1897	Gide, *Les Nourritures terrestres.* Rostand, *Cyrano de Bergerac.*

Condition de l'écrivain

Des auteurs emportés par l'Histoire

■ Au lendemain de la Révolution, les hommes ont eu le sentiment d'être emportés par une sorte d'accélération de l'Histoire. Les grands idéaux révolutionnaires puis l'épopée de Napoléon ont montré que des hommes, partis de rien, pouvaient connaître un destin extraordinaire. La littérature se fait l'écho de ce processus de bien des manières. Le Romantisme exalte les thèmes du destin, de la gloire, de l'individu face au temps, parfois avec des accents tragiques (tout va trop vite, tout s'effondre), parfois avec une confiance exaltée (un monde nouveau commence, le progrès fera le bonheur de tous). Un homme comme Hugo, par exemple, à la suite de Chateaubriand, semble balancer entre ces deux visions.

■ L'évolution historique ne cesse pas d'être ressentie, durant tout le siècle. Les écrivains tâchent de l'accompagner, soit en prenant délibérément parti (tous les romantiques ont été aussi des hommes politiques), soit en commentant l'histoire des hommes (c'est le siècle de Tocqueville, de Michelet). L'idée que l'Histoire a un sens, allant vers la démocratie – voire la fin de la lutte des classes – imprègne peu à peu les esprits, même si les écrits de Marx et Engels sont mal diffusés. Les six régimes qui se succèdent pendant le XIXe siècle traduisent, à travers autant de sursauts, un va-et-vient entre progressisme et conservatisme. La ligne logique reste le lent avènement de la démocratie politique. Les écrivains se répartissent dans les divers clans (monarchistes et libéraux), mais tous revendiquent les mêmes droits pour l'écriture : liberté de la presse, développement des structures éducatives, rôle de l'artiste dans la vie publique, etc.

■ La littérature, de Chateaubriand à Zola, parle de la société et du réel. Balzac veut *faire concurrence à l'état civil*, Stendhal voit le roman comme un *miroir*, Flaubert évoque les moments décisifs du siècle. Le développement économique, le traitement des problèmes sociaux (liés surtout au travail industriel), l'apparition d'un prolétariat urbain, la désertion des campagnes, l'agitation politique (émeutes, répressions, etc.), toutes ces réalités entrent en littérature. Ces mutations sont également influencées par l'étranger : le *Sturm und Drang* allemand ou le romantisme anglais, par exemple.

■ Face à cette omniprésence des thèmes historiques, la littérature manifeste aussi une forme d'angoisse. Cette angoisse trouve une réponse ou un remède dans le retour à des valeurs nationales (goût du Moyen Âge, des légendes celtiques et « nordiques ») et religieuses (*Génie du Christianisme*, 1801). Le malaise lié à l'individualisme prend divers noms à travers le siècle : *mal du siècle*, *vague des passions*, *spleen*, *dégoût* décadent, etc. C'est dans la poésie surtout que s'exprime l'indécision du moi, pris dans un jeu d'attirance-répulsion face à l'Histoire. D'où les thèmes de l'orgueil (Vigny), de la dérision (Musset), de la fuite (Baudelaire), de la révolte (Rimbaud), de la sécession dans l'extase (Verlaine).

Théories, manifestes et écoles

■ Tout en se regroupant autour de concepts assez flous (individualité, liberté, mission de l'artiste), les écrivains ont beaucoup polémiqué entre eux. Le XIXe siècle est celui des batailles (*Hernani*), des manifestes (préfaces, théories sur l'art et sur le rôle de l'écrivain), des querelles (les formalistes contre les romantiques), des écoles (toutes les étiquettes en -isme) et des professions de foi. L'auteur se met volontiers en scène, indique ses ambitions (*Être Chateaubriand ou rien* est le premier cri de Hugo), critique ses prédécesseurs (Baudelaire ou Rimbaud), ou affecte de mépriser tout le monde (la haine de la « bêtise » chez Flaubert, la dénonciation des « utilitaires » chez Baudelaire ou Mallarmé, la pratique de la dérision chez les décadents, etc.).

■ D'une manière ou d'une autre, l'écrivain se fait une haute idée de son art. Les poètes se voient guides ou échos du monde (Vigny ou Hugo), alchimistes (Baudelaire) ou « voyants » (Rimbaud). Les liens entre artistes se multiplient : peintres (Delacroix), musiciens (Berlioz, Chopin), écrivains. Ces rencontres favorisent l'affirmation d'une conscience artistique élevée. Logiquement, la critique d'art se développe (Sainte-Beuve, Taine, Renan), tandis que les écrivains se font eux-mêmes commentateurs (*Salons* de Baudelaire) ou s'essaient aux arts plastiques (dessins de Hugo, peintures de Fromentin).

■ Malgré des diversités, les écoles littéraires sont actives, même si les idéologies artistiques sont moins définies que les clans, chapelles et coteries, du « cénacle » de Nodier aux « mardis » de Mallarmé. Les trois grands courants du siècle (romantisme, réalisme/naturalisme, symbolisme) se réclament tous de la « modernité » en art. C'est dire que l'art prétend toujours répondre aux besoins du temps, accompagner le progrès, créer un goût nouveau. Les clivages ne sont pas aussi nets que l'on croit : Flaubert et Sand relèvent à la fois du romantisme et du réalisme, Baudelaire du romantisme et du symbolisme. L'effervescence fait éclater les cadres stricts.

Vers une culture de masse

■ Trois faits marquants conditionnent l'extension de la littérature au XIXe siècle :
- **le développement de l'instruction publique et l'alphabétisation généralisée.** Les lois scolaires se succèdent : lycées impériaux, lois Guizot en 1833 et Falloux en 1849, école *laïque, obligatoire et gratuite* de Jules Ferry en 1882, enseignement pour les filles créé par Camille Sée, etc.
- **l'élargissement du public potentiel par de nouveaux moyens de diffusion.** Outre le colportage dans les campagnes, les bibliothèques en ville et la présence d'écoles dans les petites communes, la grande presse et la création de collections bon marché en sont les principaux facteurs. Les titres publiés passent de 2 000 au début du siècle à 6 000 en 1830 et à 15 000 en 1890. Les journaux parisiens (*La Presse* de Girardin, *Le Petit Journal* de Millaud, etc.) atteignent le million d'exemplaires en 1870. Les auteurs utilisent la presse comme vecteur, notamment sous forme de roman-feuilleton (Balzac, Sue, Dumas) ;
- **l'établissement définitif d'un système de droits d'auteur** permet aux écrivains de vivre de leur plume ; certains sont même mensualisés par leurs éditeurs (Hugo ou Zola).

■ Mais cette démocratisation de la culture littéraire influe sur le contenu des œuvres. Le goût pour les romans-feuilletons crée des stéréotypes : la ville gagnée par la misère et le crime, l'ascension sociale des ambitieux seuls contre tous, les bons sentiments, etc. Cet univers est plus ou moins celui des *Misérables* de Hugo, des romans d'apprentissage de Balzac, des naturalistes (Zola, Maupassant) et, évidemment, des romans populaires (Sand, Sue, Ponson du Terrail, Féval). Des éditeurs (Hetzel, éditeur de Jules Verne, ou Louis Hachette) font fortune en exploitant intelligemment ce marché.

De la contestation à la sécession

■ La culture de masse est donc plutôt « journalistique » (sensationnel et typisation), mais elle permet à l'écrivain de jouer un rôle de plus en plus actif, d'avoir un auditoire de plus en plus large. Le retentissement des prises de position de Hugo ou du *J'accuse* de Zola traduit l'émergence d'un nouveau pouvoir. Dans une société en pleine laïcisation, les auteurs se considèrent comme investis d'une mission, dépositaires d'un pouvoir spirituel, traducteurs des aspirations sociales. La littérature rejoint ainsi le peuple ; non le peuple réel, mais celui dont elle se voit le porte-parole. Elle se fait donc souvent contestataire, et s'affiche volontairement du côté des pauvres (Hugo), des simples (Sand), des exploités (Zola), des malheureux (Maupassant). Qu'il soit réactionnaire ou pas, l'écrivain se démarque du « bourgeois ». Il critique l'affairisme, les mœurs et la morale petites-bourgeoises, l'égoïsme et l'hypocrisie des possédants ; il proteste contre les déterminismes sociaux et montre les difficultés de la vie courante (Balzac, Zola). Le mépris du bourgeois pousse aussi à éviter les modèles artistiques dans lesquels il se complaît (drames édifiants, art pompier, académisme). Cette ironie est très visible chez Flaubert, par exemple.

■ Mais cet esprit de contestation accentue chez l'écrivain (qui n'a, au fond, que peu de contact avec le peuple) le sentiment de sa solitude. Il cherche alors à théoriser cet isolement. Les uns se replient dans « l'Art pour l'Art », d'autres affichent leur différence (dandysme de Baudelaire, décadentisme, irrationalisme). Ainsi se constitue une idéologie de l'artiste incompris, asocial, « maudit » (de Vigny à Verlaine, Rimbaud ou Lautréamont), décidé à faire sécession (Barrès et le « culte du moi », Huysmans dans *À rebours*, etc.).

Retour au « moi » : l'éveil romantique

Les débats d'idées

■ Sous le Consulat et l'Empire, périodes troublées, l'incertitude semble envahir le domaine des idées. D'un côté, les « idéologues » s'affirment continuateurs de la pensée des philosophes du XVIIIe siècle, mais ces doctrinaires sont en perte d'influence. C'est plus tard que le « positivisme » réactivera leurs idées. Citons cependant les études d'Antoine Louis Claude de **Destutt de Tracy** (1754-1836) sur la psychologie expérimentale ou les analyses du médecin Pierre Jean Georges **Cabanis** (1757-1808) sur la physiologie du cerveau. Face aux idéologues, le retour au spiritualisme est dominant. Le philosophe Marie François Pierre Gontier de Biran, dit **Maine de Biran** (1766-1824), se penche sur la vie intérieure, sur la conscience intime, sur l'effort du « moi » pour devenir maître de lui-même. Le mystique Pierre-Simon **Ballanche** (1776-1847) exalte la sensibilité et le sentiment religieux.

■ Sur le plan politique, les contradictions sont comparables. Pour simplifier, disons que l'on trouve d'un côté des annonciateurs du socialisme, comme Claude-Henri de **Saint-Simon**, petit-neveu du mémorialiste ou Charles **Fourier**.

Dans les années 1820, ils prophétisent la réforme politique et la redistribution des richesses. Fourier (1772-1837) est même un véritable utopiste ; il imagine une société idéale où les hommes, regroupés en « phalanstères » (des micro-sociétés), partagent tout. Face à ces idéalistes, trop hardis pour être compris si tôt, les penseurs conservateurs reprennent de l'influence, tels le royaliste Louis de **Bonald** (1754-1840) et, surtout, le traditionaliste Joseph de **Maistre** (1754-1821), catholique, mystique, et même illuminé. Ses *Soirées de Saint-Pétersbourg* (1821), récits des entretiens qu'il eut avec un émigré français et un sénateur russe, quand il était ambassadeur à Saint-Pétersbourg, ont eu un grand retentissement.

L'influence des littératures étrangères

■ Le mouvement romantique n'est pas né en France. C'est une tendance esthétique que l'on nommait, au début du siècle, « nordique », c'est-à-dire écossaise, anglaise, celtique, allemande. L'influence étrangère a été évidemment favorisée par les guerres napoléoniennes, par l'émigration (l'élite royaliste vit dans les pays anglo-saxons), par l'instauration de l'Empire (l'Italie, l'Espagne, les pays allemands sont occupés), puis par la naissance d'une conscience « européenne » (congrès de Vienne). Les écrivains français de la période romantique sont eux-mêmes des voyageurs, comme Chateaubriand ou Stendhal, diplomates tous les deux. Enfin, le renouveau de l'édition contribue à la diffusion de traductions, surtout après 1830.

■ La littérature allemande a très tôt résisté au rationalisme du siècle des Lumières. Elle privilégie les thèmes du rêve, de l'intuition, de l'imaginaire, eux-mêmes issus d'une attitude religieuse et mystique (désir d'explorer l'inconscient et les mythes, de se fondre dans le divin). Né avec Goethe aux environs de 1770, le romantisme allemand sombre dans une sorte de nihilisme après 1820.

■ La littérature anglaise exalte plutôt la sensation, la sentimentalité, l'émotion face au monde. Ses thèmes sont donc très expressifs (nocturnes, ruines et tombeaux, religiosité). Le destin personnel de quelques grands auteurs a beaucoup contribué à l'ascendant de l'âme anglaise sur les romantiques français : Shelley est mort noyé à 30 ans (1822) ; Keats est emporté par la tuberculose à 29 ans (1821) ; lord Byron, aristocrate excentrique et scandaleux, meurt en Grèce où il est allé se battre pour l'indépendance hellénique. Vigny transforme en symbole du poète génial et incompris le suicide, à 18 ans, du poète Chatterton.

Une initiatrice : Madame de Staël

■ Fille de Necker, Germaine de Staël-Holstein, dite Mme de Staël (1766-1817), est tout imprégnée de culture européenne. Son père est genevois, son époux, suédois, et elle voyage beaucoup, surtout après 1803, quand Napoléon lui interdit de rester à Paris. Mme de Staël, qui tenait un salon littéraire très couru, se retire alors dans son château de Coppet, en Suisse, où elle reçoit les artistes de toute l'Europe. Cet esprit cosmopolite a certainement nourri sa pensée sur la littérature. Admiratrice de Rousseau, elle est d'emblée du côté des passionnés et des sensibles. Napoléon comprenait mal son culte de la liberté dans l'art ; il restait attaché au néo-classicisme (pensons à l'art « officiel » d'un David).

■ Mme de Staël a écrit deux ouvrages importants qui définissent ce qu'on nommera bientôt le romantisme : *De la littérature considérée dans ses rapports avec les institutions sociales* (1800) et *De l'Allemagne* (1810). Elle y relève l'influence des climats sur la création artistique : le climat brumeux du Nord crée un goût nouveau, sombre et intériorisé. Mais *De l'Allemagne* a exercé un rôle de révélateur. Non seulement Mme de Staël y fait connaître les grandes pages de la littérature allemande, mais encore elle y définit le concept de « romantisme », présenté comme négation du classicisme. Elle fixe des principes littéraires :

- l'œuvre doit parler au cœur et aux sentiments ;
- elle doit faire renaître notre passé (chevalerie, merveilleux du Moyen Âge) ;
- la religion est la source de toute poésie ;
- l'inspiration et le bonheur ne peuvent venir que de l'enthousiasme.

■ Ces idées générales suscitèrent des controverses. Mais Mme de Staël avait ouvert la voie à un profond renouvellement de la sensibilité littéraire et annonçait le renouveau des genres : un théâtre inspiré par Shakespeare ou Goethe (et non figé dans les règles classiques) ; une poésie lyrique, où le cœur s'épanche librement ; un roman où l'analyse psychologique et morale devient prédominante.

Les romans à confidences

■ Dans ce climat général de retour à la vie intérieure, les premiers grands romans du XIXe siècle sont surtout des sortes d'autobiographies déguisées. L'influence anglaise du « roman noir » se fait sentir et va contribuer à la naissance du roman populaire. Xavier de **Maistre** (1764-1852), frère de Joseph, évoque ses « songeries » dans son *Voyage autour de ma chambre* (1794), ou inaugure le thème des malédictions de l'homme de cœur avec *Le Lépreux de la cité d'Aoste* (1811).

■ Deux romans à confidences trouvent un large auditoire :

• *Oberman* d'Étienne Pivert de **Sénancour** (1770-1846), homme solitaire, errant, ruiné. Son roman est un journal constitué d'une série de lettres. Il s'y livre à une introspection et y analyse son dégoût de la vie, son angoisse, son vertige du vide. Sa mélancolie et son ennui annoncent le thème de l'incommunicabilité entre l'artiste et le monde, thème cher au courant romantique.

• *Adolphe* de Benjamin **Constant** (1767-1830), amant de Mme de Staël, et, comme elle, grand voyageur. Né à Lausanne, étudiant en Angleterre et en Allemagne, exilé pendant l'Empire, il fait une carrière politique en France dans le parti libéral. Son roman raconte comment Adolphe séduit par désœuvrement Ellénore. Pris au jeu, ne sachant ni rompre ni vraiment aimer, il a l'impression de gâcher sa vie. Ellénore, convaincue qu'elle est abusée et trahie, se laisse mourir sans que son amant sache la sauver. Il se retrouve libre mais à jamais désemparé. Ce récit, nu et cruel, est une analyse très pessimiste de l'égoïsme et du mal d'amour.

■ On doit également à Mme de Staël deux romans d'inspiration autobiographique, où les lecteurs de l'époque croyaient retrouver des confidences sur sa liaison avec Benjamin Constant : *Delphine* (1802), et *Corinne ou l'Italie* (1807).

Chateaubriand* : un destin transformé en exemple

■ Né à Saint-Malo en 1768, mort à Paris en 1848, François-René de Chateaubriand a traversé les différents régimes qui se sont succédé en peu d'années et éprouvé charnellement les bouleversements de l'Histoire. Fuyant la Révolution en 1791, il s'embarque pour les États-Unis, puis revient mener la vie d'un aristocrate émigré. Rallié un moment à Bonaparte, il se sépare de lui avant l'apogée de l'Empire et repart, pour l'Orient cette fois-ci. À la Restauration, le voici diplomate, ambassadeur, puis ministre des Affaires étrangères. Hostile à Louis-Philippe, il se retire dans une solitude laborieuse et orgueilleuse pour écrire ses *Mémoires*. Ce destin, Chateaubriand s'est employé à le transformer en légende vivante, en exemple. Idole de la première génération romantique (celle de Hugo), Chateaubriand a fixé, par sa pensée comme par la mise en écriture de sa vie, l'image de l'écrivain solitaire, habité par le « vague des passions », happé par une histoire dramatisée.

■ Chateaubriand a d'abord été un essayiste. Pendant son exil, il écrit son *Essai sur les révolutions* (1793-1797). Le projet initial était d'analyser les causes de la Révolution. En réalité, cette œuvre touffue est à la fois critique du fait révolutionnaire (sanglant, excessif, inefficace) et méditation sur l'incohérence de l'Histoire. Non, le progrès continu n'existe pas ; non, la Révolution française n'est pas une étape décisive. Le temps est chaos, et les hommes ne peuvent que rêver le futur, non le prévoir. L'*Essai* est très marqué par l'écriture autobiographique. Chateaubriand, en homme de la « génération perdue », résume ses angoisses et sa déception.

■ *Le Génie du christianisme*, en 1802, va substituer à cette vision d'un destin vide de sens la solution chrétienne. Converti, encouragé par un climat de nouveau favorable aux valeurs chrétiennes, Chateaubriand va défendre la religion en montrant son rayonnement. Le retentissement de cette apologie fut considérable. Le *Génie du christianisme* offre un plan en quatre parties :

- **Dogmes et doctrines.** Beauté des sacrements et des textes sacrés, merveilles et harmonie de la Nature.
- **Poétique du christianisme.** Le merveilleux chrétien a inspiré des textes admirables.
- **Beaux-Arts et littérature.** La foi a donné un essor aux artistes (comme le prouvent les cathédrales) et à des esprits supérieurs (Pascal, Bossuet, etc.).
- **Culte.** La majesté des cérémonies touche le cœur ; les missions chrétiennes ont sauvé les âmes ; le christianisme est civilisateur et purificateur.

■ Le succès du *Génie* sera prolongé par *Les Martyrs* (1809), récit romanesque et édifiant sur les chrétiens persécutés à l'époque de Dioclétien (IIIᵉ siècle).

Les romans de Chateaubriand

■ Impressionné par son voyage aux États-Unis et très marqué par le roman sentimental du XVIIIᵉ siècle, Chateaubriand fait la transition entre le romanesque exotique (celui de Bernardin de Saint-Pierre, par exemple) et la littérature lyrique des romantiques. *Atala* (1801) raconte *les amours de deux sauvages dans le désert*. En Louisiane, le Français René est accueilli par le vieil Indien Chactas qui lui fait le récit de son amour de jeunesse pour Atala, jeune Indienne convertie au christianisme. Chactas et Atala ont fui, cherchant un prêtre pour les unir. Mais la jeune fille, consacrée dans l'enfance à la Vierge, préfère se donner la mort plutôt que de succomber à son désir. Ce roman, qui se veut édifiant, annonce le thème central du romantisme, celui de l'amour-passion promis au sacrifice et à la mort.

■ *René* (1802) reprend l'histoire d'Atala. René explique à son tour à Chactas sa mélancolie incurable en remontant le cours de sa jeunesse : une enfance rêveuse, des voyages inquiets en compagnie de sa sœur Émilie, la fuite en Amérique tandis qu'elle rentre au couvent. Le projet moral de Chateaubriand, dénoncer un incroyant qui ne sait plus trouver un sens à sa vie, ne fut pas perçu. Ses contemporains virent dans l'œuvre la beauté lyrique et séduisante d'un être passionné. Le style musical et flamboyant de Chateaubriand contribua à ce charme.

Les *Mémoires d'outre-tombe*

■ L'écriture autobiographique, constante chez Chateaubriand, le conduit à se fondre lui-même partout dans le texte; on l'assimile facilement à René, par exemple. Il avait déjà publié son *Itinéraire de Paris à Jérusalem* (1811), récit de son voyage en Orient. Même la biographie qu'il consacre à un moine du XVIIe siècle (*La Vie de Rancé*, 1844) est prétexte à confesser, par personne interposée, sa propre vie. Mais les *Mémoires d'outre-tombe*, publiés à sa mort, sont l'œuvre de toute une vie, où Chateaubriand se dit *résolu à dire toute la vérité*.
■ Cette immense fresque a pour toile de fond les grandes étapes de notre Histoire, de l'Ancien Régime à la monarchie de Juillet, et se termine par des pages prophétiques sur l'avenir. C'est l'occasion d'y tracer les portraits d'hommes politiques (Mirabeau, Danton, Talleyrand), de rois et, surtout, de Napoléon, qui fascine autant qu'il rebute l'auteur. Les trois « Muses » de Chateaubriand (Mme de Beaumont, Mme de Duras, Mme Récamier) jouent également un grand rôle dans ces *Mémoires* d'un homme qui connut beaucoup de femmes. Par-delà une ostentation et un orgueil qui empêchent de tout dire, Chateaubriand, tout en édifiant un monument à sa gloire, évoque le vacillement d'un monde et la fuite du temps.
■ L'influence de Chateaubriand fut considérable (*il fut à lui seul notre Renaissance*, dira Lamartine), car il a cristallisé des tendances diffuses : retour au religieux, goût pour un art monumental et lyrique, sentiment du moi incompris et mélancolique, intérêt pour l'histoire de la critique, style somptueux et sentimental, abandon à l'imaginaire.

L'épanchement poétique du romantisme

Une explosion

■ Entre 1820 et 1850, la poésie connaît une sorte d'explosion. Les publications sont fréquentes, les tirages importants et, plus encore, les grands maîtres de la poésie sont des hommes connus, adulés, souvent engagés dans la vie publique. Ici encore, il faut percevoir cette époque comme celle d'une Histoire qui s'accélère. Face au changement, le « moi » s'analyse et cherche un ancrage. La poésie, épanchement du cœur et bercement de l'âme, exprime à la fois le désarroi et la consolation.

■ Les caractères de cette poésie reposent moins sur l'originalité de la forme (malgré des réussites mélodiques et un souci de musicalité) que sur ses thèmes. La poésie se fixe en effet une grande ambition : dire tous les états d'âme d'une conscience saisie par le vertige du temps. D'où le recours systématique au « Je ». Sujet et destinataire du poème, le poète s'exprime et se libère. Délaissant la spéculation ou les théories esthétiques, il ne se réclame que de la sincérité, de l'émotion vécue. Mais le langage a du mal à transcrire la subjectivité. Le poète doit donc nourrir son inspiration d'images mystérieuses, de rêves, d'impressions. L'intimité n'empêche pas le libre vagabondage de l'imagination.

■ Cette poésie du moi peut devenir introspective et se complaire dans les fantasmes, les angoisses, les « chimères ». Mais, pour les grands romantiques, parler de soi, c'est encore parler du monde. Dans notre intimité retentit l'écho de tout ce qui est humain. Ainsi glisse-t-on parfois vers une poésie qui s'affirme militante, exprimant la souffrance de tous, la conscience des hommes. Le poète se fait missionnaire et guide. En approfondissant la vérité sensible d'un être, la poésie dévoile la conscience historique elle-même. C'est en prolongeant cette idée de l'unité mystérieuse du Moi et du Monde que Baudelaire (à travers le thème des « correspondances ») et les Symbolistes verront la poésie comme révélation du sens caché des choses.

Lamartine* et sa musique

■ Alphonse de Lamartine fait partie de cette jeunesse aristocratique née avec la Révolution (1790-1869), déchue, et condamnée à l'inaction sous l'Empire. Cette oisiveté crée des êtres blasés, presque dépressifs face à une destinée sans gloire. La Restauration ramène l'espoir. C'est à cette époque que Lamartine s'éprend d'une jeune femme (son « Elvire ») qui mourra deux ans après leur rencontre au lac du Bourget (tel est le sujet du poème *Le Lac*). Engagé dans une carrière diplomatique, député, ministre, Lamartine dirige le gouvernement provisoire de 1848. Son échec aux présidentielles, face au prince Napoléon, le renvoie à l'amertume de son adolescence. Endetté, il se transforme en « galérien des lettres » et écrit des œuvres de circonstance.

■ Les *Méditations poétiques* (1820) reçoivent un accueil enthousiaste et annoncent le renouveau de la poésie française. Lamartine se délecte des thèmes de l'intimité perdue : grotte, forêt, barque, « vallon » forment des espaces clos, maternels, affranchis momentanément du temps. Mais le prestige de la poésie lamartinienne tient surtout à son effet incantatoire : *J'étais comme le musicien qui a trouvé un motif et qui se le chante tout bas.* Le « chant » de Lamartine a été loué unanimement. Il est vrai qu'il permettait à ces poèmes, où s'opérait la synthèse de tous les goûts du moment, d'être aisément mémorisés. Le lyrisme de Lamartine transformait en mélodies les lieux communs du mal de vivre, de l'homme emporté *sur l'océan des âges.*

■ Encouragé par les nombreuses rééditions des *Méditations*, Lamartine a accentué la tonalité religieuse et mystique de sa poésie avec les *Harmonies poétiques* (1830). Les thèmes principaux y sont les merveilles de la Création, le mystère de l'homme dans l'infini des temps, la Providence, l'au-delà. De même, *Jocelyn* (1836) forme une gigantesque épopée de dix mille vers animée d'un souffle mystique. Il s'agit de l'histoire d'un jeune prêtre qui lutte pour sa foi et meurt en odeur de sainteté, ayant su renoncer aux amours humaines (pour une Laurence) et se consacrer au bien de l'humanité. Jocelyn fit penser au poète lui-même, qui allait se lancer dans un autre sacerdoce, politique celui-là. Car, comme tous les grands auteurs romantiques, Lamartine ne fut pas un doux rêveur, mais un homme d'action dont la vraie passion fut politique.

La « doctrine » d'un mouvement incertain

■ Le romantisme ne s'est pas constitué en école, et il a attiré des personnalités très diverses qui se sont, par la suite, séparées ou opposées. Comme toujours, le mouvement s'est cristallisé autour d'un refus, celui des contraintes classiques, des règles académiques établies.

■ Les premiers textes théoriques sont diffusés par un périodique, *La Muse française*, dirigé par Émile Deschamps, à partir de 1823. Hugo et Vigny y donnent leurs premiers poèmes. On y loue Byron ou Shakespeare. Mais c'est l'érudit Charles **Nodier** (1780-1844), bibliothécaire de l'Arsenal, qui crée un véritable cercle autour de lui : écrivains, musiciens, plasticiens se rencontrent et débattent. Nodier, très influencé par la culture allemande (comme Mme de Staël), a lui-même écrit des contes fantastiques, cauchemars souvent macabres, comme *Smarra* (1818), *Trilby* (1822) et *La Fée aux miettes* (1830).

■ C'est le journal *Le Globe* qui va permettre de mettre en forme les idées nouvelles jaillies à l'Arsenal, toutes dominées par la recherche d'une liberté en matière de goût et le désir de renouveau (*le beau, c'est le laid*, affirme même Victor Hugo). Ces principes sont résumés par Hugo dans la préface de sa pièce *Cromwell.* Il réunit alors, avec son ami Sainte-Beuve, un « Cénacle » (1827-1830) très actif. Tous les écrivains de sa génération l'y rejoignent. La « bataille d'*Hernani* » sera le grand événement dans l'histoire du cénacle, qui revendique *la liberté dans l'art, la liberté dans la société.*

■ Dans cette mouvance, la personnalité de Victor Hugo s'impose. Une vogue est née. Des jeunes gens s'affichent avec un gilet rouge, signe de ralliement aux idées nouvelles. D'autres préfèrent une tenue bohème et des cheveux longs. On les surnomme « bousingos » ou « Jeunes-France ». Désormais, le romantisme est à la mode. On ne sait pour autant ce qu'il est précisément, sinon un individualisme forcené. L'artiste ne doit suivre que son inspiration (sans se soucier du bon goût ou des usages) ; il doit renoncer au style contourné (et « déniaiser l'alexandrin »), pour proposer des images hardies et neuves ; il doit se laisser prendre par la passion et la révolte. Cet individualisme peut évidemment se fondre dans diverses tonalités : la mélancolie, la violence fantastique, l'imagination féerique, le mysticisme, la projection dans le passé (le Moyen Âge, surtout). Enfin, il s'applique à tous les genres, qu'il réactive : la poésie (lyrique), le théâtre (sous la forme du drame) et le roman (historique et autobiographique).

■ Ainsi, rien n'est plus contraire au romantisme que l'esprit de système. Des esprits très divers et des œuvres disparates s'en réclament. D'où le phénomène des auteurs dits « mineurs », très typique de cette période. On ne sait trop comment classer certains écrivains, malgré l'étiquette qu'ils se donnent de « romantiques ». Par exemple, comment définir le lyrisme évanescent et intimiste de Marceline **Desbordes-Valmore** (1786-1859) ? Ses élégies, ses *Pauvres Fleurs* et autres *Bouquets et Prières* ont enchanté les salons des années 1830. Mais sa naïveté thématique et sa musicalité sont plus proches de Verlaine que de l'ampleur hugolienne. Les gloires éphémères sont nombreuses, devant lesquelles le lecteur moderne reste embarrassé : les *Myosotis* d'Hégésippe Moreau (1810-1839) ou les sonnets de Félix **Arvers** (1806-1850), dont il ne reste dans nos mémoires qu'un seul vers, *Mon âme a son secret, ma vie a son mystère.* D'autres auteurs, enfin, s'inscrivent dans des traditions différentes : Auguste Brizeux (1806-1858) chante son terroir breton. Des satiriques iront même jusqu'à se réclamer du romantisme tout en étant, au fond, des chansonniers ou des pamphlétaires, comme **Béranger** et Auguste **Barbier** ; il est vrai qu'un Hugo n'a pas reculé devant ce style. Le romantisme est une tendance qui se prête à l'extension et à l'éclatement, ce qui permettra à Sainte-Beuve cette définition laconique : *J'appelle* classique *le sain et* romantique *le malade.*

Musset°, enfant terrible du romantisme

■ Né dans un milieu cultivé, lui-même élève brillant, Alfred de Musset (1810-1857) est l'un des plus jeunes disciples de Nodier. À dix-huit ans, il participe aux discussions du Cénacle et éblouit son auditoire avec ses *Contes d'Espagne ou d'Italie*. Instable, incapable de prendre vraiment au sérieux les grands idéaux romantiques, il leur préfère d'autres époques (la Renaissance, notamment) et affiche constamment une indépendance de créateur, méprisant toute forme d'engagement public. Cet individualisme le conduit à une forme d'ironie et d'incertitude. Ses poèmes dédramatisent la « mission » du poète (en quoi il s'oppose à Hugo). Une telle dépréciation n'empêche pas le lyrisme, bien au contraire : Musset souligne la solitude du poète, sa douleur et son inquiétude fondamentale. La liaison brève et décevante qu'il eut avec George Sand acheva de l'installer dans l'amertume et la crise. *Les Nuits* (1835) et, plus encore, la *Confession d'un enfant du siècle* (1836) traduisent ce mélange de passion et de scepticisme. Son théâtre tout entier est également inspiré par le thème de l'impossibilité du bonheur.

■ *Les Nuits* montrent même une sorte de complaisance au malheur. La poésie ne peut consoler de la souffrance (*Nuit de Mai*) ; le poète n'a qu'un frère, la Solitude (*Nuit de Décembre*) ; tout n'est qu'illusions et passades (*Nuit d'Août*) ; *l'homme est un apprenti, la douleur est son maître* (*Nuit d'Octobre*). Malgré ses succès au théâtre et son élection à l'Académie en 1852, Musset semble usé avant l'âge et meurt dans la solitude.

Solitaire et solidaire : Vigny°

■ Né dans une famille d'aristocrates déclassés par les événements révolutionnaires, Alfred de Vigny (1797-1863) est élevé dans l'orgueil et dans l'espérance d'un glorieux destin militaire. La Restauration lui permet d'entamer une carrière d'officier. Mais Vigny s'ennuie en garnison. Il se tourne alors vers la littérature. Un roman (*Cinq-Mars*, 1826) et un premier recueil poétique (*Poèmes antiques et modernes*, 1827) lui assurent une entrée dans le Cénacle romantique. Le retentissement de son drame *Chatterton* (1835) est immense.

■ Malgré ces premiers succès, Vigny se sent mal aimé et mal compris. Des épreuves personnelles (mort de sa mère, maladie chronique de son épouse, liaison orageuse avec l'actrice Marie Dorval, échecs politiques) confirment le poète dans l'amertume et le pessimisme. Sa poésie devient philosophique : elle défend la mission de l'art au service de l'humanité, réfléchit à l'absurdité de la vie humaine sans Dieu, attend la venue d'une civilisation de l'Esprit. Incompris et martyrisé par les hommes (c'est le sujet de son roman *Stello*), le poète reste prêt à affronter stoïquement la mort (le poème *La Mort du loup*) et écrit un message pour les générations futures (le recueil *Les Destinées*, le poème *La Bouteille à la mer*). Élu, après plusieurs échecs, à l'Académie (1846), battu à la députation en Charentes où il réside (1848), dédaigné par Napoléon III, Vigny est mort seul, morose, dénonçant les tares de ce bas monde.

Les « frénétiques » et les « mineurs »

■ Dans la lignée de Nodier, des écrivains se sont réclamés du romantisme « noir » ou « frénétique ». Épris de tout ce qui est mystérieux, ésotérique ou occulte, ils ont poursuivi les tendances illuministes de la fin du XVIIIe siècle et se sont nourris des traditions fantastiques allemandes (Novalis, Hoffmann). Hugo lui-même a été passionné de spiritisme. La mode « noire » a exercé son influence sur le mouvement romantique tout entier : contes de Gautier, romans médiévaux de Hugo, goût du surnaturel et fascination pour les superstitions (Nodier, Mérimée). Il est clair que ces thèmes traverseront le siècle : le déviant et l'obscur resteront chers à des poètes comme Baudelaire ou Lautréamont, et à des conteurs sombres comme Maupassant, lui-même mort fou.

■ Vivant souvent dans la précarité, passant pour illuminés, les romantiques noirs sont considérés comme des auteurs mineurs. Xavier **Forneret** (1809-1884), surnommé « l'Homme noir », est une de ces figures, génie délirant, agité, inégal, dont les œuvres se présentent comme des visions et des rêves hallucinés. Petrus **Borel** (1809-1859), dit le *lycanthrope* (= loup-garou), que les surréalistes admireront plus tard, pratique lui aussi une écriture baroque et flamboyante, dans des poèmes (*Rhapsodies*, 1832), des contes (*Champavert*, *Contes immoraux*) et des romans mystérieux (*Madame Putiphar*).

■ Quasiment ignoré de son vivant, Aloysius **Bertrand** (1807-1841) a laissé un recueil de poèmes en prose (dont Baudelaire se réclamera), *Gaspard de la Nuit*, sous-titré *Fantaisies à la manière de Rembrandt et de Callot*. Ces textes forment un répertoire des thèmes en vogue dans le courant « noir » des années 1830 : cadre médiéval, sujets fantastiques et énigmatiques, mélange du sentimental et du grotesque, magies et diableries. Le plus intriguant reste la langue, au ton de chanson bizarre, imagée, expressive et mélodique. Bertrand, artiste discret mais très original, est l'inventeur, en France, du poème en prose.

Nerval* : de l'imaginaire à la folie

■ Gérard de Nerval, (de son vrai nom Gérard Labrunie) est un personnage étrange et inclassable (1808-1855). Élevé dans la solitude, à la campagne (dans le Valois), lecteur érudit d'écrivains allemands (il a même traduit le *Faust* de Goethe), féru de toute littérature ésotérique, il semble tourné vers l'inconnu, le mystique, le surnaturel. Ce tempérament religieux se manifeste dans ses exaltations : sa folle passion amoureuse pour l'actrice Jenny Colon (qui s'en moque bien) ; son obsession du voyage pour trouver « ailleurs » la paix de l'âme et le sens caché du monde (*Le Voyage en Orient*) ; sa volonté de fondre en une seule mystique toutes les religions (syncrétisme), des cultes païens (grecs, orientaux, égyptiens) aux mythes chrétiens (la Vierge, en particulier). Nerval, qui s'engage totalement sur la voie de l'irrationnel, se tourne vers les grands « illuminés » qui l'ont précédé et il quête, dans les légendes folkloriques de son Valois, l'image unifiée et idéale de la femme aimée (mère, déesse, fée, sainte, diablesse ?). *Sylvie* est le récit de l'écrivain à la recherche de son identité, recomposant le « puzzle » des passions, des souvenirs, des influences.

■ Une telle démarche s'accompagne, chez Nerval, d'un profond dérèglement mental. Plusieurs crises de folie l'assaillent. Soigné par le docteur Blanche, à Passy, il pratique l'écriture comme une thérapie. *Aurélia* (1855) est même une analyse de la folie, considérée comme un moyen créateur, permettant à l'artiste d'atteindre l'au-delà, le monde des songes et de la beauté cachée. Mais l'écriture ne parviendra pas à sauver Nerval de son malheur : on le retrouva pendu alors qu'il achevait la rédaction d'*Aurélia*.

■ L'œuvre la plus accessible de Nerval reste sa poésie. Ses *Chimères* (1854) forment un recueil de sonnets mystérieux, d'une beauté plastique obsédante, où la poésie révèle les sortilèges d'un monde de « correspondances ». Il est clair que Nerval y poursuit la quête de sa propre identité (*Je suis le ténébreux, — le veuf, — l'inconsolé...*). Mais il serait réducteur de lire Nerval en pensant seulement à sa folie privée. Son œuvre atteste une tendance plus profonde et plus durable, celle de l'art qui refuse d'être récupéré par le rationnel et l'utilitaire. Alors que la société bourgeoise célèbre, dans l'Exposition Universelle de 1855, la victoire des forces matérielles, les artistes revendiquent l'irrationnel : Hugo fait tourner les tables à Jersey, Lamartine se plonge dans l'érudition mythologique, Baudelaire se prépare à être condamné comme « malade » (1857). Nerval ne fait donc que résumer et pousser à l'extrême la déception et la fuite vers un « ailleurs », vécues par la génération perdue du romantisme. À cet égard, on pourrait rapprocher l'attitude de Nerval de celle d'écrivains comme Maurice de Guérin (1810-1839), dont les cahiers intimes, vrais poèmes en prose, sont pleins de religiosité et de mythes complexes; ou comme Théophile Dondey, dit Philothée O'Neddy (1811-1875), poète extravagant, libertaire et morbide. Tous ont cultivé une forme d'asocialité comme principe créateur.

Le géant Hugo•

Un génie impatient et imposant

■ Victor Hugo (1802-1885) a eu très tôt conscience de son génie. Couronné à 15 ans par l'Académie française, à 17 ans par les jeux floraux de Toulouse, il écrit son premier grand roman à 20 ans (*Bug-Jargal*) et crée avec ses frères une revue, le *Conservateur littéraire*. Avec pour ambition d'*être Chateaubriand ou rien*, il publie les *Odes et Ballades* (1822), très lamartiniennes. Le voilà lancé et prêt à en découdre. Agacé par les commentaires critiques sur son roman *Han d'Islande*, il écrit un drame, *Cromwell*, dont la retentissante préface va devenir le credo des romantiques. Dès lors, et jusqu'à sa mort à l'autre bout du siècle, il s'installe dans la figure du chef, du porte-parole, de l'« écho sonore », du poète missionnaire, au génie proliférant et chaleureux. Associé à tous les événements politiques et littéraires de son temps, Victor Hugo est un homme de passion et de conviction, capable de s'exprimer dans tous les registres, du « sublime » au « grotesque ». Il n'est pas d'expression artistique où il n'ait excellé : dessinateur génial, tribun énergique, romancier puissant, virtuose de la versification, fantaisiste plein d'humour (ses *Chansons*), chroniqueur émerveillé, etc.

■ La personnalité de Hugo s'est, en quelque sorte, imposée à ses contemporains. D'une santé robuste (grand marcheur, mangeur, buveur, amant infatigable), il aimait la société et les échanges. Toujours entouré, très attaché à sa famille, correspondant sans cesse avec tous les artistes, il semble omniprésent. Un sentiment aigu de sa supériorité et une autorité naturelle créent également cette ubiquité; il aime être populaire, ne refuse pas les honneurs, s'enthousiasme facilement pour une cause humanitaire ou politique. Il n'est même pas certain que Victor Hugo doute d'être le messager de Dieu parmi les hommes, ce que suggèrent les termes de *rêveur sacré*, au *front éclairé*, de *mage*, de *prophète*. À côté de ces vanités, qui peuvent paraître ridicules ou enflées aujourd'hui, Victor Hugo a été un homme essentiellement généreux, plein de pitié pour les enfants et les faibles, scandalisé par la misère, ami du peuple. Ce n'est donc pas un hasard s'il est resté notre poète le plus populaire.

L'imagination et la vision

■ Cette omniprésence n'est pas seulement affaire de tempérament. Hugo considère que la poésie est une exigence de totalité, que son domaine est illimité. Le poète est une sorte d'explorateur universel. De là viennent la diversité de ses recueils et aussi l'aspect disparate d'un même recueil, qui peut passer de la confidence intime et murmurée à l'éloquence et au plaidoyer. Hugo a même la conviction que le vers (la poésie) est un langage absolu. La poésie ne reproduit pas la réalité (objective ou intime), elle la fait naître. Le poème est formule, productrice de sens.

■ Dès *Les Orientales*, Hugo, qui n'a jamais vu l'Orient, crée une féerie visionnaire, un climat grec, espagnol ou arabe. Le vers produit l'illusion mimétique. L'imagination, faculté maîtresse de Hugo, n'est pas ici décorative : elle impose la vision. Dessinateur lui-même, Hugo aime le concret qui impressionne : la foule-mer, la bataille-fournaise, le ciel-moisson, etc. Mais l'image sert surtout à rendre présent l'abstrait, à visualiser la pensée : l'âme-alambic, le remords-œil, la mort-faucheuse, etc. Méthode analogique donc, qui n'échappera pas à Baudelaire, parlant de Hugo comme du poète de *l'universelle analogie*. Ainsi, l'image devient vision; elle fait parler ce qui n'est pas, ce qui se tait, ce qui est ineffable (l'Infini, le Néant, la Mort, Dieu). Le poète donne à voir *ce que dit la Bouche d'Ombre* (*Les Contemplations*) et perçoit que *tout vit, tout est plein d'âme.* Cette démarche peut aboutir à l'hallucination, à la transe. Mais elle est surtout l'occasion pour Hugo de vulgariser une religion (les desseins du Dieu d'amour dans sa Création) et une espérance (la victoire du Bien sur le Mal).

La générosité et le combat politique

■ Hugo ne s'est pas contenté de vociférer contre la tyrannie. C'est un lutteur. Avec la même énergie que dans le domaine des arts, où il a tout bousculé, il s'est aventuré sur le terrain politique. Déjà très célèbre, il est élu député en 1848 et soutient Louis-Napoléon. Mais le coup d'État qui crée le Second Empire le scandalise. Il s'exile et refusera de revenir en France — malgré une amnistie —

jusqu'en 1870 (*s'il n'en reste qu'un, je serai celui-là*). C'est que Hugo se faisait, à juste titre, une haute idée de sa mission. Malgré de très graves soucis personnels (surtout dans les années 1835-1845), il s'est senti des devoirs envers la nation. Son évolution vers la pensée socialiste n'est que la continuité de son amour du peuple, qui l'emporte chez lui sur tout autre sentiment.

■ Les prises de parti de Hugo ont motivé la plupart de ses grandes œuvres. Dès 1831, un roman comme *Notre-Dame de Paris* réfléchit sur la fatalité qui conduit les marginaux et les miséreux à l'échec et à la mort. La belle bohémienne Esméralda, le hideux Quasimodo, l'archidiacre obsédé Frollo sont emportés par un destin terrible. La même fatalité pèse sur l'amour humain dans *Ruy Blas*, chef-d'œuvre dramatique de Hugo. Plus nettement encore, *Les Misérables* dénoncent un ordre social injuste, qui dégrade l'homme et rend quasi impossible leur rachat à ses victimes.

■ Enfin, Hugo a aussi écrit sous la dictée de sa « muse-indignation ». *Châtiments* se déchaîne contre Napoléon « le petit », l'usurpateur, condamnant le coup d'État sanglant, ridiculisant les profiteurs ralliés au régime, saluant les opprimés, les prolétaires, les opposants. Très en verve, virulent, Hugo a pu ainsi élever l'invective et la détestation à la dimension épique. *Châtiments*, d'ailleurs, s'achève par des prophéties annonçant la victoire de la liberté et le progrès assuré des temps futurs.

Vers « l'épopée de la création »

■ Pendant son exil, Hugo s'est intéressé à l'occultisme et, surtout, au spiritisme. Ses expériences ont pu contribuer à alimenter sa veine mystique. Les deux grands recueils de cette période féconde, *Les Contemplations* et *La Légende des Siècles*, révèlent une réflexion sur le destin, personnel et collectif. Hugo est obsédé par l'existence du Mal et cherche à en concilier l'existence avec sa foi en Dieu. Sa méditation métaphysique aboutit à un véritable système de pensée : la matière est imparfaite et pousse à la chute, au mal ; l'esprit est perfection, appel à l'élévation, au bien. La vie humaine est tiraillée entre ces deux forces. L'homme est « double ». Ce leitmotiv hugolien explique aussi bien ses théories esthétiques (le mélange du sublime et du grotesque) que sa recherche du Salut religieux. Le poète fuit l'abîme, il est aspiré vers Dieu, il est « mage ». Son action contribue à élever l'humanité entière vers la réconciliation et la bonté universelles.

■ Dès les années 1860, certains esprits critiques se sont moqué de ces idées fumeuses. Les salons proches de Napoléon disaient que Hugo était devenu

« bête » ou un peu « dérangé ». Il reste que cette méditation hugolienne a donné deux chefs-d'œuvre.

■ *Les Contemplations* sont *les mémoires d'une âme*, de *l'énigme du berceau* à *l'énigme du cercueil* : *Aurore* (I), *L'âme en fleur* (II), *Les Luttes et les Rêves* (III), *Pauca meae* (« quelques vers pour ma fille », IV), *En marche* (V), *Au bord de l'infini* (VI). Les thèmes inextricables de l'amour et du malheur se retrouvent dans l'« épopée cosmique » de *La Légende des Siècles*. Hugo veut y retracer l'histoire de l'humanité, son ascension vers Dieu, vers la Science et vers l'Amour. Mélangeant les légendes bibliques, médiévales et diverses mythologies antiques, Hugo fait se succéder des tableaux saisissants. On va d'« Ève à Jésus », de Rome à l'Orient, du Moyen Âge au temps présent. Ainsi la poésie cherche-t-elle à redonner un sens à la vie et à l'Histoire.

La bataille du drame au théâtre : la théorie, les œuvres

La préface de *Cromwell*

■ Le romantisme se présentait d'abord comme libérateur. Par là il s'opposait au classicisme, où prédominaient les règles. Avant Hugo, Stendhal, dans son *Racine et Shakespeare* (1823), avait dénoncé l'usure des formules raciniennes et le conformisme démodé de Molière. Il s'agissait, en défendant Shakespeare, de mettre en cause les goûts académiques, de promouvoir ce qu'il nommait encore « romanticisme ». Pour lui, le théâtre du futur serait la tragédie historique et la comédie réaliste en prose.

■ Ces idées avaient déjà eu cours au XVIIIe siècle, sans produire de chefs-d'œuvre. Hugo, en préface à son drame *Cromwell* (1827), propose un manifeste claironnant. Il y développe deux théories :

- **les « trois âges » :** le « primitif » est celui de la spontanéité lyrique ; l'« antique », celui de la violence épique ; le « moderne » montrera l'homme agité par les deux tendances qui le divisent (l'âme et le corps) : c'est l'âge chrétien, l'âge du drame ;
- **la nature du drame :** il illustre les conflits internes de l'homme. Dans ce but, l'auteur aura quatre préoccupations : mélanger les genres (du « grotesque » au

« sublime »), renoncer aux unités, chercher un décor historique qui fasse vrai, libérer le style.

Les drames hugoliens

■ Les débuts du drame sur la scène furent hésitants. Dès 1829, Alexandre Dumas a connu un succès momentané avec son *Henri III et sa cour.* Mais Hugo n'obtient pas l'autorisation royale pour faire jouer *Marion Delorme* : la dénonciation de l'époque de Louis XIII parut insultante à Charles X. Enfin, en février 1830, *Hernani* va marquer le triomphe de l'art nouveau. La salle est pleine des amis de Hugo dont la « claque » doit couvrir les sifflets des traditionalistes. C'est un beau scandale. Le retentissement de la « bataille d'Hernani » impose le drame pour longtemps.
■ *Hernani* comporte une intrigue complexe, mêlant une affaire sentimentale (le roi Don Carlos et le proscrit Hernani aiment la même femme, doña Sol) et un drame politique (une conspiration qui veut empêcher Don Carlos de devenir Charles Quint). La fin est tragique et le ton général rarement « mixte ». Qu'importe, la pièce a du souffle et de la grandeur. Les « gilets rouges » ont trouvé leur chef-d'œuvre.
■ C'est pourtant *Ruy Blas* (1838) qui illustrera le mieux les principes de la préface de *Cromwell.* Sur le même fond historique espagnol, Hugo raconte les amours impossibles d'un laquais déguisé en grand seigneur et d'une reine : *un ver de terre amoureux d'une étoile.* Cette intrigue sentimentale et tragique laisse la place à des scènes comiques (grâce au personnage truculent de don César) ; le mélange des genres est parfaitement réalisé. Le succès fut immense, mérité. Il n'y en aura pas d'autre. Le dernier drame de Hugo, *Les Burgraves* (1843), fut un ratage total qui n'eut aucune survie.

Vigny• et le drame tragique

■ La mode shakespearienne n'est pas un hasard. En 1827, une troupe londonienne avait étonné les Français en donnant le répertoire élisabéthain, notamment *Hamlet.* Vigny, très impressionné, se mit aussitôt à traduire *Roméo et Juliette* et *Le Marchand de Venise.* Mais seule son adaptation d'*Othello* (sous le titre du *More de Venise*) fut donnée à la Comédie Française (octobre 1829). Il y eut beaucoup de réactions hostiles : les beaux esprits trouvaient la pièce indécente. Pour justifier son engouement, Vigny rédigea alors la *Lettre à Lord xxx*. Il y développe une théorie de la « tragédie moderne », sorte de drame sans « frénésie » ni « grand spectacle », fondé sur une action resserrée et fatale. Bref, Vigny retrouve les principes tragiques de Racine, agrémentés d'idées modernes.

■ Après un drame touffu, *La Maréchale d'Ancre*, et une courte pièce, *Quitte pour la peur*, Vigny met en application ses théories avec *Chatterton* (février 1835), qui reçut un accueil triomphal. *Chatterton* est « une page de philosophie ». S'inspirant librement d'une histoire vraie, Vigny raconte la vie du poète Chatterton, incompris par la société bourgeoise et acculé au suicide, malgré l'amour de sa protectrice Kitty Bell. Le succès de la pièce dut beaucoup à l'actrice Marie Dorval. Mais, surtout, *Chatterton* formulait la vision romantique du poète-paria, ancêtre du « poète maudit ». La jeune génération s'incarna dans ce génie martyrisé par un monde utilitaire.

Le théâtre de Musset*

■ Malgré ces quelques grands succès, le seul dramaturge original et complet du XIXe siècle est Alfred de Musset. Esprit indépendant, très tôt en rupture avec le Cénacle, il refuse de croire à la mission du poète face à la foule. Ce ton désabusé, à la fois mélancolique et ironique, donne à son œuvre théâtrale un style reconnaissable, mêlant sans cesse pathétique et humour ; il met en scène des héros « doubles », exaltés mais amers, idéalistes mais sans cause, débauchés mais rêvant de pureté, etc. Dans sa vie comme dans son écriture, Musset se révèle homme de théâtre.

■ En se projetant dans ses pièces, Musset choisit d'emblée des formes souples. Peu de contraintes scénographiques, peu de pittoresque ou de couleur locale, peu de violence physique. Tout vise à l'analyse psychologique, à l'étude du dédoublement de la personnalité. C'est pourquoi les premières pièces de Musset sont davantage destinées à être lues que jouées (*Un spectacle dans un fauteuil*, 1832). Mais Musset se souvient de Marivaux et utilise beaucoup le « double registre » et les systèmes de décalages qui rendent visibles l'instabilité de la personne, la fragile frontière entre « je » et « jou ».

■ *Les Caprices de Marianne* (1833) pousse à l'extrême ce dédoublement, grâce à deux personnages opposés, le libertin Octave, le pur Célio. Marianne ne sait pas voir celui qui aime vraiment. Célio est tué par le mari de Marianne, Claudio. Le jeu d'Octave a mal tourné. Il s'en va, laissant Marianne désemparée. Le même type d'intrigue se retrouve dans *On ne badine pas avec l'amour* (1834). Perdican aime sa cousine Camille, qui feint de l'ignorer ; il séduit alors la paysanne Rosette pour réveiller la jalousie de Camille ; mais quand, entre Perdican et Camille, le petit jeu cessera, Rosette en mourra.

■ À côté de pièces badines et souvent amères, tels ses « proverbes » (*Il ne faut jurer de rien*), Musset a écrit le grand drame de sa vie avec *Lorenzaccio* (1835). Cette œuvre en prose, tirée de chroniques florentines, est très dense et rassemble tous les thèmes obsédants de Musset. L'histoire est celle de Lorenzo, âme damnée du tyran jouisseur Alexandre de Médicis. Lorenzo (comme Hamlet) cache sa véritable personnalité sous la lâcheté et le vice, dans l'attente d'une action d'éclat qui lui rende sa dignité : l'assassinat de son maître Alexandre. Mais même ce geste finit par paraître dérisoire. Le pessimisme de Musset, convaincu que les actions sont stériles, que les idées sont vaines et que presque tous les hommes sont de sordides calculateurs, est total dans *Lorenzaccio*, tant sur le plan moral que politique.

Romantisme et romanesque

L'extension d'un genre populaire

■ Dans *romantisme*, on retrouve le mot *roman*. Le mouvement et le genre étaient d'emblée destinés à croître ensemble. On peut y voir plusieurs raisons. D'abord le roman est un genre souple, qui permet l'expression de la pensée et du sentiment personnels : les auteurs s'en servent comme d'un récit autobiographique déguisé. D'autre part, la mode étant à l'histoire, le romanesque favorise des aventures sur fond historique et pittoresque. Le roman enfin s'adresse facilement à tous ; le public des lecteurs s'élargit, et les sujets traités s'orientent vers le social et le populaire.

■ Les années 1840 voient donc la naissance des grands romans populaires. Le développement de la presse bon marché permet la parution en feuilletons et de gros tirages. Ainsi Alexandre **Dumas** (1803-1870), non content d'être un actif dramaturge, devient le spécialiste de l'histoire romancée et fait une véritable fortune avec ses sagas bien documentées et hautes en couleur, comme *Les Trois Mousquetaires* (1844) ou *Le Comte de Monte-Cristo* (1845). Dumas suivait l'exemple offert par Eugène **Sue** (1804-1857), médecin de la marine reconverti en auteur à succès. Après des romans d'aventures maritimes, Eugène Sue se tourne vers le roman social, comme les célèbres *Mystères de Paris* (1843). Malgré des personnages stéréotypés (les bons/les méchants) et un décor excessivement misérabiliste, il a pu vulgariser des idées démocratiques (celles de Fourier ou Proudhon) et donner à lire à un public nouveau. Signalons enfin Étienne **Champfleury** (1820-1889), romancier abondant et facile (*Les Bourgeois de Molinchart*, 1848), devenu l'un des théoriciens du réalisme.

■ L'inspiration populaire et humanitaire se retrouve chez George **Sand** (1804-1876). De son vrai nom Aurore Dupin, c'est une des figures littéraires du siècle, d'abord pour son salon parisien, ensuite pour ses liaisons avec Musset et Chopin. Retirée dans le Berry, à Nohant, elle écrit des romans qui valorisent les humbles et prêchent la solidarité. Influencée par Pierre Leroux et par Lamennais, elle se sert du roman pour transformer en récits les idées du socialisme utopique, comme dans *Le Compagnon du Tour de France* (1840) ou *Le Meunier d'Angibault* (1845). George Sand s'oriente ensuite vers le roman rustique, les histoires du terroir. Ses récits « champêtres » révèlent un attachement très fort à la vie paysanne, vue comme authentique et honnête (*La Mare au Diable*, 1846 ; *La Petite Fadette*, 1849).

■ Enfin, le développement du roman populaire doit beaucoup à des auteurs étrangers, à commencer par Walter Scott (1771-1832), dont le pittoresque écossais et médiéval inspira Dumas (*Ivanhoé*, 1819 ; *Quentin Durward*, 1823).

Balzac* et sa *Comédie humaine*

■ Honoré de Balzac (1799-1850) a produit, en une trentaine d'années, une œuvre immense. Énergique et passionné, il était capable de travailler jusqu'à vingt heures par jour, en se remontant par des « torrents de café ». *La Comédie humaine*, qui regroupe l'essentiel de ses romans, est gigantesque. Elle a pour décor les lieux les plus variés de France et d'Europe. Elle couvre la période 1789-1850, mais peut renvoyer à un passé plus lointain. Car Balzac veut *peindre les deux ou trois mille personnages saillants de [s]on époque* et *faire concurrence à l'État-civil*. Il relie ses romans entre eux par l'intrigue et par les personnages. Il brosse ainsi une vaste fresque, véritable histoire des mœurs.

■ Ce plan reflète un système de pensée. Pour Balzac, l'humanité est un vaste zoo, dont il passe les espèces en revue. Car on peut distinguer entre « un ouvrier, un administrateur, un avocat, un oisif » aussi bien qu'entre « le loup, le lion, l'âne et le corbeau ». Cette optique explique le besoin balzacien de décrire : les objets,

La Comédie Humaine comprend 2 209 personnages, en 91 ouvrages — sur 137 prévus. 515 personnages réapparaissent dans plusieurs romans : ce procédé est imaginé par Balzac en 1833 (*Le Père Goriot*). Chaque roman est un chapitre du grand livre constitué par l'ensemble.

Plan général de...

ÉTUDES ANALYTIQUES		ÉTUDES PHILOSOPHIQUES	ÉTUDES DE MŒURS...	
			SCÈNES DE LA VIE PRIVÉE	SCÈNES DE LA VIE DE PROVINCE
1829	*La Physiologie du mariage.*			
1830		*Adieu.* *L'Élixir de longue vie.*	*Gobseck.* *La Maison du chat-qui-pelote.* *Le Bal de Sceaux.*	
1831		*La Peau de chagrin.* *Jésus-Christ en Flandre.* *Le Chef-d'œuvre inconnu.* *L'Auberge rouge.* *Les Proscrits.*	*La Femme de trente ans*, I.	
1832		*Les Marana*, I.	*Le Colonel Chabert.*	*Le Curé de Tours.*
1833		*Louis Lambert.* *Les Marana*, II.		*Eugénie Grandet.* *L'Illustre Gaudissart.*
1834		*La Recherche de l'Absolu.*	*Le Père Goriot*, I. *La Femme de trente ans*, II.	
1835		*Un drame au bord de la mer.* *Melmoth réconcilié.*	*Le Père Goriot*, II. *Le Contrat de mariage.*	*Le Lys dans la vallée.*

L'apparition répétée du même personnage se justifie :
— par la possibilité ainsi offerte de tracer un portrait très complet, avec plusieurs éclairages ;
— par la volonté de rendre crédible des créatures qui semblent douées d'une vie indépendante, historique, libérée de la gratuité ou de la fantaisie du créateur ;
— par le goût de Balzac pour le théâtre : le personnage disparaît en coulisse entre deux scènes, tout en continuant d'exister dans la conscience du spectateur.

La Comédie humaine

... ÉTUDES DE MŒURS

SCÈNES DE LA VIE PARISIENNE	SCÈNES DE LA VIE POLITIQUE	SCÈNES DE LA VIE MILITAIRE	SCÈNES DE LA VIE DE CAMPAGNE	
		Les Chouans.		1829
	Un épisode sous la Terreur.	*Une passion dans le désert.*		1830
Sarrasine.				1831
				1832
		Le Médecin de campagne.		1833
Ferragus. *La Duchesse de Langeais.*				1834
La Fille aux yeux d'or.				1835

Plan général de...

	ÉTUDES ANALYTIQUES	ÉTUDES PHILOSOPHIQUES	ÉTUDES DE MŒURS...	
			SCÈNES DE LA VIE PRIVÉE	SCÈNES DE LA VIE DE PROVINCE
1836		*L'Enfant maudit.*	*La Messe de l'athée.*	*Le Cabinet des Antiques,* I.
1837				*Illusions perdues,* I. *La Vieille Fille.*
1838				*Le Cabinet des Antiques,* II.
1839		*Massimilia Doni.*	*Béatrix.*	*Le Cabinet des Antiques,* III. *Illusions perdues,* II.
1840				*Pierrette.*
1841		*Sur Catherine de Médicis.*	*La Fausse Maîtresse.*	*Ursule Mirouët.*
1842			*Mémoires de deux jeunes mariées.* *Albert Savarus.*	*La Rabouilleuse.*
1843			*Honorine.*	*Illusions perdues,* III.
1844			*Modeste Mignon.*	
1845	*Petites Misères de la vie conjugale.*			
1846				
1847				
Posthumes				

La Comédie humaine

... ÉTUDES DE MŒURS

SCÈNES DE LA VIE PARISIENNE	SCÈNES DE LA VIE POLITIQUE	SCÈNES DE LA VIE MILITAIRE	SCÈNES DE LA VIE DE CAMPAGNE	
Facino Cane.				1836
César Birotteau. *Les Employés.*				1837
La Maison Nucingen.		*Le Curé de village,* I.		1838
Splendeurs et Misères des courtisanes, I.			*Le Curé de village,* II.	1839
	Z. Marcas.			1840
	Une ténébreuse affaire.			1841
L'Envers de l'histoire contemporaine, I.				1842
				1843
Gaudissart, II.		*Les Paysans,* I.		1844
Un homme d'affaires.				1845
La Cousine Bette.				1846
Le Cousins Pons. *Splendeurs et Misères des courtisanes,* II.	*Le Député d'Arcis.*			1847
Splendeurs et Misères des courtisanes, III. *l'Envers de l'histoire contemporaine,* II. *Les Petits Bourgeois.*			*Les Paysans,* II.	Posthumes

le mobilier, les lieux expriment la nature de l'individu. Autre grande obsession de Balzac : l'argent. Il remplace, chez les hommes, la loi de la jungle chez les animaux. Certains critiques en déduisent que Balzac, lui-même accablé de soucis pécuniaires, dénonce le capitalisme. Ce qui est sûr, c'est que *La Comédie humaine* nous montre un corps social bourgeois où prédominent des rapports conflictuels larvés. Paris, surtout, sert de point de convergence aux affairistes et aux aventuriers. Le monde balzacien est celui des combines bancaires, politiques, journalistiques. Tout s'y prête aux intrigues, aux ambitions, aux manipulations.

Les types balzaciens

■ Face à une société animée par le jeu des intérêts, le héros balzacien réagit par une sorte de volonté de puissance continuelle. Actif, obstiné, il est ambitieux. Mais la force qui l'habite n'est pas totalement maîtrisée et l'emporte, jusqu'à devenir fatale. C'est un instinct exclusif, comme l'avarice du père Grandet, le carriérisme de Lucien du Rubempré, ou simplement l'amour paternel aveugle du père Goriot.
■ Ainsi Balzac crée-t-il des types, à la fois représentatifs et individualisés. Solidement campés, ils donnent au lecteur l'impression d'être réels, d'autant plus qu'ils sont mêlés à des personnages qui ont vraiment existé, héros historiques ou personnages connus. D'autre part, Balzac fait réapparaître des héros dans plusieurs romans (Rastignac figure dans vingt-trois œuvres, par exemple), sous des éclairages différents, parfois au premier plan, parfois comme figurants. L'illusion réaliste joue totalement. D'autant que le portrait est minutieux : silhouette, tenue, tics, rien n'échappe au romancier ni à son lecteur.
■ Malgré leur diversité, les personnages de Balzac sont rarement sympathiques. Et s'il nous propose des êtres vertueux, c'est pour nous les montrer isolés, incompris, malheureux, presque ridicules à force de mérites. Mme de Mortsauf (*Le Lys dans la Vallée*) se fane dans une vertu pathétique. César Birotteau est un martyr de la probité commerciale. Face à ces rares honnêtes gens, le reste de l'humanité semble composé de maniaques. Prisonniers de leur idée fixe, les héros balzaciens se laissent corrompre pour réaliser leur obsession. La peinture des « comédies humaines » est une peinture pessimiste.

Balzac visionnaire

■ Balzac s'est intéressé très tôt au fantastique. Ses premiers romans (*La Peau de Chagrin*, *La Recherche de l'Absolu*, *Louis Lambert* et *Séraphita*) sont influencés par la pensée mystique, par un besoin de communiquer avec Dieu et avec le mystère des choses. *Le Chef-d'œuvre inconnu* médite sur le désir d'atteindre la beauté idéale. *Les Proscrits* évoque les cours d'un théologien mystique, Sigier, qui conduisent deux auditeurs à découvrir quelles furent leurs vies antérieures.

■ L'ensemble de la *Comédie humaine* se ressent de ce goût du mystère. Balzac voit, par exemple, le milieu urbain comme un lieu sourd et obscur, parcouru de vies cachées, d'où peut à tout instant surgir le surprenant ou le monstrueux. De même, la description, en accumulant les détails, finit par accorder aux choses une existence inquiétante. La narration suit le mouvement scrutateur du regard qui décèle la face cachée des lieux et des hommes. L'observateur devient voyant.

■ Enfin, bien qu'il soit marginal par rapport au mouvement romantique, Balzac s'y rattache par sa peinture de la passion individuelle qui prime sur tout, et par sa vision des pouvoirs de l'artiste. Balzac croit au don de double vue de l'artiste, à la transcendance du génie. Pour lui, la pensée est un être véritable, une force agissante. Il croit à la télépathie, au magnétisme, au pouvoir des grands esprits sur les faibles. L'artiste, être de pensée supérieur, peut donc illuminer les autres. Ces théories s'opposent au positivisme et au bon sens. Elles illustrent bien, cependant, la conception profonde que Balzac se fait de l'énergie individuelle, qui doit braver les lois communes et préférer un idéal absurde, mais élevé, à un conformisme social, détestable et médiocre.

■ Il reste que Balzac a radicalement renouvelé le genre romanesque en l'élargissant à tous les domaines, et tous les romanciers qui l'ont suivi lui en sont redevables.

Stendhal* : la vérité et la passion

■ Henri Beyle (1783-1842), dit Stendhal, n'est venu au roman que par goût de l'analyse de soi. Son penchant profond pour l'autobiographie influence sa manière d'écrire, où prédominent une quête de la vérité (*un roman, c'est un miroir que l'on promène le long d'un chemin*) et une sympathie pour les êtres passionnés. Par tempérament, et malgré des expériences mondaines, Stendhal se sent en marge. Traumatisé par la mort de sa mère (il avait sept ans), révolté contre sa ville d'enfance (Grenoble) et tout ce qu'elle représente, il s'oppose à son père, se déclare athée et républicain, et cherche dans les mathématiques un refuge. À Paris, il a du mal à s'intégrer, renonce à l'école Polytechnique et s'enfuit en Italie à la suite de Bonaparte (1800). L'Italie restera pour lui le pays de la musique, de l'amour, des arts, du bonheur. Sa carrière sous l'Empire ne dissipe pas son ennui.

À la Restauration (1815), il se tourne définitivement vers la littérature, obtenant cependant, pour subvenir à ses besoins, un poste de consul en Italie.

■ Malgré ses enthousiasmes, Stendhal ne se laisse pas prendre par la mode romantique. Il en récuse la nervosité naïve. Il se défie des emportements gratuits. Pour lui, lecteur assidu des « idéologues », la psychologie n'est pas une étude aveugle. On y accède par l'analyse des comportements, ce que tend à démontrer, par exemple, son étude *De l'amour* (1822), qui est une *description détaillée et minutieuse de tous les sentiments qui composent la passion nommée amour.* Stendhal est un romantique auto-critique et sceptique.

■ Les romans de Stendhal naissent d'une réalité brute, d'un fait divers. Détestant le pittoresque conventionnel et l'éloquence affectée, il n'a qu'une règle : « être vrai ». *Le Rouge et le Noir* (1831) a pour point de départ une affaire criminelle authentique. *La Chartreuse de Parme* (1839) s'appuie sur une chronique italienne de la Renaissance. Stendhal observe avec une lucidité scientifique, détachée, les sentiments et les mobiles de ses héros. De cette distinction résulte une forme d'ironie, de regard amusé. Le réalisme stendhalien est conforté par sa bonne connaissance des données politiques de son temps : *Lucien Leuwen* détaille la société de la monarchie de Juillet; *La Chartreuse* dévoile les rouages policiers du royaume de Parme. Admiratif devant la sobriété du code civil, ennemi du *charlatanisme littéraire*, Stendhal s'habitue à écrire sans retouches et à conserver son « premier jet ». Le réalisme n'exclut pas une forme de subjectivité. Contrairement à Balzac qui se veut exhaustif, Stendhal s'en tient à de *petits faits vrais*, choisis par lui pour produire un effet de réel.

Le héros stendhalien

■ Stendhal s'intéresse aux mœurs (politiques, mondaines) de son époque. Ennemi des royalistes, il trace des aristocrates des portraits féroces. Il n'aime guère davantage les gens d'Église et les hommes de pouvoir. Se souvenant de la « tyrannie » de son enfance, exercée par son père et par divers précepteurs religieux, il hait les donneurs de leçons. Sa vision de la monarchie de Juillet se réduit à des trafics boursiers et au triomphe de l'argent.

■ Par opposition, Stendhal s'invente une patrie selon son cœur, l'Italie, pays où il arrive à la suite de Bonaparte, emporté par un idéal de liberté et d'héroïsme, et où l'énergie (la « *virtù* ») donne un sens à la vie. Car le héros stendhalien est un être d'ambition et de volonté, parti « à la chasse au bonheur », décidé à vivre passionnément et à conquérir le monde. La recherche est moins celle du pouvoir que d'une fortune qui permettra définitivement d'être libre et de se placer au-dessus des préjugés ou des conventions, en échappant à la mélancolie.

■ On rencontre deux types de héros, chez Stendhal. Julien Sorel (*Le Rouge et le Noir*) est obsédé par la volonté de « parvenir », quitte à devenir calculateur, sournois, hésitant entre l'église (le noir) et l'armée (le rouge), pour s'imposer. C'est la vision pessimiste. En revanche, Fabrice del Dongo (*La Chartreuse*) oublie les mesquineries du monde, emporté par son appétit pour les charmes de la vie, trouvant de la saveur même à la prison, car tout est propice au bonheur. C'est la vision optimiste. Dans les deux cas, nous avons affaire à des passionnés et à des insoumis. Cyniques ou souriants, tous refusent la médiocrité et la dépendance.

L'égotisme

■ Qu'on le nomme « beylisme » ou « égotisme » (mot choisi par Stendhal), un individualisme systématique donne son unité à toute l'œuvre stendhalienne. L'auteur est omniprésent. Non seulement ses textes autobiographiques sont nombreux (*Vie de Henry Brulard*, *Journal*, *Souvenirs d'égotisme*, *Essais d'autobiographie*), mais ils peuvent se confondre avec les romans : Stendhal arrête son *Henry Brulard* au moment où il entre avec les Français dans Milan (1796), et il entame la *Chartreuse* en partant du même événement. La rédaction est continue, oscillant entre fiction et souvenirs. Par ailleurs, les œuvres de Stendhal sont souvent inachevées, surchargées de notes ou de dessins, comme si l'auteur vivait avec elles, y apportant des ajouts au gré de son existence. Car la vie (disons plutôt « le vécu ») est expérience et sensation. La page écrite risque de figer et de trahir cette réalité-là. Comme Montaigne, Stendhal ne cesse de se « récrire », au besoin par personnages interposés.

■ Le projet autobiographique de Stendhal est donc assez différent de celui de Rousseau (autojustification, déculpabilisation) et de Chateaubriand (glorification, emphase). Ironique, observateur, souriant, Stendhal s'emploie à se « dérousseauiser ». Il exerce son intelligence lucide, analyse les moments où ses passions risquent de l'emporter, affine sa sensibilité. Son *Journal* trahit même une manie d'écrire tout sur tout (ses moindres dépenses, la couleur de ses cravates, bretelles ou pantoufles). Cet égocentrisme maniaque est constamment justifié par le fait que l'on ne peut vraiment connaître que soi, qu'il faut donc y consacrer toute son énergie et que, d'ailleurs, on n'écrit que pour les « âmes d'élite » qui peuvent comprendre une telle démarche, pour les « happy few ». La formule-clé, « être soi », résume ainsi un double projet : la transparence et le partage; s'aimer (« avoir sa propre estime ») et se faire aimer.

La littérature scientifique et critique

Débats sociaux et idées réformistes

■ Les rapides mutations économiques, politiques et sociales du XIXe siècle ont forcément conduit les penseurs à s'interroger sur le mouvement de l'Histoire et sur les réformes nécessaires. La notion même de « philosophie de l'Histoire » nous vient du XIXe siècle. Née avec Friedrich Hegel (1770-1831), elle est vulgarisée par ses disciples matérialistes, Auguste Comte (1798-1857) ou Karl Marx (1818-1883). L'idée que l'Histoire a un sens, qu'elle est élan et progrès, qu'elle avance avec la science, se répand de manière continue. Ainsi, face à Victor **Cousin** (1792-1867), qui a encore une vision religieuse et spiritualiste de l'Histoire, la pensée rationaliste prend un essor nouveau. Auguste **Comte**, disciple de Saint-Simon, enseigne son *Système de Politique positive.* Le positivisme soutient que l'esprit scientifique est la condition de tout progrès, et invite à étudier les faits sociaux avec des méthodes expérimentales. Comte a inventé la sociologie. Cette doctrine, qui fait de la science une foi, a influencé la médecine, la critique et les travaux historiques.

■ La religion du progrès est une manière de combattre les défenseurs de l'Ancien Régime et de l'Église. Les laïcs militants se réclament du positivisme. Mais, surtout, ils pensent qu'il faut distribuer à tous les bienfaits de la science. Admirateurs de l'industrialisation (pensons aux Grandes Expositions) et des sciences exactes, ils se veulent éducateurs. C'est le cas d'Ernest **Renan** (1823-1892), qui se détourne de l'Église et écrit, en 1848, *L'Avenir de la science.* La littérature de vulgarisation se développe : dictionnaires de Littré et de Larousse, *Astronomie populaire* de Camille Flammarion. Cet esprit démocratique aboutit aussi à des systèmes. Les doctrines socialistes se développent, des projets égalitaires voient le jour. Outre **Fourier**, très admiré d'écrivains comme George Sand ou Émile Zola, Pierre **Proudhon** (1809-1865) propose de renoncer à la propriété privée (*la propriété, c'est le vol*) et de multiplier des coopératives ouvrières autonomes. Proudhon et Fourier furent aussi des féministes. Leurs idées ont pu influer sur des femmes militantes, comme Flora **Tristan** (1803-1844), ou, plus tard, Louise **Michel** (1830-1905), égérie de la Commune en 1871.

■ Face à ces idées nouvelles, la pensée religieuse cherche à se renouveler et à être à l'écoute des aspirations sociales. En dépit de directives papales conservatrices et malgré la méfiance de Napoléon III, le christianisme social, humanitaire, libéral, réformiste, est très actif. Exemple typique, Félicité de **Lamennais** (1810-1870) s'éloigne peu à peu du catholicisme royaliste de son enfance. Dès 1830, il veut intéresser l'Église à la cause du peuple et de la liberté. Son journal, l'*Avenir*, est condamné par le pape Grégoire XVI. *Paroles d'un croyant* (1834), où il marque son adhésion au socialisme, lui vaut l'excommunication. Il ne cessera pas pour autant de militer dans les partis républicains et démocrates. Ses disciples, le père **Lacordaire** (1802-1861) et le comte de **Montalembert** (1810-1870), ont tâché de rester dans l'Église tout en combattant pour les idées libérales. Ils s'opposèrent ainsi à des réactionnaires catholiques, comme Louis Veuillot.

L'Histoire, entre science et fiction

■ Déjà en germe au XVIIIe siècle, l'histoire scientifique trouve au XIXe siècle des moyens d'érudition nouveaux et s'impose à la fois comme une vraie discipline savante et comme un moyen narratif de qualité. Un homme tel que Michelet, par exemple, fait la synthèse d'un savoir encyclopédique et d'un art consommé. Les romantiques s'étaient d'emblée posés comme des consciences historiques, mais un écrivain comme Chateaubriand était moins historien que poète ; emporté par le pittoresque, par la volonté de convaincre et par le plaisir narratif, il réveillait avant tout les imaginations.

■ Les historiens commencent donc par se dégager de l'exaltation et de la fiction. Sous l'impulsion de Napoléon, l'archéologie (et surtout l'égyptologie) renaît. Champollion déchiffre les hiéroglyphes (1822). L'École des chartes est créée en 1816, quelques années avant la Commission nationale des Monuments historiques (dont Mérimée sera l'un des responsables sous le Second Empire). C'est l'époque où Augustin **Thierry** (1795-1856) dépouille les documents authentiques et inédits pour rédiger son *Essai sur l'histoire du Tiers État* (1850), ou utilise les chroniques médiévales pour alimenter ses *Récits des Temps mérovingiens*. L'influence de ces « récits » sur la peinture officielle (les « pompiers ») permet de susciter un très large intérêt. De même, Numa Denis **Fustel de Coulanges** (1830-1889) ressuscite avec sobriété mais précision la *Cité Antique* (1864) ou la France féodale. Adolphe **Thiers**, quant à lui, s'intéresse, avant de devenir homme d'État, à des événements plus proches (*Histoire de la Révolution*, puis *Histoire du Consulat et de l'Empire*).

■ Les penseurs utilisent l'Histoire pour défendre leurs thèses politiques. François **Guizot** (1787-1874) enseigne en Sorbonne que la Révolution, comme en Angleterre, doit s'en tenir aux idéaux bourgeois. Ce modéré fut emporté par la révolution de 1848. À son opposé, Edgar **Quinet** (1803-1875) est un militant laïc et très « à gauche ». C'est que tous ces hommes (Thiers, Guizot, surtout) sont aussi des politiciens. En contact étroit avec les événements présents, ils confondent naturellement leur idéal et leurs analyses. Mais existe-t-il une Histoire objective ? Les commentaires sur la Révolution, à cet égard, sont très révélateurs. On pourrait opposer aux jugements de Thiers ou Guizot, par exemple, ceux de Louis **Blanc** (1812-1882), tout animé de foi voltairienne et socialiste. Seul s'impose de manière incontestée Alexis de **Tocqueville**, député et ministre sous la présidence de Louis-Napoléon (1805-1858), vrai philosophe de l'Histoire. Son livre, *De la démocratie en Amérique* (1840), définit les conditions idéales de fonctionnement d'une démocratie. *L'Ancien Régime et la Révolution* complète cette analyse en montrant que les anciennes institutions (politiques, sociales, administratives) rendaient inéluctable le fait révolutionnaire.

Michelet et son « histoire-résurrection »

■ Jules Michelet (1798-1874), venu d'un milieu modeste, s'est imposé par ses brillantes études universitaires qui le conduisent à devenir professeur d'histoire à l'École Normale, puis chef de la section historique des Archives royales (1830). Il entreprend alors une immense *Histoire de France* (17 volumes). Professeur au Collège de France (1838), il est la cible de la presse cléricale et passe pour trop « libéral ». Dès l'avènement du Second Empire (1852), il est destitué, son enseignement étant considéré comme subversif et polémique. Amer, il continue son œuvre en se tournant de plus en plus vers l'observation de la nature, retrouvant un certain romantisme de sa jeunesse. Sa plume se fait plus lyrique. Son *Journal*, publié après sa mort, montre un homme qui n'a cessé de dialoguer avec l'Histoire, dans les documents, dans les lieux visités, dans la littérature, dans ses rapports avec son père (homme du peuple, admiré comme tel), dans sa lutte continuelle pour les libertés, dans sa méditation sur l'aventure humaine... Pour Michelet, l'historien est celui qui, parce qu'il sait déchiffrer et relier les signes, rend lisible ce qui est obscur et dispersé.

■ Ainsi s'élabore une théorie de l'Histoire écrite, un « programme historique ». Pour être « intégrale », l'Histoire repose à la fois sur le dépouillement incessant des documents (du moindre feuillet aux plus grands monuments) et sur la connaissance géographique. L'homme est en effet conditionné par les lieux, le climat, les coutumes, par les grandes célébrations propres à chaque terroir. En pétrissant une si vaste pâte, Michelet espère atteindre la vérité du peuple.

L'Histoire ne se réduit pas à des héros ou à des personnages. Elle cherche à comprendre l'évolution de l'humanité entière. Michelet appelle « histoire-résurrection » cette vaste ambition. Et pour qu'elle illumine la conscience du lecteur, l'« histoire-résurrection » a besoin d'une plume inspirée. Elle emprunte au romanesque, non pour inventer une fiction, mais pour imposer à l'imagination, comme chez Hugo, la réalité d'une masse humaine sortie du passé, avec ses batailles, ses foires rabelaisiennes, ses fêtes et ses rituels tumultueux.

L'essor de la critique à part entière

■ C'est vers le milieu du XIXe siècle que la critique littéraire s'est vraiment affirmée comme un genre littéraire à part entière. Auparavant, la critique consistait en comptes rendus de lectures privées, sans méthode ni autre principe que le goût individuel (Montaigne ou Fénelon). Une tradition normative, héritée du classicisme (Boileau) se maintient cependant, sur fond de moralisme, comme chez Rousseau ; la littérature est définie comme « modèle » ou comme « leçon » de vérité ou de beauté. Ces néo-classiques sont des dénonciateurs de la littérature de leur temps, comme Désiré Nisard (1806-1888) ou Saint-Marc Girardin (1801-1873). Contre eux se dressent les tenants du goût nouveau, comme Mme de **Staël**.

■ La critique littéraire s'impose avec **Sainte-Beuve** (1804-1869). Lié d'abord au romantisme, proche de Hugo (dont il courtise l'épouse), il se consacre d'abord à des œuvres de confession (*Vie, poésies et pensées de Joseph Delorme*) ou à un roman d'amour teinté d'autobiographie (*Volupté*). Mais, lecteur infatigable, il participe à la mode du retour aux écrivains oubliés. Ainsi contribue-t-il à la redécouverte des poètes de la Renaissance. Sa vocation s'affirme. Se détournant de l'écriture de fiction, il étudie le jansénisme, avec *Port-Royal* (1840-1869), et ne cesse plus de publier (*Portraits*, *Critiques*, *Causeries*, *Lundis*, etc.) au gré de ses lectures. La méthode de Sainte-Beuve (que dénoncera Proust) consiste à faire le portrait de l'auteur, selon le précepte « tel arbre, tel fruit » ; c'est en faisant revivre l'écrivain en tant qu'homme que l'on a les meilleures chances d'entrer dans son œuvre.

■ Vers la fin de sa vie, Sainte-Beuve a cherché des critères plus techniques, plus érudits. L'influence du positivisme est alors à son apogée et l'on pouvait craindre que la critique ne fût restée intuitive et subjective. D'où de nouvelles démarches, plus axées sur la démonstration scientifique. Hippolyte **Taine** (1828-1893) considère l'œuvre comme un produit sociologique et psychologique. Il cherche la

« faculté maîtresse » de l'auteur (par exemple, l'imagination chez Hugo) et met au jour les conditions qui l'ont provoquée (la race, le milieu, le moment). Ferdinand **Brunetière** (1849-1906) construit un système classificateur; il s'intéresse aux genres et à leur évolution.

■ Face à ces positivistes, la réaction impressionniste subsiste. Les critiques sont d'abord des lecteurs et réagissent avec leur goût et leur sensibilité. Il s'agit donc de cerner les motifs du plaisir de lire, les raisons de l'impression provoquée. Telle est l'honnête ambition de Jules **Lemaître** (1853-1914). Après 1860, le subjectivisme reviendra en force, sous l'influence du symbolisme, ou tout simplement du refus de tout esprit de système, comme chez Anatole France, pour qui un critique devrait toujours avouer : *je vais vous parler de moi à propos de tel ou tel auteur...* Il reste que cette défense du lecteur met l'accent sur la réception de l'œuvre, sur son écho et sur son influence. Cette analyse n'est donc pas si éloignée qu'il y paraît de celle de certains critiques « objectifs » qui étudieront pourquoi et comment telle œuvre est lue, comme Émile **Hennequin** (1858-1888) ou Paul **Bourget** (1852-1935). Mais la critique universitaire, en tout cas, s'orientera définitivement vers l'approche érudite, qui sera notamment celle d'Émile **Faguet** (1847-1916) et, plus tard, de Gustave **Lanson** (1857-1934), homme précis et rigoureux, au fichier minutieux, qui donnera ses lettres de noblesse, en France, à l'histoire littéraire.

Retour au formalisme en poésie

La réaction de Gautier : antiromantisme ou antipositivisme?

■ Ancien « jeune loup » de l'avant-garde romantique, Théophile Gautier (1811-1872) a vite manifesté une certaine ironie à l'égard de l'ostentation romantique. À l'instar de Musset, il perçoit le ridicule des théories qui présentent le poète comme un inspiré divin éclairant les humains. Il répugne à la confidence personnelle et se méfie de la frénésie. Sans le savoir, il prépare un retour au formalisme, c'est-à-dire à une poésie insouciante du réel mais d'une grande beauté plastique. Gautier commence par dénoncer l'utilitarisme : *Il n'y a vraiment de beau que ce qui ne peut servir à rien; tout ce qui est utile est laid* (préface de son roman *Mademoiselle de Maupin*, 1836). Il en vient ensuite à célébrer la gratuité de la beauté, poursuivie pour elle-même, conquise à force de travail. Cette théorie, qu'il nomme « l'Art pour l'Art », impressionnera beaucoup les symbolistes et, avant eux, Baudelaire, qui dédiera à Gautier ses *Fleurs du Mal*.

■ Gautier, en profondeur, supporte mal le réel. Il cherche constamment l'évasion. Auteur de contes fantastiques et de romans qui jouent sur le dépaysement (*Le Roman de la momie*, *Le capitaine Fracasse*), il est amateur d'idéal. L'Art pour l'Art n'est qu'une des formes concrètes d'une attitude particulière face au monde, faite d'insatisfaction, de nostalgie, de refus. On voit donc que « l'antiromantisme » de Gautier est, à sa façon, un prolongement du malaise romantique. Les deux recueils poétiques de Gautier (*España* et *Émaux et Camées*) paraissent dans les années 1845-1855, au tournant du siècle. C'est le moment où triomphent partout l'idéologie bourgeoise et le positivisme. L'Art pour l'Art se veut donc anticonformiste. Il défend l'idée d'une aristocratie de l'esprit, qu'il place au-dessus d'un monde utilitaire jugé répugnant. Il se veut désengagé, pur, solitaire, n'accordant même pas aux autres le plaisir d'une confidence ou d'une indiscrétion.

■ Le culte de la forme autorise à faire de l'artiste un « orfèvre », un « ciseleur », un « décorateur » ou un « sculpteur ». Ainsi, bien malgré lui, Gautier est un homme de son temps. Il célèbre la supériorité de la technique.

L'« art pur » de Leconte de Lisle

■ Admirateur de Gautier, Charles René Marie Leconte de Lisle (1818-1894) va pousser plus loin encore la négation du lyrisme, se refusant à se conduire en « montreur ». Né à La Réunion, venu en France pour des études de droit qui l'ennuient, il reste habité par le souvenir exotique. Sa révolte contre le réel le conduit d'abord à militer chez les utopistes, en disciple de Fourier. Mais l'avènement du Second Empire brise ses illusions. Il se replie alors sur la poésie.

■ Logiquement, l'œuvre de Leconte de Lisle célèbre un passé légendaire (*Poèmes antiques*, 1852) et les charmes de l'exotisme (*Poèmes barbares*, 1862). Mais elle est surtout marquée par la virtuosité, comme pour signifier la supériorité de l'artiste, à la fois splendide et distant. Leconte de Lisle va chercher (chez les Hindous, les Grecs, les peuples disparus ou les pays inaccessibles...) de quoi témoigner de son dégoût de l'époque. Mais son brio n'est guère serein. Son parti pris d'objectivité s'effondre avec son « bestiaire ». Les hommes sont comme les fauves. Leconte de Lisle reste obsédé par la violence fondamentale du monde ; c'est moins le mépris qui domine ici que l'angoisse et le pessimisme.

Les Parnassiens

■ Leconte de Lisle, dans ses préfaces, était un doctrinaire de l'art savant et impersonnel. Après 1860, ces théories vont se répandre. Il devient banal de se moquer du romantisme, comme le fait Catulle **Mendès** dans la *Revue fantaisiste*. En 1866, l'éditeur Lemerre commence la publication d'un recueil, *Le Parnasse contemporain*. À côté de Baudelaire, Verlaine ou Mallarmé qui y font leurs débuts et évolueront différemment, on retrouve tous les poètes défenseurs du formalisme (Gautier, Leconte de Lisle, etc.).

■ Le Parnasse est la montagne, située près de Delphes, où sont censés résider Apollon et ses Muses. Le Parnassien cherche à atteindre les sommets, la luminosité, l'« apollinisme ». Mais cet idéal commun n'empêche pas les différences propres aux divers tempéraments des hommes. Théodore de **Banville** (1823-1891), quoique parfois assez proche de Baudelaire (*Les Exilés*, 1867), cultive une virtuosité étincelante : c'est un jongleur (*Odes funambulesques*, 1857) qui connaît toutes les « ficelles » du métier (*Petit traité de versification française*, 1872), et qui semble constamment faire un « pied de nez » à ses lecteurs.

■ Au contraire, d'autres semblent plus contemplatifs. René François Armand Prudhomme, dit **Sully Prudhomme** (1839-1907), premier prix Nobel en 1901, garde une tendance moralisatrice et inquiète (*Solitudes*, *Vaines Tendresses*), et sombrera dans d'ingrats poèmes philosophiques (*La Justice*, *Le Bonheur*). François **Coppée** (1842-1908) cultive une veine plus populaire et plus sentimentale (*Les Intimités*, *Les Humbles*). À de rares exceptions près, les Parnassiens sont aujourd'hui oubliés (Dierx, des Essarts, Lahor, Glatigny, Bouilhet, Ménard).

■ Seul disciple qui ait vraiment survécu, José-Maria de **Heredia** (1842-1905) a publié tardivement (1893) ses *Trophées*. D'origine cubaine, ce chartiste est un érudit et un archéologue. Comme Leconte de Lisle, il rêve de civilisations disparues et fait la revue des « ailleurs ». Dans le cadre rigoureux et limité du sonnet, il cisèle des vers sonores, choisissant le mot rare ou ancien, variant les rythmes et la couleur. Le dernier vers produit souvent un effet de chute impressionnant ou triomphal. *Les Trophées* forment le « butin » poétique le plus étincelant de l'art parnassien.

Le poète-carrefour : Baudelaire*

Une esthétique combinatoire

■ Orphelin très tôt, révolté par le remariage de sa mère, vite tenté par la bohème et la débauche, usé dès la quarantaine, Charles Baudelaire (1821-1867) est souvent étudié à travers sa biographie, comme si l'œuvre reflétait exactement le drame de la vie. Malgré sa relative pertinence, cette approche ne rend pas assez justice au fait que Baudelaire fut d'abord, à sa manière, un intellectuel, un lecteur, un critique. Bon connaisseur de la poésie romantique, admirateur de Hugo, lié au Parnasse (ses *Fleurs du Mal* sont dédiées à Gautier), il a gagné sa vie comme journaliste, « homme de lettres » et critique d'art. Et c'est d'abord en se situant par rapport à ses prédécesseurs qu'il a inventé une manière nouvelle, matrice de toute la poésie « moderne » (adjectif qu'il chérissait).

■ Baudelaire n'est pas un tiède : l'enthousiasme des romantiques l'impressionne. Il en retient un lyrisme tragique, le goût pour l'horrible et le mystérieux, le besoin d'épancher son ennui ou sa révolte. Mais il sait bien aussi que la sensibilité ne suffit pas. Il croit, comme Gautier, que la poésie est maîtrise du langage, musique, renouvellement des formes. L'esthétique baudelairienne est donc une combinaison entre romantisme et formalisme, le résultat d'une réflexion rigoureuse et approfondie sur les fonctions de l'art. Cet art nouveau, Baudelaire le nomme « modernité » et il le cherche partout : chez les peintres (Delacroix, Manet ou Cézanne), chez les compositeurs (Wagner), chez les écrivains (Chateaubriand, Hugo, Gautier), ou même dans un comportement délibérément individualiste, le « dandysme ». Baudelaire s'affirme, comme Constantin Guys qu'il célèbre dans *Le Peintre de la vie moderne* (1863), en héritier et en précurseur.

Les Fleurs du Mal : structure et sens

■ Le grand recueil poétique de Baudelaire, *Les Fleurs du Mal* (1857), fit scandale et valut un procès à l'auteur qui dut retirer certaines pièces jugées indécentes. Sans cette affaire, l'œuvre n'aurait pas beaucoup attiré l'attention. Fraîchement reçue par les uns (Mérimée fut sévère), elle ne plut guère qu'à ceux qui compteraient plus tard (comme Verlaine ou Mallarmé). L'originalité des *Fleurs du Mal* tenait à la fois à leur structure et à leur écriture.

■ Baudelaire a travaillé plus de dix ans sur son manuscrit et il en revendiquait, au moins, le plan rigoureux[1] :

- *Spleen et Idéal* (1 à 85) présente le poète déchiré entre la soif d'idéal (l'art,

1. Nous détaillons ici le plan de l'édition de 1861. Mais il est juste de préciser que celui de l'édition originale de 1857 était plus rigoureux encore, puisqu'il comprenait exactement 100 poèmes (total évidemment symbolique), ainsi répartis entre les sections suivantes : *Spleen et Idéal* (1 à 77) ; *Fleurs du Mal* (78 à 89) ; *Révolte* (90 à 92) ; *Le Vin* (93 à 97) ; *La Mort* (98 à 100).

l'amour, la beauté) et la réalité déprimante de sa vie (« longs ennuis », « spleen », « angoisse »). Divers « cycles » féminins se succèdent (inspirés tour à tour par Jeanne Duval, Adélaïde Sabatier et Marie Daubrun).

• *Tableaux parisiens* (86 à 103) élargit la dualité du créateur aux dimensions de la ville elle-même, lieu à la fois horrible et fascinant.

• *Le Vin* et *Fleurs du Mal* (104 à 117) évoquent les diverses tentations de la chair auxquelles le désespéré s'abandonne tout en aggravant ainsi son dégoût pour lui-même.

• *Révolte* et *La Mort* (108 à 126). Toute tentative d'issue ayant échoué, le poète s'insurge contre Dieu et voit la mort comme ultime consolation.

■ Ce plan peut être vu comme une réflexion sur la condition humaine, dont le poète est l'image tragique. Mais il exprime aussi le drame de la création et la marche obstinée de tout artiste. Baudelaire, entre Vigny et Rimbaud, développe et approfondit le thème du « poète maudit ». La vie réelle n'offre que des issues inutiles et douloureuses (ivresse, érotisme). Seule *l'ivresse de l'art est plus apte que toute autre à voiler les terreurs du gouffre.* Car l'art est « correspondance » : il relie les parties divisées de l'être (le passé et le présent, la réalité et l'invisible, la souffrance et sa sublimation). Le poète finit par surmonter les contradictions. En initié, il retrouve l'unité des choses, car *les parfums, les couleurs et les sons se répondent.* L'art est harmonie, réconciliation. En ce sens, Baudelaire est profondément un « symboliste ». Pour lui, la vérité n'a de sens qu'une fois recomposée par les mots. La poésie fait se « correspondre » tout ce qui est éparpillé, dans le tissu cohérent (et touchant) du texte poétique.

L'image baudelairienne

■ En apparence, la poétique baudelairienne n'est pas extrêmement novatrice. Les vers sont presque toujours l'alexandrin classique, les formes sont usuelles (sonnets, quatrains à rimes plates, etc.) et les thèmes connus. Mais Baudelaire peut être entêtant et envoûter son lecteur, comme pour lui distiller son *secret douloureux* et sa *langueur.* Bien qu'il use d'un vocabulaire parfois banal, il sait le rendre obsédant, grâce aux redites (angoisse, volupté, remords, mort, destin) et à l'apostrophe directe *(Ô Mort, Mère des souvenirs, Maîtresse des Maîtresses).* Quelques formes-symboles assurent la même unité lancinante, comme la *femme,* l'*idole,* la *beauté,* qui cristallisent les émotions et le sentiment ambivalent d'attirance-répulsion.

■ Mais Baudelaire est surtout, à la suite du visionnaire Hugo, un maître de l'image-choc. Il personnifie les abstractions (Douleur, Beauté). Il cherche la représentation visuelle la plus frappante (l'angoisse chauve-souris, la femme-navire, le ciel-couvercle, la jeunesse-orage, etc.) et oblige le regard à s'y fixer (*Une charogne*). Ainsi, la poésie est une peinture, un paysage où se déploient l'imaginaire (*Les Phares*) et le symbole. Car l'image suggère et organise les « correspondances » ou les sensations associées (qu'on nomme « synesthésies ») : la chevelure est parfum, le parfum est voyage, le voyage est jouissance totale, elle-même ouverture sur l'au-delà. Cet effet de glissement est soutenu par la mélodie du vers lui-même, dont le dessin rythmique est *Invitation au voyage*.

■ Autrement dit, pour Baudelaire, imaginer n'est pas simplement faire de l'ornementation ou du décor, mais bien un moyen de dépasser la surface des choses, de vaincre leur banalité et leur résistance, d'en suggérer le désir ou le regret. Mettre en images, c'est aller du sens à l'essence, en obligeant les éléments de la réalité à s'unir pour donner le « bizarre » et le merveilleux.

Le poème en prose

■ Comme s'il percevait que la facture versifiée ne lui permettait pas d'atteindre la véritable modernité poétique, Baudelaire s'intéressa au poème en prose. Se souvenant d'Aloysius Bertrand, il publie dans le désordre des textes dans des revues. Après divers titres (*Poèmes nocturnes, Petits poèmes lycanthropes*, etc.), il choisit de les regrouper sous le titre de *Spleen de Paris*. L'édition complète fut posthume. Baudelaire y affirme son ambition de *faire du poème en prose la forme par excellence de la poésie moderne et urbaine.*

■ Sans le support du vers, le poème en prose est contraint à se signaler par une structuration qui le distingue du discours commun. D'où des formes de discontinuité et de fragmentation. Le narratif s'efface au profit d'effets descriptifs (fortement imagés) ou symboliques. Le génie de l'image, propre à Baudelaire, peut se déployer totalement et, surtout, il devient adéquat aux thèmes traités : la ville (sinueuse et complexe) ; les fantasmes (informes, conflictuels) ; le monde fantastique (à la fois vrai et étrange) ; la réalité que la parole n'arrive pas à résumer simplement. Il est très frappant que Baudelaire ait repris, dans ses poèmes en prose, les thèmes de son recueil poétique, comme pour les reformuler de manière à plonger le lecteur dans le mystère de la création *anywhere out of the world* : le spleen (*L'Horloge*), l'idéal (*Déjà !*), le vin (*Enivrez-vous*), la femme (*Portraits de maîtresses*) et la mort.

Du côté du réel

Le réalisme : principes et variations

■ Dès les années 1830, le roman avait eu tendance à se démarquer du romantisme et à prétendre ne s'intéresser qu'à la vérité objective : d'où la description balzacienne ou le ton journalistique de Stendhal. À partir de 1850, cette tendance va devenir théorie. Louis **Duranty** (1833-1880) crée une revue, *Le Réalisme*. Jules **Champfleury** (1821-1869) écrit un manifeste sous le même titre. Les idées générales de ce courant n'ont rien de bien neuf : il s'agit de demander à l'œuvre d'être attentive à la vie sociale, aux mœurs, aux mécanismes politiques et sociaux, aux sciences nouvelles. On voit bien ici les rapports du réalisme avec l'ambiance positiviste et avec l'extension du journalisme. Le roman réaliste, de manière caractéristique, reflète surtout un réel bourgeois, même s'il s'en moque ouvertement.

■ Le réalisme a servi de bannière à des expressions artistiques variées. Au moment où se développe l'art photographique (Nadar), la peinture se passionne pour la vérité. Le peintre Gustave Courbet (1819-1877), esprit militant, crée l'événement en 1851 avec son *Enterrement à Ornans*. Ses amis et disciples (Millet, l'école de Barbizon) et, plus tard, les « pompiers » vont préparer le renouveau de la peinture française dû à l'« impressionnisme », lui-même né d'un désir de rendre la vérité des impressions visuelles. De même, les réalistes font école à l'étranger, annexant des écrivains comme Dickens, Gogol ou, surtout, Tourgueniev, ami de Flaubert. Le réalisme finit par toucher tous les genres littéraires : le théâtre ; le roman-feuilleton populiste et moralisateur (Henri Monnier, Jules Sandeau, Octave Feuillet) ; le conte (Maupassant).

■ La volonté de « faire vrai » par les moyens de l'écriture artistique peut paraître paradoxale ou contradictoire : tout style suppose des effets et une forme de mensonge ou de partialité. Mais le réalisme est surtout un phénomène réactif, au sortir du romantisme. Il a servi de mot de ralliement et a permis aux artistes de ne pas se sentir « à la traîne » de leur siècle, au moment où le progrès scientifique (médecine, biologie, économie) se précipitait et fascinait l'opinion.

Le théâtre de mœurs

■ Après l'échec des *Burgraves*, le drame romantique est définitivement enlisé. La contestation réaliste ne tarde pas : on en revient à la peinture des mœurs du temps. Ainsi, le prolixe Eugène **Scribe** (1791-1861), auteur de plus de 350 pièces, ridiculise les milieux d'affaires. De même François **Ponsard** (1814-1867), après des essais néo-raciniens, brûle-t-il ce qu'il avait adoré et fait-il rire aux dépens des bourgeois (*L'Honneur et l'Argent*, 1853). Son disciple Émile **Augier** (1820-1899) se fait une spécialité de la satire des nouveaux riches sans scrupules.

■ Les deux dramaturges les plus célèbres du Second Empire restent dans la mouvance réaliste. Alexandre **Dumas fils** (1824-1895) dresse une peinture morale de la société moderne (*La Dame aux Camélias*, 1852), parfois avec courage et violence. Victorien **Sardou** (1831-1908) exploite des événements du moment, d'intérêt plus immédiat, en déployant parfois beaucoup de verve et de virtuosité (*Madame Sans-Gêne*, 1893).

■ En se moquant des travers de leurs contemporains, des pièces réalistes ont rejoint le comique traditionnel. La seconde moitié du XIXe siècle voit le retour en force de la comédie et de l'opérette. C'est l'époque des opéras bouffons de Jacques **Offenbach**, inspirés de livrets de **Meilhac** et **Halévy** (*Frou-Frou*, *La Vie parisienne*, *Mam'zelle Nitouche*). Un vrai génie comique s'exprime avec Ernest **Labiche** (1815-1888) : ses pièces font la revue des ridicules de la bourgeoisie, égoïste, caricaturale, sotte (*Le Voyage de M. Perrichon*, *La Cagnotte*, *Un chapeau de paille d'Italie*). En revanche, sous l'influence de Zola, le naturalisme donne des pièces plus sombres, plus austères, comme celles d'Henri **Becque** (1837-1899), malgré une drôlerie cynique (*Les Corbeaux*, 1882 ; *La Parisienne*, 1885). De son côté, Georges **Feydeau** (1862-1921) poussera, jusqu'à une sorte de délire, le comique de Labiche, avec une humeur véritablement burlesque. Mais le portrait de la bourgeoisie y reste tracé au vitriol (*Un fil à la patte*, 1894 ; *Le Dindon*, 1896 ; *La Dame de chez Maxim's*, 1899 ; *La Puce à l'oreille*, 1907).

Un déçu du romantisme : Flaubert*

■ Gustave Flaubert (1821-1880) a lui-même souvent souligné combien son « réalisme » était une manière de réagir contre un « romantisme » premier. Son enfance se déroule en pleine période « hugolienne ». Né et élevé à Rouen, où son père est un chirurgien réputé, il voit immédiatement la réalité sous les traits de la maladie et de l'ennui. Son expérience du collège ne fera que confirmer en lui sa haine de l'étroitesse maussade des choses. Exalté, rêveur, épris d'indépendance, Flaubert manifeste tous les symptômes du « mal du siècle », ne rêve que passions et aventures. Le coup de foudre, à quinze ans, pour une Mme Schlésinger, aperçue sur la plage de Trouville, illustre sans doute ce malaise. Flaubert est tiraillé entre « spleen et idéal » : *Il y a en moi deux bonshommes distincts : l'un qui est épris de gueulades, de lyrisme, de grand vol d'aigle ; l'autre qui creuse le vrai tant qu'il peut, qui voudrait vous faire sentir presque matériellement les choses qu'il reproduit.* Ainsi l'auteur, dont le nom sera bien malgré lui attaché à la définition même du réalisme, a *contracté de bonne heure une aversion profonde pour les hommes.* Son malaise existentiel va déboucher sur un travail littéraire acharné, solitaire.

■ Ce mélange de fantasmes romantiques et de travail documentaire donne à l'œuvre de Flaubert toute sa tension. Flaubert ne cesse d'explorer la réalité (à l'aide d'une érudition encyclopédique), tout en dénonçant sa vanité et sa sottise. En revanche, il se délecte dans la peinture du moi emporté par la sensibilité rêveuse et amoureuse (le « bovarysme »), mais c'est pour s'en moquer. Double impasse et double ratage, qui transforment le roman flaubertien en roman de l'échec, où prédominent partout le nihilisme et une humeur bougonne. L'esprit caustique de l'écrivain tâche de se consoler ainsi de sa désillusion face à un monde sans valeurs et écrasé par l'histoire collective. Les grands thèmes de Flaubert s'organisent autour de l'amour qui échoue, du héros dérisoire, de l'apathie, de la « fumisterie sociale ». Le « bovarysme » signale tragiquement l'inadéquation du rêve à cette réalité repoussante : Emma Bovary s'enivre d'aventures imaginaires, face à la médiocrité insupportable de sa vie, incarnée par son lourdaud de mari, Charles.

Le « style » selon Flaubert

■ Puisque la vérité est incertaine et que la fuite est illusoire, l'écriture va révéler le vide des choses. Flaubert rêve d'un « livre sur rien », qui *se tiendrait de lui-même par la force interne de son style.* Le travail de Flaubert est donc transmutation du silence du monde en objet littéraire. Certes, il reprend les recettes du réalisme : très documenté, il fait une place considérable à la description. Il veut s'effacer derrière son travail et *s'arranger de façon à faire croire à la postérité qu'il n'a pas vécu.* Mais cette tension vers l'objectivité descriptive est porteuse en fait d'une vision bien précise. Les personnages sont écrasés par le décor. Leurs actions ou leurs dialogues s'enlisent dans l'espace. La description les fait taire ou bêtifier. Ils semblent même subir l'événement. Autrement dit, l'auteur atteint, à leur égard, à une sorte de sarcasme froid. Tandis qu'il se fait scrutateur impassible et méticuleux, il grossit l'inanité des comportements, dérisoires. Le beau style est donc signe de pessimisme et de nihilisme. L'ironie s'y déploie largement, grâce à un décalage entre forme et fond.

■ Flaubert a toujours considéré son métier comme une extrême contrainte. S'imposant des règles tyranniques, il n'a cessé de corriger, ébauchant divers plans, essayant des dizaines de rédactions différentes, soumettant sa phrase au « gueuloir » (il hurlait son texte pour voir s'il « résistait »). Obsédé par la beauté formelle, Flaubert voyait donc le style comme une sorte d'idéal et d'ascèse, une *manière absolue de voir les choses.* À cet égard, il annonce directement Proust, sa pratique et ses théories.

L'inventaire flaubertien

■ L'unité de l'œuvre de Flaubert réside dans le détachement de l'auteur par rapport à ce qu'il met en scène. Le héros se reconnaît à ceci qu'il échoue : l'échec est sentimental (*Madame Bovary*, *L'Éducation sentimentale*), intellectuel (*Bouvard et Pécuchet*) ; il s'inscrit dans une débâcle historique (*Salammbô*) ou dans un désastre plus général (*L'Éducation sentimentale*). Cette généralisation montre que Flaubert ne s'en prend pas à une catégorie sociale particulière ou à tel individu. La détestation flaubertienne concerne l'humanité entière, depuis ses origines légendaires (*Hérodias*) jusqu'à l'époque contemporaine (*Un cœur simple*). Flaubert est fasciné par la « bêtise ». Son *Dictionnaire des idées reçues* en fait la revue. *Je me sens submergé par le flot de bêtise qui couvre mon pays, par l'inondation de crétinisme sous lequel il disparaît.*

■ L'existence commune est donc une tentation à laquelle il faut résister, sous peine de sombrer à son tour. Voilà pourquoi Flaubert a vécu comme un reclus à Croisset, malgré quelques voyages-fuites (en Orient, notamment, où son appétit sensuel explosa). Toute sa vie, Flaubert fut hanté par le mythe de saint Antoine, assailli de mille désirs en son désert (*La Tentation de saint Antoine*, 1849-1874). Le réel est à la fois attirance et répulsion. Écrire permet de dominer cette attraction et de métamorphoser l'insignifiance des choses en œuvre d'art.

Le naturalisme

Origines et méthodes du naturalisme

■ Après 1870, dans le contexte d'une remise en cause politique et sociale généralisée, les principes d'un réalisme à la Flaubert sont contestés et dépassés. Autour d'Émile **Zola** (1840-1902) se regroupent divers romanciers qui se réclament du « naturalisme ». Des changements historiques profonds (retour à la démocratie, développement du socialisme, affirmation de la conscience ouvrière, avènement du règne de la machine) poussent les auteurs à exprimer les nouvelles forces en présence. Les thèmes naturalistes seront donc surtout, schématiquement parlant, d'inspiration socialisante. Les cadres seront le milieu des patrons affairistes, des bourgeois corrompus, des ouvriers (dans la misère de leur vie quotidienne ou dans le travail aliéné de l'usine), etc.

■ Mais Zola, lui-même engagé à gauche, est influencé par d'autres doctrines. Il a lu Darwin (1809-1882) et croit que la société, comme la nature, obéit à des lois de lutte et de sélection. Avec les positivistes, il veut observer les faits sociaux comme des phénomènes cliniques, expérimentaux. Admirateur de Claude Bernard (1813-1893), il s'intéresse à la biologie, aux maladies héréditaires, aux conditionnements physiologiques. On le voit, le naturalisme a partie liée avec l'évolution scientifique de son époque.

■ Après le retentissement de *L'Assommoir* (1877), Zola rassemble chez lui ses amis, dans un village près de Paris. Le recueil des *Soirées de Médan* comporte les noms de Guy de **Maupassant** (1850-1893), de Joris-Karl **Huysmans** et de bien d'autres, moins célèbres aujourd'hui (Paul Alexis, Henri Céard) ou lentement redécouverts (Octave Mirbeau). Dans la même période, Edmond (1822-1896) et Jules (1830-1870) Huot de **Goncourt** ont déjà tracé la voie. Leurs romans, rédigés d'après documents, s'intéressent aux cas pathologiques et peignent de préférence des humbles ou des exploités, mais aussi des bourgeois en déchéance. Adaptant le style au sujet, ils choisissent une écriture brisée et populaire. Zola fut très impressionné, notamment, par *Germinie Lacerteux* (1865) et par *Madame Gervaisais* (1869). Ces romans montrent des femmes, l'une de condition sordide, l'autre de la meilleure société, sombrant dans la misère et l'hystérie. L'ensemble, brutal et maladif, contient en germe la dérive naturaliste bientôt obsédée par le sordide et le pathologique. En outre, les frères Goncourt ont conjointement tenu, de 1851 à 1870, un *Journal*, recueil de leurs souvenirs personnels, qui constitue une mine d'informations sur la vie littéraire et artistique de la fin du XIXe siècle. Enfin, ils donnèrent leur nom à une *Académie* littéraire (instituée par le testament d'Edmond et fondée en 1902), composée de dix membres et destinée à récompenser chaque année le *meilleur volume d'imagination en prose*, par un prix aujourd'hui devenu le plus convoité des prix littéraires.

L'évolution de Zola•

■ Fils d'un italien naturalisé, Émile Zola (1840-1902) est un autodidacte. Après un échec au baccalauréat, il se fait peu à peu une place dans le journalisme. Son métier l'oblige à s'intéresser à l'actualité et aux faits divers. Influencé par la biologie, il écrit *Thérèse Raquin*, où le remords est analysé comme un « désordre organique » (1867). C'est ainsi qu'il a l'idée de reprendre le projet de Balzac et, comme lui, d'écrire l'« histoire naturelle et sociale » de son temps. Il brasse alors l'univers du Second Empire, avec un millier de personnages qui réapparaissent dans divers ouvrages. Ce vaste cycle, intitulé *Les Rougon-Macquart* (1871-1893), est à la fois témoignage et plaidoyer. Car, en se passionnant pour les déchus et les exploités, Zola s'est lié au socialisme. L'affaire Dreyfus lui donnera l'occasion de s'engager totalement, avec courage. L'intérêt de Zola pour ces causes expliquera en partie l'explosion du groupe naturaliste. En 1888, le *Manifeste des Cinq* proteste contre la « littérature putride » et renonce aux théories que Zola avait résumées dans *Le Roman expérimental* (1880).

■ Zola a surtout cherché à montrer l'interaction de l'homme et du milieu. La société tout entière est vue comme un immense cas pathologique. De même, il est fasciné par le rôle de l'hérédité dans la constitution psychologique de la personne. L'arbre généalogique des Rougon-Macquart traduit la continuité d'un projet fondé sur l'étude de l'hérédité. Pris dans ce réseau de conditionnements, l'individu — comme chez Balzac, encore — est poussé par trois « appétits » : jouissance, domination, connaissance. On obtient ainsi un tout cohérent, une œuvre totale témoignant du jaillissement perpétuel de toutes les formes de vie et d'expérience.

Les grands mythes de Zola

■ Par ses dimensions, par son ambition même, l'œuvre de Zola donne évidemment une vision particulière du monde. Le foisonnement permet à l'imagination de

DATES	TITRES	ÉBAUCHES REMISES PAR ZOLA À SON ÉDITEUR	THÈMES
1871	*La Fortune des Rougon*	*« La fortune de cette famille naît du coup d'État. Elle se mêle à l'insurrection du Var, comptant sur l'Empire qu'elle prévoit pour contenter ses appétits de richesse et de jouissance. »*	La répercussion du coup d'État de 1851 en province. Le passage de la paysannerie enrichie à la petite, puis grande bourgeoisie.
1872	*La Curée*	*« Un roman qui aura pour cadre les spéculations véreuses et effrénées du second Empire [...]. L'œuvre sera le poème, ou plutôt la terrible comédie des vols contemporains. »*	Le monde de la spéculation immobilière. La corruption des milieux politiques de l'Empire.
1873	*Le Ventre de Paris*		Les mondes des petits et gros commerçants des Halles.
1874	*La Conquête de Plassans*		L'ambition politique du clergé en province.
1875	*La Faute de l'abbé Mouret*	*« Grande lutte de la nature et de la religion. Le prêtre amoureux n'a jamais, selon moi, été étudié. »*	La chute et la rédemption d'un prêtre.
1876	*Son Excellence Eugène Rougon*	*« Un roman qui aura pour cadre le monde officiel et pour héros, Eugène Rougon, l'homme qui a aidé au coup d'État. [...] L'ambition d'Eugène est plus haute que celle des autres membres de la famille. Il a moins soif d'argent que de puissance. Mais le sens de la justice lui manque, il est un digne soutien de l'Empire. »*	Le monde des hautes sphères politiques.
1877	*L'Assommoir*	*« Peinture d'un ménage d'ouvriers à notre époque. Drame intime et profond de la déchéance du travailleur parisien sous la déplorable influence du milieu, des barrières et des cabarets. »*	Un roman ouvrier retraçant la déchéance des individus due au milieu (alcoolisme, logements insalubres, promiscuité).
1878	*Une page d'amour*		Une histoire d'amour à Paris.
1880	*Nana*	*« Un roman qui a pour cadre le monde galant [...]. Une créature pourrie et nuisible à la société [...]. Outre les effets héréditaires, il y a [...] une influence fatale du milieu contemporain. »*	Le monde de la haute prostitution. La prostituée, revanche du peuple, gangrène les milieux aisés.
1882	*Pot-Bouille*		Le monde de la petite bourgeoisie et son désir de « paraître ». Un lieu symbolique : la maison.

1883	*Au Bonheur des Dames*		Le monde du commerce. Le passage de la boutique artisanale à l'entreprise.
1884	*La Joie de vivre*		La peinture d'un névrosé, obsédé par la mort.
1885	*Germinal*	*« Le roman est le soulèvement des salariés, le coup d'épaule donné à la société, qui craque un instant : en un mot la lutte du travail et du capital. C'est là qu'est l'importance du livre, je le veux prédisant l'avenir, posant la question la plus importante du* XX*e siècle. »*	La mine : un monde ouvrier écrasé par les structures sociales. L'émergence de la notion de classe.
1886	*L'Œuvre*	*« Un roman qui aura pour cadre le monde artistique. [...] Effet singulier de l'hérédité transmettant le génie à un fils de parents illettrés. [...] Claude a des appétits intellectuels, irrésistibles et effrénés, comme certains membres de sa famille ont des appétits physiques. La violence qu'il met à satisfaire les passions de son cerveau le frappe d'impuissance. »*	Le monde des artistes. Les problèmes de l'art et de la création.
1887	*La Terre*		Le monde paysan, cupide et bestial.
1888	*Le Rêve*		Une idylle amoureuse.
1890	*La Bête humaine*	*« Un roman qui aura pour cadre le monde judiciaire. [...] Cas étrange de criminel par hérédité, qui sans être fou, tue un jour dans une crise morbide, poussé par un instinct de bête. De même que ses parents, misérables et devenus vicieux, lèguent le génie à son frère Claude, ils lui lèguent le meurtre. »*	Le milieu des chemins de fer. Le poids de l'hérédité criminogène.
1891	*L'Argent*		Le monde du capitalisme et de la spéculation boursière.
1892	*La Débâcle*		La chute militaire de l'Empire. La Commune.
1893	*Le Docteur Pascal*		La synthèse scientifique du cycle.

ADÉLAÏDE FOUQUE,
dite TANTE DIDE,
née en 1768 ; mariée, en 1786, à Rougon, lourd et placide, jardinier ; en a un fils en 1787 ; perd son mari en 1788 ; prend, en 1789, un amant, Macquart, déséquilibré et ivrogne, contrebandier ; en a un fils en 1789, et une fille en 1791 ; devient folle et entre à l'Asile d'aliénés des Tulettes, en 1831 ; y meurt d'une congestion cérébrale en 1873, à l'âge de 105 ans (Névrose originelle).

PIERRE ROUGON,
né en 1787 ; se marie, en 1810, à Félicité Puech, intelligente, active, bien portante ; en a cinq enfants ; meurt en 1870, au lendemain de Sedan, d'une congestion cérébrale, déterminée par une indigestion (Mélange équilibré. Moyenne morale et ressemblance physique du père et de la mère). *Marchand d'huile, puis receveur particulier.*

⑤ **EUGÈNE ROUGON,**
né en 1811 ; épouse, en 1857, Véronique Beulin d'Orchères, dont il n'a pas d'enfants (Mélange fusion. Prédominance morale, ambition de la mère, ressemblance physique du père). *Homme politique, ministre. Vit encore à Paris, député.*

⑱ **PASCAL ROUGON,**
né en 1813 ; célibataire ; a un enfant posthume de sa nièce Clotilde Rougon, en 1874 ; meurt d'une maladie de cœur, le 7 novembre 1873 (Innéité. Combinaison où se confondent les caractères physiques et moraux des parents, sans que rien d'eux semble se retrouver dans le nouvel être). *Médecin.*

① ⑯ **ARISTIDE ROUGON,** *dit SACCARD,*
né en 1815 ; épouse, en 1836, Angèle Sicardot, calme et rêveuse, fille d'un Commandant ; en a un fils en 1840, et une fille en 1847, et perd sa femme en 1854 ; a eu en 1853 un fils adultérin d'une ouvrière, Rosalie Chavaille, qui comptait des phthisiques et des épileptiques dans son ascendance ; se remarie, en 1855, avec Renée Béraud Du Châtel, qui meurt sans enfants, en 1864. (Mélange soudure. Prédominance morale du père et ressemblance physique de la mère. Ambition de la mère, gâtée par les appétits du père). *Employé puis grand brasseur d'affaires. Vit encore à Paris, directeur d'un journal.*

SIDONIE ROUGON,
née en 1818 ; épouse, en 1838, un clerc d'avoué de Plassans qu'elle perd à Paris, en 1850 ; a d'un inconnu une fille qu'elle met aux Enfants Assistés. (Élection du père. Ressemblance physique de la mère). *Courtière entremetteuse, tous les métiers, puis très austère. Vit encore à Paris, trésorière de l'Œuvre du Sacrement.*

③ **MARTHE ROUGON,**
née en 1820 ; épouse, en 1840, son cousin François Mouret, dont elle a trois enfants ; meurt en 1864, dans une crise nerveuse (Hérédité en retour sautant une génération. Hystérique. Ressemblance morale et physique d'Adélaïde Fouque. Marthe et François, les deux époux, se ressemblent).

URSULE MACQUART,
née en 1791 ; épouse, en 1810, un ouvrier chapelier, Mouret, bien portant et pondéré ; en a trois enfants ; meurt phthisique en 1840 (Mélange soudure. Prédominance morale et ressemblance physique de la mère).

FRANÇOIS MOURET,
né en 1817 ; épouse, en 1840, sa cousine Marthe Rougon, dont il a trois enfants ; meurt fou, en 1864, dans un incendie allumé par lui. (Élection du père. Ressemblance physique de la mère. François et Marthe, les deux époux, se ressemblent). *Marchand de vin en gros ; puis rentier.*

HÉLÈNE MOURET,
née en 1824 ; épouse, en 1841, Grandjean, chétif et prédisposé à la phthisie ; en a une fille en 1843 ; perd son mari d'une bronchite, en 1853 ; se remarie, en 1857, avec M. Rambaud, dont elle n'a pas d'enfants (Innéité. Combinaison où se confondent les caractères physiques et moraux des parents, sans que rien d'eux semble se retrouver dans le nouvel être). *Vit encore, à Marseille, retirée avec son second mari.*

SILVÈRE MOURET,
né en 1834 ; meurt, en 1851, la tête cassée d'un coup de pistolet, par un gendarme (Élection de la mère. Innéité de la ressemblance physique).

ANTOINE MACQUART,
né en 1789 ; soldat en 1809 ; se marie, en 1829, avec Joséphine Gavaudan, marchande à la Halle, vigoureuse, travailleuse, mais intempérante ; en a trois enfants ; la perd en 1851 ; meurt en 1873, alcoolique, de combustion spontanée - (Mélange fusion. Prédominance morale et ressemblance physique du père). *Soldat, puis vannier, puis rentier et fainéant.*

② **LISA MACQUART,**
née en 1827 ; épouse, en 1852, Quenu, sain et pondéré, dont elle a une fille dans l'année ; meurt six mois avant son mari, en 1863, d'une décomposition du sang (Élection de la mère. Ressemblance physique de la mère). *Charcutière, grande boutique aux Halles.*

⑥ **GERVAISE MACQUART,**
née en 1828 ; a trois garçons d'un amant, Lantier, dont l'ascendance compte des paralytiques, qui l'emmène à Paris et l'y abandonne ; épouse, en 1852, un ouvrier, Coupeau, de famille alcoolique, dont elle a une fille ; meurt de misère et d'ivrognerie, en 1869 (Élection du père. Conçue dans l'ivresse. Boiteuse). *Blanchisseuse.*

⑬ ⑰ **JEAN MACQUART,**
né en 1831 ; épouse, en 1867, Françoise Mouche, qu'il perd en 1870, sans en avoir eu d'enfants ; se remarie, en 1871, avec Mélanie Vial, paysanne forte et saine, dont il a un garçon, et qui est grosse de nouveau. (Innéité. Combinaison où se confondent les caractères physiques et moraux des parents, sans que rien d'eux semble se retrouver dans le nouvel être). *Paysan, soldat, puis paysan. Vit encore, à Valqueyras.*

① **MAXIME ROUGON,** *dit SACCARD,*
né en 1840 ; a un fils, en 1857, d'une servante, Justine Mégot, chlorotique, fille d'alcoolique ; épouse, en 1863, Louise de Mareuil, qu'il perd la même année et dont il n'a pas d'enfants ; meurt ataxique, en 1873. (Mélange dissémination. Prédominance morale du père et ressemblance physique de la mère). *Oisif, mangeur de fortunes faites.*

CHARLES ROUGON, *dit SACCARD,*
né en 1857 ; meurt d'une hémorragie nasale, en 1873 (Hérédité en retour sautant trois générations. Ressemblance morale et physique d'Adélaïde Fouque. Dernière expression de l'épuisement d'une race).

CLOTILDE ROUGON, *dite SACCARD,*
née en 1847 ; a, en 1874, de son oncle Pascal, un fils (Élection de la mère. Hérédité en retour avec prédominance morale et physique de son grand-père maternel, le commandant Sicardot). - *Vit encore, à Plassans.*

L'ENFANT INCONNU,
à naître en 1874. Quel sera-t-il ?

VICTOR ROUGON, *dit SACCARD,*
né en 1853. (Mélange soudure. Ressemblance physique du père). *Disparu.*

⑭ **ANGÉLIQUE ROUGON,**
née en 1851 ; épouse, en 1869, Félicien de Haute-cœur, et meurt le même jour, d'un mal qui n'a pu être constaté. (Innéité. Aucune ressemblance avec la mère et son ascendance. Du côté du père, les documents font défaut).

⑧ ⑨ **OCTAVE MOURET,**
né en 1840 ; épouse, en 1865, Madame Hédouin, qu'il perd la même année ; se remarie en 1869, avec Denise Baudu, saine et équilibrée, dont il a deux enfants, une fille et un garçon, trop jeunes encore pour être classés. (Élection du père. Ressemblance physique de son oncle Eugène Rougon ; hérédité indirecte). *Fondateur et directeur des grands magasins* Au Bonheur des Dames. *Vit encore à Paris.*

④ **SERGE MOURET,**
né en 1841 (Mélange dissémination. Ressemblance morale et physique de la mère. Cerveau du père troublé par l'influence morbide de la mère. Hérédité d'une névrose se tournant en mysticisme). *Prêtre. Vit encore, curé de Saint-Eutrope.*

DÉSIRÉE MOURET,
née en 1844 (Élection de la mère. Ressemblance physique de la mère. Hérédité d'une névrose se tournant en imbécilité). *Vit encore à Saint-Eutrope, avec son frère.*

JEANNE GRANDJEAN,
née en 1842 ; meurt en 1855, à la suite d'accidents nerveux. (Hérédité en retour, sautant deux générations. Ressemblance physique et morale d'Adélaïde Fouque).

⑩ **PAULINE QUENU,**
née en 1852 ; ne s'est pas mariée. (Mélange équilibré. Ressemblance physique et morale du père et de la mère. État d'honnêteté). *Vit encore, à Bonneville.*

① *La Curée*
② *Le Ventre de Paris*
③ *La Conquête de Plassans*
④ *La Faute de l'abbé Mouret*
⑤ *Son Excellence Eugène Rougon*
⑥ *L'Assommoir*
⑦ *Nana*
⑧ *Pot-Bouille*
⑨ *Au Bonheur des Dames*
⑩ *La Joie de vivre*
⑪ *Germinal*
⑫ *L'Œuvre*
⑬ *La Terre*
⑭ *Le Rêve*
⑮ *La Bête humaine*
⑯ *L'Argent*
⑰ *La Débâcle*
⑱ *Le Docteur Pascal*

⑫ **CLAUDE LANTIER,**
né en 1842 ; épouse, en 1863, Christine Hallegrain, dont le père était paraplégique, maîtresse avec laquelle il vit depuis six ans et dont il a un fils Jacques, âgé de cinq ans ; perd ce fils, en 1869, et lui-même se pend en 1870 (Mélange fusion. Prédominance morale et ressemblance physique de la mère. Hérédité d'une névrose se tournant en génie). *Peintre.*

JACQUES-LOUIS LANTIER,
né en 1860, hydrocéphale, meurt en 1869 (Élection du père. Ressemblance physique du père).

⑮ **JACQUES LANTIER,**
né en 1844, meurt en 1870, d'accident. (Élection de la mère. Ressemblance physique du père. Hérédité de l'alcoolisme se tournant en folie homicide. État de crime). *Mécanicien.*

⑪ **ÉTIENNE LANTIER,**
né en 1846. (Mélange dissémination. Ressemblance physique de la mère, puis du père). *Mineur. Vit encore, à Nouméa, déporté. Marié là-bas, dit-on, et a des enfants, peut-être, qu'on ne peut classer.*

⑦ **ANNA COUPEAU,** *dite NANA,*
née en 1852, a, d'un cousin, un enfant, Louis, en 1867, et le perd en 1870 ; meurt elle-même de la petite vérole, quelques jours plus tard. (Mélange soudure. Prédominance morale du père. Ressemblance physique, par influence, avec le premier amant de sa mère, Lantier. Hérédité de l'alcoolisme se tournant en perversion morale et physique. État de vice).

LOUIS COUPEAU, *dit LOUISET,*
né en 1867 ; meurt en 1870, de la petite vérole (Élection de la mère. Ressemblance physique de la mère).

s'épanouir. Très habile dans la peinture des foules et des masses (comme Michelet), Zola finit par donner une vie mystérieuse à des lieux monstrueux ou gigantesques : les halles (*Le Ventre de Paris*), la mine (*Germinal*). Il voit la machine comme une chose vivante et autonome : la locomotive (*La Bête humaine*) ou l'alambic (*L'Assommoir*). La violence sourde est partout.

■ Brassant un univers immense, Zola s'appuie donc sur un certain nombre de « mythes », c'est-à-dire de grands symboles obsessionnels dont le développement déborde l'action proprement dite. Ces récurrences thématiques vont dans deux directions opposées : d'un côté, le pourrissement (monde écroulé, apocalypse, déchéance) ; de l'autre, la « germination » (fécondité, progrès, promesse du grand soir révolutionnaire). Une vision de l'aventure humaine est ainsi tracée, saisie dans son expansion continue comme dans ses déchets. Il est difficile de contester l'inquiétante lucidité d'une telle prophétie.

Synopsis des œuvres de Zola

Se reporter aux tableaux des pages précédentes.

Les romans de Maupassant•

■ Formé par Flaubert, Guy de Maupassant (1850-1893) s'est arraché à une vie discrète de petit fonctionnaire et de sportif épris d'aventures galantes grâce au succès de *Boule de suif* (1880). Proche de Zola, il multiplie les contes et les romans, conquérant une gloire et une fortune immense. Mais la maladie mentale, consécutive sans doute à une syphilis, détermine son internement à partir de 1891. Maupassant est mort sans avoir jamais retrouvé sa lucidité.

■ L'œuvre de Maupassant hésite entre le conte noir, de type « fantastique », et le roman naturaliste. Mais les deux genres se rejoignent car tous deux présentent le réel comme agressif, maudit, pervers. Lecteur de Schopenhauer (1788-1860), Maupassant voit l'amour comme un piège que nous tend la nature pour nous obliger à perpétuer l'espèce. L'amour est aliénant, partagé entre une sexualité violente et un aveuglement stupide. Ainsi, dans *Une vie*, la mère a une tendresse irraisonnée pour un fils qu'elle gâte, et qui n'est qu'un coureur cynique, un profiteur sans scrupules.

■ Le profond pessimisme de Maupassant dessine donc un monde sans espérance (et athée) où chaque créature ne vit que pour soi, obsédée par son propre

« vouloir-vivre ». Conjuguant la haine de la bêtise humaine (empruntée à Flaubert) et l'observation clinique des aliénations (empruntée à Zola), Maupassant utilise une écriture nette et précise pour dire l'angoisse et la perversion. La limpidité du style ne rend que plus sarcastique la vision.

Un insurgé : Vallès

■ Né dans un milieu pauvre et paysan, mal aimé, Jules Vallès (1832-1885) semble avoir pris très vite en grippe toute tutelle, notamment scolaire. Élève instituteur, il se révolte contre les méthodes et les contenus vieillots de l'enseignement. Dès lors, Vallès se place parmi les « réfractaires » (titre d'un de ses ouvrages). Vivotant de petits métiers, il s'occupe d'un journal socialiste, *La Rue*. Après la Commune, qu'il anime, il est exilé en Angleterre. C'est là qu'il rédige ses romans autobiographiques, la « trilogie de Jacques Vingtras » : *L'Enfant*, *Le Bachelier*, *L'Insurgé*.

■ Tout en se réclamant de l'idéal naturaliste, Vallès est un militant. Son œuvre exprime une rancœur et un vide affectif. L'image de la mère, sinistre marâtre, contamine le regard de l'enfant ; l'autorité est injuste et esclavagiste. De son expérience de journaliste, Vallès garde une plume d'éditorialiste, où la chose vue (faits divers, chroniques, échos pittoresques) alterne avec l'humeur explosive ou amère. Mais, en renversant les tabous et les « religiosismes » (comme il dit), il participe bien à la tendance littéraire du moment, qui veut tout désacraliser et dire au monde ses quatre vérités.

Conteurs et nouvellistes

Les débuts d'un genre à succès

■ Le conte et la nouvelle se distinguent du roman par la brièveté qui permet d'éviter la dispersion dramatique ou l'accumulation des anecdotes. Le lecteur est saisi par la narration dont il attend la fin. L'intrigue l'emporte sur le pittoresque. Ce genre de fiction s'est beaucoup développé au cours du siècle. Les raisons en sont multiples : l'élargissement du public (l'écrivain satisfait un lecteur pressé, par une aventure attrayante); les habitudes de lecture contractées par le journal et le feuilleton (il faut aller vite et frapper l'imagination par le « fait divers »); le développement des sciences (le conte aime les thèmes du savant fou ou des machines autonomes ; il s'intéresse à la « science-fiction »).

■ Dès Nodier, la vogue du conte « noir » ou fantastique a commencé. Les conteurs, durant tout le siècle, resteront influencés par cette origine. Par exemple, Théophile **Gautier** s'intéresse surtout au motif de la femme trépassée qui revient troubler celui qui l'a aimée. Les mortes agissent même sur le temps, qui s'arrête ou qui régresse. Sur ce canevas, les contes de Gautier sont nombreux : *La Morte amoureuse* (1836), *Arria Marcella* (1852), *Spirite* (1865). Au moment où Baudelaire cherche la femme-idole, la Beauté-statue qui fascine, tout en chantant « la vie antérieure », Gautier réactive le mythe de la femme fatale.

Un précurseur et un puriste : Mérimée

■ Le fantastique, contrairement au merveilleux qui évolue dans un cadre auquel on ne croit pas, repose sur l'indécision du lecteur. On ne sait trop si l'histoire est vraie ou incroyable. Cette hésitation est fort bien exploitée par Prosper **Mérimée** (1803-1870). Ce bourgeois cultivé a commencé sa carrière par une mystification, le *Théâtre de Clara Gazul*, qu'il prétend avoir pris à une comédienne espagnole. Après un roman historique, *Chronique du règne de Charles IX* (1829), il découvre sa vraie vocation, celle de nouvelliste. Ses textes sont très brefs et empruntent beaucoup à la légende (*Le Vase étrusque*). Le récit est sans appel, comme s'il cherchait avant tout à produire un choc : l'assaut inutile et violent dans *L'Enlèvement de la Redoute*; le règlement de compte dans *Mateo Falcone*, où un père fusille froidement son fils pour une histoire d'honneur. Le lecteur reste interdit, ce qui est précisément le but du fantastique, présent même dans des œuvres qui ne relèvent pas de ce genre.

■ Nommé inspecteur général des Monuments historiques, ami de l'impératrice Eugénie, Mérimée a fait une belle carrière sous le Second Empire. Comme son ami Stendhal, c'est un voyageur et un ironique. Connaisseur très avisé de l'Antiquité, il doit se déplacer sur les grands sites archéologiques. Cette expérience se retrouve dans ses meilleurs contes, comme *La Vénus d'Ille*, œuvre proche, à d'autres égards, des histoires corses et espagnoles (*Colomba*, *Carmen*) qui reprennent, sous couleur de reportage, des thèmes tragiques inquiétants : le héros semble possédé par la femme, diable ou sorcière. Cette misogynie ouvre la voie aux *Diaboliques* de Barbey d'Aurevilly. Mérimée avouait que, pour lui, la nouvelle devait reposer sur le sujet le plus « atroce » possible, comme il l'affirme dans la préface d'une de ses dernières œuvres, *Lokis*, une histoire de loup-garou.

Les contes noirs de Maupassant*

■ C'est Maupassant qui a poussé à l'extrême la technique et l'art du conte. En une vingtaine d'années, il en a publié environ trois cents. L'évolution de Maupassant est perceptible. Après les récits pittoresques du cycle normand (années 1880), il se tourne vers des sujets plus « citadins », avant de laisser le champ libre à des obsessions liées à sa propre folie (*La Peur*, *Lui ?*, *Le Horla*).

■ Malgré ces variations, ce n'est pas sa propre maladie que Maupassant raconte. Ses nouvelles montrent un univers sans but ni sens où tout se désagrège. Les êtres ne peuvent pas communiquer, sinon pour abuser autrui. Partout règnent l'agressivité, la guerre, l'égoïsme, la folie et la mort. Hésitant entre le mépris sarcastique et la compassion mélancolique, l'auteur se refuse à toute moralité. De même, il ne cherche pas à comprendre les mobiles psychologiques de ses personnages. Il veut simplement *surprendre l'humanité sur le fait*, gardant sa distance et sa froideur. Il en résulte un curieux malaise qui laisse le lecteur face à lui-même.

Le conte « diabolique » : Barbey d'Aurevilly

■ Bien que contemporain de Balzac, Jules Barbey d'Aurevilly (1808-1889) n'a connu quelque notoriété qu'au moment de la soixantaine, dans les années 1870. Très imbu de sa noblesse, nourri des préjugés d'une aristocratie ultra-catholique et intransigeante, Barbey d'Aurevilly a commencé à travailler comme journaliste. Sa *Revue du monde catholique* s'en prend aux tièdes et aux libéraux. Méprisant le Second Empire, il affiche une indifférence à l'opinion d'autrui, tout en se conduisant en « dandy ». Le dandysme fut d'abord une mode vestimentaire lancée par l'Anglais Brummel. Mais cette distinction extérieure est aussi une forme de provocation : le dandy est un snob, insolent et brillant. Baudelaire fut séduit par cette façon de dénoncer l'horreur de la trivialité bourgeoise. Barbey d'Aurevilly fut le maître français du dandysme (*Du dandysme et de George Brummel*).

■ Ce mélange de raffinement et de passéisme donne le ton de ses œuvres. *L'Ensorcelée* et *Le Chevalier Des Touches* ressuscitent l'époque de la chouannerie. Mais c'est avec *Les Diaboliques* (1874) que Barbey devient célèbre, grâce en partie au scandale provoqué par ce texte sulfureux. Comme ses prédécesseurs, Barbey place ses récits sous le signe de l'esprit du mal, incarné généralement dans la femme. Son imagination sombre et tourmentée transforme d'antiques superstitions en des hantises modernes. Comme tous les réactionnaires, il veut montrer que la décadence guette la société, animée par les forces du mal. En ce sens, il n'est pas loin d'un homme comme **Gobineau** (1816-1882), théoricien du racisme, dont les romans, construits comme une série de nouvelles, et les nouvelles elles-mêmes se ressemblent par un même goût pour le drame et un même pessimisme (*Nouvelles asiatiques*, *Les Pléiades*).

Le conte « cruel » : Villiers de L'Isle-Adam

■ Issu d'une des familles les plus anciennes de l'aristocratie française, Auguste de Villiers de l'Isle-Adam (1838-1889) a beaucoup fasciné ses contemporains. Baudelaire, Verlaine, Mallarmé le portaient aux nues. Ses œuvres, tardives, furent surtout publiées dans des périodiques et s'apparentent souvent à une satire de son temps. Villiers est un « idéaliste » : il a foi en la puissance de l'esprit, et c'est un croyant. Il fustige donc le positivisme et le rationalisme. L'opinion n'est, à ses yeux, que nullité versatile (*Vox populi*).

■ Cette contestation de la société matérialiste, Villiers l'exprime surtout avec ses *Contes cruels* (1883) et avec *Tribulat Bonhomet* (1887). Rêvant de l'amour pur et surnaturel (*Véra*, *L'Amour suprême*), Villiers ne voit autour de lui que des relations basses et intéressées. Il se délecte alors à les raconter. Le conteur « cruel » vise à l'effet direct par l'atrocité des situations décrites : un jaloux armé d'un rasoir, une morte violée dans une morgue, un accidenté qui se réveille dans son cercueil, etc. Ces histoires épouvantables sont présentées comme des faits divers. La cruauté n'est qu'un naturalisme exaspéré. Terrible, macabre ou sanglant, le sujet est extrême mais plausible. La « cruauté » n'est pas du côté de l'auteur, elle imprègne une société que Villiers veut dénoncer.

La mouvance symboliste

Impressionnisme en poésie

■ Tous les poètes de la fin du siècle se sont réclamés, à un moment ou à un autre, du symbolisme. Il est très difficile de tracer ici des frontières strictes. Les diverses étiquettes à la mode (« symbolistes », « romans », « décadents », « zutistes », « hirsutes », « hydropathes ») ne recouvrent aucune doctrine cohérente. Chose curieuse, les noms les plus célèbres de cette période (Verlaine, Rimbaud, Mallarmé) ont pris leurs distances à l'égard de l'appellation « symbolisme », tandis que l'École symboliste à proprement parler ne regroupe que des poètes mineurs, autour de Moréas.

■ Ces contours flous tiennent à la doctrine symboliste elle-même, qui est avant tout un refus des classifications. Face au positivisme triomphant, les symbolistes se reconnaissent en quelques idoles (Baudelaire, surtout) et refusent de voir le monde comme rationnel. Pour eux, la vérité n'est pas de l'ordre de la matière : elle se cache derrière les représentations et les signes. Puisque le réel n'est qu'apparence, il faut y renoncer en poésie. Le poète va, comme les mystiques, chercher le sens caché, faire jaillir la vérité. Dans ce but, il préférera les signes (les symboles) et les secrètes « correspondances ». D'où le privilège accordé à la suggestion (et non à la représentation) ou à la musique verbale (et non à l'expression raisonnée).

■ Un « symbole » est l'association de deux réalités pour produire un signe nouveau : l'espérance-étoile, par exemple. Il associe souvent une image concrète à une abstraction. Très utilisé dans le domaine religieux et philosophique (qui ne peut être autrement représentable), le symbole, en littérature, a, pour simplifier, au moins deux formes : il transpose l'idée en image ; il crée des analogies suggestives. Il implique ainsi le lecteur, invité à déchiffrer.

■ Pour qu'il y ait suggestion, le poète symboliste fait aussi confiance à la magie musicale de la langue. Ainsi se forme une sorte d'impressionnisme littéraire et musical. Des compositeurs comme Debussy et Fauré seront liés au mouvement symboliste. Et Mallarmé résumera le symbolisme ainsi : *Reprendre à la musique notre bien.*

De la musique avant toute chose : Verlaine*

■ Paul Verlaine (1844-1896), tout en vivant chichement comme commis à l'Hôtel de Ville de Paris, a commencé par s'intéresser à l'idéal des Parnassiens. Ses premiers poèmes recherchent une forme d'impassibilité ou s'inspirent de la peinture (Watteau). Au milieu d'une époque activiste, Verlaine sembler bouder les certitudes et l'agitation. Contrairement à ceux qui se révoltent (comme Rimbaud ou Lautréamont), il choisit une forme de passivité, de repli sur la vie intérieure. Les titres (*Résignation*, *Lassitude*, *Never more*, *Nocturne*) évoquent cette intimité triste et tranquille.

■ Pour entretenir cette introversion, la poésie cherche un bercement. L'amour est maternisé : *Sois langoureuse, fais ta caresse dormante, / Bien égaux tes soupirs et ton regard berceur.* Toute la recherche poétique se tourne vers l'effet musical, vers *La Bonne chanson* (1870) ou vers *Romances sans paroles* (1874). Le poème calme l'angoisse et offre, contre les tumultes du monde, le refuge de la mélodie.

■ Après une liaison orageuse avec Rimbaud, Verlaine, condamné à deux ans de prison, fait évoluer ses thèmes vers une certaine religiosité. Converti, le poète fait le bilan de sa vie et aspire à une forme de pureté (*Sagesse*, 1881). Ces bonnes résolutions ne dureront guère, mais elles s'accordent à la conception verlainienne du vers, consolateur et nostalgique. Pour atteindre *De la musique avant toute chose* (*Art poétique*, 1884), Verlaine a eu surtout recours au vers impair et aux petites strophes, souvent avec un refrain.

■ À la fin de sa vie, bien malgré lui, Verlaine a été considéré comme le *prince des poètes* par la génération symboliste qui voyait en lui l'un de ses pères.

Bohème et école symboliste

■ C'est un manifeste, paru en 1886 dans le *Figaro*, qui formula les principes de l'école symboliste. Ce texte, écrit par Jean **Moréas** (1856-1910), poète d'origine grecque, soulignait surtout les rapports du symbolisme avec l'idéalisme : le monde visible n'est qu'un reflet du monde spirituel; le poète est déchiffreur de signes. Ces théories n'apportaient rien de neuf, mais elles manifestaient un désir d'art nouveau et un idéal exigeant. Très désunis entre eux, les divers courants symbolistes ne produisent guère de chefs-d'œuvre, malgré une préciosité et des raffinements parfois brillants. Des snobs, par haine du vulgaire, se disent symbolistes, tel Robert de Montesquiou (1855-1921). D'autres, au contraire, veulent une langue simple et nette, voire le vers libre, comme René Ghil (1862-1925) ou Gustave Kahn (1859-1936). Le mouvement s'internationalise. Stuart Merrill (1863-1915) le fait connaître aux États-Unis (*Les Gammes*), tandis que Francis Vielé-Griffin (1864-1937), originaire de Virginie, multiplie les jeux homophoniques. En Belgique, le symbolisme est très vivace, avec des poètes comme Émile Verhaeren, Georges Rodenbach et Maurice Maeterlinck (dont le *Pelléas* sera mis en musique par Debussy).

■ Des personnages bohèmes gravitent autour de cette école si peu fixée. Charles **Cros** (1842-1888) pratique un humour grinçant. Homme savant et passionné de physique-chimie, il fréquente tour à tour le Parnasse, les cafés symbolistes et les cabarets de Montmartre. Cet inventeur du phonographe (un an avant Edison) est un marginal génial, alcoolique, pessimiste et plein de drôlerie (*Le Coffret de Santal*).

■ Dans le même genre, Tristan **Corbière** (1845-1875) est un breton maladif et instable. Ses *Amours jaunes* (1873) mettent à mal les poncifs de la poésie romantique, avec beaucoup d'humour. Ses calembours, ses hardiesses rythmiques et lexicales font penser à Laforgue, mais Corbière se voulait surtout inclassable et subversif. Même la « Décadence » lui paraissait une attitude affectée et dérisoire. Enfin, il faut citer Germain **Nouveau** (1852-1920), qui vécut une aventure avec Rimbaud (1874) avant de finir comme clochard mystique.

■ Dernier avatar de l'École symboliste : l'École romane. Jean Moréas, revenant sur ses premières théories, est repris par la nostalgie de son pays natal, la Grèce (il s'appelait Papadiamantopoulos). Il décide de renouer avec l'Antiquité, avec sa discipline et son idéal de clarté. Ses *Stances* (1899) illustrent ce retour à l'ordre lumineux de la beauté méditerranéenne. Son disciple Charles **Maurras** imitera ce style et en profitera pour dénoncer définitivement les errements des premiers symbolistes, pas assez énergiques et patriotes à son goût.

Le « Maître » : Mallarmé*

■ D'abord admirateur de Baudelaire, Stéphane Mallarmé (1842-1898), professeur d'anglais de son état, est un insatisfait. Le réel lui paraît laid et mesquin, la vie trop répétitive (*La chair est triste, hélas, et j'ai lu tous les livres*). Il rêve d'« azur », d'un ailleurs mystique ou esthétique. Cette attitude de refus et de perfectionnisme va peu à peu se formuler en théorie poétique. Convaincu que tout a déjà été dit, que chaque vers risque d'être une banalité de plus, Mallarmé est hanté par la peur de la stérilité. Pour échapper à cette impasse de l'ennui et de la feuille blanche, il fixe à la littérature une exigence d'absolu très élevée (*Hérodiade*, 1869).

■ Mallarmé commence par dégager le poème de toute mission utilitaire (ni message, ni fiction) pour que le langage poétique retrouve un pouvoir irradiant par lui-même. Le vers est d'abord « magie verbale », musique, incantation, harmonie bizarre (d'où son hermétisme, souvent). De cette forme sophistiquée devra émaner « l'idéalité pure » : la présence et la plénitude de l'Être seront suggérées par un style subtil et fascinant. Une telle démarche, patiemment poursuivie, a fini par conduire Mallarmé à des audaces quasi inintelligibles, mais aussi à des poèmes de plus en plus aériens, désincarnés. L'écriture ne cesse de frôler le « blanc » et le silence (*Divagations* ; *Un coup de dés jamais n'abolira le hasard*, 1897).

■ Mallarmé exerça un fort ascendant sur les artistes de son temps. Recevant le mardi, chez lui, à Paris, il fut sans doute mal compris, car ses disciples se révélèrent surtout des « décadents » verbeux. C'est que l'option mallarméenne est de l'ordre de l'ascèse personnelle. Elle ne saurait faire école sans se renier elle-même. Elle est inimitable. Il reste que Mallarmé a ouvert la voie à toute la poésie moderne en rappelant que l'écriture poétique est science des mots et manipulation des signes.

Changer la vie : Rimbaud*

■ Malgré ses liens avec les poètes de son temps, Arthur Rimbaud (1854-1891) est un génie brusque et solitaire, irrécupérable. Toute son œuvre (une centaine de pages au maximum) a été écrite entre quinze et vingt ans, avant une fuite et un silence définitifs. Depuis, la critique a multiplié les commentaires : en vain. Pour Rimbaud, l'écriture est une expérience de soi. Elle ne cherche pas à cerner le réel ; elle est invention sauvage et révolte. Il s'agit de *changer la vie*. Personne ne peut la refaire à votre place.
■ Ce projet passe forcément du refus à la reconstruction. Rimbaud a commencé par ridiculiser ses prédécesseurs ou par les éblouir d'une virtuosité sidérante (*Vénus anadyomène, Ce qu'on dit au poète à propos de fleurs*). C'est un adolescent contestataire, fugueur, en conflit permanent avec sa famille et sa ville natale (Charleville, *supérieurement idiote*) : il trace des caricatures impitoyables des manies bourgeoises (*À la musique*) et dénonce les horreurs d'un monde injuste (*Les Effarés*, *Les pauvres à l'église*). Les folies humaines (la politique, les superstitions, la guerre) sont maudites. Face à un univers d'« assis », il est mû par une sourde colère et un désir d'évasion.
■ Ce besoin de « désamarrage » est résumé par *Le Bateau ivre* (1871), allégorie de l'aventure poétique. Ce poème éblouissant attire l'attention de Baudelaire et de Verlaine, lequel invite Rimbaud. Il en résulte une liaison orageuse qui tourne mal. *Une saison en enfer* (1873) fait le bilan de cette période maudite. Mais il semble avoir déjà tout usé ; il lui faut donc trouver un autre chemin. Ce seront les *Illuminations*, recueil de poèmes en prose qui inventent un langage poétique et achèvent le voyage créateur.
■ Les *Illuminations* sont à la fois visions et enluminures. Énigmatiques, elles brassent des images et des féeries. Le poète se meut dans un imaginaire insolite où il libère tous ses fantasmes. Monde brisé, collages, architectures démentes, chocs des contraires, transes et hallucinations, les *Illuminations* sont un réservoir

inépuisable pour le lecteur. Quelle autre issue, après cette prose envoûtante et insondable, que le silence ? Aussi Rimbaud finira-t-il à la tête d'une succursale commerciale d'Abyssinie : il y vivra dix ans, et surtout du trafic d'armes.

La « voyance » rimbaldienne

■ Rimbaud a une conception très exigeante de la poésie. Comme Baudelaire, il est d'abord convaincu que le poète doit échapper à l'aliénation sociale et découvrir le vrai « Je » qui est enfoui en nous. D'où la nécessité de « l'ivresse » baudelairienne, que Rimbaud pousse à l'extrême; le poète se livre aux expériences les plus déréglées, il « s'encrapule » le plus possible, il s'essaie à tous les excès (drogue, homosexualité, etc.), toujours en quête d'une « future vigueur ». Le « satanisme » de Rimbaud est méthodique : *Le poète se fait voyant par un long et raisonné dérèglement de tous les sens.*
■ C'est à juste titre que l'on considère généralement Rimbaud comme un point de rupture dans l'histoire de la poésie. Il formule le premier l'illogisme propre à la création, qui naît de la déviance, de l'instinct, de la désagrégation. L'*alchimie du verbe* procède de bouleversements et de tourments. Comme il l'écrivait à Izambard : *Le poète est vraiment voleur de feu.* Toute la poésie moderne, notamment celle des surréalistes, s'en souviendra.

Un convulsif : Lautréamont

■ Né à Montevideo, venu seul à Paris, après des études sans joie à Tarbes et à Pau, Isidore Ducasse (1846-1870) meurt solitaire et inconnu à vingt-quatre ans. Il laisse, sous le pseudonyme de Maldoror, une sorte d'épopée, *Les Chants de Maldoror*, redécouverte par les surréalistes qui y verront une œuvre prophétique. Misanthrope et sombre, Lautréamont semble obnubilé par le dégoûtant et le monstrueux, d'une manière si appuyée qu'on a parfois l'impression d'un canular provocateur.
■ Le héros des *Chants*, Maldoror, commence par assister à un naufrage sans secourir les victimes. Il abat même un jeune homme, seul survivant. L'océan devient alors l'image du Mal dont Maldoror multiplie les expériences. Il se fait *bête immonde, poulpe, cygne noir, grillon d'égout.* L'anormalité, que Rimbaud avait commencé à ériger en principe créateur, aboutit ici à une célébration de toutes les

perversions, soutenue par une langue oratoire, fulgurante et hallucinée. Le tohu-bohu, le blasphème, le délire donnent une force étonnante à cette littérature qui dénonce toute littérature.

■ Cette dénonciation paraît même viser sa propre production : six mois avant sa mort, Lautréamont publie, signé cette fois Isidore Ducasse, le recueil *Poésies, Préface à un livre futur*, à tous égards opposé aux *Chants*. Cinglant désaveu ou nouvelle mystification ? Ultime énigme.

Décadence et fin de siècle

Désenchantement et subjectivisme

■ Comme dans toute période de mutation, la fin du siècle est ressentie avec anxiété. Tandis que la France s'installe dans la démocratie républicaine, les nostalgiques se réveillent. Ils affichent un esprit réactionnaire (royalistes, nationalistes, idéalistes), tels Barbey, Villiers ou, bientôt, Maurice **Barrès** (1862-1923). Convaincu que la société française va à la décadence, Barrès en appelle à *l'énergie nationale*. Ardent anti-allemand, anti-dreyfusard, il propose un idéal nationaliste. Il demande de réagir au socialisme ambiant par un « culte du moi » et par des engagements patriotiques (*Sous l'œil des barbares*, 1888 ; *Les Déracinés*, 1897). Il rejoint ainsi Charles Maurras et l'*Action française*.

■ Ce repliement a des retombées sur le type d'écriture adopté. Le naturalisme est contesté. Les romanciers cherchent de nouvelles voies. Octave **Mirbeau** (1848-1917), qui passera d'un monarchisme antisémite à l'anarchisme, décrit un monde faisandé (*Journal d'une femme de chambre*, 1900) ou cède à un érotisme délirant (*Le Jardin des supplices*, 1899). Autre naturaliste reconverti, Jules **Renard** (1864-1910), qui laisse libre cours, au fil des notations qu'il égrène dans son *Journal*, à un persiflage très hostile au monde moderne. La narration se fait plus subjective, notamment avec Paul **Bourget** (1852-1935), le psychologue, ou Pierre **Loti** (1850-1923), voyageur exotique et romancier impressionniste. Le procès du positivisme est engagé, et il recevra la caution d'Henri **Bergson** (1859-1941) qui réhabilite l'intuition.

■ Bien entendu, le subjectivisme ouvre la voie à diverses provocations : le dandysme ou l'anarchisme. De même, un retour mystique est perceptible. Outre Huysmans (*cf.* ci-dessous), pensons à un écrivain et pamphlétaire comme Léon

Bloy (1846-1917), pèlerin « désespéré » (c'est le titre d'un de ses romans), sorte de croisé moderne, implorant la vengeance divine contre un monde corrompu.

Les poètes décadents

■ C'est Verlaine lui-même qui a imposé le concept de « décadence » dans *Les poètes maudits* (1884). Ici encore, les limites sont difficiles à fixer entre symbolistes et décadents. Disons que les « décadents » veulent jouir d'un univers en pleine décomposition, en profitant de ses raffinements, de ses langueurs voluptueuses, de sa culture finissante. La mode s'en empare, grâce à diverses revues (*Le Décadent*, *La Décadence*) et à des groupuscules d'individualistes provocants. Convaincus d'assister à la fin d'un monde, ils se complaisent dans une inquiétude nerveuse et sombre, dans une sorte de « névrose » (le mot est répété partout), face à la déliquescence généralisée.
■ Des poètes comme Charles Cros ou Maurice Rollinat (1846-1903) se sont revendiqués eux-mêmes comme décadents. Mais le seul écrivain de cette mouvance qui ait produit une œuvre marquante est Jules **Laforgue** (1860-1887). Né à Montevideo, il arrive en France à six ans, fait de vagues études et survit comme lecteur à la cour d'Allemagne (1881-1886). Atteint de tuberculose, Laforgue éprouve physiquement l'usure du monde. Désabusé, grinçant, maladif, il jongle avec les mots (*sangsuel*, *violupté*) et exprime, dans ses *Complaintes*, la mélancolie d'une génération perdue.

Vivre « à rebours » : Huysmans

■ Dans ce pessimisme ambiant, la tentation du suicide est souvent évoquée. Ce désir d'autodestruction prend diverses formes : instabilité morbide (comme chez Oscar Wilde), abandon aux mysticismes les plus échevelés (Barbey ou Villiers), fascination pour la folie (Maupassant), dédoublement (Rimbaud), etc. On ne vit plus que « contre ».
■ C'est Joris-Karl Huysmans (1848-1907) qui va résumer ces tendances, avec la publication de *À rebours* (1884). Le héros, Des Esseintes, plongé dans un spleen inguérissable, se réfugie à l'abri du monde, à Fontenay-aux-Roses, dans une serre. Il y expérimente alcools, parfums et drogues, avant de retourner à cette autre mère qui protège et console, l'Église. Huysmans venait du naturalisme. Il fut

un proche de Zola. Son évolution est typique de l'insatisfaction décadente, écœurée du monde réel, lassée de tout. Si bien que *À rebours* devint aussitôt la bible de sa génération.

■ Un an après *À rebours*, Henri Beauclair et Gabriel Vicaire publient *Les Déliquescences d'Adoré Floupette* (1885). Cette satire des abus et des ridicules du décadentisme montre que la nouvelle préciosité ne plaisait pas à tout le monde. Malgré ces chamailleries, l'esthétique décadente a exercé une influence sur les arts, en valorisant le sensuel et le raffiné. La peinture de Gustave Moreau (que Huysmans cite et admire) le prouve, ainsi que la mode de certains sujets provocants, comme celui de Salomé.

LE XXe SIÈCLE

Dates	Événements politiques	Climat social
1900	Exposition universelle à Paris.	« Belle époque » : un certain culte du raffinement mondain ; appétit de vivre ; fort parisianisme ; ballets russes, tango, jazz ; développement de la voiture rapide et du cinéma ; certaines modes choquent (le cubisme, etc.) ; individualisme, mais aussi nationalisme (reprendre l'Alsace et la Lorraine).
1901	Articles de Zola sur Dreyfus.	
1902-1905	Ministère Combes.	
1904-1911	Crise marocaine.	
1906	Réhabilitation de Dreyfus.	
1909	Ministère Briand.	
1912-1913	Guerre des Balkans. Protectorat marocain (Lyautey).	
1914	Assassinat de Jaurès.	
1914-1918	Première Guerre mondiale.	
1917	Révolution russe. Ministère Clemenceau.	
1919	Traité de Versailles. Chambre « bleu horizon ».	Forte dénonciation de la guerre (« la der des ders » ?) et esprit de changement.
1921	Création du P.C.F.	
1922	Ministère Poincaré. Mussolini au pouvoir en Italie.	Accélération des techniques (T.S.F.).

Littérature française	Litt. étrang.	Beaux-Arts	Dates
Goûts mondains et parisiens ; thèmes de la liberté des mœurs et de la jouissance (Colette, Gide), de la dérision (Jarry, Feydeau, Bernard), mais aussi littérature « patriotique » (Péguy, Barrès, Claudel, Romains).	Conrad : *Typhon.* Gorki : *La Mère.*	Période bleue de Picasso. Fauvisme et Matisse.	
		1907 : *Demoiselles d'Avignon.*	1906-1908
		Ravel. Stravinsky. Bartók.	1910
Goût du neuf à tout prix et « futurisme » (Apollinaire).	Rilke : *Les Nouveaux Poèmes.* Mann : *La Mort à Venise.*	Cubisme analytique et futurisme (Kandinsky, Klee).	1912
	Kafka : *La Métamorphose.*	« Ready-made » de Duchamp. Debussy. Satie. De Falla.	
Un théâtre plutôt bourgeois et traditionnel (Salacrou, Giraudoux), mais explosion poétique et artistique (surréalisme).	Pirandello : *Chacun sa vérité.* Spengler : *Le Déclin de l'Occident.*	Dada. Bauhaus en Allemagne.	
	Joyce : *Ulysse.*	Prokofiev.	1922
	Pirandello : *Six personnages en quête d'auteur.*	Honegger. École de Vienne (dodécaphonisme).	1923

Dates	Événements politiques	Climat social
1924	Cartel des gauches. Ministère Herriot.	Climat de rancœur (anciens combattants ; dépréciation des hommes politiques) mais aussi d'euphorie (« années folles ») qui retombe (démoralisation de la bourgeoisie, revendications ouvrières, désarroi des intellectuels) ; création des ligues ; le Poincarisme, après l'échec du « cartel », n'enraye pas vraiment la crise.
1925	Ministère Painlevé.	
1926	Ministère Poincaré. Fin du cartel des gauches.	
1929-1933	Krach boursier de Wall Street. Crise économique mondiale.	
1932	Ministère Herriot.	
1933	Hitler chancelier du Reich. Ministère Daladier.	Montée des tensions et des extrémismes.
1934	Émeutes de février à Paris. Ministère d'Union Nationale.	
1935	Ministère Laval.	Crainte des périls. Front anti-fasciste. Agitation ouvrière.
1936-1938	Le Front Populaire.	
1936-1939	Guerre civile en Espagne.	Congés payés. Relance fragile.
1937	Démission de Blum.	
1938	L'Anschluss. Accords de Munich.	Indécision face à l'Allemagne et bilan économique négatif.
1939-1945	Seconde Guerre mondiale.	

Littérature française	Litt. étrang.	Beaux-Arts	Dates
Prolifération du roman à tendance morale (Malraux, Mauriac, Bernanos, Céline, romans-fleuves, Saint-Exupéry, Montherlant, etc.).	Mann : *La Montagne magique.*	Gershwin.	1924
	Kafka : *Le Procès.*	Les Arts Décos. Bartók. Mobiles de Calder.	1925
Échos de la crise partout (Céline, Duhamel, Gide, etc.).	Faulkner : *Le Bruit et la Fureur.*	Architecture de Le Corbusier.	1929
Échos de la montée des périls (Malraux, Aragon).	Musil : *L'Homme sans qualité.* Huxley : *Le Meilleur des mondes.*	Musique de Messiaen et Varèse.	1932
		Lulu d'Alban Berg.	1935
Tendance au pessimisme (Bernanos, Sartre, Drieu), malgré des textes de circonstance engagés.	Eliot : *Meurtre dans la cathédrale.* Garcia Lorca : *La Maison de Bernarda Alba.*		
Forte influence des écrivains journalistes (Hemingway, Koestler, Kessel, Malraux).	Brecht : *Mère Courage et ses enfants.*	*Guernica* de Picasso. Rouault, Dufy.	1938
	Steinbeck : *Les Raisins de la colère.*	Exposition internationale du surréalisme à Paris.	1939

Dates	Événements politiques	Climat social
1940	Appel du 18 juin. Armistice.	
1941	Attaque de Pearl Harbour.	
1942	Les Allemands en « zone libre ».	La France est divisée entre pétainistes et résistants, mais l'activité littéraire reste intense.
1943	Échec allemand à Léningrad et à Stalingrad.	
1944	Débarquement de Normandie.	
1945	De Gaulle président du gouvernement.	Épuration.
1946	Démission de De Gaulle. Création de la IVe République.	L'opinion abasourdie en apprenant la réalité concentrationnaire.
1947	Débuts de la guerre d'Indochine. Ramadier se sépare des ministres communistes.	
1948	Création de l'État d'Israël.	O.C.D.E. et plan Marshall ; grèves très dures menées par le P.C.
1949	Création de la Chine communiste.	Décolonisation et instabilité gouvernementale chronique.
1950	Guerre de Corée.	

Littérature française	Litt. étrang.	Beaux-Arts	Dates
	Koestler : *Le Zéro et l'Infini.*		1941
	Borges : *Fictions.*		
Littérature sous contrôle, mais très active : pamphlétaires fascistes (Céline, Rebatet) ; poésie résistante (Aragon) ; romans des « réfractaires » (Sartre, Aragon, Triolet) et des défenseurs du terroir (Giono, Pourrat, Frison-Roche).			
	Zweig : *Le Joueur d'échec.*		1943
		« Action painting » aux États-Unis (J. Pollock).	
		Art brut (Dubuffet).	
L'absurde et l'existentialisme s'imposent.		Musique de Pierre Boulez et de John Cage.	
Critique de l'engagement des écrivains (individualisme et libertinage : Vailland, Nimier, Laurent), mais les pesanteurs politiques restent fortes.	Brecht : *Antigone.*		
	Malaparte : *La Peau.*	Exposition de Soulages.	1949
	Pavèse : *Le Bel Été.*	Musique de Xenakis.	

Dates	Événements politiques	Climat social
1952 1953	Ministère Pinay. Mort de Staline.	
1954	Chute de Diên-Biên-Phu. Ministère Mendès-France.	La vague « rock » commence. Crises ministérielles continues ; montée du poujadisme ; l'influence des idéologies semble diminuer au profit d'un désenchantement ; essor des sciences humaines (Lévi-Strauss, Foucault).
1955	Ministère Edgar Faure. Débuts du conflit algérien.	
1956	Ministère Guy Mollet. Soulèvement de Budapest. Crise de Suez.	
1957	Traité de Rome sur la C.E.E.	La crise algérienne, insoluble, entraîne l'appel au général De Gaulle.
1958	Pleins pouvoirs à De Gaulle. Naissance de la Ve République.	Malgré les tensions internationales (Maghreb, Afrique Noire ; Est/Ouest), un consumérisme et un hédonisme se développent rapidement (« nouvelle vague »), et la conquête de l'espace frappe les imaginations.
1960	Vers l'autodétermination algérienne.	
1961	Putsch des généraux à Alger.	

Littérature française	Litt. étrang.	Beaux-Arts	Dates
	Bradbury : *Chroniques martiennes.*		1951
Période de remise en cause générale (Beckett, Barthes, Blanchot) des modes de pensée et d'écriture.		Peintures de De Kooning. Le cinéma-scope.	1953
Le Nouveau Roman (« ère du soupçon ») et une forme de démobilisation blasée (Sagan, Ionesco, *La Chute* de Camus).	Hemingway : *Le Vieil Homme et la mer.*	Vasarely. Tinguely. Peintures de Delvaux.	1954
	Kerouac : *Sur la route.*	Dernières œuvres de Braque. Grande époque de Dali.	1957
La crise du langage et des signes (Queneau, Robbe-Grillet, Duras, Foucault) se poursuit.	Nabokov : *Lolita.*	Films de Resnais, Truffaut, Godard, Fellini.	1958
	Pinter : *Le Gardien.* Grass : *Le Tambour.*		1959
	Moravia : *L'Ennui.*	Œuvres de Francis Bacon. Films de Buñuel.	1960

Dates	Événements politiques	Climat social
1962	Accords d'Évian. Indépendance de l'Algérie.	
1963	Assassinat de Kennedy.	
1965	Élection du président de la République au suffrage universel.	Début de la révolution informatique.
1966	Intensification de la guerre du Vietnam ; campagnes anti-américaines.	
1968	Événements de mai. Invasion soviétique de la Tchécoslovaquie.	Le monde universitaire est ébranlé.
1969	Démission de De Gaulle. Pompidou président.	Les vagues libertaires se succèdent (mouvements féministes ; « hippies » ; libération des mœurs...).
1971	Création du P.S. (congrès d'Épinay).	
1974	Giscard d'Estaing président.	Critique des totalitarismes et extension des démocraties (en Espagne, etc.), mais crises économiques mondiales répétées ; mondialisation des problèmes ; tiers-mondisme ; dénonciation du progrès : débuts des mouvements écologiques.
1976	Barre succède à Chirac comme Premier ministre.	

Littérature française	Litt. étrang.	Beaux-Arts	Dates
La littérature parle d'un monde gagné par les choses, la « société de consommation » (Pérec, Ionesco, Adamov), et invite à un retour au sujet (Leiris, Gracq, les poètes). Même Sartre pratique l'autobiographie (*Les Mots*).	Soljenitsyne : *Une journée d'Ivan Denissovitch.*	A. Warhol. Derniers Magritte. Plafond de l'Opéra par Chagall. Balthus. Œuvres de Miró.	1962
	Kundera : *La Plaisanterie.*	Films d'Antonioni (*Blow Up*).	1967
	Garcia Marquez : *Cent ans de solitude.*		
Comment rendre aux hommes une mythologie commune ? Comment refonder des valeurs (Tournier, Malraux, Yourcenar) ?	Mishima : *Confession d'un masque.*	*Marionnettes* de Bellmer.	1970
	Boulgakov : *Cœur de chien.*		
	Handke : *Le Malheur indifférent.*		1972
Toujours le « bricolage » des signes (Perec, Barthes, « Tel Quel ») et l'influence de la linguistique : mais aussi retour à un romanesque de l'imaginaire (Le Clézio, Sollers) et à une forme de réalisme intime (Modiano, Déon, Gary/Ajar).	Böll : *L'Honneur perdu de K. Blum.*	Hyperréalisme aux U.S.A.	1975
	Garcia Marquez : *L'Automne du patriarche.* Fuentes : *Terra nostra.*	Inauguration du Centre Pompidou.	1977

Dates	Événements politiques	Climat social
1979	Révolution islamique en Iran.	Les écologistes, à l'échelle de l'Europe, jouent un rôle accru dans la société.
1980	Reagan président des États-Unis.	
1981	Mitterrand président.	C'est la modernité elle-même qui est mise en cause : le « nouveau roman » ou la « nouvelle critique » sont contestés ; le « nouveau » recule comme valeur.
1983	Recul de la gauche aux municipales. Walesa prix Nobel de la Paix.	
1984	Fabius succède à Mauroy comme Premier ministre.	Abandon des idéologies, fin de l'« état de grâce ».
1985	Échec de la gauche aux législatives. Chirac Premier ministre.	
1988	Réélection de Mitterrand. Majorité relative du P.S. à l'assemblée. Rocard Premier ministre.	Un certain retour au passé et aux valeurs protectrices (« cocooning »).
		Les valeurs dites « libérales » semblent s'imposer partout.
1989	Révolte des étudiants à Pékin. Chute du mur de Berlin. Chute du communisme en Hongrie, Tchécoslovaquie, Roumanie.	La « vague verte » des écologistes se propage : la défense de l'environnement devient une priorité sociale, en Europe et même dans le monde.
1991	Guerre du Golfe (Koweit). Faillite générale du communisme ; Gorbatchev renversé ; Eltsine président de Russie. Edith Cresson Premier ministre.	
1992	Bérégovoy Premier ministre.	

Littérature française	Litt. étrang.	Beaux-Arts	Dates
	Carpentier : *La Harpe et l'Ombre.* Calvino : *Si par une nuit d'hiver un voyageur...*	Films de Resnais et de Coppola (*Apocalypse now*).	1980
Nombreux jeux sur la transtextualité (Eco, Kundera) : la tradition est à la fois récupérée et réinventée (Simon, Quignard) ; on parle beaucoup d'écriture « combinatoire » (Borgès, Eco) et de « post-modernité ».	Eco : *Le Nom de la rose.* Schnitzler : *Une jeunesse viennoise* (t.f.).	Sculptures d'Arman. Le vidéo-clip. Les « grands chantiers » présidentiels : Pyramide du Louvre, Opéra de la Bastille, Arche de la Défense. Musée Picasso à Paris.	1982
« Ère du vide » ? Peu d'invention véritable et une séparation de plus en plus grande entre la théorie littéraire et les textes vraiment lus par le public (poches, policiers, science-fiction, etc.).	Wolfe : *Le Bûcher des vanités.* Eco : *Le Pendule de Foucault.*	Peinture : Garouste, Tapiès.	1988
		Fin de « l'art pauvre » ; un certain retour à la figuration	1990
	Pinto : *Pérégrination.*		

DATES DES GRANDS AUTEURS

1873	Péguy	1914
1868	Claudel	1955
1871	Valéry	1945
1880	Apollinaire	1918
1869	Gide	1951
1871	Proust	1922
1887	Saint-John Perse	1975
1894	Céline	1961
1895	Giono	1970
1896	Montherlant	1976
1882	Giraudoux	1944
1895	Éluard	1952
1896	Breton	1966
1897	Aragon	1982
1899	Reverdy	1960
1899	Cocteau	1963
1899	Michaux	1984
1901	Leiris	1991
1903	Queneau	1974
1905	Sartre	1980
1906	Beckett	1989
1907	Char	1988
1910	Genet	1986
1910	Gracq	
1912	Ionesco	
1913	Camus	1960
1913	Claude Simon	
1915	Barthes	1980
1922	Robbe-Grillet	
1936	Perec	1982

Dates	REPÈRES POLITIQUES ET LITTÉRAIRES
1902-1906	Bloc des gauches.
1900	Valéry, *Album de vers anciens.*
1901	Claudel, *L'Échange.*
1902	Gide, *L'Immoraliste.*
1904-1912	Rolland, *Jean-Christophe.*
1907	Segalen, *Les Immémoriaux.*
1908	Romains, *La Vie unanime.*
1909	Naissance de la N.R.F.
1910-1912	Péguy, *Les Mystères.*
1911	Saint-John Perse, *Éloges.*
1912	Cendrars, *Pâques à New York.* Claudel, *L'Annonce faite à Marie.*
1913-1928	Proust, *À la recherche du temps perdu.* Apollinaire, *Alcools.* Alain-Fournier, *Le Grand Meaulnes.* Larbaud, *Poésies d'A.O. Barnabooth.*
1914	Gide, *Les Caves du Vatican.*
1914-1918	Grande guerre.
1915	Apollinaire, *Poèmes à Lou.*
1917	Jacob, *Le Cornet à dés.* Valéry, *La Jeune Parque.* Freud, *Introduction à la psychanalyse.*
1918	Tzara, *Manifeste Dada.*
1919	L'explosion surréaliste.
1919-1924	Bloc national.
1920	Breton, *Les Champs magnétiques.*
1921	Morand, *Ouvert la nuit.*
1922	Martin du Gard, *Les Thibault* (débuts). Valéry, *Charmes.* Colette, série des *Claudine.*
1923	Breton, *Clair de terre.* Mauriac, *Genitrix.* Radiguet, *Le Diable au corps.*
1924	Claudel, *Le Soulier de satin.* Saint-John Perse, *Anabase.* Breton, *Manifeste du surréalisme.*
1924	Cartel des gauches.
1925	Aragon, *Le Paysan de Paris.* Gide, *Les Faux-Monnayeurs.*

Dates	REPÈRES POLITIQUES ET LITTÉRAIRES
1926	Bernanos, *Sous le soleil de Satan.* Éluard, *Capitale de la douleur.*
1927	Michaux, *Qui je fus.* Mauriac, *Thérèse Desqueyroux.*
1928	Breton, *Nadja.* Malraux, *Les Conquérants.* Giraudoux, *Siegfried.*
1929	Ponge, *Poèmes.*
1930	Desnos, *Corps et biens.* Supervielle, *Le Forçat innocent.*
1931	Saint-Exupéry, *Vol de nuit.*
1932	Céline, *Voyage au bout de la nuit.* Mauriac, *Le Nœud de vipères.*
1932-1947	Romains, *Les Hommes de bonne volonté.*
1933	Malraux, *La Condition humaine.* Jouve, *Sueur de sang.*
1934	Giono, *Le Chant du monde.* Char, *Le Marteau sans maître.*
1934	Émeutes anti-parlementaires.
1935	Artaud, *Le Théâtre de la cruauté.* Giraudoux, *La guerre de Troie n'aura pas lieu.*
1936	Front populaire au pouvoir.
1936	Bernanos, *Journal d'un curé de campagne.* Céline, *Mort à crédit.*
1937	Breton, *L'Amour fou.* Malraux, *L'Espoir.*
1938	Michaux, *Plume.* Sartre, *La Nausée.* Sarraute, *Tropismes.* Artaud, *Le Théâtre et son double.*
1939	Défaite. Gouvernement de Vichy.
1939	Giraudoux, *Ondine.* Drieu La Rochelle, *Gilles.*
1940	Bachelard, *L'Eau et les Rêves.*
1941	Paulhan, *Les Fleurs de Tarbes.*
1942	Camus, *L'Étranger.* Ponge, *Le Parti pris des choses.* Anouilh, *Antigone.* Vercors, *Le Silence de la mer.*

Dates	REPÈRES POLITIQUES ET LITTÉRAIRES
1943	Saint-Exupéry, *Le Petit Prince.* Sartre, *Les Mouches.* *L'Honneur des poètes.*
1944	Aragon, *Aurélien.* Sartre, *Huis clos.* Camus, *Caligula.* Vailland, *Drôle de jeu.*
1945	Prévert, *Paroles.* Gracq, *Un Beau Ténébreux.*
1945	Gouvernement provisoire.
1946	Référendum et nouvelle constitution. IVe République.
1946	Char, *Feuillets d'Hypnos.* Éluard, *Poésie ininterrompue.*
1947	Camus, *La Peste.* Queneau, *Exercices de style.* Vian, *L'Écume des jours.* Follain, *Exister.*
1948	Genet, *Notre-Dame des fleurs.* Leiris, *Biffures.*
1948	Montherlant, *Malatesta.* Sartre, *Qu'est-ce que la littérature ?* Cendrars, *Bourlinguer.* Vailland, *Les Mauvais Coups.*
1949	Ionesco, *La Cantatrice chauve.* Cioran, *Précis de décomposition.* Beauvoir, *Le Deuxième Sexe.*
1950	Cocteau, *Orphée.*
1951	Yourcenar, *Les Mémoires d'Hadrien.* Gracq, *Le Rivage des Syrtes.*
1952	Beckett, *En attendant Godot.*
1953	Barthes, *Le Degré zéro de l'écriture.* Bonnefoy, *Du mouvement et de l'immobilité de Douve.*
1954	Guerre d'Indochine.
1954	Sagan, *Bonjour tristesse.* Ionesco, *La Leçon.*
1955	Blanchot, *L'Espace littéraire.* Lévi-Strauss, *Tristes tropiques.* Robbe-Grillet, *Le Voyeur.* Vailland, *325 000 francs.*

Dates	REPÈRES POLITIQUES ET LITTÉRAIRES
1956	Butor, *L'Emploi du temps.* Camus, *La Chute.* Sarraute, *L'Ère du soupçon.* Césaire, *Cahiers d'un retour au pays natal.*
1957	Beckett, *Fin de partie.* Butor, *La Modification.* Vailland, *La Loi.* Bataille, *L'Érotisme.* Robbe-Grillet, *La Jalousie.*
1958	Retour de De Gaulle au pouvoir. Ve République.
1958	Duras, *Moderato cantabile.* Bonnefoy, *Hier régnant désert.* Beauvoir, *Mémoires d'une jeune fille rangée.*
1959	Aragon, *Elsa.* Queneau, *Zazie dans le métro.*
1960	Simon, *La Route des Flandres.* Fondation de « Tel Quel ». Duras, *Hiroshima mon amour.*
1961	Guillevic, *Carnac.*
1962	Fin de la guerre d'Algérie.
1962	Ionesco, *Le Roi se meurt.* Ponge, *Pièces.*
1963	Beckett, *Oh ! les beaux jours.* Guillevic, *Sphère.* Robbe-Grillet, *Pour un nouveau roman.*
1964	Sartre, *Les Mots.*
1965	Perec, *Les Choses.* Bonnefoy, *Pierre écrite.*
1966	Foucault, *Les Mots et les Choses.*
1967	Malraux, *Antimémoires.* Tournier, *Vendredi ou Les Limbes du Pacifique.*
1968	Événements de mai.
1968	Cohen, *Belle du Seigneur.* Sollers, *Logiques.* Yourcenar, *L'Œuvre au noir.*
1969	Perec, *La Disparition.* Simon, *La Bataille de Pharsale.*
1969	Départ de De Gaulle. Pompidou président.
1970	Tournier, *Le Roi des Aulnes.* Barthes, *L'Empire des signes.*

Dates	REPÈRES POLITIQUES ET LITTÉRAIRES
1971	Malraux, *Les chênes qu'on abat.* Laurent, *Les Bêtises.* Morand, *Venises.*
1972	Sartre, *Situations X.*
1973	Oulipo. Déon, *Un taxi mauve.* Le Clézio, *Les Géants.*
1974	Giscard d'Estaing président.
1975	Cardinal, *Les Mots pour le dire.* Hélias, *Le Cheval d'orgueil.* Ajar/Gary, *La Vie devant soi.*
1976	Simon, *Leçon de choses.* Leiris, *Frêle bruit.*
1977	Barthes, *Fragment d'un discours amoureux.*
1978	Perec, *La Vie mode d'emploi.* Tardieu, *Œuvres du Pr Froeppel.*
1979	Baudrillard, *De la séduction.*
1980	Le Clézio, *Désert.* Navarre, *Le Jardin d'acclimatation.* Bosquet, *Sonnets...*
1981	Mitterrand président.
1981	Gracq, *En lisant en écrivant.* Finkielkraut, *Petit fictionnaire illustré.*
1982	Depestre, *Alleluia pour une femme jardin.*
1983	Sallenave, *Un printemps froid.* Ernaux, *La Place.*
1984	Renard, *Toutes les îles sont secrètes.* Duras, *L'Amant.*
1985	Leiris, *Langage Tangage.*
1986	Cioran, *Exercices d'admiration.* Robbe-Grillet, *Angélique.*
1987	Ernaux, *Une femme.*
1988	Mitterrand réélu.
1988	Leiris, *À cor et à cri.* Orsenna, *L'Exposition coloniale.*
1989	Simon, *L'Acacia.*
1990	Kundera, *L'Immortalité.* Rouaud, *Les Champs d'honneur.*
1991	Steiner, *Réelles présences.* Le Clézio, *Onitsha.*

Condition de l'écrivain

Changements d'échelles

■ La littérature ressemble au siècle. Abondante et multiforme, elle subit des changements d'échelles : le public s'élargit et les échanges internationaux permettent l'extension des œuvres et des lecteurs ; les événements historiques sont d'une ampleur terrifiante (guerres mondiales, bombe atomique, camps d'extermination, chute des idéologies) et l'écrivain se sent dérisoire face au poids des réalités ; des techniques nouvelles de communication (cinéma, laser, vidéodiffusion, etc.) deviennent des concurrents ou fascinent ; les arts plastiques évoluent très vite (du surréalisme à l'art minimal) et dérangent les habitudes culturelles. L'écrivain, lui, ballotté par les turbulences de la société et du progrès, essaie de ne pas être trop à la traîne.

■ Le phénomène le plus visible (pour n'en retenir qu'un) est l'internationalisation généralisée. Les chiffres sont clairs. Le nombre des traductions passe de 600 en 1930 à 1 800 en 1960, pour atteindre plus de 4 000 au début des années 1980. Ces éclairages nouveaux viennent surtout des pays anglo-saxons (Joyce, Eliott), d'Allemagne (Brecht, Mann, Musil, Böll), d'Amérique latine (Borgès, Garcia Marquez, Neruda) ou des États-Unis (Hemingway, Dos Passos, Faulkner, Steinbeck, Miller), voire d'Union soviétique (Gorki, Soljenitsyne). Avec une culture moins étroite, nos écrivains sont tentés par le voyage. Le cosmopolitisme semble alors faire partie de la condition même de l'écriture d'une œuvre. On parcourt l'Europe et la Russie (Malraux, Bernanos, Gide, Kessel, Morand, Cendrars) ; l'Afrique Noire (Gide, Céline, ou Conchon) ou l'Afrique du Nord (pensons aux « pieds noirs » Camus, Roy, Robles) ; les États-Unis (Duhamel, Claudel, Morand) et l'Orient (Loti, Segalen, Claudel, Malraux).

■ Enfin, on assiste à la naissance d'une culture de masse. Non seulement les médias nouveaux créent un appel (cinéma, théâtre, bandes dessinées), mais l'édition de poche et l'édition scolaire s'accroissent très vite. Tout est devenu accessible (bibliothèques) ou achetable. Même si les pratiques de lectures de masse (policiers, science-fiction, romans-photos) ne se réclament pas forcément de la littérature, l'écrivain peut accéder, s'il le souhaite, à une diffusion et une distribution très ouvertes.

Revers idéologiques

■ Le XXe siècle a vu la mise en application à grande échelle de divers systèmes idéologiques (marxisme, capitalisme, fascisme) et il en a perçu les faiblesses ou l'effondrement. L'écrivain ne peut s'abstraire de l'Histoire, mais il prétend aussi garder ses distances. D'où un incessant va-et-vient entre des prises de positions contradictoires. Barrès ou Gide, qui firent d'abord l'apologie du « moi » et même d'une sorte d'égoïsme narquois, évoluent l'un en chantre du nationalisme, l'autre en sympathisant communiste. Camus, tenté par le plaisir de vivre ou par l'indifférence, proclame que l'écrivain est « embarqué » et qu'il doit *parler pour les hommes sans voix*. Les principaux surréalistes, jouisseurs débridés et iconoclastes, seront bientôt des militants sourcilleux, s'excluant les uns les autres. Céline, dénonciateur de la bêtise universelle, sombre dans un antisémitisme virulent. Sartre, en ce sens, n'a pas tort d'ironiser, dans *Les Mots*, sur la difficulté d'échapper à divers conditionnements sociaux et à la « mauvaise foi ».

■ Ces flottements ne sont pas seulement liés à des versatilités militantistes. Pour rester proche d'un public large, l'écrivain est attentif aux mouvements d'opinion. Il veut être lu, reconnu. La communication de masse (télévision surtout) implique souvent quelque compromission. Enfin, après 1950, les grands maîtres à penser sont morts ou s'effacent : les grands systèmes philosophiques cèdent la place au « bricolage » des sciences humaines.

■ Certes, on peut vivre en retrait et se taire. Certains créateurs fuient les prix et les séances officielles, élaborant une œuvre secrète et forte qui s'impose lentement (Gracq, Leiris, Cioran). Mais ce mutisme est encore suspect, car qui ne dit mot consent. Les horreurs de ce siècle font de l'indifférence une indécence.

Le règne du langage et du texte

■ Paradoxalement, ce ne sont pourtant pas les idées qui ont fait évoluer la littérature. Les auteurs « à thèse » restent fort classiques dans la forme. D'autre part, face aux aberrations idéologiques, l'écrivain se détourne des idées pour de nouveaux savoirs. Le cinéma exerce par là une double influence : il imprime ses méthodes à l'écriture, notamment romanesque, et il sert de moyen d'expression à des écrivains (Malraux, Duras, Robbe-Grillet). De même l'ère de la relativité se traduit-elle par une nouvelle conception du temps et de l'espace dans le roman (le Nouveau Roman). C'est surtout entre les sciences humaines et la littérature qu'un rapprochement s'opère, soit que des chercheurs écrivent avec talent (Lévi-Strauss), soit que les auteurs – et plus encore les critiques – exploitent de nouveaux moyens d'investigation (psychanalyse, grammatologie). Ce rapprochement, cette fusion sont tels que les grands mouvements littéraires du XXᵉ siècle sont désignés par des étiquettes venues d'autres domaines : existentialisme (philosophie) ou structuralisme (psychologie, anthropologie).

■ C'est la linguistique qui va surtout peser sur l'écriture littéraire. L'artiste se veut un analyste patient des structures du langage (Valéry) ou un virtuose des mots (Queneau). La création littéraire devient ainsi une partition à déchiffrer. La poésie fait rendre gorge à la syntaxe et au mot. La notion même de « message » disparaît : le lecteur est invité à édifier des sens à son gré. Une conception neuve, active, de la lecture se dessine. Les excès de ces expérimentations ont cependant lassé : la « postmodernité » de la fin du siècle réclame un retour au réel.

■ L'accès aux textes antérieurs donne le vertige. L'écrivain sait bien que d'autres ont écrit avant lui. Certains pensent qu'il n'y a rien de neuf à dire, sinon ce rien lui-même. Ainsi préfère-t-on « réécrire », au besoin en parodiant (Proust, Tardieu) ou en réactivant des mythes (Tournier). Le « génie » personnel est englouti dans une vaste « intertextualité » : tout texte se relie à quelque autre. Ces vues « structuralistes » expliquent pourquoi ce siècle est celui de la critique, pour laquelle l'œuvre est un rébus. Elle devient un genre littéraire à part entière, fort savant.

Édition, diffusion et revues

■ L'accès massif à la culture, la démocratisation de l'enseignement, les techniques modernes d'impression et de diffusion provoquent une augmentation du nombre des lecteurs obligés ou potentiels. La production littéraire est entrée dans le circuit commercial à grande échelle propre aux sociétés de consommation.

■ L'écrivain est conduit à collaborer avec ceux qui l'éditent. Il est pris dans le jeu de la concurrence, des critiques, des prix. Invité par les médias, il doit argumenter, plaire, s'expliquer. Mais le débat public ne permet pas d'approfondir des questions de forme ou de qualité textuelle. Les poètes et les chercheurs y sont mal à l'aise. La littérature se confond alors avec le brio ou la confession. Le métier des écrivains professionnels (2 500 en France en 1990) n'est plus le même. Professeurs, diplomates, journalistes, critiques, ils vivent aussi de ce qui est « autour » de la littérature. Les genres difficiles se marginalisent (poésie) et le roman continue à se tailler la part du lion, sans parler des « sous-genres » (romans érotiques ou d'agents secrets, par exemple).

■ Ce phénomène de consommation a aussi sa noblesse. Le XXe siècle est celui des revues. Gaston Gallimard fonde la *Nouvelle Revue Française* (1911) ; Bernard Grasset « lance », par la publicité, des auteurs comme Radiguet ou Giraudoux. Citons aussi *Le Mercure de France*, revue ancienne mais réactivée (jusqu'en 1965), *Esprit* (d'inspiration chrétienne), *Tel Quel*, *Les Temps modernes* (fondés par Sartre en 1945), *La Quinzaine littéraire* (de Maurice Nadaud), *Lire*.

Prosateurs et romanciers : pesanteurs

Tensions idéologiques

■ La littérature en prose ne se renouvelle guère au tout début du siècle. Les auteurs, généralement des bourgeois aisés, restent marqués par leur formation et leur milieu. En dépit de fortes divergences d'idées, tous se font une haute idée de la littérature. Ils la veulent en prise avec le réel, centrée sur l'analyse du moi ou de la société, fermée à l'avant-gardisme stylistique. Leur modèle reste celui du XIXe siècle : le roman, dans une langue expressive, vise au réalisme et à une vision globale du monde.

■ Deux courants d'idées s'opposent. D'un côté, les continuateurs du positivisme, comme Zola, Poincaré ou Jaurès. De l'autre, ceux qui sont tentés par le spiritualisme. Ils admirent Henri **Bergson** (1859-1941), qui réhabilite l'intuition, et s'engagent dans diverses causes : nationalisme (Maurice Barrès), royalisme (Charles Maurras et Léon Daudet), foi catholique (Léon Bloy, Charles Péguy et, bientôt, Claudel), héroïsme (Romain Rolland).

■ Le point de cristallisation de ces divergences est l'affaire Dreyfus. Ce drame rassemble toutes les énergies et fait apparaître entre les deux camps des clivages profonds. Les dreyfusards (Zola, Anatole France, Péguy, Jaurès) défendent la justice, une certaine idée de l'individu (les « droits de l'homme »), et sont de gauche, malgré des nuances. Les antidreyfusards (Paul Bourget, Maurras, les académiciens, les antisémites comme Drumont) s'appuient sur l'intérêt supérieur de la France (l'armée, la « pureté » de la Nation, la tradition catholique). En réalité, l'affaire Dreyfus est un symptôme dans un pays où tout bouge et qui a du mal à s'adapter. La séparation de l'Église et de l'État (1905) sera l'une des réponses à ce besoin de réorganisation sociale.

Conservateurs et nostalgiques

■ Les grands succès romanesques de la Belle Époque viennent surtout de « maîtres à penser » dont l'influence sur la jeunesse et sur l'opinion est forte. Célèbre dès 1900 pour son apologie de l'individualisme (*Le Culte du Moi*), Maurice **Barrès** (1862-1923) devient le théoricien du nationalisme (*Les Déracinés*) et des traditions du terroir. Convaincu qu'une nation obéit, comme tout mécanisme naturel, aux lois de la concurrence, il en vient à défendre la loi du plus fort. Faute de quoi une nation dépérirait. Barrès a ainsi pu servir de caution à des dictatures en tous genres. Cette œuvre polémique cache surtout l'angoisse face à un monde qui change complètement. Barrès est un nostalgique. Ses rêves d'énergie et d'élan, son goût de l'ordre et de la tradition : tout en lui révèle une hantise de la mort et un sentiment tragique (*La Colline inspirée*, 1913).
■ Autre conservateur, Paul **Bourget** (1852-1935). Convaincu que son époque est livrée au malaise et à la décomposition, faute d'avoir conservé sa foi, il milite en faveur de l'Église. Antidreyfusard, il exprime son idéologie dans ses romans *L'Étape* (1902), *L'Émigré* (1907), *Le Démon de midi* (1914). Tous racontent les tares et les malheurs d'une génération qui aurait perdu ses valeurs. Plus personnel, moins moralisateur, non moins réactionnaire est Pierre **Loti** (1850-1923). Mais cet officier de marine, qui a couru le vaste monde, transforme sa peur de la réalité moderne en fuite vers des lieux exotiques. La plupart de ses romans se passent dans des cadres lointains (Turquie, Afrique, Extrême-Orient). Son émerveillement reste teinté de mélancolie et de sens du mystère, comme dans *Les Derniers Jours de Pékin* (1902).

Rêveurs et idéalistes

■ Tandis que Loti s'évade dans l'espace, **Alain-Fournier** (pseudonyme d'Henri Fournier, 1886-1914) se tourne vers le monde du songe. Son unique roman, *Le Grand Meaulnes* (1913), sans doute autobiographique, raconte l'histoire d'un adolescent de Sologne poursuivant l'image d'une jeune fille aimée. Le décor glisse bientôt dans un univers magique, et le récit se voile d'énigmes. Le héros, Augustin Meaulnes, apprend peu à peu à déchiffrer les signes du monde et à y lire son destin, en suivant un itinéraire initiatique. Ce roman poétique fait penser à Nerval (*Sylvie*) et rompt avec la tradition réaliste de Balzac et de Zola.
■ Mais l'idéalisme se traduit aussi en idées et en engagements. Une volonté de

résister au tragique ambiant se manifeste. Elle peut prendre la forme de l'ironie, comme chez Anatole **France** (1844-1924). Ce défenseur des idées modernes, pacifiste couronné par le Prix Nobel (1921), a cru au progrès (*Vers les temps meilleurs*, 1906), tout en étant attaché à une culture classique. Très voltairien, il est l'apôtre d'une morale naturelle, se méfiant des extrémismes, sensible aux plaisirs de ce monde (*Les Dieux ont soif*, 1912). Sa foi dans la démocratie, dans la raison et dans la science ne l'aveugle pas ; il s'est facilement moqué des comportements humains, avec un humour corrosif (*L'Île des Pingouins*, 1908).

■ Plus révolutionnaire, Romain **Rolland** (1866-1944) cherche à comprendre le destin de l'humanité. Cette étude commence par l'analyse biographique d'hommes d'exception (Beethoven, Michel-Ange, Tolstoï), puis se tourne vers la quête d'une solution universelle. Enthousiasmé par la Révolution Russe (1917), alors que la Grande Guerre l'avait plongé dans le désarroi, Romain Rolland a ensuite évolué vers le pacifisme et la non-violence. Ami de Gandhi, il organise sa tournée en Europe dans les années 1920. L'essentiel de l'œuvre littéraire de cet historien et musicologue est constitué par les dix volumes de *Jean-Christophe* (1904-1912). Ce roman-fleuve, le premier d'une nouvelle vogue, se veut l'histoire fictive d'un compositeur génial. En arrière-plan, Romain Rolland montre une Europe minée par l'archaïsme et l'absence de morale, et lance un appel à une nouvelle fraternité.

La poésie entre deux eaux

Derniers feux symbolistes

■ La Belle Époque, entre 1895 et 1914, reste très marquée par les goûts symbolistes. Les jeunes écrivains bourgeois s'engagent dans la carrière littéraire en publiant de la poésie. André Gide, Jules Romains, Georges Duhamel, François Mauriac se font connaître comme versificateurs. Quoique volontiers mondaine, la poésie jouit d'un grand prestige. Les revues spécialisées sont nombreuses (*L'Occident*, *La Renaissance latine*, *Les Marges*, *Vers et Prose*, *La Phalange*, *Le Divan*), sans compter la N.R.F. à partir de 1909. Conférences et proclamations se multiplient, à commencer par un Congrès des Poètes (1901). De cette nébuleuse sortiront bientôt des personnalités exceptionnelles, comme Valéry, Apollinaire ou Claudel. De même, cette vogue, agitée et imaginative, prépare les revendications de l'Esprit Nouveau ou même du surréalisme.

■ Il reste que ces succédanés du symbolisme sont sur le déclin. Les doctrines restent très floues, et les auteurs évoluent eux-mêmes assez vite. Ils passent du vers parnassien au vers libre, du raffinement décadent aux engagements humanistes. Car l'Histoire commande. Des poètes comme Stuart **Merrill** (1863-1915) ou Henri de **Régnier** (1864-1936) semblent hésiter entre des langueurs « fin de siècle » et un désir de dire le monde moderne, insolite et attirant. Le symbolisme se prolonge surtout avec des femmes-poétesses. La plus célèbre est Anna de **Noailles** (1876-1933), passionnée et sensuelle. Ce lyrisme féminin est aussi celui de Gérard d'Houville (fille de J.-M. de Heredia) ou de Renée **Vivien** (pseudonyme de Pauline-Mary Tarn, 1877-1909), amie de Colette, lesbienne avouée, poète raffiné.

■ La continuation du symbolisme permet aussi de nouvelles formes d'écriture. C'est le cas de Pierre-Paul Roux, dit **Saint-Pol Roux** (1861-1940). Marginal, déconcertant, aimant le mystère, il vit retiré dans un manoir breton, à Camaret. Sa poésie, fantastique, joue sur un mélange d'images brutales et baroques. Car ce poète-mage se réclame d'une mission, qu'il nomme « *idéoréalisme* » ; le langage s'emploie à éliminer les clichés et les métaphores connues ; il est surprenant, inattendu. Cette opération annonce le surréalisme, qui rendra hommage à Saint-Pol Roux. La vie fantasque de ce prophète s'achève dans l'horreur : les nazis pillent son château, violent sa fille, assassinent sa servante. Ce rêveur-martyr ne s'en relèvera pas. La « hideuse réalité » l'avait rattrapé.

Fantaisistes et naturisme

■ Parmi tous ces flottements, en attendant des chefs de file (que seront Valéry ou Breton), les « petits maîtres » s'abandonnent à une inspiration très libre. Ils affectent un mépris des règles et des doctrines, valorisant le caprice et l'humour – même s'ils sont souvent le masque de quelque détresse. Ces poètes s'attribuent le nom de « fantaisistes ». Ils font le lien entre un Laforgue et un Cocteau ou un Max Jacob. Leur plus brillant représentant est Paul-Jean **Toulet** (1867-1920).

■ Après de longs séjours à l'île Maurice et en Algérie, Paul-Jean Toulet devient journaliste à Paris, de 1898 à 1912. Esprit caustique et impertinent, il rédige, sans d'abord les publier, des poèmes d'allure désinvolte. Visant la concision et l'ellipse, ses *Contrerimes* saisissent un instantané. Loin de l'emphase bavarde des symbolistes, ces « contrerimes » constituent une jonglerie verbale, douce-amère, minutieuse.

■ L'humour est poussé plus loin chez les compagnons de Toulet. Georges **Fourest** (1867-1945) tombe dans le saugrenu en parodiant des modèles littéraires et en mélangeant des registres de langue, notamment dans *La Négresse blonde* (1909). Jean **Pellerin** (1885-1921) cultive aussi le pastiche et l'ironie (à la manière de Corbière), avec *Le Bouquet inutile* (1923). Citons aussi Tristan Derême et Jean-Marc Bernard.
■ Les fantaisistes résument leur idéal dans un manifeste signé de Francis **Carco** (1886-1958) qui préconise un retour aux simples choses de la vie. C'est aussi le vœu des « naturistes ». Admirateurs des *Ballades françaises* de Paul **Fort** (1872-1960), qui sera élu prince des poètes en 1912, les naturistes revendiquent une poésie du terroir et du patrimoine français. Ainsi, Francis **Jammes*** (1868-1938) évoque des rapports enfantins avec la nature dans ses principaux recueils : *De l'angélus de l'aube à l'angélus du soir, Le Deuil des primevères, Clairières dans le ciel.*
■ Image d'Épinal, le poème est un dessin primitif, un calque ingénu. Attaché à son Béarn natal, Francis Jammes chante la joie d'accepter les plus humbles formes de la vie. Chrétien, il voit la foi comme une adhésion généreuse et dépouillée à la création. Cette poésie de louange fit rapidement école. Le « jammisme » peut paraître innocent et naïf. En réalité, il cherche les mots qui saisissent la force touchante des éléments primordiaux (pain, eau, fruit, objets domestiques). Il annonce les patientes « fabriques » de Ponge.

L'unanimisme

■ Le retour au réel, amorcé par le naturisme, prend un tour plus radical avec la naissance d'un lyrisme social. En ce début de siècle, l'histoire est lourde de menaces. Certains penseurs, face au progrès, s'inquiétèrent des injustices sociales qui l'accompagnaient. L'homme ne doit pas être sacrifié à la technologie ou à l'urbanisation proclame Jules **Romains** (1885-1972). Avant d'être un romancier prolixe, il demande à la poésie de recréer un trait d'union entre les hommes. Alors que la modernité entraîne la dispersion, alors que l'art moderne fragmente ou juxtapose, Jules Romains veut dépasser ces discontinuités et ces incohérences. Il rêve de *vie unanime*, d'*unanimisme*, c'est-à-dire qu'il veut célébrer ce grand organisme uni qu'est l'humanité. Vaste rassemblement des consciences, la collectivité est *un tout réel, vivant, doué d'une existence globale et de sentiments unanimes.*
■ Cette poésie « dans le siècle » est en rupture avec la tradition verlainienne et annonce les courants modernes. L'unanimisme a réuni de nombreux auteurs, les

« amis de l'Abbaye de Créteil ». On y trouve Georges **Duhamel** (1884-1966) son beau-frère Charles **Vildrac** (1882-1971), Georges **Chennevière** (1884-1924), et René **Arcos** (1880-1959). Volontiers utopistes, à la manière de Charles Fourier, les unanimistes ont surtout arraché la poésie à un narcissisme individualiste. À cet égard, on peut rapprocher de l'unanimisme les tendances sociales de la poésie belge de l'époque, notamment celle d'Émile **Verhaeren** (1885-1916), chantre de la modernité. Fasciné par le monde industriel en pleine expansion, il est l'héritier de l'Américain Walt Whitman (1819-1912), quand il chante la beauté sombre du peuple au travail (*Les Campagnes hallucinées*, *Les Villes tentaculaires*, *Les Forces tumultueuses*, etc.)

Le foyer poétique belge

■ Dès 1886, Albert Mockel avait fondé la revue *La Wallonie*. Tous les poètes francophones de Belgique s'y retrouvèrent, rejoints parfois par des Français comme Gide ou Mallarmé. La revue dura huit ans. Elle permit l'essor d'un foyer poétique, particulièrement rayonnant jusqu'en 1914. Retenons surtout, à côté de Verhaeren, Maurice Maeterlinck, Charles Van Lerbergne, Georges Rodenbach, Max Elskamp.

■ Maurice **Maeterlinck** (1862-1949). Outre *Serres chaudes* (1889), il a collaboré avec des musiciens, en leur fournissant livret ou support, notamment avec son *Pelléas et Mélisande*, dont Debussy tira un opéra en 1902, et avec ses *Douze chansons*, que Gabriel Fauré transforma en mélodies.

■ Charles **Van Lerberghe** (1861-1907). C'est un poète anxieux et rêveur, dont les œuvres sont riches d'un imaginaire très suggestif. Ses *Entrevisions* (1898) montrent un être instable et vagabond. Lui aussi a inspiré Gabriel Fauré qui mettra en musique sa *Chanson d'Ève* (1904), poème de l'aurore du monde.

■ Georges **Rodenbach** (1855-1931). Le plus parisien et le plus « rétro », d'une mélancolie un peu appuyée. Il est surtout l'auteur de *Bruges la Morte*, roman poétique, puis drame scénique, où il se livre à une sorte d'introspection hallucinée, tout en évoquant l'atmosphère dolente de la ville.

■ Max **Elskamp** (1862-1931) est à rapprocher de la tendance « naturiste » et naïve du « jammisme », mais avec une teinte plus ascétique et dans un style insolite, volontiers archaïsant, surtout dans ses *Enluminures* (1898).

Péguy*

■ Charles Péguy (1873-1914) est mort dans les premiers jours de la bataille de la Marne. Cette fin héroïque contribua à réconcilier l'opinion avec un poète aux allures de prédicateur, mal compris de son vivant. Car Péguy, sermonneur intransigeant, est un battant, exaspéré par la médiocrité et semblant perpétuellement en quête d'une lutte où s'impliquer. Ainsi le trouve-t-on tour à tour dreyfusard, nationaliste, militariste, socialiste dissident, anticlérical et militant catholique. Protestant contre tout esprit d'abandon, traquant les injustices, rédigeant inlassablement ses remontrances (dans ses *Cahiers de la Quinzaine*), il développe dans sa poésie les thèmes de sa croisade. Le poème devient incantation, appel à l'ardeur, célébration qui donne à espérer et à croire.

■ Issu d'un milieu très pauvre, Péguy est un homme de travail. Alors que la grande bourgeoisie domine le monde des lettres, il apporte une méfiance de paysan face aux idées modernes et face aux snobs. Détestant l'argent et le rationalisme conquérant, Péguy veut en revenir au chant de la terre maternelle. L'écriture devient avec lui une litanie; sa ritournelle obsédante ressuscite les mélopées ancestrales et réveille l'âme populaire. Elle replonge dans les cantiques primitifs et les chansons médiévales. Ce lyrisme primaire se veut une célébration mystique et patriotique. Car Péguy craint que l'intelligence moderne ne perde ses racines. Son chant poétique (proche de la prière) implique un retour aux sources et donc au sacré. Voilà pourquoi le vers de Péguy donne le sentiment d'une procession solennelle; il dit la certitude du croyant, sa ferveur modeste et obstinée.

Claudel•

■ Comme Péguy, Paul Claudel (1868-1955) est un poète croyant. Son œuvre poétique est consécutive à sa conversion de Noël 1886; elle aspire au dépassement, à un contact avec le sacré. Sa langue est puissante, rythmée. Grand admirateur de Rimbaud, Claudel voit le poème comme un appel, une « illumination ». Les thèmes claudéliens sont secondaires (exotisme chinois, catholicisme, culte de l'honneur, etc.) ; l'essentiel est dans le désir de mimer la vitalité du monde et l'énergie divine qui l'habite.

■ L'abondance va de pair avec un tel projet. Voilà pourquoi Claudel a finalement préféré le drame scénique. Mais son verset vise aussi à un brassage immense. Ces poèmes sont très longs, féconds en images et en redites. Leur rythme imite la respiration et la voix, épouse les mouvements de la nature (vent, mer) et avance comme une pulsation incessante. Claudel suit l'« inspiration » à proprement parler, c'est-à-dire les souffles vitaux. Sa poésie se fond avec la Création, vit son rythme. Cette vraie saisie du monde, Claudel la nomme *co-naissance*. Le lyrisme claudélien chante la vie en mouvement, la joie d'être au monde, et non la connaissance elle-même, vue abstraite et stérile.

Le théâtre : un héritage lourd mais contesté

Réalisme et satire

■ La tradition naturaliste s'est maintenue sur la scène parisienne jusqu'aux années 1910. Des auteurs comme Jules Renard (1864-1910) obtiennent même des succès durables, tel *Poil de Carotte*. Octave Mirabeau, Émile Fabre et, surtout, Henry Bernstein (1876-1953) poursuivent la dénonciation des milieux affairistes, où dominent l'argent, la politique, la corruption. Malgré une matière souvent très riche — sur le plan psychologique et dramatique —, ce théâtre reste du « boulevard » amélioré. Les engouements de l'époque se sont démodés. On ne joue plus guère les pièces de Georges Porto-Riche (1849-1930), peintre impitoyable de la passion amoureuse, ou d'Henry Bataille (1872-1922).

■ C'est donc le théâtre satirique gai qui a le mieux survécu. Ce n'est pas par hasard. Tout en conservant une optique réaliste, Georges **Courteline** (1858-1929) invente des farces étourdissantes et bouffonnes. Ses cibles, l'armée (*Les Gaietés de l'escadron*), la bureaucratie inepte (*Messieurs les Ronds-de-cuir*), sont sans surprise, mais la vitalité de son propos est irrésistible. Dans la même veine, plus spécialisé dans le vaudeville, Georges **Feydeau** (1862-1921) imagine des intrigues à quiproquos très drôles (*Occupe-toi d'Amélie*, *Feu la mère de Madame*, *On purge Bébé*). Tristan **Bernard** (1866-1947) pousse plus loin l'analyse psychologique et crée de véritables types (*Triplepatte*).

Le renouveau scénique

■ Face à ce lourd héritage, où l'on ne perçoit guère d'invention, ce sont les professionnels de la scène qui vont apporter un peu de sang neuf. Le public y est mal préparé. Il est caractéristique que le plus grand succès théâtral, aux alentours de 1900, soit obtenu par Edmond **Rostand** (1868-1918). Ses pièces, en vers, ressuscitent l'héroïsme cornélien et le panache romantique. La langue de Rostand est colorée, allègre, virtuose. Ses personnages sont truculents (*Cyrano de Bergerac*) et animés par de fortes passions (*L'Aiglon*). Il reste que ce théâtre, plein d'esprit et séduisant, est totalement passéiste.

■ Voulant rompre avec un tel sentimentalisme, un modeste employé de la compagnie du Gaz, André **Antoine** (1858-1943), fonde le *Théâtre Libre*. Soucieux de créer sur scène une ambiance de réalité, il utilise avec une précision méticuleuse des décors, des costumes et des accessoires conçus et réalisés pour faire vrais. Il propose une diction juste et expressive. Ses mises en scène se servent utilement des jeux de lumière. Tous ces aménagements techniques modifient le rapport du spectateur avec la scène, qui n'est plus tenue pour un simple divertissement. André Antoine a aussi renouvelé le répertoire en s'intéressant aux dramaturges étrangers, comme les Russes Tolstoï et Tourgueniev ou les Scandinaves Ibsen et Strindberg.

■ Un ancien collaborateur d'Antoine, **Lugné-Poe** (1869-1940) fonde le *Théâtre de l'Œuvre*. La vision de Lugné-Poe – comme celle de Paul Fort et de son *Théâtre d'art* – est plus influencée par la poésie et l'imaginaire. Le décor prend une place plus importante, mais il est moins précis ; il suggère un climat spirituel. Créateur de *Pelléas et Mélisande* de Maeterlinck, de *La Maison de Poupée* d'Ibsen, le Théâtre de l'Œuvre, bien que très influencé par le symbolisme, annonce la stylisation contemporaine.

Farces contestataires

■ C'est Lugné-Poe, encore, qui permit à Alfred **Jarry** (1873-1903) de présenter sa trilogie d'Ubu (*Ubu cocu, Ubu roi, Ubu enchaîné*). La première (10 décembre 1896) donna lieu à un mémorable scandale et à un chahut général. C'est bien ce qu'espérait Jarry, auteur marginal, provocateur, compagnon d'Apollinaire et annonciateur de l'esprit surréaliste. Recourant à des mots déformés, à des invraisemblances appuyées, à des calembours grossiers, il entendait surtout briser la tradition et s'insurger violemment contre les habitudes.

■ Jarry remplace l'étude psychologique du personnage par des êtres caricaturaux, figures fortes et frappantes. Il renonce aux règles et au beau langage, préférant un texte en lambeaux, ponctué de cris et de mimiques. L'action elle-même est loufoque et peu suivie. Il en résulte une symbolisation du monde, chaos absurde, féroce, grotesque. Ubu est devenu un mythe, au même titre que Gargantua ou Falstaff (Jarry admirait Shakespeare), image des pulsions humaines destructrices, prémonition des tyrannies dégradantes propres au XXe siècle. Apollinaire a marché sur les traces de Jarry avec son vaudeville « cubiste » et guignolesque, *Les Mamelles de Tirésias* (représenté en 1917).

Le drame claudélien

■ Toujours grâce à Lugné-Poe, Claudel a contribué à sa manière au renouvellement théâtral du début du siècle. Refusant les thèmes bourgeois habituels, Claudel se tourne vers des sujets plus ambitieux, inspirés par sa vision chrétienne. En conformité avec de tels enjeux, il fait entendre sur scène une langue lyrique, pleine de sève et de rythme. Le théâtre claudélien évite de sombrer dans une sorte de catéchisme bavard, grâce à un système dramatique savant. Les personnages sont saisis dans leur dualité : d'un côté les « terrestres » (ambitieux, égoïstes, matérialistes, angoissés), de l'autre les « céléstes » (conduits, presque malgré eux, au dépassement et à la sainteté). Ce système d'antinomies donne leur dynamique aux héros, personnages déchirés, images tragiques de la condition humaine.

■ Ce conflit fondamental est analysé de différentes façons, au fur et à mesure de la production théâtrale de Claudel. *Le Partage de Midi* (1905) montre l'homme séduit par l'amour humain, malgré l'appel d'une vocation religieuse. *L'Annonce faite à Marie* (1912) et *L'Otage* (1910) illustrent divers chemins vers l'abnégation et le pardon. Plus tard, en 1943, Claudel renouera avec le théâtre : *Le Soulier de Satin* est une fresque immense, baroque, à l'intrigue foisonnante. Mais, là encore, l'héroïne, Doña Prouhèze, arrive à surmonter son désir et son amour humain par le renoncement et l'abandon à la Grâce divine.

L'« Esprit Nouveau »

Les bourlingueurs

■ *L'Esprit Nouveau*, véritable manifeste de l'art moderne, est le titre d'une conférence qu'Apollinaire donna à la fin de sa vie. De fait, il s'agit bien d'un état d'« esprit », attaché à tout renouveler, et qui englobe aussi bien le cubisme que les tendances littéraires du moment. Les artistes se sentent surtout attirés par la modernité : ils y puisent des thèmes neufs comme la ville, l'électricité, l'avion, la tour Eiffel, etc.

■ Dans le même mouvement, un appel du large se fait sentir. Comme Claudel, les poètes sont impatients d'arpenter des terres inexplorées. L'étranger est à la mode ; on se passionne pour les littératures d'ailleurs ; on revendique le droit d'inventer une langue poétique propre à exprimer d'autres cultures ; on voyage, autant que possible, au loin.

■ Valéry **Larbaud** (1881-1957) est un de ces aventuriers. Sa fortune, due aux revenus de l'eau minérale Saint-Yorre, le dispense des soucis matériels. Il peut courir le monde, *citoyen des wagons-lits*. Féru de langues étrangères, il traduit des auteurs encore inconnus en France, qui deviendront des jalons essentiels de la modernité, comme Joyce (*Ulysse*) ou Butler. Avant de devenir un romancier reconnu (surtout avec *Fermina Marquez*, 1911), Larbaud invente une prose poétique, animée de versets ondulants. Il veut ainsi transcrire la mouvance et les sensations d'un voyageur en train. Les *Poésies de A. O. Barnabooth* (1908) forment un journal poétique en action.

■ Autre errant, Victor **Segalen** (1878-1919). Médecin de la marine, il rencontre deux civilisations qui vont le fasciner. Il s'agit d'abord des Tahitiens et des cultures océaniques, où il découvre les œuvres de Gauguin, qui vient d'y mourir. La Polynésie lui inspire *Les Immémoriaux* (1907). Il séjourne ensuite par trois fois en Chine (entre 1909 et 1918). Il s'y passionne pour l'art et la langue des Chinois, et fait imprimer à Pékin un recueil inspiré par les pierres tombales de ce pays (*Stèles*, 1912). Il s'apprêtait à écrire sur le Tibet, quand il dut rentrer à Brest où il mourut prématurément. La poésie de Segalen veut restituer une esthétique orientale. Sans exotisme ni pittoresque, le poème est livré brut et opaque, comme un signe primitif et mystique.

■ Enfin, c'est Blaise **Cendrars** (Frédéric-Louis Sauser, 1887-1961) qui a imposé le terme de « bourlingueur ». Né en Suisse, une fugue à dix-sept ans le conduit jusqu'en Mandchourie, en Perse, en Sibérie. Il vit ensuite à New York avec une Polonaise (*Pâques à New York*, 1912). En 1914, il fonde à Paris la revue *Les Hommes nouveaux* et publie sa *Prose du Transsibérien*. Engagé dans la Légion étrangère, il fait la guerre et y perd un bras. Après 1918, il sera de tous les combats artistiques, passionné de cinéma et de formes méconnues, comme la littérature nègre et la poésie de la pègre. La poésie de Cendrars est à l'image du personnage, trépidante, riche en sensations et en surprises. Elle veut concurrencer les arts alors en vogue (cubisme, futurisme, simultanéisme).

Apollinaire* à la croisée des chemins

■ Alors que la poésie du début du siècle s'ébat et se débat dans l'hétéroclite, « entre deux eaux », Guillaume Apollinaire (1880-1918) est le seul poète qui arrive à faire la synthèse des tendances disparates du moment et à rédiger une œuvre complète et significative. Son inspiration puise de tous côtés : lyrisme naïf et traditionnel (*Le Pont Mirabeau*), cubisme (il est l'ami de Picasso), symbolisme plaintif, modernité agressive. Ce mélange des genres illustre la période, frémissante et fertile. Comme Baudelaire, Apollinaire est le poète-carrefour, intégrant les diverses formes d'originalité poétique et servant de père fondateur à toute la création moderne qui suivra.

■ Pour se maintenir dans un état de trouvaille et pour dépasser ses premières ferveurs romantiques, Apollinaire a cultivé la raillerie, voire la provocation. Il s'amuse à piéger les clichés et à y mêler des dérapages saugrenus. Ainsi fragmentées, les images stimulent la sensibilité du lecteur et reflètent la dispersion du réel moderne, comme dans le collage cubiste. La dualité d'Apollinaire (romantique/précurseur) est née de sa biographie. Enfant bâtard, apatride, pauvre, il cherche un passé et une identité. Cette tendance profonde à la nostalgie, il la compense par une projection continuelle dans l'anticipation. Tout ce qui est « moderne » l'épate. Comme s'il craignait toujours d'être distancé, il s'enivre du bric-à-brac moderne et adopte toute nouveauté. Déchiré entre la mélancolie rétrospective et la fièvre prophétique, c'est à tous égards un poète à la croisée des chemins.

■ Les textes les plus célèbres d'Apollinaire ne sont d'ailleurs pas les plus novateurs. Le grand public connaît surtout son lyrisme intime, sa *Chanson du mal aimé*. Il renoue ainsi avec la tradition populaire, et les chanteurs s'en empareront. Il avait beau se réclamer de Rabelais et de Sade, Apollinaire reste surtout le poète plaintif de la fuite du temps. Son goût des « surprises modernes » résulte du même désir d'exploiter chaque saveur d'une vie qui se disperse.

L'art nouveau, autour d'Apollinaire

■ En dépit de sa diversité, l'œuvre d'Apollinaire est guidée par une théorie esthétique, la « surprise », *le grand ressort du nouveau*. La curiosité inventive, la sympathie immédiate pour ce qui est audacieux, la volonté d'étonner guident l'art nouveau. La devise d'Apollinaire est : *je m'émerveille*.

■ Pour surprendre, le poète emprunte aux autres arts. Il imite les collages, réalise des « calligrammes » (dessins avec des phrases), joue sur les déformations volontaires. De même, il emprunte aux « miracles » modernes (affiches, cinéma, vitesse). Pour rendre la nervosité du monde, Apollinaire supprime la ponctuation, juxtapose, exagère les contrastes, cherche un rythme impulsif, ne recule pas devant l'équivoque, voire le calembour. Malgré son côté tapageur et voyant, l'art nouveau traduit avec une intense fidélité la civilisation moderne, mécanique et fiévreuse. C'est une forme d'art-reflet.

■ Autour d'Apollinaire, les poètes de l'art nouveau sont convaincus que la poésie est un acte de vie, une adhésion au monde. Outre les « bourlingueurs » (qui réalisent totalement cette adhésion), on trouve des hommes très différents. Les uns sont des anciens « fantaisistes » (André Salmon, Raymond Roussel), d'autres de futurs surréalistes (Max Jacob). Tous voyagent et aiment décontenancer (Paul Morand, Pierre Reverdy, Cocteau). Certains feront un chemin solitaire vers des musiques superbes (Saint-John Perse). Tout classement rigoureux est impossible ; c'est une époque de fermentation. Le dadaïsme et le surréalisme vont bientôt prendre le relais. Cette transition est parfaitement illustrée par un homme comme Max **Jacob** (1876-1944). Fils d'immigrés juifs, converti au catholicisme, tenté par la vie monastique, il incarne jusqu'à la caricature le nouveau credo esthétique : facéties imprévisibles, coq-à-l'âne, goût du mystère, calembours, dérision, ivresse loufoque des mots, flirt avec le non-sens, collages en tous genres, besoin continuel de se démarquer, etc. Pour obtenir cette poésie innovatrice, Max Jacob se livre volontiers au sortilège. L'écriture est un *laboratoire central* où il faut laisser *frissonner l'inconscient* et, surtout, un *cornet à dés*, c'est-à-dire une loterie. Le poète renonce à une maîtrise consciente de son travail et s'abandonne au hasard des mots qui s'entrechoquent ou qui s'escamotent.

■ De même, Francis **Picabia** (1879-1953), peintre et poète, a fait ses gammes dans l'entourage d'Apollinaire, avant de devenir un des plus ardents surréalistes. Il joue du paradoxe et de la provocation, rompant continuellement avec toute tradition. Cette forme d'esprit, qui ne se fixe pas, est bien ce qui relie l'art nouveau aux théories de Breton.

Les mutations du roman psychologique

Proust* : un style, une vision

■ On sait que Proust (1871-1922) s'est insurgé contre la méthode de Sainte-Beuve qui s'appuie sur la biographie d'un auteur pour expliquer son œuvre. De fait, Proust s'est entraîné à devenir écrivain par un patient travail d'écriture, la confection de pastiches notamment. C'est sur l'élaboration d'un style, donc d'une vision, que cet artiste édifie son œuvre. Cette œuvre se veut l'histoire d'une « recherche », celle d'une conscience qui veut s'affranchir du temps. Car le temps est écoulement et destruction. L'art va réveiller les traces du passé enfouies dans notre inconscient, pour vaincre cette usure et ces ravages.

■ La *Recherche du temps perdu* forme un immense roman, fait de cycles, de réminiscences et d'allusions, avec des jeux de miroirs. La phrase elle-même, longue et sinueuse, se déroule en volutes et multiplie les reflets. Cette architecture (en « vitrail ») épouse les vertiges et les détours de la mémoire. Toutefois, Proust reste marqué par sa formation et son milieu. Il doit beaucoup à son enfance. Enfant maladif et couvé, il vit dans un climat bourgeois, rigoureux et fortuné. Il scrute les usages des salons. Les vacances à Illiers (village d'Eure-et-Loir, appelé Combray dans la *Recherche*) élargissent peu le cercle familial (où prédominent les femmes) mais fixent des sensations, celles de l'imaginaire proustien : floraison, cours d'eau, clochers de village, grilles, jardins, haies, chemins bordés. La réclusion a deux effets sur l'œuvre. Proust décrit surtout des milieux intimes et clos. Mais l'écriture ne cesse de nier cette clôture. Du moindre objet, elle tire prétexte à une croissance et à un déchiffrement. La fameuse mémoire involontaire (une madeleine trempée dans du thé ressuscite une sensation, puis tout ce qui l'entoura) est l'image fondamentale de cette expérience littéraire.

La méthode et le plan de la *Recherche*

■ Les premiers lecteurs de Proust furent surpris par sa démarche. Ils voyaient mal l'unité de l'œuvre et se perdaient dans l'impressionnisme du texte. C'est parce qu'ils ne saisissaient pas la modernité de la méthode proustienne. Au lieu de raconter une histoire et de créer une fiction, Proust restitue la subjectivité d'un regard. Le déroulement est donc déconcertant, subordonné à la description (par associations d'idées, souvent), aux sensations glanées çà et là. Contrairement au récit traditionnel, la *Recherche* ne se déroule pas selon une intrigue linéaire et ne se soucie guère des événements concrets. L'existence objective est d'ailleurs vue comme dérisoire et vide. La seule « vraie vie », c'est le regard posé sur le monde, c'est l'art lui-même.

■ Les traits caractéristiques de la *Recherche* doivent donc être cherchés dans ce regard. Proust est un psychologue subtil et un grand analyste, notamment face à l'amour. Il détaille la souffrance amoureuse et observe les *intermittences du cœur*, l'instabilité des sentiments. Il devient cruel et drôle quand il peint la société mondaine, notamment le snobisme bourgeois. Mais l'unité de l'œuvre est assurée par le narrateur-voyeur. C'est lui qui décrypte les signes. Il nous fait traverser un apprentissage, une expérience, une initiation. Nous suivons son désenchantement, puis son triomphe lorsqu'il découvre enfin le « temps retrouvé ».

■ Sous le titre collectif de *À la recherche du temps perdu*, Proust a rassemblé une quinzaine de volumes. En voici les grandes étapes :

- *Du côté de chez Swann.* Sous l'effet d'une sensation-souvenir, le Narrateur « retrouve » Combray où il passait ses étés d'enfant. Un voisin, M. Swann, s'était entiché, avant de l'épouser, d'une coquette, Odette de Crécy. Plus tard, la fille de Swann, Gilberte, lui inspire un premier amour. Premières figures de l'artiste : Bergotte l'écrivain, Vinteuil le musicien.
- *À l'ombre des jeunes filles en fleur.* Le Narrateur et Gilberte se séparent peu à peu. Sur la plage normande de Balbec, d'autres jeunes filles, parmi lesquelles Albertine, éveillent son désir. Autre figure de l'artiste : Elstir le peintre.
- *Le Côté de Guermantes.* Le Narrateur, à Paris, éprouve une vaine passion pour la duchesse de Guermantes. La mort de sa grand-mère, sa liaison avec Albertine lui font oublier cette obsession. L'aristocratie est ici peinte sans sympathie, comme l'était déjà le milieu tout aussi snob, mais bourgeois, des Verdurin.
- *Sodome et Gomorrhe.* À travers Charlus (frère du duc de Guermantes), un homosexuel étrange, le Narrateur découvre des mœurs inavouées. À Balbec, on redécouvre une Albertine intéressée par l'amour des femmes.
- *La Prisonnière, Albertine disparue.* Venue vivre à Paris avec le Narrateur, Albertine excite sa jalousie et s'enfuit. Apprenant sa mort, le Narrateur découvre qu'elle l'a souvent trahi et ne peut dominer sa douleur.
- *Le Temps retrouvé.* La guerre est arrivée, le monde change. Le Narrateur comprend alors le sens de son œuvre : ressusciter le temps à jamais perdu, seul moyen d'en saisir la vérité et la jouissance.

La métaphore proustienne ou la voie du déchiffrement

■ Proust a constamment recours à la métaphore, qui met en évidence une ressemblance (ou un simple rapprochement) entre deux réalités différentes. Ainsi le lecteur regarde d'un œil neuf les apparences fragmentaires du vécu quotidien. La métaphore déchiffre les signes les plus humbles (un nuage, une fleur, un caillou, un nom) et sert de guide vers la vérité. D'image en image, elle installe un réseau de correspondances (la femme-fleur, le passé tout à la fois pénombre et lumière, etc.), tisse la toile de la vision générale, jusqu'à la dernière page où la récapitulation et la clé de tout le mécanisme sont données.

■ Derrière le conformisme et l'incohérence, l'art restaure l'harmonie entre ce que le temps et l'espace séparent. Par l'universelle analogie, il ressuscite la « vraie vie ». Car, au bout de tous ces jeux de relations, de ces aller-retour, de ces courts-circuits et de ces correspondances, le lecteur finira par voir le puzzle se reconstituer, le temps se « retrouver ». Comme dans un roman d'aventure, nous sommes plongés dans un réseau de mystères, de signes, de complots, de drames à tiroir. Il ne faut négliger aucun fil : chacun participe à la trame, à la texture du tout, au texte.
■ Cette conception de l'œuvre littéraire s'appuie sur une théorie moderne de l'art : lui seul, et non pas un illusoire réalisme, donne une vision globale du vrai. Le génie consiste dans *le pouvoir réfléchissant* et non dans *la réalité intrinsèque du spectacle reflété.*

Gide• : la sincérité faite système

■ Avec la naissance du xxe siècle, un nouvel individualisme trouve à s'exprimer. C'est surtout évident en poésie avec l'Esprit Nouveau. Mais ce goût du défi, le roman psychologique l'exprime aussi, sous des accents autobiographiques. L'auteur s'y met à nu, parfois avec insolence ou indécence; il revendique son affranchissement et son mépris des morales convenues. Le scepticisme d'Anatole France y préparait. Mais il semble désormais trop abstrait. C'est dans le vécu que la libération doit s'éprouver. L'écrit dira et commentera ces choix et ces tentatives. Vie et œuvre se confondent alors dans une démarche continue et égoïste, malgré les envieux et les censeurs.
■ André Gide (1869-1951) incarne de manière décisive cet esprit. Après une enfance confinée dans la rigueur protestante et le conformisme bourgeois, il découvre (lors d'un séjour en Afrique du Nord) le plaisir du corps et de l'évasion. Convaincu que la littérature sent *furieusement le factice et le renfermé*, il ne cessera plus de chanter le désir, la liberté, le « déracinement ». *Les Nourritures terrestres* (1897) chantent cet appel au bonheur sans tabous. Et *L'Immoraliste* (1902) défend le droit à une sensualité sans entraves, quitte à oublier le plus élémentaire altruisme. Dans ce court roman, Gide raconte l'histoire d'un couple. Quand Michel était tombé malade et s'était vu condamné, Marceline avait su le sauver. Quand elle est atteinte à son tour, Michel se montre incapable de renoncer à sa propre santé, à sa liberté, à son « immoralisme ». Marceline en mourra.
■ Le « gidisme » est donc une apologie de la sincérité et de la liberté, vécues et narrées au jour le jour. Mais on perçoit bien les limites d'une vie guidée par les

seules impulsions libertaires. Ainsi, en décidant de commettre un « acte gratuit » (un meurtre sans mobile), le héros des *Caves du Vatican* (1914) n'aboutit qu'à une absurdité révoltante. Dans l'entre-deux-guerres, Gide évoluera très sensiblement. Il commence par s'élever contre le colonialisme. En 1936, il fait un voyage en U.R.S.S., dont il reviendra déçu. Mais il continuera à militer dans le Comité de vigilance des écrivains antifascistes. Considéré comme un corrupteur et un pervers (Gide a beaucoup parlé de sa pédérastie), il réclame une *fonction d'inquiéteur.* L'homme fonde ses valeurs sur une existence qui réagit aux « situations », dans une liberté sans arrêt reconquise, quitte à se renier. Les existentialistes s'en souviendront.

L'influence du gidisme sur le récit moderne

■ L'égocentrisme de Gide rappelle l'égotisme stendhalien. Il conditionne des genres particuliers. Les personnages gidiens semblent toujours des porte-parole de l'auteur. De même, Gide n'écrit pas de romans, à proprement parler. Il préfère parler de *soties*, récits écrits à la première personne et centrés autour d'une expérience morale intime. Ou bien, il a recours au journal, celui de Michel, dans *L'Immoraliste*, ou du pasteur dans *La Symphonie pastorale.* Enfin, Gide s'est révélé par son *Journal* et par ses confessions, notamment dans *Si le grain ne meurt*, où les aveux scabreux défilent sur un ton laconique.

■ Pour le lecteur d'aujourd'hui, ce sont moins les provocations de Gide qui importent que son attitude d'auteur, soucieux d'une technique moins artificielle et pour qui *un roman, c'est un théorème.* Le seul « vrai » roman de Gide est *Les Faux-Monnayeurs* (1925). Mais il s'agit justement de montrer un écrivain qui n'arrive pas à écrire un roman. Cette œuvre se présente finalement comme un laboratoire des problèmes et des techniques propres au récit romanesque. Le gidisme est donc une optique littéraire où la fiction ne veut pas divertir et rassurer le lecteur, mais le faire participer à une inquiétude et à une recherche.

■ Au demeurant, Gide est un écrivain classique. Non seulement il puise dans une solide culture traditionnelle (la mythologie grecque, la Bible), mais surtout il recherche une écriture claire et concise. Méfiant à l'égard des improvisations surréalistes, il croit, comme Valéry, au travail de la forme. Là encore, il anticipe sur l'écriture critique moderne, qui dévoile les mécanismes de la création dans l'œuvre même.

La mêlée poétique des années 1920

Entre néo-classicisme et modernisme : Valéry*

■ Alors que la poésie cherche son renouveau dans un irrationnel volontiers enfiévré, Paul Valéry (1871-1945) fait figure de résistant. Refusant les excès de l'affectivité et la dictée directe de l'inconscient, Valéry retrouve, à travers son maître et son modèle Mallarmé, le « credo » des Parnassiens : ce ne sont pas les éclats sentimentaux ou les brusqueries qui produisent la beauté, mais un travail de technicien patient et éclairé. Valéry demande un retour au classicisme, laboratoire obligé de l'œuvre qui vise l'éternité. Ses théories récusent l'anarchie et l'illogisme, mais elles sont beaucoup moins antimodernistes qu'il n'y paraît. Certes, Valéry méprise l'Art Nouveau, se moque de Freud et ignore Marx. Pourtant, il est par excellence l'homme de ce siècle, préoccupé des sciences du langage. En rappelant que c'est par la manipulation du langage, en qui gît toute polysémie, que la poésie poursuit ses conquêtes, il est plus un « annonciateur » qu'un traditionaliste.

■ Même si les titres de certains de ses poèmes sont bien connus du grand public (pensons au *Cimetière marin*), ce sont surtout les travaux théoriques de Valéry (esthétique, philosophie, politique) qui retiennent le plus l'attention aujourd'hui. Ses textes sont assez brefs, comme s'il ne se sentait pas à l'aise dans les pensées totalisantes et systématiques. Il leur préfère l'écriture par fragments — autre trait de sa modernité, particulièrement manifeste dans les *Cahiers*. De même, il déteste le roman. C'est un sceptique, à l'image de son *Monsieur Teste*, cet esprit brillant mais sans opinion.

■ Ses poèmes semblent comme détachés et repliés sur eux-mêmes. C'est sans doute parce qu'il y a mis, comme dans *La Jeune Parque* (1917), le plus profond et le plus mystérieux de lui-même. *La Jeune Parque* se présente comme le monologue d'une conscience intime, partagée entre le besoin de lucidité et l'appel de la sensualité, entre la nostalgie de l'innocence virginale et le tourment des désirs. À la fois allégorie philosophique et *composition musicale*, ce poème, par-delà des prouesses techniques, laisse s'épancher une harmonie riche et illimitée. Le recueil central, *Charmes* (1922), joue sur le double sens du titre, *facture poétique* et *envoûtement*. Au terme d'un dur travail sur la forme, le poète aboutit à une incantation qui enchante musicalement.

■ Cette pureté parfaite et sensuelle empêche le lecteur de s'incarner dans l'auteur, distant et absorbé. Contraints à un constant face à face avec les sortilèges du langage, voici que nous devenons à notre tour poètes, face à un texte, inépuisable réservoir de significations : *il n'y a pas de vrai sens du texte. Une fois publié, un texte est un appareil dont chacun peut se servir à sa guise et selon ses moyens.*

■ On a reproché à Valéry son côté froid et officiel, son absence de sensibilité, son verbalisme. Pourtant, paradoxalement, personne n'a mieux saisi l'autonomie de l'œuvre et son pouvoir propre. Ses vers, superbe musique et savant assemblage, restent autant un appel à l'ivresse des sens qu'à l'intelligence.

Le choc dadaïste

■ Au moment où l'Europe sombre dans la Grande Guerre, de nombreux jeunes artistes et intellectuels ont le sentiment que le « vieux monde » est en train de mourir. Hostiles aux valeurs d'autrefois, ils vont transformer ce rejet instinctif et profond en un nouveau ferment de création. L'art va devenir une contestation radicale et brouillonne de tout ce qui est institué : bienséances, interdits, langage, goût, valeurs, etc. Qu'ils se nomment « futuristes » ou « avant-gardistes », c'est un même refus qui les rassemble.

■ Dès 1916, autour de Tristan **Tzara** (Samuel Rosenstock, 1896-1963), révolutionnaire allemand émigré, s'organisent des séances, mélanges de « happening » et de laboratoire poétique. C'est au cabaret Voltaire, à Zurich, que se croisent ainsi poètes, peintres, sculpteurs et autres novateurs. Ce mélange correspond tout à fait à ce que cherche le mouvement **Dada** qui veut, outre faire scandale, supprimer les cloisonnements entre les formes d'expression et créer un langage total, puisant partout ses forces. Le mouvement Dada vaut surtout par les impulsions qu'il a données : le surréalisme lui doit sa naissance ; des écoles d'art (comme le Bauhaus en Allemagne) se sont inspirées de son esprit de rupture ; il a favorisé l'expressionnisme, l'art moderne américain (grâce à Picabia, Duchamp, Man Ray) ; il a montré l'intérêt des collages, des machineries, des objets bruts. Bref, une fois dépassés les provocations et le nihilisme, Dada s'est révélé particulièrement fécond.

La nébuleuse surréaliste

■ Il est normal que Dada n'ait pas produit d'œuvre majeure, car, pour Tzara, l'art était un acte spontané et fugace, sans cesse remis en cause. Les dadaïstes font tout pour éviter ce qu'ils dénoncent, le dogmatisme ; aussi passaient-ils pour de purs anarchistes. Ce sont les surréalistes, groupés autour d'André **Breton** (1896-1966), qui vont s'engager dans une voie plus productive. S'éloignant peu à peu de Dada, ils ont leur revue (*Littérature*) et leur doctrine (les *Manifestes du Surréalisme*, 1924 et 1930).

■ Bien qu'il soit fondamentalement un mouvement de rupture, le surréalisme s'est cherché des prédécesseurs ou des sources. Les *Manifestes*, rétroactivement, reconnaissent certains surréalistes avant la lettre. Ces antécédents déclarés aident au moins à saisir comment Breton et ses amis se situaient dans l'histoire littéraire.

■ Ces ancêtres sont, entre autres :

- toutes les traditions magiques et occultistes, du Moyen Âge particulièrement, et des primitifs ;
- la littérature fantastique ;
- Sade et, d'une façon générale, la littérature érotique ;
- les poètes mystiques du XIXe siècle, avec les romantiques allemands comme Novalis ou Hölderlin ;
- les « voyants », comme Nerval, Hugo, Lautréamont, Rimbaud.

■ C'est à Apollinaire que Breton a emprunté le nom du mouvement : *quand l'homme a voulu imiter la marche, il a créé la roue, qui ne ressemble pas à une jambe. Il a fait ainsi du surréalisme sans le savoir.* Mais il ne s'agit pas seulement d'un groupe littéraire ; le surréalisme regroupe des peintres, des sculpteurs, des photographes, des cinéastes, tous unis par la recherche de la *beauté convulsive.*

■ Quelques-unes des valeurs communes aux arts surréalistes :

- la haine de tout confort intellectuel, le goût de la turbulence, de l'insolite, ce qui nécessite de favoriser tous les rapports incongrus, voire agressifs ;
- le culte du « hasard objectif » : tout signe est susceptible de prendre tôt ou tard une signification (un chiffre, une rencontre, une image, etc.) qui change la vie, en l'éclairant ou en la détournant ;
- l'intérêt pour le libertarisme et les utopies politiques ; la volonté de créer des mythes nouveaux pour réveiller les croyances et les aspirations des sociétés modernes ;
- la transgression des tabous, qui implique une grande permissivité sexuelle, voire un éloge des perversions ;
- la régression à des arts primitifs, ceux des « sauvages », des civilisations tribales, des enfants ou des fous, en particulier par les automatismes ;
- la dérision : il faut mettre en évidence la sottise et l'absurdité du monde civilisé, en particulier par l'humour noir le plus insolent.

Le « pape » du surréalisme : Breton*

■ Surréalisme, n. m. : « *automatisme psychique pur par lequel on se propose d'exprimer, soit verbalement, soit de toute autre manière, le fonctionnement réel de la pensée. Dictée de la pensée, en l'absence de tout contrôle exercé par la raison, en dehors de toute préoccupation esthétique ou morale.* » (André Breton)

■ Théoricien et gardien vigilant de la doctrine, André Breton (1896-1966) est une personnalité intransigeante. Du surréalisme, il incarne la morale (un esprit de révolte et d'autonomie), tandis que son œuvre en illustre l'esthétique dans toutes ses facettes. Son caractère ombrageux et entier l'a souvent mêlé à des polémiques et à des exclusions. Mais ce fut un incomparable découvreur et rassembleur de talents.

■ Ami de Jarry et d'Apollinaire, Breton a été influencé par Freud. La psychanalyse joue un rôle décisif dans son évolution. Ainsi, l'écriture automatique prétend reproduire l'activité du psychisme délivré du contrôle de la raison ou de toute « censure ». Cette expérience est un cas limite. Mais Breton y voit le principe de toute poésie, car est poétique tout ce qui surgit brutalement : hasards, accidents, surprises. Le poétique rejoint par là le fantastique. Les surréalistes essaieront même de provoquer ces aléas et se passionneront pour le magique, pour tout ce qui étonne et émerveille.

■ Le refus de la réalité plate conduit à une attitude de révolte. Breton a ainsi évolué en direction des doctrines révolutionnaires. Il adhère, en 1927, au Parti communiste, s'en sépare en 1935 et se lie avec Trotski. Ces engagements s'éloignent du nihilisme des débuts, mais ils continuent l'acte de foi rimbaldien, *changer la vie*, dont Breton fit sa devise. Sur le plan esthétique, en tout cas, la révolte a un nom : l'imagination. Breton s'est fait le défenseur de tout ce qui fait déraper la raison : humour noir, collage aléatoire de phrases (« cadavres exquis »), langage régressif (en demi-sommeil ou sous l'effet de quelque drogue, par exemple). L'image surréaliste (selon une définition de Reverdy, reprise à son compte par Breton) cherche à rapprocher les réalités les plus éloignés possibles. Breton espère ainsi obtenir une *beauté convulsive* qui, comme l'amour fou, arrache l'homme tout entier à l'insignifiance.

Le mouvement et ses scissions

■ Le surréalisme n'est pas une école, mais un immense mouvement artistique. Tous les grands poètes de ce siècle sont passés à un moment ou à un autre par cette mouvance. La nature même de l'idéal surréaliste (liberté, insurrection, imaginaire) permit à des personnalités très diverses de s'y exprimer. À partir du début des années 30, les divergences furent plus manifestes, notamment à cause de l'engagement communiste de Breton, Éluard et Aragon. Les poètes se condamnèrent les uns les autres. Mais cette effervescence même fait, en quelque sorte, partie du jeu.

■ Évoquons brièvement quelques-uns des auteurs les plus marquants du surréalisme :

• Robert **Desnos** (1900-1945) est surtout doué pour les « sommeils hypnotiques ». Dans un vague endormissement, il griffonne de courts textes et engage d'étranges dialogues. Cet autodidacte a multiplié les textes automatiques et les récits spontanés de rêves. La poésie est, chez lui, une dérégulation du langage; d'où les mots inventés, la syntaxe délirante, les images brutes et insolites, les pulsions inconscientes, le tout concourant, inlassablement, à l'exaltation de l'*amour fou* (*Corps et biens*). Exclu en 1930 par Breton, il se fait homme de radio et de cinéma, et continue ses activités d'inventeur un peu débridé. Il meurt en déportation.

• Philippe **Soupault** (1897-1991) est un bourgeois rêveur et mélancolique, et un voyageur. Il a beaucoup contribué à faire connaître en France des auteurs étrangers (dans *Écrits nouveaux* et dans *La Revue européenne*). Son œuvre va de romans autobiographiques à des poèmes d'amour fou (*Georgia*, 1926). Mais il subsistera toujours chez lui une veine fantaisiste et populaire, assez sombre.

• René **Crevel** (1900-1935) est un inquiet et un désespéré. Très assidu des séances d'hypnotisme, il vit comme un déchirement les querelles du mouvement, et se suicide, laissant des textes sarcastiques et noirs (*Mon corps et moi*, *Babylone*, *Êtes-vous fou ?*).

• Benjamin **Péret** (1899-1959) garde un fond d'humour et de dérision. Volontiers polémique et batailleur, trotskiste, anticlérical, il évolue curieusement en ennemi des poètes « politiques ». Son pamphlet contre la poésie de la Résistance, *Le Déshonneur des poètes*, reste déconcertant et exalté.

■ D'autres auteurs ont suivi un chemin plus personnel :

• Antonin **Artaud** (1896-1948) a commencé sa carrière avec le théâtre où il trouvait une forme de libération physique de son angoisse. Sa propre maladie mentale l'oriente ensuite vers l'analyse psychique. Plusieurs fois interné, il s'enfonce dans une parole qui serait l'image de l'*effondrement central de l'âme*. Protestant contre le *bluff surréaliste*, il va son chemin solitaire et halluciné, tout en rédigeant quelques traités théoriques sur sa conception du *théâtre de la cruauté*.

• Georges **Bataille** (1897-1962) se tourne vers la psychanalyse et fonde, avec

Roger **Caillois** (1913-1978) et Michel **Leiris** (1901-1991), une revue de sociologie consacrée aux pratiques religieuses. Théoricien de la *transgression* (seul importe ce qui fait vivre dans l'excès) et de l'érotisme libérateur, il ne supporta pas longtemps le moralisme de Breton.

Éluard•

■ De son vrai nom Eugène Grindel, Paul **Éluard** (1895-1952) a suivi tout l'itinéraire surréaliste, mais s'est imposé par un lyrisme généreux et sensuel, qui est bien loin des principes de Breton. Éluard, d'emblée, se distingue par un tempérament tendre et fraternel. Mal à l'aise dans les expérimentations agitées de Tzara ou dans les manifestes péremptoires, il reste un dilettante. Ami de Max Ernst, il est amateur d'art et d'amour.

■ Car l'inspiration fondamentale de Paul Éluard est le désir et la passion. En 1917, il a épousé Gala, qui le quitte pour Dali en 1929. Plus tard, il trouve auprès de Nush un grand amour stimulant et euphorique. Mais, dépassant son propre chant sentimental, Éluard a le cœur enthousiaste et écrit pour tous les hommes qui espèrent. *Le poète est celui qui inspire, plus que celui qui est inspiré.* La fonction du poète est de raviver sans cesse les saveurs de la réalité, d'instituer un rapport au monde lucide et confiant : *Il n'y a qu'un mot concret : aime.*

■ Ce besoin de communier avec les hommes, renforcé par son adhésion indéfectible au parti communiste, a éloigné peu à peu Éluard du surréalisme et de ce qu'il comporte de difficilement accessible. Il lui faut en effet de la simplicité pour ne pas rompre l'unisson. Le poète, dépositaire des mots, ne les confisque pas, ni ne les masque sous l'hermétisme : il veut *tout dire*, pour tous.

La période surréaliste d'Aragon•

■ Avant de devenir le romancier du *mentir vrai*, Louis **Aragon** (1897-1982) a été un compagnon de route de Breton. Dadaïste, puis surréaliste, il est animé d'une passion cassante pour le défi et la liberté. Mais, à partir des années 30, tout comme Éluard, il reviendra à la fois vers le récit classique et vers une carrière d'intellectuel « officiel » du parti communiste.

■ Très brillant, doué d'un réel talent, Aragon se soumet mal aux « automatismes » et à la gratuité de l'écriture aléatoire. Il reste maître des mots et laisse vagabonder son imaginaire au gré de son désir. Personnalité fondamentalement lyrique, il veut que sa poésie soit une gerbe d'images ondoyantes. Il ne pouvait donc être qu'un passant dans l'avant-gardisme. Mais c'est sa passion pour Elsa (Triolet), plus que son engagement politique, qui nourrira son chant. Aragon célèbre l'amour unique, possessif et absolu.

Quelques grands marginaux

■ Après avoir été plus ou moins « compagnons de route » du surréalisme, certains auteurs ont constitué une œuvre forte et personnelle, inclassable. Leur itinéraire couvre souvent une période qui va bien au-delà de l'entre-deux-guerres. Donnons quelques exemples de ces œuvres autonomes.

■ Pierre **Reverdy** (1889-1960) est l'un de ces solitaires. Il vit d'abord dans le milieu des cubistes, avec Apollinaire, Picasso, Braque, Léger, Max Jacob. Ses premiers recueils (*La Guitare endormie*, 1919 ; *Les Épaves du ciel*, 1924), qu'il imprime lui-même (étant typographe), sont illustrés par Juan Gris. Après la guerre, Breton le revendique comme un de ses prédécesseurs et le proclame *le plus grand poète actuellement vivant* (1928). Mais Reverdy n'a que faire de l'esprit frondeur et pourfendeur du surréalisme. Il a déjà amorcé un retour aux choses simples, à des émotions tout intérieures et vécues, à la nature. Ce marginal va trouver dans la réclusion monastique le vrai lieu : dès 1925, il se retirera à l'abbaye de Solesmes jusqu'à sa mort.

■ Comme Reverdy, Jules **Supervielle•** (1884-1960) est toujours resté à distance, avec une sérénité fertile, poursuivant une œuvre abondante, à la transparence presque classique. Ennemi des théories, il est, à sa manière, plus proche de Valéry ou de Jammes que de Breton. Mais il a retenu du surréalisme une prédilection pour les images magiques et pour les énigmes de la langue qu'il aime manipuler. De même, il cultive le rêve et les fables ; le poème devient alors une sorte de récit. Sous la prolifération ou l'émiettement des images, Supervielle raconte, avec simplicité, les couleurs et les saveurs d'une existence bonhomme et familière, où, malgré des interrogations, des inquiétudes, il se console des déchirements de sa vie (*cf.* le tableau biographique) en éveillant, au cœur du quotidien, tout ce qu'il peut receler de merveilleux ou de fantastique.

■ L'indépendance de Reverdy ou le recul de Supervielle n'ont pas atteint la rupture abrupte et définitive à laquelle s'est résolu Pierre-Jean **Jouve** (1887-1976). Après avoir été influencé par le néo-symbolisme d'un Viélé-Griffin, par exemple, et après un passage dans le groupe unanimiste de l'Abbaye, il s'intéresse à quelques aspects du surréalisme, notamment à son goût pour l'exploration de l'inconscient. Mais, en 1924, il se convertit doublement : d'une part, il s'abandonne à ses penchants mystiques et se voue à la foi ; d'autre part, il renie tout ce qu'il a précédemment écrit. Cet itinéraire sinueux est motivé par une profonde aspiration à la perfection, par un désir dévorant d'idéal. Tout en étant vraiment propre au destin personnel de Jouve, une telle ambition révèle combien, très vite, le surréalisme ne pouvait plus satisfaire les âmes éprises d'absolu, les croyants en particulier, tels Max Jacob ou Reverdy, justement. Le retournement de Jouve est donc caractéristique.

■ Une fois répudiée son œuvre de jeunesse, Jouve se voue à une poésie-psychanalyse, à une descente introspective dans les fantasmes nocturnes et sexuels de son âme. À la fois mystique et érotique, le poème est déchiré de contradictions : lumière et obscurité ; rédemption et « misère » pascalienne ; pulsions épouvantables et consolation ; spiritualité et fantasmes sordides, etc. Cette dualité baudelairienne est traversée d'obsessions et de rituels visionnaires ou magiques.

■ À peine effleuré par les turbulences surréalistes, Alexis Saint-Léger Léger est un aristocrate et un voyageur. Sous le pseudonyme de **Saint-John Perse•** (1887-1975), il se fait l'ordonnateur d'une cérémonie lyrique et solennelle. Voici la poésie du vent, des pluies et des vastes pèlerinages à travers le monde, de l'errance et de la conquête. Le verset claudélien prend tout son essor dans ce mouvement de célébration et de proclamation. Car il s'agit bien d'*invoquer*, comme en un rituel d'hommage, la grandiose beauté de la terre, en énumérant — au risque du mot rare —, en remémorant — au risque d'un brassage déroutant — tous les fastes de l'histoire humaine. Le poète retrouve son rôle antique d'oracle.

■ La musique de la poésie de Perse peut paraître hautaine et lointaine. En réalité, elle est un hymne total au monde et doit donc procéder par combinaison. Le verset repose sur l'énumération d'éléments familiers (vent, pluie, neige), de moments essentiels (aube, soir, été, couchant), d'êtres universels (frère, père, prince, roi, magicien, fille), de terroirs connus ou désirés (île, désert, montagnes, rochers, sables et grèves), de communions (foi, autels, fêtes, nuptialité, tribu, colonie), de vieux mythes communs (métamorphose, grands départs, envol, éternité), de civilisations perdues (Atlantide, île de Pâques et d'autres, insituables), etc. Saint-John Perse enchevêtre tous nos fantasmes et tous nos rêves. Son écriture est complexe, au sens propre, c'est-à-dire mêlée, comme le sont tous les textes sacrés ou fabuleux, mystérieux et atemporels. Il ne s'agit pas de les « comprendre », mais de laisser jouer leur puissance allusive et incantatoire.

Les romanciers et les idées

Le roman, écho du social

■ Une fois passée l'insouciance des « années folles », dans la frénésie des années 20, un retour à la politisation se dessine dans les milieux littéraires. Même les surréalistes se replient vers le parti communiste. On parle de la « crise de l'Occident ». En France même, la démocratie parlementaire est vivement critiquée. L'Europe est en train de chercher des solutions politiques radicales (le fascisme en Italie, bientôt la montée du nazisme en Allemagne). Les intellectuels sont donc tentés par le militantisme, y compris quand ils l'ont ignoré toute leur vie, comme Gide. Face à des mouvements de réflexion (pensons à la revue *Esprit*, autour d'Emmanuel Mounier), un certain « populisme » s'exprime (Louis Guilloux, André Chamson, Eugène Dabit), en même temps que se développe un type de roman directement inspiré du marxisme (Emmanuel Berl, Paul Nizan, Louis Aragon).

■ Cette tendance, naturaliste au fond, permet à quelques talents de s'imposer. André **Chamson** (1900-1983) attaché à son terroir cévenol, dénonce la dégradation de la bourgeoisie (*Héritages*, 1932). Jean **Giraudoux** se moque de la classe politique française dans *Bella* et incite au renouveau européen. Mais ces dénonciations invitent aussi à donner la parole au prolétariat. Les romanciers de la rue se reconnaissent dans le « populisme » (mot lancé par Léon Lemonnier) et, comme Aragon, ils veulent délaisser les « beaux quartiers ». Francis **Carco** (1886-1958) se fait le peintre des quartiers mal famés et des « zonards » (*La Rue*, 1930). Eugène **Dabit** (1898-1936), ouvrier lui-même, trace des scènes de vie empruntées aux milieux pauvres (*Hôtel du Nord*, 1929). Louis **Guilloux** (1899-1980) rédige une chronique provinciale militante avec *Le Sang noir* (1935). Ce climat populiste est aussi celui des romans de Georges **Simenon** (1903-1989).

Les romans-fleuves

■ La vogue romanesque favorise l'écriture de fresques immenses, à la manière des grands modèles de Balzac et Zola. Le prestige récent de Proust inspire des imitateurs. Le terme de roman-fleuve (créé par Romain Rolland) indique une ambition : présenter à la fois tous les flux de la vie sociale, dans un cycle cohérent, avec des personnages récurrents.

■ Georges **Duhamel** (1884-1966) commence par écrire un vaste roman d'apprentissage (*Vie et Aventures de Salavin*, 1920-1932). Ce sont les dix tomes de sa *Chronique des Pasquier* qui lui permettent de passer d'une chronique individuelle à une chronique sociale. Autour du personnage principal, le docteur Raymond Pasquier, Duhamel fait se croiser une multitude de destinées.

■ Roger **Martin du Gard** (1881-1958) a commencé par le théâtre dont il fréquente les milieux (Jacques Copeau, Louis Jouvet). Son grand cycle, *Les Thibault* (1920-1940), retrace l'histoire d'une famille, reflet du monde contemporain autour de la guerre de 14-18, en privilégiant un couple de frères (Jacques et Antoine) qui choisissent des voies opposées pour réussir leur vie.

■ Jules **Romains** (1885-1972) va encore plus loin avec *Les Hommes de bonne volonté* (27 volumes, de 1932 à 1946). Il renonce à un personnage central ou unique et brasse de multiples destinées parallèles, mais qui parfois se rencontrent. Cette méthode donne du monde une image de chaos et de discontinuité, que l'écriture rassemble et résout à la fois. Cette structure polyphonique, inspirée par son « unanimisme », permet à Jules Romains de rendre compte du foisonnement collectif et de l'élan vital. Elle atteste d'une foi humaniste réconfortante.

Le regain chrétien

■ Les interrogations des années 30 ne sont pas seulement politiques. Le climat est propice à une réflexion spirituelle et éthique. Ainsi perçoit-on, à cette occasion, un regain de la littérature qui se réclame du christianisme. Mais, tout en restant préoccupés par la vision chrétienne (avec son dualisme : âme/corps ; bien/mal ; péché/grâce, etc.), les romanciers catholiques ne sombrent pas dans le « prêchi-prêcha ». Leur vision est analytique et angoissée. Ils interrogent sans complaisance le fond de l'âme humaine.

■ François **Mauriac*** (1885-1970) se place lui-même sous le signe d'un tel déchirement. Il lui a fallu émerger d'une serre familiale, bourgeoise et traditionaliste, pour aborder des thèmes troubles, tous liés au « péché de chair ». Mauriac est un « pascalien » dont les héros sont, eux aussi, déchirés et titubent dans un univers sans lumière. Il cherche en chaque être sa douleur et son secret. La jouissance physique elle-même est un échec. Par la suite, Mauriac dépassera ces romans de psychologue amer pour se lancer dans le journalisme et la polémique. Son œuvre de témoin (libéral, résistant, gaulliste) atteste de la continuité de son engagement au service de causes ferventes.

■ Georges **Bernanos** (1888-1948) est un affamé d'idéal. Il commence par s'engager dans l'Action française, puis rompt avec les royalistes et l'extrême-droite pour évoluer vers une pensée progressiste et socialiste. C'est alors qu'il se met à écrire. Ses personnages se débattent dans un monde de boue et de ténèbres, mais ils n'abandonnent pas la lutte contre Satan, refusant la misère, le désespoir, la victoire du mal. Le héros est souvent un prêtre isolé (*Sous le soleil de Satan*, 1926 ; *Journal d'un curé de campagne*, 1936) qui est confronté au crime ou au péché (*Nouvelle histoire de Mouchette*, 1937). Mais Bernanos a su aussi s'en prendre directement au conformisme mou des bien-pensants (*La Grande peur des bien-pensants*, 1931) et protester avec énergie contre les atrocités des catholiques espagnols pendant la guerre civile (*Les Grands Cimetières sous la lune*, 1938).

■ Julien **Green** (né en 1900) est plus égocentrique. D'origine américaine, il connaît surtout la bourgeoisie et les bonnes familles de province. Mais il est persuadé, comme Mauriac, que seul le spirituel peut donner un sens à l'apparent chaos du monde. Ses personnages (en grande partie autobiographiques) sont tourmentés par le désir sexuel mal refoulé et semblent toujours guettés par la folie, la dégradation, le suicide. Ici l'espoir du salut paraît bien lointain et l'angoisse imprègne *Adrienne Mesurat* (1927), *Léviathan* (1929) ou *Le Visionnaire* (1934). Green a également écrit une abondante œuvre autobiographique, notamment un immense *Journal*.

Permanence de la morale des héros

■ Si la critique sociale est si forte dans les années 30, c'est aussi parce que les valeurs substitutives n'apparaissent pas facilement. Ceux qui ne croient ni en Dieu ni en Marx sont irrésolus et souvent blasés. Ce dégoût de l'Histoire et cette absence d'idéal clair sont souvent formulés par un sentiment de vivre en « décadence ». Le mot revient sans cesse. Cette pensée du déclin est celle d'hommes insatisfaits comme Pierre **Drieu La Rochelle** (1893-1945). Son *Gilles* (1939) résume un rejet de la IIIe République, image dérisoire d'une Histoire sans projet. De la « décadence » supposée à la recherche des coupables, il n'y a qu'un pas. Drieu le franchit en 40, en devenant un antisémite vichyssois et un collaborateur. Il se suicida à la Libération, comme le héros de son roman, *Le Feu follet* (1931). Ses thèmes, comme ses choix politiques, le rapprochent de Céline. Étrange évolution pour cet ancien compagnon des dadaïstes !

■ Face à de tels abandons, la morale héroïque survit cependant. Certains, comme Henry de **Montherlant** (1896-1972), cultivent l'image hautaine, aristocratique et sportive, du héros confronté à la guerre (*Le Songe*, 1922) et affrontant l'effort (*Les Olympiques*, 1924 ; *Les Bestiaires*, 1926). Admirateur de la tauromachie, Montherlant voit la vie comme un combat physique. D'où une certaine misogynie (*Les Jeunes filles*, 1936) et un mépris cruel pour les faibles (*Les Célibataires*, 1934). Cet ennemi impitoyable de toute médiocrité se suicida plutôt que de subir la déchéance du corps. Il s'est beaucoup appliqué à laisser dans l'ombre sa vie privée, sa pédérastie surtout.

■ Moins ambigu est Antoine de **Saint-Exupéry** (1900-1944), pilote professionnel, homme voué sincèrement à son idéal de pionnier. *Courrier Sud* (1929) et *Vol de Nuit* (1931) évoquent le courage des aviateurs et leur abnégation. Dans un court récit féerique et symbolique, *Le Petit Prince* (1943), l'écrivain a su, mieux que dans les développements parfois diffus de *Citadelle*, illustrer avec un charme fraternel une morale simple et pure, détachée des idéologies et des connaissances abstraites. Cet humanisme résolu, Saint-Exupéry l'a vraiment pratiqué, jusqu'à sa mort en mission au combat.

■ Aviateur (occasionnel) et aventurier lui aussi, André **Malraux•** (1901-1976) a connu une vie d'engagements divers. Sa biographie ressemble à celle de ses personnages, impliqués dans la guerre civile chinoise (*La Condition humaine*), dans des expéditions orientales (*La Voie royale*) ou dans les brigades révolutionnaires espagnoles (*L'Espoir*). Ce romancier combattant ne distingue pas sa vie et son œuvre : les deux participent à la construction de soi. Car ce n'est pas en pratiquant la psychanalyse que l'on apprend qui l'on est, mais avec en agissant dans l'Histoire. C'est dans et par l'action que l'homme résiste à l'absurde et introduit la valeur dans un monde vide et tragique. L'art lui-même participe à cette résistance. Il se dresse contre l'incohérence et la fatalité ; il est un *anti-destin* ; il offre du sens et de la vie, affirme *la force et l'honneur d'être un homme.* Il assure le triomphe de *l'espoir* sur *le mépris.*

L'adhésion au communisme

■ En préférant l'Homme à l'individu, la cause collective au sursaut personnel, Malraux a constamment frôlé le communisme, jusqu'à sa conversion gaulliste. D'autres ont fait un choix plus net et définitif. Tel est le cas de Paul **Nizan** (1905-1940). Ce normalien, agrégé de philosophie, compagnon de Sartre, est l'un des rédacteurs de l'*Humanité*. Il quitte le parti communiste en 39, lors du pacte germano-soviétique (ce qui lui valut d'être proprement exécré par ses anciens

« camarades »), et est tué à Dunkerque l'année suivante. Anticolonialiste (*Aden-Arabie*, 1931), Nizan se moque de la sclérose intellectuelle des universitaires (*Les Chiens de garde*, 1932), d'une vie quotidienne aliénée et vide (*Antoine Bloyé*, 1933). Mais il montre aussi la difficulté d'un engagement efficace qui ne réponde pas seulement à l'effet de la mauvaise conscience (*La Conspiration*, 1938).

■ Le grand romancier communiste du siècle, tant par la qualité de son œuvre que par sa fidélité à ses convictions, est Louis **Aragon**• (1897-1982). Délaissant les pastiches de sa jeunesse (*Les Aventures de Télémaque*, 1922) et la fougue surréaliste, il écrit son cycle du *Monde réel* (1934 à 1951), influencé par le réalisme socialiste dont il se réclame (*Pour un réalisme socialiste*, 1935). Le cycle inachevé des *Communistes* poursuit la dénonciation du capitalisme. Mais ces visées idéologiques se font plus discrètes dans les années 60. Le roman retrouve les valeurs de l'imagination et une élégance baroque qui rappellent les premières amours du jeune dandy surréaliste. Aragon a toujours, quoi qu'il en soit, revendiqué un principe improvisateur dans l'écriture, un simple plaisir de raconter et d'inventer. Le roman repose, selon lui, sur un jeu complexe entre la réalité et l'imaginaire, qu'il nomme le *mentir-vrai*. Son chef-d'œuvre, *Aurélien* (1944), peut, par exemple, se lire sur plusieurs plans : une histoire d'amour impossible, une peinture de l'échec d'une génération oisive et blasée (celle de Drieu, justement), un écho autobiographique (*il n'y a pas d'amour heureux* : Aragon / Elsa), etc.

Le souffle ravageur de Céline•

■ Louis-Ferdinand Destouches, dit **Céline** (1894-1961), fit une entrée fracassante en littérature en publiant *Le Voyage au bout de la nuit* (1932). La critique, à droite comme à gauche, fut décontenancée. À première vue, *Le Voyage* accumule les scènes poussées au noir. Bardamu, le « héros », est un lâche haineux, qui traverse diverses expériences (la guerre, l'Afrique coloniale, l'Amérique des banques et du taylorisme, la banlieue parisienne pourrie). Ainsi Céline présente-t-il une « contre-société » où chacun exploite, maltraite, prostitue ou assassine autrui. Le monde devient un vaste *merdier*, un *dispensaire nauséabond.* Déshumanisé, le réel est réduit à des phénomènes (corps, gestes, attitudes, cris, violence). Le reste (discours, idéaux, amour, etc.) est duperie. L'existentialisme s'en souviendra, notamment Sartre dans *La Nausée.*

■ Pour soutenir un tel projet, Céline fait appel à un style très neuf. Inspirée du langage parlé, l'écriture veut provoquer l'émotion et se fonde sur un « attentat » contre les codes culturels et le bon usage littéraire. Cette subversion engendre un

choc mais s'adapte au sujet : à réalité obscène, langage brutal. Céline sait bien que les beaux discours voilent ou justifient l'atrocité du monde, que tout lyrisme est mensonger. En revanche, quand on touche à la plus crue des réalités (la mort, par exemple), les mots manquent et bafouillent. C'est cet indicible-là que Céline, avec sa petite musique (*Entretiens avec le professeur Y*), nous crie à la figure.
■ Emporté par ses répulsions, Céline a mal tourné. Antisémite et anticommuniste, il s'est mué en propagandiste pro-nazi, comme s'il cherchait à vivre jusqu'au bout l'opprobre et la violence hallucinée de son œuvre, souffle ravageur emportant tout le roman moderne.

La liberté romanesque

■ Face au cynisme d'un Drieu, aux élans héroïques d'un Malraux ou à la détestation célinienne, le roman reste un genre ouvert, propice à l'évasion et à la fiction. Cette tradition d'un romanesque-chant du monde se maintient contre vents et marées.
■ Certes, la tonalité est parfois désinvolte. Pensons au cynisme stendhalien de Raymond **Radiguet** (*Le Diable au corps*, 1923). Étoile filante (1903-1923) de notre littérature, le jeune romancier analyse avec lucidité le désir de vivre, en dépit de la guerre. Son récit est l'histoire insolente d'un adultère entre la femme d'un soldat, envoyé au front, et un jeune homme. De même, Jacques **Chardonne** (1884-1968) décrit les difficultés du couple uni par l'amour (*L'Épithalame*, 1921), avant de louer le bonheur en province (*Le Bonheur de Barbezieux*, 1938). Il n'est pas jusqu'à Marcel **Jouhandeau** (1888-1979) qui, en dépit d'une peinture méticuleuse et cruelle de la vie maritale, ne finisse par renoncer au sarcasme. L'amour est le plus fort, malgré qu'il en ait. Le même comportement double est perceptible chez un auteur comme Marcel **Aymé** (1902-1967), à la fois populiste et gaulois, qui préfère aux officiels bien-pensants (*Le Confort intellectuel*) la paillardise paysanne (*La Jument verte*, 1933) ou la drôlerie et le merveilleux des contes.
■ Comme toujours, la vie amoureuse et le désir restent les grands sujets du romanesque. Ils peuvent être traités avec une bienséance humoristique de psychologue mondain, comme chez André **Maurois** (1885-1967), ou frôler un érotisme étrange, comme chez Pierre-Jean **Jouve** (1887-1976). Son *Paulina 1880* surprit. Mais tous ces auteurs se distinguent moins par leurs propos que par leur écriture, souvent virtuose.
■ Enfin, le roman peut se transformer en véritable hymne à la vie. Une tendance rustique est même perceptible, illustrée par des auteurs comme Maurice **Genevoix** (1890-1980), Marcel Aymé ou Jean de La Varende. Les années 20-30

rénovent le mythe d'un terroir perdu, savoureux et sain. Certes, la nature peut aussi prendre une allure fantastique, comme dans l'œuvre de Charles-Ferdinand **Ramuz** (1878-1947). La montagne y devient un lieu mystique et parfois menaçant (*La Grande peur dans la montagne*, 1926). Mais, généralement, le retour aux sources est vivifiant. Jean **Giono** (1895-1970) chante la Haute-Provence sur un mode enthousiaste. Sa célébration tourne à un panthéisme grandiose (*Colline*, 1929; *Regain*, 1930; *Le Chant du monde*, 1934) ou à un humanisme généreux. Dans un cadre plus limité, **Colette** (1873-1954) s'inspire de sa vie pour évoquer les sensations du monde végétal et animal qu'elle aimait. Sa mère, Sido, sensible et pittoresque, est l'initiatrice d'un plaisir d'être au monde et d'aimer (*Sido*, 1929; *La Chatte*, 1933). La sensualité de Colette est féministe, elle se méfie de l'égoïsme masculin. Mais c'est qu'elle voit dans la femme la tendresse naturelle et harmonieuse de la vie elle-même.

Le théâtre entre les deux guerres

Les comédies de caractère

■ Lié aux faveurs du grand public, le théâtre ne se renouvelle que lentement. La comédie, en particulier, qui se joue sur le « boulevard » et qui s'adresse à des spectateurs avides d'un plaisir facile, manque d'inspiration. Les situations (le ménage à trois) sont souvent les mêmes. C'est le brio de l'auteur, avec ses bons mots, qui sauve la pièce. Le maître du genre est Sacha **Guitry** (1885-1957), fils de l'acteur Lucien Guitry. Enfant chéri du Tout-Paris, il crée des vaudevilles désinvoltes et incisifs, riches en formules brillantes, en boutades et en paradoxes (*Mon père avait raison*, 1919; *Désiré*, 1927). Écrivain abondant, acteur habile, Guitry se tourna avec bonheur vers le cinéma sur la fin de sa vie.

■ Ignorant, comme Guitry, les dures réalités du monde, Marcel **Achard** (1899-1974) propose des comédies plus poétiques. Ses personnages sont des lunatiques ou des innocents. Les sujets en sont minces. Mais il obtint des succès énormes en sachant faire appel aux meilleurs acteurs de son temps (Louis Jouvet, Michel Simon, Raimu, Yvonne Printemps, Pierre Fresnay). Au contraire, d'autres dramaturges créent des héros plus solides et caricaturent les travers du siècle. C'est le cas d'Édouard **Bourdet** (1887-1945). Ses intrigues, très serrées, dénoncent le milieu littéraire (*Vient de paraître*, 1927), le luxe (*Le Sexe faible*, 1929), la bourgeoisie d'argent (*Les Temps difficiles*, 1934). Nommé administrateur de la Comédie Française par le Front Populaire, en 36, il a accueilli tous les hommes de théâtre inventifs de l'époque. Dans le genre satirique, Jules **Romains** s'est taillé des succès, surtout avec son *Knock* (1923), créé par Jouvet.

■ Mais c'est le Marseillais Marcel **Pagnol** (1895-1974) qui sait le mieux typer des personnages et les imposer à jamais. *Topaze* (1928) raconte l'histoire d'un obscur professeur converti en affairiste véreux. La trilogie du « vieux port » (*Marius*, *Fanny* et *César*) fait déjà partie des classiques de la comédie en France. Pagnol, cinéaste, a pu et su populariser ses héros (avec Fernandel ou Raimu).

Pour une scénographie nouvelle

■ À la suite de Lugné-Poé et d'Antoine, tous les hommes de théâtre semblent avoir saisi que le renouveau de la scène passe par les acteurs et les scénographes. Jacques **Copeau**, au Vieux-Colombier, réalise des mises en scène dépouillées, attentives au texte, invitant les acteurs à un jeu austère et expressif. Il croit à un « théâtre de la sincérité » et anime autour de lui une équipe de talents exceptionnels. Autre directeur d'acteurs de génie, Georges **Pitoëff** (1884-1939), qui a fait découvrir en France de nombreux ouvrages étrangers (Wilde, Pirandello, Ibsen, Tchekov). Il crée *le Cartel*, avec Charles **Dullin**, Gaston **Baty**, Louis **Jouvet.** Malgré des divergences sur la direction d'acteur, ils ont la même foi dans un théâtre au service de grands textes (d'Aristophane à Shakespeare, de Calderon à Giraudoux).

■ Collaborateur de Lugné-Poé, puis de Dullin, c'est Antonin **Artaud** qui va formuler, de manière radicale, les exigences du théâtre moderne. Disciple d'Alfred Jarry, il croit que la scène doit exprimer les forces les plus primitives et les plus intenses. Dans *Le Théâtre et son double* (1938), il rêve d'un *théâtre de la cruauté*, spectacle violent et magique, où les interdits seraient brutalement bousculés. Malgré ses outrances un peu fumeuses, cette théorie a influencé l'avant-garde et marqué à jamais la conception moderne de la scène.

■ Certains auteurs, convaincus que le théâtre doit bien être ce lieu de paroxysme cher à Artaud, écrivent des pièces frénétiques. C'est le cas de Stève **Passeur** (1899-1966) dont les personnages sont quasi céliniens (outrés, cyniques, haineux). À sa manière, Jean **Cocteau** recherche aussi une magie extravagante, recourant au mimodrame (*Le Bœuf sur le toit*, *Les Mariés de la tour Eiffel*), aux grands mythes (*Orphée*, *Antigone*), à la structure tragique (*La Machine infernale*) ou même au drame romantique (*L'Aigle à deux têtes*). Enfin, les Belges jouent sur une sorte de lyrisme, soit par le biais de la farce nerveuse et déconcertante (Fernand **Crommelynck**, 1888-1970), soit par de grandes cérémonies sacrilèges et jaillissantes (Michel de **Ghelderode**, 1898-1962).

■ Les vues d'Artaud trouvent aussi leur illustration dans le théâtre de son compagnon en surréalisme, Roger **Vitrac** (1899-1952). Cofondateurs du *Théâtre A. Jarry*, ils veulent un spectacle corrosif et dérangeant. Sur un fond de vaudeville bourgeois, Vitrac présente une dramaturgie pleine de surprises et de provocations qui annonce Ionesco. Ses personnages (des médiocres, conformistes et intéressés) ont recours à un langage incohérent et comme désarticulé. On frôle constamment l'absurde, surtout dans *Victor ou les Enfants au pouvoir* (1928). Cette tendance se poursuivra après-guerre, avec des auteurs comme Boris **Vian** chez qui la dérision conduit à l'insolite et au canular.

Entre pièces « roses » et pièces « noires »

■ Tout en perpétuant les thèmes de la comédie traditionnelle (la famille, l'adultère, l'argent), les écrivains reflètent, bon gré mal gré, les inquiétudes sociales des années 30. Selon un mot d'Anouilh, la comédie hésite alors entre le « rose » et le « noir ». Ce mélange de ton est sensible chez Armand **Salacrou** (1899-1989). Venu de la philosophie, converti au journalisme, il invite à réfléchir sur les tares d'une société sans morale (*Une femme libre*, 1934 ; *L'Inconnue d'Arras*, 1935 ; *Un homme comme les autres*, 1936).

■ Mais le grand maître de ce genre ambigu est Jean **Anouilh** (1910-1987). Jouant de toutes les tonalités (du tragique à la bouffonnerie), son œuvre abondante est marquée par un pessimisme grandissant. Le monde semble voué à briser la pureté et l'innocence. Ses personnages (enthousiastes, désintéressés, amoureux) sont usés par l'échec et évoluent vers des attitudes perverses, désabusées ou cyniques. Malgré son humour, Anouilh voit l'existence comme une dégradation. Admirateur de Marivaux, il étudie les stratégies de l'amour sans vraie tendresse. Même la révolte (*Antigone*, 1942) finit par paraître dérisoire. Ainsi le tragique l'emporte toujours, en dépit des variations apparentes de ses pièces : « roses » (*Humulus le muet*, *Le Bal de voleur*, *Léocadia*), « noires » (*La Sauvage*, *Le Voyageur sans bagage*, *Eurydice*, *Médée*), « brillantes » (*Colombe*, *La Répétition*), « costumées » (*L'Alouette*, *Beckett*), ou « grinçantes » (*Ornifle*, *Pauvre Bitos*).

■ Pessimiste aussi, mais avec plus de grandiloquence et de panache : Henry de **Montherlant**. Quoiqu'un peu plus tardive (ses pièces sont jouées dans les années 40), cette œuvre joue sur une même ambiguïté : derrière un héroïsme de façade, les personnages de Montherlant sont solitaires et secrètement désespérés. Orgueilleux, ils ont le verbe haut et aspirent à l'action d'éclat, mais ils finissent totalement désabusés, désirant presque leur propre anéantissement pour échapper à leur déception (*La Reine morte*, 1942; *Malatesta*, 1946; *Le Maître de Santiago*, 1947).

Giraudoux•, le classique de la modernité

■ Diplomate et romancier, Jean **Giraudoux** (1882-1944) s'est imposé comme le plus grand dramaturge de l'entre-deux-guerres. Homme de culture, germanophile, bon analyste politique, il manie une intelligence brillante mais sceptique. Le théâtre est pour lui le meilleur moyen de montrer les êtres comme apparences, surfaces, attitudes. Car l'homme ne saisit pas le destin caché; il lutte en vain contre la fatalité (*La Guerre de Troie n'aura pas lieu*); il ne perce pas le mystère de la création. La scène, chez Giraudoux, est un jeu d'illusions et d'instantanés. Les personnages y discourent et s'y agitent avec brio mais inutilement. Ces conceptions ont deux effets dramatiques : le spectacle tourne à un débat d'idées, où l'on manie les mythes, les paradoxes, les contradictions; la dramaturgie repose sur la beauté du style, rythmé, ondoyant, pénétrant.

■ Les grands thèmes de Giraudoux sont les questions éternelles posées à la conscience humaine. Le bonheur est-il possible sans la gloire et sans « les dieux » (*Amphitryon 38*)? La guerre est-elle fatale (*La Guerre de Troie*)? Comment sauvegarder la pureté et la fidélité dans un univers de compromissions (*Ondine*)? Faut-il chercher à changer le paisible ordre des choses (*Intermezzo*)? Les idéaux intransigeants sont-ils compatibles avec le bonheur collectif (*Electre*)? Mais la luminosité des cadres choisis (la Grèce antique, par exemple) et la finesse des dialogues empêchent ces débats de sombrer dans la dissertation pesante. Giraudoux, surnommé *l'Enchanteur*, est un magicien des mots, et le spectateur, séduit par l'élégance et l'intelligence de la parole, se met à rêver, comme l'auteur, d'un monde où l'ordre du verbe remplacerait le désordre du réel.

Engagement et existentialisme

Résistance et militantisme

■ Le débat sur les devoirs de l'écrivain face aux agitations du monde est une des caractéristiques de ce siècle. Dès 1927, un homme comme Julien **Benda**

(1867-1956) craignait que les hommes de pensée ne perdissent leur âme dans l'engagement (*La Trahison des clercs*), quitte à s'insurger plus tard contre une société ayant perdu tout repère rationnel (*La France byzantine*, 1945). Mais, avec la guerre et l'occupation, les discussions théoriques n'ont plus cours. Les auteurs, comme les autres hommes, sont embarqués dans les événements qui se précipitent. Benjamin Péret a beau s'en plaindre, même les poètes se mettent à résister.

■ Curieusement, la France occupée connaît une période littéraire fertile (Sartre, Camus, Aragon, Mauriac, Montherlant, etc.), malgré les persécutions. Mais, rapidement, les engagements se partagent entre « collaborateurs » (Drieu, Brasillach, Céline, Chardonne) et « réfractaires ». Même si l'histoire officielle a eu tendance à l'occulter, il est clair que la majorité des auteurs de l'époque se sont beaucoup « mouillés », soit qu'ils aient publié dans des revues pétainistes (Aymé, Anouilh, Simenon), soit qu'ils aient, au moins pour un temps, pactisé avec Vichy (Claudel, Morand, Giraudoux). D'autres enfin se déclarent fascistes (Jacques Doriot, Lucien Rebatet). Face à eux, les dissidents sont de plus en plus nombreux, qu'ils soient discrets (Gide ou Valéry), clandestins (Vercors, Malraux), passés à la Résistance active (Paulhan, Éluard, Desnos, Pierre Emmanuel, les communistes après 40), ou publient sous des pseudonymes (Mauriac, Guéhenno, Aragon, Elsa Triolet). **Vercors**, de son vrai nom Jean-Marcel Bruler (1902-1991), auteur du roman « résistant » *Le Silence de la mer* (1942), fonde avec Pierre de Lescure les Éditions de Minuit. Les écrivains patriotes y publieront clandestinement pendant toute la guerre.

■ À la fin de la guerre, l'esprit militant va se maintenir. Les grandes figures des années 20 et 30 meurent (Romain Rolland, Giraudoux, Valéry, Bernanos, Gide, Claudel), mais une littérature de témoignage se développe, ironique (Jean Dutourd), désespérée (Robert Antelme, David Rousset) ou simplement amère (Robert Merle). L'âme de la Résistance parle encore (Romain Gary, Joseph Kessel). Le roman idéologique, influencé surtout par le communisme, est en plein essor — dans l'attente de la déstalinisation —, avec Aragon, Éluard, Claude Roy, Roger Vailland. L'existentialisme s'épanouit d'abord dans la même mouvance. Abasourdis par les horreurs de la guerre (par l'univers concentrationnaire, en particulier), les écrivains hésitent entre la désillusion (c'est au fond ce que Camus nomme *l'absurde*) et la mise en chantier de nouvelles valeurs.

L'existentialisme en littérature

■ Introduit en France par le « personnaliste » Gabriel **Marcel** (*Être et Avoir*, 1937), l'existentialisme, dans sa version athée, repose sur l'idée que l'existence ne se déduit pas. Elle n'est ni à démontrer, ni justifiée : elle surgit, s'impose. L'homme, pour donner un sens à sa vie, ne peut compter que sur lui-même, sur sa responsabilité, sur la liberté de ses engagements. Plongé dans un monde matériel et historique qui définit sa « situation », l'individu est confronté à une réalité objective opaque, impénétrable. Livré à lui-même, sans secours, l'homme perçoit l'existence comme une angoisse, un abandon à la solitude (« déréliction »). Pour ne pas sombrer dans le désespoir ou dans des rêveries chimériques, il faut tâcher de devenir soi-même, en inventant à chaque instant sa dignité et sa morale : *L'homme n'est rien d'autre que ce qu'il se fait.*

■ On voit d'emblée qu'une telle vision conditionne une fonction à l'écriture, forme de l'engagement inévitable. Sartre veut rappeler l'écrivain à son devoir (*Qu'est-ce que la littérature ?*) et refuse le livre comme divertissement (ou *mauvaise foi*). Sartre et Camus pratiquent, dans ce but, tous les genres, mais ils ne perdent jamais de vue l'actualité (*Actuelles* de Camus, *Situations* de Sartre). Car, selon un titre sartrien, *L'Existentialisme est un humanisme* (1946).

Sartre*

■ Grâce à son autobiographie, *Les Mots* (1964), nous savons comment Jean-Paul Sartre (1905-1980), jeune bourgeois orphelin, brillant élève, s'est peu à peu insurgé contre son milieu. Ce schéma d'une découverte de la révolte est celui de presque tous ses romans. Par exemple, *La Nausée* (1938) montre, sous la forme d'un journal intime, un personnage (Roquentin) qui éprouve l'absurdité nauséeuse du monde. Les choses provoquent en lui la sensation d'une putréfaction molle et envahissante. Cette plongée dans le vécu ne trouve sa contrepartie, finalement, que dans le projet d'écrire un roman, pour transformer le vide et la crise en œuvre d'art. Cette idée « proustienne » de l'écriture salvatrice disparaîtra même dans les œuvres suivantes de Sartre.

■ Car Sartre voit bien que fuir l'existence est illusion. Les cinq nouvelles du *Mur* (1939) montrent des personnages marginaux (condamné à mort, déséquilibrés sexuels, fou) qui s'aveuglent sur leur destin. D'autres s'inventent une fausse personnalité, se complaisent dans l'image que le regard des autres leur renvoie d'eux-mêmes. Sartre nomme *salauds* ces êtres inauthentiques qui peuvent, au besoin, s'afficher fascistes ou antisémites (*L'Enfance d'un chef*) pour se donner une consistance. Enfin, la somme inachevée des *Chemins de la liberté* (*L'Âge de Raison*, 1945 ; *Le Sursis*, 1946 ; *La Mort dans l'âme*, 1949) montre qu'il reste au moins des choix et des actes pour substituer à une contingence absurde un refus fondateur de liberté.

■ Le théâtre de Sartre permet de montrer aussi l'homme en train de se faire. *Les Mouches* (1943) renouent avec le mythe d'Oreste, guidé par sa vanité et non par l'intérêt collectif. *Huis clos* (1944) est une parabole sur l'enfer. Une fois mort, incapable de se sauver par des actes nouveaux, l'homme est prisonnier de la conscience d'autrui. Les autres pièces de Sartre, peu novatrices formellement, font appel à des sujets politiques : racisme américain (*La P... respectueuse*), Résistance (*Morts sans sépulture*), culpabilité nazie (*Les Séquestrés d'Altona*), liberté morale (*Le Diable et le Bon Dieu*).
■ Mais l'originalité littéraire de Sartre tient surtout à ses idées sur l'esthétique romanesque. S'opposant à Mauriac, il récuse la technique traditionnelle du roman, fondée sur un narrateur omniscient. Il lui préfère une narration tissée par les points de vue subjectifs des personnages, pour que le lecteur coïncide avec leur conscience en action. Inspiré par le roman américain (Faulkner, Dos Passos, etc.), Sartre souhaite que le roman, contrairement au récit rétrospectif, se construise à l'aventure, en laissant aux personnages la liberté d'un avenir. Ces théories, illusoires, ont cependant inspiré les « nouveaux romanciers ».

Simone de Beauvoir

■ Compagne de Sartre, agrégée de philosophie comme lui, Simone de Beauvoir (1908-1986) a beaucoup contribué à animer la conscience féministe. *L'Invitée* (1943) et, surtout, *Le Deuxième sexe* (1949) mettent l'accent sur l'aliénation féminine, retraçant, avec les ressources d'une immense culture, l'histoire d'une condition infériorisée : *on ne naît pas femme, on le devient.* Après s'être rapprochée pour un temps du maoïsme, Simone de Beauvoir interroge sa propre éducation en des livres autobiographiques lucides (*Mémoires d'une jeune fille rangée*, 1958). Mais c'est à son livre *Les Mandarins* (1954) qu'elle doit son plus grand succès littéraire. À la fois réflexion sur la désillusion des intellectuels et roman habile, ce récit d'une histoire d'amour déçu est un témoignage exceptionnel sur le désarroi des années 50.

Camus*

■ Bien qu'il se soit beaucoup opposé à Sartre après la guerre, Albert Camus (1913-1960) est inséparable de la mouvance existentialiste. Il se réclame pourtant plutôt de l'« absurde », c'est-à-dire d'une vision du monde qui n'y fait apparaître aucun sens ni aucun espoir. Né en Algérie dans un milieu extrêmement pauvre, Camus a d'abord perçu la vie à travers la mer et le soleil. Le recueil lyrique *Noces* rend compte de cet appel physique et sensuel. Mais la maladie, les atrocités du colonialisme et de la guerre, la misère des bas quartiers parisiens auront tôt fait de transformer cette attente en déception. Résistant, journaliste militant (il fonde *Combat* à la Libération), Camus rédige dans les années 40 son « cycle de l'absurde ».

■ Dans *L'Étranger* (1942), il arrive à créer, avec le personnage de Meursault, une incarnation romanesque idéale de la condition humaine telle qu'il la voit. Un employé de bureau maussade, accablé d'un quotidien sans éclat, ne vit que dans l'immédiat, se déterminant au hasard. Un jeu de circonstances l'amène à assassiner un Arabe, sur une plage ensoleillée. Pris alors dans l'engrenage de la justice, il est condamné à mort pour son indifférence plus que pour son meurtre. Des pièces (*Le Malentendu* et *Caligula*) illustrent le même aveuglement du destin. L'homme est un Sisyphe (*Le Mythe de Sisyphe*, 1942) qui accomplit sans cesse et en toute inutilité des tâches dérisoires et vaines.

■ Ces vues sombres et stériles sont complétées ensuite par le « cycle de la révolte ». Camus essaie d'imaginer une réponse à l'absurde par l'action, la fraternité, la création. *La Peste* est une allégorie sur l'invasion du mal (le nazisme, ou autre chose), finalement repoussé par la lutte collective. Au-delà de la thèse (au fond simpliste), ce roman a su donner des images saisissantes, symboles des tyrannies et du combat fraternel. Mais il est clair que Camus n'y croyait qu'à demi. Violemment attaqué par Sartre, qui le considère comme une « belle âme », un tiède, dont la morale est « celle de l'aumône », il ne voit guère autour de lui d'exemples de la fraternité qu'il loue. Ses nouvelles, *L'Exil et le Royaume* (1957), et, surtout, un court récit, *La Chute* (1956), attestent la permanence du doute et de la déception. Il se voulait « solidaire », il fut surtout « solitaire ». Mais son incertitude ultime fut, finalement, plus prophétique (et moins nocive) que les certitudes agressives de certains existentialistes, maoïstes, staliniens ou autres.

■ L'œuvre de Camus, riche aussi d'un théâtre qui lui tenait à cœur (*Caligula*, 1945 ; *Les Justes*, 1949), doit être lue comme un témoignage littéraire. Il a su réactiver de grands mythes (comme celui de la peste), et trouver un style propre à chacun de ses projets : écriture « blanche » de *L'Étranger*, idéalement mimétique du vide existentiel ; monologue théâtral, ironique et tourmenté, de *La Chute*, autocritique et dénonciation tout à la fois ; éloquence de *La Peste*, parabole des discours qui cherchent à devenir des actes ; beauté sensuelle de *Noces*, poème en prose et hymne à la vie. Camus reste un prodigieux technicien du langage littéraire.

Du désengagement à la fantaisie et à l'imaginaire

Les « hussards »

■ Face à la politisation généralisée de l'immédiat après-guerre, la réaction est inévitable. Même des marxistes, comme Roger Vailland et Claude Roy, mettent l'accent sur leur quête individualiste d'un bonheur, volontiers libertin. Admirateurs de Stendhal, les auteurs qui ont entre vingt et trente ans à la Libération trouvent parfois ennuyeux et faux l'humanisme militant venu de la Résistance et de l'existentialisme. Ces réactionnaires, qui se qualifient d'« anarchistes de droite », ressuscitent le mythe du « **hussard** », sorte de chevalier de l'individualisme, désinvolte et amoureux, vivant sa vie comme un jeu personnel, en vue du bonheur. Le modèle du hussard est emprunté à Stendhal. C'est l'époque où Gérard Philipe l'incarne au cinéma (*La Chartreuse de Parme*, 1948 ; *Le Rouge et le Noir*, 1954). Le mot et l'idéal apparaissent dans des romans : *Le Hussard bleu* (Roger Nimier), *Le Hussard sur le toit* (Jean Giono).
■ Les « hussards » ne forment pas une école. Ils ont en commun de présenter des héros *jeunes, désabusés et ardents*. Citons Roger **Nimier** (1935-1962), Michel **Déon** et Jacques **Laurent** (nés en 1919), François **Nourrissier** (né en 1927), Bernard **Franck** (né en 1929) et, bientôt, Françoise **Sagan** (née en 1935). Quelques tensions agitent le groupe, quand Bernard Franck, réputé de gauche, reprochera aux « hussards » une certaine complaisance pour des idées ou des auteurs « épurés » à la Libération (Céline, Paul Morand, André Fraigneau, Robert Brasillach). Antoine **Blondin** (1922-1991) est même présenté comme « fasciste » — ce qui était évidemment grotesque. Ces querelles sont aujourd'hui oubliées. Les « hussards » ont réactivé l'humour et la mélancolie, un certain romantisme. Leur impertinence a fait école. On les redécouvre en ces temps où les idéologies sont ruinées.

Non-conformistes et inventeurs

■ La défiance à l'égard des idées s'accompagne généralement d'un refus du réalisme. Le créateur veut rompre avec une conception moraliste de l'œuvre, pour laisser libre cours à son imagination originale. Soit il transforme alors le réel au gré de ses visions (dans le sillage du surréalisme), soit il manipule les techniques narratives et joue avec le langage. Ainsi trouve-t-on des auteurs comme Henri **Bosco** (1888-1976), chez qui la nature tourne au fantastique (*Le Mas Théotime*, 1945 ; *Malicroix*, 1948). Mais, surtout, c'est l'époque des bricoleurs de génie qui se mettent à désarticuler les habitudes littéraires.

■ Boris **Vian** (1920-1959), marginal inventif, parodieur et jazzman, est l'image idéale de ce type de créateur. Sous le nom de Vernon Sullivan, il écrit des romans noirs « américains ». Et ses récits hésitent entre la provocation un peu loufoque (*L'Herbe rouge*, 1950) et la fantaisie poétique pure ou mélancolique (*L'Écume des jours*, 1947). Ce touche-à-tout, farfelu et angoissé, fut aussi homme de théâtre. Ses textes, marginaux et dépaysants, expriment une forme de désadaptation au réel, notamment dans ses chansons.

■ Raymond **Queneau** (1903-1976) va plus loin encore. Cet érudit (philosophe, mathématicien, directeur de l'encyclopédie de *La Pléiade*) prend l'écriture comme un jeu combinatoire, plein de pastiches, d'humour, de manipulations lexicales. Déconstructeur, il choisit une méthode fondée non sur une quelconque « inspiration », mais sur le bricolage des signes et des styles. Ses *Exercices de style* sont une brillante démonstration de ces principes. Queneau se moque de l'orthographe et du « beau langage » littéraire (*Loin de Rueil*, 1944 ; *Zazie dans le métro*, 1959) ou bien se fixe des contraintes parodiques (*Les Fleurs bleues*). Autour de lui, Queneau rassemble l'OULIPO (Ouvroir de littérature potentielle). De brillants intellectuels et de joyeux drilles y jouent à expérimenter des jongleries langagières en tous genres. Le plus remarquable des Oulipiens est sans conteste Georges **Perec** (1936-1982). Ce cruciverbiste génial réalise des tours de force, tel *La Disparition*, roman où la lettre *e* est exclue (lipogramme). Auteur imaginatif et insolite, Perec a merveilleusement exprimé le vide et la dispersion de la société de consommation dans *Les Choses* (1965) et, plus tard, dans *La Vie mode d'emploi* (1978), encyclopédie ironique de la modernité.

Stylisme et imaginaire

■ En délaissant les prêches et les discours, la littérature rejoint forcément l'imaginaire et la stylisation, la fantasmagorie et une forme de maniérisme. Influencé par les romantiques et, durablement, par les surréalistes, Julien **Gracq** (de son vrai nom Louis Poirier, né en 1910) offre un point de perfection dans cette tendance du roman *songe* et *mensonge*. Chez Gracq, le monde est saisi dans un temps suspendu ; l'attente nourrit l'imaginaire, fait de désir et de hantise, car le futur peut apporter la guerre ou la mort (*Le Rivage des Syrtes*, 1951 ; *Un Balcon en forêt*, 1958). De même, l'espace est initiatique et invite à quelque intrigue : sentiers forestiers, mer et presqu'île (*La Presqu'île*, 1970). Ce cadre fantasmatique est souvent minutieusement décrit, car il implique le sens et conditionne les caractères ou les actions des personnages. La psychologie « à message » cède ainsi le pas à un état de conscience (initiation, attente, remémoration, déception, oubli). Gracq, par ailleurs, est un essayiste brillant, commentateur acerbe. Il déteste les « coups » médiatiques qui entourent la littérature (*La littérature à l'estomac*), refuse lui-même les prix et les apparitions mondaines, condamne les formes « froides » (le Nouveau Roman, par exemple). Technicien et styliste, Gracq est un esthète. Mais ses personnages flottants, inachevés, participent à leur manière à la « déconstruction » moderne du héros romanesque.

■ L'imaginaire, nourri des trouvailles surréalistes, trouve aussi son expansion dans les romans érotiques. Le fantasme s'y déploie pleinement. L'univers d'André **Pieyre de Mandiargues** (1909-1991) libère des images de désir et de mort (*Le Lis de mer*, 1956 ; *La Motocyclette*, 1963). L'influence de Georges **Bataille** est ici perceptible : l'érotisme seul permet à l'être de vivre de manière « dissolue », de renouer avec les forces de l'imaginaire le plus impulsif. Malgré les apparences formelles, ces tentatives sont à rapprocher d'un climat plus général de retour à l'éducation sentimentale, comme on le voit avec les textes amers et « érotisés » de Françoise Sagan, Paul Guimard ou Kléber Haedens.

■ Enfin, le retour de la fiction n'empêche pas l'érudition et une facture plus classique. Pensons, par exemple, aux *Mémoires d'Hadrien* (1951) de Marguerite **Yourcenar** (1903-1987). Cette biographie romancée de l'empereur romain du IIᵉ siècle est un livre de passion (celle d'Hadrien pour Antinoüs) dans un contexte historique particulier : *Les dieux n'étant plus, et le Christ n'étant pas encore, il y a eu, de Cicéron à Marc-Aurèle, un moment unique où l'homme seul a été.*

Le roman mythologique

■ Michel **Tournier** (né en 1924) se propose une ambition plus haute encore, celle de revivifier les mythes (l'ogre, Robinson, les gémeaux, les Rois Mages, etc.), car la fonction sociale de l'écrivain, pour lui, est d'enrichir *ce bruissement mythologique, ce bain d'images* dans lequel nous vivons, et qui est l'*oxygène de l'âme*. En se fondant sur le mythe, le roman reste un espace ouvert où un imaginaire primitif, enfantin, peut s'épandre. Le thème de Robinson (*Vendredi ou* *les Limbes du Pacifique*, 1967) illustre idéalement cette démarche : au héros de repenser et reconstruire tous les savoirs. Tournier, qui est aussi auteur d'essais et de notes de lectures (*Le Vent Paraclet*, *Le Vol du vampire*), ne se confine pas dans un univers d'images sauvages ou stériles. Le roman mythologique est toujours allégorique. Par exemple l'ogre (*Le Roi des Aulnes*, 1970) peut évoquer l'hitlérisme ; et *La Goutte d'Or* a pour toile de fond l'immigration et le racisme.

Le Nouveau Roman et alentour

Principes et évolutions

■ Selon un titre célèbre de Nathalie Sarraute, les années 50 connaissent *l'ère du soupçon*. Il s'agit d'une crise. Les formes classiques sont contestées et un effort de renouveau théorique se dessine. Malgré des divergences, un certain nombre de romanciers se réclament alors d'un même genre moderne, le « nouveau roman ». Publiés par les éditions de Minuit, ces auteurs se reconnaissent à travers quelques refus. Ils les formulent en divers manifestes : *L'Ère du soupçon* de Nathalie Sarraute (1950), *Pour un nouveau roman* d'Alain Robbe-Grillet (1955), *Essais sur le roman* de Michel Butor (1955). Admirateurs de Gide, Joyce, Faulkner ou Kafka, ils voient la vie comme un désordre discursif, où l'individu semble noyé dans la solidité des choses.

■ Ces idées générales, moins neuves qu'il n'y paraissait, peuvent se résumer ainsi :

- le Nouveau Roman est — en tout cas, à ses débuts — réaliste (et non formaliste), mais il cherche une forme qui rende compte de la réalité par des moyens nouveaux (le descriptif froid, notamment) ;
- il est recherche et libération, refusant les habitudes romanesques faciles et conservatrices ; il invite le lecteur à un éveil ;
- il refuse d'être le porte-parole d'idées ; l'œuvre est sa propre fin ;
- il évite les personnages typés et préfère des êtres mal identifiés plongés dans l'incohérence de la conscience et des choses ;
- il s'écarte de l'intrigue traditionnelle et renonce au déroulement linéaire du temps. Plusieurs niveaux de consciences sont exprimés à la fois ; le récit comporte des failles ou des impasses ; le personnage est souvent errant ou égaré dans une enquête qui n'aboutit jamais.

■ Les grandes dates du Nouveau Roman : voir tableau, p. 408.

L'ESSENTIEL DU NOUVEAU ROMAN

Alain Robbe-Grillet

Les Gommes, 1953
Le Voyeur, 1955
La Jalousie, 1957
Dans le labyrinthe, 1959
L'Année dernière à Marienbad, 1961
Instantanés, 1962
La Maison de rendez-vous, 1965
Projet pour une révolution à New York, 1970
Topologie d'une cité fantôme, 1976
Souvenirs du Triangle d'or, 1978
Djinn, 1981
Le Miroir qui revient, 1984
Angélique, 1987

Michel Butor

Passage de Milan, 1954
L'Emploi du temps, 1956
La Modification, 1957
Degrés, 1960

Claude Ollier

La Mise en scène, 1958
Le Maintien de l'ordre, 1961
L'Été indien, 1963
L'Échec de Nolan, 1967

Claude Simon

Le Sacre du printemps, 1954
Le Vent, 1957
L'Herbe, 1958
La Route des Flandres, 1960
Le Palace, 1962
Histoire, 1967
La Bataille de Pharsale, 1969
Les Corps conducteurs, 1971
Triptyque, 1973
Leçon de choses, 1976
Les Géorgiques, 1981
La Chevelure de Bérénice, 1984
L'Acacia, 1989

Robert Pinget

L'Inquisitoire, 1962
Quelqu'un, 1965
Passacaille, 1969

Jean Ricardou

L'Observatoire de Cannes, 1961
La Prise de Constantinople, 1965

Nathalie Sarraute

Tropismes, 1938
Portrait d'un inconnu, 1949
Martereau, 1953
Le Planétarium, 1959
Les Fruits d'or, 1962
Entre la vie et la mort, 1968
Vous les entendez ?, 1972
... Disent les imbéciles, 1976
L'Usage de la parole, 1980

Le théoricien : Robbe-Grillet

■ Ingénieur agronome converti à la littérature, Alain Robbe-Grillet (né en 1922) est surtout influencé par la phénoménologie (donc par Sartre et Céline). Il substitue à l'analyse psychologique classique un système descriptif du réel (actes, gestes, objets) et de la subjectivité (perception, fantasmes). Mais cette pénétration n'atteint que la forme ou la surface ; le secret des consciences reste opaque et peu cohérent. Le roman devient alors une sorte d'inventaire, sans chaleur, qui localise, délimite, mesure. Cet univers d'objets rappelle la « nausée » sartrienne et l'« absurde » de Camus : l'homme y est livré au silence et à la solitude. Le descriptif illustre une déréliction. On le voit bien avec *Les Gommes* (le détective Wallas erre dans une ville labyrinthique qui l'écrase) ou avec *La Jalousie* (un mari soupçonneux ne cesse d'épier en vain, confondant les signes du réel et ses propres hallucinations).
■ Le réalisme très particulier de Robbe-Grillet l'a poussé ensuite à utiliser le cinéma, où il a pu donner libre cours à l'envahissement des choses et au déroulement des fantasmes.

Comment tout dire ? Butor

■ Michel Butor (né en 1926), brillant essayiste littéraire (*Répertoires*), a voulu pousser le « réalisme » du Nouveau Roman dans ses derniers retranchements. Ses récits tentent d'embrasser la totalité du réel. *Degrés* examine une heure de classe sous tous les points de vue. Mais l'exhaustivité échoue évidemment, car il devient vite impossible de rendre compte de l'interdépendance des visions exprimées. *Passage de Milan* se veut la relation de la vie d'un immeuble de sept étages de 7 heures du soir à 7 heures du matin. L'ensemble tourne vite à la dispersion et la vérité totale reste une fiction. Ainsi, on a beau scruter *L'Emploi du temps*, il reste enchevêtré.
■ Le texte le plus saisissable de Butor est *La Modification*. Un certain Louis Delmont prend le train pour rejoindre sa maîtresse à Rome. Le déplacement dans l'espace lui permet de repenser la dispersion de sa vie et de « modifier » sa décision. Écrit à la deuxième personne du pluriel, le récit illustre un processus d'indécision où le lecteur se sent impliqué.

L'être sous l'apparence : Sarraute et Duras

■ Nathalie Sarraute (née en 1902), influencée par Proust, cherche à rendre compte de la complexité de la vie psychologique. Pour ce faire, elle essaie de pénétrer l'intimité instable de la conscience, agitée de « tropismes », c'est-à-dire de *mouvements indéfinissables* qui glissent très rapidement. Nathalie Sarraute s'intéresse ainsi à la « sous-conversation », dialogue interne et incessant, fait d'intonations, de sens esquissés, de formules avortées et d'équivoques. Le vrai de notre être est tapi derrière les apparences, agité de secrètes impulsions qui conditionnent notre comportement.

■ Marguerite Duras (née en 1914) ressent comme Nathalie Sarraute que la vérité ne cesse de se dérober, que l'authenticité se dilue dans des lambeaux de paroles et qu'ainsi chacun reste impénétrable à autrui, laissé à sa propre angoisse tourbillonnante. Mais Duras choisit un style très éloigné de l'inquiète instabilité des « tropismes ». Après de premiers essais qui rappellent Mauriac ou Green, elle écrit de courts romans, très statiques. La forme simple et restreinte illustre les éphémères contacts entre les êtres. Le thème prédominant chez Marguerite Duras est la rencontre : un couple se rapproche, essaie d'atteindre une harmonie, puis se défait. En supprimant l'anecdotique, le récit est attentif à ce qui se passe dans les consciences. La voix ressasse, tourne au leitmotiv, anxieuse, impuissante. La solitude et le mystère du cœur humain sont alors perceptibles, dans une sorte de grisaille et d'émotion contenue. Car l'homme traverse le monde sans connaître ses propres mobiles (*Moderato cantabile*, 1958 ; *Le Ravissement de Lol V. Stein*, 1964). Marguerite Duras a aussi écrit pour le théâtre; sa méthode s'y adapte parfaitement (les personnages parlent sans se livrer autrement). Et elle a travaillé également, comme Robbe-Grillet, pour le cinéma (*Hiroshima mon amour*, 1960; *India Song*, 1975). Son récit autobiographique *L'Amant* (1984), couronné par le prix Goncourt, lui a permis d'atteindre le grand public.

Le monde compact : Simon et Pinget

■ Claude Simon (né en 1913, prix Nobel en 1985) achève de désarticuler le récit traditionnel. La réalité n'apparaît plus que sous la forme d'un magma informe dont nous ne percevons que des bribes, espacées de vides. Dans *La Route des Flandres* (1960), c'est une seule phrase qui raconte, au moment de la débâcle de 1940, les récits de trois rescapés. Les trois voix s'entrelacent et se mêlent, accentuant l'effet de labyrinthe et d'énigme. On ignore au fond qui est l'énonciateur, et ce brouillage systématique laisse une impression d'enlisement total dans un présent inorganisé et obsessionnel. La débâcle du texte figure celle de l'Histoire, et, sans doute, celle de tout roman. Les signes de décomposition et de mort sont omniprésents, dans les thèmes comme dans l'organisation esthétique de ce texte inclassable, poème confus et compact. Simon a, lui aussi, renoué avec une forme d'autobiographie, dans *L'Acacia* (1989).

■ Robert Pinget (né en 1919 à Genève), avec plus de dérision apparente, suit la même voie que Claude Simon. Son texte accumule les radotages, les descriptions décousues, les dialogues sur des sujets débiles ou rebattus. On pense au « nouveau théâtre », mais avec une prolixité plus entêtante. Pinget est d'ailleurs dramaturge. Ses romans, comme *L'Inquisitoire* (1962), peignent l'absurde quotidien, répétitif et tournant à vide.

■ Avec de telles expériences littéraires, qui frôlent parfois l'illisible, le Nouveau Roman évolue vers une pure expérimentation des formes. L'œuvre devient une exploration des pouvoirs de la textualité. C'est bien ce que revendique Jean Ricardou, lorsqu'il déclare vouloir remplacer *l'écriture d'une aventure par l'aventure d'une écriture.* Les premières œuvres de Philippe Sollers et de ses amis de la revue *Tel Quel* s'inscriront dans cette filiation — au risque de lasser bien des lecteurs.

Le Nouveau Théâtre

Insolite, dérision, cruauté

■ Des auteurs comme Roger Vitrac ou Boris Vian (1920-1959) avaient déjà pris plaisir à bouleverser les bienséances théâtrales, influencés par les provocations du dadaïsme et d'Alfred Jarry. Mais, à partir des années 50, ces tentatives isolées deviennent plus systématiques et plus réfléchies. On parle alors de « Nouveau Théâtre ». À juste titre, puisque les principes mis en avant sont de rompre avec tous les critères usuels (temps, lieu, action, caractères, langage).

■ Cette contestation se souvient d'Antonin Artaud qui voulait *en finir avec les chefs-d'œuvre* et trouver un style qui devait stupéfier les spectateurs, comme le feraient la peste ou d'autres fléaux. Quelques constantes sont rapidement perceptibles :

• **l'abandon de tout didactisme**. Contrairement à Sartre, par exemple, le Nouveau Théâtre refuse les thèses et les propagandes. Sans idéologie, il vise à un « anti-théâtre », sans message, sans motivation psychologique. Ce projet implique un langage décousu, des personnages inconsistants, un décor insituable dans le temps et l'espace ;
• **des paroles conflictuelles**. Puisqu'on refuse la psychologie, les personnages semblent échoués dans un univers absurde et imprévisible. Leur seule façon d'exister un peu est de parler. Non qu'ils aient quelque chose à dire. Ils ressassent des clichés bêtifiants et bafouillent. Mais la parole les met en relation avec autrui : on s'énerve, on s'oppose. Le langage est toujours conflit, par exemple sous forme de débats domestiques ineptes ;
• **stylisation et symboles**. Une pièce n'a de sens que jouée. Le spectacle obéit à une dynamique interne qui déshumanise les personnages (par l'accélération chez Ionesco ou par l'enlisement chez Beckett). Le sens est évacué au profit d'une situation exagérée et symbolique. D'où le recours à des marginaux : clochards, gâteux, infirmes, tyrans idiots, anormaux, crétins, sadiques, etc. La dérision passe par la cruauté ;
• **une forte dénonciation**. Même si ce théâtre refuse les idées, ce vide est un message. Il met à nu l'angoisse humaine, l'absurdité de notre condition, la niaiserie de nos espérances. La scène montre souvent des fantoches qui attendent quelque sauveur (*Les Chaises* de Ionesco, *En attendant Godot* de Beckett). Le monde incohérent et moribond s'étourdit de son propre néant.

Nouveaux lieux, nouveaux auteurs

■ Les années 50 ont vu le renouvellement du public théâtral. Le Théâtre National Populaire, dirigé par Jean Vilar, ouvre à tous le répertoire classique, tandis que se créent des festivals provinciaux (Avignon, Albi, Carcassonne). Dans le quartier latin, Jean-Louis Barrault et Madeleine Renaud font une place à de jeunes auteurs, comme Jean Genet. Cet engouement favorise l'apparition de nouvelles créations.

■ Les auteurs jouent beaucoup avec les dialogues, brillants (comme chez Jacques **Audiberti**) ou totalement loufoques (comme chez Jean **Tardieu**). Mais, derrière les bavardages, le vide métaphysique devient obsédant. Ce fond d'angoisse est sensible chez un marxiste comme Arthur **Adamov** (1908-1970). Marqué par l'exil (il est né au Caucase), lecteur de Kafka, tenté par le surréalisme, il fait penser à Beckett par ses hantises : l'homme devenu machine (*Le Ping Pong*), le corps mutilé (*Paolo Paoli*).

■ Marginal, délinquant, légionnaire déserteur, Jean **Genet** (1910-1986) crée un spectacle violent et magique. *Les Bonnes* (1947) sont deux sœurs, exploitées et haineuses, qui s'acheminent vers le meurtre quasi rituel de leurs maîtres. *Le Balcon* (1956) met en scène un bordel où les clients ont l'habitude de singer des personnages importants ; une des entraîneuses se prend au jeu et se fait finalement passer pour reine. Enfin, *Les Paravents* est une allégorie virulente contre le militarisme et le racisme. Genet a beaucoup scandalisé. Mais ces « farces tragiques » rompent avec toute tradition et inventent un langage théâtral efficace. Dans son sillage, citons deux autres dramaturges provocateurs : Fernando **Arrabal** (né en 1932), qui agresse le spectateur par un défilé d'abrutis, de sadiques et d'oppresseurs ; et Armand **Gatti** (né en 1924), qui voit dans son métier une fonction d'agitateur politique, ses pièces allant jusqu'à se présenter comme des meetings où la création collective est sollicitée.

■ Enfin, le théâtre subit d'autres influences, par exemple celle de l'Oulipo. Les jeux de Tardieu sur le langage font penser à du Queneau. Quelques auteurs s'intéressent surtout à des dialogues brillants mais fantaisistes, frôlant le coq-à-l'âne ou le canular. René de **Obaldia** (né en 1918) s'amuse même, dans *Génousie*, à mettre en scène huit personnalités prisonnières de leur formation langagière (un psychiatre, un poète, etc.) et qui essaient vainement de communiquer. L'humour doux-amer de François **Billetdoux** (1927-1991) et les dialogues absurdes de Roland **Dubillard** (né en 1923) ironisent aussi sur l'impossible échange humain.

L'absurde, version Ionesco*

■ Eugène Ionesco (né en 1912), d'origine roumaine, s'est beaucoup expliqué sur ses intentions. Refusant de distinguer comique et tragique, il veut rendre visible l'absurde. Plusieurs méthodes sont retenues : envahissement de l'objet (chaises, etc.), grossissement démesuré qui étouffe tout (un cadavre qui grandit, des rhinocéros qui prolifèrent), personnages pontifiants mais idiots (un roi qui se meurt, un couple anglais que rien n'étonne, un professeur qui n'enseigne que des inepties et qui assassine ses élèves). Ainsi les êtres et les choses nous agressent, mais leur trop-plein ne laisse que du vide ou de la mort.

■ Les personnages sont déshumanisés (à la façon de marionnettes ou de robots, dogmatiques et satisfaits) et parlent avec des phrases toutes faites. *La Cantatrice chauve* a été inspirée à Ionesco par les formules de la méthode Assimil. Ces anti-héros répercutent des lambeaux de discours pris aux autres. Prisonniers de signifiants préétablis, ils sont ivres de banalités et de querelles verbales. La scène est alors un champ clos où ils débattent, se dispersent et se disputent, sans que rien d'essentiel soit en jeu. Aussi nécessaire (pour continuer à exister) qu'illusoire, l'oralité est signe d'une mort qui gagne peu à peu. Au demeurant, le théâtre de Ionesco est drôle, souvent nerveux, cultivant un insolite qui fait rire. La réalité désarticulée tourne toujours à la clownerie.

Beckett* et « l'innommable »

■ Samuel Beckett (1906-1989) fut le premier surpris du succès remporté par son *En attendant Godot* (1953). Deux vagabonds minables, Vladimir et Estragon, bavardent vainement dans un paysage désertique dans l'attente d'un certain Godot. Visible allégorie de l'inutile espérance humaine, la pièce aida le public à saisir la volonté du Nouveau Théâtre de parler de l'essentiel — et qui pourtant n'a pas de nom : le néant, le rien, le noir.

■ Car c'est bien l'innommable que Beckett poursuit. Ses personnages, quand ils veulent exprimer quelque idée, sentent les mots faire défaut : le bafouillage, puis le silence s'installent, remplis de bâillements, de redites, de mimiques ou de borborygmes. C'est dans ces vides, dans ces plages où les mots échouent et se disloquent, que le sens profond de la pièce s'élabore et se révèle. Épaves, pauvres gueux, paralytiques, les êtres beckettiens sont déjà gagnés par la mort lente. Winnie s'enfonce dans le sol (*Oh les beaux jours*), d'autres vivent dans des poubelles ou sur un fauteuil d'infirme (*Fin de partie*). Même le comique de cirque utilisé (chutes, coups de pied, pantalons qui tombent) rappelle la faillite atroce des êtres de chair, abîmés, bafoués. Le monde entier est en décomposition, s'enlisant dans un délabrement généralisé.

■ Le pessimisme de Beckett est absolu, mais il n'est pas neuf. Les thèmes de la solitude et de l'incommunicabilité sont monnaie courante dans ce siècle kafkaïen. Mais Beckett a su trouver une formulation terrible et fascinante. Son théâtre nous met, presque physiquement, en contact avec la frustration et le malaise. Les récits en prose de Beckett montrent le même naufrage des êtres, en recourant au monologue interminable d'une voix sortie du néant.

Aventures de la poésie

Les choses de la vie

■ Au lendemain de la guerre, les poètes militants jouissent d'un immense prestige, surtout Aragon et Éluard. Mais la ferveur retombe vite quand les thèmes de la patrie ou de la fraternité sociale se font moins urgents. Une sorte de vide s'installe : Valéry et Claudel disparaissent ; les surréalistes radotent. Faute de projets communs ou de grandes causes, la poésie des années 1945-1970 offre un paysage totalement éclaté. Les classements sont arbitraires, d'autant que chaque poète voit son œuvre comme un itinéraire personnel, souvent sinueux. Cette absence d'unité et cet éparpillement rendent à la poésie une nouvelle authenticité, une intimité plus touchante.

■ On commence par en revenir aux choses de la vie. Jacques **Prévert** (1900-1977) affecte de détacher ses poèmes de tout intellectualisme. Sans grandiloquence, ses « paroles » disent avec verdeur et drôlerie les petites joies ou les déceptions des gens simples. Hésitant entre satire et compassion, il trace des croquis et bricole les formules usées du quotidien. Il est bien normal que ses textes finissent en chanson (grâce à Kosma) ou en jeux d'écoliers. De même Jean **Follain** (1903-1971) ouvre pour nous les vieux albums de photos d'autrefois. Ses poèmes brefs saisissent un objet familier, un geste, un regard. Car le temps efface et menace. Le tableau, sobre, lisse, immobile, fait penser à une « nature morte ».

■ Francis **Ponge** (1899-1988), lui aussi, traque l'objet, mais grâce à un inventaire méticuleux du lexique. Il commence par décrire avec précision. Mais l'objectivité, dans le langage, étant une utopie, il cherchera surtout une ligne pure et juste qui imitera la chose vue et désirée. Il ne faut pas de conflit avec le réel : la parole s'y infuse, au point que les mots font un poème-objet (*Le Parti pris des choses*, 1942 ; *Proêmes*, 1949). Méfiant face au lyrisme gratuit, Eugène **Guillevic** (né en 1907) cherche aussi à contrôler et à « blanchir » son langage pour restituer la présence d'un réel. Concis, circonspect, il évite images et métaphores, pour poser devant nous la chose dans son silence et son inertie. Guillevic, breton, est inspiré par les menhirs (*Carnac, Terraqué*), ces longues pierres qui semblent nous parler.

■ Le retour aux choses n'empêche pas la spiritualité ; au contraire, les choses irradient parfois le mystère, elles figurent le monde habité par la vie et la métamorphose. C'est ce que perçoivent Jean-Claude **Renard** (né en 1922), auteur de *Métamorphose du monde* et de *Toutes les îles sont secrètes*, ou Alain

Bosquet (né en 1919), poète abondant et collectionneur des *plus beaux poèmes du monde*. Enfin, le réel peut aussi être citadin, comme chez Jacques **Réda** (né en 1929), observateur du quotidien urbain et banlieusard.

Linguistes, oulipiens et telquelistes

■ Plutôt que de produire de la poésie en lui fixant un objet extérieur, d'autres auteurs préfèrent réfléchir sur les mécanismes et les stratégies du langage. Au cœur de « l'ère du soupçon », il n'est plus question d'embrasser des idéologies, mais de démonter les formules qui les constituent. Oubliant la tendresse et le lyrisme, bien des poètes commencent par jouer avec les mots.

■ Les amis de Queneau, les « oulipiens », s'emploient à faire le tour des contraintes et des recettes propres à vitaliser la création. Georges **Perec**, François **Le Lionnais**, Jean **Lescure** et d'autres s'obligent à ne pas utiliser telle voyelle (lipogramme), ou à répéter la même (tautogramme). Il font des collages, des exercices combinatoires (*Cent Mille Milliards de poèmes*). Ils déforment des textes connus ou les découpent. Bref, ils s'amusent beaucoup et nous rappellent l'un des principes générateurs de la poésie, déjà exploité par l'enfant, le plaisir du jeu. Ces facéties peuvent se faire savantes : Jacques **Roubaud** (né en 1932) construit des ensembles à partir de lois mathématiques et de techniques japonaises.

■ De même, les amis de la revue *Tel Quel* réfléchissent sur l'anomalie et le dérèglement poétiques. Marcelin **Pleynet** (né en 1933) voit le poème comme refus de la normalité. Denis **Roche** (né en 1937) veut faire rendre gorge à la poésie, en la ramenant à un cérémonial primitif, en-deçà de toute culture figée. D'autres avaient déjà poussé encore plus loin cette autodestruction, comme les lettristes, qui remplacent les mots par des sons, des phonèmes ou des signes (Isou, Maurice Lemaître, etc.).

■ Dès lors que la poésie est vue exclusivement comme maniement des signifiants, il est prévisible que les linguistes s'y intéressent. C'est le cas d'Henri **Meschonnic** (né en 1932) ou de Michel **Deguy** (né en 1930), qui a résumé sa poétique dans un livre difficile, *La poésie n'est pas seule, court traité de poétique* (1988). L'influence de ces universitaires est considérable dans les milieux de la création contemporaine. On le perçoit bien dans les revues spécialisées, comme « T X T », animé par Christian **Prigent** (né en 1945).

Entre fureur et mystère

■ Le choix d'entrer en poésie, malgré ces artifices de surface, indique un rapport conflictuel au monde. Henri **Michaux** (1899-1984) considère tout art comme *épreuve* ou *exorcisme*. Comme ses dessins, comme ses errances par le monde, comme ses expériences de la drogue, sa poésie est insurrection et question. Il commence par pétrir la matière langagière en inventant des mots. Mais le résultat ne peut que décevoir le poète. Les titres parlent d'eux-mêmes : *Passages, Mouvements, Misérable miracle, Turbulences, Gouffres, Ensablements, Chemins perdus, Transgressions*. Michaux, habité par un mouvement de dérive, voit la poésie sous trois aspects : le voyage, la dilution du moi, l'exorcisme.

■ Moins anxieux, mais aussi énigmatique, pris dans le même jeu de contradictions, tel apparaît René **Char** (1907-1987). Retiré dans son Vaucluse natal après une courageuse guerre dans la Résistance, Char écrit sa vie, comme il la sent, livrée à l'énigme et au danger d'exister. Ses poèmes suivent un chemin de crête, entre *fureur et mystère*, c'est-à-dire entre le désir d'épouser les joies de la vie et la certitude de n'en atteindre que la surface. La poésie est donc déchirée. La difficulté des textes de Char en signale l'exigence, celle d'un homme aux aguets, saisi jusqu'au vertige par l'absurdité désespérante du monde et la soif inassouvie de ses lumières et de ses moissons. Il en vient ainsi à une parole « en archipel », éparse, pleine d'incertitudes, tentée par les formules et les aphorismes — comme ceux des philosophes antiques.

■ Car la poésie s'apparente au parcours initiatique et à l'aventure spirituelle. René Char, sorte de mystique athée, a sans cesse recours à un vocabulaire et à des images d'inspiration religieuse. Résistant, comme lui, Pierre **Emmanuel** (né en 1916) retrouve l'élan chrétien et fait de son poème un acte de foi. En marge du surréalisme, il écrit, dans la tradition de d'Aubigné ou de Hugo (*Babel, Jour de colère*), une œuvre au lyrisme touffu. Cette ferveur foisonnante peut aussi laisser la place à des textes plus nus et contemplatifs (*Évangéliaire*). Plus minutieux, dans une sorte de piété monacale, Patrice de **La Tour du Pin** (1911-1975) réinvente une poésie inspirée de la liturgie catholique (*Somme de Poésie, Concert eucharistique*) qu'il nomme *théopoésie*.

■ Ces tensions sont souvent difficilement accessibles pour le lecteur. Chez André du **Bouchet** (né en 1924), elles aboutissent à la sécheresse et à l'effacement. Le poème exprime l'absence, la vacuité : c'est dans ce qui nous manque que notre conscience s'éveille au regret et au désir. De même, le poète mystique Edmond **Jabès** (1912-1991) cherche, au cœur de sa culture juive, *Le Retour au livre*, c'est-à-dire le texte où fonder une attente.

Le désir du *vrai lieu*

■ Pour surmonter ces contradictions, la poésie est en quête d'un lieu où s'enraciner, fût-il escarpé ou inhospitalier. C'est ce que dit Jacques **Dupin** (né en

1927), dans *Gravir* ou dans *L'Embrasure*. De même, Yves **Bonnefoy•** (né en 1923) commence par se défier de tout intellectualisme pour chanter les présences (un instant, une voix, une lumière). Tout en méditant sur la mort, qui rend chère et nécessaire la beauté fragile du visible, il est à la recherche du *vrai lieu* où vivre ici-bas. Le poète n'est pas *trafiquant d'éternel*, mais *inventeur d'espérance terrestre*. Bonnefoy fait entendre une parole de célébration et d'acceptation. Car la seule terre promise est dans les éléments que nous pouvons fugacement posséder. Bonheur précaire et frémissant, le poème imite lui-même le « tremblé » du vécu.

■ Dans la mouvance de Bonnefoy, citons son ami Philippe **Jaccottet** (né en Suisse en 1925). Ses poèmes refusent de nous étourdir; ils veulent dialoguer, nous rappeler à l'échange et à la disponibilité. D'où un texte simple et dépouillé, qui loue l'espace, l'air, la lumière. De même, André **Frénaud** (né en 1907) veut nous communiquer les traces d'une vie qui s'est défiée des certitudes et qui a glané, çà et là, des moments de bonheur près de choses simples. Dans un souffle plus lyrique, un poète comme Emmanuel **Hocquard** (né en 1940) réinvente des élégies à l'antique qui, elles aussi, consolent et redonnent vie. Plus tragique et déchiré, Frank **Venaille** (né en 1936) demande aussi à la poésie de l'aider à surmonter le dégoût ou la souffrance. On le voit, la poésie est plus un mode de vie qu'une pratique textuelle gratuite.

Le récit et le vécu

Tendances autobiographiques

■ La suprématie du roman dans la production romanesque n'a pas empêché le retour en force de l'autobiographie, dès l'après-guerre. Le phénomène s'est rapidement accentué par le jeu des médias qui jettent les auteurs (ou simplement les hommes connus) sur le devant de la scène et les invitent à s'expliquer. Dans les années 70 et 80, il n'est guère de personnalités publiques qui n'aient rédigé quelque confession ou « lettre ouverte ».

■ Mais l'autobiographie est d'abord acte littéraire et re-création de soi. Jean **Genet** (1910-1986) l'avait bien senti. Son *Journal d'un voleur* (1949) reflète son expérience (errance, vol, homosexualité, prostitution, prison), mais la transfigure en récit poétique et en légende, pour tirer d'une aventure sordide un sens et une beauté. Ce projet sartrien (*cf.* la fin de *La Nausée*) a frappé Sartre. Lui-même biographe de Genet (et de Flaubert ou Baudelaire), Jean-Paul **Sartre** rédige, en 1964, *Les Mots*. Cette vraie histoire de vie suit la chronologie, de la naissance à la découverte de la vocation d'écrivain. En fait, le plan « *Lire* »/« *Écrire* » permet à l'auteur de récuser définitivement l'enfant qu'il a été, sur un ton vengeur et grinçant. Il s'agit moins de se raconter que de dénoncer une « névrose » créée par l'éducation.

■ Tous les autobiographes perçoivent l'impossibilité de se ressaisir tout entier et de dire le « tout » et le « vrai » de soi. Chacun essaie de répondre à cette difficulté. Georges **Perec** (1936-1982) aligne simplement des souvenirs en lambeaux, sous forme de fragments (*Je me souviens*, 1978) ou d'un dialogue entre le récit authentique et la fiction (*W ou le souvenir d'enfance*, 1975). D'autres, comme Yves **Navarre** (né en 1940), voient chaque roman comme une forme détournée du journal intime, indéfiniment réécrit (*Biographie*, 1981). Car chacun sait bien que Proust avait tort : le temps perdu ne se rattrape pas. Chez Michel **Leiris** (1901-1991), l'écriture quête désespérément l'authenticité. Elle convoque, pour cela, la psychanalyse (*L'Âge d'homme*, 1939) et, surtout, la manière dont le langage s'est fixé dans la conscience. *La Règle du jeu* (*Biffures*, 1948; *Fourbis*, 1955; *Fibrilles*, 1966; *Frêle bruit*, 1975) examine l'apprentissage des mots.

■ Enfin, l'autobiographie trouve parfois sa motivation dans l'histoire collective. L'auteur raconte, à travers le récit de sa propre existence, un moment historique. C'est le cas de Claude **Roy** (né en 1915) qui justifie ses choix communistes et ses renoncements (*Moi, je*, 1969). De même, Claude **Mauriac** (né en 1914), qui fut secrétaire de De Gaulle et engagé dans tous les combats de son époque, transforme son journal intime en témoignage, tout en brassant la chronologie de façon anarchique (*Le Temps immobile*, 1975-1985). André **Malraux**, comme son idole Charles de Gaulle, refuse la confession intime et médite sur le sens de l'art et du destin (*Antimémoires*, 1967) en se fondant sur les épisodes de sa vie « engagée ». Marguerite **Yourcenar** (1903-1987) reconstitue même la généalogie de ses ascendants, dans un regard sur le passé qui s'élargit à l'histoire du monde (*Le Labyrinthe du monde*, 1974 à 1987).

La vie et rien d'autre

■ Impliqué dans l'événement, l'écrivain moderne, contrairement aux grands romanciers du XIXe siècle, doute que le roman puisse maîtriser l'histoire d'une société entière. Le retour au vécu est une façon de dénoncer une vue globale du sens et des temps. Si bien que le réel est surtout perçu de manière éclatée et fragmentaire. D'autre part, le public est habitué au spectaculaire et au sensationnel. Le roman tâche donc de donner un « flash », une anecdote saisissante. La tranche de vie souligne l'anormal ou le scabreux. Le fait divers ou l'incident remplacent une vaste réflexion.

■ Cette tendance provoque le recul du roman d'analyse au profit de textes plus brefs, qui dénoncent les travers de la vie moderne. L'auteur réaliste se fait observateur révolté, comme Christiane **Rochefort** (née en 1917) qui s'indigne sur le sort des enfants de banlieue. René-Victor **Pilhes** (né en 1934) révèle les tares d'un monde régi par des multinationales (*L'Imprécateur*, 1974). André **Stil** (né en 1921) évoque le milieu des ouvriers du Nord où il est né (*Romansonge*, 1976). Ces romans-documents sont innombrables. Ils s'apparentent à des biographies-réquisitoires (Viollette Leduc, Albertine Sarrazin, Valérie Valère), soulignant des traumatismes (Marie Cardinal, Christine Arnoty, Marie Seurat). Ils peuvent avoir pour toile de fond la guerre (Elie Wiesel, Joseph Joffo, Bertrand Poirot-Delpech) ou une actualité plus brûlante. Ils romancent l'enfance (Robert Sabatier, François Cavanna, Pascal Laîné) ou réveillent l'inconscient et les désirs premiers (Angelo Rinaldi, Pascal Quignard). Toujours ils transforment en vaste imaginaire « rétro » l'anecdote privée, comme chez Edmonde **Charles-Roux** (née en 1922 ; *Oublier Palerme*, 1966) ou chez des auteurs abondants, tels Pierre-Jean **Rémy** ou Hervé **Bazin**.

■ L'auteur se veut ainsi sociologue, à sa manière. Mais l'engagement éthique n'interdit pas une écriture forte et poétique, comme celle de Danièle **Sallenave**, née en 1940 (*Les Portes de Gubbio*, *Un Printemps froid*). Une forme d'ascèse dans le style vient compenser tant de narcissisme. C'est le cas d'Emmanuel **Carrère** (né en 1957) et, surtout, d'Annie **Ernaux** (née en 1940) ; son écriture humble et dépouillée retrace avec une force étonnante la manière dont sa culture l'a séparée de son milieu d'origine (*La Place*, *Une femme*), ou fait le récit clinique de l'intimité (*Passion simple*, 1991).

Éloge de la passion

■ La vie prend toute sa saveur avec la passion. Il est naturel que les autobiographes aient tendance à construire leur récit de vie autour d'une telle aventure. Le ton peut varier d'une certaine indécence (Jean-Edern Hallier, Raphaële Billetdoux, Muriel Cerf, Tony Duvert, Philippe Sollers, Gabriel Matzneff) à une exubérance quasi incontrôlée (Patrick Grainville). Les uns remontent patiemment aux sources du souvenir émotif, saisi dans le halo d'un passé poétique (Patrick Modiano, Angelo Rinaldi, Yves Berger, Jacques Lacarrière) ou, au contraire, perçu comme traumatisme (François Augiéras, Yann Queffélec, Madeleine Chapsal).

■ L'univers d'Albert **Cohen** (1895-1981) est un parfait exemple du roman autobiographique transfiguré par la passion. Ardente, exclusive, indignée, celle-ci s'exprime dans une écriture elle-même lyrique et séduisante. À côté de la beauté confidentielle, étreignante, du *Livre de ma mère*, Cohen passe en revue tous les registres d'un grand amour (des premières séductions aux grands éclats et à l'usure) avec la fresque *Belle du Seigneur* (1968). Plus distant mais non moins fiévreux en profondeur, Jean-Marie Gustave **Le Clézio** (né en 1940) ne cesse d'interroger le désir qui arrache l'homme à sa solitude. Livres d'errance (*Voyages de l'autre côté*, *Le Chercheur d'or*, *Le Livre des fuites*) et de quête lyrique (*La Fièvre*, *Désert*), les textes de Le Clézio honorent les êtres de passion qui reviennent aux éléments fondamentaux de la vie (eau, terre, air, feu) pour donner un sens à leur existence.

Écritures féminines

■ Le *je* romanesque a un sexe. Dans l'après 68, les mouvements de femme ont favorisé l'émergence d'une écriture féministe, comme Simone de Beauvoir en avait donné l'exemple (*Le Deuxième Sexe*, 1949). Les romancières ont d'abord souligné les problèmes propres à l'émancipation des femmes (Françoise Giroud, Françoise Mallet-Jorris, Christine de Ryvoire, Benoîte et Flora Groult) en insistant parfois sur les difficultés de la femme dans le monde du travail (Claire Etcherelli). Mais, une fois revendiquée une identité propre, l'écriture féminine s'est fondue dans la production littéraire générale. On ne voit pas en quoi serait spécialement « féminins » les romans de Régine Desforges ou de Françoise Dorin. Toutefois, fondamentalement, la prise de parole féminine implique une volonté de se démarquer. On interroge ainsi l'inconscient (Marie Cardinal, Jeanne Hévrard) et les rapports conflictuels avec le masculin (Annie Leclerc, Michèle Perrein, Françoise Parturier).

■ Ce mouvement, qui s'est quelque peu émoussé dans les années quatre-vingts, a aussi conduit à une véritable réflexion sur la spécificité de « l'écrire-femme » : Julia Kristeva, Hélène Cixous, Béatrice Didier insistent, par exemple, sur le « désir » qui se trouve à l'œuvre dans le vouloir-dire féminin.

Nouveaux savoirs, nouveaux écrits

Esthétique du fragment

■ Les grands systèmes s'écroulant (psychanalyse, marxisme, structuralisme), les essayistes s'en tiennent au « bricolage » des sciences dites humaines et analysent les fragments du réel. Les penseurs s'interrogent sur les simulacres sociaux (Claude Lévi-Strauss, Michel Foucault, Michel Serres, Jean Baudrillard) ou la dynamique anarchiste du désir (Gilles Deleuze, Félix Guattari, Jean-François Lyotard). Le maître-mot est « déconstruction » (Jacques Derrida). La plupart des écrivains perçoivent ces changements d'optique, même s'ils ne sont pas eux-mêmes philosophes.
■ Tandis que la distinction entre les genres s'abolit, de telles théories ne sont pas sans effet sur l'écriture elle-même. Maurice **Blanchot**, puis Roland **Barthes** (1915-1980) parlent de « fragmentation » : image d'un monde épars et discuteur, l'écriture explore des « possibles ». Elle étudie les signes et déchiffre les mythes (*Le Degré zéro de l'écriture*, *Mythologies*). Elle se prend au jeu de l'aphorisme (comme le font les poètes, tel Char) ou des raccourcis discontinus (*Le Plaisir du texte*, *Fragments d'un discours amoureux*). Maurice Blanchot voit dans cette *Écriture du désastre* (1980) la preuve que la littérature a pris conscience du vide et du désarroi du monde, rejoignant ainsi Beckett. De même Emil Michel **Cioran** (né en 1911) aligne les formules vengeresses sur l'Apocalypse moderne, à la manière des moralistes du XVIIe siècle.

Visages de la critique

■ L'interrogation, voire le doute, sur la littérature s'accompagne de son étude clinique. Le XXe siècle est celui de la critique, devenue genre littéraire en soi. Non seulement les écrivains se font eux-mêmes critiques, comme Valéry, Julien Gracq ou les « nouveaux romanciers », mais la critique trouve de nouvelles assises dans les savoirs modernes. Elle peut donc se prétendre *objective* ou *scientifique*, grâce à la psychanalyse, à la linguistique, à la sémiologie, à la sociologie, etc. Mais ses contradictions et ses retournements permettent de douter de sa réelle « scientificité ». Elle produit surtout des textes stimulants.

■ Malgré sa diversité, la critique moderne fixe son attention sur le langage. L'un de ses pères-fondateurs, Jean **Paulhan** (1884-1968), directeur de la N.R.F. dès 1925, voulait que l'étude de l'œuvre commençât par l'étude des mots. Paulhan, qui sait le chinois et enseigne le malgache, se passionne pour la linguistique et la communication. Bon connaisseur de la peinture moderne, cet autre langage des couleurs et des formes, il récuse le préjugé, hérité du romantisme, selon lequel les mots seraient un obstacle à l'originalité et au génie surhumain (ou prétendu tel) du créateur. Ce retour à l'étude des mécanismes littéraires permet à Paulhan de dénoncer les *illusions du grand penser* (celles des rhétoriciens qui croient qu'il suffit de jouer avec les mots pour inventer une pensée) et les *illusions des grands mots* (celles des modernes qui voient dans les mots une entrave à la pensée). Dans *Les Fleurs de Tarbes* (1941), il s'insurge contre ces deux *terrorismes* et essaie d'esquisser une nouvelle *rhétorique*, un nouvel art d'écrire *en connaissance de cause*.

■ Les grands noms de la critique moderne : Georges Poulet, Jean Starobinski, Jean-Pierre Richard (critique de la conscience et de l'imaginaire, influencée par Bachelard) ; Jean Rousset, Tzvetan Todorov, Roland Barthes, Gérard Genette (critique des formes et des structures, de la « mise en scène » textuelle) ; Charles Mauron, Jean Bellemin-Noël, Marthe Robert (« psychocritique », influencée par la psychanalyse) ; Roman Jakobson, Algirdas Julien Greimas (venus de la linguistique et de la sémiotique) ; Georg Lukacs, Lucien Goldmann, Mikhaïl Bakhtine, Pierre Barberis (influencés le plus souvent par la sociologie d'inspiration marxiste).

Écrivains, écrivants

■ Une certaine confusion résulte de ces va-et-vient. Une fois terminé, le texte critique devient à son tour objet littéraire, susceptible d'être analysé, comme l'a montré Serge Doubrovsky. Un critique de l'imaginaire comme Gilbert Durand crée, à partir d'une approche critique de Stendhal, une œuvre superbe. De plus, des auteurs non professionnels se piquent d'écrire (les journalistes, les hommes politiques, les « stars »). Certains le font avec un vrai talent ; d'autres utilisent des « nègres » qui rédigent pour eux.

■ Roland Barthes a proposé une distinction à laquelle on peut souscrire : l'écrivain est celui *qui travaille sa parole*, qui se préoccupe de créer un *style*, un langage qui lui soit propre et qui s'écarte de la langue commune. Les autres ne sont qu'*écrivants*, pour qui l'écriture n'est qu'un moyen d'exprimer des idées ou des pratiques. D'autres penseurs, tel Pierre Bourdieu, émettent l'idée que la littérature « vraie » suppose d'éviter les pièges de la grande production (avec le jeu de la publicité, des médias, d'un large public à flatter).

En marge de la « littérarité »

■ En dépit de ces classements, au fond bien arbitraires, la notion de « littérarité » reste problématique. On parle aujourd'hui de « paralittérature » : bandes dessinées, romans-photos, collection « Harlequin » (20 millions d'exemplaires vendus en 10 ans), série des « OSS 117 » (65 millions d'exemplaires), etc. Ces tirages records sont dus aux publications de poche : 4 livres sur 10. Et Gérard de Villiers ou San Antonio dépassent, à chaque titre, le million d'exemplaires vendus. Guy des Cars n'en est pas loin.

■ On aurait cependant tort de généraliser et de ne voir là que des « sous-produits ». Car le roman policier peut être de qualité, tout comme la science-fiction. Pensons à Georges Simenon, à l'Italien Leonardo Sciascia, à Graham Greene, à John Le Carré ou à Vladimir Volkoff. La « Série Noire » accueille des romans très riches (Sébastien Japrisot, Boileau-Narcejac, Hubert Montheillet) et l'on parle même aujourd'hui d'un « néo-polar », insurgé et insolent, vrai reflet des milieux « underground » (Manchette, Djian, A.D.G., Bialot). Enfin, l'essor de la science-fiction (avec de grands aînés comme René Barjavel) contribue à réactiver l'imaginaire moderne et à vivifier l'utopie et le fantastique (Sternberg, Andrevon, Jouanne, Curval).

Ouvertures et perspectives

La francophonie

■ Le pessimisme quant à l'avenir de la littérature est devenu aujourd'hui un lieu commun. On insiste surtout sur le décalage entre les pratiques de lecture du grand public et la science littéraire, confinée dans la recherche et l'enseignement. C'est ne pas apercevoir, par excès de myopie, que notre littérature connaît diverses extensions et qu'elle dépasse nos frontières. La francophonie est une des raisons d'espérer.

■ **Le Québec** est très fécond depuis les années 60 : Jacques Ferron, Gérard Bessette, Anne Hébert, Marie-Claire Blais, Réjean Ducharme, Yves Thériault, Jacques Renaud, Paul Chamberland, Antonine Maillet, Michel Tremblay. La chanson québécoise également est très vivace (Félix Leclerc, Gilles Vigneault, Robert Charlebois, Louise Forestier).

■ **Le Maghreb**, après des textes surtout marqués par les problèmes de l'indépendance politique, s'ouvre à une création plus variée et à une réflexion plus large : Taos Amrouche, Lououd Feraoun, Mohamed Dib, Albert Memmi, Driss Chraïbi, Kateb Yacine, Rachid Boudjedra, Tahar Ben Jelloun, Yamina Mechraka, Mouloud Mammeri.

■ **La « négritude »** s'est d'abord exprimée comme recherche d'identité et de dignité, avec les grandes figures d'intellectuels que sont Léopold Sédar Senghor (Sénégalais), Aimé Césaire (Antillais) et Léon-Gontran Damas (métis guyanais). Après cette entreprise de désaliénation, les écrivains noirs suivent deux tendances. D'une part, ils approfondissent l'unité culturelle originale des anciens colonisés (avec les revues *Tropiques* et *Présence Africaine*) ; d'autre part, ils créent, chacun dans son pays, une littérature nationale. Citons, entre autres, Ahmadou Kourouma (Côte-d'Ivoire), René Depestre (Haïti), Sembene Ousmane (Sénégal), Amadou Hampaté Bâ (Mali), Mongo Beti (Cameroun), Boris Gamaleya (La Réunion).

Deux cultures en mouvement : le théâtre, la poésie

■ Alors que le roman semble avoir tout envahi, la vitalité du théâtre est intense. Les metteurs en scène, tels Antoine Vitez, Roger Planchon, Patrice Chéreau, sont souvent aussi connus (sinon plus) que les auteurs. Des scénographes étrangers viennent aussi déranger nos habitudes : l'Américain Julian Beck (*Living Theater*), les Italiens Luca Ronconi ou Giorgio Strehler, les Anglais Bob Wilson ou Peter Brook. Des troupes imaginatives se lancent dans d'audacieuses entreprises : Ariane Mnouchkine (le *Théâtre du Soleil*), ou le *Théâtre de l'Aquarium*, avec Daniel Mesguisch ou Gildas Bourdet. Dans le même temps, les revues sont plus accessibles (*L'Avant-Scène* et les publications d'*Actes-Sud*). Enfin, de jeunes auteurs ne cessent de créer : Loleh Bellon, Jean-Claude Grumberg, Hélène Cixous, Bernard-Marie Koltès, Michel Vinaver, Jean-Claude Brisville, Valère Novarina.

■ Plus diffus mais très vivace, le domaine poétique a ses fidèles. Trop obsédée par son effort d'auto-définition, la poésie semble se défier du langage lui-même ; elle y risque une sorte de suicide (Claude Royet-Journaoud) ou la pure jonglerie avec des signifiants, comme le montre la vitalité actuelle de la « poésie sonore » (Bernard Heidsieck, Jean-Pierre Bobillot, Sylvie Nève, Julien Blaine, Jean-François Bory, Thierry Dessolas). Mais une certaine tradition oratoire se maintient dans des textes plus préoccupés de louer le réel (Marie-Claire Bancquart, Christian Bobin, Guy Goffette, Bernard Delvaille, Jean-Pierre Lemaire). Le monde moderne invite jusqu'à un nouveau lyrisme (Ludovic Janvier, Franck-A. Jamme), parfois même avec des accents religieux (Christian Guez, Pierre Oster Soussouev, Jean-Claude Renard).

La postmodernité

■ Comme à chaque fin de siècle, tout ce qui fut « nouveau » paraît déjà usé et dépassé. La modernité est mise en cause, associée à des réalités définitivement refusées (la technologie outrancière, le progrès aliénant, la barbarie politique, les idéologies globales, etc.). Ainsi parle-t-on de « postmodernité », terme flou qui indique surtout que l'on abandonne les systèmes clos et les certitudes au profit de l'éclectisme et de la fantaisie. Quelques retours à certaines traditions se dessinent : un certain réalisme romanesque (retour au « référent »), une prédominance de l'autobiographie (retour au narcissisme, à l'*ego*, au désengagement), une vague religiosité, et même une forme de passéisme (retour à l'histoire).
■ Cependant, l'impression du « tout est dit » invite l'écrivain à des pratiques de « dialogisme », de citation et de manipulation (Perec, Le Clézio), ainsi que le montrent les succès d'auteurs comme Milan Kundera ou Umberto Eco. Ces jeux combinatoires paraissent à certains apporter la preuve d'un renoncement à toute hiérarchie, d'un culte du « n'importe quoi ». Alain Finkielkraut parle d'une *défaite de la pensée*, Gilles Lipovetsky de *l'ère du vide*, Alain Etchegoyen de la *valse des éthiques*, Edgar Morin cherche en vain une *méthode*, André Gluksmann annonce *le 10ᵉ commandement*. La dilution est pour ainsi dire générale. Le besoin de célébrer le passé, par réaction, s'accentue, comme si l'homme cherchait quelque ancrage. L'écologie se porte bien, en grande partie pour les mêmes raisons.
■ Enfin, l'époque est marquée par le règne de l'ordinateur et de la vidéo. La culture du « clip » conditionne les savoirs et les esthétiques. Le livre a du mal à concurrencer une telle efficacité. Il se contente souvent de servir de scénario à quelques bons films. Mais on peut aussi espérer que, dans ce mouvement de

retour à soi qui se dessine, nos contemporains vont réapprendre à lire, tranquillement, seul, en nourrissant un imaginaire plus intime, comme les y invitent, par des biais différents mais avec la même ardeur et la même foi, Danielle Sallenave (*Le Don des morts*) et Didier Pennac (*Comme un roman*). Et les chiffres de vente du livre — la distribution n'a jamais été aussi large (*Fnac, Virgin*, etc.) — ne poussent pas qu'à se lamenter. Le marché du livre en France a représenté, en 1991, malgré la crise, près de 22 milliards de francs. Et 60 % des ventes sont réalisés par des circuits de grande distribution (hypermarchés) ou par des clubs : *France-Loisirs*, par exemple, a 4,5 millions d'adhérents et vend annuellement 30 millions d'ouvrages, soit presque 10 % du marché du livre.

■ Ainsi, dans le contexte général de retour à un consumérisme culturel (fréquentation des musées, écoute et pratique musicales, vitalité des politiques culturelles), la littérature jouit à nouveau d'un véritable lectorat populaire. Elle n'a guère subi le discrédit ou la marginalisation que lui promettaient les disciples de Mac Luhan, quand ils prétendaient que le temps de l'imprimé était passé et que la *galaxie Gutenberg* allait sombrer dans le néant.

■ Reste, toutefois, que, rapporté à la population totale, le nombre moyen de livres lus par personne et par an est désespérément faible, en dépit (ou à cause ?...) d'une production annuelle de près de 40 000 titres (plus de 100 par jour !), dont presque la moitié en nouveautés, pour un tirage supérieur à 360 millions d'exemplaires. Reste, enfin, que jamais l'édition n'a connu une telle crise que depuis 1991. Crise du livre, essentiellement économique, mais aussi crise beaucoup plus profonde, et d'ordre sociologique, de la lecture.

TABLEAUX BIOGRAPHIQUES[1]

1. Les auteurs sont ici classés dans l'ordre alphabétique de leur nom d'écrivain, et non point de leur nom patronymique.

Guillaume APOLLINAIRE

Dates	Événements biographiques	Œuvres
1880	26 août : naissance, à Rome, de Wilhelm Apollinaris de Kostrowitzky ; fils d'Angelica de Kostrowitzky, d'origine polonaise. Le père, Francesco Flugi d'Aspermont, refuse de le reconnaître.	
1887	Installation à Monaco où sa mère mène une vie dissolue et vagabonde.	
1897	Études à Cannes, puis à Nice ; échec au baccalauréat. Livré à lui-même et à ses lectures nombreuses.	
1899	Sa mère et son amant Jules Weil vont de casino en casino avant d'échouer à Paris avec Guillaume et son frère Alberto.	
1900	Fait des piges et travaille comme commissionnaire.	
1901	Part pour l'Allemagne comme précepteur de la fille de la comtesse de Milhau. S'éprend de la gouvernante, Annie Playden. En Rhénanie, Annie refuse de l'épouser. Voyage à Londres.	
1903	Retour à Paris.	
1904	Rédacteur en chef du *Guide du rentier.* Amitié avec Picasso, Derain, Max Jacob. Voyages en Europe et abondants travaux d'écriture.	*L'Enchanteur pourrissant.*
1905		Dans *Vers et Prose*: *L'Émigrant de Landor Road, Mai,* etc.
1907	Liaison avec Marie Laurencin. Défend le douanier Rousseau.	*Les Onze mille verges.*
1909		Dans *Le Mercure de France, La Chanson du Mal-Aimé.*
1910		*L'Hérésiarque et Cie* (contes).
1911	Très lié avec tous les novateurs du monde de l'art. Commence à être reconnu. Incarcéré pour recel d'un tableau volé (il sera bientôt acquitté).	*Le Bestiaire.*
1912	Marie Laurencin le quitte. Intenses relations avec les cubistes, futuristes, etc.	*Le Pont Mirabeau, Zone.*
1913	Collabore avec Delaunay. Grande activité de critique d'art.	*Les peintres cubistes.* *Alcools.* *L'Antitradition futuriste* (manifeste).
1914	Cherche à se faire naturaliser et à être engagé. Rencontre Lou (Louise de Coligny-Châtillon) : brève mais très forte passion physique.	Premiers calligrammes.
1915	Enrôlé à Nîmes, est envoyé au front comme canonnier. Rencontre Madeleine Pagès et lui écrit régulièrement avant de la demander en mariage.	
1916	Passe le jour de l'an à Oran, près de Madeleine Pagès. Blessé en mars à la tête. Hospitalisé et trépané à Paris. Décoré de la Croix de Guerre. Gloire auprès des jeunes artistes (Reverdy, Breton, Tzara, Cocteau, etc.).	*Le Poète assassiné.*
1917	Réformé. Se consacre à promouvoir son œuvre et l'art nouveau.	*Les Mamelles de Tirésias* (drame surréaliste). Conférence sur l'*Esprit Nouveau.*
1918	Malade. Épouse Ruby (Jacqueline Kolb) en mai. Témoin du mariage de Picasso. Meurt le 9 novembre de la grippe espagnole.	*Vitam impendere amori.* *Calligrammes.*

Louis ARAGON		
Dates	**Événements biographiques**	**Œuvres**
1897	Naissance.	
1914	Baccalauréat. Études de médecine.	
1917	Rencontre André Breton. Lit Lautréamont, Apollinaire.	
1918	Envoyé au Front. Rencontre Paul Éluard, Philippe Soupault.	
1920	Rencontre Tristan Tzara. Participe au dadaïsme.	*Feu de joie.*
1921		*Anicet ou le panorama.*
1922	Rupture avec Dada.	*Les Aventures de Télémaque.*
1924	Lance avec André Breton le mouvement surréaliste.	
1926		*Le Paysan de Paris.*
1928	Rencontre avec Elsa Triolet. Se rapproche du parti communiste.	
1932	Entre au P.C. et rompt avec André Breton. Voyages en U.R.S.S.	
1934		*Hourra l'Oural. Les Cloches de Bâle.*
1935		*Pour un réalisme socialiste.*
1936	Victoire du Front populaire.	*Les Beaux Quartiers.*
1937	Dirige le journal communiste *Ce Soir.*	
1938	Accords de Munich.	
1939	Pacte germano-soviétique. Aragon mobilisé.	
1940	Participe à la Résistance dans le Sud de la France.	
1941		*Le Crève-Cœur.*
1942		*Les Yeux d'Elsa.*
1944	Retour à Paris à la Libération. Membre actif du Comité national des Écrivains.	*Aurélien.* *Les Voyageurs de l'Impériale.*
1946		*La Diane Française.*
1947	Reprend le journal communiste *Ce soir.* Anime *Les Lettres Françaises.* Défend le réalisme socialiste.	
1949-1951		*Les Communistes.*
1950	Entre au comité central du P.C.	
1953	*Ce soir* disparaît. Aragon dirige *Les Lettres Françaises.*	
1954		*Les Yeux et la Mémoire.*
1956	XXe Congrès en U.R.S.S. Début de la déstalinisation.	*Le Roman inachevé.*
1958		*La Semaine sainte. Elsa.*
1960		*Les Poètes.*
1963	Proteste contre l'intervention soviétique en Tchécoslovaquie.	*Le Fou d'Elsa.*
1965		*La Mise à mort.*
1967		*Blanche ou l'oubli.*
1969		*Je n'ai jamais appris à écrire ou les incipit.*
1970	Mort d'Elsa Triolet.	
1971		*Henri Matisse, roman.*
1972	*Les Lettres Françaises* cessent de paraître.	
1974		*Théâtre/Roman.*
1979	Série d'entretiens télévisés.	
1982	Mort.	*Les Adieux et autres poèmes.*

Théodore Agrippa d'AUBIGNÉ

Dates	Événements biographiques	Œuvres
1552	Naissance dans une noble famille protestante. Sa mère meurt en le mettant au monde. Excellente éducation dans l'entourage de Jeanne d'Albret.	
1560	En route pour ses études à Paris, voit les têtes des décapités d'Amboise : son père lui fait jurer de les venger.	
1563	Mort de son père. Voyage (Genève, Lyon) et entame sa vie de soldat.	
1571	Amour passionné pour Diane Salviati.	Rédaction du *Printemps*.
1572	Échappe à la Saint-Barthélemy et à divers attentats. Blessé en Beauce. Rompt avec Diane.	
1577	Blessé à Casteljaloux.	
1577-1598		Rédaction des *Tragiques*, publiés en 1616.
1590	Participe au siège de Paris avec Henri IV.	
1593	Se brouille définitivement avec le roi qui a abjuré. Se retire à Maillezais.	
1607	Devient chef des protestants et fait échouer toute réconciliation des églises.	
1616		Première édition – clandestine – des *Tragiques*.
1618		Premier tome d'une *Histoire universelle*.
1620	S'exile à Genève. Son fils (père de la future Mme de Maintenon) abjure.	
1623		Deuxième édition des *Tragiques*. *Traité sur les guerres civiles.* *Du devoir des rois et des sujets.*
1630	Mort près de Genève.	Publication des *Petites Œuvres mêlées*.

Honoré de BALZAC	
Dates	**Événements biographiques[1]**
1799	Naissance à Tours près de son père, « philosophe » ardent. Vagues études de droit à Paris.
1821	S'essaie, comme tout le monde à cette époque, à quelques contes médiévaux, à des histoires magiques, tout en exerçant comme clerc de notaire.
1825	Se ruine comme libraire et imprimeur.
1829	Premiers chefs-d'œuvre : des *Chouans* à *Eugénie Grandet.* Reçu dans les salons littéraires du Tout-Paris.
1834	Création de sa méthode : toute une humanité fictive va s'animer ; retour des personnages. Correspondance avec une admiratrice polonaise, Mme Hanska.
1835	Va à Vienne la rencontrer.
1842	Trouve son titre de *Comédie Humaine* ; travail acharné. Président de la Société des Gens de Lettres. Amitié avec Hugo. Voyages à Dresde et en Ukraine pour rejoindre Mme Hanska. Maladie chronique (méningite).
1850	Épouse Mme Hanska en mars.
1850	Meurt épuisé et endetté en août.

1. Pour les œuvres de Balzac, se reporter aux tableaux des pages 298-301.

Charles BAUDELAIRE

Dates	Événements biographiques	Œuvres
1821	Naissance à Paris.	
1827	Mort de son père.	
1828	Remariage de sa mère avec le commandant Aupick.	
1828- 1839	Études au lycée Louis-le-Grand. Baccalauréat.	
1841	Tendance au dandysme. Départ pour Calcutta. Séjour à l'île Bourbon (île Maurice).	
1842- 1844	Rencontre de Jeanne Duval, une mulâtresse. Tentative de suicide. Sa fortune est mise en tutelle. Liaison avec Marie Daubrun, actrice. Travaux journalistiques.	
1845- 1846		*Salon de 1845.* *Salon de 1846.*
1848	Déçu par la Révolution, se désintéresse de la politique.	
1851		*Les Limbes* (11 poèmes). *Fusées.*
1852	Liaison avec Mme Sabatier.	
1854		Traduction des *Histoires extraordinaires* et *Nouvelles Histoires extraordinaires* d'Edgar Poe.
1857	Mort du général Aupick. Procès des *Fleurs du Mal.*	*Les Fleurs du Mal.*
1860		*Les Paradis artificiels.*
1864- 1865	Pauvre et malade (syphilis). Séjourne deux ans en Belgique.	
1865		Traduction des *Histoires grotesques et sérieuses* d'Edgar Poe.
1867	Attaque, hémiplégie, aphasie. Mort le 31 août.	
1869		*Petits Poèmes en prose* (publication posthume).

Pierre-Augustin CARON de BEAUMARCHAIS		
Dates	**Événements biographiques**	**Œuvres**
1732	Naissance à Paris.	
1757-1763		Parades : *Colin et Colette*, *Les Bottes de sept lieues*, *Jean-Bête à la foire*.
1759-1761	Introduit à la Cour. Maître de musique des filles de Louis XV. Secrétaire du Roi.	
1767		Première représentation du drame *Eugénie*.
1770		Première représentation du drame *Deux Amis*.
1773	Affaire Goëzman : ce juge annule un héritage fait par Beaumarchais. Procès, scandale et blâme.	
1773-1774		*Mémoires contre Goëzman*.
1775		Première représentation du *Barbier de Séville*.
1776	Organise l'aide aux « Insurgents » américains.	
1781-1784		*Le Mariage de Figaro*, soumis à la censure.
1783	Édition des œuvres de Voltaire. Interdiction du *Mariage de Figaro*.	
1784		Première représentation du *Mariage de Figaro*.
1786	Première représentation des *Noces de Figaro* de Mozart, à Vienne.	
1787		Première représentation de l'opéra *Tarare*.
1792		Première représentation de *La Mère Coupable*.
1792-1793	Affaire des « fusils de Hollande ». Prison. Émigre à Hambourg.	
1796	Retour à Paris.	
1799	Mort.	

Samuel BECKETT

Dates	Événements biographiques	Œuvres
1906	13 mars, naissance dans la banlieue de Dublin. Études de français et italien.	
1928	Lecteur à l'E.N.S. Rencontre et amitié avec Joyce. Travail sur Proust.	
1931	Rentre à Dublin comme professeur mais démissionne bientôt.	
1933	Instabilité et voyages. Mort de son père. Londres.	
1937	S'installe à Paris après un séjour en Allemagne et vit de ses traductions. Amitié avec Duchamp, Giacometti, etc.	
1938		*Murphy.*
1940-1945	« Résiste » vaguement et se réfugie dans le Vaucluse comme ouvrier agricole. Écrit *Watt* (en anglais).	
1949	Après diverses hésitations, décide de n'écrire qu'en français. Mariage.	
1950	Mort de sa mère. Début de reconnaissance (Bataille, Robbe-Grillet publient des articles admiratifs).	
1951		*Molloy.* *Malone meurt.*
1952		*En attendant Godot* (première en janvier 1953).
1953	Travaux d'écriture et de traduction. Célébrité et travaux incessants.	
1957		*Fin de partie.*
1960		*La Dernière Bande.*
1961	Prix international des éditeurs (avec Borges).	*Comment c'est.*
1963		*Oh les beaux jours* (création par Madeleine Renaud).
1969	Prix Nobel de littérature.	*Watt* (en français).
1976		*Pour en finir...*
1978		*Pas.*
1980		*Compagnie.*
1989	Mort.	

Joachim du BELLAY		
Dates	**Événements biographiques**	**Œuvres**
1522	Naissance à Liré, en Anjou, dans une puissante famille.	
1523-1531	Mort de ses parents. Placé sous la tutelle de son frère aîné René. Enfance assez délaissée mais lectures de Marot et autres poètes.	
1545	Études de droit à Poitiers.	
1547	Rencontre Ronsard. Au collège de Coqueret avec Jean Dorat. Étudie les auteurs anciens.	
1549	La « Brigade » (future Pléiade).	*Défense et Illustration de la langue française.* *L'Olive*, édition première édition.
1550		*L'Olive*, édition augmentée.
1551	Mort de son frère René. Doit s'occuper de son neveu. Procès, maladie et début de la surdité.	
1553-1556	Séjour à Rome, au service de son cousin le cardinal Jean du Bellay.	
1557	Retour à Paris à la suite d'une liaison avec une femme mariée, Faustine.	
1558	Santé précaire. Nommé vicaire général du cardinal-archevêque de Paris.	*Les Regrets.* *Divers Jeux rustiques.* *Les Antiquités de Rome.* *Poemata* (en latin).
1559	La maladie s'aggrave. Surdité totale.	*Le Poète courtisan* et diverses pièces de circonstance.
1560	Nuit du 1er janvier : mort.	

Yves BONNEFOY

Dates	Événements biographiques	Œuvres
1923	24 juin, naissance à Tours. Père ouvrier à la S.N.C.F., mère institutrice. Études au lycée de Tours. Vacances à Toirac dans le Lot : le premier « vrai lieu ».	
1941	Reçu au bac (philo et math. élém.), puis math'sup et math'spé.	
1943	Paris : se lie avec la mouvance surréaliste. Amitié surtout avec des peintres (Victor Brauner, Raoul Ubac, Hans Bellmer, etc.).	
1946	Fonde une revue, *La Révolution la nuit*, mais se sépare très vite des surréalistes, surtout à cause du côté « magique » de Breton.	
1953	Premières publications, bien accueillies. S'écarte des mathématiques, suit les cours de Bachelard : forte influence. Travaille sur Baudelaire et Kierkegaard.	*Du mouvement et de l'immobilité de Douve.*
1954	Voyages. Passion pour l'Italie. Études sur la peinture de la Renaissance, surtout.	*Les Peintures murales de la France gothique.*
1956-1960	Nombreuses publications et travaux de traduction de Shakespeare.	
1958		*Hier régnant désert.*
1959		*L'Improbable* (le temps, la mort dans la peinture et la poésie).
1960-1965	Amitiés avec Jouve, Du Bouchet, Jaccottet et avec les critiques Picon et Starobinski. Suite des études de peinture et des traductions.	
1961		*Arthur Rimbaud.*
1962		*Anti-Platon.*
1965		*Pierre écrite.* *Miró.*
1967		*Un rêve fait à Mantoue* (méditations sur la peinture, etc.).
1968-1975	Trouve un « vrai lieu » dans les Alpes de Haute-Provence. Enseigne à Genève, Vincennes, Nice.	
1970		*Rome 1630.*
1972		*L'Arrière-Pays* (texte et photos sur Italie, le Tibet, etc.).
1975		*Dans le leurre du seuil.*
1977-1980	Professeur aux États-Unis, notamment à Yale.	*Le Nuage rouge.* *Rue Traversière.* *Remarques sur la couleur.*
1981	Élu à la chaire de poétique au Collège de France.	*Entretiens sur la poésie.*
1983		*La Présence et l'Image.*
1991		*Giacometti.*

André BRETON et le mouvement surréaliste

Dates	Événements biographiques	Œuvres	Le mouvement surréaliste (repères)
1896	Naissance dans l'Orne. Élevé par son grand-père paternel à Saint-Brieuc.		
1906	Entre au collège Chaptal.		
1913	Entame des études de médecine.		
1914	Rend visite à Valéry. Mobilisé comme infirmier militaire.		
1916	Rencontre Apollinaire. Travaille en psychiatrie et découvre Freud.		
1917	Amitié avec Aragon et Soupault.		Éluard : *Le Devoir et l'Inquiétude.* Philippe Soupault : *Aquarium.*
1919	Relations avec Tzara. Expériences d'écriture automatique. Fonde la revue *Littérature.*		Premiers collages de Max Ernst.
1920	Tzara à Paris. Fusion avec *Dada.* Épouse Simone Kahn. Amitié avec Éluard.	*Les Champs magnétiques.*	
1921	Dada fait le « procès » parodique de Barrès. Dispersion. Devient bibliothécaire et « acheteur » du couturier-mécène Jacques Doucet.		Aragon : *Anicet ou le Panorama.*
1922	Rupture avec Tzara. Expériences d'hypnose et jeux de création (cadavres exquis, etc.).		Hans Arp et Max Ernst se fixent en France.
1923	Fin de Dada en France.	*Clair de terre.*	Tzara : *Le Cœur à gaz.*
1924	Le pamphlet contre Anatole France, *Un cadavre*, lui fait perdre son emploi chez Doucet.	*Manifeste du surréalisme.*	Ouverture du « Bureau de recherches surréalistes ».
1925		Dirige *La Révolution surréaliste.*	
1926			Éluard : *Capitale de la douleur.*
1927	Adhésion au parti communiste.		
1928		*Le Surréalisme et la Peinture.* *Nadja.*	Aragon : *Traité du style.*
1929	Débats au sujet des engagements politiques. Des surréalistes s'insurgent.	Second *Manifeste.*	
1930	*Un cadavre* (vive attaque contre lui).	*Ralentir, travaux.*	Buñuel : *L'Âge d'or.*
1931		*L'Union libre.*	Exposition anti-coloniale.
1932	Rupture avec Aragon.	*Le Revolver à cheveux blancs.*	
1933	Se sépare des communistes. Militantisme anti-fasciste. Épouse Jacqueline Lamba, dont il aura une fille, Aube (1935).		Débuts de la revue *Minautore.*

André BRETON et le mouvement surréaliste

Dates	Événements biographiques	Œuvres	Le mouvement surréaliste (repères)
1934		*Le Point du jour.*	Aragon : *Hourra l'Oural.* Char : *Le Marteau sans maître.*
1935		*Position politique du surréalisme.*	
1936	Exposition surréaliste de Londres. S'insurge contre les procès de Moscou.		
1937		*L'Amour fou.*	Picasso : *Guernica.*
1938	Exposition internationale surréaliste à Paris. Rompt avec Éluard. Rencontre Trotski à Mexico.		Arthaud : *Le Théâtre et son double.*
1939			Gracq : *Au château d'Argol.*
1940		*Anthologie de l'humour noir.*	
1941	Quitte la France. En Martinique. Rencontre Césaire. Arrive à New York.		Aragon : *Le Crève-cœur* et *Les Yeux d'Elsa.*
1942	Exposition à New York grâce à Marcel Duchamp.	Fonde la revue « triple V » : *VVV.*	
1944 1945			Morts de Max Jacob et Robert Desnos en déportation.
1945	Épouse Elisa Blindhoff. Séjour à Haïti.		
1946	Retour en France.		
1947			Sartre : *Situation de l'écrivain.*
1940		*Poèmes.*	Gracq : *André Breton.*
1949	Militantisme pour les objecteurs de conscience et défense de « l'orthodoxie » surréaliste.	*Flagrant délit* (sur Rimbaud).	
1951			Camus : *L'Homme révolté.*
1952		Entretiens radiophoniques avec André Parinaud.	Mort d'Éluard.
1953		*La Clé des champs.*	
1955	Marx Ernst est exclu.		
1956			Aragon : *Le Roman inachevé.*
1957		*L'Art magique.*	
1959	Exposition à Paris sur l'érotisme des surréalistes.		
1960	Exposition à New York puis à Milan.		
1963			Mort de Tzara.
1965		Nouvelle édition du *Surréalisme et la Peinture.*	
1966	Mort le 28 septembre.		Morts de Victor Brauner, Giacometti, Jean Arp.

Albert CAMUS		
Dates	**Événements biographiques**	**Œuvres**
1913	Naissance à Mondovi, en Algérie.	
1933	Études de philosophie à Alger.	
1936	Fondateur du Théâtre du Travail.	
1937		*L'Envers et l'Endroit.*
1938	Journaliste à *Alger Républicain.*	
1939	Réformé, il retourne à Oran.	*Noces.*
1942	Atteint de tuberculose.	*L'Étranger.* *Le Mythe de Sisyphe.*
1943	Journaliste à *Combat*, diffusé clandestinement.	
1944	À la Libération, rédacteur en chef de *Combat.*	
1945		*Caligula.* *Lettres à un ami allemand.*
1947		*La Peste.*
1948		*L'État de siège.*
1949		*Les Justes.*
1950		*Actuelles I.* *Chroniques, 1944-1948.*
1951		*L'Homme révolté.*
1952	Brouille avec Sartre.	
1953		*Actuelles II.* *Chroniques, 1948-1953.*
1954	Début de la guerre d'Algérie.	*L'Été.*
1956	Travaille à *L'Express.*	*La Chute.*
1957	Prix Nobel de littérature.	*L'Exil et le Royaume.* *Réflexions sur la guillotine.*
1958		*Discours de Suède.* *Actuelles III.* *Chroniques algériennes, 1939-1958.*
1960	Décès dans un accident de la route.	

Louis-Ferdinand DESTOUCHES, dit CÉLINE

Dates	Événements biographiques	Œuvres
1894	27 mai, naissance à Courbevoie. Père assureur, mère commerçante.	
1907	Divers séjours linguistiques en Allemagne et en Angleterre. Se prépare au commerce.	
1912	S'engage subitement au 12e régiment de cuirassiers.	
1914	Maréchal des logis. Blessé dans les Flandres. Croix de guerre et de la valeur militaire.	
1916	Réformé. Part travailler au Cameroun (agent d'une compagnie forestière).	
1918	Engagé dans la mission Rockefeller contre la tuberculose.	
1919	Passe son bac. Mariage avec Édith Follet. Études de médecine.	
1920	Une fille, Colette.	
1924	Docteur en médecine. S'installe à Genève pour travailler à la S.D.N.	
1927	Après des missions à Cuba, aux États-Unis, en Afrique, etc., quitte la S.D.N. et ouvre un cabinet à Clichy.	
1929	Attaché au dispensaire de Clichy.	
1932	Mort de son père. Nombreuses liaisons féminines.	*Voyage au bout de la nuit* (manque le prix Goncourt au dernier moment ; prix Renaudot).
1936	Voyages en Europe. Séjour en U.R.S.S. Rencontre Lucette Almanzor, danseuse.	*Mort à crédit.* *Mea culpa.*
1937	Pamphlets anti-soviétiques et anti-sémites. Doit démissionner du dispensaire de Clichy.	*Bagatelles pour un massacre.*
1938		*L'École des cadavres.*
1939	Polémiques avec les journaux de gauche.	
1940	Exode après un bref emploi comme médecin militaire sur un bateau. Retour à Paris ; médecin-chef à Bezons (Val-d'Oise).	
1941	Totalement compromis avec les milieux de la collaboration.	*Les Beaux Draps.*
1943	Mariage avec Lucette Almanzor.	
1944	Doit fuir avec les Allemands. Sigmaringen.	*Guignol's band.*
1945	À Copenhague. Incarcéré à la suite d'un mandat d'arrêt français et d'une demande d'extradition.	
1947	Libéré. Installe un cabinet à Copenhague.	*À l'agité du bocal* (contre Sartre).
1948		*Casse-pipe.*
1950	Condamné par contumace à Paris.	
1951	Amnistié. Retour en France. Ouvre un cabinet à Meudon.	
1957		*D'un château l'autre.*
1959		Réédition complètes de ses ballets.
1960		*Nord.*
1961	Mort subite, le 1er juillet.	
1969		*Rigodon.*

François-René de CHATEAUBRIAND		
Dates	**Événements biographiques**	**Œuvres**
1768	Naissance à Saint-Malo. Études à Dol et à Rennes.	
1784-1786	Séjour au château de Combourg.	
1788	Présenté à Louis XVI.	
1789	À Paris, témoin des émeutes.	
1791	Fuite aux États-Unis.	*Essai sur les Révolutions.*
1792	Retour. Rejoint les émigrés.	
1793	Exil en Angleterre ; vie difficile.	
1798	Mort de sa mère.	
1800	Retour en France. Diplomate à Rome, puis en Suisse.	
1801		*Atala.*
1802		*René.* *Le Génie du christianisme.*
1804	Démission. Opposition à Bonaparte.	
1806	Départ pour l'Orient.	
1807	En Espagne.	
1809		*Les Martyrs.*
1811	Élu à l'Académie française.	*Itinéraire de Paris à Jérusalem.* Début de rédaction des *Mémoires d'outre-tombe.*
1814	Ambassadeur en Suède.	
1815	Pair de France. Postes diplomatiques à Berlin et à Londres.	
1822	Ministre des Affaires étrangères.	
1824	Destitué.	
1828	Ambassadeur à Rome.	
1830	Refuse le serment au roi. Voyages et travaux d'écriture.	
1844		*Vie de Rancé.*
1848	Mort le 4 juillet.	Projet de publication des *Mémoires d'outre-tombe* en feuilleton.

André CHÉNIER		
Dates	**Événements biographiques**	**Œuvres**
1762	Naissance, à Constantinople, d'André de Chénier.	
1765	Retour de la famille en France.	
1773-1780	Confié à son oncle, à Carcassonne.	
1783-1787	À Paris. Quelques voyages. Aventures sentimentales.	
1786-1787		Grande activité littéraire : *La République des Lettres, L'Invention, La Liberté, Hymne à la Justice.*
1789	S'enthousiasme pour la Révolution.	
1790	Milite dans les partis modérés.	
1792	Articles et activités anti-jacobins. Après le 10 août, se sent menacé. Collabore au *Journal de Paris.*	
1793	S'installe à Versailles.	Après l'assassinat de Marat (13 juillet), écrit une *Ode à Charlotte Corday.*
1794	Arrestation le 7 mars. Exécution le 27 juillet.	*Iambes.* *La Jeune Captive.*

Paul CLAUDEL		
Dates	**Événements biographiques**	**Œuvres**
1868	6 août, naissance dans l'Aisne. Enfance à Bar-le-Duc, Rambouillet, Compiègne.	
1882	À Paris, élève à Louis-le-Grand. Lit Baudelaire.	
1886	Après son bac, commence droit et sciences po. Passion pour Rimbaud. À Noël, crise religieuse et conversion définitive.	
1890	Reçu 1er au concours des Affaires étrangères.	
1893		*La Ville.*
1893-1894	Vice-consul à New York et à Boston.	
1896	Début de la carrière en Extrême-Orient. Fou-Tchéou et Han-Kéou.	
1898		*La Jeune Fille Violaine.*
1899	S'éprend d'une femme mariée, Mme Vetch, et protège son mari, affairiste douteux.	
1900	Retour en France par bateau. Essai de vie monastique à Solesmes et à Ligugé.	
1901	À Fou-Tchéou. Liaison de plus en plus passionnée avec Rose Vetch. Le Quai d'Orsay s'inquiète. Amitié et protection de Philippe Berthelot, directeur des Consulats.	*L'Arbre.*
1904		*Connaissance de l'Est.*
1905	Rupture pénible avec Rose Vetch et retour en France.	*Le Partage de midi.*
1906	Mariage et séjour à Tien-Tsin.	
1908		*Les Cinq Grandes Odes.*
1909	Consul à Prague.	
1911	Consul à Francfort.	*L'Otage.*
1912		*L'Annonce faite à Marie.*
1913	À Hambourg. Sa sœur Camille, sculpteur et ancienne maîtresse de Rodin, est internée comme folle. Mort de son père.	*La Cantate à trois voix.*
1914		*Le Pain dur.*
1915		*Corona benignitatis Anni Dei.*
1916		*Le Père humilié.*
1917	À Rio. Son secrétaire est Darius Milhaud.	
1919	À Copenhague.	
1921	Ambassadeur à Tokyo.	
1925		*Réflexions et propositions sur le vers français.*
1926	Séjour en France, et fin de ses postes en Orient.	
1927	Ambassadeur à Washington.	
1929	Mort de sa mère.	*Le Soulier de satin* (commencé en 1919).
1933	Ambassadeur à Bruxelles.	
1935	Échec à l'Académie française. Retraite, se retire dans l'Isère. Travaille sur les Saintes Écritures.	
1938		*Jeanne au bûcher.*
1942		*Présence et prophétie.* Nombreuses publications, puis émissions radiophoniques sur la *Bible.*
1943	Mort de sa sœur Camille. Jean-Louis Barrault monte *Le Soulier de satin.*	
1946	Élection tardive mais triomphale à l'Académie française.	
1955	Mort le 23 février. La Comédie-Française monte *L'Annonce faite à Marie.*	

Pierre CORNEILLE		
Dates	**Événements biographiques**	**Œuvres**
1606	Naissance à Rouen.	
1610	Assassinat d'Henri IV.	
1624	L'autorité de Richelieu devient incontestée.	
1629		*Mélite* (comédie).
1632		*Clitandre* (tragi-comédie).
1633		*La Veuve* (comédie). *La Galerie du Palais* (comédie).
1634		*La Suivante* (comédie). *La Place Royale* (comédie).
1635		*Médée.*
1636		*L'Illusion comique* (comédie). *Le Cid* (tragi-comédie).
1637	Querelle du *Cid.*	
1639	Mort de son père.	
1640	Mariage avec Marie de Lampérière.	Représentations d'*Horace*, *Cinna ou la Clémence d'Auguste* et *Polyeucte* (tragédies).
1642	Mort de Richelieu.	Publication de *Cinna ou la Clémence d'Auguste.*
1643		Publication de *Polyeucte.*
1644		Publication de *La Mort de Pompée* (représentée dès 1641). Publication du *Menteur* (comédie représentée dès 1642).
1645		Publication de *La Suite du Menteur* (comédie représentée en 1644) et de *Rodogune.*
1646		*Théodore.*
1647	Élu à l'Académie française.	*Héraclius.*
1949		*Triomphes de Louis le Juste.*
1650	Nommé procureur des états de Normandie.	*Andromède.* *Don Sanche d'Aragon* (comédie héroïque).
1651	Quitte sa fonction de procureur.	*Nicomède.* *Traduction de l'Imitation de Jésus-Christ.*
1652		*Pertharite.*
1655	Fausse nouvelle de sa mort.	
1658	Accueille la troupe de Molière à Rouen : n'est pas insensible aux charmes de la Du Parc (« Marquise »).	
1659	Obtient une pension de Fouquet.	*Œdipe.*
1660		*La Toison d'Or.*
1662	Reçoit une pension annuelle de 2 000 livres.	*Sertorius.*
1663		*Sophonisbe.*
1664		*Othon.*
1665	Mort de son fils Charles.	
1666		*Agésilas.*
1667		*Attila.*
1670		*Tite et Bérénice.*
1671		*Psyché* (comédie-ballet).
1672		*Pulchérie.*
1674		*Suréna.*
1684	Mort le 1er octobre.	

Savinien de CYRANO de BERGERAC

Dates	Événements biographiques	Œuvres
1619	Naissance à Paris. Bergerac est un lieu-dit près de Chevreuse.	
1632	Études au quartier latin, chez Jean Grangier, dont il fera une caricature dans *Le Pédant joué.*	
1638	Fréquente les cabarets et les tavernes « libertines ».	
1639	S'engage dans la compagnie des Gardes de M. de Carbon de Casteljaloux.	
1640	Blessé à Arras, quitte l'armée.	
1641	Proche de Gassendi. Ami de Scarron, d'Assoucy, Tristan l'Hermite, Chapelle.	
1645		*Le Pédant joué* (comédie).
1648	Mort de son père. Dilapide vite son héritage (10 450 livres).	Rédaction de *L'Autre-Monde.*
1651	Prend parti pour Mazarin. Se brouille avec ses amis.	*Lettre contre les Frondeurs.*
1653	Réputé athée.	*La Mort d'Agrippine* (tragédie).
1654		*Lettres* et *Œuvres diverses.*
1655	Mort des suites d'un accident : il a reçu une poutre sur la tête. Certains croient à un attentat.	
1662		Publication posthume des *États et Empires de la Lune, États et Empires du Soleil*, sous le titre de *L'Autre Monde.*

Denis DIDEROT		
Dates	**Événements biographiques**	**Œuvres**
1713	Naissance à Langres.	
1728	S'installe à Paris.	
1743	Mariage avec une lingère, Anne-Toinette.	
1746		*Pensées philosophiques.*
1748	Rencontre d'Alembert, Condillac.	*Les Bijoux indiscrets.*
1749	Été à Vincennes.	*Lettre sur les aveugles à l'usage de ceux qui voient.*
1751		Début de l'*Encyclopédie* (jusqu'en 1764). *Lettre sur les sourds et muets à l'usage de ceux qui entendent et qui parlent, adressée à M***.*
1752	Querelle des Bouffons.	
1755	Rencontre Sophie Volland.	
1757	Rompt avec Rousseau.	*Le Fils naturel ou les Épreuves de la vertu* (comédie).
1758		*Le Père de famille* (comédie).
1759	Difficultés de l'*Encyclopédie.*	
1760		Premier *Salon* (tous les deux ans ensuite).
1762		Ébauches romanesques : *Le Neveu de Rameau* (publication posthume).
1765	Reçoit une pension annuelle de Catherine II.	*Jacques le Fataliste et son maître* (publication posthume).
1769		*Rêve de d'Alembert.*
1772-1773		*Supplément au voyage de Bougainville.*
1773-1774	Voyage en Russie.	*Paradoxe sur le comédien* (publication posthume). *Mémoires pour Catherine II.* *Réfutation d'Helvétius.*
1776		*Entretien d'un philosophe avec la Maréchale de ***.*
1777		*Est-il bon, est-il méchant ?* (comédie, publication posthume).
1779-1782		*Essai sur la vie de Sénèque.* *Essai sur les règnes de Claude et Néron.*
1780		*La Religieuse* (publication posthume).
1784	Mort de Sophie Volland, puis de Diderot (juillet).	
1796		Publication de *La Religieuse* et de *Jacques le Fataliste et son maître.*
1830		Publication de *Paradoxe sur le comédien.*
1891		Publication du *Neveu de Rameau.*

Paul ÉLUARD		
Dates	**Événements biographiques**	**Œuvres**
1895	Naissance d'Émile-Paul Grindel à Saint-Denis. Études secondaires à Aulnay et à Paris.	
1912	Atteint de tuberculose : sana en Suisse.	
1913	Rencontre de Gala en Suisse. Passion immédiate.	
1914	Mobilisé comme infirmier.	
1917	Épouse Gala au cours d'une brève permission.	
1918	Naissance d'une fille, Cécile.	
1919	Débuts de l'amitié avec Breton et Aragon.	
1920	Participe aux activités dadaïstes à Paris.	*Pour vivre ici* (haïkaï).
1921	Visite à Freud avec Breton. Grande amitié avec Max Ernst. Vit dans la mouvance surréaliste. Nombreux voyages avec Gala.	
1924	Crise et fuite subite vers Tahiti, seul. Gala et Ernst le rejoignent à Saïgon. Retour en septembre. Intenses activités artistiques.	
1925		*152 proverbes mis au goût du jour.*
1926		*Capitale de la douleur.*
1929	Gala le quitte pour Dali.	*L'Amour, la poésie.*
1930	Amour de Nush, comédienne gaie et jolie, fidèle, tendre, complice. Grand bonheur.	*Ralentir travaux* (avec Breton et Char).
1932	Querelles idéologiques avec Aragon.	*La Vie immédiate.*
1933	Exclu du parti communiste avec Breton.	
1934	Mariage avec Nush. Dissensions et tensions entre surréalistes.	*La Rose publique.*
1936	Début de l'intimité avec Picasso (jusqu'à sa mort).	
1937	Organise, avec Breton et Duchamp, l'exposition internationale du surréalisme.	
1939	Mobilisé comme lieutenant.	*Chanson complète..*
1940	Armistice. Anti-pétainisme.	
1942	Adhère à nouveau au parti communiste. Résistance. Organise le Comité national des Écrivains (zone Nord).	*Poésie et Vérité.* *Poésie involontaire et poésie intentionnelle.*
1943		Collabore à *L'Honneur des poètes.*
1945		*À Pablo Picasso.* *Une longue réflexion amoureuse.*
1946	Mort de Nush. Désespoir total : tentation de suicide. Rencontre de Jacqueline : sensualité offerte et dévouement.	*Poésie ininterrompue.* *Le Dur Désir de durer.*
1947		*Le Temps déborde.* *Corps mémorable.*

Paul ÉLUARD		
Dates	Événements biographiques	Œuvres
1948		*Voir.* *Poèmes politiques.*
1948-1949	Activités pacifistes et procommunistes, notamment avec Picasso.	
1950	Une nouvelle compagne, Dominique Laure, l'équilibre et veille sur lui. Voyage en U.R.S.S.	*Hommages.*
1951	Mariage avec Dominique.	*Pouvoir tout dire.* *Anthologie vivante de la poésie du passé.*
1952	Autre séjour à Moscou et à Prague. Mort subite, le 18 novembre.	*Anthologie des écrits sur l'art.*
1953		*Poésie ininterrompue*, II.

François de SALIGNAC de LA MOTHE-FÉNELON

Dates	Événements biographiques	Œuvres
1651	Naissance au château de Fénelon, en Périgord.	
1664-1665	Études à Cahors puis à Paris.	
1675	Ordonné prêtre. Veut être missionnaire au Moyen-Orient.	
1678	Supérieur de la congrégation des Nouvelles Catholiques.	
1684		*Dialogues sur l'éloquence.*
1685	Mission auprès des protestants de Saintonge. Directeur spirituel de Mme de Maintenon et des filles de Colbert.	
1687		*De l'éducation des filles.*
1689	Précepteur du duc de Bourgogne, petit-fils de Louis XIV. Ami de Mme Guyon. Il initie ses protégées au quiétisme à Saint-Cyr, propriété de Mme de Maintenon.	Rédaction de *Télémaque*, des *Fables*, du *Dialogue des morts.*
1693	Mme Guyon est chassée de Saint-Cyr par l'évêque de Chartres.	
1695	Sacré archevêque de Cambrai par Bossuet.	
1696	Conférence d'Issy : les principes quiétistes sont condamnés.	
1697		*Explications des Maximes des Saints.*
1697-1699	La querelle Bossuet-Fénelon reprend et fait rage ; guerre des brochures. Le Roi disgracie Fénelon, et Rome interdit le quiétisme.	
1698		*Réponse à la Relation de M. de Meaux sur le quiétisme.*
1699		Publication des *Aventures de Télémaque.*
1705-1712		*Traité de l'existence de Dieu.*
1711	Mort du Grand Dauphin. Fénelon reprend espoir.	*Tables de Chaulnes* (listes de réformes pour redresser le royaume).
1712	Mort du Dauphin.	
1714		*Lettre à l'Académie.*
1715	Mort.	

Gustave FLAUBERT

Dates	Événements biographiques	Œuvres
1821	Naissance à Rouen. Élevé dans l'hôtel-Dieu où son père est chirurgien.	
1831	Début des études. L'école est vécue comme un milieu injuste, sot, despotique et cruel.	
1836	Rencontre Mme Schlésinger : coup de foudre, passion vaine et inavouée, exaltée.	
1838		*Mémoires d'un fou* (sorte d'autobiographie).
1841	Bachelier, études de droit : s'ennuie et échoue.	
1844	Crise nerveuse (épilepsie). Renonce aux études et s'installe à Croisset, près de Rouen, pour écrire.	
1849-1851	Voyage en Orient avec Maxime Du Camp. Liaison avec Louise Colet.	
1857	Procès de *Madame Bovary*. Acquitté.	*Madame Bovary*. Début d'une correspondance immense.
1858	Amitié avec Renan, les Goncourt, George Sand.	
1862		*Salammbô*.
1869		*L'Éducation sentimentale*.
1873	Maupassant vit près de lui. Graves soucis financiers.	*Bouvard et Pécuchet* (inachevé).
1874		*La Tentation de saint Antoine*.
1877		*Trois contes*.
1880	Meurt subitement (hémorragie cérébrale), le 8 mai.	

Antoine FURETIÈRE

Dates	Événements biographiques	Œuvres
1619	Naissance à Paris.	
1641- 1645	Études de droit. Avocat et procureur.	*Satires* (contre les collèges et le monde de la justice surtout).
1649	Amitiés littéraires avec La Fontaine et Gilles Boileau.	*Énéide travestie.*
1655	Devient abbé-prieur pour avoir des revenus.	*Poèmes.*
1658		*Nouvelle allégorique.*
1662	Élu à l'Académie française. Participe à toutes les querelles littéraires avec Racine, Boileau, La Fontaine, etc.	
1666	Échec du *Roman bourgeois.*	*Le Roman bourgeois.*
1671	Protégé par Colbert.	*Fables.*
1684	Scandale du *Dictionnaire.* Chassé de l'Académie française. Multiplie les *Factums* et autres mémoires ou libelles pour se justifier, en vain.	
1688	Mort.	
1690		Bayle publie le [dictionnaire de] « Furetière ».

André GIDE

Dates	Événements biographiques	Œuvres
1869	Naissance à Paris. Père professeur de Droit. Famille bourgeoise protestante.	
1880	Mort de son père.	
1891	Rencontres avec Mallarmé, Oscar Wilde, etc.	*Cahiers d'André Walter.*
1893	Voyage en Afrique du Nord. Liaison avec le peintre Paul Laurens.	
1895	Mariage avec sa cousine Madeleine Rondeaux.	*Paludes.*
1897		*Les Nourritures terrestres.*
1898-1904	Nombreux voyages en Afrique du Nord et en Europe.	
1902		*L'Immoraliste.*
1908	Création de la N.R.F. (Nouvelle Revue française).	
1914		*Les Caves du Vatican.*
1918	Liaison avec Marc Allégret. Sa femme vit à l'écart.	
1919		*La Symphonie pastorale.*
1920		*Si le grain ne meurt.*
1923	Une fille, Catherine, naît de sa liaison avec Elisabeth Van Rysselberghe.	
1925-1926	Voyage au Congo et campagne anti-coloniale.	
1926		*Les Faux-Monnayeurs.*
1927		*Voyage au Congo.* *Retour du Tchad.*
1932-1936	Sympathies communistes, jusqu'au voyage en U.R.S.S. d'où il revient déçu.	
1935		*Les Nouvelles Nourritures.*
1936		*Retour d'U.R.S.S.*
1938	Mort de sa femme Madeleine.	
1939		Débuts de publication de son *Journal.*
1941-1943	Gaulliste. Replié à Tunis puis Alger.	
1946		*Thésée* (pièce).
1947	Prix Nobel.	
1949	Entretiens à la radio. Grand prestige et large influence. Débuts de la maladie.	
1951	Mort à Paris le 19 février.	

Jean GIRAUDOUX		
Dates	**Événements biographiques**	**Œuvres**
1882	Naissance à Bellac (Haute-Vienne).	
1903	Reçu à l'École Normale Supérieure.	
1909		*Provinciales.*
1910	Reçu au « petit concours » des Affaires étrangères.	
1914	Blessé à la guerre.	
1916	En mission au Portugal et aux États-Unis.	
1917		*Lectures pour une ombre.*
1918		*Simon le Pathétique.*
1919		*Elpénor.*
1920		*Adorable Clio.*
1921	Mariage ; accède au « grand cadre » des Affaires étrangères.	*Suzanne et le Pacifique.*
1922		*Siegfried et le Limousin.*
1924		*Juliette au pays des hommes.*
1926	En disgrâce auprès de la Commission d'évaluation des dommages alliés en Turquie.	*Bella.*
1927		*Églantine.*
1928	Fait la connaissance de Louis Jouvet.	*Siegfried.*
1929		*Amphitryon 38.*
1930		*Aventures de Jérôme Bardini.*
1931		*Judith.*
1933		*Intermezzo.*
1934	Réhabilité au Quai d'Orsay.	*Tessa.*
1935		*La guerre de Troie n'aura pas lieu.*
1936	Parcourt le monde en visite d'inspection des postes diplomatiques et consulaires.	
1937		*Électre.*
1938		*Les Cinq Tentations de La Fontaine.*
1939	Nommé commissaire à l'Information.	*Ondine* et *Pleins Pouvoirs.*
1941		*Littérature.*
1943		*Sodome et Gomorrhe.*
1944	Mort à Paris.	
		Œuvres posthumes :
1945		*La Folle de Chaillot.*
1946		*Sans pouvoirs.*
1953		*Pour Lucrèce.*
1969		*La Menteuse.*

Victor HUGO		
Dates	**Événements biographiques**	**Œuvres**
1802	Naissance à Besançon. Père général d'Empire. Vit à Naples, en Espagne, à Paris. Études au lycée Louis-le-Grand.	
1820		*Burg-Jargal.*
1822	Pensionné par Louis XVIII. Épouse Adèle Foucher. Rapide notoriété. Le « Cénacle ».	
1822-1828		*Odes et Ballades.*
1823		*Han d'Islande.*
1824		*Nouvelles Odes.*
1827		*Cromwell.*
1829		*Orientales.*
1830	« Bataille » d'*Hernani.* Rallié à la révolution. Se veut « l'écho sonore » du siècle.	*Hernani.*
1831		*Notre-Dame de Paris. Les Feuilles d'automne. Marion Delorme.*
1833	Début de sa liaison avec Julie Drouet.	*Lucrèce Borgia. Marie Tudor.*
1835		*Chants du crépuscule.*
1837		*Les Voix intérieures.*
1838		*Ruy Blas.*
1840		*Les Rayons et les Ombres.*
1841	Élu à l'Académie française après trois échecs.	
1843	Sa fille Léopoldine se noie accidentellement à Villequier avec son mari Charles Vacquerie.	*Les Burgraves.*
1846	Pair de France.	
1848	Élu conservateur mais vote en libéral les lois de progrès : « haine de l'anarchie, amour du peuple ».	
1851	S'oppose au coup d'État. Exil en Belgique puis à Jersey. Expériences spirites des tables tournantes à Guernesey.	
1852		*Napoléon, le petit* (pamphlet).
1853		*Châtiments.*
1856		*Les Contemplations.*
1859	Amnistie refusée.	
1859-1865		*Chansons des rues et des bois.*
1859-1883		*La Légende des siècles.*
1862	Voyages en Europe ; séjour à Bruxelles.	*Les Misérables.*
1866		*Les Travailleurs de la mer.*
1868	Mort de sa femme.	
1869		*L'Homme qui rit.*
1870	Retour à Paris.	
1871	Élu à l'Assemblée nationale mais démissionne et retourne à Guernesey.	
1872		*L'Année terrible.*
1874		*Quatre-Vingt-Treize.*
1076	Nommé sénateur. Siège à gauche mais ne se mêle plus guère de la vie publique.	
1877		*L'Art d'être grand-père.*
1885	Mort. Funérailles nationales, inhumation au Panthéon.	
1886		*La Fin de Satan.*
1888-1893		*Toute la lyre.*
1891		*Dieu.*
1886		*Le Théâtre en liberté.*
1971		Première représentation de *Cromwell.*

Eugène IONESCO		
Dates	**Événements biographiques**	**Œuvres**
1912	26 novembre, naissance en Roumanie.	
1913	Les Ionesco s'installent en France.	
1927	Retour en Roumanie. Études à Bucarest et diplômes : professeur de français.	
1938	Marié, vient vivre à Paris pour une thèse sur « péché et mort dans la poésie française moderne ».	
1945	À Paris (après la guerre passée à Marseille). Vie pauvre et difficile.	
1950	Rencontres : Breton, Buñuel, Adamov. Amitié avec Cioran et Eliade, Roumains exilés. Scandale de ses premières pièces.	*La Cantatrice chauve.*
1952		*Les Chaises.*
1953		*La Leçon.* *Victimes du devoir.* *La Jeune Fille à marier.*
1954	Article de Jean Anouilh dans *Le Figaro.* Début de la reconnaissance, peu à peu unanime.	*Amédée.*
1955		*Jacques ou la Soumission.*
1956		*L'Impromptu de l'Alma.*
1960	Jean-Louis Barrault monte *Rhinocéros* à l'Odéon. Ionesco est joué dans le monde entier.	*Rhinocéros.*
1962		*Le Roi se meurt.*
1966	La Comédie-Française crée *La Soif et la Faim* et donnera *Le Roi se meurt.* Consécration.	*La Soif et la Faim.*
1970	Élu à l'Académie française.	*Jeu de massacre.*
1972		*Macbett.*
1978	Colloque sur son œuvre à Cerisy.	
1989	Milite en faveur de la fragile démocratie instaurée par la révolution roumaine, après le renversement de la dictature des Ceausescu (décembre).	

Francis JAMMES		
Dates	**Événements biographiques**	**Œuvres**
1868	Naissance à Tournay (Hautes-Pyrénées). Enfance à Saint-Palais, puis à Pau, chez ses grands-parents. Études médiocres à Pau, puis à Orthez.	
1880	Arrivée de la famille à Bordeaux où le père est nommé receveur. S'adapte mal à la « grisaille du triste port » bordelais. Lectures nombreuses, et passion pour Baudelaire.	
1888	Collé au bac et invité à quitter le lycée. Son père meurt à la fin de l'année. Désespoir et vif sentiment d'échec. Retour à Orthez où il vivra désormais avec sa mère.	
1891	Dépressif mais actif. Son œuvre poétique commence vraiment.	
1894		*Vers.*
1896	Voyage en Algérie. Rencontre avec le ménage Gide.	
1897	Manifeste du « jammisme ». Aime et veut épouser une certaine Mamore. Opposition maternelle. Grande souffrance morale persistante.	Le manifeste paraît dans *Le Mercure de France.*
1898		*De l'angélus de l'aube à l'angélus du soir.*
1899		*Clara d'Ellébeuse.*
1901		*Le Deuil des primevères.*
1905	Grande notoriété. Claudel l'aide à revenir à la pratique religieuse. Diverses idylles qui toutes échouent.	*Méditation sur la foi.*
1906		*Clairières dans le ciel.*
1907	Mariage avec une jeune et pieuse admiratrice.	
1911		*Géorgiques chrétiennes.*
1920		*Le Poète rustique.*
1921	S'installe à Hasparren, au Pays Basque.	
1924	Deuxième échec à l'Académie française ; il y renonce.	*Les Quatrains.*
1934	Mort de sa mère.	
1935		*De tout temps à jamais.*
1938	Mort à Hasparren.	

Louise LABÉ		
Dates	**Événements biographiques**	**Œuvres**
1524	Naissance, rue de l'Arbre-Sec, à Lyon. Décès de sa mère. Son père, cordier, se remarie avec la fille d'un boucher.	
1534	Son père est, à Lyon, « maître des métiers ». Elle reçoit une bonne éducation, notamment en latin et en italien. Musicienne, elle joue du luth.	
1542	En habit d'hommes, elle participe à un tournoi à Perpignan. Connaît l'escrime et l'équitation. Amitié avec Pernette du Guillet, l'inspiratrice de Maurice Scève.	
1545	Épouse Ennemond Perrin, modeste artisan cordier. Amitiés avec le milieu scévien.	
1548	Réception solennelle d'Henri II et de Catherine de Médicis à Lyon. Mort de son père.	
1551	Commence à écrire ses poèmes.	
1552	Calvin, à Genève, la traite de « putain ».	
1553-1554	Rencontre avec Olivier de Magny, chevalier et secrétaire de l'ambassadeur Jean d'Avenson. Amour passionné et partagé.	
1555	Le privilège du roi est accordé à la publication des poèmes de Louise. Dédicace à Clémence de Bourges, grande dame lyonnaise, fille d'un échevin.	*Œuvres de Louise Labé, lyonnaise.*
1556		2e éd. des *Œuvres.*
1557	Une chanson anonyme fait scandale à propos d'une liaison prétendue entre Louise et un banquier italien. Mort de son mari.	
1559		*Odes* d'Olivier de Magny, où l'on retrouve des vers de Louise Labé.
1561	Mort d'Olivier de Magny.	
1564	La peste à Lyon. Louise se retire chez son ami Fortini, riche banquier italien.	
1566	Mort en février.	

Jean de LA BRUYÈRE

Dates	Événements biographiques	Œuvres
1645	Naissance à Paris d'une famille de petits propriétaires terriens reconvertis dans la « fonction publique », grâce à l'achat de « charges ».	
1665	Licence en droit à Orléans. Se destine au métier d'avocat mais ne semble pas avoir exercé.	
1673	Achète une modeste charge de trésorier à Caen (gages : 2 350 livres). Vit à Paris en célibataire, rentier, oisif et sans histoires, avec ses frères et sœurs.	
1684	Obtient, grâce à Bossuet, d'être précepteur du jeune Louis de Bourbon, petit-fils du Grand Condé, puis de sa jeune épouse, Mlle de Nantes, fille de Louis XIV et de Mme de Montespan.	
1687	Reste attaché à Louis de Bourbon : bibliothécaire et « gentilhomme de M. le Duc ». Pension de 3 000 livres. Devient homme de Cour et approche de près les plus hautes sphères de la monarchie.	
1688	Célébrité immédiate. Vives attaques des « Modernes ». Soutenu par les dévots et par les jésuites.	Publication des *Caractères*. Trois éditions successives, puis rééditions en 1689 (IV), 1690 (V), 1691 (VI), 1692 (VII), 1694 (VIII).
1693	Pressions du pouvoir : La Bruyère entre à l'Académie française, pourtant plutôt acquise aux idées modernes. Son discours de réception est un réquisitoire anti-moderne. Fontenelle et ses amis se déchaînent.	
1696	S'engage dans la persécution des quiétistes. Meurt subitement à Versailles, le 10 mai.	*Dialogues sur le quiétisme.*

Pierre CHODERLOS de LACLOS

Dates	Événements biographiques	Œuvres
1741	Naissance à Amiens.	
1763	Morne vie d'école militaire et de garnison.	
1779	Nommé à l'île d'Aix.	Quelques poèmes : *Les Désirs contrariés, Les Souvenirs*, et des contes légers : *La Procession.*
1782	Succès et scandale.	*Les Liaisons dangereuses.*
1786	Rédige un mémoire contre les fortifications de Vauban.	*De l'éducation des femmes* (premiers textes).
1789	Secrétaire de Philippe-Égalité.	
1790		*Exposé de la conduite de M. le duc d'Orléans.*
1792	Général de brigade. Arrêté sous la Terreur.	
1795		*De la guerre et de la paix.*
1800	Campagnes de Bonaparte (Rhin, Italie).	
1803	Commandant de l'artillerie française de Naples. Meurt de dysenterie à Tarente.	

Madame de LAFAYETTE

Dates	Événements biographiques	Œuvres
1634	Naissance, à Paris, de Marie-Madeleine Pioche de la Vergne.	
1638-1640	À Pontoise puis au Havre, ville que commande son père.	
1649	Mort de son père.	
1650	Sa mère se remarie avec l'oncle de Mme de Sévigné, Renaud de Sévigné. Reçoit une instruction très solide. Travaille avec Ménage, savant lié aux cercles précieux. Lit les romans baroques et précieux.	
1655	Épouse le comte de Lafayette et s'installe en Auvergne. Très liée avec Mme de Sévigné.	
1659		Portrait de Mme de Sévigné dans *La Galerie des portraits.*
1660	Après la naissance de deux fils, s'installe à Paris. Mort de sa mère, attachée à la maison de la Reine. Intime avec Madame, son amie d'enfance.	
1662		*La Princesse de Montpensier* (sous le pseudonyme de Segrais).
1670	Liaison avec La Rochefoucauld, qu'elle fréquente depuis quinze ans. Reçue à Versailles.	*Zaïde* (2 vol.).
1678		*La Princesse de Clèves.*
1680	Mort de La Rochefoucauld. Reçoit Boileau, La Fontaine.	
1683	Mort de son époux, oublié en Auvergne.	
1693	Mort à Paris.	
		Publications posthumes :
1720		*Histoire de Mme Henriette d'Angleterre.*
1724		*La Comtesse de Tende.*
1731		*Mémoires sur la Cour de France pour les années 1688-1689.*

Jean de LA FONTAINE

Dates	Événements biographiques	Œuvres
1621	Naissance à Château-Thierry.	
1654		Traduction et adaptation de *L'Eunuque* de Térence.
1658-1661	Devient un habitué de la cour de Fouquet à Saint-Mandé et à Vaux.	
1659		Entreprend de rédiger *Le Songe de Vaux.*
1660		Farce des *Rieurs de Beau-Richard.*
1661	Disgrâce de Fouquet. Mort de Mazarin. Louis XIV commence à régner personnellement.	
1662		*Élégie aux nymphes de Vaux* (adressée à Louis XIV, pour solliciter la grâce royale en faveur de Fouquet emprisonné).
1663		*Lettres du Limousin.*
1664	Entre au service de la duchesse douairière d'Orléans.	
1665		Premier recueil de *Contes et Nouvelles en vers.* Traduction de *La Cité de Dieu* de saint Augustin.
1666		Second recueil de *Contes.*
1668		Premier recueil des *Fables.*
1669		*Amours de Psyché et de Cupidon.* *Adonis.*
1671		*Poésies chrétiennes et diverses.* Troisième recueil des *Contes.* *Fables nouvelles et autres poésies.*
1673	Devient l'hôte de Madame de La Sablière.	Poème religieux de *la Captivité de saint Malc.*
1674		Composition du livret de l'opéra *Daphné.* Publication de *Nouveaux Contes.*
1678		Second recueil des *Fables.*
1682		*Poème du Quinquina* à vocation scientifique.
1683	Élu à l'Académie française.	Commence à composer *Achille*, tragédie inachevée.
1687		*Épître à Huet* (sur la querelle des Anciens et des Modernes).
1691		Représentation d'*Astrée* (« tragédie musicale »).
1693	Mort de Madame de la Sablière. Désavoue publiquement ses *Contes.*	Paraphrase du *Dies irae.*
1694		Dernier livre des *Fables.*
1695	Mort le 13 avril.	

Alphonse de LAMARTINE

Dates	Événements biographiques	Œuvres
1790	Naissance à Mâcon. Vie à Milly.	
1802	Études à Bellay.	
1811	Voyage en Italie.	
	Service militaire à Beauvais.	
1816	Aventure avec Mme Charles, rencontrée à Aix-les-Bains (l'Elvire des *Méditations*).	
1819	Mariage avec une riche Anglaise, Maria Birch.	
1820		*Méditations poétiques.*
1823		*Nouvelles Méditations poétiques.*
1830	Poète lyrique à succès. Postes diplomatiques en Italie.	*Les Harmonies poétiques et religieuses.*
1832	Voyage en Orient.	
Fin 1832	Élu député. Engagement dans les mouvements chrétiens libéraux.	
1835		*Voyage en Orient.*
1836		*Jocelyn.*
1838		*La Chute d'un ange.*
1839		*Les Recueillements poétiques.*
1847		*Histoire des Girondins.*
1848	Ministre des Affaires étrangères. Grande popularité.	
Déc. 1848	Échec cuisant à l'élection présidentielle.	
1849		*Les Confidences.* *Troisièmes Méditations poétiques.*
1851	Fin de la carrière politique. Retraite et travaux littéraires.	
1852		*Graziella.*
1856-1869		*Cours familier de littérature.*
1869	Mort le 28 février.	

François de LA ROCHEFOUCAULD

Dates	Événements biographiques	Œuvres
1613	Naissance, à Paris, dans une très ancienne famille aristocratique attachée à ses prérogatives féodales, de François VI, prince de Marcillac, duc de La Rochefoucauld.	
1628	Mariage avec Andrée de Vivonne, cousine de la marquise de Rambouillet. Il aura d'elle huit enfants. Guerroie en Italie, en Flandres. Maître du régiment d'Auvergne.	
1637	Début de sa liaison avec la duchesse de Chevreuse.	
1639	Rallié aux Condé contre Richelieu. Compromis dans le complot de Cinq-Mars.	
1643-1649	Mazarin lui vend la charge de gouverneur du Poitou. Participe à la Fronde : devient l'amant de la duchesse de Longueville, qui le pousse dans le camp de son frère le duc d'Enghien. Il est lieutenant-général de l'armée rebelle.	
1650	Arrestation des princes (Condé, Conti, Longueville). Il prépare la défense de Bordeaux. Les troupes royales rasent son château de Verteuil. Il est finalement amnistié.	
1652	Blessé pendant les émeutes de Paris, où Condé et Turenne s'affrontent. Fin des conflits. Il se retire.	
1657		Écrit son portrait.
1659	Pensionné par le roi. Fréquente les salons littéraires (Mlles de Scudéry et de Montpensier, Mme de Sablé). Amitié avec Mme de Lafayette. Relations avec Mme de Sévigné. Atteint de goutte, se déplace difficilement. Travaille aux *Maximes*.	*Recueil de portraits.* *Réflexions diverses* et *Mémoires*.
1665	Fait reconstruire son château de Verteuil.	Après diverses éditions incomplètes ou clandestines, parution des *Maximes*.
1670	Mort de sa femme.	
1679	Refuse de se présenter à l'Académie française.	
1680	Meurt « entre les mains de Bossuet ».	

François de MALHERBE		
Dates	**Événements biographiques**	**Œuvres**
1555	Naissance à Caen ; fils d'un conseiller au présidial. Solides études à Caen, puis aux universités de Bâle et de Heidelberg.	
1577-1586	Abjure le protestantisme et se met au service du duc d'Angoulême, gouverneur de Provence, à Aix. Milieu de gentilshommes humanistes et poètes.	
1589	Conflits religieux, assassinat de son protecteur et du roi Henri III.	
1586-1595	Retour à Caen où il est élu échevin. Début de notoriété et textes de circonstances pour louer des « Grands » (Marie de Médicis, Henri IV).	
1587		*Les Larmes de Saint Pierre.*
1595-1605	Second séjour à Aix.	
1596		*Ode au roy Henri le grand.* *Ode sur la prise de Marseille.*
1598		*Consolation à M. du Périer.*
1600		*Ode à la reine.*
1605	Protégé par le cardinal du Perron, il se rend à Paris et devient poète de cour. Autorité littéraire : entouré de disciples, tels Racan et Maynard. Favori de la reine.	*Ode sur l'attentat.*
1606		*Prière pour le roi allant en Limousin.*
1608		*Ode à Bellegarde.*
1610		*À la Reine, sur les heureux succès de sa Régence.*
1614		*Lettre de consolation à la princesse de Conti.*
1628	Mort à Paris.	

Stéphane MALLARMÉ		
Dates	**Événements biographiques**	**Œuvres**
1842	Naissance à Paris.	
1847	Mort de sa mère. Études à Auteuil et Paris. Lectures de Baudelaire.	
1862	Professeur d'anglais. Mort de son père.	
1863	À Tournon. Mariage.	
1864		Commence *Hérodiade.*
1866	À Besançon.	Onze poèmes dans *Le Parnasse contemporain.*
1867	En Avignon.	
1869		*Igitur.*
1871	À Paris.	
1873	Amitié avec Manet.	*Toast funèbre.*
1876		*L'Après-Midi d'un faune.*
1877	Habite rue de Rome et reçoit chaque mardi les jeunes poètes. Grand prestige, auprès d'eux seulement.	*Tombeau d'Edgar Poe.*
1882	Amitié avec Huysmans.	
1885		*Prose pour Des Esseintes.* *Hommages à Wagner.*
1890	Tournée de conférences en Belgique. Amitié avec Wilde et surtout Paul Valéry.	
1891		*Pages.*
1893		*Vers et proses.* *Un coup de dés jamais n'abolira le hasard..*
1894	Voyage et conférences en Angleterre.	
1896	Élu « prince des poètes » après Verlaine.	
1898	Mort le 9 septembre.	

André MALRAUX

Dates	Événements biographiques	Œuvres
1901	Naissance à Montmartre. Suicide de son grand-père. Études au lycée Condorcet puis à l'École des Langues orientales.	
1921	Mariage avec Clara Goldschmidt.	*Lunes en papier.*
1923	Départ pour le Cambodge à la recherche des temples khmers.	
1925	Séjours en Indochine. Lutte contre le régime colonial. Nombreux voyages (Perse, Orient, États-Unis, Japon).	
1926		*La Tentation de l'Occident.*
1928		*Royaume farfelu.* *Les Conquérants.*
1930		*La Voie royale.*
1933		*La Condition humaine.*
1935		*Le Temps du mépris.*
1936	Engagements contre le fascisme. Proche des trotskystes.	
1937		*L'Espoir.*
1940	Engagé dans la Résistance.	
1943		*Les Noyers de l'Altenburg.*
1944-1945	Commande la brigade Alsace-Lorraine.	
1945-1946	Ministre de l'Information du général De Gaulle.	
À partir de 1947		Nombreux ouvrages sur l'art : *Le Musée imaginaire* (1947). *Les Voix du silence* (1951). *Le Musée imaginaire de la Sculpture mondiale* (1952-1956). *La Métamorphose des Dieux* (1957). *L'Irréel* (1974).
1958	Retour au pouvoir du général De Gaulle. Malraux devient ministre des Affaires culturelles et le restera jusqu'en 1969 (démission du général De Gaulle).	
1967		*Antimémoires.*
1976	Mort.	*La Corde et les Souris* (reprenant : *Hôtes de passage* *Les Chênes qu'on abat* *La Tête d'obsidienne* *Lazare*). } *Le Miroir des limbes.*
1977		*L'Homme précaire et la littérature.*

Pierre CARLET de CHAMBLAIN de MARIVAUX		
Dates	**Événements biographiques**	**Œuvres**
1688	Naissance à Paris.	
1710-1713	Études de droit.	
1712		*Pharsamon* (roman).
1714-1716	Prend parti pour les Modernes dans la « Querelle ».	
1717	Mariage avec Colombe Bollogne.	*L'Iliade travestie.*
1719		Articles dans le *Nouveau Mercure.*
1720	Ruiné par la banqueroute de Law.	*Arlequin poli par l'amour.*
1721-1734		Publication du journal *Le Spectateur français.*
1722		*La Surprise de l'amour.*
1723	Mort de sa femme.	*La Double Inconstance.*
1724		*Le Prince travesti.* *La Fausse Suivante.* *Le Dénouement imprévu.*
1725		*L'Héritier de village.*
1727		*L'Île de la raison.* *La Seconde Surprise de l'amour.*
1729		*La Colonie.*
1730	Fréquente les salons littéraires (Mme de Tencin ; Mme du Deffand ; Mme Geoffrin).	*Le Jeu de l'amour et du hasard.*
1731		Début de la *Vie de Marianne* (roman : onze parties jusqu'en 1741).
1732		*Le Triomphe de l'amour.* *Les Serments indiscrets.*
1733		*L'Heureux Stratagème.*
1734		*Le Paysan parvenu* (roman).
1736		*Le Legs.*
1737		*Les Fausses Confidences.*
1739		*Les Sincères.*
1740		*L'Épreuve.*
1742	Élu à l'Académie française.	
1744		*La Dispute.*
1745	Sa fille unique entre au couvent.	
1746		*Le Préjugé vaincu.*
1757		*Les Acteurs de bonne foi.*
1763	Mort.	

Clément MAROT

Dates	Événements biographiques	Œuvres
1496	Naissance à Cahors; fils du poète Jean Marot.	
1506	Vient vivre à la cour d'Anne de Bretagne avec son père.	
1514	Vagues études à Blois et à Paris; devient page d'un secrétaire du roi.	*Le Temple de Cupido* (sur le mariage de François Ier).
1519	Entre au service de Marguerite d'Alençon, sœur de François Ier. Voyages avec le duc d'Alençon.	
1526	Incarcéré au Châtelet pour avoir fait gras en carême. Transfert à Chartres et délivrance. S'éprend d'Anne d'Alençon (nièce de Marguerite).	*Épître à son ami Lyon.* Il rédige *L'Enfer* (qui sera publié en 1542 sans son accord et irritera la Sorbonne).
1527	Succède à son père, décédé, comme valet de chambre du roi.	
1529	Mariage et voyage en Picardie.	
1532	Malade et dévalisé par son valet. Second emprisonnement, pour le même motif qu'en 1526.	*Épître au roi pour avoir été dérobé.*
1533		Édite les œuvres de François Villon. *L'Adolescence clémentine..*
1534	Affaire des Placards. Recherché comme suspect, doit s'enfuir. Condamné par contumace, s'exile en Suisse puis en Italie. Accueilli à la cour de Ferrare par Renée de France.	*Les Élégies.*
1536	Doit fuir Ferrare comme suspect d'être favorable à Luther. Venise, Genève, puis retour en France. Abjure à Lyon et regagne la cour. Grande faveur de Marot à la cour. Polémique très vive avec son rival Sagon.	*Blason du beau tétin* et concours des blasons.
1538		Publication de ses *Œuvres complètes* Premières traductions bibliques : *Psaumes.*
1541		Autres *Psaumes* (tous interdits).
1542-1543	À nouveau accusé de protestantisme, s'enfuit à Genève mais devient vite suspect à Calvin. Rejoint Turin.	
1554	Mort à Turin.	

Guy de MAUPASSANT

Dates	Événements biographiques	Œuvres
1850	Naissance à Fécamp ou à Miromesnil. Enfance en Normandie.	
1859	Installation à Paris. Admis au petit séminaire d'Yvetot.	
1868	Renvoyé du séminaire pour impertinence. Rencontre avec Flaubert qui corrige ses premiers textes.	
1870	Mobilisé. Vit la débâcle.	
1872	Obtient un emploi au ministère de la Marine. Vagues études de droit.	
1873	Vie sportive et galante. Travaille avec Flaubert qui lui fait des « remarques de pion ».	
1875	Amitiés avec Zola, Tourgueniev, Huysmans. Fréquente les salons naturalistes.	
1878	Premiers problèmes de santé. Cures et voyages (Pyrénées, Bretagne, Corse, etc.).	
1880	Mort de Flaubert. Lit Schopenhauer et voyage en Algérie.	*Boule de Suif* (parue dans *Les Soirées de Médan*). *Des Vers* (recueil poétique).
1881		*La Maison Tellier.*
1883		*Une vie.* *Contes de la bécasse.*
1885	Fortune et succès, mais maladies chroniques. Nombreux voyages en Afrique du Nord.	*Bel-Ami.*
1887		Recueil des *Contes.* *Mont-Oriol.* *Le Horla.*
1888		*Pierre et Jean.*
1890	Débuts des troubles mentaux graves. Se croit paralysé.	*Notre cœur.*
1892	Tentative de suicide. Crises violentes et convulsions.	
1893	Mort le 6 juillet.	

François MAURIAC

Dates	Événements biographiques	Œuvres
1885	Naissance à Bordeaux. Famille assez aisée (propriétaires terriens et gros négociants).	
1887	Mort de son père.	
1908	Entre à l'école des Chartes. Milite au « Sillon » (chrétiens sociaux).	
1913	Épouse Jeanne Lafon. Ils auront deux fils (Claude, Jean) et deux filles (Claire, Luce).	
1915	Engagé dans la Croix-Rouge.	
1918	Rencontre Proust. Vie parisienne.	
1922		*Le Baiser au lépreux.*
1923		*Genitrix.*
1925		*Le Désert de l'amour.*
1926	Déjà très reconnu. Activités de critique dramatique ; journalisme littéraire.	
1927		*Thérèse Desqueyroux.*
1928		*Destins.*
1929	Mort de sa mère.	
1932	Cancer du larynx. On le croit perdu.	*Le Nœud de Vipères.*
1933	Élu à l'Académie française.	*Le Mystère Frontenac.*
1934	Au *Figaro.* Activités antifranquistes et antifascistes.	
1935		*La Fin de la nuit.*
1939	Polémique avec Sartre sur la liberté et le roman.	
1940		*La Pharisienne.*
1940-1945	Suspect aux yeux de Vichy. « Gaulliste de cœur ».	
1952	Prix Nobel de littérature.	Débuts du « *Bloc-Notes* » dans *L'Express.*
1954	Favorable à la décolonisation. Soutient Mendès-France.	
1958	Soutien inconditionnel à De Gaulle.	
1959		*Mémoires intérieurs.*
1962		*Ce que je crois.*
1964		*De Gaulle.*
1969		*Un adolescent d'autrefois.*
1970	Mort le 1er septembre.	

Jean-Baptiste POQUELIN, dit MOLIÈRE		
Dates	**Événements biographiques**	**Œuvres**
1622	Naissance de Jean-Baptiste Poquelin. Élève des jésuites du collège de Clermont, puis études de droit.	
1643	Fondation de la troupe de l'Illustre-Théâtre.	
1645	La troupe quitte Paris et parcourt les provinces du Sud-Ouest et du Sud-Est.	
1654		*L'Étourdi.*
1656		*Le Dépit amoureux.*
1658	Retour à Paris ; patronage de Monsieur, frère du roi ; première représentation devant le roi et la Cour.	
1659		*Les Précieuses ridicules.*
1660		*Sganarelle ou le Cocu imaginaire.*
1661		*Dom Garcie de Navarre.* *L'École des maris.* *Les Fâcheux.*
1662	Épouse Armande Béjart.	*L'École des femmes.*
1663	Est gratifié d'une pension. Querelle de *L'École des femmes.*	*La Critique de l'École des femmes.* *L'Impromptu de Versailles.*
1664	Participe aux fêtes royales de Versailles. Interdiction du *Tartuffe.*	*Le Mariage forcé.* *La Princesse d'Élide.* *Le Tartuffe ou l'Imposteur* (1re version en trois actes).
1665	Commence à être malade. Se sépare d'Armande Béjart. Se brouille avec Racine.	*Dom Juan ou le Festin de pierre.* *L'Amour médecin.*
1666		*Le Misanthrope ou l'Atrabilaire amoureux.* *Le Médecin malgré lui.* *Mélicerte.*
1667	Fait jouer une nouvelle version du *Tartuffe* sous le titre *L'Imposteur.*	*La Pastorale comique.* *Le Sicilien.*
1668	La « cabale des dévots » bat son plein.	*Amphitryon.* *George Dandin.* *L'Avare.*
1669	À la mort de son père, hérite de la charge de tapissier-valet de chambre du roi. L'interdiction de jouer *Le Tartuffe* est levée.	*Monsieur de Pourceaugnac.*
1670		*Les Amants magnifiques.* *Le Bourgeois gentilhomme.*
1671		*Psyché.* *Les Fourberies de Scapin.* *La Comtesse d'Escarbagnas.*
1672		*Les Femmes savantes.*
1673	Meurt, victime d'un malaise à la fin de la quatrième représentation du *Malade imaginaire.*	*Le Malade imaginaire.*

Michel EYQUEM, seigneur de MONTAIGNE		
Dates	**Événements biographiques**	**Œuvres**
1533	28 février, naissance à Montaigne : fils d'un magistrat bordelais.	
1539	Son précepteur, le médecin allemand Horstanus, lui apprend à parler latin couramment. Études au collège de Guyenne, à Bordeaux.	
1546	Études de philosophie. Révolte des Bordelais contre l'impôt royal ; répression terrible.	
1554	Conseiller à la cour des aides de Périgueux. Son père, Pierre Eyquem, est élu maire de Bordeaux.	
1557	Nommé au parlement de Bordeaux.	
1558	Rencontre de La Boétie et amitié immédiate.	
1560-1561	À la cour, à Paris, missions diplomatiques.	
1563	Mort de La Boétie.	
1565	Mariage.	
1568	Mort de son père. Michel hérite le nom et les terres.	
1570	Cède sa charge au parlement de Bordeaux.	
1571	Se retire dans son domaine.	
1574-1575	Séjour à Paris.	
1575		Début de la rédaction de l'*Apologie de Raymond Sebond.*
1577	Gentilhomme ordinaire du roi de Navarre.	
1578	Début de sa colite néphrétique, « maladie de la pierre ».	
1580	Passe à Paris. Henri III le félicite pour ses *Essais.* Départ pour l'Italie, via l'Allemagne et l'Autriche.	Parution de l'édition (A) des *Essais.*
1581	À Rome. Divers déplacements dans le sud de l'Italie. Élection à la mairie de Bordeaux : Henri III intervient pour qu'il accepte.	
1583	Réélection comme maire de Bordeaux.	
1584	Sert d'agent diplomatique à Henri de Navarre.	
1585	Peste à Bordeaux. S'enfuit.	
1586-1587		Additions diverses et rédaction du livre III.
1587	Henri de Navarre dîne au château de Montaigne.	
1588	Montaigne à Paris, pris au milieu des émeutes. Rencontre avec Mlle de Gournay, sa « fille d'alliance ». Dans sa « librairie ». Fréquents contacts avec Mlle de Gournay. Sa fille Léonor (née en 1571), seule survivante de ses cinq filles, se marie.	Parution de l'édition (B) des *Essais.*
1592	Meurt le 13 septembre au cours de la messe.	
1595		Édition posthume (C), grâce à Mlle de Gournay.

Charles de MONTESQUIEU		
Dates	**Événements biographiques**	**Œuvres**
1669	Naissance, à La Brède, de Charles de Secondat, baron de la Brède et de Montesquieu.	
1705-1708	Études juridiques à Bordeaux.	
1716	Président à mortier du parlement de Bordeaux. Élu à l'Académie de Bordeaux.	*Dissertation sur la politique des Romains dans la religion*, prononcée à l'Académie de Bordeaux.
1717-1721		Discours académiques.
1721		*Lettres Persanes.*
1722	Participe à la vie littéraire des salons parisiens.	
1725		*Le Temple de Gnide.*
1728	Élu à l'Académie française.	
1728-1731	Voyages à travers l'Europe.	
1731	Retour à La Brède.	
1734		*Considérations sur les causes de la grandeur des Romains et de leur décadence.*
1745		*Dialogue de Sylla et d'Eucrate.*
1748		*De l'esprit des Lois.*
1755	Mort à Paris.	

Alfred de MUSSET

Dates	Événements biographiques	Œuvres
1810	Naissance à Paris, le 11 décembre.	
1822	Études brillantes au lycée Henri IV.	
1829	Études de droit. Amitié avec Hugo. Participe au « Cénacle » et à la vie littéraire parisienne. Critique théâtral.	
1830		*Contes d'Espagne et d'Italie* (poésie). *La Nuit vénitienne* (théâtre). *Les Vœux stériles* (théâtre).
1832		*Un spectacle dans un fauteuil* (théâtre).
1833		*Rolla* (poésie). *Andrea del Sarto* (théâtre). *Les Caprices de Marianne* (théâtre).
1833- 1834	Liaison avec George Sand. Voyage en Italie.	
1834		*On ne badine pas avec l'amour* (théâtre). *Lorenzaccio* (théâtre).
1835	Rupture après bien des scènes. Diverses aventures amoureuses désabusées. Bibliothécaire au ministère de l'Intérieur.	*Les Nuits de mai et de décembre* (poésie).
1836		*Lettre à Lamartine.* *Nuit d'août* (poésie). *La Confession d'un enfant du siècle.*
1837		*Nuit d'octobre* (poésie). *Lettres de Dupuis et Cotonet.*
1840	Maladie et ennui. Vie dissolue (alcoolisme et amourettes).	*Comédies et Proverbes* (théâtre).
1041		*Souvenir* (poésie).
1852	Élu à l'Académie française. N'écrit plus et vit assez seul. Continue à boire.	*Un caprice* (théâtre).
1857	Mort le 4 mai.	Quelques pièces mineures.

Marguerite de NAVARRE		
Dates	**Événements biographiques**	**Œuvres**
1492	Naissance à Angoulême, deux ans avant François Ier. Petite nièce de Charles d'Orléans.	
1496	Mort de son père. Élevée à Amboise. Très studieuse, se forge une excellente culture.	
1509	Mariage avec le duc Charles d'Alençon. Réside surtout en Normandie.	
1515-1519	Vie fastueuse à la cour de François Ier. Nombreux voyages avec le roi. Marot devient son valet de chambre. Protège les écrivains et les penseurs humanistes, et s'intéresse à l'évangélisme.	
1525	Voyage en Espagne pour essayer de faire libérer François Ier, prisonnier après la défaite de Pavie. Mort de son époux.	
1525-1526		Prières et écrits religieux, tels que l'*Oraison de l'âme fidèle.*
1527	Remariage avec Henri d'Albret, roi de Navarre, dont elle aura une fille, Jeanne, future mère d'Henri IV.	
1530		Théâtre religieux : « tétralogie biblique » sur la Nativité, etc.
1531		*Miroir de l'âme pécheresse* (condamné par la Sorbonne en 1533).
1534	Affaire des Placards. Marot et Calvin se réfugient auprès d'elle, à Nérac.	
1537	Quitte la cour. Voyages et vie en Navarre.	
1540		Début probable de la rédaction de l'*Heptaméron.*
1547	Mort de François Ier.	*Marguerites de la Marguerite des princesses.*
1548	Mariage de sa fille Jeanne avec Antoine de Bourbon.	Diverses farces et comédies.
1549	Elle meurt à Odos, près de Tarbes.	
1559		Publication posthume de l'*Heptaméron.*

Gérard de NERVAL

Dates	Événements biographiques	Œuvres
1808	Naissance à Paris.	
1810	Mort de sa mère. Élevé par son grand-oncle dans le Valois.	
1820	Études au lycée Charlemagne. Amitié avec Gautier. Premières traductions allemandes.	
1826		Traduction du *Faust* de Goethe.
1828	Rencontre Hugo et les milieux romantiques. Participe à la bataille d'*Hernani*.	
1831	Première crise de folie. Fait partie du « Cénacle ».	
1834	Voyage en Italie. Rencontre Jenny Colon. Crée un journal littéraire (Le *Monde dramatique*) et se ruine.	
1836-1838	Poursuit Jenny Colon de sa passion ; correspondance intense.	
1839	Voyage en Allemagne. Rencontre Liszt et Marie Pleyel.	
1841	Critique littéraire à *La Presse* ; les crises de folie s'accentuent.	
1843	Voyage en Orient, puis de courts séjours à Londres.	
1851		*Le Voyage en Orient.*
1852		*Les Illuminés.*
1853	Après plusieurs crises, internement quasi définitif. Quelques courts voyages (Hollande, Allemagne) et séjours dans le Valois.	*Les Petits Châteaux de Bohème.*
1854		*Les Filles du feu.* *Les Chimères.*
1855	Suicide : se pend rue de la Vieille-Lanterne, le 26 janvier.	*Aurélia.* *Pandora.*

Blaise PASCAL		
Dates	**Événements biographiques**	**Œuvres**
1623	Naissance à Clermont.	
1626	Mort de sa mère.	
1631	La famille s'installe à Paris.	
1635	On découvre le génie mathématique du jeune Pascal. Est admis à l'Académie des Sciences du père Mersenne.	
1639	Son père, Étienne Pascal, est chargé des impôts en Normandie. Installation à Rouen.	
1640		*Essai sur les coniques.*
1642	Début de sa maladie (tuberculose osseuse).	
1645	Mise au point de sa machine à calculer, la « pascaline ».	*Avis nécessaire à ceux qui auront la curiosité de voir la machine et s'en servir.*
1646	Rencontre avec les frères Deschamps, jansénistes.	
1648	Réalise les expériences de Toricelli dans le Puy-de-Dôme.	*Traité des sections coniques.* *Récit de la grande expérience de l'équilibre des liqueurs.*
1651	Mort de son père.	*Traité du vide.*
1652	Sa sœur, Jacqueline, entre en religion à Port-Royal.	
1653	Vie mondaine, amitié avec Méré.	
1654	Conversion définitive.	*Traité du triangle arithmétique.*
1656	Arnauld est condamné par la Sorbonne. Guérison miraculeuse de Marguerite Périer, nièce de Pascal, par l'attouchement d'une relique de la sainte Épine.	*Les Provinciales* (I à XVI).
1657	Polémique entre jésuites et jansénistes. *Les Provinciales* sont mises à l'index par Rome.	Dernières *Provinciales.* *De l'esprit de géométrie.* *De l'art de persuader.*
1658	Travaille surtout à Port-Royal. Organise un concours sur divers problèmes concernant les courbes cycloïdes.	*Histoire de la roulette* (= la cycloïde).
1660	Malade. Travaille aux *Pensées.*	*Discours sur la condition des Grands.*
1661	Affaire du formulaire. Mort de sa sœur Jacqueline.	
1662	Organise une entreprise de transport en commun, « les carrosses à cinq sols ». Meurt le 19 août.	
1669-1670		Publication de la première édition des *Pensées.*

Charles PÉGUY		
Dates	**Événements biographiques**	**Œuvres**
1873	Naissance à Orléans, le 7 janvier ; fils d'un menuisier et d'une rempailleuse de chaises. Mort de son père en novembre. Milieu laborieux et croyant.	
1885	Boursier, il entre en 6e au lycée d'Orléans. Excellent élève. Nombreux prix.	
1891	Bachelier. Commence à préparer l'École Normale Supérieure.	
1892	Échec au concours de l'E.N.S. Devance l'appel et part faire son service militaire. Se détache de la religion et s'intéresse aux questions sociales.	
1894	Reçu à l'E.N.S. Licencié de philosophie. Influence du bibliothécaire de l'école, le socialiste Lucien Herr.	
1897	Mariage avec Charlotte Baudoin. Commence à se consacrer uniquement à l'édition et à la librairie. Proche de Jaurès et Zola. Amitié avec Daniel Halévy.	Articles dans *La Revue socialiste.* *Jeanne d'Arc* (drame).
1898	Échec à l'agrégation de philosophie. Naissance de son fils Marcel. Militantisme socialiste mais la rupture ne tardera pas.	Articles favorables à Dreyfus dans *La Revue blanche.*
1900	Les *Cahiers* s'installent rue de la Sorbonne. Enfants : Charlotte en 1901, Pierre en 1903. S'insurge contre la confusion du socialisme avec le scientisme et l'athéisme.	Début des *Cahiers de la Quinzaine* : publications périodiques incessantes jusqu'à sa mort (229 cahiers au total).
1907	Retour à la foi. Amitié avec Jacques Maritain. Travaille et publie beaucoup. Vie pauvre. De plus en plus patriote et ennemi des pacifistes et internationalistes.	
1910		*Le Mystère de la charité de Jeanne d'Arc.* *Victor-Marie, comte Hugo.*
1911	Reçoit un prix de l'Académie française. Grande admiration pour Bergson.	*Le Porche du mystère de la deuxième vertu.*
1912	Pèlerinages à Chartres.	*Le Mystère des saints Innocents.* *Châteaux de Loire.* *La Tapisserie de sainte Geneviève et de Jeanne d'Arc.*
1913		*L'Argent.* *La Tapisserie de Notre-Dame. Ève.*
1914	Mobilisé comme lieutenant en août. Tué à la tête de sa section, le 5 septembre, à Villeroy.	*Note sur M. Borgeon* et *Note conjointe sur M. Descartes.*
1915	Naissance de son fils posthume, Charles-Pierre.	

Antoine-François PRÉVOST d'EXILES		
Dates	**Événements biographiques**	**Œuvres**
1697	Naissance à Hesdin.	
1711	Mort de sa mère et de sa sœur. S'engage dans l'armée et déserte. Aventures amoureuses. Conflits avec son père.	
1721	Prononce ses vœux de bénédictin.	
1726	Ordonné prêtre.	
1727-1732		*Mémoires d'un homme de qualité.*
1728	S'enfuit à Londres. Vie libertine et voyages en Hollande. Se lie avec une aventurière, « Lenki ».	
1729-1733		*Cleveland.* *Histoire du chevalier Des Grieux et de Manon Lescaut.*
1733-1740		Publie un périodique, *Le Pour et le Contre.*
1734	Retour en France.	*Le Doyen de Killerine.*
1736	Aumônier du prince de Conti, un athée. Amitié avec Voltaire. Publications historiques abondantes.	
1740	Ruiné, fuit en Belgique et en Allemagne. Fin de la liaison avec Lenki.	
1742	Autorisé à revenir à Paris.	
1745	Italie.	
1746	S'installe près de Paris avec Mme de Genty, sa « gouvernante ». Amitié avec Rousseau. Traductions – de Richardson en particulier.	15 volumes de *L'Histoire des Voyages.*
1763	Mort.	

Marcel PROUST

Dates	Événements biographiques	Œuvres
1871	Naissance à Paris, le 10 juillet. Père professeur de médecine. Sa mère appartient à la haute bourgeoisie juive (Jeanne Weil).	
1880	Première crise d'asthme.	
1889	Obtient le bac après ses études au lycée Condorcet.	
1890	Devance l'appel militaire, pour n'avoir qu'un an de service.	
1895	Quelques études de droit. Licence ès lettres. Attaché à la bibliothèque Mazarine mais n'y va guère. Salons de Mme Strauss et de Caillavet. Quelques figures : Charles Haas (Swann ?), Anatole France (Bergotte ?), Robert de Montesquiou (Charlus ?), la princesse Mathilde, la comtesse Greffulhe, les Polignac, les Brancovan, les Caraman-Chimay.	
1896		*Les Plaisirs et les Jours.* Rédaction de *Jean Santeuil* (publié en 1952).
1899	Vie mondaine. Rencontre les futurs modèles de son œuvre. Dreyfusard. Liaison avec Renaldo Hahn.	
1900	Travaux sur Ruskin. Voyage à Venise.	
1903	Voyage en Hollande. Mort de son père.	Chroniques mondaines dans le *Figaro* : les « *Salons* ».
1904		Traduction et étude de la *Bible d'Amiens* de John Ruskin.
1905	Mort de sa mère. Désespoir profond. Santé chancelante.	
1906	Vrais débuts de son travail créateur. Liaison avec Agostinelli, chauffeur de taxi, qui devient son « secrétaire ».	
1909	Travail intense. Passe tous les étés à Cabourg.	
1913		*Du côté de chez Swann* (Grasset).
1914	Agostinelli est tué en avion.	
1916	Contrat avec la N.R.F.	
1918		*À l'ombre des jeunes filles en fleur* (prix Goncourt).
1919	S'enferme rue Hamelin, dans une chambre calfeutrée, soigné par sa gouvernante Céleste Albaret.	*Pastiches et mélanges.*
1920		*Le Côté de Guermantes.*
1921-1922		*Sodome et Gomorrhe.*
1922	Meurt épuisé, le 18 novembre, d'une atteinte de grippe qu'il se refuse à soigner.	
1923		*La Prisonnière.*
1925		*Albertine disparue.*
1927		*Le Temps retrouvé.*

François RABELAIS		
Dates	**Événements biographiques**	**Œuvres**
1494 ?	Naissance probable près de Chinon.	
1520	Moine franciscain à Fontenay-le-Comte. Études solides du grec et du latin. Correspond avec Guillaume Budé.	
1524	Passe chez les bénédictins à Maillezais. Secrétaire de l'évêque Geoffroy d'Estissac.	
1528	« Apostasie » : il quitte l'état de moine et devient prêtre séculier. Vit avec une veuve dont il aura deux enfants, François et Junie.	
1530	Fait sa médecine à Montpellier.	
1532	Médecin à l'hôtel-Dieu de Lyon. Écrit à Érasme.	*Pantagruel.*
1533		*Pantagruélique pronostication.* *Almanach.*
1534	Accompagne en Italie le cardinal Jean du Bellay.	*Gargantua.* *Topographie de la Rome antique.*
1535	Second séjour à Rome.	*Almanach.*
1537	Retour à Montpellier pour achever ses études de médecine (doctorat). S'initie à la dissection humaine.	
1539-1542	Séjours à Turin avec son protecteur Guillaume du Bellay, gouverneur du Piémont.	
1541		*Almanach.*
1543	Son œuvre est censurée par la Sorbonne.	
1544		*La Grande et vraie pronostication pour l'an 1544.*
1546	Séjour à Metz comme secrétaire de la Ville (hors du royaume de France).	*Le Tiers Livre.*
1547-1548	Troisième voyage à Rome avec le cardinal Jean du Bellay.	
1549		*La Sciomachie* (récit d'une fête donnée à Rome).
1551	Il est fait bénéficiaire de deux cures après une vive attaque de Calvin contre lui.	
1552	Censure du *Quart Livre.*	*Le Quart Livre.*
1553	Mort le 9 avril, à Paris.	
1562-1564		Publication posthume du *Cinquième Livre.*

Jean RACINE

Dates	Événements biographiques	Œuvres
1639	Naissance à La Ferté-Millon.	
1641	Mort de sa mère.	
1643	Mort de son père. Recueilli par son grand-père.	
1649-1659	Mort de son grand-père ; il est élevé aux Petites Écoles de Port-Royal.	*Odes.*
1661-1663	À Uzès, chez son oncle vicaire général pour essayer — en vain — d'obtenir un bénéfice (un revenu lié à une charge religieuse).	
1664	À Paris. Amitié avec Molière et Boileau. Premières gratifications royales.	*La Thébaïde.*
1665		*Alexandre.*
1667		*Andromaque.*
1668	Mort de Marquise du Parc, actrice et amante de Racine.	*Les Plaideurs* (sa seule comédie).
1669	Protégé par Colbert.	*Britannicus.*
1671		*Bérénice.*
1672		*Bajazet.*
1673	Élu à l'Académie française. Obtient une charge de Trésorier de France (à Moulins).	*Mithridate.*
1675		*Iphigénie.*
1677	Mariage avec Catherine de Romanet. Nommé, avec Boileau, historiographe du roi (6 000 livres de gratifications).	*Phèdre.*
1679	Affaire des Poisons : La Voisin l'accuse d'avoir empoisonné la Du Parc ; l'affaire est étouffée. Renoue avec Port-Royal.	Diverses traductions étrangères des principales œuvres de Racine.
1683	Accompagne le roi en Alsace. Gratification de 10 000 livres.	
1685	Participe aux fêtes de Sceaux en l'honneur du roi. Avec le roi au Luxembourg.	*Idylle sur la paix.*
1689	Admis à la résidence royale de Marly. Proche de Mme de Maintenon.	*Esther.*
1690	Gentilhomme ordinaire de la chambre du roi.	
1691		*Athalie.*
1693	Accompagne le roi dans la campagne des Pays-Bas.	
1694	Assiste aux funérailles du Grand Arnauld. Se compromet en faveur de Port-Royal.	*Cantiques spirituels.*
1699	Mort le 21 avril. Enterré à Port-Royal, près de son maître M. Hamon.	*Abrégé de l'histoire de Port-Royal.*
1711	Ses restes sont transférés à Saint-Étienne du Mont.	

Arthur RIMBAUD

Dates	Événements biographiques	Œuvres
1854	Naissance à Charlelville. Aura deux sœurs cadettes. Père militaire et très souvent absent. Mère autoritaire.	
1865	Élève doué. Écrit des vers latins.	
1870	Son professeur, Izambard, décèle son talent et le conseille. Fugues, révoltes, « enfant sauvage ».	Premiers poèmes publiés dans *Le Parnasse contemporain.*
1871	Invité par Verlaine, il arrive à Paris. Querelles avec la femme de Verlaine.	Lettres « du Voyant » et *Le Bateau ivre.*
1872	Fuite avec Verlaine. « Saison en enfer ».	Nombreux poèmes (l'essentiel de l'œuvre est rédigé en deux ans).
1873	Verlaine le blesse avec un revolver.	Rédige *Une saison en Enfer* et *Illuminations* (date incertaine).
1874	Autre fuite à Londres, avec Germain Nouveau.	
1875	Revoit Verlaine.	
1876-1879	Voyages (Italie, Autriche, Hollande, Scandinavie). Essaie de s'engager dans l'armée coloniale hollandaise. Déserte à Batavia.	
1880	Départ pour Alexandrie et pour l'Éthiopie. Commerces divers.	
1885	Se lance dans le trafic d'armes.	
1886		*La Vogue* publie les textes de 1873.
1889	À Aden.	
1891	Retour précipité en France. Amputé d'une jambe. Cancer généralisé. Mort le 10 novembre.	
1895		Première édition complète.

Pierre de RONSARD

Dates	Événements biographiques	Œuvres
1524	Naissance au manoir de La Possonnière, en Vendômois.	
1533	Passe un semestre au collège de Navarre.	
1536	Page du dauphin François (fils de François Ier), qui meurt peu après.	
1537	Page de Charles d'Orléans (troisième fils de François Ier). Séjour en Écosse, avec Madeleine de France, épouse de Jacques V Stuart.	
1539	Deuxième séjour en Écosse.	
1540	Début de surdité. Se fait tonsurer, non pour être prêtre mais pour avoir des revenus ecclésiastiques.	
1543	Séjour en Touraine.	
1544	Amitié avec Antoine de Baïf, et leçons de grec avec Dorat.	
1545-1550	Pensionnaire au collège de Coqueret, sur la montagne Sainte-Geneviève, dont Dorat est le directeur.	
1550		*Les Odes.*
1552		*Les Amours* (de Cassandre).
1553		*Le Livret de folâtries.*
1554	« Poète du roi » (Henri II). Projet de la *Franciade.*	*Le Bocage.*
1555		*Les Mélanges. Les Hymnes.*
1556		*Continuation des Amours.*
1557	Mort de son frère Claude. Tuteur de ses neveux.	
1558	S'éloigne de la cour, renonce à la *Franciade* puis est rappelé et devient aumônier du roi.	
1558-1559	Vie de poète-courtisan, protégé par le roi.	
1560	Reçoit divers bénéfices ecclésiastiques et prépare la première édition complète de ses œuvres.	Édition des *Œuvres complètes.*
1562	Prend parti contre les huguenots, qui réagissent en multipliant les attaques personnelles contre lui.	*Discours sur les misères de ce temps.*
1563		*Réponse aux injures et calomnies* [...].
1564	Pacification. Fêtes de Fontainebleau. Est gratifié du prieuré de Saint-Côme, près de Tours, et y reçoit la famille royale.	
1565-1569	Accompagne Catherine de Médicis et son fils, Charles IX, dans un long voyage en province. Tombe très malade.	
1565		*Élégies, mascarades et bergeries.*
1567		Deuxième édition des *Œuvres complètes.*
1569		6e et 7e livres des *Poèmes.*
1570	Retour à la cour, après une très longue absence. Rencontre Hélène de Surgères.	
1572		Les quatre premiers livres de la *Franciade.*
1574	Travaille à des œuvres de commande (célébrations officielles, etc.). S'éloigne le plus souvent possible de Paris. Maladies (goutte, rhumatismes) et vie campagnarde dans ses prieurés.	
1578		Refonte des *Œuvres complètes* avec les *Amours d'Hélène.*
1585	Mort (27-28 décembre).	

Jean-Jacques ROUSSEAU		
Dates	**Événements biographiques**	**Œuvres**
1712	Naissance. Mort de sa mère.	
1722	En pension chez les Lambercier.	
1724	Graveur à Genève.	
1728-1731	Vie errante.	
1731	Rencontre avec Mme de Warens : vit près d'elle à Chambéry, puis aux Charmettes.	
1742	À Paris. Amitié avec Diderot.	
1743	Secrétaire d'ambassade à Venise.	
1745	Début de sa liaison avec Thérèse Levasseur.	Premier opéra, *Les Muses galantes.*
1749	Collabore à l'Encyclopédie (musique).	
1750		*Discours sur les sciences et les arts.*
1752		Deuxième opéra, *Le Devin de village.*
1754	À Genève. Abjure le catholicisme.	
1755		*Discours sur l'origine de l'inégalité.*
1756	Accueilli par Mme d'Épinay à l'Ermitage.	
1757	Se fâche avec Diderot et les Encyclopédistes.	
1758		*Lettre à d'Alembert sur les spectacles.*
1761	Malade de la vessie, songe à mourir.	*L'Émile.* *Le Contrat social* (œuvres aussitôt condamnées).
1762	Doit fuir à Môtiers.	*Lettres à Malesherbes...*
1764		*Lettres écrites sur la montagne.*
1765	Chassé de Môtiers. Île Saint-Pierre.	*Projet de constitution pour la Corse.*
1767-1770		Rédaction des *Confessions.*
1770	Retour à Paris.	
1771	Amitié avec Bernardin de Saint-Pierre.	
1772		*Lettres sur la botanique.* *Dialogues.*
1776	Veut déposer le manuscrit des *Dialogues* à Notre-Dame.	
1776-1778		Rédaction des *Rêveries du promeneur solitaire.*
1778	S'installe à Ermenonville et y meurt.	
1782-1789		Publication des *Confessions.*
1794	Transfert des cendres au Panthéon.	

Donatien Alphonse François de SADE		
Dates	**Événements biographiques**	**Œuvres**
1740	Naissance à Paris. Carrière dans l'armée.	
1763	Réformé. Mariage.	
1768	Premier grand scandale. Violente une femme et blasphème le jour de Pâques. Enfermé dans son château de Lacoste.	
1772	Nouveaux scandales. Condamné à mort sur plaintes de prostituées. Enfermé au fort de Miolans. S'en évade et part pour l'Italie.	
1775		*Voyage en Italie.*
1777	Arrêté à Paris et incarcéré à Vincennes.	
1782		*Cent-Vingt Journées de Sodome.*
1784	Prisonnier à la Bastille jusqu'à la Révolution.	*Les Infortunes de la vertu.*
1788		*Eugénie de Franval* (publiée en 1795).
1790	Libéré, participe à l'agitation révolutionnaire. Est même juge d'un tribunal révolutionnaire.	
1791		*Justine ou Les Malheurs de la vertu.*
1794	Condamné à la guillotine, est sauvé par la chute de Robespierre.	
1795		*La Philosophie dans le boudoir.*
1797	Vit quasiment dans la misère.	*Nouvelle Justine* suivie de l'*Histoire de Juliette ou les Prospérités du vice.*
1800		*Les Crimes de l'amour.*
1801	Arrêté et emprisonné à Sainte-Pélagie, puis à Charenton.	
1814	Mort à Paris.	

SAINT-JOHN PERSE		
Dates	**Événements biographiques**	**Œuvres**
1887	Naissance, à la Guadeloupe, d'Alexis Saint-Léger Léger. Enfance très libre, proche de la nature (équitation, voile).	
1895	Mort de sa jeune sœur.	
1896-1899	Scolarité au lycée de Pointe-à-Pitre. Crise économique de l'île : sa famille est appauvrie et décide le retour en métropole.	
1900-1905	Installation à Pau. Études brillantes. Rencontre Francis Jammes qui est voisin. Début d'études de droit à Bordeaux.	
1906	Amitié avec Claudel. Service militaire à Pau. Vie sportive (montagne, natation).	
1907	Mort subite de son père.	
1909	Suite et fin des études de droit. Relations avec la N.R.F. grâce à J. Rivière. Passionné de musique.	
1911		*Éloges.*
1911-1914	Nombreux voyages (Espagne, Angleterre) et rencontre de Gide, de Valéry. Reçu au concours des Affaires Étrangères.	
1916-1921	Premier poste : en Chine. Voyages à travers toute la Chine. Retour par le Japon et les États-Unis.	
1924		*Anabase.*
1925-1932	Directeur de cabinet du ministre des Affaires Étrangères, Aristide Briand. Intenses activités diplomatiques de premier plan.	
1933-1939	Secrétaire Général du Quai d'Orsay. Antimunichois, passe en Angleterre dès le 16 juin 1940.	
1940-1941	Révoqué par Vichy et déchu de tous ses titres et droits. Part s'installer aux États-Unis.	
1944	Réintégré par De Gaulle.	*Exil.*
1945	Grands voyages à travers les États-Unis. Se passionne toujours pour la flore et la faune.	
1946		*Vents.*
1948	Mort de sa mère en France. Statut de résident permanent aux États-Unis.	
1950	Admis à la retraite d'ambassadeur. Grand prestige littéraire outre-Atlantique. Voyages et navigations incessantes. Études sur les oiseaux. Militantisme « écologique ».	
1957	Ses amis et admirateurs lui offrent une maison en Provence (presqu'île de Giens). Premier retour en France.	*Amers.*
1958	Mariage. Reviendra chaque été dans sa maison de Giens.	
1959	Grand Prix National des Lettres.	
1960	Prix Nobel de littérature. Poète célébré et partout publié. Nombreuses traductions.	*Chronique.*
1962	Partage sa vie entre voyages, conférences, études de naturaliste.	*Oiseaux.*
1963	Tournées en Europe, surtout en Italie, puis tendance à l'isolement.	
1969		*Chanté par celle qui fut là.*
1971		*Chant pour une équinoxe.*
1975	Mort, en pleine gloire.	

George SAND		
Dates	**Événements biographiques**	**Œuvres**
1804	Naissance à Paris d'Aurore Dupin.	
1808	Mort de son père. Enfance à Nohant et études à Paris.	
1822	Mariage avec Casimir Dudevant. Voyages et fréquents séjours à Nohant.	
1831	Séparée de son mari, vit le plus souvent à Paris. Liaisons avec Jules Sandeau, Alfred de Musset, Charles Didier.	
1832		*Indiana.*
1833		*Lélia.*
1837	Mort de sa mère. Liaison avec Chopin. Voyage à Majorque.	
1840		*Le Compagnon du tour de France.*
1842	Amitié avec Delacroix. S'intéresse aux idées du socialisme utopique.	*Consuelo.*
1845		*Le Meunier d'Angibault.*
1846	Quitte Chopin.	*La Mare au diable.*
1848	Participe à la vie politique. Favorable à la Révolution, puis retour à Nohant.	*François le Champi.*
1849		*La Petite Fadette.*
1852	Opposée à Napoléon III. Liaison avec Maurice Manceau. Voyages nombreux et abondante production romanesque. Amitié avec Flaubert et Tourgueniev.	
1853		*Les Maîtres sonneurs.*
1854		*Histoire de ma vie.*
1858		*Les Beaux Messieurs de Bois-Doré.*
1862		*Mademoiselle de la Quintinie.*
1876	Mort, le 8 juin, à Nohant.	

Jean-Paul SARTRE		
Dates	**Événements biographiques**	**Œuvres**
1905	Naissance à Paris.	
1924	Élève à l'École Normale Supérieure.	
1933-1934	Séjourne à Berlin et découvre la phénoménologie.	
1937	Professeur de philosophie à Neuilly-sur-Seine.	*La Transcendance de l'ego.*
1938		*La Nausée.*
1939		*Le Mur.*
1940	Prisonnier de guerre.	*L'Imaginaire.*
1943	Journaliste à *Combat* auprès de Camus.	*Les Mouches.* *L'Être et le Néant.*
1944		Première de *Huis clos.*
1945	Fonde la revue *Les Temps modernes.*	*L'Âge de raison.* *Le Sursis.*
1946		*L'existentialisme est un humanisme.* *Morts sans sépulture.* *La P. respectueuse.* *Réflexions sur la question juive.*
1947	Brouille avec Raymond Aron.	*Situations I.* *Baudelaire.*
1948		*Les Mains sales.* *Situations II.* *L'Engrenage.*
1949	Polémique avec Mauriac.	*La Mort dans l'âme.* *Situations III.*
1951		*Le Diable et le Bon Dieu.*
1952	Se brouille avec Camus et se rapproche des communistes.	*Saint Genet, comédien et martyr.*
1953		Première de *Kean.*
1954-1955	Voyage en U.R.S.S. et en Chine.	
1955		Première de *Nekrassov.*
1959		Première des *Séquestrés d'Altona.*
1963		*Les Mots.*
1964	Refuse le prix Nobel.	*Situations IV, V, VI.*
1965		*Les Troyennes.* *Situations VII.*
1968	Soutient le mouvement des étudiants : distribue le journal maoïste *La Cause du peuple.*	
1971	Dirige le journal *Révolution.*	*L'Idiot de la famille.*
1972		*Situations VIII et IX.*
1973	Fonde le quotidien *Libération.*	
1976	Est atteint de cécité.	*Situations X.*
1980	Meurt à Paris.	

Paul SCARRON		
Dates	**Événements biographiques**	**Œuvres**
1610	Naît à Paris.	
1629	Devient diacre et abbé.	
1633	Attaché à l'évêque du Mans.	
1638	Débuts de sa paralysie.	
1640	S'installe à Paris. Se fait écrivain « professionnel ».	
1644		*Typhon ou la Gigantomachie* (épopée burlesque).
1645		*Jodelet ou le Maître valet* (comédie).
1647-1648		*Œuvres burlesques.* *Virgile travesti.*
1651		*La Mazarinade.* *Le Roman comique*, I.
1652	Épouse Françoise d'Aubigné, future Mme de Maintenon.	
1653	Pensionné par Fouquet (1 600 livres par an).	
1655		*Les Nouvelles.* *La Gazette burlesque.*
1657	Difficultés financières.	*Le Roman comique*, II.
1660	Mort.	

Maurice SCÈVE		
Dates	**Événements biographiques**	**Œuvres**
1501	Date probable de sa naissance. Grande famille lyonnaise riche et puissante : son père a occupé des charges municipales importantes. Très solides études : grec, latin, espagnol, italien. Docteur en droit.	
1533	Croit localiser le tombeau de la Laure de Pétrarque dans une chapelle d'Avignon.	
1535	Se lie avec Étienne Dolet. Amitié avec Marot. Travaux de traduction.	*La Déplorable Fin de Flamecte* (adaptation de Boccace).
1536	Participe au concours de blasons. S'éprend de Pernette du Guillet. Participe à un recueil de poèmes qui déplorent la mort du dauphin François.	
1536-1539		*Les Blasons* (Sourcil, Larme, Front, Gorge, Soupir).
1537	Pernette se marie avec un autre. Rédige le poème de l'amour fort et perdu.	
1544		*Délie, objet de plus haute vertu.*
1545	Mort de Pernette. Se réfugie dans une solitude totale et fait l'éloge de la vie contemplative à l'Île-Barbe.	
1547		*Saulsaye, églogue de la vie solitaire* (éloge de la vie contemplative à la campagne).
1548	Présent à Lyon pour l'entrée solennelle d'Henri II.	
1562	Rédige son *Microcosme.* On perd sa trace à partir de cette date.	*Microcosme* (trois livres de 1 000 vers sur l'origine du monde, la cosmologie, les sciences et le progrès).
1564 ?	Mort.	

Jean de SPONDE

Dates	Événements biographiques	Œuvres
1557	Naissance à Mauléon (Pays Basque), fils d'un avocat calviniste, secrétaire de Jeanne d'Albret.	
1565-1575	Études à Lescar.	
1580	À Bâle, il étudie les Anciens, l'alchimie, la philosophie, avec Théodore de Bèze.	
1582	Retour à la cour de Navarre. Lectures des *Psaumes* traduits par Marot.	
1583	Conseiller auprès d'Henri de Navarre.	
1588		*Méditations sur les Psaumes.* *Essai de quelques poèmes chrétiens.*
1589	À Paris, il est fait prisonnier par la Ligue (catholique). Libéré, il devient lieutenant-général de La Rochelle.	*Commentaire d'Hésiode.*
1592	Quitte ses fonctions et perd la faveur d'Henri IV.	
1593	Conversion au catholicisme (comme le roi, qui le laisse pourtant en disgrâce).	*Réponse d'un catholique apostolique romain au protestant de réformation* (et autres textes justifiant la conversion de Sponde).
1594	À Tours, il est à nouveau emprisonné et semble suspect aux deux partis.	
1595	Se retire à Bordeaux où il tombe dans la misère et meurt, à 38 ans.	

Henri BEYLE, dit STENDHAL

Dates	Événements biographiques	Œuvres
1783	Naissance à Grenoble.	
1790	Mort de sa mère. « Tyrannie Raillane » (nom de son précepteur). Haine du père et naturelle insoumission. Protection du grand-père Gagnon, esprit « philosophe ».	
1796	Entre à l'École centrale.	
1799	À Paris. Renonce à Polytechnique.	
1800	Aidé par son oncle Daru. Part pour l'Italie (sous-lieutenant) avec l'armée de Bonaparte.	
1802	Quitte l'armée. Passion pour la musique et le théâtre. Diverses liaisons à Grenoble et à Marseille.	
1806-1813	Suit Napoléon comme intendant dans ses campagnes jusqu'à la retraite de Russie. La Restauration met fin à sa carrière.	
1817		*Rome, Naples et Florence.*
1818	Après des séjours à Milan et divers voyages, se rapproche des milieux romantiques. Passion pour Métilde Dembowski.	
1822		*De l'amour.*
1823		*Racine et Shakespeare.*
1825	Fin des voyages italiens. Mort de Métilde. Séjours en Angleterre.	
1827		*Armance.*
1829		*Promenades dans Rome.*
1830		*Le Rouge et le Noir.*
1831	Après des années difficiles, obtient enfin un poste de Consul (en Italie : Trieste, Civitavecchia).	
1832		*Souvenirs d'égotisme.*
1833		Découverte des manuscrits italiens.
1834	Rencontres avec Musset et George Sand.	Commence la *Vie de Henry Brulard.* *Lucien Leuwen* (inachevé, publication posthume).
1835	Légion d'honneur.	
1837	En France.	Rédaction des *Chroniques italiennes* (publiées en 1839).
1838		Compose *La Chartreuse de Parme* (publiée en 1839).
1839	Voyage à Naples, avec Mérimée.	Entreprend *Lamiel* (inachevé, publié en 1842).
1842	15 mars, mort subite.	

Jules SUPERVIELLE

Dates	Événements biographiques	Œuvres
1884	Naissance à Montevideo (Uruguay). Ses parents meurent accidentellement (intoxication) peu après.	
1887	Élevé par ses oncle et tante.	
1894	Apprend qu'il n'est pas le fils de ceux qui l'élèvent. Crise d'identité définitive : *je suis un hors-venu.* Études secondaires à Paris (Janson-de-Sailly).	
1901	Retour en Amérique du Sud pour deux ans.	
1906	Licencié d'espagnol. Les revenus de la banque de ses parents lui assurent une rente confortable.	
1907	Mariage.	
1909	Séjour en Uruguay.	
1914	Mobilisé. Travaille au « 2e Bureau ».	
1919	S'installe à Paris et va régulièrement en Amérique du Sud. Aisance matérielle.	
1922		*Débarcadères.*
1923	Amitiés et activités littéraires (Gide, Valéry, Paulhan, Michaux, Rivière, Étiemble, N.R.F., etc.).	*L'Homme de la pampa.*
1925		*Gravitations.*
1926		*Le Voleur d'enfants* (roman).
1929		*L'Enfant de la haute mer.*
1930		*Le Forçat innocent.*
1934		*Les Amis inconnus.*
1938		*L'Arche de Noé.* *La Fable du monde.*
1939-1946	Vit en Uruguay pendant toute la guerre. Nommé attaché culturel d'Uruguay à Paris. Troubles cardiaques.	
1941		*Poèmes de la France malheureuse.*
1949		*Oublieuse mémoire.*
1951		*Naissances.*
1955	Grand Prix de l'Académie française.	
1959		*Le Corps tragique.*
1960	Mort le 17 mai.	

Paul VALÉRY		
Dates	**Événements biographiques**	**Œuvres**
1871	Naissance à Sète.	
1884	Installation à Montpellier. Lit beaucoup, surtout les symbolistes (Verlaine, Huysmans, etc.).	
1887	Reçu au bac. Mort de son père.	
1888	Début des études de droit.	
1890	Amitié avec Pierre Louÿs qui le présentera à bien des écrivains (Gide, Mallarmé, Heredia, etc.). Fréquente Debussy.	
1892	« Nuit de Gênes » : décide, à la suite d'une passion inassouvie et d'une détresse sentimentale, de soumettre la sensibilité à la raison et de se consacrer à l'activité intellectuelle.	
1895	Rédacteur au ministère de la Guerre. Relations avec Degas. Amitié avec Mallarmé.	*Introduction à la méthode de Léonard de Vinci.*
1896		*La Soirée avec M. Teste.*
1898	Mort de Mallarmé.	
1900	Épouse Jannie Gobillard, nièce de Berthe Morisot. Devient secrétaire et homme de confiance d'Édouard Lebey, administrateur de l'agence Havas. Fréquente les milieux financiers et politiques.	
1908	Commence à classer et à rédiger au propre ses *Cahiers.* Dit vivre *au cloître de l'intellect.* Travaille beaucoup et se décourage souvent.	
1912	Gide et Gallimard lui demandent de publier un poème.	
1914-1918	Proche de Gide. Travaille à *La Jeune Parque.*	
1919	Début de sa gloire. Écrit beaucoup, notamment pour des revues (*Vers et Prose, N.R.F.*, etc.).	*Fragments du Narcisse. La Pythie. Le Cantique des colonnes.*
1920		*Le Cimetière marin. Album de vers anciens.*
1921	Désigné comme le plus grand poète vivant par la revue *Connaissance.* Rencontre avec Rilke.	*Eupalinos ou l'architecte.*
1922	Mort de Lebey. Vivra désormais de sa plume. Début des conférences dans toute l'Europe (jusqu'à sa mort).	*Charmes.*
1924		*Variété.*
1926		*Narcisse. Rhumbs.*
1927	Mort de sa mère. Reçu à l'Académie française. Devient une sorte d'intellectuel officiel, *un poète d'État*, dit-il. Préside le Pen Club. Administrateur du Centre universitaire méditerranéen, etc.	*Essai sur Stendhal.*
1929		*Variété II.*
1931		*Regards sur le monde actuel.*
1936		*Variété III. Degas, Danse, Dessin.*
1937	Nommé à la chaire de poétique du Collège de France, créée pour lui.	
1938		*Variété IV. Existence du symbolisme.*
1941	Fait un éloge de Bergson à l'Académie. Suspect à Vichy. Adhère au Comité national des Écrivains.	*Tel Quel. Discours sur Bergson.*
1943		*Tel Quel II.*
1944		*Variété V.*
1945	Mort le 20 juillet. Obsèques nationales. Inhumé au « cimetière marin » de Sète.	*Mon Faust.*

Paul VERLAINE

Dates	Événements biographiques	Œuvres
1844	Naissance à Metz.	
1851	Installation à Paris.	
1862	Bachelier. Fréquente les cafés littéraires. Admire les Parnassiens.	
1865	Mort de son père. Petit commis. Boit, bat sa mère mais rêve d'une idylle avec Mathilde Mauté.	
1866		*Poèmes saturniens.*
1869		*Fêtes galantes.*
1870	Mariage avec Mathilde. Nombreuses violences conjugales.	*La Bonne chanson.*
1872	S'enfuit avec Rimbaud en Angleterre puis en Belgique.	
1873	Tire deux coups de feu sur Rimbaud. Deux ans de prison.	
1874	Mathilde obtient le divorce. Verlaine se convertit en prison et est engagé comme professeur dans un collège catholique.	*Romances sans paroles.*
1878	Vie plus calme. Liaison avec l'un de ses élèves, Létinois.	
1881		*Sagesse.*
1883	Mort de sa mère. Sombre dans l'alcoolisme.	*Les Poètes maudits.*
1884		*Jadis et naguère.* *Parallèlement.*
1888	Nombreuses hospitalisations. Tardive gloire. Élu *princes des poètes* et donne quelques conférences.	
1896	Mort le 8 janvier.	*Confessions.*

Alfred de VIGNY		
Dates	**Événements biographiques**	**Œuvres**
1797	27 mars, naissance à Loches. Famille d'officiers et de marins aristocrates.	
1810	Prépare Polytechnique au lycée Bonaparte.	
1816	Début de la carrière militaire (en garnison à Versailles, Courbevoie et Orthez).	
1826		*Poèmes antiques et modernes.*
1827	Réformé un an après son mariage. Liaison avec l'actrice Marie Dorval.	
1829		*Le More de Venise.*
1832	Atteint du choléra. Intense activité littéraire.	*Stello.*
1835		*Chatterton.* *Servitude et Grandeur militaires.*
1838	Mort de sa mère ; rupture avec Marie Dorval ; se retire dans son château de Maine-Giraud (Charentes).	
1839	Voyage à Londres.	
1841	Échecs répétés à l'Académie française jusqu'en 1845.	
1848	Échecs cuisants à la députation en Charentes.	
1851	Malgré ses efforts, est ignoré par Napoléon III.	
1860	Atteint d'un cancer.	
1863	Mort à Paris.	
1864		*Les Destinées* (publication posthume).

François-Marie AROUET, dit VOLTAIRE		
Dates	**Événements biographiques**	**Œuvres**
1694	Naissance de François-Marie Arouet. Père notaire ; bonne bourgeoisie aisée.	
1701	Mort de sa mère.	
1704	Élève des jésuites au collège Louis-le-Grand. Fréquente les milieux littéraires et libertins.	
1717	Emprisonné à la Bastille pour des poèmes contre le Régent.	
1718		*Œdipe*, tragédie, signée Voltaire.
1723		*La Henriade* (publiée à Londres en 1728).
1726	Querelle avec le chevalier de Rohan. Exil en Angleterre jusqu'en 1735.	
1729	Séjour à Paris.	
1731		*Histoire de Charles XII.*
1732		*Zaïre*, tragédie.
1733		*Le Temple du goût.*
1734	À Cirey, chez Mme du Châtelet.	*Lettres philosophiques.*
1736		*Le Mondain.*
1738		*Discours sur l'homme*, poème.
1740	Voyage à Berlin.	
1741		*Mahomet ou le fanatisme.*
1745	Retour en grâce, s'installe à Paris.	
1746	Élu à l'Académie française.	
1747		*Zadig*, conte.
1748		*Le Monde comme il va*, conte.
1749	Mort de Mme du Châtelet.	
1750-1753	Séjour auprès du roi de Prusse Frédéric II.	
1752		*Micromégas*, conte philosophique.
1755	Achète « Les Délices » en Suisse et s'y installe.	
1756		*Poème sur le désastre de Lisbonne.* *Essai sur les mœurs.*
1758	Achète la propriété de Ferney, près de la Suisse.	
1759		*Candide.*
1760	Installation définitive à Ferney.	
1761	Début des querelles avec Rousseau.	
1762	S'engage dans l'affaire Calas.	
1763		*Traité sur la tolérance.*
1764		*Dictionnaire philosophique.*
1766		*Relation de la mort du chevalier de la Barre.*
1767		*L'Ingénu* et nombreux autres contes.
1770-1774		*Questions sur l'Encyclopédie.*
1772		*Épître à Horace : j'ai fait un peu de bien, voilà mon seul ouvrage.*
1775	Soutient Turgot.	
1778	Retour triomphal à Paris. Mort le 30 mai.	*Irène*, tragédie.
1791	Transfert des cendres au Panthéon.	

Émile ZOLA

Dates	Événements biographiques[1]
1840	Naissance à Paris, fils d'immigrant italien, ingénieur.
1843	Installation à Aix. Vie pauvre.
1847	Mort de son père. Sa mère est sans ressources malgré divers procès.
1859	Échec au baccalauréat. Abandonne ses études. Divers métiers.
1860	Sans emploi, vit presque dans la misère.
1861	Naturalisé français.
1862	Commis chez Hachette, puis débuts journalistiques.
1864	Fréquente surtout les peintres (futurs impressionnistes).
1866	Amitié avec Manet et Flaubert.
1870	Rencontre Daudet, Tourgueniev, Maupassant, les Goncourt.
1877	Début des soirées de Médan et manifestes naturalistes.
1880-1890	Travail intense malgré des ennuis de santé.
1894	Affaire Dreyfus.
1895	Président de la Société des Gens de Lettres.
1897	Convaincu de l'innocence de Dreyfus, Zola s'engage.
1898	Condamné à un an de prison pour diffamation. Exil à Londres. Radié de la Légion d'Honneur.
1899	Retour en France. Deuxième condamnation puis grâce de Dreyfus.
1902	Meurt asphyxié, dans des circonstances qui demeurent énigmatiques.

1. Pour les œuvres de Zola, se reporter aux tableaux des pages 322-325.

TABLEAU SYNOPTIQUE

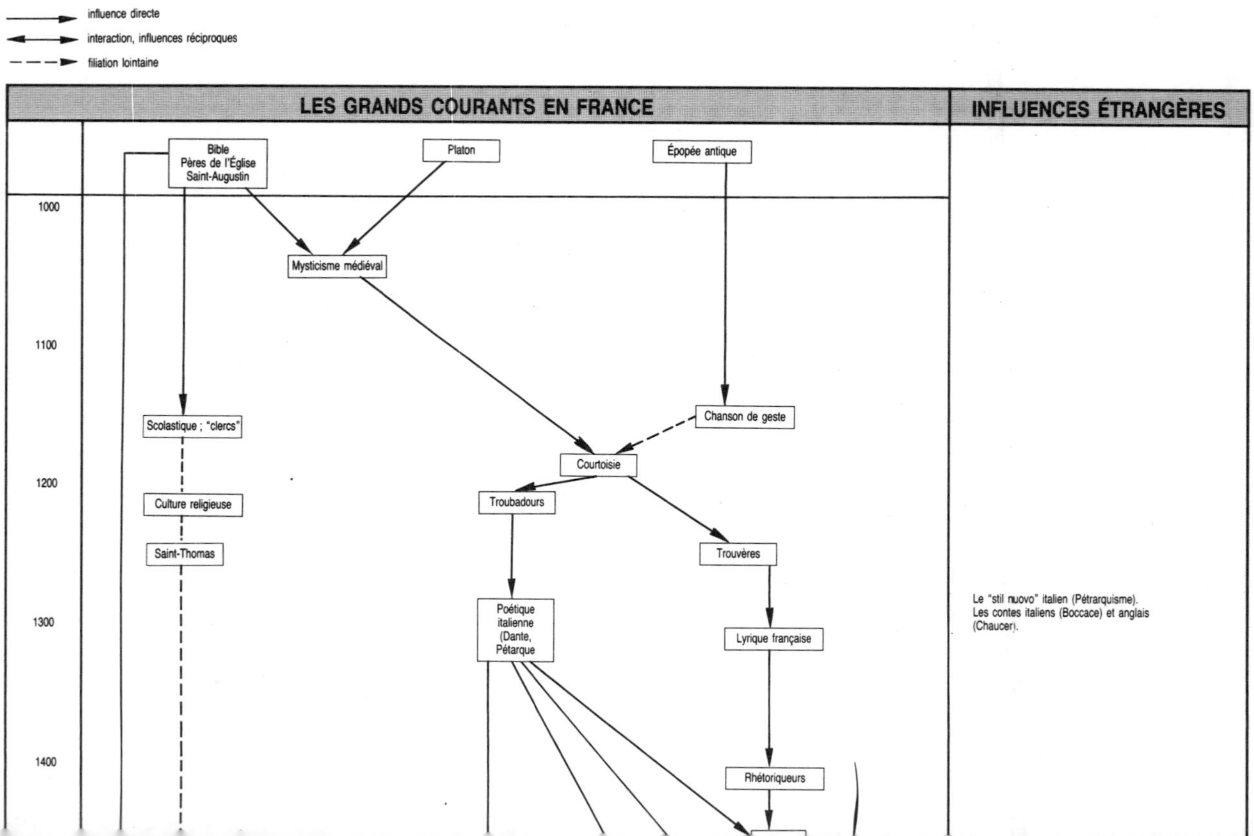
influence directe
interaction, influences réciproques
filiation lointaine
LES GRANDS COURANTS EN FRANCE
INFLUENCES ÉTRANGÈRES
1000
1100
1200
1300
1400
Bible
Pères de l'Église
Saint-Augustin
Platon
Épopée antique
Mysticisme médiéval
Scolastique ; "clercs"
Culture religieuse
Saint-Thomas
Chanson de geste
Courtoisie
Troubadours
Trouvères
Poétique
italienne
(Dante,
Pétarque
Lyrique française
Rhétoriqueurs
Le "stil nuovo" italien (Pétrarquisme).
Les contes italiens (Boccace) et anglais
(Chaucer).

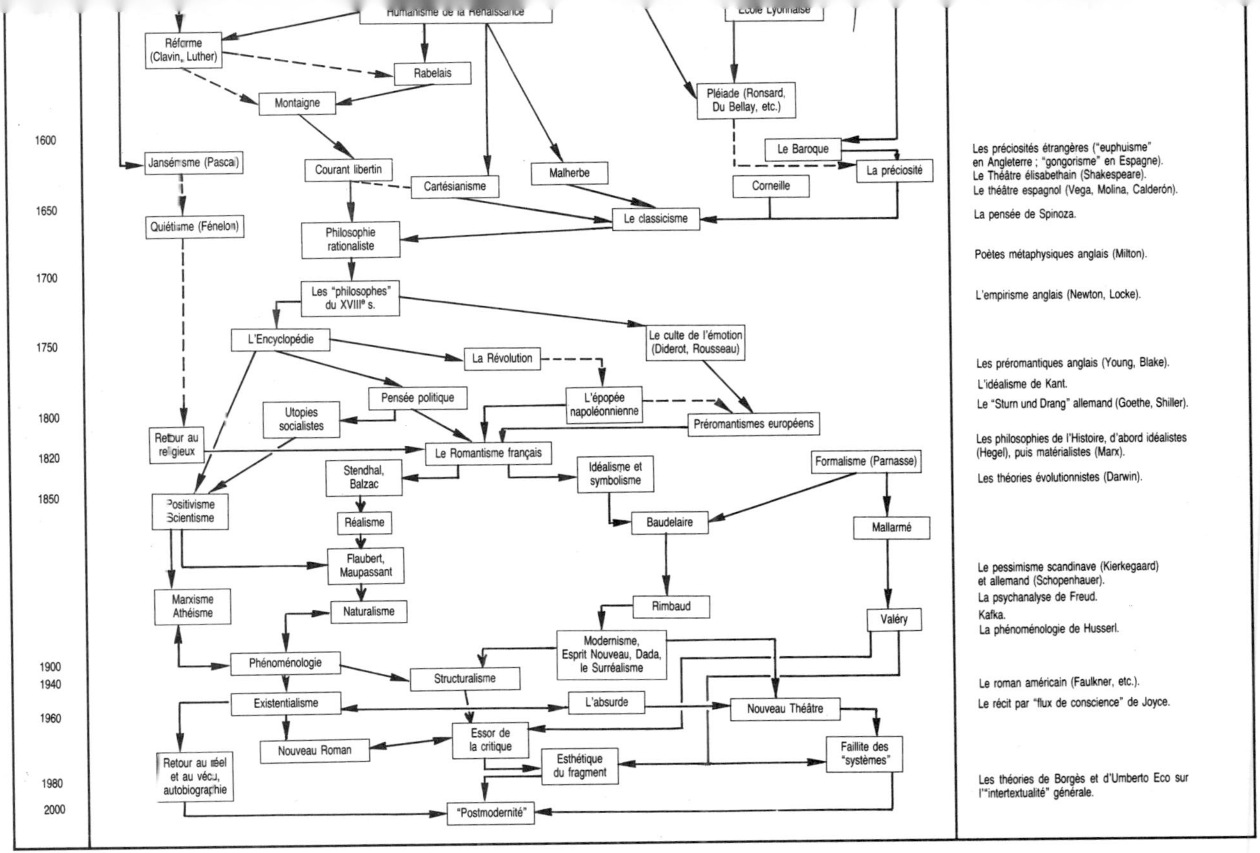

1600
1650
1700
1750
1800
1820
1850
1900
1940
1960
1980
2000
Humanisme de la Renaissance
École Lyonnaise
Réforme (Clavin, Luther)
Rabelais
Montaigne
Pléiade (Ronsard, Du Bellay, etc.)
Le Baroque
La préciosité
Corneille
Jansénisme (Pascal)
Courant libertin
Cartésianisme
Malherbe
Le classicisme
Quiétisme (Fénelon)
Philosophie rationaliste
Les "philosophes" du XVIIIe s.
L'Encyclopédie
La Révolution
Le culte de l'émotion (Diderot, Rousseau)
Pensée politique
L'épopée napoléonienne
Utopies socialistes
Préromantismes européens
Retour au religieux
Le Romantisme français
Stendhal, Balzac
Idéalisme et symbolisme
Formalisme (Parnasse)
Positivisme Scientisme
Réalisme
Baudelaire
Mallarmé
Flaubert, Maupassant
Marxisme Athéisme
Naturalisme
Rimbaud
Valéry
Modernisme, Esprit Nouveau, Dada, le Surréalisme
Phénoménologie
Structuralisme
Existentialisme
L'absurde
Nouveau Théâtre
Essor de la critique
Nouveau Roman
Esthétique du fragment
Faillite des "systèmes"
Retour au réel et au vécu, autobiographie
"Postmodernité"
Les préciosités étrangères ("euphuisme" en Angleterre ; "gongorisme" en Espagne).
Le Théâtre élisabethain (Shakespeare).
Le théâtre espagnol (Vega, Molina, Calderón).
La pensée de Spinoza.
Poètes métaphysiques anglais (Milton).
L'empirisme anglais (Newton, Locke).
Les préromantiques anglais (Young, Blake).
L'idéalisme de Kant.
Le "Sturn und Drang" allemand (Goethe, Shiller).
Les philosophies de l'Histoire, d'abord idéalistes (Hegel), puis matérialistes (Marx).
Les théories évolutionnistes (Darwin).
Le pessimisme scandinave (Kierkegaard) et allemand (Schopenhauer).
La psychanalyse de Freud.
Kafka.
La phénoménologie de Husserl.
Le roman américain (Faulkner, etc.).
Le récit par "flux de conscience" de Joyce.
Les théories de Borgès et d'Umberto Eco sur l'"intertextualité" générale.

INDEX

INDEX DES NOTIONS

INDEX DES NOMS D'AUTEURS

H

I

J

K

L

INDEX DES TITRES D'ŒUVRES

S

T

Imprimé en France par Hérissey à Évreux — N° 76537
Dépôt légal : N° 1897/05/97 — Collection N° 19 — Édition N° 06

16/6077/8